Derek Landy

Demon Road · Hölle und Highway

Alle bereits erschienenen Titel
von **Derek Landy** beim Loewe Verlag:

Skulduggery Pleasant

Der Gentleman mit der Feuerhand
Das Groteskerium kehrt zurück
Die Diablerie bittet zum Sterben
Sabotage im Sanktuarium
Rebellion der Restanten
Passage der Totenbeschwörer
Duell der Dimensionen
Tanith Low – Die ruchlosen Sieben
Die Rückkehr der Toten Männer
Das Sterben des Lichts
Auferstehung
Mitternacht

Apokalypse, Wow! 13 ultimative Storys

Demon Road

Hölle und Highway
Höllennacht in Desolation Hill
Finale Infernale

Derek Landy

DEMON ROAD

Hölle und Highway

Aus dem Englischen übersetzt von Ursula Höfker

Loewe

www.demonroad.de

Laura J – Ich habe dir beigebracht,
Gruselfilme zu schauen, die Bücher von Steven King
und die unzähligen Wonnen des Horrors zu lieben.
Du hast mir StarKid gezeigt.
Ich habe dir noch immer nicht vergeben.

FSC
www.fsc.org
MIX
Papier aus verantwortungsvollen Quellen
FSC® C014496

ISBN 978-3-7432-0012-8
1. Auflage als Loewe-Taschenbuch 2018

Die Originalausgabe ist 2015 unter dem Titel *Demon Road*
bei HarperCollins *Children's Books*,
a division of HarperCollins *Publishers* Ltd., erschienen.
Aus dem Englischen übersetzt von Ursula Höfker

Umschlagillustration: Carsten Biernat
Umschlaggestaltung: Michael Dietrich
Redaktion: Susanne Bertels
Printed in Germany

www.loewe-verlag.de

1

Zwölf Stunden bevor ihre Eltern sie umzubringen versuchten, saß Amber Lamont zwischen ihnen im Büro der Rektorin. Sie hatte die Hände in den Schoß gelegt und hätte eine Menge zu sagen gehabt, schluckte es aber hinunter.

»Wir dulden keine Unruhestifter an dieser Schule«, sagte Mrs Cobb. Die Rektorin war eine rundliche Frau in den Fünfzigern und ihre Halskette lag so eng an, dass Amber, wenn der Hals der Rektorin bebte und ihr Gesicht rot anlief, nur darauf wartete, dass der Kopf einfach absprang, vielleicht auf den Boden fiel und unter den ausgesprochen imposanten Schreibtisch kullerte. Das hätte ihr gefallen.

»Wir rangieren nicht ohne Grund unter den drei besten Erziehungseinrichtungen in unserem großartigen Bundesland Florida«, fuhr Cobb fort. »Und wissen Sie, warum das so ist? Weil bei uns Disziplin herrscht.«

Sie legte eine Kunstpause ein, als müsste ihre Aussage auswendig gelernt werden statt lediglich toleriert.

Cobb neigte den Kopf leicht auf eine Seite. »Ich kenne Sie nicht besonders gut, Mr und Mrs Lamont. Es gab noch nie einen Grund, Sie einzubestellen. In den vergangenen Jahren war an Ambers Betragen nichts auszusetzen. Doch Ihre Tochter wurde im letzten Monat wegen Streitigkeiten mit anderen Schülern drei Mal in mein Büro geschickt. Drei Mal. Das ist, und ich bin sicher, dass Sie mir in diesem Punkt zustimmen werden, inakzeptabel. Ich will ganz offen mit Ihnen reden, weil ich denke, es muss sein: Ambers Verhalten hat sich in diesem Halbjahr in einem solchen Maß verschlechtert, dass ich mich leider fragen muss, ob es in ihrer häuslichen Umgebung vielleicht einen Grund dafür gegeben hat.«

Ambers Mutter nickte mitfühlend. »Wie schrecklich für Sie.«

Ihre Eltern waren, wie immer angesichts überwältigender Dummheit, vollkommen ruhig. Diese spezielle Art von Ruhe – gleichgültig, geduldig, doch gelegentlich herablassend – bestimmte mehr oder weniger ihr Auftreten. Amber war daran gewöhnt. Cobb nicht.

Betty Lamont saß in perfekter Pose und mit perfekter Frisur auf ihrem Stuhl, elegant, aber dennoch zurückhaltend gekleidet. Bill Lamont hatte die Beine übereinandergeschlagen. Seine gefalteten Hände lagen auf der dezenten Schließe seines italienischen Gürtels und seine Schuhe glänzten. Beide sahen gut aus, waren groß, gesund und gepflegt. Amber hatte mit Mrs Cobb mehr Ähnlichkeit als mit ihren eigenen Eltern. Tatsache war, dass sie in vierzig Jahren Mrs Cobb sein könnte, falls sie es nicht schaffte, irgendwann mit der Diät zu beginnen, die sie sich vorgenommen hatte. Das Einzige, was sie aus dem kombinierten Genpool ihrer Eltern geerbt zu haben schien, waren ihre braunen Haare. Manchmal erlaubte Amber sich die Frage, wo und wann mit ihr alles schiefzulaufen begann – doch allzu lang widmete sie sich diesem Geheimnis nicht. Solche Überlegungen führten nur zu den dunkleren und kälteren Orten ihrer Seele.

»Es kommt noch schlimmer«, fuhr Cobb fort. »Die Eltern des anderen Mädchens, das an dieser … nennen wir es *Auseinandersetzung*, beteiligt war, haben angedeutet, dass sie den Vorfall der örtlichen Presse melden wollen, falls wir keine angemessenen Maßnahmen ergreifen. Ich für mein Teil weigere mich zuzulassen, dass der gute Name dieser Schule aufgrund des Verhaltens einer einzelnen störenden Schülerin durch den Schmutz gezogen wird.« An dieser Stelle blickte Cobb Amber finster an, nur um sicherzustellen, dass alle Anwesenden wussten, auf wen sich ihre Worte bezogen.

»Kann ich etwas dazu sagen?«, fragte Amber.

»Nein, kannst du nicht.«

»Saffron hat angefangen. Sie mobbt jede, die nicht so hübsch und perfekt ist wie sie und ihre Freundinnen.«

»Sei still«, wies Cobb sie scharf zurecht.

»Ich sage ja nur, wenn Sie schon jemandem die Schuld geben wollen, dann geben Sie sie …«

»Du hast hier *nichts* zu melden!«

Amber erwiderte ihren finsteren Blick. »Warum bin ich dann hier?«

»Du bist hier, um still dazusitzen und mich mit deinen Eltern reden zu lassen.«

»Aber ich könnte Sie auch mit meinen Eltern reden lassen, während ich woanders bin«, argumentierte Amber.

Cobb stieg die Röte ins Gesicht und ihr Hals bebte. Amber wartete auf den *Plopp*.

»Du wirst still sein, wenn ich dir sage, dass du still sein sollst, Fräuleinchen. Du wirst meine Autorität respektieren und tun, was man dir *sagt*. Hast du mich verstanden?«

»Dann darf ich mich also nicht …«

»Hast du mich verstanden?«

Ihre Mutter tätschelte Ambers Bein. »Komm schon, Liebes, lass die nette alte Dame ausreden.«

Cobbs unscheinbare Augen weiteten sich. »Ich glaube, ich habe die Wurzel des Problems erkannt. Wenn Amber so erzogen wurde, wundert es mich nicht, dass sie keinen Respekt vor Autorität hat.«

»Selbstverständlich«, meldete sich Bill, gefasst wie immer. »Was ist an Autorität schon Großartiges dran? Sie nimmt sich viel zu wichtig, wenn Sie mich fragen. Sie haben ein kleines Problem, das Sie unverhältnismäßig stark aufblähen. Sie zerren Betty und mich durch die halbe Stadt für ein Treffen, vor dem wir uns offensichtlich fürchten sollen, sitzen hier wie ein Mini-Despot an Ihrem lächerlich großen Schreibtisch und glauben, Sie hätten irgendeine finstere Macht über uns. Fühlst du dich schon eingeschüchtert, Betty?«

»Noch nicht«, antwortete Betty freundlich, »aber es kommt sicher bald.«

Amber musste an sich halten, um nicht auf ihrem Stuhl hin und her zu rutschen. Sie hatte das schon so oft miterlebt, dass sie genau wusste, was als Nächstes kam, und jedes Mal war ihr nicht wohl dabei. Ihre Eltern ertrugen Menschen, die sie als Ärgernis einstuften, nur eine begrenzte Zeit, und der Gegenstoß hing einzig und allein von ihrer aktuellen Gefühlslage ab. Amber wusste nur nicht, wie weit sie an diesem Tag gehen wollten.

Cobb fokussierte ihren Blick auf Bill. »Der Apfel fiel offensichtlich nicht weit vom Stamm. Jetzt ist mir klar, woher Ihre Tochter ihre Einstellung hat.«

Mrs Cobb glich jetzt einem der lahmen Gnus, die Amber in Naturdokumentationen gesehen hatte. Ihre Eltern waren die Löwen, die durchs hohe Gras schlichen und sich von zwei Seiten näherten. Cobb wusste natürlich nicht, dass sie das Gnu war. Sie wusste auch nicht, dass sie lahm war. Sie hielt sich für die Löwin, für die Mächtigere. Sie hatte keine Ahnung, was sie erwartete.

»Im Wesentlichen haben Sie gerade zwei Mal dasselbe gesagt«, erklärte Bill. »Außerdem scheinen Sie ausschließlich in Klischees zu reden. Und *Ihnen* haben wir die Erziehung unserer Tochter anvertraut? Das werden wir möglicherweise noch einmal überdenken müssen.«

Mrs Cobb straffte die Schultern und strich ihre Bluse glatt. »Seien Sie versichert, dass Sie sich darüber keine Gedanken mehr zu machen brauchen.«

»Oh, ausgezeichnet«, flötete Betty. »Sie verlassen die Schule also?«

»Nein, Mrs Lamont, Ihre *Tochter* wird die Schule verlassen.«

Betty lachte höflich. »Das glaube ich nun wirklich nicht. Bill?«

Bill zog sein Smartphone – das er halb im Spaß das mächtigste Telefon Floridas nannte – aus der Tasche und wählte eine Nummer.

»Handys sind im Rektorat nicht erlaubt«, sagte Cobb.

Bill ignorierte sie. »Grant«, sagte er lächelnd, als der Anruf entgegengenommen wurde, »tut mir leid, wenn ich dich mitten am Tag anrufe. Nein, nein, nichts dergleichen. Noch nicht jedenfalls. Nein, ich möchte dich um einen Gefallen bitten. Die Rektorin von Ambers Schule – du kennst sie? Genau die. Ich hätte gern, dass du sie feuerst.«

Kopfschmerz begann, wie Finger leicht von innen an Ambers Schädeldecke zu klopfen. So weit wollten sie es heute also treiben. Bis an die Spitze.

»Danke«, sagte Bill. »Und grüße Kirsty von mir.«

Bill legte auf und schaute Cobb an. »Sie sollten jeden Augenblick einen Anruf erhalten.«

Cobb seufzte. »Das ist nicht witzig, Mr Lamont.«

»Keine Bange, es wird noch entschieden lustiger.«

»Mein Entschluss steht fest. Jede weitere Diskussion darüber erübrigt …«

Bill hob einen Finger, um sie zum Schweigen zu bringen.

Cobb gehorchte gerade mal vier Sekunden, dann setzte sie erneut zum Sprechen an: »Wenn Sie nicht vernünftig über die Sache reden wollen, habe ich Ihnen nichts mehr zu sagen. Ich bedaure, dass wir keine andere Lösung für unser …«

»Bitte«, unterbrach Betty sie, »warten Sie einen Moment.«

Cobb schüttelte den Kopf. Dann läutete ihr Telefon. Sie fuhr regelrecht zusammen.

»Ich würde drangehen«, riet Betty ihr freundlich. »Es ist für Sie.«

Cobb zögerte. Das Telefon läutete noch zweimal, bevor sie abnahm. »Hallo? Jaja, Sir. Ich bin mitten in … was? Aber das können Sie nicht machen.« Sie wandte sich ab. Sie war blass geworden und sprach leise weiter. »Bitte, das können Sie nicht machen. Ich habe nichts …«

Amber hörte von ihrem Platz aus das Freizeichen. Cobb saß reglos da. Dann begannen ihre Schultern zu zucken und Amber sah, dass sie weinte.

Amber war übel. »Bill, ist es wirklich nötig, dass wir sie feuern lassen?«

Bill beachtete sie nicht. Er erhob sich. »Also dann. Amber, wir lassen dich jetzt wieder in deine Klasse gehen. Du arbeitest später im Schnellimbiss, nicht wahr? Versuche, dort nichts zu essen – es gibt heute Abend Ente.«

Als ihre Eltern zur Tür gingen, drehte sich Amber noch einmal zu Cobb um.

Die Rektorin erhob sich rasch und wischte sich die Tränen ab. »Bitte. Es tut mir leid. Sie sind offensichtlich sehr einflussreich und Amber ist tatsächlich ein ganz besonderes Mädchen.«

»Ein ganz besonderes«, bestätigte Bill, der mit einem Fuß schon auf dem Flur stand.

Cobb kam im Eilschritt hinter ihrem Schreibtisch hervor. »Es tut mir leid, dass ich das nicht erkannt habe. Besondere Schüler verdienen eine besondere Behandlung. Freiraum. Sie verdienen Freiraum und … und Verständnis. Spielraum.«

»Spielraum, Freiraum und Verständnis«, wiederholte Betty und nickte. »Das waren immer unsere Maßstäbe für ein glückliches Leben.«

»Bitte«, sagte Cobb, »lassen Sie mich nicht feuern.«

»Na ja, ich weiß nicht«, meinte Betty. »Das liegt jetzt an Amber. Amber, bist du der Meinung, Mrs Cobb sollte ihren Job behalten?«

Ein Teil von Amber, ein hinterhältiger, verborgener Teil, wollte Nein sagen. Wollte ihre Rektorin für ihre harte Haltung und ihre Engstirnigkeit bestrafen – doch dieser Teil sah Cobb nicht als Person. Es spielte keine Rolle, wie unsympathisch Amber die Frau sein mochte. Sie würde jedenfalls nicht ihr Leben ruinieren, nur um ihr eine Lektion zu erteilen.

»Äh, ja, sie kann ihn behalten«, sagte Amber.

»Danke.« Cobb sackte sichtlich in sich zusammen. »Danke.«

»Moment.« Bill kam ins Büro zurück. »Mrs Cobb, Sie haben uns beschuldigt, schlechte Eltern zu sein. Wenn Sie Ihren Job wiederhaben wollen, genügt eine einfache Entschuldigung nicht.«

»Oh ja!« Betty klatschte vergnügt in die Hände. »Sie sollte darum betteln.«

Amber schaute ihre Eltern entsetzt und ungläubig an. Cobb runzelte die Stirn.

»Wie bitte?«

Bettys Lächeln verschwand. »Betteln, sagte ich.«

Amber hatte sich getäuscht. Sie hatte geglaubt, das volle Ausmaß der elterlichen Strafen zu kennen, doch das ging einen Schritt weiter. Das war rachsüchtig, als verlören sie aus einem Grund, den sonst niemand kannte, die Geduld. Das war etwas ganz und gar Neues.

Cobb warf Amber einen kurzen Blick zu und wandte sich dann wieder an Bill und Betty. »Hm … bitte«, begann sie leise, »kann ich bitte meinen Job behalten? Ich … ich flehe Sie an.«

Bill zuckte mit den Schultern. »Klar, okay.« Er machte eine weit ausholende Armbewegung in Richtung Tür. »Sollen wir?«

Sie verließen das Büro, ließen Mrs Cobb, der Tränen übers Gesicht liefen, stehen und gingen schweigend den Flur hinunter. Genau an der Stelle, an der ihre Eltern nach rechts zum Parkplatz abbogen und Amber nach links zu ihrem Klassenzimmer, schaute Bill sie an.

»Dieses Mädchen, mit dem du die ›Auseinandersetzung‹ hattest, Saffron, richtig? War sie nicht deine Freundin?«

»Als wir klein waren«, antwortete Amber leise.

Er nickte, überlegte kurz und ging dann davon.

Ihre Mutter tätschelte Ambers Schulter und blickte mitfühlend. »Kinder können so grausam sein«, sagte sie. Dann folgte sie ihrem Mann.

2

Die Kopfschmerzen, die sich seit der Mittagspause angekündigt hatten, schlugen gegen Unterrichtsende voll zu und trieben dünne Nadeln aus schierem Schmerz tief in Ambers Schläfen. Sie warf zwei Tabletten ein und zur Halbzeit ihrer Schicht im Schnellrestaurant hatte sich der Schmerz bis auf ein dumpfes Pochen irgendwo im Hinterkopf verzogen.

»Meine Eltern werden immer merkwürdiger«, sagte sie.

Sally schaute von ihrer Zeitschrift auf. »Bitte?«

»Meine Eltern«, wiederholte Amber. Sie wischte gerade den Tisch ab und bemühte sich, lässig zu klingen. »Sie werden immer merkwürdiger.«

»Ist das überhaupt möglich?«

»Eigentlich nicht. Aber soll ich dir sagen, was sie sich heute geleistet haben? Sie mussten in meiner Schule antanzen und haben die Rektorin zum Weinen gebracht. Sie hat tatsächlich Tränen vergossen. Sie hat gebettelt und alles. Sie … sie haben sie traumatisiert. Es war so krass.«

Sally veränderte ihre Position, lehnte sich in ihrem rot-gelben Firebird-T-Shirt auf dem Tresen zurück und blickte nachdenklich vor sich hin. »Das«, meinte sie schließlich, »ist der Hammer. Ich hätte es als Teenager genossen, wenn meine Eltern meinen Rektor zum Weinen gebracht hätten. Wenn meine beiden auf die Highschool kommen, will ich ihren Rektor zum Weinen bringen. Ich habe meinen gehasst. Ich habe alle meine Lehrer gehasst. Sie haben immer behauptet, ich würde es zu nichts bringen. Aber schau mich an! Dreiunddreißig Jahre alt, keine Ausbildung und Kellnerin in einem schäbigen Schnellrestaurant mit einem Neon-Elvis an der Wand.«

Amber reckte den Daumen hoch. »Du lebst deinen Traum, Sally.«

»Da hast du verdammt recht. Und hey, wenigstens nehmen deine Eltern ausnahmsweise mal Anteil. Das ist doch was, oder?«

»Na ja … wahrscheinlich.«

»Hör auf mich. Halte noch ein paar Jahre durch, dann kannst du irgendwo studieren und dir dein eigenes Leben aufbauen.«

Amber nickte. New York, stellte sie sich vor, oder Boston. Irgendwo, wo es kühler war als in Florida und nicht allein die Luft schon Schweißausbrüche bei ihr auslöste.

»Was ich sagen will, ist Folgendes«, fuhr Sally fort. »Wo und wann immer du dich entscheidest, deine eigene Familie zu gründen, kannst du es *richtig* machen.« Sie lächelte. »Okay?«

Amber konnte Sallys Lächeln einfach nicht widerstehen. »Ja. Okay.«

»Braves Mädchen.«

Gäste betraten das Restaurant und Sally ging sie mit federnden Schritten begrüßen. »Hallo«, sagte sie strahlend. »Willkommen im Firebird! Darf ich Sie zu Ihrem Tisch bringen?«

Amber beobachtete sie und bewunderte sie dafür, wie natürlich ihre plötzliche Fröhlichkeit wirkte. Ein Lächeln von Sally konnte schlechte Laune in ihr Gegenteil verkehren, ein Phänomen, das Amber bei unzähligen Gelegenheiten erlebt hatte und das seine Wirkung so gut wie nie verfehlte. Die Gäste erwiderten ihr Lächeln, sie wechselten noch ein paar Worte, dann führte Sally sie zu einem Tisch am Fenster. Obwohl das Firebird in Florida unter den erfolgreichsten im Stil der Fünfzigerjahre gehaltenen Franchise-Restaurants an dritter Stelle stand – und Amber hatte keine Ahnung, wie diese Statistik zustande kommen konnte –, war mittwochnachmittags nie viel los. An solchen Tagen gehörte es zur Geschäftspolitik, so viele Gäste wie möglich ans Fenster zu setzen, um weitere Leute anzulocken. Anscheinend aßen hungrige Menschen gern in Gesellschaft anderer hungriger Menschen. Amber hatte das nie verstanden. Solange sie sich erinnern konnte, hatte sie es immer gehasst, wenn Leute ihr beim Essen zugeschaut hatten. Selbst in Gesellschaft ihrer Eltern zu essen, behagte ihr nicht.

Wenn sie allerdings ehrlich mit sich selbst sein sollte – und wenn sie mit sich selbst nicht ehrlich sein konnte, mit wem dann? –, mochte die unleugbar merkwürdige Art ihrer Eltern etwas damit zu tun haben.

Ihre Eltern waren seltsam. Amber wusste das nun schon seit geraumer Zeit. Von jeher war es, als amüsierten sie sich gemeinsam über einen Witz, in den sie nie eingeweiht worden war. Sie liebte sie, ja natürlich, aber sie war sich immer vorgekommen wie ein Anhängsel. Sie machte die Familie nicht komplett, weil die Familie sie nicht brauchte, um komplett zu sein. Bill und Betty Lamont passten so perfekt zusammen, dass es keine Lücken gab, die Amber hätte ausfüllen können.

Zwei Typen, beide knapp unter zwanzig, betraten das Restaurant. Lachend und plaudernd standen sie am PLEASE WAIT TO BE SEATED-Schild und schauten Amber erst an, als sie in ihrer muntersten Stimme mit einem »Hi!« grüßte. »Willkommen im Firebird. Kann ich euch zu eurem Tisch bringen?«

»Ich sehe nichts, was dagegenspricht«, erwiderte der Erste.

Immer noch lächelnd drehte Amber sich auf dem Absatz um, dabei achtete sie darauf, dass ihr Lächeln nicht verrutschte. Sie war nicht so hübsch wie Sally, war nicht so groß wie Sally, war nicht so charmant wie Sally und machte in ihren gelben Shorts definitiv keine so gute Figur wie Sally. Aber es gab im Restaurant so viele Spiegel, dass es beträchtliche Trinkgeld-Einbußen bedeuten konnte, wenn man an irgendeiner beliebigen Stelle sein Lächeln verlor. Bei der Nische in der Ecke blieb sie stehen und ihre beiden Kunden rutschten rechts und links vom Tisch auf die Bänke.

Sie zog ihren Block aus der hinteren Hosentasche und stellte sich vor: »Ich bin Amber und werde euch heute Abend bedienen.«

»Hi, Amber«, erwiderte der erste Typ. »Ich bin Dan, das ist Brandon und wir sind heute Abend deine Kunden.«

Amber lachte leise. »Was darf ich euch bringen?«

»Wir machen es heute einfach und nehmen euren Cheeseburger mit allem Drum und Dran.«

Amber schrieb die Bestellung auf. »Zwei Cheeseburger mit allem, zwei Mal Fritten. Kein Problem. Und zu trinken?«

»Cola«, sagte Dan.

»Eine Cola.«

»Oder doch nicht«, korrigierte er sich. »Ich nehme lieber einen Erdbeer-Milchshake.«

»Einen Erdbeer-Milchshake. Hab ich. Und für dich?«

Brandon schaute nicht von der Karte auf. »Habt ihr 7-Up?«

»Wir haben Sprite«, erwiderte Amber.

»Das ist nett.« Brandon hob langsam den Blick und schaute sie an. »Aber ich habe nicht gefragt, ob ihr Sprite habt. Ich habe gefragt, ob ihr 7-Up habt.«

Ambers Kopfschmerzen wurden wieder stärker, doch sie behielt ihr Lächeln bei und schluckte ihre Antwort hinunter. Sie brauchte den Job. In zwei Monaten fand der *Dark Places*-Kongress statt und die Karten waren nicht billig.

»Tut mir echt leid, aber wir haben kein 7-Up«, sagte sie strahlend, als hätte man ihr gerade eröffnet, dass sie in einer Tombola ein Kaninchen gewonnen hatte. »Hättest du stattdessen gerne ein Sprite?«

Brandon nahm seine Brille ab und putzte sie. »Wenn ich Sprite gewollt hätte, hätte ich Sprite bestellt, oder?«

Dan grinste. »Bitte entschuldige Brandon. Er ist wieder mal launisch. Brandon, welches der Getränke von der Karte möchtest du haben?«

Brandon stieß einen tiefen Seufzer aus. »Dann werde ich wohl auch einen Milchshake nehmen.«

»Okay.« Amber drückte den Stift aufs Papier. »Welche Sorte?«

»Hm, ich weiß nicht. Welche kannst du empfehlen?«

»Mir hat Schokolade immer am besten geschmeckt.«

»Dann nehme ich Vanille«, entgegnete Brandon und setzte seine Brille wieder auf.

Dan versuchte, nicht über die Mätzchen seines Kumpels zu lachen. Amber stand da und lächelte. »Gerne. Kann ich euch sonst noch etwas bringen?«

»Wenn uns etwas einfällt«, antwortete Dan, »rufen wir dich. Versprochen.«

Amber lächelte und ging. Dabei kämpfte sie gegen eine schäumende Welle der Übelkeit an. Sie trat durch die Schwingtüren zur Küche, lehnte sich einen Augenblick an die Wand und wartete, bis es vorbei war. Als sie sicher war, dass sie nicht ohnmächtig würde oder sich übergeben musste, gab sie die Bestellung weiter und stellte sich neben Sally, um wie sie Milchshakes zuzubereiten.

Amber ignorierte ihre anschwellenden Kopfschmerzen und fragte: »Wie sind deine Typen so?«

»Zwei Geschäftsleute«, antwortete Sally. »Primitivlinge. Sie flirten echt schlimm mit mir und ich weiß jetzt schon, dass sie Soßenflecken auf dem Hemd haben werden, wenn sie hier wieder rausgehen. Wie steht's mit deinen? Der mit der Brille sieht süß aus.«

»Er ist ein Arsch.«

»Aber so süß auch wieder nicht«, korrigierte sich Sally rasch. »Wenn du mich hättest ausreden lassen, hättest du mich sagen hören, er sieht süß aus, ist bei näherer Betrachtung aber ein Arsch.«

Amber grinste. »Das wolltest du sagen?«

Sally nickte. »Wenn du mich nur hättest ausreden lassen, anstatt weiterzuquasseln, wie du es immer tust.«

»Ich bin eben ein Quassler.«

»Genau.«

Amber stellte die Milchshakes auf ein Tablett, atmete tief durch und ging wieder hinaus.

Brandon sah ihr entgegen und sie versuchte ein Lächeln. Überzeugend war es nicht, aber es würde reichen. Das Trinkgeld war ihr inzwischen egal. Sie wollte nur noch, dass die beiden Typen verschwanden und ihre schlechten Schwingungen mitnahmen, damit sie sich endlich in dem Unwohlsein suhlen konnte, das sie schon den ganzen Tag zu überwältigen drohte. »Dann wollen wir …«, begann sie, doch der Kopfschmerz setzte erneut ein und stach wie mit Nadeln von hinten in ihre Augen. Sie zuckte zusammen, das Tablett neigte sich und die Milchshakes rutschten auf eine Seite, kippten über den Rand und die Gläser zerschellten auf dem Boden.

Das Geräusch von splitterndem Glas fegte den Kopfschmerz weg, und als Amber wieder klar sehen konnte, stellte sie fest, dass sich die Milchshakes überall verteilt hatten. Sie hatten ihre Turnschuhe durchweicht und Spritzer davon waren auf dem Saum von Brandons Jeans.

Dan brüllte vor Lachen, doch Brandon blickte sie finster an. Sein Gesicht färbte sich rot.

»Oh mein Gott«, stammelte Amber. »Es tut mir leid. Es tut mir schrecklich leid.«

»Du …«

»Ich mache alles wieder sauber. Es tut mir leid.«

»Du dumme, fette Sau.«

Amber erstarrte.

»Du ungeschickter, hässlicher Troll«, fuhr Brandon fort. »Das hast du doch mit Absicht getan.«

»Nein, ich schwöre …«

»Du hast das mit Absicht über mich geschüttet.«

»Es war ein Versehen.«

Sally kam herübergeeilt, den Wischlappen schon in der Hand. »Kein Grund zur Aufregung, wir bringen das …«

Brandon zeigte mit dem Finger auf Amber. »Sie hat das mit Absicht getan.«

Sally lachte. »Ich bin sicher, es war ein …«

»Ich will, dass sie gefeuert wird.«

Sally hörte auf, den Boden zu wischen. Aus ihrem Lachen wurde ein amüsiertes Lächeln. »Sie wird nicht gefeuert, nur weil sie ein Tablett fallen ließ. So etwas passiert eben. Wie wäre es damit? Euer Essen geht aufs Haus.«

»Unser Essen liegt auf dem Boden«, erwiderte Brandon. »Wo ist der Manager? Ich will mit dem Manager sprechen. Ich will, dass diese fette Sau gefeuert wird.«

Sallys Gesicht wurde zu Stein. »Raus«, sagte sie. »Alle beide. Raus. Ihr seid hier nicht mehr willkommen.«

Dan hob in gespielter Unschuld die Hände. »Ich habe nichts getan. Ich hab einfach nur dagesessen. Was habe ich falsch gemacht?«

»Du hast den falschen Freund«, antwortete Sally. »Los. Raus.«

Brandon hielt seinen Blick weiter stur auf Amber gerichtet. Er war blass geworden und seine Miene starr, als wollte er sich auf sie stürzen. Dan musste ihn praktisch zur Tür schleifen.

Sally stand da, die Hände in die Seiten gestemmt. »Wow«, schnaufte sie, als sie weg waren, »das waren vielleicht zwei Ärsche. Alles okay, Liebes?«

»Alles gut.«

Sally tätschelte Ambers Schulter. »Das sind Vollpfosten. Vergiss alles, was sie gesagt haben.«

Sally half Amber beim Beseitigen des Durcheinanders. Die beiden Geschäftsleute warfen ihr verstohlene Blicke zu, wann immer es ging, und Amber konnte es ihnen nicht verdenken. Sally war auch noch beim Bodenwischen hübsch. Sie wurde von der Anstrengung nicht rot im Gesicht wie Amber und ihr Pferdeschwanz löste sich nicht auf wie der von Amber. Sie sah selbst in ihrem Firebird-T-Shirt noch gut aus.

Amber versuchte, möglichst nicht in die Spiegel zu schauen. Ihre Laune war ohnehin schon im Keller.

Der Rest ihrer Schicht schleppte sich dahin. Als sie endete, zog sie ein frisches T-Shirt und Shorts an, die nicht gelb waren, verabschiedete sich vom Koch und von Sally und trat auf den Gehweg. Es wurde bereits dunkel, doch die Hitze wartete noch auf sie und auf ihrer Stirn prickelte der Schweiß, als sich ihre Lunge mit warmer Luft füllte. Sie hatte ihr ganzes Leben in Florida verbracht, war in Orlando geboren und aufgewachsen und reagierte trotzdem immer noch wie ein Tourist auf die Hitze. Deshalb lag ihr Zimmer, obwohl sie eine große, zweistöckige Villa ihr Zuhause nennen durfte, im Erdgeschoss, wo die Luft geringfügig kühler war, vor allem an einem Tag wie diesem, an dem sich Wolken zusammenballten. Es würde Regen geben. Höchstwahrscheinlich auch ein Gewitter.

Ambers Heimweg dauerte zu Fuß eine Viertelstunde. Andere Jugendliche hätten wahrscheinlich ihre Mom oder ihren Dad anrufen können, damit sie abgeholt würden, doch Bill und Betty hatten feste Vorstellungen davon, was Unabhängigkeit bedeutete. Inzwischen hatte Amber sich daran gewöhnt. Mit etwas Glück erreichte sie die Haustür, ohne klatschnass zu werden.

Sie überquerte die Straße und bog in die schmale Gasse ein, die zu dem Tanzstudio führte, das sie als Kind gehasst hatte. Zu unkoordiniert, das war ihr Problem. Das und die Tatsache, dass ihre Tanzlehrerin sie mit einem erschreckenden Maß an Bosheit gehasst hatte. Amber würde nie so hübsch werden wie die hübschen Mädchen oder so anmutig wie die anmutigen Mädchen und sie hatte sich damit abgefunden, schon als Kind. Ihre Tanzlehrerin dagegen schien es nicht akzeptieren zu wollen.

Amber hatte das schlecht gemalte Schild mit der Ballerina und dem warum auch immer aus den Achtzigerjahren stammenden

Hip-Hop-Tänzer erreicht, als Dan und Brandon um die Ecke bogen.

Sie waren im Gespräch – Dan schalt Brandon und Brandon sah angepisst aus –, doch als sie Amber sahen, verstummten sie. Amber stand da, ihre Beine waren steif und machten nicht mehr das, was sie wollte, und irgendwo hinter ihren Augen braute sich die nächste Kopfschmerzattacke zusammen.

Brandon grinste. Es lag nichts Freundliches darin.

Amber zwang ihre Beine zum Weitergehen und bog in die Gasse links von ihr ein. Die beiden folgten ihr. Sie legte in der zunehmenden Dämmerung einen Zahn zu.

»Quiek, quiek, Miss Piggy«, rief Brandon hinter ihr.

Amber begann zu laufen.

Sie lachten und nahmen die Verfolgung auf.

Amber stürmte aus der Gasse, überquerte die Straße und schlüpfte in die Lücke zwischen der Rückseite eines Waschsalons und einem Anwaltsbüro. Sie merkte sofort, dass es ein Fehler war. Sie hätte in Richtung Pizzeria laufen sollen, wo Leute gewesen wären, Licht und Lärm. Stattdessen rannte sie über ein unbebautes Grundstück und war außer Atem. Eine Hand packte ihre Jacke und sie schrie auf, wand sich, verfing sich in Dans Beinen und ging mit ihm zu Boden.

Sie landete hart und schmerzhaft und Dan lag auf ihr.

»Autsch.« Lachend rollte er sich von ihr herunter. »Autsch, das hat wehgetan.«

Amber stand auf und wich zurück. Sie rieb ihre Handflächen, die sie bei dem Sturz aufgeschürft hatte. Die Kopfschmerzen glichen einer Gewitterwolke in ihrem Schädel. Sie bekam Gänsehaut. Ihr Magen hob sich.

Dan stand keuchend auf und Brandon joggte gemächlich zu ihnen herüber.

»Das ist nicht komisch«, sagte Amber.

»Das soll es auch nicht sein«, erwiderte Brandon.

»Warum bist du gerannt?«, fragte Dan feixend. »Wir wären nicht gerannt, wenn du nicht gerannt wärst. Warum bist du gerannt?«

»Lasst mich gehen«, verlangte Amber.

Dan breitete die Arme aus. »Wir halten dich nicht auf. Du kannst gehen, wohin du willst.«

Amber zögerte und wollte dann zwischen ihnen durchgehen. Beide waren um etliches größer als sie. Sie machte noch einen Schritt, doch kaum hatte sie ihnen den Rücken gekehrt, war Dan direkt hinter ihr und folgte ihr auf den Fersen.

Sie wirbelte herum und sah erst einmal alles nur undeutlich. »Hört auf, mir nachzulaufen.«

»Du kannst mir nicht vorschreiben, wohin ich gehen darf und wohin nicht.« Dan klang plötzlich ärgerlich. »Wir sind hier in Amerika. In einem freien Land. Schon vergessen?«

Ganz hinten in ihrem Mund schmeckte sie Kupfer. »Lasst mich in Ruhe«, bat sie matt.

»Wir tun doch überhaupt nichts!«, brüllte Dan ihr ins Gesicht. Sie zuckte zurück.

Brandon ging um sie herum. »Gib zu, was du getan hast, Miss Piggy. Gib zu, dass du den Milchshake mit Absicht über mich geschüttet hast.«

»Es war ein Versehen, ich schwör's.«

»Wenn du zugibst, dass du es mit Absicht getan hast, verschwinden wir«, versprach Dan, wieder ganz der Vernünftige.

Er stand direkt vor ihr, als er das sagte, doch es klang, als sei er hundert Meilen weit weg. Sie musste das jetzt zu Ende bringen, sofort, bevor die Schwärze am Rand ihres Sehfeldes sich ausbreitete und sie zusammenbrach.

»Okay. Okay, ich hab's mit Absicht getan.«

Sie nickten, als hätten sie es von Anfang an gewusst. Doch sie verschwanden nicht.

»Du hast mich als Lügner hingestellt«, sagte Brandon.

Amber versuchte, sich auf Dan zu konzentrieren. »Du hast gesagt, ihr würdet verschwinden.«

»Du liebe Güte.« Er schnitt eine Grimasse. »Sei nicht so verdammt unhöflich.«

»Okay. Ich hätte es nicht tun sollen. Es tut mir leid. Es war dumm von mir. Es tut mir sehr leid. Bitte, lasst mich nach Hause gehen.«

»Zum letzten Mal«, sagte Dan, »*wir halten dich nicht auf*. Wir hindern dich nicht daran, irgendetwas zu tun. Ist das so schwer zu begreifen? Bist du wirklich so blöd? Bist du wirklich so doof? Und hör auf, uns zu behandeln, als seien wir hier die Bösen, okay? *Du* hast schließlich den Milchshake über meinem Freund ausgeschüttet. *Du* bist schuld, dass wir rausgeworfen wurden. *Du* bist losgerannt. *Du* bist schuld, dass ich gestürzt bin. Mein Knie *blutet*! Aber beklage ich mich deshalb? Mache ich ein Theater darum? Nein, mache ich nicht. Aber *du*? Du hörst einfach nicht auf, aus dieser ganzen Sache ein verdammtes *Drama* zu machen.«

»Mir geht's …«

»Was? Was war das?«

»Mir geht's nicht gut.«

Ihre Knie knickten ein und sie streckte die Hand aus, um sich irgendwo festzuhalten. Sie erwischte Dans Hemdbrust. Er schnitt eine Grimasse und stieß sie zurück. Sie schwankte und dann war Brandon da, packte sie, stellte sie aufrecht hin …

… und schlug zu.

Der Schmerz war nichts, verglichen mit dem Tornado in ihrem Kopf. Doch seine Faust rüttelte sie durch, schärfte ihre Sinne und sie sah, wie er seine Knöchel betrachtete, als überraschte es ihn, dass er es getan hatte. Danach ging alles ganz schnell, und als sie eine Hand an ihrem Gesicht spürte, biss sie fest zu und hörte ein Heulen.

Sie sah wieder klar. Brandons entsetzte Miene tauchte vor ihr auf. Sie schlug zurück, so fest sie konnte, und sein Kinn brach unter ihrer Faust.

Ein Augenblick wurde zur Ewigkeit.

Sie betrachtete ihre Faust.

Es war seltsam – in diesem Dämmerlicht sah ihre Haut fast rot aus.

Ein dunkleres Rot allerdings als das Blut, das in grandioser Zeitlupe aus der Ruine sprudelte, die einmal Brandons Gesicht gewesen war. War das ihr Werk? Passierte das wirklich? In diesem Augenblick, in diesem triumphalen Augenblick fand Amber die Zeit, sich zu fragen, ob sie sich alles nur einbildete. Das konnte doch nur eine bizarre Halluzination sein, hervorgebracht durch Adrenalin und diese immer schlimmer werdenden Kopfschmerzen.

Im Moment hatte sie allerdings keine Kopfschmerzen. Sie verspürte keinerlei Schmerz. Stattdessen ging es ihr … super. Sie fühlte sich frei. Sie empfand …

Macht.

Die Zeit nahm wieder Tempo auf. Auf ihrem T-Shirt waren Blutspritzer und Brandon ging zu Boden. Und jetzt, da sie wieder die Geräusche ihrer Umgebung wahrnehmen konnte, hörte sie seine gurgelnden Schreie. Er hatte beide Hände vors Gesicht geschlagen und kroch hektisch davon, wobei er eine Blutspur hinterließ. Dan wich zurück. Er starrte sie an. Sein Gesicht war kalkweiß, seine Augen weit aufgerissen und in seinem Blick lag das blanke Entsetzen.

Es war ihr Werk. Das Blut und die Schreie und die gebrochenen Knochen. Es war keine Halluzination. Sie hatte das getan.

Sie hob ihre mit Blut gesprenkelte Hand. Ihre Haut war wieder normal. Das war gut. Normal war gut.

Da war etwas in ihrem Mund. Etwas, das nach Kupfer schmeckte. Sie spuckte aus. Brandons Finger fiel auf den Boden.

Amber drehte sich um und rannte los.

3

Sie hatte Blut an den Händen.

Nicht im metaphorischen, bildlichen Sinn, obwohl das natürlich auch der Fall war, aber sie hatte in einem realen, physischen Sinn reales Blut an ihren realen Händen und es erwies sich als überraschend schwer, es abzuwaschen. Amber schrubbte hektisch, besah sich das Ergebnis und schrubbte erneut. Ihr fiel nicht zum ersten Mal auf, dass ihre Hände ziemlich klein waren. Hätte der Rest ihres Körpers den Proportionen ihrer Hände entsprochen, wäre sie vielleicht keine solche Zielscheibe gewesen. Diese Gedanken kamen ihr, während sie das Blut wegschrubbte.

»Amber?« Die Stimme ihrer Mutter von der anderen Seite der Badezimmertür.

Amber betrachtete sich im Spiegel über dem Waschbecken – wilder, panischer Blick. »Ja?« Sie bemühte sich, ihre Stimme so ruhig wie möglich klingen zu lassen.

»Ist alles in Ordnung?«

»Alles gut. Ich bin in einer Minute draußen.« Amber lauschte. Ihre Mutter zögerte kurz, bevor sie den Flur hinunterging.

Sie drehte den Wasserhahn zu und untersuchte erneut ihre Hände. Einen lächerlichen Augenblick lang glaubte sie, sie seien immer noch voller Blut. Doch dann schloss sie die Augen und schüttelte den Kopf. Durch das hektische Schrubben waren sie wund und rot, das war ganz normal. Kein Grund für ihre Fantasie, sich deshalb zu überschlagen. Es gab auch so genug, weswegen man ausflippen konnte.

Sie klappte den Klodeckel herunter, setzte sich darauf, atmete tief ein und aus und ging die Fakten durch. Ja, sie hatte diesen Typen ernstlich verletzt, aber sie hatte in Notwehr gehandelt. Zwei gegen eine. Das sah die Polizei bestimmt genauso. Wenn sie ihn nur nicht ganz so spektakulär verletzt hätte.

Amber runzelte die Stirn. Wie hieß er gleich noch mal? Der Typ, dem sie die Visage eingeschlagen hatte?

Brandon, genau. Sie war froh, dass sie es noch wusste. Aus irgendeinem Grund erschien es ihr wichtig, dass sie sich, nach dem, was sie ihm angetan hatte, an seinen Namen erinnerte.

Sie hatte das nicht gewollt und hatte keine Ahnung, wie es passieren konnte. Sie hatte Geschichten über Adrenalin gehört und darüber, was es mit dem menschlichen Körper machen konnte. Mütter, die Autos von Kleinkindern hoben, und solche Sachen. Sie vermutete, dass es durchaus *möglich* war, dass Adrenalin ihr die schiere Aggressivität zum Knochenbrechen verliehen hatte, und überhaupt: Wie viel Kraft brauchte es *wirklich*, um einen Finger abzubeißen?

Allein bei dem Gedanken hob sich ihr Magen wieder.

Sie stand auf und betrachtete sich im Spiegel. Ihre Haut war blass und fleckig und ihr Haar ein verknotetes, krauses Durcheinander. Ihre Augen – haselnussbraun mit goldenen Sprenkeln und das Einzige an ihr, das sie nicht hasste – waren rot vom Weinen.

Sie ging in ihr Zimmer und tauschte ihr blutbesudeltes T-Shirt gegen ein Top ein, von dem die Verkäuferin im Geschäft gemeint hatte, es schmeichelte ihrer Figur. Amber war sich nicht sicher, ob sie ihr glaubte, aber es war ein hübsches Top, auch wenn es an ihr nicht besonders gut aussah. Sie merkte, dass ihre Hände zitterten.

Sie setzte sich auf die Bettkante. Natürlich zitterten sie. Sie stand unter Schock. Sie brauchte Hilfe. Einen Rat. Trost.

Zum ersten Mal, seit sie dem Kindesalter entwachsen war, brauchte sie ihre Eltern.

»Zum Teufel«, murmelte sie. Einen Versuch war es wert.

Sie hörte sie in der Küche, wo sie letzte Hand ans Abendessen legten. Amber ging mit bleischweren Beinen über den Flur. Das ganze Haus duftete nach Ente, auf den Punkt gebraten, und normalerweise hätte ihr Magen geknurrt. Doch im Moment summte in ihrem Magen nur eine nervöse Stubenfliege. Sie versuchte, sich zu erinnern, wann sie das letzte Mal mit ihren Eltern über etwas Wichtiges gesprochen hatte. Oder wann sie das letzte Mal über *irgendetwas* mit ihnen gesprochen hatte.

Es gelang ihr nicht.

Mit trockenem Mund betrat sie die Küche. Bill schaute nach der Ente im Ofen. Von Betty keine Spur. Amber merkte, wie ihr der Mut sank. Sie brauchte sie beide gleichzeitig zum Reden. Mit nur einem Elternteil ging es nicht. Wirklich nicht? Oder war das eine Bedingung, die sie für sich stellte, nur um eine Ausrede zum Kneifen zu haben?

Und dann verließ sie der Mut ganz, einfach so.

Erleichterung zog die Steifheit aus ihren Gelenken und sie sackte in sich zusammen. Ohne dass Bill merkte, dass sie hinter ihm gestanden hatte, verließ sie rückwärts die Küche und ging zurück in ihr Zimmer. Vielleicht konnte sie das Thema während des Abendessens ansprechen, vorausgesetzt, es entstand eine Pause in der Unterhaltung. In dem Zwiegespräch ihrer Eltern, versteht sich, da Amber nur selten nach ihrer Meinung gefragt wurde. Wahrscheinlich würde ohnehin keine Pause entstehen, doch selbst wenn, war dies wohl kaum ein angemessenes Thema. Dann eben nach dem Abendessen oder später am Abend oder …

Amber betrat ihr Zimmer, doch Betty war bereits da, das blutverschmierte T-Shirt in der Hand.

»Wessen Blut ist das?«, fragte ihre Mutter.

Amber suchte nach einer Antwort, die ihr nicht einfallen wollte.

Betty ließ das T-Shirt aufs Bett fallen, kam zu ihr herüber und ergriff ihren Arm. »Bist du verletzt?«, wollte sie wissen. »Hat dir jemand etwas getan?«

Amber schüttelte den Kopf.

»Was ist passiert? Sag es mir, Amber.«

»Alles in Ordnung«, brachte Amber heraus.

Ihre Mutter schaute ihr tief in die Augen, als sei die Wahrheit dort unter Verschluss.

»Es ist nicht mein Blut«, fuhr Amber leise fort.

»Wessen Blut ist es dann?«

»Im Firebird. Ein paar Typen.«

Betty ließ sie los und trat zurück. »Wie viele?«

»Zwei. Sie sind mir gefolgt. Sie haben mich *angegriffen.*«

Auf Bettys Gesicht lag ein seltsamer Ausdruck. »Amber. Liebes, was hast du getan?«

»Gar nichts«, antwortete Amber und dann sprudelte es aus ihr heraus: »Ich hab mich verteidigt. Ich habe nichts Falsches getan. Sie sind im Firebird ausfällig geworden und wir haben sie aufgefordert zu gehen. Ich bin ihnen auf dem Nachhauseweg begegnet und sie haben mich verfolgt. Sie haben *mich* angegriffen, Betty. Zwei gegen eine.«

»Du hast dich verteidigt? Bist du okay?«

»Ich … mir geht's gut. Wirklich.«

»Und wie geht es *ihnen*?«

Jetzt wich Amber aus. »Hm, ich … ich weiß es nicht. Einer der beiden … ich glaube, ich habe ihm den Kiefer gebrochen. Und einen Finger abgebissen.«

»Du hast ihm in den Finger gebissen?«

»Ich habe ihm den Finger *abgebissen.*«

»Oh, Liebes!« Betty nahm Amber in den Arm. Amber verharrte reglos. Sie konnte sich nicht erinnern, wann ihre Mutter sie das letzte Mal umarmt hatte. »Und du bist ganz sicher, dass du nichts abbekommen hast?«

»Ganz sicher. Das Adrenalin hat einfach … Mir geht's gut.«

»Ist dir das schon öfter passiert? Dass dich eine solche Welle von Kraft überkam?«

»Nein.« Amber fragte sich, wie lange sie noch so ausharren musste. »Es war das erste Mal.«

»Wie geht es dir, abgesehen davon? Wie fühlst du dich? Übelkeit? Kopfschmerzen?«

»Ein … ein wenig. Woher weißt du das?«

Betty ließ ihre Tochter los und schaute sie mit echten Tränen in den Augen an.

»Betty? Mom? Ist alles in Ordnung?«, erkundigte sich Amber.

Betty lachte, ein nervöses Lachen, das sie abrupt beendete. »Ja, es ist alles gut, Amber. Ich bin nur … Du hast eine traumatische Erfahrung hinter dir und ich bin … ich bin erleichtert, dass es dir gut geht.«

»Wirst du es Bill erzählen?«

»Selbstverständlich.« Betty lächelte und es war das schönste Lächeln, das Amber je an ihr gesehen hatte. »Mach dir keine Gedanken. Er wird alles darüber hören wollen. Genau wie die anderen.«

Amber runzelte die Stirn. »Die anderen? Betty, bitte nicht. Ich will nicht, dass jemand …«

»Unsinn«, unterbrach Betty sie und wedelte Ambers Einwand mit einer Hand weg, während sie mit der anderen ihr Telefon aus der Tasche zog. Ihre schmalen Finger tanzten über das Display und in wenigen Augenblicken hatte sie eine Gruppen-SMS verschickt.

Sie saßen auf dem Bett und warteten, bis die anderen eintrafen. Betty fragte Amber nach der Schule, nach ihren Freunden, nach ihrem Job im Firebird und hörte zu, als Amber berichtete. Es war eine neue Erfahrung für Amber, mit ihrer eigenen Mutter über solche Dinge zu sprechen. Soweit sie sich erinnern konnte, hatte sich Betty nie tatsächlich für sie und das Leben, das sie führte, interessiert. Sie nickte und lächelte, hakte nach, wo es nötig war, und als sie den ersten Wagen die Auffahrt heraufkommen hörten, beugte ihre Mutter sich zu ihr und küsste sie auf den Kopf.

»Du machst mich so stolz«, sagte sie leise.

Amber traten Tränen in die Augen, ungebeten, wie Einbrecher, die sich Zutritt zu ihrem Haus verschafften. Der Schock war genauso groß.

»Du lässt die anderen herein«, sagte Betty. »Ich helfe Bill mit dem Abendessen. Gut, dass wir eine große Ente genommen haben.«

Amber wartete, bis Betty draußen war, bevor sie sich die Augen rieb. Anschließend waren ihre Knöchel nass. Sie spürte eine seltsame Enge in der Brust, die sie komisch atmen ließ, und nahm sich einen Moment Zeit, um ruhig zu werden. Sicher konnte sie nicht sein, aber sie nahm an, dass es sich so anfühlte, wenn man liebevolle Eltern hatte. Die Erfahrung erwies sich als verstörend.

Es läutete und sie öffnete die Tür. Zwei der besten Freunde ihrer Eltern, Grant und Kirsty van der Valk, wohnten nur fünf Minuten entfernt, weshalb sie nicht überrascht war, dass sie als Erste eintrafen. Was sie dagegen überraschte, war Grants Lächeln, das so breit war wie seine Brust.

»Hallo, Kleines«, begrüßte er sie und nahm sie in den Arm. Er hatte sie noch nie *Kleines* genannt. Und sie auch noch nie in den Arm genommen. Er roch nach teurem, sparsam aufgetragenem Aftershave.

Immer noch lächelnd trat er einen Schritt zurück. Seine Frisur hatte Amber immer an Elvis Presley in seinen späteren Jahren erinnert – auch wenn die Koteletten nicht ganz so lächerlich waren. »Wie ist es bei deiner Rektorin heute gelaufen? Dein Dad hat mir gesagt, dass du ihr ihren Job gelassen hast. Du bist ein besserer Mensch als ich, weißt du das?«

»Daran gab es nie Zweifel«, meinte Kirsty und umarmte Amber nun ihrerseits. Wenn Grant Elvis war, war Kirsty Priscilla – schön, rothaarig und so herrlich *lebhaft*. Heute richtete sich ihre Lebhaftigkeit ausschließlich auf Amber. »Wie geht es dir?«, fragte sie leise, als sei dies eine Unterhaltung, die nur sie beide etwas anginge. »Geht es dir gut? Wie lang hast du die Kopfschmerzen schon?«

»Noch nicht allzu lang«, murmelte Amber. So langsam bekam sie es mit der Angst zu tun. Hatte sie einen Gehirntumor, von dem alle außer ihr wussten?

Dann weiteten sich Kirstys Augen. »Du lieber Himmel, das riecht aber gut. Hast du ihnen beim Kochen geholfen?«

Amber versuchte ein Lächeln. »Sie lassen mich nicht in die Nähe des Herds«, antwortete sie und führte die beiden ins Wohnzimmer, wo Bill ihnen bald Gesellschaft leistete. Während sie plauderten, stand er neben Amber und hatte den Arm um ihre Schultern gelegt, wie sie das bei stolzen Eltern im Fernsehen gesehen hatte.

Dann läutete es wieder und Amber entschuldigte sich. Weder ihre Mutter noch ihr Vater hatten Familie und so war dieser enge Freundeskreis schon lange ein Ersatz dafür geworden. In gewisser Weise waren es wohl ihre Onkel und Tanten, auch wenn sie sie mit derselben kühlen Distanz behandelten, an die sie sich mit der Zeit gewöhnt hatte.

Sie öffnete die Tür und wurde sofort von den Füßen gehoben.

»Hallo, meine Schöne«, brummte Alastair.

Amber wusste nicht, wie sie darauf reagieren sollte. Ihre Füße baumelten in der Luft.

Alastair lachte und stellte sie wieder auf den Boden. Wie ihre Eltern und die van der Valks war Alastair Modine älter, als er aussah. Hinter all den Bartstoppeln hatte er ein offenes, freundliches Gesicht und gab sich weniger förmlich als die anderen. So zog er Jeans einem Anzug vor und aufgekrempelte Ärmel Schlips und Kragen.

»Ich hab gehört, dass es in der Schule Ärger gab«, flüsterte er, als sei es ein Geheimnis. »Schon als ich dich zum ersten Mal gesehen habe, wusste ich, dass du eine kleine Quertreiberin bist. Du warst erst ein paar Stunden alt, aber ich wusste es. Ich wusste es!« Er betrachtete sie einen Augenblick. »Du wirst deiner Mutter immer ähnlicher.«

Amber lächelte höflich, obwohl sie wusste, dass es rundheraus gelogen war. Betty war hübsch. Amber war unscheinbar. Betty war eine klassische Schönheit. Amber nicht. Das wusste sie alles.

Der dritte und letzte Wagen hielt in der Auffahrt. »Die anderen sind im Wohnzimmer«, sagte sie.

Alastair warf einen Blick auf den Neuankömmling, lächelte Amber noch einmal zu und gesellte sich dann zu seinen Freunden.

Amber stand in der Tür und blickte Imelda entgegen. Es begann zu regnen. Imeldas blondes Haar war erstklassig gestylt, ihr Make-up makellos und die Sachen, die sie trug, waren geschickt aufeinander abgestimmt. Sie hätte damit rechnen müssen, denn Imelda Montgomery war das Paradebeispiel an Perfektionismus. Bis auf das Lächeln. Imelda hatte ein hübsches Gesicht, das nach einem Lächeln verlangte – doch Amber hatte sie nie wirklich glücklich erlebt. Nicht einmal am Tag ihrer Hochzeit mit Alastair.

»Amber«, grüßte Imelda, als sie das Haus betrat.

»Hi«, sagte Amber. Damit erschöpfte sich ihre Unterhaltung. Mehr hatte Amber auch nicht erwartet. Neben Imelda wirkten sogar ihre Eltern herzlich.

Sie gingen ins Esszimmer und Amber aß mit ihren Eltern und deren Freunden zu Abend. Sie tranken Wein und sie trank Cola. Es war drei Monate her, an ihrem sechzehnten Geburtstag, seit sie das letzte Mal zusammen gegessen hatten. Aber noch nie hatte sie sie in so guter Stimmung erlebt. Mit Ausnahme von Imelda, die noch missmutiger dreinschaute als sonst. Aber das war Imelda. Sie war ein Sonderfall.

Amber hatte keine Freundinnen zu ihrem Geburtstag eingeladen. Ihre wahren Freunde, ihre *echten* Freunde, waren ohnehin alle online, auf Fanseiten und in Foren. Sie brauchte niemandem persönlich zu begegnen. Online konnte sie so tun, als sei sie allgemein beliebt, witzig und interessant, und brauchte keine Angst zu haben, jemanden zu enttäuschen, wenn ihr Lächeln nicht den Raum erhellte. Online scherte sich niemand um die Wattleistung.

Sie ließ Fragen zu möglichen Freunden und der lästigen Plackerei in der Schule über sich ergehen und fing gerade an, sich wohlzufühlen, als sie plötzlich wieder den Geschmack vom Blut dieses Jungen im Mund hatte. Von einer Sekunde zur anderen hatte sie keinen Appetit mehr und schob ihr Essen nur noch auf dem Teller herum, während die anderen sich weiter unterhielten. Entgegen Bettys früherer Aussage sprachen sie nicht über den gewalttätigen Ausbruch, der Amber so durcheinandergebracht hatte. Dafür war sie dankbar.

Betty beugte sich zu ihr herüber. »Du siehst müde aus«, stellte sie fest.

Amber nickte. »Ich glaube, ich gehe heute früh ins Bett, wenn das okay ist.«

»Natürlich ist das okay«, erwiderte Bill. »Lass deinen Teller stehen – wir räumen später ab. Geh du nur ins Bett – heute war ein großer Tag.«

»Der größte überhaupt«, bekräftigte Grant.

Die anderen nickten und lächelten verständnisvoll – nur Imelda wirkte verärgert. Eigentlich mehr als verärgert. Richtig aufgewühlt.

Amber war zu müde, um sich jetzt noch Gedanken darüber zu machen. Sie erhob sich und erst da fiel ihr auf, dass von den anderen niemand sein Essen angerührt hatte. Lächelnd wünschte sie eine »Gute Nacht«.

Die anderen antworteten herzlich im Chor, sie ging in ihr Zimmer und schloss die Tür hinter sich.

Der Regen schlug wie Maschinengewehrkugeln ans Fenster. Draußen war es heiß und nass, doch hier drin sorgte die Klimaanlage für angenehme Kühle, genau so, wie Amber es gernhatte. Am liebsten wäre sie sofort ins Bett gegangen, obwohl es erst kurz nach zehn war, doch sie musste auch noch über das, was ihr heute widerfahren war, reden. Sie loggte sich ins *In the Dark Places*-Forum ein.

Die Dunkle Prinzessin sagte …
Hallo? Jemand da?

Mad Hatter99 sagte …
Prinzessin! Wo WARST du nur, Mädchen?
kuschelt sich für eine Umarmung an

Die Dunkle Prinzessin sagte …
Hatte viel für die Schule und so zu tun.
War ein ECHT merkwürdiger Tag.
Hast du BPB in letzter Zeit gesehen?

Mad Hatter99 sagte …
Meiner auch! Du hast den Talk gestern verpasst.
Was hältst du vom ep vom Dienstag?
Sie war vorhin online.
Hatte irgendein Rollenspiel laufen. Warum?

Die Dunkle Prinzessin sagte …
Muss nur mit ihr reden. Nichts Schlimmes.
Bin zu müde, um zu warten. Gute Nacht. X

Mad Hatter99 sagte …
Neeeein! Verlass mich nicht!

Amber loggte sich aus und legte sich aufs Bett. Sich auszuziehen war schon viel zu anstrengend. Die Zähne zu putzen schien eine lächerliche Energieverschwendung zu sein. Sie konnte kaum die Augen offen halten. Gedämpft hörte sie ihre Eltern und die anderen reden, verstand aber nicht, was sie sagten. Es wurde gelacht. Die Stimmung war aufgekratzt.

Ihr Telefon klingelte, summte an ihrer Hüfte. Mit tauben Fingern zog sie es aus der Tasche und hielt es ans Ohr.

»Ich bin's«, meldete sich Sally. »Gerade hat Frank angerufen. Vor zehn Minuten kamen zwei Polizisten ins Firebird und haben nach dir gefragt.«

Ganz entfernt schrillten Alarmglocken in Ambers Kopf. »Was wollten sie?«, fragte sie benommen.

»*Dich.* Sie behaupteten, du hättest die Typen von heute Nachmittag angegriffen. Hast du? Einer davon sei im Krankenhaus, haben sie gesagt.«

Amber setzte sich ächzend auf. »Hat Frank ihnen meinen Namen genannt?«

»Natürlich. Sie waren Polizisten. Was ist passiert?«

Es läutete an der Tür. Amber legte auf und steckte beim Aufstehen das Handy in die Tasche. Einen Augenblick lang drehte sich das Zimmer. Als sie sicher war, dass sie nicht umkippen würde, ging sie auf Frankenstein-Füßen zum Fenster.

In der Auffahrt stand ein Polizeiauto.

4

Das Geplauder im Haus verstummte, dafür war eine neue, unbekannte Stimme zu hören. Eine Männerstimme. Sie klang offiziell. Amber wünschte, sie wäre nicht so entsetzlich müde. Wenn sie nur ihr Gehirn in Gang bringen könnte, wäre sie in der Lage, alles zu erklären. Sie war sicher, dass die Polizisten sie danach verstehen würden. Sie holte ein paarmal tief Luft, um den Kopf freizubekommen, und ging dann mit unsicheren Schritten zur Tür. Öffnete sie. Falls sie verlangten, dass sie mit erhobenen Händen heraustrat, musste sie sie enttäuschen. Sie war viel zu müde, um die Arme zu heben.

Wie es sich anhörte, waren die anderen im Esszimmer geblieben, während Bill und Betty sich mit den Polizisten im Wohnzimmer unterhielten. Amber hielt sich beim Gehen dicht an der Wand, falls sie sich abstützen musste. Sie kam zu dem Familienfoto im Flur – der einzigen gerahmten Fotografie, auf der sie alle drei zu sehen waren – und blieb stehen. Von hier aus konnte sie über den Flur durch die offene Wohnzimmertür schauen.

Zwei Gesetzeshüter in Uniform redeten mit ihren Eltern. Sie sagten etwas, doch Amber konnte sich nicht genügend konzentrieren, um die Worte zu verstehen. Wieso war sie nur so müde?

Alle standen in der Mitte des Zimmers und beobachteten sich gegenseitig. Amber schob ihre Schulter an der Wand entlang und versuchte, endlich mitzubekommen, was der Polizist sagte.

»… muss lediglich mit ihr sprechen, mehr nicht.«

»Amber geht es im Moment nicht gut«, erklärte Bill. »Wenn Sie morgen wiederkommen, fühlt sie sich vielleicht besser.«

»Ich verstehe Ihr Verhalten, Mr Lamont, bitte glauben Sie mir. Ihre Tochter ist möglicherweise in Schwierigkeiten und Sie wollen sie beschützen. Das verstehe ich. Wirklich. Aber Sie tun ihr keinen Gefallen, wenn Sie uns nicht mit ihr sprechen lassen.«

Trotz ihrer Benommenheit spürte Amber, wie es ihr eiskalt über den Rücken lief.

»Mein Mann lügt nicht«, verteidigte ihn Betty. Sie klang erregt. »Rufen Sie doch bitte den Polizeipräsidenten an. Er wird für uns und Amber bürgen. Was immer passiert sein soll, ich weiß genau, dass es *nicht* passiert ist.«

»Wir rufen den Polizeipräsidenten nicht an, wir werden die Sache nicht einmal melden, bevor wir nicht mit Amber sprechen konnten«, erwiderte der Polizist. »Wir haben zwei junge Männer, die behaupten, dass sie sie angegriffen hat.«

»Ein sechzehnjähriges Mädchen greift zwei Männer an?«, meldete sich Bill wieder. »Und Sie nehmen sie ernst? Sie verschwenden tatsächlich Ihre Zeit mit einem solchen Unsinn?«

»Wir werden die Sache aufklären, wenn Sie uns nur endlich mit ihr reden lassen.«

Bill stemmte die Hände in die Hüften und schüttelte verzweifelt den Kopf. Betty schaute ihn an. »Du bist ein solcher Perfektionist«, sagte sie. Die Erregtheit, die sie kurzfristig an den Tag gelegt hatte, war verschwunden.

»Ich mag es einfach, wenn alles akkurat erledigt wird«, erwiderte Bill. »Das hier … wäre keine saubere Sache.«

»Was, bitte schön, wäre nicht sauber?«, fragte einer der Polizisten. Doch Bill und Betty ignorierten ihn.

»Heute ist ein besonderer Tag«, fuhr Betty fort. »Ein wundervoller Tag. Sechzehn Jahre lang haben wir auf diesen Tag *gewartet*. Was jetzt gleich passiert, kommt zwar etwas ungelegen, aber mehr auch nicht.«

»Mrs Lamont«, begann einer der Polizisten, doch Bill schnitt ihm das Wort ab.

»Es ist bereits im System«, sagte er zu seiner Frau. »Bereits protokolliert.«

»Nein, ist es nicht«, widersprach Betty. »Der da hat gesagt, sie hätten es noch nicht einmal gemeldet. Gilmore wird es verschwinden lassen. Er hat es schon öfter getan und für das Geld, das wir ihm bezahlen, tut er es bestimmt wieder. Kann sein, dass du in der Nacht ihren Wagen ins Moor fahren musst, einfach, um ihre Kollegen zu verwirren, aber warum nicht?«

Die Polizisten schauten sich an.

Bill sah seine Frau an und lächelte. »Du meinst das ernst, nicht wahr? Du willst es tatsächlich tun?«

»Ja. Ich will es tatsächlich tun.« Betty nahm einen Mantel von der Rückenlehne der Couch, schlüpfte hinein, zog den Ärmel über ihr Handgelenk und wickelte ihn um ihre Hand.

»Hm, Entschuldigung?«, meldete sich der Polizist.

»Welchen willst du haben?«, fragte Bill.

Betty wies mit dem Kinn auf den Polizisten, der ihr am nächsten stand. »Den da.«

Bill zuckte mit den Schultern. »In Ordnung. Dann töte ich den Hässlichen.«

»Moment mal«, begann der größere der beiden Polizisten, doch seine nächsten Worte wurden von Bills Hand auf seinem Gesicht gedämpft.

Nur dass es nicht Bills Hand war. Sie war rot mit schwarzen Krallen. Auch Bills Gesicht war rot, aber es hatte sich verändert und er war insgesamt kräftiger, größer, ragte plötzlich über dem Polizisten auf, ein rothäutiges Monster, aus dessen Stirn sich schwarze Hörner ringelten wie bei einem Widder.

Der Dämon, der an Bills Stelle getreten war, donnerte den Kopf des Polizisten gegen die Wand. Der Kopf verformte sich wie eine leere Limo-Dose.

Sein Kollege machte entsetzt einen Satz nach hinten und versuchte mit fahrigen Bewegungen, seine Pistole aus dem Holster zu ziehen. Dann fiel ihm Betty ein und er drehte sich in dem Moment um, in dem sie sich verwandelte. Eben noch Betty. Im nächsten Augenblick ein Monster. Groß. Rot. Gehörnt. Ihre Faust ging mitten durch seine Brust und kam in einer Blutfontäne am Rücken wieder heraus. Der Polizist gurgelte etwas, das Amber nicht verstand. Betty öffnete die Faust, ließ den Ärmel los und zog ihren Arm sowohl aus dem Mantel als auch aus der Brust des Polizisten.

Als der tote Polizist zusammenbrach, wich Amber geduckt zurück.

»So«, hörte sie Bill sagen. »Das wäre erledigt.«

Betty lachte. Es war ihr Lachen, kein Zweifel, doch es kam aus dem Mund eines Dämons.

Die Tür zwischen Wohnzimmer und Esszimmer ging auf und Amber schlich wieder ein Stück näher. Sie sah, wie Grant mit den anderen hereinkam. Entsetzt starrten sie auf das Blutbad.

Kirsty legte die Hand über den Mund.

Bill wandte sich ihnen zu. »Wir können alles erklären.«

Kirsty lief näher heran. »Das ist mein Mantel! Was zum *Teufel* fällt dir ein, Betty?«

Amber bekam weiche Knie.

»Können wir später über deinen Mantel reden?«, fragte Grant. »Können wir zunächst über die beiden toten Polizisten auf dem Teppich reden?«

»Ich rufe Gilmore an«, sagte Bill. »Das kriegen wir schon wieder hin. Es ist keine große Sache.«

»Sie sind Polizisten!«

Bill, der Dämon, wedelte mit der Hand. »Wir haben ein wenig über die Stränge geschlagen. Wir hätten es nicht tun sollen. Zufrieden? Betty und ich halten uns für den Rest des Abends zurück, versprochen. Wir töten Amber und damit hat es sich dann. Keine weiteren Morde in dieser *Woche*.«

Ambers Magen hob sich und plötzlich war ihr kalt, kälter als je zuvor. »Das mit deinem Mantel tut mir wirklich leid«, entschuldigte sich Betty bei Kirsty. »Ich kauf dir einen neuen.«

Kirsty schüttelte den Kopf. »Es wurde nur eine bestimmte Stückzahl davon angefertigt. Heute bekommt man sie nicht mehr.«

Amber rutschte seitlich weg. Sie vergaß, wie man geht, vergaß, wie man atmet. Ihre Füße waren schwer, steinern, und sie schleppten sich über den Flur zu ihrem Zimmer, während der Rest ihres Körpers sich bemühte, aufrecht zu bleiben. Sie fiel durch ihre Tür auf die Knie, drehte sich um, streckte die Hand aus und stieß die Tür mit tauben Fingern zu. Ihr Mund war trocken und ihre Zunge geschwollen. Etwas passierte in ihrem Bauch, sie kippte nach vorn, lag wieder auf Händen und Knien und übergab sich auf den Teppich, der seit Jahren in ihrem Zimmer lag. Aber sie tat es geräuschlos. Sie würgte und spuckte, aber alles vollkommen leise.

Ihre Eltern waren Monster. Ihnen waren *Hörner* gewachsen! *Sie hatten Polizisten getötet.* Ihre Eltern – und deren Freunde – würden auch *sie* töten.

Betty hatte sie betäubt. Genau das hatte sie getan. Irgendein Betäubungsmittel im Essen. Nein, in der Cola. Amber betrachtete die Schweinerei auf ihrem Teppich und fragte sich, wie viel von der Droge hier gerann.

Sie streckte die Hand aus, ergriff den Bettpfosten und zog sich daran hoch, hielt sich fest, damit sie nicht seitlich wegkippte. Sie musste hier weg. Musste verschwinden. Sie machte einen Schritt aufs Fenster zu, das Zimmer schlingerte wild und sie stolperte weiter. Sie warf sich zur Seite, damit sie nicht durch die Scheibe krachte, und schlug sich dafür den Ellenbogen an der Wand an. Es tat weh, aber ihre Eltern kamen nicht angerannt. Sie hatte einen solchen Durst. Auf ihrem Nachtschränkchen war eine Flasche Wasser, doch das Schränkchen stand an der gegenüberliegenden Wand.

Dumme, taube Finger fummelten am Fenster herum. Ein blöder, dummer Daumen stieß gegen den Griff. Stumpfe Zähne bissen zu, aus ihrer Lippe kam Blut. Ein scharfer Schmerz durchfuhr sie, schärfte ihre Sinne für einen Moment und ihre dicken, dummen, unwilligen Finger taten endlich, was von ihnen erwartet wurde. Der Griff quietschte, bewegte sich, sie legte den Unterarm an den Fensterrahmen, drückte nach oben, nahm ihren ganzen Körper zuhilfe, um das Fenster zu öffnen. Dann versagten ihre Beine, sie fiel und schlug sich auf dem Weg nach unten den Kopf am Fenstersims an.

Amber lag mit geschlossenen Augen da. Das Blut pochte in ihren Ohren, wie Trommelwirbel, wie Schritte, wie Knöchel, die an die Tür klopfen.

»Amber?«

Augen öffneten sich.

»Amber? Alles in Ordnung?«, fragte Betty vom Flur aus.

Keine Antwort würde bedeuten, dass die Tür aufging und Betty hereinkam. Eine Antwort musste her. Eine Antwort.

»Ja.« Schwerfällig kam das Wort aus Ambers Mund. Es folgten weitere. »Müde. Schlafe schon.« Jedes einzelne unbeholfen auf ihrer Zunge.

Die Tür. Der Griff. Der Griff bewegte sich. Die Tür ging auf. Bills Stimme von irgendwoher. »Wo ist unser Fleckenmittel?«

Die Tür schloss sich, dann Bettys Schritte, die sich entfernten.

Amber drehte sich auf die Seite und hievte sich dann auf Hände und Knie. Blieb so, atmete, sammelte ihre Kräfte. Ohne den Kopf zu heben, griff sie nach dem Fenstersims. Packte ihn. Zog sich hoch, bis sie einen Arm draußen hatte. Packte den Sims von außen, zog sich weiter hoch, streckte den Kopf aus dem Fenster, in die Hitze, in die Luft und den Regen.

Amber fiel ins Gras, ihre Beine schlugen gegen den Fensterrahmen. So würden sie sie finden. Sie war nicht entkommen. Sie konnte sich nicht ausruhen, nicht so. Sie musste weg. Musste in Bewegung bleiben.

Amber kroch jetzt durch das nasse Gras, durch die getupften

Schatten der Bäume. Sie musste hier weg. Sie musste schneller kriechen. Musste die Straße erreichen. Die Straße erreichen, in ein Auto steigen, wegfahren. Entkommen.

Der Boden unter ihr veränderte sich, wurde härter. Kein Gras. Nicht mehr. Dunkler. Härter. Glatter. Die Straße.

Näher kommende Schritte. Jemand lief durch den Regen. Sie hatten sie gefunden. Sie hatten sie bereits gefunden. Ihre Arme waren schwach, keine Kraft mehr. Ihr Körper legte sich hin. Ihr Verstand … ihr Verstand … Wo war ihr Verstand?

Schuhe. Hochhackige Schuhe auf einer nassen Straße, direkt vor ihr. Eine Stimme. Eine Frauenstimme. Sie kannte diese Frauenstimme.

»Hallo, Amber«, sagte Imelda.

5

Amber erwachte in einem fremden Zimmer. Klare Linien und kein Schnickschnack. Schwere Vorhänge sorgten dafür, dass die Dunkelheit nicht ins Licht der Morgensonne entschwand. Mit langsamen Bewegungen schob sie die Decke zurück und stand auf. Sie trug nur ihre Unterwäsche. Ihre Kleider lagen ordentlich zusammengefaltet auf der Kommode. Sauber und trocken. Sie schlich zum Fenster, schob die Vorhänge auseinander und schaute hinaus auf den Eola-See. Sie runzelte die Stirn. Ein Apartment in der Stadt mit Blick auf den Eola-See. Sie hatte keine Ahnung, wo zum Teufel sie war.

Aber sie lebte. Das war wenigstens etwas.

Amber griff sich ihre Kleider, zog sie an. Ihr Handy war verschwunden. Sie wollte nach dem Glas Wasser neben dem Bett greifen, hielt aber inne, als ihr die Cola einfiel. Es gab ein Badezimmer, sauber und auf Hochglanz poliert. Es sah aus, als sei es noch nie benutzt worden. Sie trank aus dem Wasserhahn und wischte sich den Mund ab. Dann ging sie zur Tür, legte das Ohr daran, hörte nichts.

Sie öffnete sie, zögerte und trat hinaus.

Das Apartment war riesig, imposant und hatte absolut nichts Persönliches. Es sah aus wie die Penthouse-Suite eines Hotels. Alles war sauber und aufgeräumt. Sämtliche Farben waren aufeinander abgestimmt, jede geschwungene und gerade Linie fand ihre Fortsetzung in den geschwungenen und geraden Linien darum herum. Alles war so geplant, dass es eine Einheit bildete, zusammenpasste, genau dort war, wo es hingehörte. Links befand sich eine Designerküche aus glänzendem Metall mit einer riesigen Frühstücksinsel, rechts ein Balkon mit Ausblick auf die Stadt, nichts als Glas und Palmen, und vor ihr der Ausgang.

Sie war halb an der Tür, als sie Imelda sah. Sie stand mit dem Rücken zu ihr im Wohnzimmer, hatte das Telefon am Ohr und hörte ihrem Gesprächspartner zu.

Amber erreichte die Apartmenttür, öffnete sie leise und trat auf den Flur. Weiße Wände. Sie ging bis zur Ecke und spähte um sie herum.

Am Ende des Flurs waren der Aufzug, die Tür zum Treppenhaus und ein Fenster. An diesem Fenster stand ein großer Mann in Bluejeans, schwarzem T-Shirt und verschrammten Cowboystiefeln und blickte über die Skyline. Auf dem Tischchen hinter ihm waren ein Spiegel, eine Schale mit getrockneten Blüten und ein Gewehr.

Amber fixierte das Gewehr.

Sie presste den Rücken an die Wand und schloss die Augen. Sie atmete zu laut. Sie atmete zu laut und er würde sie hören, sie wusste es. Sie spähte noch einmal um die Ecke. Er schaute immer noch aus dem Fenster. Das Gewehr lag immer noch da.

Sie hatte keine andere Wahl. Zurückgehen konnte sie nicht und bleiben, wo sie war, konnte sie auch nicht. Sie musste etwas tun. Sie musste weitergehen.

Amber widerstand der Versuchung loszurennen und machte kleine, vorsichtige Schritte. Sie erreichte das Tischchen, ohne ein Geräusch zu verursachen, und griff nach dem Gewehr. Es klickte leise auf dem Tisch und der Mann drehte sich um. Er war gut aussehend, Mitte vierzig. Sein schwarzes Haar war von einzelnen grauen Strähnen durchzogen. Seine schmalen Augen blickten gelassen.

»Du solltest das wieder hinlegen, bevor es losgeht«, sagte er.

»Geh mir aus dem Weg. Geh mir aus dem Weg oder ich … ich erschieße dich.«

»Deine Hände zittern. Gib es her.« Er streckte langsam die linke Hand aus. Amber trat einen Schritt zurück und dann hatte er plötzlich eine Pistole in der anderen Hand und zielte direkt auf ihren Kopf. »Jetzt hast du richtig Angst«, stellte er fest. »Jetzt willst du schreiend davonlaufen. Das ist vollkommen verständlich. Aber ich werde mich nicht vom Fleck rühren. An mir kommst du nicht vorbei.«

Das Gewehr in ihrer Hand zitterte jetzt gewaltig. »Bitte. Man will mich umbringen.«

»Warum bist du dann nicht tot?«, fragte er. »Leg das Gewehr wieder auf den Tisch und geh zurück ins Apartment.«

Tränen liefen ihr übers Gesicht. »Bitte zwing mich nicht.«

»Leg das Gewehr hin.«

»Ich verstehe nicht, was hier abgeht.«

»Ich werde es dir bestimmt nicht erklären. Entweder du erschießt mich oder du legst das Gewehr hin.«

Amber schüttelte den Kopf, legte das Gewehr aber dennoch auf das Tischchen. Der Mann steckte die Pistole in ein Holster an seinem Gürtel, bevor er das Gewehr aufnahm.

»Wahrscheinlich war es nicht einmal geladen«, sagte sie leise.

»Doch, es war geladen«, erwiderte der Mann. »Ich wäre mausetot gewesen, wenn du abgedrückt hättest. Geh wieder rein, Amber. Rede mit Imelda.«

Sie hatte kaum eine Wahl. Amber ging den Weg, den sie gekommen war, zurück, zögerte an der Apartmenttür und ging dann hinein.

Imelda sah sie und hob einen Finger, zum Zeichen, dass Amber warten sollte.

»Wir haben alle ihre Freunde im Blick, nicht wahr?«, fragte sie ins Telefon. »Genau. Ich würde mir keine Gedanken darüber machen, Kirsty. Wir finden sie. Es ist nur eine Frage der Zeit. Okay, ich muss los. Ich will der Rektorin ihrer Schule auf den Zahn fühlen.« Sie lauschte. »Weil sie nach der herrlichen Show von gestern mit Sicherheit davon ausgehen kann, dass die Rektorin nicht auf unserer Seite ist. – Ja, ich bin clever. Ich melde mich, wenn ich etwas weiß. Bis dann.«

Imelda legte auf. »Möchtest du frühstücken?« Sie ging in die Küche, goss ein großes Glas Orangensaft ein und stellte es neben eine Auswahl an Croissants und anderen süßen Stückchen. Dann drehte sie sich zu Amber um und wartete.

»Was geht hier vor?«, fragte Amber.

»Das ist eine lange Geschichte.«

»Da draußen steht ein Mann mit einem Gewehr.«

»Ein Freund von mir. Milo Sebastian. Seinetwegen brauchst du dir keine Sorgen zu machen. Sorgen musst du dir wegen deiner Eltern machen.«

»Was stimmt nicht mit ihnen?«

Imelda brachte ein Lächeln zustande. »Du findest, dass sie sich seltsam benehmen? Das liegt nur daran, dass du sie nicht besonders gut kennst.«

»Sie sind Dämonen. Monster.«

»Oh, Amber … Wir sind *alle* Monster. Im übertragenen Sinn, meine ich. Die ganze menschliche Rasse. Wir hassen, wir töten, wir tun uns untereinander und dem Planeten schreckliche Dinge an. Aber in *unserem* Fall sind wir auch *echte* Monster. Mit Hörnern.«

»Ich verstehe überhaupt nichts«, bekannte Amber. »Sag mir bitte einfach, was los ist.«

»Ich werde dir alles erklären, aber zuerst muss ich es dir zeigen. Ich werde mich jetzt verwandeln, okay? Ich verwandle mich in ein … na ja, in ein Monster, genau wie deine Eltern. Und ich möchte, dass du ruhig bleibst. Schaffst du das?«

Amber schluckte und nickte.

»Ich tu dir nichts. Ich will es dir nur zeigen.«

»Okay.«

»Sicher?«

»Ja.«

»Okay. Noch einmal: Ich möchte, dass du ruhig bleibst. Dir kann überhaupt nichts passieren.«

Imeldas Haut färbte sich rot, ihre Zähne wurden spitz und sie hatte schwarze Hörner, und das alles in weniger als einer Sekunde.

Amber schrie, nahm eine Topfpflanze und warf sie nach ihr. Doch sie flog nicht weit genug und der Topf zerschellte auf dem Boden.

»Du hast Henry getötet«, sagte Imelda bestürzt.

»Hilfe!«, kreischte Amber.

»Du gerätst in Panik.«

»Du bist ein Monster!«, schrie Amber.

»Für mich ist das nichts Neues.«

Amber rannte zur Tür.

»Das hast du schon mal versucht. Bereits vergessen?«

Ein plötzlicher Schmerz durchzuckte Amber. Sie wankte, fiel aber nicht. Sie stieß sich von der Tür ab und lief zum Fenster.

»Was ist, willst du springen?«, fragte Imelda. »Wirklich? Wir sind im fünfunddreißigsten Stock.«

Amber griff sich ein Kissen von der Couch und hielt es mit beiden Händen vor sich.

»Ich bin mir jetzt nicht sicher, was du damit vorhast«, bekannte Imelda.

»Du bist ein Monster«, wiederholte Amber mit brüchiger Stimme.

»Ja. Und ich sage es nur ungern, Liebes, aber du bist auch eines.«

Amber blickte auf ihre Hände. Sah, wie rot sie waren. Betrachtete die schwarzen Nägel, die sich in das Kissen gebohrt hatten.

»Oh mein Gott.« Ihre Zunge stieß gegen Zähne, die irgendwie länger waren als gerade eben noch. Ihr schwirrte der Kopf. Sie hob die Hände. Ertastete Hörner. »Oh Gott. Hilf mir, bitte.«

Imelda, das Monster, kam langsam auf sie zu. »Aber du musst dich beruhigen ...«

Amber wich unsicher zurück. Vor ihr schwebten Daunen durch die Luft. Sie begann zu weinen.

»Bleib weg von mir.«

»Du hast mich gebeten, dir zu helfen. Ich helfe dir.«

»Bleib, wo du bist.« Amber versagte die Stimme.

»Okay.«

»Hilf mir.«

»Entscheide dich«, sagte Imelda mit einem leisen Lächeln.

»Bitte, ich will nur ... Warum habe ich Hörner?«

»Weil du bist wie ich«, antwortete Imelda. »Du bist wie deine Eltern und wie Grant, Kirsty und Alastair. Du bist ein Dämon, Liebes.«

Das Wort steckte in Ambers Kopf wie ein Knochen in ihrem Hals, sodass sie erst mitbekam, wie Imelda auf sie zueilte, als es schon zu spät war, um sie abzuwehren.

»Was jetzt kommt, tut mir leid«, entschuldigte sich Imelda und beförderte sie mit einem Schlag in die Bewusstlosigkeit.

6

Amber regte sich nach einem traumlosen Schlaf. Sie erwachte, ohne die Augen zu öffnen, kuschelte sich in ihr Kissen und döste wieder weg. Dann fiel ihr ein, wo sie sich befand und was passiert war, und sie setzte sich so schnell auf, dass sie fast aus dem Bett gefallen wäre.

Sie war im Schlafzimmer in Imeldas Apartment. Die Vorhänge hatte jemand zurückgezogen. Der Tag schien hell und warm. Sie betrachtete sich im Spiegel an der Wand und fand, dass sie ganz normal aussah. Ihr Haar war völlig zerzaust, eigentlich wie immer.

Es war tatsächlich passiert. Sie wusste, dass es tatsächlich passiert war. Sie hatte Hörner gehabt. Sie waren ihr gewachsen, als ihre Haut sich rot gefärbt hatte und ihre Nägel schwarz – so wie tags zuvor, als sie Brandons Kiefer mit einem einzigen Schlag pulverisiert hatte. Sie waren ihr gewachsen, so wie sie Imelda gewachsen waren. So wie sie ihren Eltern gewachsen waren.

Aber nein. Nein, das konnte nicht stimmen. Es musste noch eine andere Erklärung geben. Eine vernünftige, logische, realistische Erklärung.

Sie erhob sich. Sie war komplett angezogen, trug ein T-Shirt, Shorts und Turnschuhe. Gut so. Sie verließ das Schlafzimmer. Der Mann mit dem Gewehr saß auf der Couch, die langen Beine übereinandergeschlagen, und las in einem zerfledderten Taschenbuch. Milo Sebastian, sie erinnerte sich. Er blickte kurz auf und las dann weiter.

»Wo ist Imelda?«, fragte Amber.

»Unterwegs.«

Sie wartete auf weitere Informationen, doch offenbar gehörte er zu der schweigsamen Sorte.

»Wo unterwegs?«, hakte sie nach.

»Unterwegs mit den anderen.«

Angst durchzuckte Amber. »Mit meinen Eltern? Was macht sie denn bei denen?«

»So tun, als suchte sie dich.« Er legte einen Finger auf die Stelle, die er gerade gelesen hatte, schlug das Buch zu und hob den Blick. »Du kannst hier auf sie warten. Sie müsste bald zurückkommen.«

Amber zögerte und machte dann noch ein paar Schritte in den Raum hinein. »Ich nehme nicht an, dass du mich gehen lassen würdest, oder?«

»Es gibt keinen Ort, wohin du gehen könntest«, erwiderte Milo. »Die Polizei kann dir nicht helfen. Polizeichef Gilmore kann sich seine luxuriöse Eigentumswohnung nur mit dem Geld, das sie ihm bezahlen, leisten. Deine Eltern und ihre Freunde sind sehr mächtige Leute. Das musst du doch wissen.«

Amber erwiderte nichts darauf. Sie erwähnte nicht, wie einfach es für sie gewesen war, ihre Rektorin feuern zu lassen.

Sie ging zu der Couch gegenüber von Milo und setzte sich auf die Kante, die Knie zusammengepresst und die Hände im Schoß. »Weißt du, was hier los ist?«

»Ich bin nicht befugt, darüber zu reden.«

»Dann weißt du es also. Du weißt, dass sie Monster sind, ja? Du weißt, dass Imelda ein Monster ist? Und es macht dir nichts aus?«

»Macht es dir etwas aus, dass du genauso bist wie sie?«

Amber schüttelte den Kopf. »So bin ich nicht. Ich bin … Ich weiß nicht, was passiert ist oder was für ein Zeug sie mir gegeben hat, aber ich bin nicht wie sie. Ich bin nicht wie die anderen. Sie sind Monster. Ich bin normal. Ich meine, ich müsste es doch wissen, wenn ich ein Monster wäre, oder?«

Er sagte nichts, schaute sie nur an.

»Wozu hast du all die Waffen?«, fragte sie.

»Deine Eltern könnten Verdacht schöpfen, vermuten, dass Imelda nicht ehrlich mit ihnen ist. Sie hat mich gebeten, dafür zu sorgen, dass dir nichts geschieht.«

»Du bist hier, um mich zu beschützen?« Amber erhob sich mit einem Ruck. »Dann könnte ich also hier rausmarschieren und du könntest mich nicht aufhalten?«

Milo schlug völlig unbeeindruckt sein Taschenbuch wieder auf und begann zu lesen. »Versuch's und sieh, was passiert.«

Welches rebellische Feuer auch immer in Amber aufgelodert war, bei seinem Ton flackerte es und erlosch und sie setzte sich wieder. »Weißt du, wo mein Telefon ist?«

»Vernichtet.«

Ihre Augen weiteten sich. »Wie bitte?«

Er hob die Augen nicht vom Buch. »Es ist die einfachste Art herauszubekommen, wo du bist.«

»Aber es war mein *Telefon*.«

»Du solltest besser niemanden anrufen. Und auch keine Mails verschicken. Solche Sachen würden deine Eltern auf direktem Weg zu dir führen.«

»Und wie soll ich jetzt … wie soll ich … *irgendetwas* tun? Ich brauche doch mein Telefon, du lieber Himmel! Ich brauche …« Sie verstummte. Sie brauchte ihr Telefon, um ins Internet zu gehen, mit ihren Freunden zu reden. Jetzt mehr denn je.

Milo schien das nicht zu interessieren. Er war wieder in sein Buch vertieft. Dem Umschlag nach war es ein Western. Amber hatte noch nie einen Western gelesen. Sie konnte sich nicht vorstellen, dass sie etwas taugten. Man konnte doch nur so und so viele Geschichten über Cowboys und Schießereien und Pferde erzählen, bevor es langweilig wurde, selbst für die, die so etwas mochten. Wie oft konnte man einen Sattel beschreiben, einen Saloon oder eine Wüstenlandschaft?

Aber immerhin, es war etwas. Er mochte Bücher und sie mochte Bücher. Sie hatten etwas gemeinsam.

»Hast du *Dark Places* schon gelesen?«, fragte sie.

Milo schaute nicht auf. »Nein.«

»Es ist eine richtig gute Serie. Sie wurde fürs Fernsehen verfilmt. Sie sind jetzt bei Staffel drei. Du solltest sie lesen. Es dreht sich alles um Balthazar und Tempest, deren Liebe unter einem schlechten Stern steht. Sie ist eine dunkle Fee und er ein Unsterblicher. So, also so nennt man sie. Er hat einen fiesen Bruder und ihre Eltern haben einen Knall und sie ist besessen vom Geist ihres Ex-Freundes. Es spielt in Montana. Manchmal sind auch Pferde dabei.«

»Pferde sind gut«, erwiderte Milo in einem Ton, der darauf schließen ließ, dass er ihr überhaupt nicht zugehört hatte.

Amber blickte finster vor sich hin und gab es auf, Konversation zu machen.

Die nächsten zehn Minuten saßen sie schweigend da. Dann summte Milos Telefon, er schaute aufs Display und erhob sich.

»Sie ist zurück«, sagte er, steckte den Western in seine Hosentasche und griff nach dem Gewehr. Als er das Apartment verließ, sprang auch Amber auf und sah sich nach einem Fluchtweg um.

Ein paar Augenblicke später setzte sie sich wieder.

Sie hörte das leise *Pling* des ankommenden Fahrstuhls, dann gedämpfte Stimmen, als Imelda und Milo taten, was man gemeinhin »Höflichkeiten austauschen« nennt. Dreißig Sekunden später kam Imelda herein.

Amber lehnte sich mit verschränkten Armen auf der Couch zurück.

Imeldas erste Worte waren: »Es tut mir leid.«

»Du hast mich geschlagen.«

»Du hast geschrien.«

»Nicht, als du mich geschlagen hast.«

»Falls es für dich einen Unterschied macht – ich bin mir ziemlich sicher, dass du ohnehin ohnmächtig geworden wärst.«

»Und warum hast du mich dann nicht in Ohnmacht fallen lassen?«

Imelda zögerte. »Ich hätte dich in Ohnmacht fallen lassen sollen. Es tut mir leid.« Nachdem Imelda mit ihrer Entschuldigung offensichtlich durch war, ging sie in die Küche. »Hast du etwas gegessen?«

Amber antwortete nicht. Sie hatte fürchterlichen Hunger und Durst, aber zu antworten hätte verzeihen bedeutet, und dazu war sie noch nicht bereit.

Imelda machte sich einen Cappuccino und versuchte nicht weiter, sie in ein Gespräch zu verwickeln. Als sie fertig war, kam sie wieder herüber und setzte sich auf den Platz, auf dem Milo gesessen hatte. Sie nahm einen Schluck, stellte die filigrane Tasse auf die filigrane Untertasse und beides auf den filigranen Couchtisch und lehnte sich zurück. »Du musst etwas essen«, sagte sie. »Ich höre deinen Magen von hier aus knurren.«

»Das ist kein Hunger. Das ist Wut.«

»Dein Magen knurrt, wenn du wütend bist? Das wusste ich noch gar nicht von dir.«

»Du weißt ganz viel nicht von mir.«

»Das stimmt jetzt nicht ganz.«

»Du hast doch kaum jemals ein Wort mit mir gesprochen.«

»Was nicht bedeutet, dass ich dich nicht kenne. Deine Eltern haben uns immer bestens informiert – und sie kennen dich sehr viel besser, als du glaubst.«

Amber schaute sie einen Augenblick lang schweigend an. »Was hast du vorhin mit mir gemacht? Meine Haut und … Was war das?«

»Du weißt, was es war.«

Amber schüttelte den Kopf. »Nein. Ich bin nicht wie du. Ich bin kein Monster so wie du. Was hast du mit mir gemacht?«

»Ich habe überhaupt nichts getan. Du bist so geboren.«

»Ich wurde nicht mit roter Haut geboren, Imelda. Ich wurde nicht mit solchen verdammten Hörnern geboren.«

»Nein, aber es war in dir.«

Amber machte ein finsteres Gesicht. »Dann zeig es mir. Los. Verwandle dich. Werde zum Dämon. Ich will's noch einmal sehen.«

»Amber, ich glaube nicht …«

»Los«, wiederholte Amber. »Beim ersten Mal habe ich nicht wirklich damit gerechnet. Jetzt bin ich vorbereitet. Ich will dich in deiner ganzen Pracht sehen.«

Imelda seufzte. »Wie du meinst.« Sie erhob sich, ihre Haut färbte sich rot, ihre Züge wurden kantiger, die Hörner wuchsen und Amber wich unwillkürlich zurück.

Etwas war an Imeldas Gestalt, an der Biegung ihrer Hörner, an der Art, wie ihr Gesicht – vorher ein hübsches Gesicht, jetzt ein wunderschönes – das Sonnenlicht einfing – an alldem war etwas, das Amber einen Schauer über den Rücken jagte. Diese Gestalt tauchte in Albträumen auf, ganz hinten im dunkelsten Winkel ihres Unterbewusstseins.

»Du kannst das auch«, sagte Imelda. Ihre Zähne waren spitz. Sie war größer. Ihre Schultern waren breiter. Ihre Kleider lagen enger an. Ihr Top war aus dem Hosenbund herausgerutscht. »Du beschließt einfach nur, dass du dich verwandeln willst, und schon verwandelst du dich.«

»Aber ich will es nicht. Ich will mich nicht verwandeln. Ich will kein Monster sein.« Amber merkte, dass sie zitterte.

»So schlimm ist es nun wirklich nicht«, beruhigte Imelda sie. »Du hast plötzlich Macht. Du wirst stärker und schneller und du spürst, wie sich etwas in dir einfach … verändert. Es ist, als würdest du zu der Person, die du schon immer sein solltest.«

»Keine Person. Ein Monster.«

Das Lächeln auf Imeldas Gesicht verschwand. »Monster«, wiederholte sie. »Ja.« Sie nahm wieder ihre normale Gestalt an und steckte das Top in den Bund. Als sie sich wieder setzte, wirkte sie fast verlegen. »Na ja, jetzt weißt du's jedenfalls. So funktioniert es. Wenn du bereit bist zuzuhören, erzähle ich dir, wie es angefangen hat.«

»Du lässt mich ja doch nicht gehen, oder? Dann erzähle.«

Imelda nahm noch einen Schluck aus ihrer Tasse. »Ich kenne deine Eltern, seit ich in deinem Alter war.«

»Ich weiß.«

»Nein, weißt du nicht. Ich habe deine Eltern kennengelernt, als ich sechzehn war. Er hat damals schon um sie geworben.«

»Geworben?«

»Das ist der alte Ausdruck für miteinander gehen. Was wahrscheinlich der alte Ausdruck für, was immer ihr es jetzt nennt, ist. Grant haben wir ein Jahr später kennengelernt. Bill hat sich in Harvard mit Alastair angefreundet und Kirsty kam zu der Gruppe, nachdem Bill und Betty geheiratet hatten.«

»Bill war nicht in Harvard.«

»Ich glaube, dass du deine Eltern nicht wirklich kennst, Amber. Kann man das so sagen?«

Ein seltsames Gefühl überkam Amber, ein Gefühl zu schweben, abgeschnitten zu sein von allem, was sie zu wissen glaubte. »Ja«, gab sie leise zu.

»Ich erzähle dir das, damit du weißt, dass wir alle Freunde waren, als die Welt das neue Jahr … achtzehnhundertneunzig willkommen hieß.«

»Wie bitte?«

»Ich bin hundertsechsundvierzig Jahre alt, Amber, und deine Eltern sind drei Jahre älter als ich.«

Dazu fiel Amber nichts ein.

»Bill und Alastair haben in Harvard ein paar interessante Leute kennengelernt«, fuhr Imelda fort. »Es gab damals alle Arten von Clubs und Vereinigungen; neugierige Menschen, die ihren Horizont erweitern wollten. Sie versuchten es nur so zum Spaß mit Okkultismus, Bill und Alastair, und haben den Rest von uns mit hineingezogen.«

»Was meinst du mit Okkultismus?«, fragte Amber. »So was wie schwarze Magie?«

»Ich meine jede Art von Magie. Oder zumindest die Arten, die wir wirken konnten. Wir konnten nur bis zu einer bestimmten Ebene aufsteigen, dann gab es Grenzen. Ich … ich habe keine Entschuldigung für das, was ich getan habe. Ich ließ mich mitreißen. Aber Bill und Betty … Sie konnten an nichts anderes mehr denken. Schon ziemlich früh kam Bill mit einer Geschichte zu uns, die er gehört hatte. Es ging um einen Pakt mit einem Wesen, das ›Leuchtender Dämon‹ genannt wurde. Im Tausch gegen ein Opfer sollte dieser Dämon dir Macht, Stärke, magische Kräfte und, wenn du dich an die Regeln gehalten hast, ewiges Leben verleihen.«

»Indem er euch auch in Dämonen verwandelt hat?«

»Du greifst vor«, tadelte Imelda, »aber ja.«

»Weshalb sollte sich jemand in einen Dämon verwandeln lassen wollen?«

»Hast du nicht gehört, was ich gesagt habe? Die Sache mit der Macht und der Stärke und dem ewigen Leben?«

»Aber man wäre ein *Monster*!«

Imelda schenkte ihr ein leises Lächeln. »Schau mich an. Sehe ich aus wie ein Monster? Wir können uns tarnen. Darin sind wir sehr gut. Aber du hast mich unterbrochen. Bill kam mit dieser Geschichte, die er gehört hatte, zu uns. Unser Interesse war geweckt. Wir wollten wissen, ob es stimmte und wie auch wir, sollte die Geschichte wahr sein, einen solchen Deal eingehen konnten. Es dauerte Jahre, bis wir die einzelnen Puzzleteilchen zusammengesetzt hatten, jeder Spur nachgegangen waren …«

»Und dann seid ihr diesem Leuchtenden Dämon begegnet.«

»Jemand hat uns von einem Buch erzählt. *Der Blutrote König* hieß es. Wir folgten seiner Spur bis zu diesem Magier in Boston und haben es gestohlen. Der Blutrote König ist ein Teufel oder *der* Teufel oder der König der Dämonen oder … was weiß ich. Er hat viele Namen und er hat diese Dämonen unter sich, die mit Menschen hier auf der Erde in Kontakt treten. Echte Dämonen. Der

Leuchtende Dämon ist einer davon. In dem Buch war beschrieben, wie wir Kontakt aufnehmen konnten.«

»Und wie habt ihr es gemacht?«

»Es war ein Ritual. Es hat Monate gedauert, bis alle Vorbereitungen getroffen waren. So viele Voraussetzungen mussten erfüllt sein, Dinge arrangiert werden. Wir durften vier Tage vorher nichts essen. Und zwei Tage nichts trinken. Es war schwierig, alles zu bewerkstelligen. Fast unmöglich. Aber es gelang uns. Wir haben es geschafft. Und wir haben den Kontakt hergestellt.«

»Hat er ausgesehen wie du?«, wollte Amber wissen. »Wie dein Monster-Ich?«

Imelda schüttelte den Kopf. »Er war … er war anders. Aber in dem Buch stand, dass man ihn auf gar keinen Fall anschauen dürfte. Das sei eine der wichtigsten Regeln. Man wendet den Blick ab. Ich habe ihn nur kurz aus den Augenwinkeln gesehen. Als Erstes ist mir der Geruch aufgefallen. Wir waren in einem Keller. Es war dunkel. Kalt. Und dann roch es plötzlich nach Schwefel. Der Geruch wurde immer intensiver und intensiver, bis … eben noch waren nur wir sechs da unten, dann begann dieses Licht zu leuchten, direkt vor uns, und er wuchs irgendwie aus diesem Licht heraus. Wir schauten alle sofort weg.«

»Und habt nicht verstohlen einen Blick riskiert?«

»Ich kann dir nur sagen, dass er gestrahlt hat. Er hat geleuchtet.« Ein seltsamer Ausdruck lag in Imeldas Augen. Fast sehnsüchtig.

»Und er wollte mit euch ins Geschäft kommen«, sagte Amber ein wenig lauter als nötig.

Imelda riss sich zusammen. »Ja. Er hat uns Macht angeboten. Genügend Macht für sieben Personen.«

»Aber ihr wart nur sechs.«

Imelda schwieg einen Moment. »Stimmt. Er sagte uns, was wir zu tun hätten. Die Bedingungen waren … unerwartet. Die Hälfte von uns – Kirsty und Grant und ich – wollte sofort aussteigen. Doch damit hätten wir den Kreis durchbrochen und … Er hätte uns in Stücke gerissen. Also blieben wir. Und hörten ihm zu. Und am Ende willigten wir ein.«

»In was?«

Sie räusperte sich. »Der Leuchtende Dämon wollte uns genügend Macht für sieben Personen geben. Das hieß, zwei von uns mussten ein Kind bekommen. Das Kind würde groß werden und seine Macht würde sich irgendwann während seines sechzehnten Lebensjahrs offenbaren. Es würde so stark werden, wie wir es waren. Genau wie du.«

»Okay«, meinte Amber, »dann wärt ihr sieben gewesen. Was war daran verkehrt?«

»Das, was als Gegenleistung erwartet wurde, Amber. Manche Dämonen wollen Seelen. Je mehr sie bekommen, desto stärker werden sie. Und je stärker sie werden, desto stärker wird der Blutrote König. Aber der Leuchtende Dämon wollte keine Seelen von uns. Er wollte von jedem von uns einen Becher Blut. Unser Blut, das bereits mit Magie durchsetzt war, angereichert mit … noch mehr Magie.«

»Und wie habt ihr euer Blut angereichert?«

Imelda blickte Amber fest in die Augen.

Sekunden verstrichen.

»Du schaust mich an, als würdest du erwarten, dass ich selbst darauf komme«, meinte Amber schließlich. »Aber ich habe keine Ahnung, wie ihr es getan habt.«

Imelda behielt sie fest im Blick. »Deine Eltern hatten einen Sohn.«

Amber zog die Brauen hoch. »Ich habe einen Bruder?« Sie hatte sich so sehr einen Bruder oder eine Schwester gewünscht, jemanden zum Reden, Sichaustauschen, jemanden, der dieses schreckliche Gefühl der Einsamkeit lindern würde, das sie beschlich, wann immer es im Haus zu still wurde.

»Deine Eltern hatten einen Sohn«, wiederholte Imelda. Mit der Betonung auf *hatten*. »Ein paar Monate nach seinem sechzehnten

Geburtstag bekam er Kopfschmerzen, ihm war oft übel und dann offenbarten sich seine Kräfte.«

»Ja? Und?«

»Und wir haben ihn getötet.«

Amber wurde blass. »Was?«

»Der Leuchtende Dämon hat uns da unten in diesem Keller alles erklärt. Er erklärte uns, wie wir die Kräfte des Siebten in uns aufnehmen müssten, wie das unser Blut anreichern und zu einem angemessenen Opfer machen würde.«

»Ihr habt meinen Bruder getötet?«

»Wir haben ihn getötet«, bestätigte Imelda. »Und dann haben wir ihn gegessen.«

7

Die Welt verblasste.

»Nein«, hauchte Amber sehr, sehr leise.

»Unsere Dämonengestalt machte es uns leicht. Viel zu leicht.«

Amber schüttelte den Kopf. »Ihr könnt das nicht getan haben. Bitte, Imelda, sag, dass ihr das nicht getan habt.«

»Wir konnten nicht zulassen, dass die Kinder das Stadium erreichten, in dem ihnen klar wurde, was sie waren. Es war zu gefährlich. Zu unkalkulierbar. Wir wurden mit jedem Kind, das wir verspeisten, stärker, doch jedes wurde mit Kräften geboren, die unseren gleichkamen. Du bist die Einzige, die die Chance bekommen hat, sich tatsächlich zu verwandeln.«

»Sollte … sollte ich auch gegessen werden?« Amber war plötzlich auf den Beinen. »Sie wollten mich essen? Sie wollten mich töten und essen? Meine eigenen verdammten *Eltern*?«

»Bitte setz dich.«

»Ich denke gar nicht daran!«

»Wie du willst.« Imelda klang müde.

»Erzähl weiter. Sag mir, was ihr mit meinem *Bruder* gemacht habt.«

»Wir haben ihn getötet und aufgegessen und er hat uns stärker gemacht. Dann haben wir uns alle einen halben Liter Blut abgezapft, das in diesem Stadium praktisch gebrodelt hat vor Energie. Zu diesem Zeitpunkt haben Kirsty und Grant ein Kind erwartet.«

»Nein. Ausgeschlossen, dass ihr das getan habt. Nichts von alldem ist passiert. Das ist ja krank.«

Imelda wich ihrem Blick aus. »Sobald ihr Sohn sechzehn war

und wir ihn gegessen hatten, war ich an der Reihe mit Alastair. Wir haben meine Tochter gegessen, als sie sechzehn wurde. Danach waren Bill und Betty wieder dran.«

»Ihr habt euch abgewechselt? Was war es dieses Mal? Wieder ein Bruder? Oder eine Schwester?«

»Es war ein Mädchen.«

Amber liefen Tränen über die Wangen. »Ich hatte eine Schwester und ihr habt sie getötet.«

»Ja, das haben wir.« Imelda zog an einem winzigen losen Faden an ihrem Ärmel. »Alle sechzehn Jahre wurde die siebte Kraft durch uns in den Kreislauf eingespeist. Sie machte uns stärker, und was übrig blieb, reichte dann wieder für das nächste Kind.«

»Und das habt ihr getan?«, fragte Amber. »Die letzten – wie viele? – hundert Jahre?«

»Wir achten darauf, dass die Beziehung zu unseren Kindern nicht zu eng wird. Nur so können wir normal bleiben.«

Amber lachte. »Normal? Du hältst das für normal? Es ist das Unnormalste, das ich je gehört habe. Es ist verrückt! Es ist krank und falsch! Es ist teuflisch! Du behauptest, meine Eltern seien …«

»… Psychopathen«, ergänzte Imelda. Sie schaute zu ihr auf. »Ja. Reine Psychopathen. Die anderen *wurden* Psychopathen. Sie ließen sich von der Macht korrumpieren, ließen zu, dass sie ihr Gewissen auffraß. Aber Bill und Betty waren von Geburt an so. Sie haben nur so lange damit hinterm Berg gehalten, bis es nicht mehr nötig war.«

»Dann sind alle Psychopathen außer dir«, meinte Amber. Ihre Fingernägel – Gott sei Dank immer noch gewöhnliche Fingernägel – gruben sich in ihre Handfläche. »Das willst du mich jetzt glauben machen, ja?«

»Warum habe ich dich nicht getötet, wenn ich ein Psychopath bin? Die anderen sind nicht da. Wenn ich dich jetzt töten würde … essen würde … würde ich deine sämtlichen Kräfte in mich aufnehmen. Ich bräuchte sie mit niemandem zu teilen. Wenn du also wirklich glaubst, dass ich genauso bin wie deine Eltern, warum bist du dann noch am Leben?«

»Ich weiß es nicht«, gab Amber zu. »Vielleicht versuchst du, mich totzuquatschen. Oder vielleicht würde, da der Leuchtende Dämon von euch allen einen Becher Blut verlangt, euer Deal ja platzen, wenn du mich ganz für dich allein hättest.«

Imelda lächelte. »Der Deal ist dadurch, dass ich dich am Leben lasse, bereits geplatzt. Aber ich bewundere deine Logik. Du schaltest immer deinen Verstand ein, nicht wahr? Das hat mir an dir immer gefallen, Amber.«

»Dir hat doch überhaupt nichts an mir gefallen«, widersprach Amber. »Bisher hast du doch kaum ein Wort mit mir gesprochen.«

»Ich konnte es nicht mehr. Ich konnte nicht mehr so tun, als ob. Nicht wie die anderen.«

»Und wie kommt's, dass du dich verändert hast?«

Imelda zögerte. »Bei meinem letzten Kind ist etwas schiefgelaufen. Ich habe versucht, sie nicht an mich heranzulassen, aber es ging nicht. In dem Moment, als ich meine neugeborene Tochter im Arm hielt, wusste ich … dass ich diese Gefühle nicht haben dürfte.«

»Du hast sie geliebt.«

»Ja.«

»Und hast sie trotzdem umgebracht.«

»*Alastair* hat sie umgebracht. Ich wollte weglaufen. Ich wollte mit meiner Tochter fliehen, doch Alastair wusste, was ich vorhatte. Er versprach mir, er würde den anderen nichts verraten, wenn ich dabliebe. Ich hatte Angst. Ich war durcheinander. Schwach.«

»Du hast ihnen also deine Tochter gebracht, damit sie getötet wird.«

»Ja.«

»Und lass mich raten – du hattest ein schlechtes Gewissen deshalb.«

Imelda schaute auf. »Das Ganze hört hier auf. Mit dir. Ich habe mir während der letzten zehn Jahre Mut antrainiert. Es tut mir leid, dass ich nie nett zu dir war, aber es war zu riskant. Ich hatte Angst, die anderen würden merken, was ich vorhabe. Vor allem Alastair. Er kennt mich am besten. Aber jetzt durchbreche ich den Kreislauf. Du verschwindest mit Milo. Heute Abend. Ich komme nach, sobald ich kann, aber du hast eine einzige Chance, lebendig aus der Sache herauszukommen, und Milo weiß, wo du anfangen musst.«

»Du schickst mich weg? Das kannst du nicht machen. Ich bin hier *zu Hause*!«

»Ach ja? Was genau hält dich hier, Amber? Freunde? Tatsächlich? Willst du wegen der Schule hierbleiben? Wegen deinem Job im Firebird? Diese Dinge reichen dir, um hierbleiben zu wollen?«

Amber schluckte. »Dann sag mir, wohin ich gehen soll.«

»Milo weiß es. Ich nicht.«

»Wieso weißt du es nicht?«

»Weil deine Eltern, falls sie dahinterkommen, dass ich dir helfe, mich foltern werden, bis ich ihnen alles erzähle. Wenn ich nicht weiß, wo du bist, kann ich dich nicht verraten.«

Amber starrte sie an. »Aber … aber was geschieht dann mit dir?«

Imelda zögerte. »Deine Eltern sind ausgesprochen skrupellos, Liebes, und sie werden die Gelegenheit, mehr Kraft in sich aufzunehmen, nicht verstreichen lassen.«

»Sie würden dich essen?«

»Und wenn ich sehr, sehr viel Glück habe, bringen sie mich vorher um.«

8

Milo kam herein und Imelda redete am anderen Ende des Apartments so leise mit ihm, dass Amber nichts verstand. Er nickte gelegentlich und erwiderte etwas, blickte jedoch kaum in Ambers Richtung.

Sie schaute derweil die Tasche durch, die Imelda ihr gegeben hatte. Ein paar Kleidungsstücke und Unterwäsche, alles in ihrer Größe. Sie wühlte sich weiter hinein und fand einen Beutel mit Toilettenartikeln. Noch weiter unten lag ein Beutel mit Geld.

Zehner, Zwanziger und Fünfziger in festen Rollen. Ihre Augen weiteten sich. Das mussten mehrere Tausend sein da drin. Zehntausende. Hunderttausend?

Alles Nötige für jemanden, der abhauen wollte.

Milo und Imelda kamen herüber.

»Es ist Zeit«, sagte Imelda.

»Ich will hier nicht weg«, verkündete Amber.

»Das verstehe ich, aber es ist wirklich das Beste. Milo wird dich beschützen, so gut er kann, und dafür sorgen, dass dich möglichst keiner sieht. Wir bezahlen ihn dafür – zehntausend pro Woche. Nimm es von dem Geld, das ich dir gegeben habe.«

»Du hörst mir nicht zu. Ich will hier nicht weg.«

»Ich höre dir zu, aber du musst auch mir zuhören. Ich weiß, wozu deine Eltern imstande sind.«

»Du kannst mich hier verstecken.«

»Sie werden hier nachschauen. Alastair sieht mich schon ganz seltsam an. Er hat bereits Verdacht geschöpft. Es ist nur eine Frage der Zeit, bis er uns einen unangekündigten Besuch abstattet.«

»Vielleicht will auch er mir nichts tun. Hast du daran schon mal gedacht? Vielleicht geht es ihm wie dir. Vielleicht hat er es auch einfach satt.«

Imelda schüttelte den Kopf. »Ich wünschte, es wäre so.«

»Frag ihn!«, verlangte Amber. »Sprich mit ihm. Sprich mit meinen Eltern! Vielleicht überlegen sie es sich noch einmal, wenn du mit ihnen redest!«

»Nein, Liebes …«

»Hast du es versucht?«

»Nein«, gab Imelda zu.

»Dann kannst du es nicht wissen, oder? Du willst mich wegschicken, obwohl es vielleicht gar nicht nötig ist. Ich kenne meine Eltern auch, ja? Ich weiß, wie sie ticken. Rede mit ihnen. Sie sind merkwürdig, aber sie sind pragmatisch. Du musst sie nur überzeugen.«

»Amber, Bill und Betty werden ihre Einstellung nicht ändern. Sie sind wütend. Sie sind verzweifelt. Sie haben nicht geschlafen. Sie suchen dich die ganze Zeit.«

»Sie machen sich Sorgen um mich.«

»Sie machen sich Sorgen, dass du *entkommen* sein könntest. Du hast sie gesehen, Liebes. Du hast gehört, was sie gesagt haben. Wenn sie dich finden, töten sie dich. Du musst mir in diesem Punkt glauben.«

»Dann war's das also? Du glaubst, du kannst mir eine Tasche mit Kleidern und einen Beutel mit Geld in die Hand drücken und mich irgendwohin schicken? Ich weiß ja nicht einmal, wohin du mich schickst. Ich gehe nicht, hast du mich verstanden? *Ich gehe nicht und du kannst mich nicht zwingen!*«

Imelda schaute Milo an. »Normalerweise ist sie nicht so.«

»Und wer zum Teufel ist *er*?« Amber schrie fast. »Du schickst mich mit einem komischen Typen weg, den ich überhaupt nicht kenne. Ist das vielleicht eine gute Idee?«

»Ich vertraue ihm.«

»Er wollte mich erschießen! Und du willst, dass ich mit diesem Kerl in ein *Auto* steige? Für wie lang? Wie lang dauert das alles?«

Wieder zögerte Imelda. »Ich weiß es nicht. Vielleicht … zwei Wochen?«

»Zwei Wochen?«

»Oder drei.«

»Was?«

»Nur so bist du sicher. Du wirst dir noch mehr Kleider und andere Sachen besorgen müssen, aber für den Moment tun es die, die in der Tasche sind.«

»Wir sollten wirklich gehen«, drängte Milo. »Ich will hier weg sein, bevor es dunkel wird.«

Amber hob die Hände. »Okay, okay, hör mir zu. Hör mir einfach nur zu, ja? Das ist deine Idee. Diesen Plan hast du dir ausgedacht. Jetzt habe ich einen Plan. Milo hier geht nach Hause. Er geht nach Hause, spielt mit seinen Gewehren und ist glücklich. Und während er glücklich ist, steigen du und ich in einen Wagen. Wir fahren irgendwohin, wo es schön ist, und kommen nie mehr zurück.«

Imelda schüttelte den Kopf. »Ich hab dir doch gesagt, dass ich nicht mitkommen kann.«

»Warum nicht? Warum kannst du nicht mitkommen? Himmel noch mal, du bist der einzige Mensch, den ich kenne, der mich nicht töten will.«

»Es ist besser für dich, wenn ich bleibe, Liebes. So kann ich ein Auge auf sie haben. Falls sie in deine Nähe kommen, kann ich sie weglotsen.«

»Du willst einfach nicht mit mir zusammen sein.«

»Das stimmt nicht.«

»Natürlich stimmt es. Du hilfst mir nur, weil du ein schlechtes Gewissen hast. Ich bin dir doch so was von egal – sonst würdest du mich nicht in *seine* Hände geben.«

Wieder schüttelte Imelda den Kopf. »Das stimmt nicht.«

»Also, folgendermaßen sieht es aus: Wir haben zwei Pläne. Deinen bescheuerten Plan, nach dem ich mit einem Irren namens *Milo* weggehe, und meinen guten Plan, nach dem wir beide uns irgendwo verstecken, weit weg, wo es Berge gibt und Bäume und vielleicht eine Blockhütte. Wir fahren nach Montana. In Montana ist es kühl. Wir müssen nicht ständig in dieser *Hitze* leben.«

»Lass uns abstimmen«, schlug Milo vor. »Ich stimme für den bescheuerten Plan und Imelda genauso.«

Amber blickte ihn finster an und richtete ihren finsteren Blick dann wieder auf Imelda. »Warum er? Wer ist er? Was hat er mit der ganzen Sache zu tun?«

»Ich hatte selbst schon mit Dämonen zu tun«, antwortete Milo. »Ich bin für diesen Job so qualifiziert, wie man es überhaupt nur sein kann.«

»Dann hast du auch einen Deal mit ihnen gemacht, genau wie meine Eltern? Schlechte Menschen verhandeln mit Dämonen – schlechte Menschen, die gern ihre Kinder essen. Hast du schon mal jemanden umgebracht, Milo?«

»Es reicht, Amber«, sagte Imelda.

»Du willst, dass ich mit diesem Typen in ein Auto steige und …«

»Ja«, blaffte Imelda. »Das will ich. Weil ich nicht mitkommen kann und er der Einzige ist, den ich kenne, der dich beschützen kann. Er ist auch der Einzige, den ich kenne, der *bereit* ist, dich zu beschützen. Das Ganze ist chaotisch, Amber. Glaubst du, das weiß ich nicht? Und glaubst du nicht, dass es mir das Herz bricht, dich wegzuschicken? Ich konnte dir endlich die Wahrheit sagen, nachdem ich jahrelang zu große Angst davor hatte, und statt dir all meine Liebe zeigen zu können, eine Liebe, die ich seit dem Tag deiner Geburt für dich empfunden habe, muss ich dich wegschicken und so tun, als sei ich wie die anderen. Ich muss so tun, als würdest du mir nichts bedeuten, Amber. Ich muss so tun, als sähe ich nichts anderes in dir als unseren nächsten Kräfteschub. Das macht mich fertig, Liebes. Es zerreißt mich innerlich und ich weiß nicht, weshalb zum Teufel ich nicht tränenüberströmt zusammenbreche, aber ich tue es nicht. Weil ich stark sein muss. Für dich. Und du musst für mich stark sein. Denn du bist der einzige Mensch auf dieser Welt, den ich liebe, und falls dir irgendetwas zustößt, werde ich … werde ich …«

»Es tut mir leid«, sagte Amber leise.

»Oh, Liebes.« Imelda zog sie in ihre Arme. Im ersten Moment wusste Amber nicht, was sie tun sollte. Das war nicht die schnelle Umarmung von Grant oder Kirsty oder die Mit-den-Füßen-in-der-Luft-baumeln-Umarmung von Alastair. Das war etwas anderes. Das war echt und Amber hatte keine Ahnung, wie sie darauf reagieren sollte.

Doch zögernd schlang auch sie die Arme um Imelda und drückte sie und merkte nicht einmal, wie ihr die Tränen übers Gesicht liefen und Imeldas Bluse durchnässten. Erst als sie spürte, dass Imelda weinte, wurde ihr bewusst, dass sie selbst auch weinte. Diese eine Umarmung war der herzlichste, innigste Körperkontakt, den sie je gehabt hatte, und sie wollte, dass es nie aufhörte.

9

Regen vermischte sich mit den Tränen auf Ambers Gesicht, als sie in den Geländewagen stieg.

Milo hatte ihn auf der Rückseite von Imeldas Apartmenthaus geparkt. Sie wollten nicht, dass Amber gesehen wurde. Sie wollten nicht, dass sie ein paar Sekunden über den Gehweg lief, da dies ein Risiko war, das einzugehen sie sich nicht leisten konnten. Ihre Paranoia übertrug sich auf Amber. Sie wartete, bis Milo die hintere Wagentür geöffnet hatte, dann rannte sie durch die Hitze und den Regen und hechtete praktisch hinein. Milo warf eine Decke über sie und schloss die Tür.

Er stieg vorne ein und ließ den Motor an. Während der Wagen auf die Straße einbog, fiel Amber ein, dass sie sich nicht von Imelda verabschiedet hatte, und sie spürte einen schmerzlichen Stich in der Herzgegend.

Erst als sie sicher war, dass sie nicht mehr weinen würde, zog sie die Decke weg.

Außen hätte der Geländewagen vielleicht eine Wäsche nötig gehabt, doch innen war er sauber und roch nach Politur. Milo erschien ihr als der Typ, der darauf achtete, dass sein Auto immer bestens gewartet war, und es hätte sie nicht überrascht zu hören, dass der Schmutz und der Staub auf der Karosserie lediglich Tarnung waren.

Sie fuhren fünf Minuten, ohne zu reden. Amber widerstand dem Drang, etwas zu sagen. Sie wollte, dass Milo das Schweigen als unbehaglich empfand. Als die Uhr am Armaturenbrett acht zeigte, setzte sie sich auf, behielt die Decke aber wie einen Schal über dem Kopf. Es ärgerte sie, dass er sich rundum wohlzufühlen schien.

»Und wohin fahren wir jetzt?«

Milo wechselte die Spur. »Zu einem Freund von mir. Er kann uns vielleicht helfen.«

»Wie helfen?«

»Vielleicht fällt ihm etwas ein, wie wir eine Begegnung mit deinen Eltern vermeiden können.«

»Vielleicht? Imelda hat gesagt, es gäbe einen Plan. *Vielleicht* klingt nicht nach einem Plan. Wer ist dieser Freund von dir?«

»Er heißt Edgar Spurrier.« Milo hielt an einer Ampel. »Er war mal Journalist. Bei seinen Recherchen drang er in so tiefe dunkle Bereiche vor, dass keine seriöse Nachrichtenagentur bereit war, darüber zu berichten. Jetzt ist er ein freiberuflicher ... Irgendwas.«

»Im Klartext heißt das, er ist arbeitslos.«

Milo fuhr wieder an. »Er bevorzugt den Ausdruck ›freiberuflicher Irgendwas‹.«

Sie runzelte die Stirn. »War das ein Witz?«

Milo zuckte mit den Schultern.

»Wo wohnt er?«

»Miami.«

»Das sind drei oder vier Stunden Fahrzeit. Warum seid ihr nicht besser organisiert? Warum ist er nicht hier? Oder warum kannst du ihn nicht anrufen? Ich würde dir ja mein Handy geben, aber ihr habt es ja – wie war das gleich wieder? – *vernichtet*.«

»Keine Telefonate, wenn es nicht unbedingt sein muss.« Ambers subtile Spöttelei hatte er überhaupt nicht registriert.

Sie beugte sich vor. »Ich habe einen neuen Plan. Dreh um. Bring mich nach Montana. Dort drehen sie *Dark Places*. Ich könnte einfach nur abhängen und ihnen bei den Dreharbeiten zuschauen. Ich habe genügend Geld, um eine Blockhütte zu mieten, bis sich das alles hier gelegt hat.«

Milo betrachtete sie im Rückspiegel. »Das legt sich nicht.«

»Ich weiß. Ich versuche nur …«

»Ich glaube nicht, dass du es weißt. Dieses Problem löst sich nicht irgendwie, Amber. Deine Eltern ändern ihre Meinung nicht. Dein bisheriges Leben ist vorbei. Du musst deine Freunde und deine Familie vergessen. Es gibt kein Zurück.«

»Das *weiß* ich«, wiederholte sie, doch selbst ihr war bewusst, wie wenig überzeugend sie klang.

Ein Unfall auf der Schnellstraße hielt sie auf. Sie mussten sich in den langsamen Konvoi einreihen, der durch Miamis vorstädtische Art-déco-Architektur kroch. Es regnete hier stärker. Neonlichter spiegelten sich in der nassen Schwärze des Asphalts. Es wäre schön gewesen, wenn Amber sich nicht bei jedem Wagen, der sie überholte, in ihren Sitz verkrochen hätte, weil sie nur darauf wartete, dass die Gesichter ihrer Eltern sie daraus anstarrten.

Bis sie vor Edgar Spurriers schäbigem Wohnblock anhielten, war es nach Mitternacht und vollkommen dunkel. Die feuchte Wärme hängte sich an Amber, kaum dass sie aus dem Geländewagen ausgestiegen war. Der Regen hatte etwas nachgelassen, doch die Wolken waren immer noch schwer. Blitze zuckten wie aus einer nicht richtig eingeschraubten Glühbirne und in der Ferne hörte sie Donner.

Edgars Wohnung war nicht klimatisiert. Von der Decke hing ein großer Ventilator und drohte, die warme Luft umzuwälzen, aber selbst dafür gab es hier nicht genügend Energie.

Edgar selbst war ziemlich pummelig. Das blonde Haar hing ihm in dünnen Strähnen bis auf die Schultern. Er hatte ein offenes Lächeln und hübsche blitzende Augen. Seine Beine steckten in Shorts und waren erstaunlich haarlos. Er reichte Amber und Milo ein Glas Eistee, nahm selbst auch eines und dann setzten sie sich alle in sein chaotisches Wohnzimmer. Bücher und Papiere wetteiferten mit vollgekritzelten Notizblöcken um Platz. Aber es gab weder Pizzaschachteln noch leere Bierdosen. Edgar mochte unorganisiert sein, aber ein Messie war er nicht.

Er lehnte sich auf seinem Stuhl zurück. »Milo hat mir deine Situation bereits geschildert. Du sitzt ja ganz schön in der Tinte, wie wir das in der Branche nennen. Milo hätte dich zu einem Dutzend sogenannter Okkultismus-Experten bringen können, die es im ganzen Land gibt. Sie hätten dir eine Menge Quatsch erzählt und dich mit nutzlosen Ratschlägen wieder weggeschickt, aber er hat dich zu mir gebracht. Deals mit dem Teufel sind so was wie meine Spezialität und dem Leuchtenden Dämon gilt, unter anderem, mein besonderes Interesse.«

Er machte eine Pause und Amber empfand das dringende Bedürfnis, das Schweigen zu füllen.

»Okay«, sagte sie.

Das schien ihm zu genügen. »Nun denn«, fuhr Edgar fort, »dein spezielles Problem liegt darin, dass Davonlaufen keine Option ist.«

Eine Schweißperle rollte Amber den Rücken hinunter. »Nein?«

»Nein. Irgendwann finden deine Eltern dich. Das ist unvermeidlich. Ich bin sicher, Milo erklärt dir das später. Sie finden dich und sie töten dich. Du musst also in die Offensive gehen, richtig? Du musst deinen Eltern den Kampf ansagen.«

Amber zögerte. »Hm, ja, schon. Nur … also, wirklich gegen sie kämpfen möchte ich nicht.«

»Nein, nein«, beruhigte Edgar sie, »tätlich zu werden brauchst du nicht, auf keinen Fall. Daran habe ich nicht eine Minute gedacht. Aber im übertragenen Sinn willst du ihnen den Kampf ansagen, ja?«

»Hm, ja.«

»Du kannst nicht für den Rest deines Lebens vor ihnen *davonlaufen.* Du kannst dich nicht für den Rest deines Lebens *verstecken.* Denn wenn du das tust, ist der Rest deines Lebens nur noch sehr kurz. Du brauchst also eine Alternative. Was würde ich in deiner Situation tun? Ich habe intensiv darüber nachgedacht, seit Milo mit der Sache zu mir kam. Doch erst heute Morgen ist mir die naheliegende Vorgehensweise eingefallen.« Er beugte sich vor.

»Was du tun musst, Amber, ist, *selbst* mit dem Leuchtenden Dämon reden.«

Sie blinzelte. »Wie bitte?«

»Vergiss es«, wehrte Milo ab.

Edgar hob eine Hand. »Lasst mich ausreden.«

»Vergiss es, Edgar.«

»Lass mich einfach ausreden, Kumpel, ja? Sei nach allen Seiten offen. Wir können ihre Eltern nicht davon abbringen, dass sie sie aufessen wollen. Auf keinen Fall. Ihr Fleisch zu essen ist die einzige Möglichkeit, stärker zu werden, und die einzige Möglichkeit, den Tribut zu entrichten, den der Dämon verlangt. Denn eines dürft ihr nicht vergessen: Sie schulden ihm dieses Opfer.«

»Wir haben es nicht vergessen«, sagte Milo.

Edgar lehnte sich wieder zurück. »Dagegen können wir also nichts tun. Welche Möglichkeit bleibt uns, wenn du nicht mit dem Leuchtenden Dämon reden willst? Du könntest sie angreifen. Ihnen zuvorkommen. Sie töten, bevor sie dich töten.«

»Ich will doch meine *Eltern* nicht töten«, wehrte Amber entsetzt ab.

»Sie wollen *dich* töten«, erwiderte Edgar. »Du musst die Tatsachen akzeptieren, Amber. Es geht hier um Leben oder Tod. Es heißt töten oder getötet werden.«

»Sie will ihre Eltern nicht töten«, mischte Milo sich ein, »also töten wir sie nicht.«

»Das habe ich schon begriffen«, entgegnete Edgar. »Ich bin ein ziemlich schlaues Kerlchen, schon vergessen? Du hast vielleicht gedacht, ich sitze hier nur dekorativ herum, dabei bin ich sämtliche Optionen durchgegangen und habe die ganz unrealistischen verworfen. Ich habe alle verworfen bis auf die, die ich zu Anfang genannt habe: Amber ruft den Leuchtenden Dämon herbei, setzt sich mit ihm hin und plaudert mit ihm.«

Amber schaute Milo an. Er sagte nichts, sah aber nicht unbedingt glücklich aus.

Edgar wandte sich jetzt direkt an Amber. »Ich habe mir Folgendes vorgestellt: Du erklärst ihm, wie unfair das alles ist. Schließlich hast du nicht darum gebeten. Du bist vollkommen unschuldig in die teuflischen Machenschaften deiner Eltern verwickelt worden.«

»Wieso sollte ihn das kümmern?«, fragte Amber.

Edgar kicherte. »Gute Frage. Und natürlich hast du recht. Der Leuchtende Dämon schert sich einen Dreck darum. Er ist schließlich kein kleines Licht. Ihm gefällt's, wenn Unschuldige leiden. Das ist so sein Ding.« Edgar beugte sich wieder vor. »Aber du, mein liebes Mädchen, übst einen speziellen Reiz aus. Der Leuchtende Dämon ist bekanntermaßen sehr wählerisch, was die Leute betrifft, denen er erscheint. Er kommt nur mit denen ins Geschäft, die seine Neugier wecken. Und genau das ist es. Du, Amber, weckst die Neugier eines *jeden.*«

Sie fühlte sich plötzlich unbehaglich. »Wieso?«

»Du bist der Dämonennachwuchs von Dämoneneltern«, antwortete Edgar. »Doch wenn deine alten Herrschaften noch durch die Umstände zu Dämonen wurden, bist du ein Dämon durch *Geburt.* Das macht dich, technisch gesehen, zu einer reineren Form von Monster – wenn du mir den Ausdruck verzeihst. Außerdem hast du allein dadurch, dass du jetzt noch am Leben bist, ihren ursprünglichen Deal unter Umständen gefährdet, was er garantiert bemerkt hat.«

»Ich rufe also den Leuchtenden Dämon herbei und sage – was?«, wollte Amber wissen. »He, du, könntest du bitte den Pakt ändern, den du mit meinen Eltern geschlossen hast?«

Edgar schüttelte den Kopf. »Die Bedingungen stehen ein für alle Mal fest, daran lässt sich nicht rütteln. Aber er könnte dafür sorgen, dass deine Eltern und ihre Freunde dich nicht finden. Er könnte dafür sorgen, dass sie dir nicht schaden können. Er könnte hundert Dinge tun, die die Pläne deiner Eltern durchkreuzen, sodass du nicht mehr aufgegessen werden müsstest.«

»Was müsste ich dafür tun?«

Edgar zuckte mit den Schultern. »Wenn ich davon ausgehe, dass deine Eltern und ihre Freunde dich gegessen und ihm dann ihr aufgeladenes Blut gegeben hätten, ist es nur logisch, dass er auf andere Art und Weise zu dieser Energie kommen will. Eine übliche Zahlungsmethode wäre, dich loszuschicken, damit du ihm Seelen bringst.«

»Ich töte niemanden. Das mache ich einfach nicht.«

»Na gut. Wenn er das von dir verlangt, sagst du einfach Nein. Was ist schon dabei? Aber vielleicht will er ja gar nicht, dass du jemanden tötest. Er könnte auch etwas anderes wollen.«

Amber hob die Brauen. »Könnte ich ihm meine Dämonenseite anbieten? Wäre das möglich?«

»Selbst wenn es möglich wäre, bezweifle ich, dass es ihn interessieren würde.«

»*Meine* Seele bekommt er auch nicht«, sagte sie bestimmt. »Sie gehört mir und er bekommt sie nicht.«

»Klingt vernünftig«, meinte Edgar. »Aber keine Bange – ich kann dir einen Vorschlag machen. Du bist etwas so Besonderes, dass du ihn herbeirufen kannst, und wenn du ihm etwas ebenso Besonderes anbietest, hast du vielleicht eine Chance.«

»Woran denkst du?«, fragte Milo.

»An den, der dem Dämon entkommen ist«, antwortete Edgar. »Dacre Shanks hat mir davon erzählt. Ein hochgefährlicher Mann. Schon von ihm gehört?«

Milo schüttelte den Kopf. Amber sparte sich die Mühe.

»Dacre Shanks war in den späten Sechzigern, Anfang der Siebziger ein besonders fieser Serienmörder. Der Sheriff einer Kleinstadt hat ihn mit seinen Leuten irgendwann aufgespürt, ich glaube, es war 1974, und sofort das Feuer auf ihn eröffnet. Shanks fiel in einem Kugelhagel. Hätte keinen netteren Kerl treffen können. Jedenfalls bin ich ihm vor ein paar Jahren begegnet und er …«

»Moment«, unterbrach ihn Amber, »du hast gerade gesagt, dass er 1974 gestorben sei.«

Edgar nickte. »Ist er auch. Aber als die Polizisten ihn erwischten, hatte er schon lange eine Abmachung mit dem Leuchtenden Dämon.«

»Er lebt noch?«

»Rein technisch gesehen? Nein. Aber er ist immer noch unterwegs. Das Letzte, was ich von ihm gehört habe, war, dass er in seiner Heimatstadt Springton in Wisconsin mit großem Vergnügen ein paar Teenager umgebracht hat, aber das ist schon fünfzehn Jahre oder so her. Er kann dir vielleicht helfen, wenn du ihn findest.«

»Wir sollen einen Serienmörder um Hilfe bitten?«

Edgar zuckte mit den Schultern. »Wir leben in einer gefährlichen Welt – du musst darauf vorbereitet sein, gefährliche Leute zu treffen. Dacre Shanks erfüllt alle Kriterien einer gefährlichen Person. Er hockt da oben mit Elias Mauk und Leighton Utt … vielleicht sogar mit dem Dürren. Nach außen hin wahnsinnig charmant, aber … na ja. Serienmörder, du weißt schon. Ich habe ihn über einen gemeinsamen Bekannten kennengelernt und so eine Art Interview mit ihm arrangiert. Der Mann wollte einfach mit jemandem reden und er hat eine *Menge* geredet. Ich bekam ein paar sehr anschauliche Beschreibungen davon zu hören, was er mit seinen Opfern angestellt hat, ein paar äußerst verstörende Einblicke in seine Gedankenwelt … Wir haben über den Tod gesprochen, darüber, wie es sich angefühlt hat, als diese Kugeln seinen Körper durchlöchert haben, und was danach geschah. Milo weiß, wovon ich rede, richtig?«

Milo sagte nichts und Amber runzelte die Stirn.

»Und wir haben über den Leuchtenden Dämon gesprochen«, fuhr Edgar fort. »Wie er ihn herbeigerufen hat, wie er überhaupt von ihm erfahren hat. Und er hat mir eine Geschichte erzählt, die ich vorher noch nie gehört hatte. Und ich dachte, ich würde alle Geschichten über unseren leuchtenden Freund kennen. Er hat mir von einem Mann erzählt, der auch einen Deal mit ihm eingegangen ist – ich kenne die näheren Umstände nicht, aber es war ein Deal wie jeder andere –, nur dass sich der Typ dann nicht an die Vereinbarungen gehalten hat. Der Leuchtende Dämon hat ihm alle seine Wünsche erfüllt, aber anstatt sich in der vereinbarten Art und Weise zu revanchieren, zieht er in eine andere Stadt und der Leuchtende Dämon guckt in die Röhre.«

»Was hat das mit mir zu tun?«, wollte Amber wissen.

Edgar lächelte. »Wenn du den Typen findest, kannst du dem Leuchtenden Dämon anbieten, seinen Aufenthaltsort zu verraten, wenn er dir dafür deine Eltern vom Hals hält.«

»Du weißt, wo er ist?«

»Ich habe keinen Schimmer«, antwortete Edgar fast vergnügt. »Shanks wollte reden, klar, aber er war bei allem, was er zu sagen hatte, ziemlich vorsichtig. Du wirst ihn selbst fragen müssen. Möglich, dass du ihn ganz sympathisch findest. Er hat ein paar recht lustige Geschichten auf Lager. Du bekommst Albträume davon, aber sie sind trotzdem ziemlich lustig.«

»Hm. Ich will eigentlich nicht mit einem Serienmörder reden.«

Edgar feixte. »Dir wird garantiert nichts passieren. Unser Milo passt auf dich auf.«

Amber schaute Milo an. Wie gefährlich *war* dieser Typ?

»Warum kommst du nicht mit uns?«, fragte Milo. »Du kennst ihn, er kennt dich. Du kannst uns vorstellen.«

»Liebend gern«, erwiderte Edgar, »aber er hat versprochen, mich umzubringen, sollte er mich jemals wiedersehen.«

»Warum?«

Edgar zuckte mit den Schultern. »Die Unterhaltung ist irgendwann umgeschlagen. Was soll ich sagen? Serienmörder, ihr wisst schon.«

10

Edgar ging hinaus, um die Utensilien zu holen, die Amber brauchen würde, um den Leuchtenden Dämon herbeizurufen. Sobald er aus dem Zimmer war, schaute Amber zu Milo hinüber.

»Ich soll es *jetzt* machen?«

Milo zuckte mit den Schultern.

»Imelda hat gesagt, sie hätten fürchterlich viele Vorbereitungen treffen und tagelang fasten müssen.«

»Es gibt verschiedene Möglichkeiten, den Leuchtenden Dämon herbeizurufen. Manchmal muss man ihn nicht einmal rufen – er erscheint genau in dem Moment, in dem du am verletzlichsten bist.«

»Milo, ich weiß nicht …«

»Sag es einfach, wenn du es nicht tun willst. Wir finden dann eine andere Möglichkeit.«

»Gibt es denn eine andere Möglichkeit?«

Milo schwieg.

Amber legte langsam das Gesicht in ihre Hände und zog dann die Finger über die Wangen.

Dann beugte sie sich vor. »Und was sage ich? Wie begrüße ich den Leuchtenden Dämon? Rede ich ihn mit Sir oder Herr oder Meister an?«

»Er ist weder dein Herr noch dein Meister, also brauchst du überhaupt keine Anrede. Mach dich locker, ja? Kein Grund, so nervös zu sein. Rede mit ihm, wie du auch mit mir reden würdest, aber stimme nur den Bedingungen zu, die *du* willst.

Ignoriere alles, was nichts mit der Sache zu tun hat. Er wird versuchen, dich auszutricksen. Höre unbedingt auf *jedes* Wort, das er sagt, denn er sagt es aus einem bestimmten Grund.«

»Das nimmt mir kein bisschen von meiner Nervosität.«

»Tut mir leid.«

»Hältst du es für eine gute Idee?«

»Es ist die beste, die wir haben.«

»Das sagt jetzt nicht unbedingt viel aus, oder?«

»Nein, sagt es nicht.«

Amber lehnte sich wieder zurück. Sie hatte das Gefühl, einen Knoten im Bauch zu haben. »Was wird Imelda tun, wenn sie erfährt, dass ich mich mit dem Leuchtenden Dämon *getroffen* habe?«

»Das hängt ganz davon ab, ob dieser Plan funktioniert.«

»Wie hast du sie überhaupt kennengelernt?«, wollte Amber wissen.

»Wie lernt jemand jemanden kennen?«

»Keine Ahnung. Man begegnet sich?«

»Du sagst es. Wir sind uns begegnet.«

Edgar kam zurück. Amber wusste selbst nicht so genau, was sie erwartet hatte – vielleicht eine Robe, einen zeremoniellen Dolch oder eine Schachtel voller Kerzen mit Pentagrammen darauf. Den großen Lederbeutel in Form eines eingefallenen Luftballons hatte sie jedenfalls nicht erwartet.

»Das ist ein Schießpulverbeutel«, erklärte Edgar stolz und überreichte ihn ihr fast ehrfürchtig. Er war schwer und bis zu seinem ledernen Stöpsel mit etwas gefüllt, das sich anfühlte wie Sand. »Aus Persien, neunzehntes Jahrhundert, aus einem Kamelhoden gefertigt.«

»Igitt.«

Edgar feixte. »Keine Bange, das Kamel ist längst tot.«

»Trotzdem igitt.«

»Siehst du die ins Leder eingeritzten Muster? Diese kleinen verschlungenen Zeichen? Ich weiß nicht, was sie darstellen, aber sie sind hübsch, nicht wahr?«

»Ist Schießpulver da drin?«, fragte sie.

Er schüttelte den Kopf. »Etwas viel Gefährlicheres. Und viel Wertvolleres. Du darfst es nur benutzen, weil es bei mir nicht funktioniert hat.«

Milo runzelte die Stirn. »Du hast versucht, den Leuchtenden Dämon herbeizurufen?«

»Jeder hat so seine Wünsche«, antwortete Edgar ein wenig traurig. »Ich war einfach zu uninteressant, als dass er sich mit mir abgegeben hätte. Das Drama meines Lebens, was? Aber wenn es bei jemandem funktioniert, dann bei Amber. Und dann weiß ich endlich, ob es sein Geld wert war oder ob man mich über den Tisch gezogen hat. *Wieder* einmal.«

Sie gab den Beutel zurück. »Was mache ich damit?«

Edgar räumte einen Platz auf dem Couchtisch frei, legte den Beutel dorthin und setzte sich dann. »Du streust das Pulver in einem Kreis um dich herum und achtest darauf, dass keine Lücken entstehen. Du hältst ein Streichholz daran. Es entzündet sich. Das ist alles.«

»So einfach? Und dann erscheint der Leuchtende Dämon?«

Edgar zögerte.

»Was ist?«, fragte Milo argwöhnisch.

»Das macht der Leuchtende Dämon nicht mehr. Erscheinen, meine ich. Du kannst ihn nicht mehr dazu bringen, dass er zu dir kommt. Du gehst stattdessen zu ihm.«

Amber überlief es kalt. »Ich tue was?«

Milo runzelte die Stirn. »Sie tut was?«

»Bei mir hat es nicht funktioniert, ich kann deshalb nur weitergeben, was der Kerl, der es mir verkauft hat, sagte. Okay? Du hältst ein Streichholz an den Kreis, und wenn er Feuer gefangen hat … bist du da.«

»Wo?«, fragte Milo.

»Wo immer der Leuchtende Dämon ist«, antwortete Edgar.

»In der Hölle?«, fragte Amber leise.

»Vielleicht. Aber mach nicht so ein ängstliches Gesicht. Es ist hundertprozentig sicher. Dir kann absolut nichts passieren.«

»So hört es sich aber nicht an«, meinte Milo.

»Ist aber so. Es besteht keinerlei Gefahr für sie. Solange sie nicht aus dem Kreis heraustritt.«

»Mir gefällt das nicht«, murmelte Amber. »Kommt ihr beide wenigstens mit?«

Edgar verzog das Gesicht. »Wir müssen leider hierbleiben. So sind die Regeln. Aber du brauchst dir wirklich keine Gedanken zu machen. Du triffst den Leuchtenden Dämon. Du erklärst ihm deine Situation. Du bietest ihm im Ausgleich für die Möglichkeit, dich vor deinen Eltern und deren Freunden zu schützen, den Typen an, der seine Vereinbarungen nicht eingehalten hat.«

»Und *nur* das«, schärfte Milo ihr ein. »Du weichst nicht vom Drehbuch ab.«

»Das ist ein wichtiger Punkt«, bestätigte Edgar. »Der Leuchtende Dämon redet dem Vernehmen nach gern und womöglich versucht er, dich dazu zu bringen, dass du dich auf etwas einlässt, auf das du dich auf keinen Fall einlassen solltest. Fasse dich kurz. Wenn ihm die Bedingungen zusagen, akzeptiert er sie. Falls nicht, löschst du die Flammen und kommst direkt hierher zurück. Tritt *nicht* aus dem Kreis heraus. Ich kann das nicht oft genug wiederholen.«

»Was ist, wenn er mich herauszieht?«

»Er kann dich nicht berühren, solange du in dem Kreis bleibst. Und noch etwas: Für dein eigenes Wohlergehen ist es wahrscheinlich ratsam, ihn nicht direkt anzuschauen.« Edgar erhob sich. »So. Ich glaube, das ist alles.«

Amber sah zu ihm auf. »Ich habe immer noch tausend Fragen.«

»Der Halbgebildete ist schlimmer als der Unwissende«, zitierte Edgar. »Dir wird nichts passieren. Komm, du kannst es im Hof hinter dem Haus machen.«

Er nahm den Schießpulverbeutel und ging hinaus in die Küche.

Milo erhob sich ebenfalls und half Amber auf. Ihre Beine fühlten sich an wie Gummi.

»Mache ich das wirklich?«, fragte sie.

»Du kannst deine Meinung jederzeit ändern.«

Sie stieß langsam die Luft aus. »Ich kann nicht glauben, dass ich das tatsächlich mache …«

Sie gingen hinters Haus. Der dunkle Hof war eher bescheiden. Der kleine Pool bedurfte dringend einer Säuberung. Amber war sich nicht sicher, ob die Schweißperlen auf ihrem Gesicht von der schwülen Luft herrührten oder von ihrer Angst und Nervosität. Es hatte aufgehört zu regnen, sodass die Zikaden wieder sangen. Edgar führte Amber zu einem Rasenstück mit Fingergras und gab ihr den Schießpulverbeutel und ein zerfleddertes Streichholzbriefchen mit dem Bild einer Treppe vorne drauf.

»Wir wären so weit«, sagte er.

Sie blickte Milo fragend an, doch der stand nur da, völlig unberührt von der Hitze. Sie zog den Stöpsel aus dem Beutel, kauerte sich hin und begann zu streuen, rechnete aber jeden Augenblick damit, dass die beiden sie zurückpfiffen.

Die Beutelöffnung war klein und das feine schwarze Pulver rieselte in einem dünnen, gleichmäßigen Strahl heraus. Die warme Brise ließ das Gras wogen, doch das Pulver fiel senkrecht nach unten, als sei es eine vollkommen windstille Nacht. Amber drehte sich um dreihundertsechzig Grad und vergewisserte sich, dass sie auch keine Lücken gelassen hatte. Als sie fertig war, richtete sie sich in dem kleinen Kreis auf und verschloss den Beutel mit dem Stöpsel. Sie hielt ihn Edgar hin, doch der wehrte ab.

»Behalte ihn, bis alles vorbei ist«, sagte er und sie hängte sich den Riemen so über die Schulter, dass er diagonal über ihren Brustkorb verlief.

Sie riss ein Streichholz aus dem Briefchen und kauerte sich erneut hin. Ihr Mund war trocken. Ihre Hände zitterten. Sie musste pinkeln. Sie blickte zu Milo auf.

»Wir sehen uns, wenn du zurückkommst«, sagte er.

Amber zog den Streichholzkopf über den Sandpapierstreifen. Das Streichholz flammte auf und sie hielt die Flamme mit zitternden Händen an das Pulver. Es fing sofort Feuer und verströmte einen solchen Gestank, dass sie instinktiv den Kopf zur Seite drehte. Das Feuer breitete sich vom Ausgangspunkt in beide Richtungen aus und sie stand da und beobachtete, wie es sie einkreiste. Als die Flammen sich trafen und der Kreis sich schloss, färbten sie sich blau und Amber befand sich in einem Gebäude. Es war ein Schloss mit dicken Mauern aus behauenen Steinen. Die Decke war so hoch, dass sie sie nicht sehen konnte. Dunkelheit verschluckte die dicken Holzbalken fast völlig.

Vor ihr lagen fünf gewölbte Durchgänge; die Flure dahinter glichen den Fingern einer gespreizten Hand. Wandteppiche zeigten verschiedene Obszönitäten, deren Schockwirkung sofort vor den noch grausigeren Bildern in den länglichen, in Blei gefassten Buntglasfenstern in der Wand darüber verblasste.

Amber war kalt. Der Schweiß, der ihren Körper in der Hitze Miamis bedeckt hatte, ließ sie jetzt frösteln. Ihre Atemluft bildete kleine Kondenswolken. Sie glaubte, sie sei allein, bis sie das Kichern hörte.

Jemand stand in dem dunklen Bereich zwischen zwei Durchgängen. Lauerte.

»Hallo?«, rief sie. Ihre Stimme klang nicht wie ihre. Sie klang wie die Stimme eines verängstigten Kindes. »Ich … ich sehe dich. Ich kann dich sehen. Hallo?«

Die Gestalt rührte sich nicht.

Von irgendwoher, aus einer anderen Richtung, kam Geschrei, ein Chor schmerzerfüllter Stimmen, den der Wind ihr zutrug. Er verstummte, noch bevor sie ihn richtig registriert hatte.

»Hallo«, sagte die Gestalt.

Sie trat vor, ins Licht. Groß und dürr, ein geschlechtsloses Wesen. Es trug eine Patchworkrobe, die auch ein Morgenmantel hätte sein können. Dick und schlecht aufgetragener schwarzer Eyeliner umrahmte die Augen. Die schmalen Lippen waren mit rotem Lippenstift beschmiert. Eine dicke Schicht grauweißer Grundierung, die auch Asche hätte sein können, bedeckte den gesamten kahlen Kopf.

»Bist du der Leuchtende Dämon?«, fragte Amber.

Das seltsame Ding stieß ein hohes Kichern aus und legte langfingrige Hände über seinen Mund.

»Nein, nein, nein«, antwortete es mit dieser seltsamen Stimme, »aber er weiß, dass du da bist.«

»Wo bin ich?«

Wieder ein Kichern. »In seinem Schloss.«

»Ist das hier die Hölle?«

»Für einige. Wie heißt du?«

»Amber.«

»Hi, Amber. Ich bin Fool.«

»Hi, Fool.«

»Willst du mit mir spielen?«, fragte Fool. »Ich kenne jede Menge Spiele. Willst du ›Wer kann am lautesten schreien?‹ spielen? Darin bin ich sehr gut. Oder lieber ›Wer kann am meisten bluten?‹? Da würdest du gewinnen, jede Wette. Du darfst anfangen, wenn du willst.«

»Lieber nicht.«

»Tritt aus dem Kreis, Amber.«

»Das geht nicht, tut mir leid.«

»Klar geht das.« Fool kam näher. »Tritt aus dem Kreis.« Er lächelte. Seine Zähne waren kleine Scherben aus buntem Glas, die aus einem blutigen Gaumen ragten.

Unvermittelt drehte er den Kopf. Seine Augen verengten sich. Aus einem der Flure drang Licht.

»Er ist da«, flüsterte Fool und rannte aus dem Raum, ohne Amber noch eines Blickes zu würdigen.

Amber widerstand dem Drang wegzulaufen, obwohl alles in ihr

danach schrie. Sie beobachtete, wie das Leuchten heller wurde, und wandte sich dann ab. Geblendet senkte sie den Kopf und beschirmte ihre Augen mit den Händen. Der Raum war jetzt gleißend hell erleuchtet. Hinter ihr die leichten Schritte bloßer Füße.

»Du wünschst eine Audienz bei mir«, kam eine Stimme. Männlich. Gedämpft.

»Ja«, krächzte sie und schloss die Augen. »Ich bin … ich …«

»Ich weiß, wer du bist, Kind. Ich weiß, weshalb du hier bist. Du suchst Schutz vor denen, die dir schaden wollen.«

Sie nickte. Ihr Mund war so entsetzlich trocken. »Meine Eltern. Und ihre Freunde.«

»Auch sie kenne ich«, erwiderte der Leuchtende Dämon. »So gierig. So skrupellos.« Seine Helligkeit drang durch ihre Augenlider. Es schmerzte. »Du bist die Erste, die ihnen entkommen ist. Die Erste, die den Weg zu mir gefunden hat.«

»Ich brauche deine Hilfe.«

»Aber selbstverständlich«, antwortete der Leuchtende Dämon und sie hörte das Lächeln in seinem Ton. »Ich bin womöglich der Einzige, der dir helfen kann. Ich bin deine einzige Hoffnung, nicht wahr? Komm, Amber, ich möchte dir mein Schloss zeigen.«

»Ich … man hat mir gesagt, ich muss im Kreis bleiben.«

»Hmmm. Ja. Weise, nehme ich an.«

»Wo sind wir?«, fragte sie. »Ist das die Hölle?«

»Fragen über Fragen«, erwiderte der Leuchtende Dämon. »So eine neugierige Spezies, die Lebenden. Die Toten brauchen nichts mehr zu fragen. Die Toten sind ganz zufrieden in ihrer liebenswürdigen Ignoranz.« Er hatte sich wieder in Bewegung gesetzt, umkreiste den Zirkel, in dem sie stand. Amber schwieg. Sie hatte das Gefühl, als sei er noch nicht fertig.

»Das ist *sein* Königreich«, fuhr der Leuchtende Dämon fort. »Der mit den vielen Namen. Mein dunkler und schrecklicher Meister.«

»Der Blutrote König«, erwiderte Amber.

»Das ist einer seiner Namen, ja. Das ist sein Königreich, aber wir befinden uns in *meinem* Schloss. Du bist mein Gast, Amber. Ich versichere dir, dass dir nichts passiert, wenn du nur einen kleinen Schritt …«

Sie wandte sich vom Klang seiner Stimme ab. »Ich … es tut mir leid. Ich kann nicht. Ich bin nur hier, um dir einen Vorschlag zu machen.«

Schweigen. Dann: »Schade.«

Sie fuhr sich mit der Zunge über die trockenen Lippen. »Kannst du mir helfen? Kannst du die Macht, die du ihnen gegeben hast, zurücknehmen?«

Der Leuchtende Dämon blieb irgendwo links von ihr stehen. »Deine Eltern und ihre Freunde haben Vorstellungen, die über ihren Rang hinausgehen. Ambitionen. Manch einer würde sie schon Blasphemien nennen. Aber ein Deal ist ein Deal – ich muss meinen Teil einhalten, genauso wie sie ihren Teil einhalten müssen. Ich kann ihnen weder ihre Macht nehmen noch die Bedingungen des Handels, den ich mit ihnen geschlossen habe, verändern. Dennoch gibt es vielleicht eine Möglichkeit, wie ich dir helfen kann. Was bist du bereit, mir dafür zu geben?«

Sie schluckte. »Es gibt da jemanden, der dich betrogen hat.«

»Mich betrügt niemand, Kind.«

»Dieser hat es doch getan. Du hast ihm geliefert, was er wollte, und danach ist er abgehauen. Er hat seinen Teil des Handels nie eingehalten. Erinnerst du dich an ihn?«

Der Leuchtende Dämon schwieg einen Augenblick. Dann gab er zu: »Ich kenne den, von dem du sprichst.«

»Ich kann ihn suchen. Ich kann ihn für dich suchen.«

»Weißt du, wo er ist?«

»Nein, aber ich kann es herausfinden. Ich glaube, dass ich ihn aufstöbern kann.«

»Interessant.«

»Sind wir uns einig?«

»Darüber reden wir, wenn du ihn gefunden hast, Amber.« Bloße Füße auf Stein. Er entfernte sich.

»Nein«, sagte sie.

Ein Geräusch wie scharfes Einatmen pfiff durch den Raum.

»Nein?«, wiederholte er.

Sie hatte das Gefühl, als hätte sie soeben massiv gegen dämonische Etikette verstoßen. Dennoch fuhr sie fort: »Ich will dein Wort, dass wir einen Deal haben, wenn ich ihn dir bringe.«

»Das willst du? Wirklich?«

»Ja«, antwortete sie in einem Ton, aus dem, wie sie hoffte, eiserne Entschlossenheit sprach.

Er kam näher. »Dann verlange ich ein Zeitlimit. Wie lange wirst du brauchen?«

»Äh … sechs Wochen?« Es war doppelt so lang, wie Imelda vorgeschlagen hatte.

»Ich gebe dir drei«, sagte der Leuchtende Dämon und Amber bemühte sich, keine Grimasse zu schneiden. »Einundzwanzig Tage. Fünfhundertundvier Stunden.«

»Und dann … schützt du mich vor meinen Eltern?«

Er stand jetzt direkt vor ihr. »Ich kann an der Vereinbarung, die ich mit ihnen habe, nichts ändern, aber wenn du mir diesen Mann in der dir eingeräumten Zeit bringst, werde ich *dich* verändern, Amber. Dein Blut wird zu Gift werden. Dich zu verspeisen würde den Tod bedeuten.«

»Aber mir wird es nicht schaden, oder?«

Wieder war dieses Lächeln in seinem Ton. »Dein Blut wird für alle außer für dich giftig sein. Ich gebe dir mein Wort darauf. Gibst du mir deines?«

»Ich … ja. Wie heißt er? Der Mann, der dich betrogen hat?«

»Ich kann dir keine weitere Hilfestellung geben. Ich strecke meine Hand aus – ergreife sie und wir sind Partner.«

»Ich … ich kann nicht aus dem Kreis hinausgreifen«, sagte Amber.

»Komm schon«, erwiderte der Leuchtende Dämon. »Die Tradition muss gewahrt bleiben oder der Handel ist nicht bindend.«

»Man hat mir gesagt, ich darf den Kreis nicht verlassen.«

»Du stehst doch immer noch darin, oder?«

Amber biss sich auf die Lippe und streckte dann zögernd die Hand aus.

Der Leuchtende Dämon ergriff sie und verdrehte sie. Sie schrie auf und kniff die Augen noch fester zu, als er einen Finger auf ihr Handgelenk drückte. Es *brannte.*

»Fünfhundertundvier Stunden«, sagte er, als er seinen Finger wieder wegnahm. »Falls es dir nicht gelingt, den Mann in der dir eingeräumten Zeit zu mir zu bringen, hast du deine Seele verwirkt.«

»Nein!«, schrie Amber und versuchte, ihm ihre Hand zu entziehen. »Dem habe ich nicht zugestimmt!«

»So lauten die Bedingungen«, erwiderte der Leuchtende Dämon und ließ sie so plötzlich los, dass sie fast aus dem Kreis hinausgestolpert wäre.

Sie wandte sich von ihm ab und rieb sich die rechte Hand. Vorsichtig öffnete sie die Augen. Die Zahl 504 war auf der Innenseite ihres Handgelenks eingebrannt, ein Mal, ein Brandzeichen, das sich bereits zu einer Narbe verhärtete. Der Schmerz ließ rasch nach. »Dem habe ich nicht zugestimmt«, wiederholte sie. »Dem habe ich nicht …«

Aus allen fünf Fluren blies der Wind herein, ein feuchtkalter Wind, der einen Hauch von Verrottung mitbrachte, von überreifen Früchten und menschlichen Exkrementen sowie andere eklige Gerüche. Der Wind löschte den Feuerkreis und Amber war wieder unter freiem Himmel, in Miami, und Milo eilte herbei und fing sie auf, als sie fiel.

11

Milo weckte Amber vor fünf Uhr morgens aus einem unruhigen Schlaf. Sie hatte von Dämonen und Hörnern geträumt und von dem Höllenschloss, und sie hatte geträumt, dass ihre Eltern hinter ihr her waren. Im Traum hatte sie sich selbst als blutbesudeltes Monster gesehen.

Sie drehte sich auf ihrer Liege um und weinte lautlos.

Nachdem sie geduscht hatte und angezogen war, ging sie zu Milo in die Küche. Er hatte sich einen Kaffee gemacht und goss ihr ein Glas Saft ein. Sie tranken schweigend und lauschten auf das leise Schnarchen aus Edgars Schlafzimmer. Er war wie ein aufgeregter Schuljunge ins Bett gegangen, nachdem er Amber ausgefragt hatte und alles wissen wollte, was sie gesehen und gehört hatte. Ihr gesamtes Erlebnis war jetzt in wirren Kritzeleien und Hieroglyphen in Edgars Handschrift auf Papier festgehalten.

Alles bis auf das Zeitlimit, die in ihr Handgelenk eingebrannte Zahl. Sie konnte diese Reise nicht antreten, wenn Milo schon jetzt der Überzeugung war, dass sie alles vermasselt hatte. Wenn sie aus diesem ganzen Irrsinn wenigstens *etwas* Positives ziehen wollte, sollte es der Respekt der Menschen um sie herum sein.

Ihr Handgelenk schmerzte leicht und sie warf einen Blick darauf. Die Ziffern zeigten jetzt die Zahl 500.

Vier Stunden waren bereits vergangen.

Amber zog rasch ihren Ärmel darüber, als Milo die alte Landkarte, die er studiert hatte, auf die Arbeitsplatte legte. Er tippte auf das zerknitterte Papier. »Wisconsin. Und gleich hier ist Springton, die alten Jagdgründe von Dacre Shanks. Es liegt ungefähr fünfzehnhundert Meilen von hier. Für einen Teil der Strecke nehmen wir die I-75, ansonsten halten wir uns tunlichst von großen Straßen fern. Deine Leute haben inzwischen bestimmt schon alle Hebel in Bewegung gesetzt und wir wollen nicht, dass ihre Helfer uns entdecken.«

»Wie lang dauert die Fahrt?«

»Zwanzig Stunden, vielleicht auch zweiundzwanzig, wenn wir die schnellste Strecke nehmen. Da wir das aber nicht tun … Ich weiß nicht. Sechs Stunden musst du mindestens dazurechnen. Achtundzwanzig Stunden auf der Straße macht bei acht Stunden Fahrt täglich etwas über drei Tage.«

»Wir können doch mehr als acht Stunden pro Tag fahren«, meinte Amber. »Ich hab den Lernführerschein, wir können uns abwechseln.«

»Wir werden uns nicht abwechseln.«

»Warum nicht?«

»Weil ich der Fahrer bin«, antwortete Milo in einem Ton, der jede weitere Diskussion darüber verbot, »und weil wir meinen Wagen nehmen. Anfangs kann ich länger fahren, doch es wird schnell auf einen Schnitt von acht Stunden pro Tag hinauslaufen. Weshalb das so ist, braucht dich nicht zu interessieren. Du musst nur wissen, dass das die Regeln sind.«

»Wenn du meinst«, murmelte sie. Drei Tage für die Hinfahrt und vielleicht einen Tag, um Shanks zu finden und mit ihm zu reden. Blieben ihr noch siebzehn Tage, um den Mann zu finden, den sie eigentlich suchte, und ihn dem Leuchtenden Dämon zu übergeben. Jede Menge Zeit.

»Wir müssen allerdings das Fahrzeug wechseln, bevor wir starten können«, sagte Milo.

Amber runzelte die Stirn. »Du glaubst, meine Eltern wissen bereits, was wir fahren?«

Milo schüttelte den Kopf. »Das ist nicht der Grund. Für eine solche Fahrt brauchen wir eine spezielle Art von Wagen.« Er nahm ihr leeres Glas und wusch es zusammen mit seinem Becher in der Spüle ab. »Im Übrigen brauche ich auch einen Vorschuss. Fünftausend sollten reichen.«

»Okay …«

Er erwiderte ihren Blick. »Du glaubst, ich würde mich damit aus dem Staub machen?«

»Nein«, wehrte sie rasch ab. »Nein, überhaupt nicht, nur …«

»Du kennst mich nicht«, sagte Milo und stellte das Glas und den Becher zum Abtropfen hin. »Imelda kennt mich, aber du nicht. Du weißt nicht, ob ich vertrauenswürdig bin.«

»Sie vertraut dir.«

»Aber du nicht. Und warum solltest du? Ich habe nichts getan, um mir dein Vertrauen zu verdienen. Einem Kerl, den du gerade erst kennengelernt hast und dem du nicht traust, fünf Riesen auszuhändigen, wäre ziemlich bescheuert.«

»Dann sollte ich dir das Geld nicht geben?«

»Doch, du solltest es mir geben. Ich weise dich nur auf deine verzwickte Situation hin. Ob mit oder ohne Vertrauen, du wirst mir das Geld geben, weil du keine andere Wahl hast.«

»Das verwirrt mich jetzt«, gab Amber zu. »Ist das eine Lektion fürs Leben, die ich mir merken sollte?«

»So etwas Ähnliches.«

»Ich nehme nicht an, dass du mir sagst, was es mit dieser Lektion auf sich hat, oder?«

»Du wirst sie nie lernen, wenn ich es dir einfach sage«, erwiderte Milo. »Bist du fertig?«

»Äh, okay. Sollten wir uns nicht von Edgar verabschieden?«

Er runzelte die Stirn. »Weshalb?«

»Weil man das üblicherweise tut. Man sagt ›Hallo, wie geht es dir?‹ und ›Auf Wiedersehen‹ und bedankt sich für die Hilfe.«

»Edgar braucht das alles nicht.« Milo faltete die Karte zusammen und Amber schaute zu, wie ein flaches kleines Päckchen daraus wurde. So ordentlich hatte sie das nie geschafft.

Es hatte aufgehört zu regnen. Sie stiegen in den Geländewagen und Amber legte sich wieder mit der Decke auf den Rücksitz. Sie reichte ihm eine Rolle Geldscheine. Er blätterte sie rasch durch, zählte fünftausend und nickte.

Milo schaltete die Schweinwerfer ein und sie fuhren zurück auf die Schnellstraße. Auf den Straßen war noch nicht viel los.

Unter der Decke war es warm. Amber gähnte und schloss die Augen. Sie würde nicht einschlafen. Schlaf bedeutete Albträume. Schlaf bedeutete Monster. Doch als sie die Augen wieder öffnete und sich aufsetzte, hielten sie vor einem dunklen Haus in irgendeiner Vorstadt. Der Himmel begann gerade erst, hell zu werden. Die ersten Vögel zwitscherten.

»Nimm deine Sachen«, sagte Milo.

Sie stiegen aus und holten ihre Taschen aus dem Kofferraum. Amber beobachtete, wie Milo um den Wagen herum zur Beifahrerseite ging. Er öffnete das Handschuhfach, holte eine Pistole heraus und befestigte das Holster an seinem Gürtel. Dann schloss er die Tür, drückte auf die Fernbedienung und der Geländewagen piepte und verriegelte. »Bist du ein Polizist oder so?«, fragte sie.

»Nein.«

Er verschwand in der Dunkelheit zwischen zwei Häusern. Er hatte ihr nicht gesagt, ob sie warten oder ihm folgen sollte, also hievte sie ihre Tasche über die Schulter und ging ihm nach. Vor der Seitentür einer Garage zog Milo seinen Geldbeutel heraus, kramte einen Moment darin herum und brachte schließlich einen Schlüssel zum Vorschein. Er öffnete die Tür und ging hinein. Amber wartete ein paar Sekunden, bevor sie ihm folgte.

Er schloss die Tür hinter ihr und sperrte ab. Sofort wurde es stockdunkel. Das Fenster war mit Brettern vernagelt. Milo ging hin und her.

»Gibt es hier Licht?«, fragte sie.

»Nein.«

Sie griff in die Tasche ihrer Shorts und zog das Streichholzbriefchen heraus, das Edgar ihr gegeben hatte. Sie riss ein Streichholz an und Licht flammte auf.

An einer Wand stand ein langer Tisch mit jeder Menge Werkzeug und Motorteilen darauf. Plötzlich roch sie Öl. Es war, als hätte der seltsam süßliche Duft sich zurückgehalten, bis sie sehen konnte, was sie roch. Den größten Teil der Garage nahm ein mit einer Plane abgedeckter Wagen ein.

Milo stellte seine Tasche auf den Tisch. »Du hast seine Streichhölzer mitgenommen, wie?«

»Oh. Hm, ja. Ich hab vergessen, sie zurückzugeben. Ich hab mir nichts dabei gedacht.«

»Ist auch nicht schlimm. Ich habe den Schießpulverbeutel mitgenommen.«

Ihre Augen weiteten sich. »Er hat eine Menge Geld dafür hingelegt. Wird er nicht stinksauer, wenn er dahinterkommt?«

»Ich wüsste nicht, weshalb«, erwiderte Milo. Er trat zu dem Wagen unter der Plane. »Er funktioniert bei dir, und wenn wir Glück haben, wirst du ihn noch einmal brauchen. Warum sollte er deshalb sauer sein?«

»Weil er mir nicht gehört.«

»Dinge wie Eigentum interessieren Edgar nicht. Ihm gehört nicht einmal die Eigentumswohnung, in der er wohnt.«

»Er hat sie gemietet?«

»Gestohlen.«

Amber runzelte die Stirn. »Wie stiehlt man denn eine Eigentumswohnung?«

»Indem man so tut, als sei man der Sohn der ältlichen Besitzerin, die man in ein Altenheim abgeschoben hat.«

Das Streichholz erlosch und Amber zündete ein neues an. »Das ist ja schrecklich!«

»Nicht wirklich«, meinte Milo. »Die Eigentümerin war früher Krankenschwester und hat ihre Patienten misshandelt. Edgar hat dafür gesorgt, dass alle im Heim das erfuhren.«

»Oh. Dann ist es wohl in Ordnung.«

Milo zog die Plane weg. Zum Vorschein kam ein schwarzer Wagen, ein alter von der Art, wie Amber sie in Filmen gesehen hatte, mit langer Schnauze und abfallendem Heck.

»Nett«, sagte sie.

Er blickte sie durchdringend an. »Nett?«

Sie zögerte. »Es ist ein schöner Wagen. Was ist es für einer?«

»Es ist ein 1979er Dodge Charger und er ist eine *Sie*.«

»Okay«, sagte Amber. »Dann ist sie sehr schön.«

Milo ging um den Wagen herum und betrachtete ihn liebevoll. »Können wir deshalb nur acht Stunden am Tag fahren, weil dein Wagen sonst zusammenbricht?«, fragte Amber.

»Siehst du irgendwelche rostigen Stellen?«, fragte Milo zurück, ohne auf die Spitze einzugehen. »Einen alten Wagen in dieser feuchten Luft einzulagern, ist grundsätzlich keine gute Idee, schon gar nicht für zwölf Jahre. Aber sie ist anders. Sie ist in einem Eins-a-Zustand. Sie hat den 440er Sixpack unter der Motorhaube, drei Doppelvergaser und 390 Pferdestärken. Sie ist ein Biest.«

»Ja. Gut gesagt. Cool.«

Seine Hand schwebte über der Kühlerhaube, als sei er sich nicht sicher, ob er sie tatsächlich berühren sollte oder nicht. Dann tat er es und schloss die Augen und Amber überlegte, ob sie ihn allein lassen sollte.

»Du, also, du liebst diesen Wagen, wie?«

»Sie war mein Leben«, antwortete er leise.

»Okay. Das wird langsam merkwürdig.«

Er öffnete die Tür, zögerte und glitt dann hinein. Als er so hinter dem Steuer saß, das Gesicht im Schatten, sah es einen Moment so aus, als sei er ein Bestandteil des Wagens. Als sie die Schlüssel klimpern hörte, trat sie einen Schritt zurück. Falls der Wagen tatsächlich zwölf Jahre lang nicht gestartet worden war, bezweifelte sie zwar, dass sich irgendetwas tat, aber sie wollte nicht direkt danebenstehen, wenn er plötzlich explodierte.

Doch als Milo den Schlüssel im Zündschloss drehte, erklang in der Garage ein tiefes, kehliges Grollen, das sich von den Fußsohlen herauf in Ambers Körper ausbreitete und ihren Puls schneller schlagen ließ. Es war beeindruckend, das musste sie zugeben.

Milo knipste die Scheinwerfer an und einen Moment leuchteten sie blutrot, bevor sie zu einem intensiven Gelb übergingen.

»Cool«, flüsterte sie und dieses Mal meinte sie es ernst.

12

Sie hielten sich, soweit es ging, an Anliegerstraßen, als sie Florida verließen, mieden die innerstädtische Autobahn und die I-95. Wie im Geländewagen musste Amber auch jetzt wieder zugedeckt auf der Rückbank liegen. Sie schloss die Augen, schlief aber nicht. Zumindest zu Anfang nicht. Stattdessen lauschte sie dem Charger, der knarrte, wenn er sich in eine Kurve legte. Er schien *schwer* zu sein, nicht zu vergleichen mit seinen modernen Nachfahren. Autos, die als Kokons gegen die Welt da draußen fungierten. Eine Fahrt darin glich einer Spazierfahrt in einer Badewanne. Ein Ausflug im Charger dagegen war ein Trip in einem stromlinienförmigen Koloss aus schwarzem Metall. Eine *Bestie* hatte Milo ihn genannt.

Amber betrachtete ihre Hand und versuchte, sich zu erinnern, wie ihre Klauen ausgesehen hatten. Sie war auch eine Bestie, klar. Ein Monster. Allerdings keines wie ihre Eltern. Sie waren Raubtiere – herzlos und unerbittlich. Nein, Amber war die Beute, nichts als Unschuld und Verletzlichkeit – es sei denn, sie hatte die Klauen ausgefahren.

Der Hieb, den sie diesem Jungen verpasst hatte – Brandon, er hieß Brandon –, hatte es in sich gehabt. Wenn sie noch ein bisschen stärker zugeschlagen hätte, wäre er wahrscheinlich tödlich gewesen. Hätte sie überhaupt stärker zuhauen *können*? Wie stark *war* sie? Wie sah sie wohl aus, wenn sie ihre Gestalt wechselte? Imelda war als Dämon schöner denn als Mensch. Auch ihre Eltern waren als Dämonen größer, stärker und schöner erschienen als in ihrer menschlichen Gestalt. Würde die Verwandlung bei ihr dieselbe Wirkung zeigen, und wie musste es sich anfühlen, wenn sie groß und schlank wäre? Sie hoffte nur, dass ihre Augen sich nicht veränderten. Sie mochte ihre Augen.

Sie erwachte, als sie Homerville auf der anderen Seite der Grenze in Georgia erreichten. Milo gab ihr eine Baseballmütze und sagte ihr, sie könnte sich nach vorn setzen, wenn sie die Mütze tief ins Gesicht zog. Je weiter sie sich von Miami entfernten, meinte er, desto sicherer sei sie. Es war jetzt gegen Mittag. Sie fuhren durch Pearson, dann Hazlehurst und danach Soperton – nichts als braunes Gras und hohe Bäume und identische Häuser mit Briefkästen an der Straße – und die ganze Zeit kein einziges Wort.

»Danke, dass du das für mich tust«, sagte Amber, um das Schweigen zu brechen.

Milo nickte nur.

»Ich weiß, dass ich dich bezahle und es für dich nur ein Job ist, aber ich habe dir noch nicht gedankt. Das hätte ich tun sollen.«

Er sagte auch dazu nichts.

Es vergingen ein paar Minuten, dann fragte sie: »Bleibt das jetzt den ganzen Weg so?«

Er wandte den Blick nicht von der Straße ab. »Wie ist es denn so?«

»Du weißt schon«, sagte Amber. »Das Schweigen. Das unbehagliche, schwere, unbehagliche Schweigen.«

»Du hast zwei Mal unbehaglich gesagt.«

»Es ist auch sehr unbehaglich.«

»Ich fahre gern schweigend. Man kann gut nachdenken dabei.«

»Was tust du, wenn du fertig bist mit Nachdenken? Oder wenn es nichts mehr zum Nachdenken gibt? Funktioniert das Radio? Vielleicht könnten wir ein bisschen Musik hören.«

»Aber dann würden wir nicht mehr schweigend fahren.«

Sie seufzte. »Du hörst mir einfach nicht zu.«

»Ich fahre gern schweigend«, wiederholte Milo. »Du bezahlst mich zwar, aber das ist mein Wagen, und da ich gern schweigend fahre, fahren wir schweigend. So ist das nun mal.«

»Auch wenn ich mich dabei unbehaglich fühle?«

Er zuckte mit den Schultern. »Wenn du es allein mit deinen Gedanken nicht aushältst, stimmt mit deinen Gedanken vielleicht etwas nicht.«

»Natürlich stimmt mit meinen Gedanken etwas nicht. Ich mache eine sehr schwere Zeit durch.«

»Wir machen alle schwere Zeiten durch.«

»Meine Eltern wollen mich umbringen.«

»Wir haben alle unsere Probleme.«

»Vielleicht leide ich unter posttraumatischem Stress. Hast du daran schon einmal gedacht? Oder Imelda? Nein. Sie hat mich einfach bei dir abgeladen und jetzt sind wir hier. Ich brauche wahrscheinlich intensive psychiatrische Betreuung und du willst mich nicht einmal beruhigende Musik hören lassen. Ich könnte jeden Augenblick zusammenbrechen.«

»Danach siehst du mir nicht aus«, meinte Milo, den Blick immer noch stur auf die Straße gerichtet. Auf diese endlose gerade monotone graue Straße.

»Ich bin ein Dämon.«

»Wie ich schon sagte, wir haben alle unsere Probleme.«

Amber blickte ihn finster an. »Mit dir zu reden ist wie mit einem … einem … was weiß ich zu reden.« Sie verschränkte die Arme und schickte ihren finsteren Blick aus dem Fenster. Ganz bestimmt würde sie jetzt nicht einschlafen.

Sie erwachte mit Ackerland und Bäumen ringsherum, einer vollen Blase und einem knurrenden Magen. »Wo sind wir?«

»Außerhalb von Atlanta«, antwortete Milo. »Du kannst weiterschlafen, wenn du willst.«

Sie setzte sich aufrecht hin und nahm die Mütze ab. »Nein. Wenn ich weiterschlafe, kann ich heute Nacht nicht mehr schlafen.« Sie stutzte. »Wo schlafen wir überhaupt heute Nacht?«

»Wir finden ein Motel.«

»Dann hoffen wir mal, dass es ein ordentliches ist. Ich habe

Motels im Fernsehen gesehen und sie waren schrecklich.« Weiter vorn kam eine Tankstelle. »Können wir hier anhalten? Ich habe einen Mordshunger. Und Durst.«

»Im Handschuhfach ist eine Flasche Wasser«, sagte Milo. Er bremste nicht.

Sie starrte ihn mit offenem Mund an, als sie vorbeifuhren. »Das ist jetzt nicht dein Ernst! Warum hast du nicht angehalten? Ich brauche etwas zu essen!«

»Wir halten in einer Stunde oder so zum Tanken – dann kannst du auch etwas essen. Es wird der erste volle Tank, den sie seit zwölf Jahren gehabt hat.«

»Was du nicht sagst. Das ist ja wundervoll. Ich freue mich ungemein für deinen *Wagen*, Milo, aber was ist mit mir?«

»Deine Eltern und ihre Freunde sind mit ihren schier unerschöpflichen Mitteln hinter dir her. Ich halte erst an, wenn es unbedingt sein muss. Und jetzt trink dein Wasser.«

Sie schlug auf den Knopf am Handschuhfach. Die Klappe sprang auf und eine Flasche Wasser rollte von dem Stapel Landkarten in ihre Hand. Sie betrachtete die Pistole in ihrem Holster, die von der kleinen Glühbirne angestrahlt wurde, und schloss das Handschuhfach wieder. »Ich muss auch pinkeln«, verkündete sie, als sie den Verschluss aufdrehte.

»Das verkneif dir mal besser.«

Bevor sie den ersten Schluck Wasser trank, knurrte sie noch: »Ich bin mir nicht sicher, ob ich dich mag.«

Milo zuckte mit den Schultern, was sie noch mehr ärgerte.

Das Wasser tat ihrer ausgedörrten Kehle gut, aber sie trank nicht viel davon – ihre Blase war schon voll genug. »Wir sind inzwischen doch bestimmt schon mehr als acht Stunden unterwegs, oder?«, fragte sie. »Wir sind schon vor sieben losgefahren. Jetzt ist es fast fünf. Das sind … zehn Stunden.«

»Du hast erschreckend lang gebraucht, um zu diesem Ergebnis zu kommen.«

»Wenn du meinst. Warum kannst du nur acht Stunden fahren?«

»Im Durchschnitt.«

Amber seufzte. »Warum kannst du *im Durchschnitt* nur acht Stunden fahren?«

»Weil ich mir das zur Regel gemacht habe.«

Sie schaute ihn an. »Du bist nicht sehr gesprächig, wie? Okay, gut, dann lass uns die Sache professionell über die Bühne bringen. Reden wir als Arbeitgeber und Arbeitnehmer miteinander. Reden wir über die *Mission*. Was weißt du über diesen Dacre Shanks?«

»Nur das, was Edgar uns erzählt hat.«

»Wie ist er wohl so, was glaubst du? Denkst du, er ist nett?«

»Es gibt keine netten Serienmörder.«

»Das weiß ich selbst. Aber er wird uns nicht gleich umbringen, sobald er uns sieht, oder?«

»Keine Ahnung.« Milo zog ein kleines iPad aus der Tasche. »Schau nach, was du über ihn findest.«

Sie riss es ihm aus der Hand. »Du darfst Internetzugang haben, aber ich nicht. Wie fair ist das denn?«

»Deine Eltern haben keine Ahnung, wer ich bin. Deinen E-Mail-Account haben sie dagegen garantiert im Blick.«

»Hm. Ja, wahrscheinlich.«

Sie tippte auf den Button der Suchmaschine und gab Shanks' Namen ein.

»Dacre Shanks«, las sie vor, »der als Familienmensch bekannt gewordene Serienmörder. Oh Gott, weißt du, was er getan hat? Er hat Leute gekidnappt, die sich ähnlich sahen, um eine richtige Familie zusammenzustellen. Dann hat er sie alle umgebracht und wieder von vorn angefangen. Hier steht, dass er mehr als drei Dutzend Menschen umgebracht hat, bevor er erschossen wurde, die meisten in und um Springton im Staat Wisconsin. Und wir sollen tatsächlich versuchen, mit diesem Kerl zu *reden*?«

»Wir müssen ihn nur dazu bringen, dass er uns den Namen des Mannes nennt, der den Leuchtenden Dämon betrogen hat.«

»Und warum sollte er ihn uns verraten, wenn er ihn schon Edgar nicht genannt hat?«

»Weil Edgar keine Bedrohung dargestellt hat«, erwiderte Milo. »Im Gegensatz zu uns.«

»Wir stellen eine Bedrohung dar? Er ist ein Serienmörder, der quasi von den Toten auferstanden ist. Ich weiß, dass du deine Waffen hast und es dir leichtfällt, Menschen abgrundtief schlecht zu behandeln, aber glaubst du wirklich, du kannst ihn einschüchtern?«

Milo runzelte die Stirn. »Ich behandle Menschen nicht abgrundtief schlecht.«

»Ach nein? Du glaubst wirklich nicht, dass du Menschen abgrundtief schlecht behandelst?«

»Nein«, verteidigte er sich. »Ich bin ein netter Kerl. Das sagen alle.«

»Oh, Mann. Dann haben alle gelogen. Und wie. Aber selbst wenn wir Druck auf ihn ausüben könnten – ist es eine gute Idee, einem Serienmörder zu drohen, der von den Toten auferstanden ist?«

»Ich habe schon Schlimmeren gedroht.«

»Wie schlimmer?«

»Einfach schlimmer.«

Sie seufzte. »Okay. Du brauchst nicht weiter ins Detail zu gehen. Wie sollen wir ihn überhaupt finden? Was ist, wenn er nicht mehr in Springton wohnt?«

»Wir finden ihn«, versicherte ihr Milo. »Wir sind jetzt auf den schwarzen Straßen.«

»Den was?«

»Ein Typ, den ich mal getroffen habe, hat sie schwarze Straßen genannt – Straßen, die Orte der Dunkelheit miteinander verbinden und kreuz und quer durch Amerika führen. Halte dich an die schwarzen Straßen und irgendwann begegnest du jedem unheiligen Gräuel, das das Land zu bieten hat. Es ist ein Netzwerk.

Manche Leute nennen es den dunklen Highway oder die Demon Road. Sie verläuft keine zwei Mal gleich, und es gibt keine Karten, die einem den Weg weisen könnten.«

»Woher wissen wir dann, dass wir auf dieser Dämonenstraße sind?«

»Ich bin schon früher drauf gefahren. Und dieser Wagen auch. Man bekommt ein Gefühl dafür.«

Amber schaute ihn einen Augenblick schweigend an. »Manchmal glaube ich, du denkst dir das nur aus.«

13

Milo fuhr mit dem Charger an eine Zapfsäule bei einer Raststätte und Amber durfte aussteigen. Sie reckte sich, bog die Wirbelsäule durch und hörte sie knacken. Der Nachmittag war nicht viel kühler als die Nachmittage, unter denen sie in Orlando gelitten hatte. Es war heiß, die Sonne schien hell und die Luft war schwer vor Feuchtigkeit. Ein Truck donnerte auf der Straße vorbei. Das Laub an den Bäumen raschelte und Minitornados aus Staub tanzten um Ambers nackte Waden.

Die Raststätte war ziemlich heruntergekommen. Einzelne Grashalme reckten sich aus Rissen im Boden. Ein lang gestrecktes Gebäude mit durchhängendem Dach und schmutzigen Fensterscheiben wies sich als »Kinderfreundliches Restaurant« aus. Auf dem Schild an der Außenwand fehlte ein E, sodass aus dem EAT HERE ein EAT HER geworden war. Amber wandte ihm den Rücken zu.

Hinter dem Zaun erstreckten sich meilenweit Maisfelder und direkt hinter der Raststätte lag ein armseliges Wäldchen. An einer Metallstange rostete ein altes, abblätterndes Werbeschild für Coca-Cola vor sich hin.

»He!«, rief Milo, und als sie sich umdrehte, warf er ihr über das Wagendach die Baseballmütze zu. »Den Kopf immer gesenkt lassen. Dass du keine Überwachungskamera siehst, heißt nicht, dass sie dich nicht sieht.«

Sie zog die Mütze tief ins Gesicht. »Du glaubst wirklich, meine Eltern könnten mich hier finden? In Florida, okay, da haben sie wahrscheinlich genug Polizisten und Funktionäre geschmiert, die alles tun, was sie wollen, aber wir sind nicht mehr in Florida.«

Milo steckte den Tankstutzen in den Tank. »Deine Leute sind schon über hundert Jahre alt. Wir dürfen nicht unterschätzen, wie weit ihre Verbindungen reichen.«

Der Kraftstoff wurde nach oben gepumpt. Amber folgte dem Hinweisschild zur Toilette und ging seitlich um das Gebäude herum. Ein Angestellter, ein gelangweilt aussehender Typ in den Fünfzigern, schaute nicht einmal auf, als sie an seinem Fenster vorbeiging.

Die Toilette war leer und relativ sauber. Die Spätnachmittagssonne schien durch die drei unter der Decke angebrachten Fenster. Amber ging in die einzige Kabine mit einer Klobrille, und als sie fertig war, wusch sie sich am Waschbecken die Hände. Der Spiegel war schmutzig, aber heil, und sie nahm ihre Mütze ab und betrachtete ihr Spiegelbild. In ihrem Bauch flatterte ein ganzer Schwarm Stubenfliegen.

Du beschließt einfach nur, dass du dich verwandeln willst, und schon verwandelst du dich, hatte Imelda gesagt. Also beschloss Amber, dass sie sich jetzt verwandeln wollte, doch ihr Körper ignorierte sie. Sie versuchte es noch einmal. Versuchte sich zu erinnern, wie es in Imeldas Apartment gewesen war, wie es passiert war, als sie diesen Finger abgebissen hatte, kam an diese Gefühle jedoch nicht einmal annähernd heran.

Wollte sie es überhaupt? Was wäre, wenn sie sich verwandelte und sich nicht mehr zurückverwandeln konnte? Was wäre, wenn sie in ihrer Dämonengestalt stecken blieb und nicht wieder sie selbst würde? Sie könnte sich noch so gut verstecken, irgendjemand würde sie garantiert sehen, ihre Eltern würden davon erfahren und sie aufspüren wie Jäger ihre Beute.

Amber blickte sich im Spiegel in die Augen. Auf keinen Fall wollte sie die Beute sein. Sie befahl ihrem Körper, sich zu verwandeln, und dieses Mal gehorchte er.

Der Schmerz breitete sich aus und sie schrie, beobachtete jedoch gleichzeitig ihr Spiegelbild. Ihre Haut nahm einen herrlichen

Rotton an, und das in der Zeit, die sie gebraucht hätte, um zu erröten. Ihre Knochen knackten und vibrierten und ihr Körper wurde länger, die Beine, der Torso, die Arme. Ihre Turnschuhe schlossen sich eng um ihre Füße. Sie war plötzlich groß und schlank. Ihr Gesicht war schmaler, ihr Kinn ausgeprägter. Ihre Wangenknochen traten deutlich hervor. Es war immer noch ihr Gesicht, doch die Züge hatten sich verändert. Ihre Lippen waren voller. Ihr braunes Haar war jetzt schwarz und länger, die Strähnen geglättet.

Benommenheit und ein plötzlicher Schwindelanfall hätten sie fast zu Fall gebracht. Sie umklammerte den Rand des Waschbeckens, hielt sich so aufrecht, unfähig und nicht willens, den Blick von dem Dämon im Spiegel abzuwenden.

Und sie war wunderschön. Ihre Haut war zwar rot, aber makellos. Ihre Zähne – spitz und scharf wie Fänge – waren weiß und gleichmäßig. Die ausgeprägten Wangenknochen veränderten alles. Nur ihre Augen waren noch dieselben. Das freute sie.

Und dann die Hörner. Schwarze Hörner, wie geriffeltes Ebenholz, wuchsen aus ihrer Stirn und bogen sich schwungvoll nach hinten. Ein atemberaubender Anblick.

Ihre Shorts sahen an ihren längeren Beinen jetzt zwar kürzer aus, waren dafür aber weiter und drohten ihr von den Hüften zu rutschen. Sie zog den Ausschnitt ihres T-Shirts nach rechts und links und zum Vorschein kamen harte schwarze Schuppen, die ihre Schultern bedeckten.

Wie sahen ihre Hände aus? Es waren jetzt gute Hände, starke Hände, nicht klein und schwach, wie sie es immer gewesen waren. Ihre Fingernägel glänzten schwarz, aber da war noch etwas, ein Jucken in den Fingerspitzen. Sie bog die Finger der rechten Hand um und ihre Nägel wurden so plötzlich zu Klauen, dass sie erschrak. Sie umfasste mit der linken Hand ihr rechtes Handgelenk, da sie diesen neuen, fremden Gliedern nicht traute. Vielleicht griffen sie sie ja unvermittelt an. Sie konzentrierte sich und die Klauen bildeten sich auf ihren Befehl hin wieder zurück.

»Wow«, flüsterte sie. So sollte es sich anfühlen, dessen war sie sich jetzt sicher. Durch die Verwandlung sollte sie sich stark fühlen, mächtig und selbstbewusst. Nicht ängstlich, nicht so, wie sie sich in Imeldas Apartment gefühlt hatte. Nicht in Panik wie beim ersten Mal, als sie dem jungen Mann den Kiefer zertrümmert hatte.

Brandon. Sie rief sich seinen Namen ins Gedächtnis zurück. *Er hieß Brandon.*

In diesem Moment ging die Tür auf und eine stämmige Frau mit einer Truckermütze stürmte herein. Sie war schon halb bei den Kabinen, als sie merkte, dass sie nicht allein war.

Wie erstarrt blickten sie sich beide mit weit aufgerissenen Augen an. Dann drehte sich die Truckerin auf dem Absatz um. Drehte sich um und wollte fliehen. Drehte sich um und wollte die Polizei rufen. Und mit der Polizei würden Ambers Eltern kommen.

»Nein, warte!«, rief Amber und machte einen Satz auf sie zu. Sie erwischte die Frau, noch bevor sie an der Tür war, und stieß sie etwas stärker als beabsichtigt zur Seite. Die Truckerin krachte in die Wand.

»Tut mir leid«, entschuldigte sich Amber. »Tut mir leid, aber ...«

Die Truckerin zog etwas aus ihrem Gürtel. Ein Klappmesser. Sie ließ die Klinge herausspringen und Amber hob die Hände.

»Nein, warte. Es tut mir leid. Bitte ...«

Aber die Truckerin hatte zu große Angst, hatte zu viel Adrenalin im Blut, um ihr zuzuhören. Sie griff an, Amber wich zurück und verlor das Messer aus dem Blick. Sofort spürte sie, wie ihre Haut sich zusammenzog. Sie stieß mit der Hüfte gegen das Waschbecken und die Truckerin rammte ihr das Messer in den Bauch.

Amber keuchte, mehr unter Schock als vor Schmerzen. Wahrscheinlich würde der Schmerz erst später einsetzen. Die Truckerin stach noch einmal zu und noch einmal.

Aber es tat immer noch nicht weh.

Amber hob die rechte Hand, grub die Fingerspitzen in das Gesicht der Truckerin und zwang sie zurückzuweichen. Mit der

Linken umfasste sie die Hand mit dem Messer und hielt die Klinge von sich weg. Mit einem Schlag wurde ihr klar, dass sie außer Kraft nichts besaß. Sie hatte keine Ahnung, was sie als Nächstes tun sollte.

Die Truckerin wusste es. Sie ließ den freien Arm auf Ambers Ellenbogen krachen und haute ihr eine rein. Es steckte nicht sonderlich viel Kraft hinter dem Schlag – sie war offenbar Rechtshänderin und musste mit der linken Hand zuschlagen. Aber Ambers Nase traf sie dennoch und Amber schossen Tränen aus den Augen. Wut kochte in ihr hoch, sie zog die Truckerin zu sich heran und holte ihrerseits aus. Ihre Faust – auf den Knöcheln hatten sich schwarze Schuppen gebildet – traf die Truckerin am Kinn und sie taumelte an die gegenüberliegende Wand. Das Messer fiel ihr aus der Hand, als sie gegen den Händetrockner stieß. Sein Röhren erfüllte den Raum.

Die Truckerin gewann ihr Gleichgewicht wieder und schien auch wieder klar sehen zu können. Amber stand ihr gegenüber und war sich nur halb bewusst, dass sie fauchte. Die Frau machte einen Satz auf die Tür zu.

»Ich sagte Nein!«, rief Amber. Die Truckerin bekam die Klinke zu fassen und riss die Tür auf, als Amber bei ihr war. Sie legte eine Hand auf den Kopf der Frau und donnerte ihn gegen die Tür, die gleich zuschlug. Amber zog die Frau zurück, als sei sie nicht schwerer als ein Kind, und warf sie gegen die Kabinenwand. Diese gab unter dem Gewicht nach und die Truckerin landete auf dem Boden. Der Händetrockner hörte auf zu röhren.

Amber stellte sich über ihre Gegnerin, damit sie auch bestimmt nicht wieder aufstand. Einen Augenblick später runzelte sie die Stirn und kniete sich neben die bewusstlose Frau. Sie suchte nach einem Puls. Fand keinen. Erschrocken rollte sie die Frau auf den Rücken und erst jetzt sah sie, dass ihre Brust sich gleichmäßig hob und senkte. Amber suchte erneut nach dem Puls und fand ihn schließlich.

Sie richtete sich auf, drehte sich zum Spiegel um und hob ihr T-Shirt. Ihr Bauch war mit diesen schwarzen Schuppen bedeckt wie mit einem Panzer. Doch noch während sie ihn betrachtete, verschwanden die Schuppen.

Die Truckerin stöhnte.

Amber rannte nach draußen. Auf der Straße fuhr ein Auto vorbei und sie fiel hinter einer Palette mit Holzscheiten, die mit Plastikfolie umwickelt waren, auf die Knie. Kaum war der Wagen vorbei, war sie wieder auf den Füßen, rannte gebückt in den Schutz eines geparkten Trucks und dann in den der Bäume dahinter.

In ihrem Schatten lief sie weiter; aus den vereinzelt stehenden Bäumen wurde bald ein Wald. Ihre Hörner stießen gegen ein paar niedrig hängende Zweige und sie senkte beim Weiterlaufen den Kopf. Irgendwo plätscherte Wasser und sie ging dem Geräusch nach. Ein oder zwei Minuten später wurde sie von Licht geblendet. Einen entsetzlichen Augenblick lang glaubte sie, der Leuchtende Dämon hätte sie aufgespürt, doch es war nur die Sonne, deren Licht von einem langsam fließenden Fluss reflektiert wurde.

Amber schaute zurück. Lauschte. Nichts, das auf Verfolger schließen ließ. Keine angstvollen Schreie.

Sie hob wieder ihr T-Shirt. Die schwarzen Schuppen waren verschwunden. Ihr Bauch war flach, straff und unverletzt.

Sie zog sich aus, ließ ihre Kleider alle auf einem Haufen auf dem Boden liegen und untersuchte sich. Ihre Arme waren zwar rot, wiesen aber keine schwarzen Schuppen auf. Sie konnte das Spiel ihrer Muskeln unter der Haut sehen. Wie zum Spaß hob sie den rechten Arm, winkelte ihn am Ellenbogen ab und lachte laut, als ihr Bizeps sich vorwölbte. Sie war stark. Sie war echt stark. Sogar stärker, als ihre neuen eindrucksvollen Muskeln vermuten ließen.

Als sie der Truckerin eine reingedonnert hatte, hatten sich über ihren Knöcheln Schuppen gebildet. In dem Moment war es von allein passiert, instinktiv. Jetzt machte sie eine Faust und konzentrierte sich. Die Haut um die Knöchel herum spannte sich und schwarze Schuppen schoben sich schmerzlos an die Oberfläche. Dann konzentrierte sie sich auf ihre Hände, spürte die Haut fester werden, beobachtete die Ausbreitung der Schuppen über ihre Hände und Unterarme. Sie blickte an sich hinunter. Auch ihre Füße trugen einen Schuppenpanzer. Dann ihre Beine. Ihr Bauch und der Brustkorb. Ihr Hals. Amber holte tief Luft und schloss die Augen. Ihr Gesicht spannte und bald war ihr ganzer Kopf von Schuppen bedeckt.

Sie öffnete die Augen wieder. Auf ihren Lidern waren keine Schuppen gewachsen und zum Glück auch nicht in ihren Nasenlöchern und auf den Lippen. Doch als sie den Mund weit öffnen wollte, merkte sie, dass es nicht ging. Sie befühlte die Stelle zwischen ihren Hörnern und strich mit den Fingern über ihren Kopf. Die Schuppen hatten sich über ihre Haare gelegt.

So ging sie zum Fluss und betrachtete ihr sich kräuselndes Spiegelbild.

In ihren Panzer gehüllt lächelte sie.

Sie verwandelte ihre Finger in Klauen und gönnte sich einen Moment des Staunens. Wie groß, wie monströs ihre sonst so kleinen Hände geworden waren. Sie ging zum nächsten Baum, zögerte kurz und zog dann die Fingernägel über den Stamm. Das Ergebnis waren vier tiefe Rillen.

Sie tat es noch einmal, schneller. Und noch einmal. Dann riss sie ganze Splitter aus dem Stamm. Wenn sie das mit einem Baum machen konnte, was konnte sie dann mit einem Menschen machen?

Der Gedanke beunruhigte sie, drohte ihr Lächeln auszulöschen. Doch sie schüttelte ihn ab, trat einen Schritt zurück und sprang. Ihre Hände gruben sich in den Baum und sie zog sich am Stamm hinauf, als sei sie dazu geboren. Der Baum neigte sich zur Seite und sie kletterte auf einem Ast noch ein Stück hinaus, bis sie über dem Fluss hing. Praktisch kopfunter. Amber lachte wie im Rausch. Selbst ihre Füße schienen sich in die Rinde zu bohren. Dann beging sie den Fehler, sie anzuschauen.

Ihre Füße waren missgestaltete Dinger mit Zehen so lang wie ihre neuen Finger, von denen jeder einzelne sich um den Baumstamm klammerte.

Der Schock, die Panik, die Vorstellung, dass diese Deformation nicht mehr rückgängig zu machen sei, durchzuckten sie. Ihre Füße nahmen wieder ihre normale Form an, genauso wie ihre Hände. Sie fiel, schrie, drehte sich in der Luft und landete im Wasser.

Sobald sie untergetaucht war, verschwanden die Schuppen. Als sie wieder klar denken konnte, schwamm sie mit kräftigen Zügen an die Oberfläche. Langsam wurde sie wieder etwas ruhiger. Sie trat eine Zeit lang Wasser und wartete, bis ihr Herz aufhörte zu hämmern. Dann streckte sie sich lang aus und schwamm ans andere Ufer. Sie staunte, wie wenig Anstrengung sie das alles kostete. Nur wenige Züge und sie war drüben. Sie kehrte um und schwamm die ganze Strecke unter Wasser wieder zurück. Ihre Finger strichen über den Schlamm am Flussbett.

Ein paar Minuten schwamm Amber einfach weiter hin und her. Nackt. Beim Rückenschwimmen lachte sie. Sie war in ihrem ganzen Leben noch nicht nackt geschwommen. Sie hätte nie gedacht, dass sie einmal die Möglichkeit dazu hätte. Sie hätte nie gedacht, dass sie jemals das nötige Selbstbewusstsein dazu aufbringen würde. Und doch schwamm sie in ihrer ganzen roten Pracht nackt in irgendeinem Fluss in Georgia. Waren sie überhaupt noch in Georgia? Sie war sich nicht sicher. Das brachte sie wieder zum Lachen.

Ihr Lachen brach ab, als sie plötzlich das Gefühl hatte, beobachtet zu werden.

Sie schaute sich um. Im Wald rechts und links des Flusses sah sie niemanden, doch das Gefühl blieb. Sie schwamm zurück und zögerte kurz, bevor sie sich aus dem Wasser hievte. Dann ging sie das grasbewachsene Ufer hinauf zu ihren Kleidern.

Auf halbem Weg sah sie das Gesicht, das sie durchs Gebüsch hindurch anstarrte.

14

Amber sprintete hinter einen Baum. Sie wollte nicht, dass man sie nackt sah, aber genauso wenig sollte man ihre Hörner sehen. In der Deckung fluchte sie leise und schaute sich nach einem Fluchtweg um. Es war unmöglich, hier wegzukommen, ohne gesehen zu werden. Ihre einzige Hoffnung war, dass die Person, wer immer sie war, so erschrocken war, dass sie wegrannte, aber nicht erschrocken genug, um den Vorfall zu melden.

Vor ihrem geistigen Auge sah sie das Gesicht noch einmal. Strähniges Haar, dunkelblond. Ein Junge. Nein, ein junger Mann. Vielleicht achtzehn oder neunzehn.

»Hallo?«

Amber zuckte zusammen.

»Hallo?«

Sie schloss die Augen, antwortete nicht. Schweigen war in diesem Fall die beste Option, fand sie.

»Ich weiß, dass du da bist«, rief der junge Mann. Er sprach mit Akzent. Englisch? Schottisch? »Ich hab gesehen, wie du hinter den Baum gelaufen bist. Du weißt, dass ich dich gesehen habe. Ich verstehe nicht, weshalb du so tust, als seist du nicht da.«

Nein. Irisch. Er hatte einen irischen Akzent.

»Langsam wird es ein bisschen lächerlich«, fuhr der junge Mann fort. »Das ist so, wie wenn meine kleinen Cousins Verstecken spielen und die Augen zumachen, weil sie glauben, dass sie dann unsichtbar sind. Du … du hältst die Augen nicht geschlossen, oder?«

Nach kurzem Zögern öffnete Amber die Augen und fluchte wieder leise.

»Ich wollte dich nicht heimlich beobachten. Ich heiße Glen. Glen Morrison. Ich kam zufällig hier vorbei und … Nein, das stimmt nicht ganz. Tut mir leid, aber ich will unsere Bekanntschaft nicht mit einer Lüge beginnen, verstehst du? Wahr ist, dass ich die letzten beiden Nächte hier geschlafen habe. In diesem Wald. Ich habe vorübergehend keine Bleibe und meine finanzielle Situation ist nicht das, was man rosig nennen könnte. Aber ich will nicht, dass du jetzt was Falsches von mir denkst. Ich bin nicht faul. Ich bin nicht in dein Land gekommen, um das System zu bescheißen oder etwas in der Richtung. Ich habe Perspektiven. Also, ich *hatte* Perspektiven. Es ist eine lange Geschichte und ich will dich nicht mit den Einzelheiten …«

»Glen«, unterbrach ihn Amber.

Schweigen. Dann: »Du kannst reden!«

»Ja, das kann ich. Glen, ich bin nackt.«

Sie konnte ihn praktisch nicken hören. »Das ist mir aufgefallen. Ich meine, oh Gott, ich meine, ich konnte nicht anders, als zu sehen, dass du nichts … dass du keine … dass du, äh … Oh, Mann, wie sagt man gleich?«

»Nackt«, half Amber ihm auf die Sprünge.

»Genau. Danke. Nackt. Du bist nackt, ja.«

»Und weil ich nackt bin, finde ich es ein wenig seltsam, mich mit einem völlig Fremden zu unterhalten. Verstehst du das, Glen?«

»Und ob«, beteuerte Glen in einem Ton, als befände er selbst sich regelmäßig in einer solchen Situation.

»Ich bin mir da nicht sicher, Glen.«

»Wahrscheinlich hast du recht«, gab er zu. »Aber wenn es dich beruhigt: Du hast nichts an dir, dessen du dich schämen müsstest.«

»Du bist nicht eben hilfreich, Glen.«

»Entschuldigung. Aber deine Hörner gefallen mir. Ist das unhöflich oder darf ich das sagen?«

»Glen … würdest du bitte gehen?«

»Oh. Oh. Aber … Ja. Ich meine … genau. Klar. Selbstverständlich.

Du bist nackt. Du willst ungestört sein. Dann komme ich daher und du bist gehemmt. Offensichtlich. Das ist normal. Das ist vollkommen normal. Du willst ein wenig Zeit für dich allein haben und dann stehe plötzlich ich da.«

»Und könntest du bitte niemandem davon erzählen, wenn du gehst«, bat Amber. »Von mir?«

»Klar.« Er klang enttäuscht. »Okay. Dann mach ich mich jetzt am besten … also … auf den Weg.«

»Danke!«, rief Amber.

Sie wartete darauf, dass seine Schritte sich entfernten. Dann wartete sie noch ein wenig länger.

»Glen, bist du noch da?«

»Ja«, antwortete er. »Pass auf, ich will nicht, dass du schlecht von mir denkst, ja? Aber … aber es kann sein, dass ich deine Kleider durchsuchen und dein Geld stehlen muss, wenn du welches dabeihast.«

Ambers Augen weiteten sich. »Was?«

»Ich will nur nicht, dass dies unser Verhältnis trübt«, fuhr er fort. Dann hörte sie das Rascheln von Stoff, als ihre Shorts vom Boden aufgehoben wurden.

»Untersteh dich, mich zu beklauen!«, rief sie.

»Es tut mir wirklich leid.«

»Untersteh dich, mich verdammt noch mal zu beklauen, du kleiner Scheißer!«

»Ich habe ein ganz schlechtes Gewissen dabei.«

Durchsuchte er jetzt etwa ihre Taschen und schloss seine schmutzigen Finger um die Geldscheinrolle, die sie hineingesteckt hatte? Sie konzentrierte sich darauf, ihre Schuppen wieder wachsen zu lassen, und spürte, wie ihre Haut zu spannen begann. Dann hörte sie, wie Glen scharf die Luft einzog. Er hatte das Geld gefunden.

Die Schuppen bedeckten nicht ihren ganzen Körper, aber der Anstand war wenigstens gewahrt. Wut kochte in ihr hoch und sie kam mit einem Satz hinter dem Baum hervor. Doch ihre Hörner verfingen sich in den Zweigen, es zog ihr die Füße weg und sie stürzte schwer. Ein Teil der Schuppen bildete sich spürbar zurück. Glen starrte mit offenem Mund auf sie herab.

»Wow«, flüsterte er.

Sie fauchte, zeigte ihm ihre Reißzähne und seine Augen weiteten sich. Er ließ die Geldscheinrolle fallen und drehte sich um, doch Amber war direkt hinter ihm, schneller, als er je sein würde. Sie packte ihn am Kragen und er kreischte, als er nach hinten gerissen wurde.

»Soll ich dir sagen, was ich getan habe?«, knurrte sie. »Ich habe gerade eben in der Tankstelle einer armen Frau die Knochen gebrochen. Ich hab sie durch die Gegend geschmissen wie nichts und bin dann verdammt noch mal schwimmen gegangen. Und du glaubst, ich würde auch nur eine Sekunde zögern, dir die Kehle auszureißen, weil du mich *beklaut* hast?«

Glen kroch auf allen vieren von ihr weg. »Bitte, ich wollte das nicht!«

»Du wolltest mich beklauen.«

»Ich bin am Verhungern!«

Sie sprang und landete geduckt auf ihm. Ihre rechte Hand schloss sich um seinen Hals und drückte ihn auf den Boden. »Nicht mein Problem.«

Er hatte Tränen in den Augen und die Tränen machten sie nur noch wütender. Sie wollte nichts lieber, als ihre Klauen wachsen zu lassen, zu spüren, wie sie das weiche Fleisch aufrissen, die Zähne hineinzuschlagen und das warme Blut ihre Kehle hinunterlaufen …

Sie blinzelte. Moment. Was war *das* denn?

Sie lockerte ihren Griff. Der Wunsch, ihm die Kehle auszureißen, verflüchtigte sich rasch.

»Wirst du mich töten?«, flüsterte er.

»Nein«, antwortete sie benommen und richtete sich auf. »Nein, ich … ich werde dich nicht töten. Ich wollte es. Ich war auch schon fast dabei. Aber …«

»Ich würde mir keine Gedanken machen deshalb«, meinte er. »Irgendwas bringt mich früher oder später doch um. Höchstwahrscheinlich früher, um ehrlich zu sein. Wenn ich die Wahl hätte, würde ich mir wünschen, dass du es bist.«

Amber machte ein paar Schritte rückwärts, dann drehte sie sich weg und ging zu ihren Kleidern. Beim Anziehen ließ sie die Schuppen vollständig verschwinden und ignorierte das unangenehme Gefühl von trockener Kleidung auf nasser Haut. Immer noch mit gerunzelter Stirn setzte sie sich auf einen Baumstamm und wischte sich die Fußsohlen ab, bevor sie Socken und Turnschuhe anzog.

»Deine Kleider passen dir nicht«, stellte Glen fest.

Er war groß, hager und ungepflegt, sah aber nicht schlecht aus. Als er sich bückte, um die Geldscheinrolle aufzuheben, fletschte sie die Zähne. Er kam langsam und mit ausgestreckter Hand zu ihr herüber.

Amber band ihre Schnürsenkel zu, richtete sich auf, nahm das Geld wortlos und steckte es in ihre Hosentasche.

»Du solltest dir vielleicht eine Geldbörse zulegen«, meinte er.

»Halt die Klappe, Glen.«

Er nickte. »Okay. Ist wohl das Beste.«

Sie drehte sich um, zog ihre Shorts bis zur Taille hoch und machte sich auf den Weg zurück zur Raststätte.

Er kam hinter ihr her. »Darf ich dich etwas fragen? Was bist du?«

»Wie sehe ich denn aus?«

»Im Ernst? Wie ein Dämon.«

»Dann weißt du es ja.«

Wieder nickte er. »Man sollte meinen, dass mich das schockt, richtig? Einem Dämon zu begegnen? Vor ein paar Wochen wäre das auch noch der Fall gewesen, aber mein Leben hat in letzter Zeit eine ziemlich verquere Wendung genommen, weshalb ich mir angewöhnt habe, alles unbedingt und vorbehaltlos zu glauben. Es erspart allen eine Menge Zeit. Inzwischen frage ich nicht mehr nach Beweisen oder Gründen oder solchen Dingen. Ich akzeptiere einfach. Was natürlich nicht heißt, dass ich nicht neugierig bin. Ich bin sehr neugierig. Ich meine, schau dich doch an. Ein lebendiger Dämon, der einfach so herumläuft. Lebst du hier unten?«

»Wo unten?«

»Hier. Im Wald.«

Sie runzelte die Stirn. »Bist du bescheuert? Weshalb sollte ich im Wald leben?«

»Na ja, ich dachte nur …«

»Hör auf, mir nachzulaufen.«

»Okay. Gut. Aber kann ich dich noch etwas fragen? Warum hast du Geld? Wie kaufst du Sachen?«

Sie blieb stehen und drehte sich zu ihm um. »Wie ich Sachen kaufe? Was glaubst du denn? Ich gehe in einen Laden, sage, was ich will, und bezahle es.«

Er runzelte die Stirn. »Du gehst so in einen Laden?«

Ihr fiel wieder ein, wie sie aussah. »Oh. Nein. Das ist ganz neu. Ich muss mich erst noch daran gewöhnen. Ich vergesse immer wieder, dass ich Hörner habe.«

»Sie sind wunderschön«, flüsterte er und starrte sie unverhohlen an.

»Augen auf den Boden, Glen.«

»Ja, sorry.« Er wurde rot. »Du bist … Sorry. Du bist einfach das schönste Mädchen, das ich je gesehen habe. Also, hübscher als die meisten Schauspielerinnen und Models.«

Amber grunzte und ging weiter. »Das ist nicht mein wahres Ich.«

»Doch, doch.« Glen passte sich ihrem Schritt an. »Du bist auf eine Art und Weise schön, wie ich das noch nie gesehen habe. Alles an dir, dein Gesicht, deine Hörner, deine ungewöhnlichen Zähne, deine Haut, die genau den Rotton hat, den ich am meisten liebe, deine Beine, dein Körper, deine –«

»Du kannst jederzeit aufhören.«

»Ich habe keine Angst«, sagte er. »Du denkst vielleicht, ich hätte Angst vor dir, weil du ein Dämon bist und die meisten Leute vor Dämonen Angst haben. Deshalb errichtest du auch diese Mauer um dich, um andere abblitzen zu lassen, bevor sie dich abblitzen lassen. Aber ich habe wirklich keine Angst. Du bist nicht furchterregend. Du bist schön, nicht hässlich. Und ich habe schon etliche hässliche Dinge gesehen, das kannst du mir glauben. Daheim in Irland hat mich diese, diese *Kreatur* angegriffen. Sie hat mir etwas übertragen. Das Todeszeichen. Willst du es sehen?«

»Nicht wirklich.«

Er hielt ihr seine rechte Hand hin und zeigte ihr stolz seine Handfläche. Direkt unter der Haut zog eine Art dunkler Faden seine Kreise wie ein Fisch im Goldfischglas. »Ist das nicht irre? Seit ich es habe, begegne ich den merkwürdigsten Leuten. In Dublin habe ich zum Beispiel diesen Typen getroffen, diesen echt abgedrehten Typen, der alles über Monster und so weiß. Er hat gesagt, dass das Ding mich in vierzig Tagen umbringt, wenn ich es nicht an seine ursprünglich vorgesehene Zielperson weitergebe. Das war vor zweiunddreißig Tagen.«

»Dann stirbst du in acht Tagen?«, fragte Amber stirnrunzelnd.

Er nickte, wirkte jedoch seltsam unbeeindruckt. »Es sei denn, ich kann das Zeichen an eine Frau namens Abigail weitergeben. Sie ist offenbar ein schlechter Mensch. Also, richtig schlecht. Hat 'ne Menge Leute umgebracht, die Art von schlecht. Ich würde der Welt einen Gefallen tun, wenn ich das hier an sie weitergeben könnte. Das hat man mir gesagt. Sie soll sich hier in Amerika irgendwo in einer Bar aufhalten, die ich bis jetzt aber noch nicht gefunden habe. *Zur dunklen Treppe* heißt sie. Kennst du sie?«

»Nein, tut mir leid.«

»Ich auch nicht. Ich hab sie im Internet gesucht, aber nichts gefunden. Ich weiß nicht einmal, in welchem Bundesstaat sie ist. Vielleicht finde ich sie, vielleicht auch nicht. Aber jetzt bin ich hier. Wenn ich sterbe, will ich *hier* sterben. Ich will Größeres sehen, bevor ich gehe, Besseres als die Kreatur, die mich angegriffen hat. Ich will echte Monster sehen. Amerikanische Monster. Dass ich so etwas Schönes wie dich sehen würde, hätte ich allerdings nicht gedacht.«

»Genau«, sagte Amber. »Ich sollte jetzt dann gehen.«

»Wohin gehst du?«

»Oh, hm, Springton. Das liegt in Wisconsin. Wir suchen dort jemanden.«

»Wir? Wer ist wir? Du und dein Freund?«

»Nein, nein. Er ist ein … ein Guide, nehme ich an.«

»Ein Guide wohin?«

»Hm …«

Glens Augen weiteten sich. »Seid ihr auf der Demon Road unterwegs?«

Sie zögerte. »Nein.«

»Seid ihr doch!«

»Sind wir nicht.«

Glen tanzte vor Aufregung praktisch herum. »Ich bin auch auf der Demon Road unterwegs! Der Typ, dieser seltsame Typ meinte, ich sollte auf der Demon Road reisen, solange ich noch könnte, um all die Schrecken zu sehen, die die Welt zu bieten hätte. Wir sind auf derselben Straße unterwegs! Wer hätte das gedacht! Hast du ein Auto?«

»Nein«, antwortete Amber automatisch. Dann: »Ich meine, ich persönlich habe keines. Mein Guide hat eines.«

»Und? Meinst du, ich kann mich euch anschließen?«

»Ich … ich will dir nicht zu nahe treten oder so, aber wahrscheinlich nicht. Er kennt dich nicht und du hast nun mal versucht, mein Geld zu stehlen.«

»Ich hab's aber zurückgegeben.«

»Erst nachdem ich dich geschnappt hatte.«

»Stimmt. Aber glaubst du nicht, dass das so kommen musste?

Ich meine, wie groß ist die Chance, dass wir beide uns so begegnen? Dass zwei Menschen wie wir, von dunklen Mächten verflucht, uns auf der Demon Road begegnen?«

»Wenn du meinen Guide fragst, sind sie sogar ziemlich gut.«

»Tatsächlich? Na denn. Könntest du ihn trotzdem fragen, ob noch Platz für einen mehr ist?«

»Du hast versucht, mich zu beklauen, Glen.«

»Was sich als Fehler herausgestellt hat.«

»Und um ehrlich zu sein, sind wir auf einer sehr gefährlichen Reise. Wir werden verfolgt und marschieren wahrscheinlich direkt auf weitere Gefahren zu. Deshalb glaube ich, es wäre besser für dich, wenn wir uns einfach hier und jetzt verabschieden.«

»Aber ich habe sonst keine Freunde.«

»Wir beide, du und ich, sind keine Freunde, Glen.«

Er wirkte bestürzt. »Dann habe ich *gar* keine Freunde?«

»Ich muss los.«

Sie setzte sich wieder in Bewegung.

»Ich könnte euch helfen«, rief er ihr nach. »Und ich wäre euch keine Last. Ich könnte Sachen tragen und ich würde hinten sitzen und keinen Ton sagen, bis ihr etwas von mir wissen wollt, dann würde ich natürlich reden. Funktioniert euer Radio? Falls nicht, könnte ich singen. Ich kenne jede Menge Songs. Ich hab vielleicht nicht die beste Stimme auf der Welt und ich kenne vielleicht nicht jede einzelne Textzeile und singe sie möglicherweise nicht immer in der richtigen Reihenfolge. Aber ich kann die Melodie halten und für die Stellen, die ich vergessen habe, erfinde ich neue. Mein Dad hat das ständig getan. Es war wie eine Gabe, die er hatte, verstehst du? Nur dass er nicht besonders gut darin war. Ich bin viel besser.«

Irgendwann wurde seine Stimme immer leiser und Amber ließ ihn zurück. Als sie sich dem Waldrand näherte, versuchte sie, sich wieder zurückzuverwandeln. Sie konzentrierte sich auf ihren Atem, darauf, dass sie ruhig wurde, wieder sie selbst wurde, und gerade als sie glaubte, es würde nicht funktionieren, durchfuhr sie ein explosionsartiger Schmerz. Sie schwankte, lehnte sich mit der Schulter an einen Baum und blinzelte. Ihr braunes Haar fiel ihr über die Augen. Sie betrachtete ihre Hand und sah, dass ihre Haut wieder ihre normale Farbe hatte. Auch ihre Sachen passten wieder. Dann war das also auch wieder wie gehabt.

Na super.

15

Ein Gewirr aus Ranken streifte Ambers bloßes Schienbein. Sie schnitt eine Grimasse, bückte sich, rieb über die Stelle und lief weiter. Als Dämon durch das kleine Wäldchen zu gehen war einfacher gewesen – ihre rote Haut war selbst ohne die Schuppen sehr viel robuster als ihre normale blasse.

Jetzt war ihr auch intensiver bewusst, wie unangenehm sich ihre nassen Kleider anfühlten und wie peinlich es war, dass ein Fremder sie nackt gesehen hatte. Doch all das trat in den Hintergrund, als ihr wieder einfiel, was sie dieser Frau auf der Toilette angetan hatte. Sie hätte sie umbringen können. Sie hatte Glen umbringen *wollen.*

Amber zwang sich weiterzugehen.

Da sie ein Stück weiter oben aus dem Wald kam, als sie hineingegangen war, lief sie entlang der Straße zur Raststätte zurück. Sie hielt den Kopf gesenkt und wünschte wirklich, sie hätte die Baseballmütze mitgenommen, als sie aus der Toilette gerannt war.

Überrascht registrierte sie hinter sich das kehlige Brummen des Chargers. Sie drehte sich um und beobachtete, wie der Wagen scharf an den Straßenrand gelenkt wurde und hielt.

Milo stieg aus. Er war ganz offensichtlich stinksauer. Sie ging zur Beifahrerseite und er warf ihr die Baseballmütze zu. »Die hab ich auf der Toilette gefunden«, sagte er. »Sie lag neben einer Frau, die Stein und Bein geschworen hat, dass der Teufel sie angegriffen hätte.«

Amber setzte die Mütze auf. »Hm. Danke.«

Sie blickten sich über das Wagendach hinweg an.

»Ich hab dir ein Sandwich gekauft«, sagte er. »Du kannst es während der Fahrt essen.«

»Es war nicht meine Schuld«, verteidigte Amber sich, als Milo sich bückte, um einzusteigen. »Ich hab mich verwandelt und sie kam herein. Sie hatte ein Messer, Mann!«

Milo richtete sich wieder auf. »Es geht ihr übrigens gut.«

Amber verzog das Gesicht.

»Ein paar gigantische blaue Flecken. Eine ausgekugelte Schulter. Vielleicht ein gebrochener Kiefer. Zweifellos eine Gehirnerschütterung. Aber es ist rührend, wie du dich um ihr Wohlergehen sorgst.«

»Ich hab's kapiert, okay? Du kannst aufhören. Ich hab auch so schon ein elend schlechtes Gewissen.«

»Das glaube ich dir gern«, erwiderte Milo. »Aber die Sache hat auch ihre guten Seiten. Sie kann jetzt voller Stolz erzählen, dass sie von einem echten, wahrhaftigen Teufel angegriffen wurde. Von nichts Geringerem als einem Teufel mit roter Haut und Hörnern. Eine solche Geschichte lässt sich gut verkaufen. Und keine Bange, die Polizei ist bereits im Anmarsch.«

Amber blickte ihn finster an. »Ich wollte mich nur mal im Spiegel sehen. Ist das so schlimm?«

»Überhaupt nicht. Wenn du dich hinter verschlossenen Türen vor den Spiegel in deinem Zimmer gestellt hättest, kein Problem. Sich allerdings vor den Spiegel auf der Toilette einer Raststätte zu stellen …«

»Können wir einfach losfahren? Ja? Bevor die Polizei anrückt?«

»Klar.« Nach kurzem Zögern schaute er sie noch einmal an. »Aber ich muss wissen, dass du etwas verstanden hast, Amber. Die Sache wird deine Eltern auf uns aufmerksam machen.«

Sie blinzelte. »Ich hab … ich hab …«

»Du hast keine Sekunde lang daran gedacht, stimmt's?«

Sie runzelte die Stirn.

»Nein. Aber ich hätte daran denken müssen. Zum Teufel!«

Milos Miene wurde etwas freundlicher. »Was hat Imelda dir gesagt? Deine Dämonenseite ist selbstbewusster. Du kannst daraus auch arrogant machen. Und *daraus* wiederum kannst du egoistisch machen. Du wirst dir, wenn du deine Hörner hast, keine allzu großen Gedanken über die Folgen deiner Handlungen machen. Das macht es so gefährlich.«

»Glaubst du, sie kommen selbst hierher?«

»Ich an ihrer Stelle würde es tun.« Ein Van fuhr an ihnen vorbei. »Wir haben unseren Vorteil eingebüßt. Bis jetzt wussten sie nicht, dass du auf der Flucht bist; sie dachten, du würdest dich einfach irgendwo verstecken. Jetzt, da sie es wissen, werden sie sich an deine Fersen heften.«

»Es tut mir leid«, sagte sie. »Es tut mir so leid.«

Er zuckte mit den Schultern. »Komm. Je eher wir hier weg sind, desto besser. Wenigstens weiß hier niemand, wohin wir wollen.«

Amber verzog das Gesicht und Milo erstarrte.

»Was ist?«, fragte er.

Verdammt, verdammt, verdammt, *verdammt.* »Jemand weiß vielleicht, wohin wir fahren.«

Milo blinzelte. »Das verstehe ich nicht. Wen hast du denn hier zum *Reden* gefunden?«

»Einen Typen. Er heißt Glen. Ich bin ihm im Wald begegnet.« Dann fügte sie noch hinzu: »Er ist Ire.«

»Er ist also Ire. Dann ist ja alles okay. Die Iren sind für ihre Schweigsamkeit bekannt. Was zum Teufel hast du dir dabei gedacht, Amber?«

»Es tut mir leid, okay? Ich hab überhaupt nichts gedacht.«

»Einfach so ein Typ im Wald?«

»Er ist nicht einfach so ein Typ«, erwiderte sie aufgebracht. »Er ist wie wir. Er ist … also, er ist von dunklen Mächten verflucht.«

Jetzt musste Milo doch tatsächlich lachen. »Er ist was?«

Sie machte ein finsteres Gesicht. »Das waren seine Worte. Und sie sind nicht allzu weit von dem entfernt, was du über die schwarzen Straßen und die Kreuzungspunkte der Dunkelheit gesagt hast, was immer *das* bedeuten soll. Und weißt du was? Er stirbt. Glen. Er hat das Todeszeichen.«

»Was ist ein Todeszeichen?«

»Ich … ich dachte, das wüsstest du.«

»Edgar ist der Okkultismusexperte, nicht ich.«

»Also, das Todeszeichen ist das Ding, das er hat und das ihn umbringt, und er ist wie wir auf der Demon Road unterwegs. Bevor er stirbt, will er noch ein paar echte amerikanische Monster sehen.«

Milo fuhr sich mit der Hand übers Gesicht. »Er wird seine Chance bekommen.«

»Was soll das heißen?«

Milo verschränkte die Arme auf dem Wagendach und stützte sich darauf. »Leute, die auf den schwarzen Straßen unterwegs sind, begegnen sich meist irgendwann, Amber. Das habe ich dir bereits gesagt. Ob sie durch ein unbewusstes Radarsystem zueinander hingezogen werden, ob es sich wiederholende Zufälle sind oder ob ein übergeordneter Plan direkt aus der Hölle dahintersteckt, weiß kein Mensch. Tatsache ist, dass Leute, die auf den schwarzen Straßen unterwegs sind, sich meist irgendwann begegnen. Deshalb bin ich auch zuversichtlich, dass wir Dacre Shanks finden. Aber überleg doch mal, wer sonst noch auf den schwarzen Straßen aufkreuzen könnte. Falls deine Eltern hierherkommen, und das werden sie, und dein neuer Freund noch irgendwo in der Nähe ist, spricht alles dafür, dass sie ihn finden. Und wenn er weiß, wohin wir fahren …«

»Also … was machen wir?«

Milo ließ die Schultern hängen. »Wir haben zwei Möglichkeiten.«

Ihre Augen weiteten sich. »Die erste ist ihn umbringen, stimmt's? Das kommt nicht infrage. Wir bringen niemanden um, nur weil ich einen Fehler gemacht und etwas gesagt habe, das ich nicht hätte sagen dürfen. Wie sieht die zweite Möglichkeit aus?«

»Überrede ihn mitzukommen«, antwortete Milo. »Geh und hole ihn. Wir nehmen ihn mit bis Springton und lassen ihn dort raus. Und wenn wir ihn fesseln und auf die Rückbank werfen müssen, tun wir das auch.«

»Ihn zu überreden ist kein Problem, denke ich«, sagte Amber und setzte sich wieder in Richtung Wald in Bewegung.

»Du hast fünf Minuten.«

Amber erwiderte nichts darauf.

Sie ging denselben Weg, den sie gekommen war, zurück, bis sie ihn fand. Er saß auf demselben Baumstamm, auf dem auch sie gesessen hatte, die Ellenbogen auf die Knie gestützt und den Kopf gesenkt.

»Glen?«

Mit einem Ruck schaute er auf, doch sein hoffnungsvolles Lächeln erlosch. »Woher weißt du, wie ich heiße?«

Sie ging noch ein paar Schritte näher und nahm ihre Mütze ab. Er betrachtete sie argwöhnisch. Sekunden verstrichen. Die Falten auf seiner Stirn gruben sich tiefer ein, dann zog er die Augenbrauen hoch.

»*Du?*«

»Ich heiße Amber.«

Er sprang auf. »Aber … aber wo sind … Was ist mit dir passiert?«

»Ich hab dir doch gesagt, dass die Haut und die Hörner neu sind. So sehe ich ohne sie aus.«

Er konnte den Blick nicht von ihr abwenden, allerdings aus völlig anderen Gründen als vorher. »Was ist passiert?«, fragte er noch einmal. Seine Miene drückte eindeutig Missfallen aus.

Amber wurde rot. Sie war verlegen und verletzt. »Ich habe mich zurückverwandelt«, erklärte sie und setzte die Mütze wieder auf. »Es spielt keine Rolle. Wenn du mitkommen willst, kannst du mitkommen.«

Hätte sie ihm das Angebot gemacht, als sie groß und rot und

schön war, hätte er einen Luftsprung gemacht vor Freude, das wusste sie. Aber so …

»Wohin geht ihr?«, fragte er zögernd.

»Nach Springton, Wisconsin. Hab ich dir doch schon gesagt.«

Er zuckte mit den Schultern. »Ich kann mir Ortsnamen einfach nicht merken. Im selben Moment, in dem du ihn genannt hast, hab ich ihn auch schon wieder vergessen. Hätte mich um nichts in der Welt dran erinnern können.«

Amber starrte ihn an. »Echt jetzt?«

»Jetzt vergesse ich ihn aber nicht mehr. Springton, Wisconsin. Springton, Wisconsin. Okay, jetzt sitzt er. Warum geht ihr dorthin?«

Amber hätte sich in den Hintern beißen können. »Weil, okay? Wir sind auf der Demon Road, du bist auf der Demon Road, die Demon Road führt uns nach Wisconsin und wir dachten, wir sind mal nett und nehmen dich bis dahin mit. Wenn du dich natürlich vor Angeboten nicht retten kannst …«

Sie drehte sich um und ging zurück und einen Augenblick später hörte sie seine schnellen Schritte hinter sich. Er beeilte sich, sie einzuholen.

16

»Das ist echt cool von euch«, sagte Glen zum vierten Mal von der Rückbank aus.

Milo nickte und Amber spürte seinen Seitenblick, reagierte aber nicht darauf. Sie hielt den Blick auf die Straße gerichtet, während sie an endlosen Baumwollfeldern vorbeifuhren, deren aufgeplatzte Samenkapseln wie winzige weiße Schäfchenwolken aus all dem Grün herausleuchteten.

»Amber hat mir erzählt, dass du ihr Guide bist«, fuhr Glen fort. »Dann warst du schon öfter auf der Demon Road?«

»Wir versuchen, nicht darüber zu reden«, erwiderte Milo.

»Worüber?«

Milo seufzte. »Wenn du auf der Demon Road unterwegs bist, redest du nicht über die Demon Road. Es gilt als … krass. Du kannst sie erwähnen, erklären, worum es sich handelt, das ist alles völlig in Ordnung … aber rede einfach nicht darüber. Und nenn sie auch nicht so.«

»Wie, Demon Road?«

»Genau. Versuche, ein bisschen cooler damit umzugehen.«

»Oh. Klar, sicher. Gleichmütig, meinst du? Klar, kein Problem. So eine Art Zwinker-zwinker-Sache, ja? Wenn du fragen musst, wirst du es nie erfahren. Regel Nummer eins im Fight Club, so was in der Richtung? Klar, das ist cool. Kann ich machen.«

»Gut.«

»Und wie lang bist du schon darauf unterwegs?«

Amber drehte sich zu Glen um. »Er hat gerade gesagt, wir reden nicht darüber.«

»Aber wie soll ich Fragen stellen, wenn ich nicht darüber reden darf?«

»Stell keine Fragen.«

»Aber wie soll ich dann etwas erfahren?«

Amber blickte wieder mit finsterer Miene aus dem Fenster.

Milo seufzte erneut. »Ich habe diese Straßen seit Jahren nicht mehr benutzt.«

»Warum nicht?«

»Es gab keinen Anlass dazu.«

»Kennst du sie gut?«

»Früher einmal, ja.«

»Und was bist du?«

»Wie meinst du das?«

»Na ja, Amber verwandelt sich in dieses wunderschöne Dämonenmädchen, ich sterbe an diesem gruseligen Todeszeichen von irgendeinem Monster … Warum bist du hier? Was hast du getan oder was wurde dir angetan?«

Milo antwortete nicht. Glen beugte sich vor. »Hast du mich nicht verstanden?«

»Er ignoriert dich«, informierte Amber ihn.

»Warum? Was hab ich denn gesagt?«

»Du stellst einen Haufen Fragen. Ich habe gern meine Ruhe beim Fahren.«

»Ich auch«, sagte Amber.

»Ach ja? Ich hasse es, wenn beim Fahren alles ruhig ist. Ich habe immer das Radio an, selbst wenn sie Countrymusik oder etwas ähnlich Schreckliches spielen. Mein Gott, ich hasse Countrymusik. Und ich meine damit nicht die Countrymusik, die ihr hier in Amerika habt, ich meine den Schrott, den wir in Irland haben. Countrysänger hier hören sich an, als wären sie in ein paar Kneipenschlägereien verwickelt gewesen, versteht ihr? Zu Hause sind es einfach nur Typen, die in Wolljumpern herumlaufen.«

»Woll… was?«

»Pullover«, erklärte Milo.

»Oh«, sagte Amber.

»Mein Dad war ein Fan von Countrymusik«, erzählte Glen. »Bei seiner Beerdigung haben sie alle seine Lieblingslieder gespielt. Es war schrecklich. Ich wäre am liebsten davongelaufen, versteht ihr? Aber ich hab's nicht getan, weil, na ja, ich war nie einer von denen, die davonlaufen. Das heißt, nein, ich meine, natürlich laufe ich ständig davon, sonst käme ich ja nirgendwohin, aber ich bin nie aus *Prinzip* irgendwo weggelaufen. Ich kann nicht mal bei einem schlechten Film davonlaufen. Mein Dad hat immer gesagt, ich sei einfach zu höflich für diese Welt. Wahrscheinlich hatte er recht.« Sein vergnügtes Lächeln erlosch und er schwieg einen Moment, dann schaute er auf und das Lächeln war wieder da. »So, Milo, wie bist du zu einem Guide geworden? Was qualifiziert dich? Hast du eine dunkle, qualvolle Vergangenheit oder so? Bist du auch ein Dämon? Wie stehst du zu der Sache?«

»Schreibst du ein Buch?«, fragte Milo.

»Äh, nein. Ich mach nur Konversation.«

Sie verfielen in ein kurzlebiges Schweigen.

»Wisst ihr, woran mich dieser Wagen erinnert?«, meldete sich Glen erneut. »Habt ihr je vom Highway-Gespenst gehört?«

Milo hatte genug geredet, also übernahm Amber. »Nein. Nie.«

»Das war dieser Typ, der vor Jahren mit ausgeschalteten Scheinwerfern herumgefahren ist. Er ist nachts diese ganzen dunklen amerikanischen Straßen rauf und runter gefahren und hat nach seinem nächsten Opfer Ausschau gehalten.«

»Das ist eine Legende«, erwiderte Amber. »Wenn ihm jemand entgegengekommen ist und aufgeblendet hat, hat er ihn von der Straße gedrängt. Davon haben wir doch alle gehört.«

»Schon, aber das stimmt wirklich«, beteuerte Glen. »Oder, also, okay, vielleicht stimmt es in gewisser Weise, aber in den Neunzigern hat er tatsächlich ein paar Leute getötet. Ich hab's nachgelesen. Es gibt haufenweise Webseiten über ihn.«

»Es gibt Webseiten zu allem.«

»Da hast du auch wieder recht. Aber er hat ein Muscle-Car aus den Siebzigern gefahren, daran erinnere ich mich noch. Auch schwarz. Ich glaube, es war ein Charger. Oder ein Challenger. Wahnsinnig cool. Ist das ein Charger?«

Ambers Blick ging wieder zum Fenster. »Ja«, antwortete sie und hoffte inständig, dass er jetzt endlich die Klappe hielt.

»Es gab ein paar Überlebende, weil er, also, er ist nicht ausgestiegen, um sie vollends allezumachen oder so. Er wollte sie nur von der Straße fegen. Aber ein paar hat er über den Haufen gefahren. Wenn ihr mich fragt, hat jeder, der glaubt, er könnte schneller sein als ein Auto, es praktisch verdient, dass er über den Haufen gefahren wird, hab ich recht? Seit ich vom Highway-Gespenst gehört habe, wollte ich ein solches Auto haben. Und jetzt sitze ich in einem!«

»Ein Traum wurde wahr«, murmelte Amber.

»In etwas so Coolem zu fahren … So was Irres haben wir in Irland nicht. Es gibt ein paar Autofreaks, die mal einen Mustang oder so importieren, aber man könnte nicht damit herumfahren, ohne dass sich alle gleich das Maul zerreißen, so in der Art von: *Wofür hält dein Mann sich eigentlich?* – du verstehst schon. Aber hier kann man einen solchen Wagen fahren, ohne dass man dich automatisch für einen Spinner hält. Die Leute hier sind toleranter, versteht ihr? Aber diese Polizeiberichte, in denen die Betroffenen mit ihren eigenen Worten beschreiben, wie es war, von diesem furchterregenden schwarzen Ungeheuer von Auto gejagt zu werden … Gerade noch fahren sie einfach so dahin und im nächsten Moment sehen sie plötzlich im Rückspiegel diese roten Scheinwerfer aufleuchten …«

Amber blickte Milo aus dem Augenwinkel heraus an. Seine Miene verriet nichts, doch er umklammerte das Lenkrad so fest, dass seine Knöchel weiß hervortraten. Sie hatte plötzlich einen Knoten im Bauch.

»Solche Sachen waren es, versteht ihr?«, fuhr Glen unbeirrt fort. »Wegen solcher Sachen habe ich mich in Amerika verliebt. Ein so riesiges Land, dass du etwas so Verrücktes als Hobby haben kannst und sie dich nie schnappen. Wow. Ich will damit nicht sagen, dass ich so etwas tatsächlich tun *will*, aber ich finde es gut, dass ich es tun *könnte. Land of the free*, so heißt es doch in eurer Nationalhymne, oder? *Home of the brave.*«

Glen lehnte sich zurück, überwältigt vom selbst inszenierten, sprachlosen Staunen, und Milo schwieg weitere zwei Stunden lang.

Bis sie an einem Billighotel in Jasper, Georgia, anhielten, war Milo sehr viel blasser als sonst. Sein Gesicht wirkte eingefallen, seine Augen blickten ins Leere. Er stieg langsam aus dem Charger aus und es war fast, als wollte der Wagen ihn nicht gehen lassen. Erst als sie sich ein gutes Stück vom Parkplatz entfernt hatten, kehrten seine Lebensgeister wieder einigermaßen zurück. Beim Einchecken sagte er Glen drei Mal, er solle die Klappe halten.

Aus Gründen, die nur ihm bekannt waren, versuchte Glen sich an einem amerikanischen Akzent, der klang wie eine Kreuzung von John Wayne und John Waynes asthmatischer Katze. Amber fürchtete, die Frau hinter dem Tresen könnte einen Altersnachweis von ihr verlangen, doch Ambers Alter kümmerte die Frau offensichtlich nicht die Bohne. Mit einem kleinen Beutel, der alles Notwendige enthielt, einem Sandwich aus dem Automaten und einer Dose lauwarmer Cola ging Amber auf ihr Zimmer. Es dauerte eine halbe Ewigkeit, bis heißes Wasser aus ihrer Dusche kam, doch endlich stand sie unter dem Strahl und schloss die Augen. Sie arbeitete eine ganze Miniflasche Shampoo und Spülung in ihr Haar, das nach ihrem Tauchgang im Fluss völlig wirr und verknotet getrocknet war. Als sie fertig war, stellte sie sich nackt vor den Badezimmerspiegel.

Nicht gerade begeistert von dem, was sie sah, widerstand sie der Versuchung, sich zu verwandeln, und schaltete den Fernseher ein. Auf jedem zweiten Kanal sprach ein Geistlicher im teuren Anzug über Gott und den Teufel. Sie sah es sich eine Weile an in der Hoffnung, Worte des Trostes zu hören. Vergeblich. Sie bekam lediglich Angst und Heißhunger. Sie zappte weiter zu einem Horrorfilm. Da dieser sie nicht ablenken konnte, schaltete sie den Fernseher aus, löschte sämtliche Lichter und legte sich ins Bett. Die Matratze war unbequem und fremd, die Kissen waren zu dünn und zu weich. Sie lag in der Dunkelheit. Stimmen drangen durch die Wände. Fernsehgeräusche. Toilettenspülungen.

Sie dachte an Milo, Glen und Imelda, an die Truckerin und Brandon. Sie dachte an das Highway-Gespenst und an ihre Eltern und dass sie wahrscheinlich selbst in dem Moment, in dem sie hier lag, hinter ihr her waren.

Schließlich stand sie auf, zog einen Stuhl an die Tür und klemmte ihn unter die Klinke, wie sie das in Filmen gesehen hatte. Dann legte sie sich wieder ins Bett. Der Schlaf ließ lange auf sich warten.

17

Am nächsten Morgen fuhren sie früh weiter. Milo sah wieder gesund und kräftig aus. Er musste schon eine ganze Weile auf den Beinen sein, denn der Charger glänzte, als sie einstiegen. Glen erzählte ihnen in allen Einzelheiten von seiner Nacht. Es war nicht besonders interessant.

Als er merkte, dass ihm niemand antwortete, döste er eine Stunde auf der Rückbank. Dann checkte er auf seinem Smartphone ihren Standort. »Ooh! Wir kommen an Nashville vorbei! Können wir anhalten?«

»Nein«, antworteten Amber und Milo gleichzeitig.

Glen war gekränkt. »Aber … aber das ist vielleicht meine letzte Chance, es zu sehen. Ich sterbe – schon vergessen?«

»Das höre ich zum ersten Mal«, erwiderte Milo. Es war sein zweiter Witz, seit Amber ihn kennengelernt hatte.

»Können wir wenigstens durchfahren?«, bat Glen. »Du musst nicht einmal langsam fahren. Komm schon, bitte! Elvis hat in Nashville angefangen – hier hat er seine erste Platte aufgenommen. *Elvis!*«

»Das war in Memphis«, korrigierte ihn Milo.

Glen runzelte die Stirn. »Liegt Nashville nicht in Memphis?«

»Nashville und Memphis liegen beide in Tennessee. Da, wo wir gerade sind.«

»Oh. Kommen wir durch Memphis?«

»Nein.«

»Aber ich *sterbe* bald. Und überhaupt, warum habt ihr es so eilig? Wäre es nicht an der Zeit, mir zu sagen, was wirklich Sache ist?

Wir sind *Freunde*. Wir unternehmen diesen Trip *gemeinsam*. Das verbindet. Wir sind jetzt miteinander verbunden. Wir sind unzertrennlich. Wir sollten keine Geheimnisse voreinander haben. Ich habe keine Geheimnisse vor euch. Ich habe euch alles über das Monster erzählt, das mich angegriffen und mir das Todeszeichen verpasst hat. Und das mir meine Quest gegeben hat, nämlich eine Bar zu finden, die *Zur dunklen Treppe* heißt. Was ist eure Quest?«

»Nenn es nicht Quest.«

»Aber was ist es dann?«

Amber drehte sich zu ihm um. »Wir lassen dich in Wisconsin raus. Bis dahin fährst du mit. Glaub mir, es ist sicherer für dich, darüber hinaus nichts zu wissen.«

Er blinzelte sie an. »Aber … aber wir sind unzertrennlich.«

Amber schaute wieder nach vorn. »Nicht annähernd so unzertrennlich, wie du glaubst.«

Glen schwieg. Ein paar Minuten später daddelte er wieder auf seinem Smartphone herum.

Er kicherte. »Im Staat Ohio gibt es ein Toledo«, meldete er sich wieder. »Hey, glaubt ihr, dass der Ausspruch *Holy Toledo* daher kommt? Glaubt ihr das? Hallo?«

»Es gibt auch ein Toledo in Spanien«, antwortete Milo matt. »Es ist eine heilige Stadt.«

»Dann kommt es also *daher*?«

»Ich weiß es nicht, Glen.«

»Aber man kommt doch ins Grübeln, oder?«

»Möglich.«

Glen nickte und daddelte weiter.

In Knoxville kamen sie an einem Walmart vorbei und fuhren auf den Parkplatz.

»Was tun wir hier?«, wollte Glen wissen.

»Ich muss was zum Anziehen kaufen«, erklärte Amber.

»Brauchst du Hilfe?«

Sie blickte ihn stirnrunzelnd an. »Nein.«

Seinen enttäuschten Blick ignorierend, stieg sie aus, zog die Mütze tiefer in die Stirn und wandte ihr Gesicht von den Überwachungskameras ab, als sie auf den Eingang zuging. Drinnen überflog sie die Beschilderung, fand den Hinweis auf die Abteilung Damenbekleidung und legte auf dem Weg dorthin ein paar Toilettenartikel in ihren Korb. Als Nächstes kam Unterwäsche, gefolgt von einer Jeans, die etwas länger war als die, die sie sonst trug. Sie griff sich einen Gürtel, ein Top sowie ein paar billige Armbänder und machte sich dann auf die Suche nach einer leichten Jacke. Als sie alles, was sie wollte, beisammenhatte, ging sie in die Umkleide. In der Kabine probierte sie die Sachen an, fädelte den Gürtel in die Schlaufen ihrer Jeans und drehte sich zum Spiegel um. Die Jeans saß oben herum gut, sah unten aber aus wie eine Ziehharmonika. Sie sah aus wie ein Mädchen, das die Hose ihrer großen Schwester trug. Dann verwandelte sie sich und ihr herrliches rotes Spiegelbild grinste sie an. Sie schnallte den Gürtel enger und stellte fest, dass ihre Jeans jetzt die perfekte Länge hatte, das T-Shirt am Bauch flacher war und über dem Busen ausgefüllter. Sie zog auch noch die Jacke über, drehte und bewunderte sich und stellte sich einen Augenblick lang vor, wie es wäre, so durchs Kaufhaus zu schlendern. Sie fragte sich, ob die entsetzten Schreie an ihrem Selbstbewusstsein kratzen könnten, bezweifelte es aber.

Doch wie immer war Diskretion angesagt. Sie öffnete den Gürtel und verwandelte sich zurück. Die Jeans glich an den Knöcheln wieder einer Ziehharmonika und ihr Bauch schwoll zu seinen normalen Proportionen an. Seufzend zog sie ihre alten Sachen wieder an, legte alles andere in den Korb und verließ die Kabine, die Mütze wieder tief ins Gesicht gezogen.

Sie wartete in der Schlange hinter einer Frau mit ausgesprochen schlechtem Körpergeruch, und als diese fertig war, lächelte der junge Hispanoamerikaner an der Kasse sie an.

»Hallo«, grüßte er.

»Hi.«

Er begann, ihre Sachen über den Scanner zu ziehen – langsam, eine nach der anderen. »Ich mag deine Augen«, sagte er.

Amber blinzelte. »Was?«

»Deine Augen«, wiederholte er. »Ich finde sie hübsch.«

Sie blinzelte erneut. »Die hier?«

Er lachte. »Hast du noch welche, die ich gesehen haben sollte?«

Sie wurde rot. »Nein.« Er war nicht der bestaussehende junge Mann der Welt, sah aber nicht schlecht aus und er hatte ein Selbstbewusstsein, das sie nur als Dämon aufbrachte. Es machte ihn attraktiv. Sehr sogar. Sein Namensschild wies ihn als Eugenio aus.

»Das ist jetzt die Stelle, an der du mir sagst, dass dir meine Augen auch gefallen«, raunte er augenzwinkernd.

»Oh, sorry. Ich mag deine Augen auch.« Es stimmte. Es stimmte wirklich. Sie waren schokoladenbraun.

Wieder lächelte er. »Das ist nett von dir, dass du das sagst. Hm, hat ein so nettes Mädchen wie du wohl einen Freund? Ich frage das nur, weil ich, falls du Ja sagst, in ein bodenloses Loch aus Verzweiflung und Einsamkeit stürzen würde, und das wolltest du doch nicht, oder?«

»Nein, bestimmt nicht. Und ich habe keinen, also … keinen Freund.«

»Das erscheint mir höchst unwahrscheinlich. Bist du sicher?«

Bevor sie wusste, was sie tat, kicherte sie. Lieber Himmel, sie kicherte!

»Ganz sicher«, antwortete sie.

»Könnten wir uns dann später treffen, falls du nichts anderes vorhast? Wohnst du hier in der Nähe?«

»Oh, sorry, nein. Ich bin nur auf der Durchreise.«

»Oh nein.« Eugenios Lächeln verschwand und seine Augen weiteten sich. Falls das überhaupt möglich war, sah er noch süßer aus. »Dann sehe ich dich nie mehr wieder? Willst du das damit sagen?«

»Wahrscheinlich.«

Das Letzte, was er über den Scanner ziehen musste, war ein Paar Socken. Er drückte sie an seine Brust. »Dann wirst du, sobald ich die hier eingescannt habe und du bezahlt hast, einfach hinausmarschieren und ohne einen Blick zurück aus meinem Leben verschwinden? Aber was ist, wenn ich die Socken nicht einscanne? Bleibst du dann?«

»Leider nein«, bedauerte Amber und packte die anderen Sachen in dünne Plastiktüten. »Ich werde einfach ohne Socken auskommen müssen.«

Er tat entsetzt. »Aber wie kannst du ohne Socken auskommen? Sie sind ein wesentlicher Bestandteil jeder zivilisierten Gesellschaft. Eine sockenlose Person ist gar keine Person, egal welcher Art. Sagt mein Vater immer.«

»Das sagt er immer?«

»Er ist kein besonders gewandter Plauderer.«

Amber lachte.

»He, Juan«, meldete sich ein unrasierter Kerl, der hinter Amber stand, »hörst du endlich auf, mit hässlichen Tussis zu flirten, und machst deinen verdammten Job?«

Scham jagte Amber einen eisigen Schauer über den Rücken, gleichzeitig stieg ihr die Hitze ins Gesicht.

Eugenios gute Laune war mit einem Schlag dahin. »Ich heiße nicht Juan«, korrigierte er den Mann, »und seien Sie vorsichtig mit Ihren Äußerungen über Damen, Sir. Sie wollen doch nicht unhöflich sein.«

Das lockige Haar des unrasierten Mannes sah unwahrscheinlich weich aus, was absolut nicht zu seinen harten Gesichtszügen passte. »Willst du wissen, was unhöflich ist, Pedro? Wenn du zahlende Kunden warten lässt, während du versuchst, bei der Kleinen zum Schuss zu kommen.«

Eugenio biss die Zähne zusammen. Erst als Amber ihm ihr Geld hinhielt, wandte er sich von dem Mann ab. »Entschuldigung«, sagte er zu ihr.

»Ist schon okay«, erwiderte sie leise.

Er gab ihr das Wechselgeld. Der unhöfliche Mensch ignorierte sie jetzt und legte den Rest seiner Sachen aufs Band. Amber nahm ihre Einkäufe und ging, die Augen, die sich mit Tränen füllten, fest auf den Boden gerichtet.

Bis sie beim Charger war, hatte sie sich wieder im Griff. Sie streifte die Armbänder so über die Zahlen an ihrem Handgelenk, dass sie nicht mehr zu sehen waren, legte die Tüten in den Kofferraum und stieg ein.

»Ich habe Hunger«, verkündete sie. Sie beschränkte sich auf wenige Worte, da sie Angst hatte, die anderen könnten sonst hören, dass ihre Stimme zitterte. Das Thema Essen löste bei Glen wieder einen Redeschwall aus. Amber hörte nicht hin. Sie spielte die Szene an der Kasse im Geist noch einmal durch, nur dass sie sich dieses Mal verwandelte. Aus ihrer Stirn schossen Hörner, Fingernägel wurden zu Klauen und vor ihrem geistigen Auge sah sie, wie sie das Gesicht des unhöflichen Menschen zerfetzte.

Sie fuhren nach Kentucky hinein, und bis sie an einem Schnellrestaurant an der Straße mit einem spektakulären Blick auf den Daniel-Boone-Nationalforst hielten, war Wut an die Stelle ihrer Verlegenheit getreten. Und Wut verging schneller als Verlegenheit. Sie stieg aus, hielt das Gesicht in den Wind und schloss die Augen. Es war immer noch heiß, aber die Luft war hier draußen besser. Sie wehte durch die riesigen saftig grünen Waldgebiete auf beiden Seiten der Straße und brachte alle Arten von Frische mit.

»Ganz schön große Bäume«, stellte Glen fest und sie musste ihm zustimmen. Sie waren wirklich groß.

Im Restaurant ersetzte der Geruch nach Hamburgerfett die Frische. In der Ecke stand eine defekte Musikbox, die endlos »Here I Go Again« von Whitesnake spielte. Sie setzten sich an einen Tisch mit Plastikdecke und Amber strich mit dem Finger darüber. Sie rechnete damit, eine Spur im Fett zu hinterlassen, und war etwas enttäuscht, weil sie tipptopp sauber war.

Sie aßen ihre Burger, ohne viel dabei zu reden. Ihr war bewusst, dass dies Glen fast um den Verstand brachte, und es erfüllte sie mit stillem Vergnügen. Er hatte ein paar Prospekte aus dem Ständer neben der Kasse mitgenommen und blätterte sie durch.

»Wusstet ihr, dass der Wald eine der höchsten Höhlendichten aufweist?«, fragte er.

»Ja«, antwortete Amber, obwohl sie keine Ahnung hatte und es ihr mehr als gleichgültig war.

Glen legte den Prospekt weg und griff nach dem nächsten. »Hey, hier wurde Kentucky Fried Chicken erfunden! Allerdings in Corbin, nicht hier. Wir sollten uns KFCs holen! Wollt ihr welche?«

Amber liebte KFCs. »Ich hasse KFCs«, sagte sie.

Glen machte ein verdrießliches Gesicht und Amber strahlte innerlich.

Amber und Milo teilten sich die Rechnung, was Glen in Verlegenheit brachte. Sie hatte richtig Mitleid mit ihm, wie er so dasaß, kläglich und dankbar. Sie wollte gerade etwas Nettes zu ihm sagen, als er mit den Schultern zuckte, aufschaute und strahlend verkündete: »So, ich geh jetzt mal pinkeln!«

Er hüpfte praktisch zu den Toiletten.

»Ein seltsamer Vogel«, murmelte Milo.

Sie verließen das Restaurant. Er ging voraus und summte dabei den Song von Whitesnake, der jetzt auch fest in Ambers Kopf verankert war. Sie war nicht gerade scharf auf einen weiteren halben Tag auf der Straße. Was sprach dagegen, eine Weile hierzubleiben, den Wald zu betrachten und die gute Luft zu genießen? Abgesehen von allem anderen gefiel ihr, dass es in Kentucky Berge gab. Florida erschien ihr plötzlich viel zu flach.

Ein Wagen fuhr heran und parkte auf der anderen Seite eines verbeulten Trucks. Amber erhaschte einen Blick auf die Insassen.

In Panik tauchte sie hinter dem Charger ab.

Milo zuckte zusammen. Dann war die Pistole plötzlich nicht mehr im Holster, sondern in seiner Hand.

Amber hörte, wie sich die Wagentüren öffneten und schlossen. Das *Biep* der Verriegelung. Schritte auf Schotter.

Und dann die Stimme ihrer Mutter: »Entschuldigen Sie, wir suchen unsere Tochter. Haben Sie dieses Mädchen gesehen?«

Der Trucker. Vor ihrem geistigen Auge sah sie ihn vor sich. Hispanoamerikaner. Klein. In Jeans und T-Shirt. Er hatte am Tresen gegessen, als sie ihre Bestellung aufgegeben hatten. Hatte er aufgeschaut? War sie ihm aufgefallen?

»Tut mir leid«, hörte sie ihn sagen. »Ich kann Ihnen nicht helfen.«

Der Truck wurde angelassen, fuhr rückwärts um den Charger herum. Der Fahrer schaute zufällig in ihre Richtung. Sie schüttelte den Kopf und flehte in Lippensprache: *Bitte nicht.*

Er zögerte kurz, lenkte den Truck dann auf die Straße und fuhr davon.

»Hallo«, hörte sie die Stimme ihres Vaters von der anderen Seite des Wagens.

»Hallo«, grüßte Milo zurück und steckte seine Pistole wieder ins Holster.

»Wir suchen dieses Mädchen«, sagte Bill. »Haben Sie sie zufällig gesehen?«

Wie es sich anhörte, kam er um den Wagen herum. Milo öffnete die Tür, damit Amber nicht zu sehen war, rührte sich aber nicht vom Fleck, um ihre Füße mit seinen zu verdecken. Er zog seine Jacke aus und warf sie in den Wagen.

Sie hörte, wie Bill und Betty plötzlich stehen blieben. Einen Moment lang fürchtete sie, man hätte sie entdeckt.

»Eine schöne Waffe haben Sie da«, sagte Bill. »Was ist es, eine Glock?«

»Eine Glock 21«, antwortete Milo. »Sind Sie von der Polizei? Ich habe die Erlaubnis zum verdeckten Tragen.«

In Bettys Stimme lag ein Lächeln. »Nein, wir sind nicht von der Polizei. Wir suchen nur unsere Tochter. Haben Sie sie gesehen?«

Einen Augenblick lang herrschte Schweigen, als sie Milo ein Foto zeigten.

»Tut mir leid«, sagte Milo dann, »ich glaube nicht, dass ich …«

Die Restauranttür ging auf und Glen kam heraus. Sein Blick streifte kurz Amber und blieb dann an ihren Eltern hängen.

»Hi«, grüßte er in die Stille hinein, »haben wir etwas falsch gemacht?«

Betty lachte höflich, mit genau dem richtigen Anteil Trauer in der Stimme. »Nein, wir sind keine Polizisten. Wir suchen nur dieses Mädchen. Hast du sie gesehen?«

Glen verschwand aus Ambers Blickfeld. Sie presste sich an den Charger. Falls sie sich auf Glens schauspielerisches Talent verlassen musste, war sie nicht mehr allzu lange in ihrem Versteck. Besser, sie bereitete sich schon mal auf ihre Verwandlung vor. Wenn sie schneller die Gestalt wechselte als ihre Eltern, konnte sie ihnen im Wald vielleicht davonlaufen.

»Ja«, antwortete Glen, »die hab ich gesehen. Sie saß am Tisch hinter uns, als wir reinkamen. Sie müssen Milo entschuldigen – wenn Whitesnake spielt, bekommt er von seiner Umgebung nicht viel mit. Ich bin der Kopf des Unternehmens. Glen mein Name.«

»Hallo, Glen«, sagte Betty. »Ich bin Betty und das ist Bill. Du hast unsere Tochter gesehen? Und du bist sicher, dass sie es war?«

»Ich glaube schon. Ihr Gesicht konnte ich zwar nicht so gut erkennen, aber ich bin mir ziemlich sicher. Eine Frau war bei ihr, eine zierliche Frau mit grauem Haar. Sie hatten eine Landkarte auf dem Tisch liegen.«

»Wann war das?«

»Milo?«, fragte Glen. »Wann sind wir hier angekommen?«

»Ungefähr vor einer Stunde.« Man hörte Milo an, wie sehr er seine Rolle in diesem Stück verabscheute.

»Haben sie gesagt, wohin sie wollen?«, fragte Bill.

Glen zögerte. »Hm, hören Sie, ich bin sicher, Sie beide sind gute Menschen, aber wenn Ihre Tochter von zu Hause wegläuft, hat sie wahrscheinlich ihre Gründe. Nichts für ungut, aber womöglich schließen Sie sie im Keller ein oder so.«

»Wir lieben unsere Tochter«, versicherte Betty. »Wir wollen nur, dass es ihr gut geht. Die Frau, mit der sie unterwegs ist, gehört einer Sekte an. Wir müssen sie zurückholen, bevor wir sie ganz verlieren.«

»Eine Sekte?«, echote Glen. »Oh, Mann. Ja, unbedingt. Mein Cousin ist vor Jahren abgehauen und hat sich einer Sekte angeschlossen, ich kenn mich also aus. Es war eine Ufo-Sekte. Ich hoffe, Ihre Tochter gehört keiner Ufo-Sekte an. Das sind die Schlimmsten. Ich habe gehört, wie die Frau gesagt hat, sie würden nach Toledo gehen. Normalerweise kann ich mir Ortsnamen nicht merken, aber an den erinnere ich mich, weil – also wegen dem Ausspruch ›Holy Toledo‹. Hey, glauben Sie, der Ausspruch kommt daher?«

»Entweder das oder von der heiligen Stadt Toledo in Spanien«, antwortete Bill. »Hast du zufällig gesehen, was für einen Wagen sie fuhren?«

»Einen weißen Van, der eine Wäsche dringend nötig gehabt hätte. Ufo-Aufkleber oder so habe ich keine gesehen, Sie könnten also Glück haben. Und wie gesagt, sie sind vor ungefähr einer Stunde losgefahren.«

»Danke, Glen«, sagte Betty und Amber hörte sie und Bill weggehen.

»Ich hoffe, Sie finden sie!«, rief Glen ihnen nach.

Ihr Wagen biepte, sie stiegen ein und Amber kroch auf Händen und Knien vor die Kühlerhaube des Chargers, als das Auto ihrer Eltern vom Parkplatz auf die Straße fuhr und rasch beschleunigte. Sie richtete sich auf.

»Deine Eltern, ja?«, fragte Glen.

18

Sie übernachteten in einem Motel 6 irgendwo in Indiana. Amber verbarrikadierte wieder ihre Tür, wälzte sich im Bett herum und schlief erst eine halbe Stunde bevor Milo an ihre Tür klopfte, ein. Sie frühstückte nicht und ging mit gesenktem Kopf und Mütze zum Charger. Er glänzte. Staub und Schmutz von der Fahrt am Vortag waren weggewaschen, als hätte sie nie stattgefunden.

Wäre es nur so gewesen.

Bei Chicago ließ Amber sich erweichen und erzählte Glen von Shanks. Er hatte es sich wohl verdient, eingeweiht zu werden. Sie fuhren durch ein endloses Vorstadtgewirr mit Einkaufszentren und Restaurants sämtlicher Ketten, deren Parkplätze und Reklameschilder einander glichen wie kopiert und eingefügt. Kurz vor drei Uhr nachmittags erreichten sie Springton, Wisconsin. Der Himmel hatte sich zugezogen, es war kalt geworden und gelegentlich ging ein Regenschauer nieder und trommelte gegen die Windschutzscheibe. Sie fuhren an der Highschool vorbei, einem roten Backsteinbau, zu dem zwölf Stufen hinaufführten, und weiter zum Marktplatz. Auf einer Seite war die Bücherei und gegenüber, auf der Südseite, das Rathaus – weiß mit Säulen davor, die seine offensichtliche Bedeutung noch hervorhoben. Die Gebäude im Osten und Westen beherbergten diverse Geschäfte und Restaurants.

Sie stiegen aus. Reckten sich. Es war vielleicht zehn Grad kälter als zu Beginn ihrer Reise und Amber trug jetzt Jeans. Es fühlte sich an den Beinen seltsam an. Sie zog eine Jacke an und vergewisserte sich, dass die Mütze fest saß.

»Was machen wir jetzt?«, wollte sie wissen.

»Wir fragen nach Dacre Shanks«, antwortete Glen, bevor Milo etwas sagen konnte. »Wir teilen uns auf, so kommen wir schneller voran. Je schneller wir ihn finden, desto besser. Hab ich recht? Deine Eltern sind uns auf den Fersen, Amber. Ich konnte sie gestern vielleicht abschütteln, aber lang aufhalten wird sie das nicht. Schau mal dort, der Typ sieht aus, als wüsste er etwas.«

Glen schlenderte auf einen alten Mann zu, der seinen Hund Gassi führte.

Amber schaute Milo an. »Er gibt sich echt Mühe.«

Milo nickte. »Ist dir aufgefallen, wie still er heute Morgen war? Er hat nicht eine einzige dumme Bemerkung gemacht.«

»Und gestern hat er sich als ausgesprochen nützlich erwiesen.«

Nach kurzem Zögern schüttelte Milo den Kopf. »Das ändert absolut gar nichts. Hier werden wir ihn los, *bevor* wir mit Shanks reden. Je weniger er weiß …« Er ließ den Satz unvollendet.

Amber runzelte die Stirn. »Was ist?«

»Nichts.«

»Sag schon, Milo.«

Milo seufzte. »Deine Eltern kennen ihn jetzt. Wenn wir ihn hierlassen und sie finden ihn, kann es sein …«

»Du meinst, es kann sein, dass sie ihn umbringen?«

»Sie haben schließlich die Polizisten getötet, ohne mit der Wimper zu zucken.«

Sie schauten beide zu Glen hinüber, der jetzt mit dem alten Mann debattierte, während der Hund kläffte und an ihm hochsprang.

»Was meinst du?«, fragte Milo. »Sollen wir ihn hierlassen oder …?«

Sie schauten sich an und prusteten los.

Glen joggte zu ihnen herüber. »Was gibt's? Worüber lacht ihr?«

»Nichts.« Amber versuchte, wieder ernst zu werden. »Konntest du etwas in Erfahrung bringen?«

»Nein. Der Opa ist Deutscher und spricht kein Wort Englisch.«

»Worüber habt ihr dann diskutiert?«

Glen sah sie verwundert an. »Woher soll ich das wissen?«

Das löste bei Amber und Milo eine neue Lachsalve aus. Glen versuchte mitzulachen, gab es dann aber auf und spazierte davon.

Ein ganzes Drittel der Bücherei war den Computern eingeräumt worden. Die Buchregale standen zusammengedrängt auf dem verbliebenen Platz. Amber ging durch das Labyrinth, bis sie zu einer mit »Heimatgeschichte« überschriebenen Abteilung kam. Sie umfasste ein einziges Regalbrett mit fünf Büchern, davon vier Exemplare ein und desselben Titels. Sie blätterte durch das fünfte – *Springton: Ein Vermächtnis* von einem ortsansässigen Autor mit schlechtem Foto. Sie erfuhr, dass Springton 1829 gegründet wurde und seinen Namen nach dem wundersamen Quellwasservorrat erhielt. Sie erfuhr außerdem, dass die Industrie, die ringsherum entstand, die Vorräte so verschmutzte, dass das Wasser buchstäblich nicht mehr trinkbar war. Der Autor nannte das »Ironie«.

Amber blätterte bis zum Ende und überflog dann das Inhaltsverzeichnis. Keinerlei Hinweis auf Dacre Shanks.

Sie stellte das Buch zurück, und als sie die Buchabteilung verließ, entdeckte Glen sie.

»Es gibt einen *Springton-Anzeiger*«, berichtete er. »Ich habe die Bibliothekarin gefragt, ob ich die alten Ausgaben sehen könnte, du weißt schon, die mit den Artikeln über Shanks zu seinen Lebzeiten. Sie meinte, es gäbe sie nur noch auf Mikrofisch.«

»Was ist ein Mikrofisch?«

»Keine Ahnung. Wahrscheinlich eine kleine Fischart.«

Amber runzelte die Stirn. »Wo ist Milo?«

»Macht die andere Bibliothekarin an. Die hübsche.«

Amber blickte sich um. Milo stand in dieser für ihn typischen lässigen Haltung da und schenkte einer attraktiven Frau in den Vierzigern ein Lächeln, das sie ihm nicht zugetraut hätte. Die Frau hatte braunes Haar, das von Silberfäden durchzogen war. Sie lachte und Milos Lächeln wurde breiter.

»Das könnte ich auch«, behauptete Glen. »Ich hab mir nur die falsche Bibliothekarin ausgesucht. Ich hab die alte genommen. Ich dachte, sie wüsste eher Bescheid. Wenn ich gewusst hätte, dass es auch noch eine jüngere gibt, wäre das meine gewesen.«

»Sie ist doppelt so alt wie du.«

»Ältere Frauen finden mich ungemein attraktiv.«

»Das ist gut, weil jüngere es nämlich mit Sicherheit nicht tun.«

Glen schaute nicht länger finster zu Milo hinüber, sondern wandte seine Aufmerksamkeit Amber zu. »Oh. Echt? Soll das heißen, du fühlst dich kein bisschen zu mir hingezogen?«

Sie blinzelte. »Was? Wie kommst du denn darauf? Nein. Gar nicht. Überhaupt nicht.«

»Na denn.« Er lachte. »Klar.«

»Im Ernst.«

»Es gibt Studien, die besagen, dass der irische Akzent der sexyste der Welt ist.«

»Wer hat die Studie durchgeführt? Iren?«

Sein Lächeln schwächelte einen Moment. »Vielleicht.« Dann war es wieder da. »Ich könnte dich verführen. Du weißt, dass ich dich verführen könnte. Das Einzige, was mich davon abhält, ist dein Alter. Du bist zu jung für mich. Ich ziehe Frauen zwischen zwanzig und dreißig vor.«

»Mit dieser herben Enttäuschung werde ich leben müssen.«

Er trat näher an sie heran. »Ich könnte natürlich auch eine Ausnahme machen.«

»Bitte nicht.«

»Ich könnte über die Alterssache hinwegsehen, wenn … Du weißt schon.«

Amber runzelte die Stirn. »Was?«

»Wenn du transformierst«, flüsterte er.

Ihre gute Laune war dahin. »Verpiss dich, Glen.«

Sie ging zum Ausgang. Er folgte ihr.

»Oh, mach schon! Tu's nur noch ein Mal für mich. Du bist

fantastisch, wenn du transformierst. Einfach irre. Die Hörner sind das Schönste, was ich …«

Sie wirbelte herum. »Hör auf, es so zu nennen. Hör auf, es transformieren zu nennen. Das klingt, als sei ich ein Autobot.«

»Wie heißt es dann?«

»Ich weiß es nicht. Verwandeln. Es gibt keinen offiziellen Ausdruck dafür.«

Langsam breitete sich ein Lächeln auf seinem Gesicht aus. »Ich hab einen. Willst du ihn hören?«

Sie ging weiter. »Nein.«

»Er ist aber gut«, sagte er direkt hinter ihr.

»Mir egal.«

»Du wirst begeistert sein. Ich verspreche es dir. Du wirst begeistert sein.«

Sie erreichten den Ausgang. Milo kam auf sie zu. Amber konnte nicht anders.

»Okay. Wie? Wie würdest du es nennen, wenn ich mich verwandle?«

Glen grinste von einem Ohr zum andern. »Spitz werden.«

»Ich hasse dich.«

Milo trat zu ihnen. »Sie weiß etwas«, sagte er. »Sobald sie gemerkt hat, wohin die Unterhaltung führte, hat sie dichtgemacht. Habt ihr etwas gefunden?«

»Nur Ärger auf einer neuen Ebene«, antwortete Amber.

»Sie will sich meiner schieren Ausgelassenheit anschließen«, erklärte Glen. »Man kann es ihr ansehen, nicht wahr? Sie will herumblödeln. Gib dem Drang nach, Amber. Gib nach.«

Sie seufzte. »Bist du fertig?«

Glen grinste. »Was bedeutet Mikrofisch?«

»Mikrofilm.«

»Oooh. Dann ist es also kein kleiner Fisch.«

»Los, kommt«, drängte Amber, »gehen wir etwas essen. Ich bin am Verhungern.«

Sie aßen am Fenster eines der Cafés am Marktplatz und beobachteten dabei die Schulkinder, die auf dem Heimweg vorbeikamen. Ein paar jüngere Schüler betraten das Café und Amber schaute Milo fragend an. Er zuckte mit den Schultern und nickte und sie drehte sich auf ihrem Hocker um.

»Hi«, begann sie leise, »vielleicht könnt ihr mir helfen. Hat einer von euch schon mal von einem Mann namens Dacre Shanks gehört?«

Bei dem Namen wichen die Jungs misstrauisch zurück.

»Frag jemand anderen«, entgegnete einer.

»Dann habt ihr also schon von ihm gehört?«

»Wir reden nicht darüber.«

»Warum nicht?«

»Weil sie Angst haben«, antwortete der kleinste aus der Gruppe, dunkelhäutig mit wunderschönen großen Augen. »Sie haben Angst, dass ihnen sonst das Taschengeld gestrichen wird.«

»Wenn du meinst«, entgegnete der andere, stand auf und ging hinaus. Seine Freunde folgten ihm. Alle außer dem kleinsten.

»Du hast von Shanks gehört?«, fragte Amber noch einmal.

»Klar.«

»Und die anderen – sie wollen nichts sagen, weil sie Angst vor ihm haben?«

Der Junge lachte. »Angst vor wem? Dem Bogimann? Nö, sie haben Angst, weil ein paar von uns letztes Jahr zwei dieser Puppenhäuser zerschmissen haben, die in der Schule aufgestellt waren. Als es herauskam, haben sie uns grün und blau geschlagen. Und ich rede hier von Erwachsenen, damit das klar ist. Die mich geschlagen und getreten haben, als ich zusammengerollt auf dem Boden lag und nach meiner Momma geschrien habe. Skandalöses Benehmen, wenn du weißt, was ich meine.«

»Was meinst du mit Puppenhäuser?«

»Ich weiß Bescheid, ja? *Puppenhäuser.* Die Stadt hier ist besessen davon.«

»Wie heißt du? Ich bin Amber.«

»Ich heiße Walter. Walter S. Bryant. Das S steht für Samuel. Ich hatte mal einen Lehrer, der hat gesagt, mit einem solchen Namen sei ich dazu bestimmt, ein Dichter zu werden. Aber er hatte keinen blassen Schimmer, was er da von sich gegeben hat. Ich kann kaum richtig schreiben und die meisten Wörter, die ich kenne, reimen sich nicht einmal.«

»Was ist so bedeutsam an ein paar Puppenhäusern, Walter?«

»Wo kommst du her?«

»Florida.«

»Florida«, wiederholte er. »Moment mal, du meinst das mit Disney World und dem allem?«

»Genau, wir haben Disney World.«

»Warst du schon mal dort?«

»Ein paar Mal«, antwortete sie. Aber immer mit Freunden – nie mit ihren Eltern.

»Oh, Mann! Disney World. Das würde mir gefallen, dort herumzulaufen, und alles sieht aus wie aus einem Cartoon oder so. Bist du Micky Maus schon mal begegnet?«

»Ja.«

Walter lachte. »Das ist cool. Du bist Micky Maus begegnet. Das ist echt cool.«

»Ich komme aus Irland«, meldete sich Glen.

»Mir egal«, entgegnete Walter.

»Kannst du mir was über die Puppenhäuser erzählen?«, bat Amber.

»Klar. Ich wusste, dass ihr nicht von hier seid, sonst wüsstet ihr schon alles. Es gibt da diese bescheuerte Geschichte, die uns alle schon hundert Mal erzählt haben, und alle erwarten, dass wir sie glauben. Dacre Shanks. Es hat ihn tatsächlich gegeben, damals in den Siebzigern. Ich hab ihn gegoogelt. Er war Spielzeugmacher, ja? Er hatte einen kleinen Laden da unten neben der ehemaligen Spielhalle, aber er hat nur beschissene Spielsachen gemacht wie

Puppen und Modelleisenbahnen und so was. Nichts Cooles. Aber eins haben alle nicht gewusst, dass er nämlich auch dieser Serienmörder war. Er hat haufenweise Leute umgebracht, bevor die Polizei dahinterkam, wer er war, und ihn erschossen hat.«

»Ich hab auch im Internet nachgeschaut«, sagte Amber. »Von Puppenhäusern habe ich aber nichts gelesen.«

»Natürlich nicht. Das ist ja das, was sie dazuerfunden haben. Die Geschichte geht so: Er ist zurückgekommen, zehn Jahre nach seinem Tod, und hat weitergemordet und, also, er hat seine Opfer geschrumpft oder so und sie in die Puppenhäuser gesteckt, die er gebaut hat.«

Amber runzelte die Stirn. »Er hat sie geschrumpft?«

»Wie bescheuert ist das denn, fragt man sich da. Sie lassen ihn nicht nur von den Toten auferstehen, sondern erlauben ihm auch noch, Leute zu schrumpfen. Jedenfalls standen in der Schule drei Puppenhäuser, in denen angeblich diese geschrumpften Opfer waren – obwohl es offiziell ganz gewöhnliche Puppenhäuser sind, an denen nichts Eigenartiges ist. Weil jede Schule in einer riesigen Glasvitrine direkt neben der Tür ein paar Puppenhäuser hat. Also, *der* Teil ist völlig normal. Daran ist nichts Seltsames. Frag irgendeinen Lehrer; sie sagen dir alle, dass die Geschichte ein Haufen Mist ist, aber sie sagen es so, dass du glauben sollst, sie lügen. Wir mussten jeden Tag an diesen Puppenhäusern vorbei. Ich bin nicht blöd. Ich weiß, wozu sie da waren. Es war eine Botschaft, oder? *Bleib in der Schule. Sei immer schön brav. Stell Autoritätspersonen nicht infrage. Sonst holt dich Dacre Shanks.*

Praktisch alle anderen an meiner Schule haben das locker akzeptiert, aber ich und noch ein paar andere – du hast sie vorhin kennengelernt – haben uns eines Tages gedacht, dass es uns so langsam stinkt, wie Idioten behandelt zu werden.«

»Und da habt ihr die Puppenhäuser zertrümmert.«

Walter nickte. »Aus zweien haben wir Kleinholz gemacht, bevor sie uns geschnappt haben.«

»Und wie ging's weiter?«

»Oh, Mann, die sind alle durchgedreht. Ich wusste, dass die von der Schule sauer sein würden und alles, aber sie haben mit Schulverweis gedroht. Es war verrückt. Der einzige Grund, warum sie's nicht getan haben, war, weil sie nicht wollten, dass die Schulbehörde von ihren beknackten Geschichten erfährt. Aber alle, und ich meine damit die ganze gesamte Stadt, waren gegen uns. Alle außer den Alten. Die wussten gar nicht, was der ganze Aufstand sollte. Aber unsere Eltern, ein paar von unseren älteren Geschwistern sind fast … Ich hätte nie gedacht, dass sie die Sache so ernst nehmen.«

»Und da haben sie euch verprügelt?«

»Ja«, bestätigte Walter voller Bitterkeit. »Am helllichten Tag. Danach musste ich den ganzen Sommer im Haus bleiben. Die Leute hier spinnen und sie himmeln alle diese blöde Kuh Medina an.«

»Wen?«

»Heather Medina. Sie hat verhindert, dass Dacre Shanks noch mehr Kinder umgebracht hat. Zumindest erzählt man es so.«

»Wohnt sie hier noch irgendwo?«

»Ja, drüben in der Pine Street. Sie arbeitet in der Bibliothek.«

»Braunes Haar?«, fragte Milo. »Mit silbernen Strähnen?«

Walter nickte. »Genau die. Aber sie weigert sich, auch nur seinen Namen auszusprechen. Deshalb viel Glück bei dem Versuch, etwas aus ihr rauszubekommen. Sie sieht total normal aus, ist aber genauso verrückt wie der Rest. Deshalb hat ihr Mann sie auch verlassen, wie ich gehört hab. Sie haben erwartet, dass wir so eine Geschichte glauben, und waren stocksauer, weil wir es nicht getan haben. Sobald ich den Führerschein hab, bin ich hier raus. Ich kann vielleicht nicht richtig schreiben oder reimen, aber ich bin ziemlich clever. Cleverer als alle in *dieser* Stadt auf jeden Fall.«

»Sieht ganz danach aus«, bestätigte Amber. »Vielen Dank, dass du uns geholfen hast.«

»Schon gut«, erwiderte der Junge. »Ich geh mal davon aus, dass das auf euch geht?«

Er hielt seine Tüte mit Donuts hoch, damit der Typ an der Kasse sie sehen konnte. Amber lächelte. »Klar doch, Walter. Man sieht sich.«

»Immer schön cool bleiben.« Damit marschierte Walter hinaus.

Amber bezahlte die Donuts und ging zurück zu Milo und Glen, die ihre Jacken anzogen.

»Meinst du, du findest noch einmal Gnade in den Augen der Bibliothekarin?«, fragte sie Milo.

»Keine Ahnung«, gab er zu. »Frauen haben die Tendenz, in meiner Gegenwart schnell zu lernen.«

»Ich hab doch gesagt, ich hätte zuerst mit ihr reden sollen«, sagte Glen.

Sie verließen das Café und gingen zurück zum Charger. Ein untersetzter Mann Ende sechzig stand daneben und bewunderte ihn. Er lächelte kurz, als sie näher kamen, doch Ambers Lächeln erlosch, als sie den Stern auf seinem Hemd sah.

»Das ist jetzt mal ein verdammt schöner Wagen«, sagte der Mann. Sein Schnauzbart war grauer als sein Haar. »Ein Freund von mir hatte auch mal so einen, als ich noch jung war. Hellgold war er. Eine richtige Schönheit. Er hat den Wagen nicht weit von hier geschrottet. Ist zu schnell gefahren und hat einfach die Kontrolle verloren. Das war's. Sonst wurde Gott sei Dank niemand verletzt, aber mein Freund war sofort tot. Ich weiß auch nicht, aber jedes Mal, wenn ich einen solchen Wagen sehe, muss ich automatisch an … Tod denken.« Er lächelte verhalten und zuckte mit den Schultern.

»Das war jetzt eine Geschichte mit traurigem Ausgang«, meinte Milo.

»Nicht wahr?« Der Mann lächelte und dieses Mal war das Lächeln echt, auch wenn nicht eben viel Freundlichkeit darin lag. »Ich bin Theodore Roosevelt, leider nicht verwandt mit dem berühmten Roosevelt. Ihr könnt mich Teddy nennen. Wie ihr an meiner Plakette wahrscheinlich schon gesehen habt, bin ich der

Sheriff hier. Falls es sonst noch niemand getan hat, heiße ich euch in Springton willkommen. Jetzt sagt, was führt so nette Leute wie euch hierher?«

»Wir sind nur auf der Durchreise.«

»Ah, immer das Gleiche. Nur auf der Durchreise. Es ist schwer, neue Freunde zu finden, wenn alle nur auf der Durchreise sind. Ist euch schon mal aufgefallen, dass das eine Binsenweisheit ist? Ich sammle sie – Binsenweisheiten, meine ich. Ich sammle sie, denke mir welche aus und will mal ein Buch draus machen, wenn ich fertig bin. Vielleicht wird es veröffentlicht. Es soll irgendwie handgestrickt rüberkommen, wenn ihr versteht, was ich meine. Ich will's *Weise Worte* nennen, irgendwas Kitschiges in der Art. Kitsch kommt an.«

»Ist das auch so eine Binsenweisheit?«

Teddy lächelte. »Möglich. In die Sammlung werde ich die aber wahrscheinlich nicht aufnehmen. Dann macht ihr also einen Familienausflug?«

»Ganz genau«, bestätigte Milo.

»Sie und die Kinder auf einem Familienausflug. Ihre Frau ist nicht dabei?«

»Sie lebt leider nicht mehr.«

»Oh, das tut mir leid, Mr Sebastian. Das tut mir sehr leid.«

Es wurde still um sie herum.

»Sie haben eine Halterabfrage gemacht, ja?«, fragte Milo.

»Einer der Vorteile, die man als Sheriff hat«, erwiderte Teddy. »Seltsam, aber in den Akten steht nichts darüber, dass sie Familie haben.«

Milo nickte. »Die Kinder wurden unehelich geboren. Es ist ein großes Problem für sie.«

»Ein sehr großes«, sagte Glen.

»Ihre Kinder ähneln Ihnen nicht besonders«, stellte Teddy fest. »Und wie ich von einer gewissen älteren Bibliothekarin gehört habe, ist Ihr Sohn Ire.« Er hakte die Daumen in die Gürtelschlaufen.

»Leute wie Sie kommen hier ständig vorbei. Oh, und mit ›Leute wie Sie‹ meine ich nicht die Iren. Ich meine die Sensationslüsternen. Die ich gern Bluthunde nenne. Sie hören von unserer Stadt, hören, dass wir mal einen Serienmörder hatten, und schnüffeln hier herum, weil ja alles so aufregend ist und so viel Spaß macht. Aber die Wunden, die dieser Mann geschlagen hat, sind noch nicht verheilt, und wenn Sie hier herumlaufen und plumpe Fragen stellen, macht das die Leute nur wütend.«

»Es ist meine Schuld«, sagte Glen und ließ die Schultern hängen. »Ich bin nicht sein Sohn, ich bin sein Neffe. Und ja, ich komme aus Irland. Aber ich bin todkrank. Mir bleibt nicht mehr viel Zeit.«

»Tatsächlich?«

»Ich bin hergekommen, weil ich Amerika sehen wollte, bevor ich … bevor ich das Zeitliche segne. Und ja, Sie haben recht, ich wollte nach Springton wegen des Serienmörders. Solche Geschichten haben mich schon immer fasziniert. So eine Art morbide Neugier, nehme ich an. Aber es war nie meine Absicht, jemandem zu nahe zu treten, Sheriff.«

»Wie heißt du, mein Junge?«

»Glen, Sir.«

»Es tut mir leid, dass du so krank bist. Was hast du denn, wenn ich fragen darf?«

»Lupus«, antwortete Glen.

Teddy runzelte die Stirn. »Ist das tödlich?«

»Oh ja. Sehr.«

»Bist du sicher? Ich glaube nicht.«

»Nicht immer«, sagte Glen rasch. »Wenn die Krankheit richtig behandelt wird, ist sie nicht tödlich. Oder nur in Ausnahmefällen. Aber ich habe eine seltene Form von Lupus, die sehr tödlich ist.«

»Verzeih mir die Frage, Glen, aber weißt du überhaupt, was Lupus ist? Ein Freund von mir hat Lupus, er ist Pastor. Seine Gelenke schwellen an, er bekommt Ausschläge und ist die ganze Zeit müde. Sogar die Haare sind ihm ausgefallen.«

Glen nickte. »Ich hab die andere Form von Lupus.«

»Die, bei der keines dieser Symptome auftritt?«

Glen biss sich auf die Lippe. »Ich hab das Gefühl, Sie glauben mir nicht.«

Teddy seufzte. »Du bist nicht besonders helle, mein Junge, und das ist okay. Es gibt kein Gesetz gegen Dummheit. Auch ein Bluthund zu sein, ist nicht gesetzlich verboten. Aber ich muss euch bitten, niemanden mehr mit Fragen zu belästigen – besonders nicht meine Tochter.«

»Ihre Tochter?«

Teddy nickte. »Sie arbeitet in der Bibliothek. Sie ist die Bibliothekarin, die *nicht* ältlich ist.«

»Ah«, sagte Milo. »Dann hat Heather Sie also angerufen.«

»Möglich, dass sie es bei einer unserer regelmäßigen Vater-Tochter-Plaudereien erwähnt hat.«

»Treiben Sie uns jetzt mit Schimpf und Schande aus der Stadt?«

Teddy kicherte. »Ich glaube nicht, dass ich zu so dramatischen Mitteln greifen muss, oder? Ganz im Gegenteil. Der Nachmittag ist schon fortgeschritten, und da ihr nicht von hier seid, möchte ich euch einladen, in unserer kleinen Stadt zu übernachten.«

»So was nennt man christliche Nächstenliebe!«

»Und damit es euch nicht so teuer kommt, werdet ihr bei uns übernachten, bei meiner Frau und mir. Und ihr bekommt auch noch ein gutes, selbst gekochtes Essen. Wie klingt das?«

»Das können wir Ihnen doch nicht zumuten«, wehrte Milo ab.

»Es ist keine Zumutung, ganz gewiss nicht«, versicherte Teddy. »Ich bestehe darauf, dass ihr bei uns übernachtet. Ist es dann okay für euch?«

Milo blickte kurz zu Amber hinüber und nickte dann. »Klar, das wär super.«

»Ausgezeichnet.« Teddy strahlte. »Ich sage ihr, dass sie die Zimmer herrichten soll. Und keine Bange, unsere Preise für Übernachtung mit Frühstück sind sehr moderat.«

19

Sheriff Roosevelt wohnte in einem hübschen kleinen Haus am Stadtrand mit einem Vorgarten aus Kieselsteinen anstelle eines Rasens, durch den ein gepflasterter Weg führte. Mrs Roosevelt – Ella-May – war eine gut aussehende Frau, die Amber wie jemand vorkam, der nur so tat, als hätte er eine Frühstückspension. Sie hatte etwas an sich, eine Art, Fragen zu stellen und Antworten zu erhalten, die auf einen brillanten Geist schließen ließ, selbst noch in ihrem fortgeschrittenen Alter. Eine Frühstückspension zu führen, schien eine ziemlich stupide Aufgabe für jemanden wie sie zu sein.

Das Haus sah aus wie eine perfekte Kombination aus verschiedenen örtlichen Tourismusbroschüren. Alles war hübsch mit einem zurückhaltend rustikalen Charme. Milo und Glen mussten sich das Doppelzimmer teilen, doch Amber hatte ein Zimmer für sich allein. In einer Ecke stand ein kleiner altmodischer Röhrenfernseher.

Abendessen gab es um acht. Amber ließ sich ein Bad ein, um die Zeit zu vertreiben, und während sie in den Schaumbergen lag, versuchte sie, nicht auf den Countdown an ihrem Handgelenk zu schauen.

438 stand jetzt da. Von ihren einundzwanzig Tagen waren drei vorbei. Sie hatte noch viel Zeit. Jede Menge Zeit. Vorausgesetzt, sie fanden Dacre Shanks.

Um acht war sie angezogen und hungrig. Sie ging nach unten und folgte dabei den Essensdüften.

Teddy saß an einem Ende des Tisches, Milo links von ihm und

Amber und Glen setzten sich zu seiner Rechten. Glen hielt seine Hand geschlossen, damit man das Todeszeichen nicht sah, genauso wie Amber ihre Narbe unter den Armbändern verbarg. Als Ella-May das Essen aufgetragen hatte, setzte sie sich ihrem Mann gegenüber.

Teddy faltete die Hände und schloss die Augen. »Herr, danke für diese Mahlzeit, die wir gleich genießen werden. Danke für unsere Gäste – nach unserer frostigen Begrüßung haben sie sich als recht nett erwiesen. Und sie haben im Voraus bezahlt, was für mich immer ein Zeichen von gutem Benehmen ist. Danke, dass es heute keine Toten gab und nicht einmal ein richtiges Verbrechen. Danke für meine schöne Frau, meine wunderbare Tochter und dafür, dass es meiner Stadt weiterhin so gut geht. Amen.«

»Amen«, murmelten Amber und Glen gleichzeitig. Milo und Ella-May schwiegen.

»Und was machen Sie beruflich, Milo?«, fragte Teddy, während er nach den Kartoffeln griff.

»Ich komme zurecht.«

»Ach ja? Mehr machen Sie nicht?«

Milo lächelte, als sei er ein ganz normaler, gutmütiger Kerl. »Ich schlage mich durch, wie klingt das?«

Teddy zuckte mit den Schultern. »In Ordnung. Ein Mann, der nicht über seine Arbeit reden will, sollte nicht dazu gezwungen werden. Woher kommen Sie ursprünglich?«

»Kentucky«, antwortete Milo.

»Aha. Der Bluegrass-Staat.«

»So wird er genannt.«

»Sind Sie auf einer Farm groß geworden, Milo?«

»Ja, Sir.«

»Schweine? Rinder?«

»Ein paar.« Milos Lächeln war ungekünstelt und sein Ton entspannt. Er schien ein anderer Mensch zu sein. »Ella-May, dieses Abendessen ist eine Wucht.«

Ella-May lächelte. »Oh, danke, Milo. Eine Wucht, ja? Das hat noch niemand über meine Kochkünste gesagt.«

Milo kicherte doch tatsächlich. »Wie lange sind Sie beide verheiratet?«

»Ich war neunzehn«, antwortete Ella-May, »er dreiundzwanzig. Wir haben im Sommer geheiratet. Mein Vater, der damals Sheriff war, konnte nicht zulassen, dass sein zukünftiger Schwiegersohn seine natürlichen Begabungen in einer Aluminiumfabrik vergeudete. Also machte er einen Polizisten aus ihm und sorgte dafür, dass er der wundervolle, aufrechte, gesetzestreue Beamte wurde, den ihr hier vor euch seht und dem die Soße übers Kinn läuft.«

»Verdammt«, sagte Teddy und tupfte sich mit der Serviette ab.

»Wir waren so verliebt.«

Teddy zwinkerte Amber zu. »*Sie* war verrückt nach mir.«

»Ja«, meinte Ella-May, »ich war diejenige, die glasige Augen bekommen hat. Ich bin rot geworden, habe gestottert und bin über Büsche gefallen …«

Teddy zeigte mit der Gabel auf sie. »Hey, ich bin nur über *einen* Busch gefallen.«

»Aber es war ein großer.«

»Hab mir verdammt noch mal fast das Genick gebrochen«, murmelte Teddy.

»Ich schwöre, mein Mann ist intelligenter, als er tut.«

»Muss ja wohl so sein«, meinte Teddy.

»War Ihr Vater Sheriff, als Dacre Shanks die ganzen Leute umgebracht hat?«, fragte Glen Ella-May.

Milos Lächeln erlosch. »Verdammt, Glen.«

»Was denn?«

»Junge, du bist garantiert die taktloseste Person, die mir je begegnet ist und der ich noch keine reingehauen habe«, sagte Teddy.

Glen blickte verwirrt in die Runde. »Wir haben über Polizisten und Sheriffs und so gesprochen. Ich dachte, das sei ein logischer Übergang zu … Sie wissen schon.«

»Wir reden bei Tisch nicht über diesen Mann«, sagte Ella-May.

»Okay. Hm, tut mir leid.«

Sie nickte. Teddy schob sich die nächste Gabel voll Essen in den Mund und kaute. Milo sah angepisst aus. Dreißig Sekunden verstrichen, in denen niemand etwas sagte. Ambers Handgelenk brannte. Sie schob die Armbänder auseinander und warf einen kurzen Blick darauf. 436 Stunden.

»Wir sind auf der Suche nach ihm«, sagte sie leise.

»Auf der Suche nach wem?«, fragte Ella-May.

»Shanks. Wir müssen ihn finden.«

Milo beobachtete sie, sagte aber nichts. Glen blickte sie finster an und trat ihr unterm Tisch gegen das Schienbein. Sie trat stärker zurück.

»Autsch! He!«

»Wir haben Sie angelogen«, fuhr Amber fort. Teddy legte sein Besteck weg und hörte genau zu. »Mein Leben ist in Gefahr. Ich werde Ihnen nicht sagen, wie oder warum oder wer hinter mir her ist, weil … Es tut mir leid, aber es ist besser für Sie, wenn Sie es nicht wissen. Und für mich ist es auch besser, wenn Sie es nicht wissen. Wir haben gelogen. Wir sind nicht miteinander verwandt. Wir haben uns erst vor ein paar Tagen kennengelernt.«

»Ich bin nicht ihr Cousin«, erklärte Glen und rieb sich das Schienbein.

»Das interessiert sie nicht«, warf Milo ein.

»Aber ich sterbe tatsächlich bald«, fuhr Glen fort. »Nur nicht an Lupus. Ich weiß nicht mal genau, was das ist. Ich trage das Todeszeichen und …«

»Das interessiert sie auch nicht«, sagte Milo.

»Dacre Shanks ist tot«, sagte Teddy. »Ich hab ihn selbst erschossen. Ich und drei meiner Kollegen. Eine Kugel hat ihn in den Kopf getroffen. Wir haben uns nie die Mühe gemacht herauszufinden, wer sie abgefeuert hat. Aber sie hat ihm die Schädeldecke weggerissen.«

»Wir wissen, dass er tot ist«, fuhr Amber vorsichtig fort. »Aber wir wissen auch, dass mehr dahintersteckt als das.«

Ella-May erhob sich. »Du hast zu viele Horrorfilme gesehen.«

»Das nicht«, entgegnete Amber, »ich habe zu viele Monster gesehen.«

Amber legte sich ins Bett und träumte schlecht. Ihr Dämonen-Ich kauerte über Ella-Mays Leiche, schabte die Innereien der Frau heraus und aß sie. Hinter ihr standen ihre Eltern und gruben Ambers Eingeweide aus einem tiefen Loch in ihrem Rücken.

Sie wachte auf und weinte eine Weile. Nachdem sie aufgehört hatte, hörte sie ein Knarren – leise und gleichmäßig. Sie stand auf, schaute aus dem Fenster und sah ein Glutpünktchen in der Dunkelheit. Sie zog Jeans und ein Sweatshirt an und trat auf die hintere Veranda.

»Habe ich dich aufgeweckt?«, fragte Teddy aus seinem Schaukelstuhl heraus.

Sie schüttelte den Kopf. »Ich habe nicht besonders gut geschlafen, das ist alles. Sie sind der Erste, den ich kenne, der Pfeife raucht.«

Er lächelte. »Ich habe erst mit Mitte vierzig damit angefangen, als mein Haar langsam grau wurde. Ich dachte, es lässt mich weise und irgendwie distinguiert aussehen. Tut es das?«

»Ein wenig.«

Er nickte und paffte weiter.

»Es tut mir leid, dass wir beim Essen für Unmut gesorgt haben«, entschuldigte sich Amber.

»Ach, du scheinst eine Menge durchzumachen, ich nehme es dir deshalb nicht übel. Ella-May auch nicht, auch wenn sie vorhin so schweigsam war. Dieser Mann war eine Plage für unsere Familie, deshalb reden wir beim Abendessen nicht eben gern über ihn.«

»Haben Sie ihn gekannt?«, fragte sie.

Teddy nickte. »Alle haben ihn gekannt. Niemand hat ihn gut

gekannt. Wahrscheinlich ist er deshalb so lang ungestraft davongekommen.«

»Wie haben Sie ihn gefunden? Wie sind Sie dahintergekommen, was er tut?«

Teddy klopfte mit dem Holm seiner Pfeife an den Stuhl und steckte sie dann wieder zwischen die Lippen. »Das waren nicht wir. Das war Ella-May. Ich bin einigermaßen clever. Ich war ein guter Polizist und bin ein guter Sheriff. Aber Ella-May ist meine Geheimwaffe. Sie hat auf die kleinen Dinge, die winzigen Details geachtet. Sie hat eins und eins zusammengezählt. Sie hat Nachforschungen angestellt. Alles unter dem Radar. Nicht einmal ihr Vater hat auch nur einen Augenblick vermutet, dass sie Beweise sammelte.

Dann starb ihr Vater. Nichts Dramatisches. Er wurde nicht in Ausübung seines Amtes getötet oder so. Sein Herz hat an einem sonnigen Nachmittag auf der Fahrt zurück zur Wache einfach aufgehört zu schlagen. Er hielt am Straßenrand an, hatte seinen Herzinfarkt und starb. Verantwortungsbewusst bis zum Schluss. Sein Nachfolger war nicht sonderlich intelligent. Ich bin mit Ella-May zu ihm gegangen, sie hat ihm alle ihre Beweise gebracht, ihm ihre Schlussfolgerungen dargelegt und er hat alles ignoriert. Er wollte sich nicht vorstellen, dass eine Stadt wie Springton ein solches Grauen beherbergen könnte. Dacre Shanks war ein unheimlicher Kerl in einem unheimlichen Spielwarengeschäft. Sheriff Gunther, so hieß er, reichte das. Unheimlich war in Ordnung. Damit konnte er umgehen. Aber dass er der Serienmörder sein sollte? Das ging über seinen Verstand.

Also habe ich inoffizielle Nachforschungen angestellt. Meine Kollegen haben mir vertraut und sie haben Ella-May vertraut. Nach der ganzen Vorarbeit, die sie geleistet hatte, brauchte es nicht mehr viel. Wir hatten rasch genug beisammen, um die Kollegen der Bundessicherheit rufen zu können. Gunther erfuhr davon, war nicht gerade glücklich darüber und drohte, uns alle zu feuern. Er rief das FBI an und erzählte ihnen, es sei alles ein großes Missverständnis. In derselben Nacht erfuhren wir, dass wieder jemand vermisst wurde, ein Junge, der dem Profil einiger anderer Opfer entsprach. Wir überzeugten den Richter, dass er uns einen Durchsuchungsbefehl ausstellte – ohne dass Gunther davon wusste –, und führten eine Razzia in dem Spielwarenladen durch.«

»Konnten Sie den Jungen retten?«, fragte Amber.

»Nein, das konnten wir nicht.« Teddy zog an seiner Pfeife, doch sie war ausgegangen. Er schien es nicht zu merken. »Aber als wir hineinrannten, stand Shanks über ihm. Alle vier eröffneten wir das Feuer. Den Rest kennst du. Gunther hat danach seinen Job verloren und mich wählten sie zu seinem Nachfolger. Aus irgendeinem Grund haben die Leute mich seither immer wieder gewählt.«

»Und wie war das danach? Es gab doch weitere Morde, oder? Zehn Jahre später oder so.«

»Die Bundespolizei kam, um die Fälle zu untersuchen. Sie dachten, es handelte sich um einen Nachahmungstäter. Doch bis sie anrückten, hatte das Morden aufgehört.«

»Hatte Ihre Tochter etwas damit zu tun?«

Teddy riss ein Streichholz an und zündete seine Pfeife wieder an. Paffte ein paar Mal. »Die Welt ist voll von schlechten Männern, Amber. Genauso von schlechten Frauen, nehme ich an. Manche nutzen das Rampenlicht als Tarnung, andere tun das nicht. Einige tragen Masken, andere ein Lächeln. Ich dachte, ich hätte das volle Ausmaß des Bösen vor Augen, als wir Dacre Shanks' Laden stürmten. Wie es sich herausstellte, hatte ich mich getäuscht. Das Böse existiert noch in ganz anderen Formen, es gibt eine komplett andere Dimension des Bösen, über die ich bis dahin nur in der Bibel gelesen hatte. Ich bin sicher, du weißt, wovon ich rede.«

Sie nickte.

»Ich habe einen flüchtigen Blick auf unmögliche Dinge geworfen«, fuhr Teddy fort. »Ich habe sie nicht in vollem Umfang gesehen, weil ich das höchstwahrscheinlich nicht ertragen hätte. Aber ich habe genug gesehen, um zu wissen, dass ich dir nicht helfen kann, auf welchem Weg du auch bist.«

»Ich verstehe.«

»Leg dich wieder hin, Amber. Und du träumst jetzt was Schönes, ja? Albträume hat die Welt genug.«

20

Als Amber am nächsten Morgen aufstand, war Sheriff Roosevelt bereits zur Arbeit gegangen. Sie setzte sich zu Milo und Glen an den Tisch und Ella-May servierte das Frühstück, aß aber nicht mit ihnen. Amber und Milo aßen schweigend. Selbst Glen schien gedrückter Stimmung.

Sie warfen ihre Taschen in den Charger und gingen noch einmal ins Haus, um sich zu verabschieden. Ella-May gab Milo eine handgeschriebene Quittung und begleitete sie an die Tür. Dort standen sie dann und warteten, dass jemand etwas sagte.

Ella-May brach schließlich das Schweigen. »Ich frage euch nicht, weshalb ihr hier seid. Ich frage euch auch nicht, warum ihr euch für einen Mann interessiert, der so viele Menschen getötet hat, oder woher ihr wisst, was ihr wisst. Dieses Land hat eine dunkle Seite und mir ist bewusst, dass es Leute gibt, die durch sie hindurchmüssen – oftmals unverschuldet. Falls ihr auf diesem Weg seid … würde ich für euch beten, wenn ich beten würde.«

Amber schenkte ihr ein leises, gequältes Lächeln.

Ella-May nickte kurz. »Ich habe Heather angerufen und ihr gesagt, dass sie mit euch reden soll, wenn ihr danach ist. Das ist keine Garantie, dass sie es auch tut, nicht dass ihr das glaubt. Meine Tochter hat ihren eigenen Kopf. Die Bibliothek öffnet heute erst spät, das heißt, sie ist ab vierzehn Uhr bei der Arbeit. Dann könntet ihr hingehen und schauen, ob ihr nach Reden zumute ist. Ich wünsche euch noch einen guten Tag.«

Damit schloss sie die Tür.

Zehn Minuten nach zwei marschierten sie in die Bibliothek, wo Heather Medina in der Ratgeberabteilung die Regale neu bestückte. Aus der Nähe betrachtet war sie eine attraktive Frau mit vollen, weichen Lippen, aber harten Augen. Am Hals hatte sie eine schmale Narbe, die unter dem Kragen ihrer Bluse verschwand. Alles an ihr, von ihrer Art bis hin zu den Schuhen, die sie trug, schrie *Überlebenskünstler* – praktisch, als sei sie jederzeit bereit, wegzulaufen oder zu kämpfen. Amber mochte sie auf Anhieb.

»Ihre Mutter hat uns geschickt«, begann Milo.

Heather nickte und stellte weiter Bücher in die Regale. »Sie hat mir erzählt, dass ihr ein neugieriger Haufen wärt mit einem speziellen Interesse an der jüngsten Vergangenheit unserer Stadt. Ich habe ihr gesagt, dass ich bereits mit Ihnen gesprochen habe. Und dass Sie nicht unbedingt taktvoll waren.«

»Sie hat versprochen, Sie würden mit uns reden, wenn Ihnen danach ist«, meldete sich Amber.

»Und jetzt fragt ihr euch, in welcher Stimmung ich augenblicklich bin, ja? Du bist Amber, richtig? Und du Glen? Ich hatte mal einen Freund, der auch Glen hieß. Rundum in Ordnung. Er war wahrscheinlich meine erste Liebe. Meine Highschool-Liebe. Dacre Shanks kehrte zurück und hat ihn getötet. Da war ich sechzehn.«

Sie erzählte dies so nüchtern, dass Amber gar nicht merkte, wie die Worte ihr den Rücken hinunterrieselten, bis es sie schüttelte. »Dann stimmt es also? Alles, was wir gehört haben?«

»Na ja, ich weiß nicht«, erwiderte Heather. »Das hängt ganz davon ab, was ihr gehört habt, oder?«

Die ältliche Bibliothekarin ging vorbei und bedachte alle mit einem argwöhnischen Blick. Heather lächelte und schaute ihr nach, bis sie außer Hörweite war.

»Als ich noch ein Kind war, wussten wir alle, wer Dacre Shanks ist«, fuhr Heather fort. »Ich bin mit den Erzählungen der Dinge, die er getan hat, aufgewachsen und habe gehört, dass meine

Mutter diejenige war, die alles aufgedeckt hat. Auf dem Schulhof haben meine Freunde die Nacht, in der er starb, immer wieder nachgespielt. Reihum waren sie mal mein Dad und die anderen Polizisten, sie stürmten los, taten, als eröffneten sie das Feuer, und wer immer Shanks spielte, brüllte und schrie und drehte sich immer wieder um die eigene Achse, als die Kugeln ihn trafen. Es war eine Stadtgeschichte, die rasch zur Stadtlegende wurde. Christina, meine ältere Schwester, glich meiner Mom aufs Haar. Obwohl meine Mutter in Wirklichkeit nicht dabei war, als Shanks starb, fanden meine Freunde, es sei netter, *gerechter*, wenn sie dabei gewesen *wäre*. Christina war während der Pausen sehr gefragt.«

Heather lächelte traurig und schüttelte das Lächeln dann ab.

»Christina verschwand, als sie sechzehn war«, fuhr sie fort. »Am zehnten Jahrestag von Shanks' Tod, auf die *Stunde* genau. Sie verschwand direkt aus ihrem Zimmer. Über die nächsten paar Wochen verschwanden noch vier andere – ein Mann, eine Frau, ein vierzehnjähriger Junge und ein dreijähriges Mädchen.«

»Das tut mir leid«, sagte Amber leise.

»Es hat unsere Familie eine Weile fast zerrissen. Aber meine Eltern … Ich weiß auch nicht. Vielleicht sind sie stärker als die meisten anderen. Genau ein Jahr später sind dann wieder fünf Leute verschwunden. Ein Mann, eine Frau und drei Kinder. Im Jahr danach noch einmal fünf … Sie waren nicht miteinander verwandt, die fünf Leute, aber sie wiesen alle gewisse Ähnlichkeiten auf. Das war Shanks' Muster. Er hat sich seine grotesken Familien zusammengestellt.«

»Und alle dachten, es sei ein Nachahmungstäter«, warf Milo ein.

»Alle außer mir«, bestätigte Heather. Sie schob den Bücherwagen zur Kochbuchabteilung und begann, die entsprechenden Titel einzuräumen. »Selbst meine Mom sah nicht, was da passierte. Sie hat einen glasklaren Verstand, aber zu glauben, dass ein Mörder von den Toten aufersteht, ging dann doch ein bisschen zu weit für sie. Ich war sechzehn Jahre alt und Shanks hatte es auf mich abgesehen. Er jagte mich durch das alte Theater, wo wir immer unsere Proben abhielten. Ich rannte direkt in den Hausmeister hinein und wir stürzten beide, doch als ich aufschaute, war Shanks verschwunden. Ich bin mit ein paar Freunden in seinen alten Laden eingebrochen und wir haben ein Geheimzimmer entdeckt, nach dem mein Dad und die anderen Polizisten nicht einmal gesucht hatten. Darin standen alle diese Puppenhäuser. Sie waren voll möbliert, doch nur in der Hälfte wohnten auch Puppen. Die kleinen Leute, wie aus Porzellan oder so, saßen am Tisch, sahen fern oder spielten mit winzigen Spielsachen auf dem Teppich. Ich erkannte meine Schwester sofort. Sie saß im ersten Stock auf einem Bett und las mit einem breiten Lächeln auf dem Gesicht in einem Buch.«

»Nachbildungen seiner Opfer«, sagte Glen. »Gruselig.«

Heather schüttelte den Kopf. »Ihr habt es immer noch nicht begriffen. Shanks baute die Häuser, die Möbel und das ganze Zeug. Aber die Figuren hat er nicht gemacht. Er hat sie sich gegriffen.«

Milo runzelte die Stirn. »Wie bitte?«

Heather vergewisserte sich, dass die ältliche Bibliothekarin nicht in Hörweite war, und beugte sich näher zu ihnen. »Die Figuren *waren* seine Opfer. Das war meine Schwester, die da auf dem Puppenbett saß. Meine wirkliche Schwester. Ihr Lächeln hat er allerdings nicht richtig getroffen. Christina hatte immer dieses schiefe Lächeln. Das hat er nicht hingekriegt.«

»Aber Sie sagten doch, die Figürchen seien aus Porzellan gewesen«, wandte Amber ein.

»So sah es aus«, erwiderte Heather. »Aber ich habe gesehen, was er mit den Leichen gemacht hat. Er hat sie einbalsamiert. Der Keller seines Spielzeugladens war ein einziger großer Einbalsamierungsraum. Dann hat er sie angezogen und … und in eine bestimmte Haltung gebracht. Er hat ihren Gesichtsausdruck aufgestickt und ihre Arme hierhin oder dorthin gebogen … Wenn er sie so hatte, wie er sie haben wollte, hat er sie mit einer Art Harz überzogen, damit sie in der entsprechenden Position blieben, und hat sie ins Puppenhaus gesetzt.«

»Also, ich hab's immer noch nicht begriffen«, gab Glen zu. »Die Figuren im Puppenhaus sind doch winzig. Es *klingt* so, als wollten Sie uns erzählen, dass er sie getötet, einbalsamiert und dann geschrumpft hat. Aber Sie sind kein bisschen verrückt, weshalb Sie das nicht meinen können.«

»Er hat sie nicht geschrumpft«, erklärte Heather. »Nicht wirklich. Shanks nannte es Türenmagie. Er hatte diesen Schlüssel, diesen speziellen Schlüssel, der als eine Art Tunnel von einer Tür zu *jeder beliebigen anderen* fungiert haben muss. So hat er sich die Leute geschnappt. So sind sie verschwunden.

Als er sich Glen holte – meinen Freund –, hat er ihm von dem Schlüssel erzählt. Glen hat alles aufgeschrieben. Ich fand den Zettel, als ich nach ihm gesucht habe, ein Stück Papier, das mit seinem Blut getränkt war. Shanks verband eine gewöhnliche Tür mit den Türen im Puppenhaus – wenn du durchgegangen bist, bist du kleiner geworden. Shanks arbeitete hier an den Leichen, brachte sie in die richtige Position und schob sie dann durch die Tür ins Puppenhaus, wo sie in Puppengröße ankamen.«

»Ich will Ihnen wirklich nicht zu nahe treten, aber ich hoffe, Sie wissen selbst, wie bescheuert das klingt.«

Heather lächelte traurig. »Ich weiß es.«

»Es klingt nämlich wirklich bescheuert.«

»Das ist es auch«, gab Heather zu. »Aber es ist auch genau das, was passiert ist. Die Leute meiner Generation wissen es. Sie haben die Geschichten alle gehört. Sie waren dabei, als Shanks anfing, sich an mich und meine Freunde heranzumachen. Gut möglich, dass sie die Geschichte heute nicht mehr glauben, vielleicht haben sie rationalere Erklärungen gefunden oder die ganze Sache als Unsinn abgetan, aber ein Teil von ihnen glaubt sie immer noch.«

»Deshalb haben sie die Kinder letztes Jahr verprügelt«, vermutete Milo.

Heather nickte. »Der arme Walter. Ich habe von seiner Theorie gehört, dass dies alles eine Verschwörung ist, damit die Kinder brav sind. An seiner Stelle würde ich wahrscheinlich dasselbe annehmen. Aber die Puppenhäuser in den Schulen aufzustellen war unser Weg, Shanks' Opfern ein ehrendes Andenken zu bewahren – selbst wenn wir nicht einfach mit der Wahrheit an die Öffentlichkeit treten und allen erzählen konnten, was wirklich passiert ist. Die Leute, die diese Kinder verprügelt haben, verstanden wahrscheinlich nicht einmal, weshalb sie so wütend waren – zumindest nicht bewusst. Doch unsere ganze Stadt hat durch Dacre Shanks Narben davongetragen und er geistert immer noch herum.«

»Wie konnten Sie ihn aufhalten?«, fragte Amber.

»Zuallererst habe ich seinen Schlüssel gestohlen. Dann habe ich ihn gefangen. Das heißt, eigentlich habe ich ihn dazu gebracht, dass er sich im vierten Puppenhaus selbst in Gefangenschaft begeben hat. Ich war die Einzige aus meinem Freundeskreis, die überlebt hat, und das auch nur knapp.«

Sie hob ihr Top und zeigte ihnen eine gezackte Narbe, die quer über ihren Bauch lief.

»Cool«, hauchte Glen.

Amber sah, wie Heather Milo verstohlen einen Blick zuwarf. Dann wurde sie rot, fast so, als hätte sie gerade erst gemerkt, was sie getan hatte, und steckte umständlich ihr Top in ihren Rockbund.

»Wo ist das Puppenhaus jetzt?«, wollte Amber wissen.

»Warum fragst du?«

»Wir … wir müssen mit Dacre Shanks reden.«

Heather hielt mitten in der Bewegung inne. Dreißig Sekunden vergingen, ohne dass jemand etwas sagte. Selbst Glen schwieg.

»Wer seid ihr?«, fragte Heather schließlich.

»Wir müssen ihn nur etwas fragen«, erwiderte Amber. »Nur eine Sache, dann sind wir wieder weg.«

»Wer *seid* ihr?«

Amber überlegte, wie sie das, was sie sagen musste, am besten sagen könnte. »Gewisse Leute wollen mich umbringen. Ich glaube, man kann sagen, sie sind Monster. Wie Shanks. Sie werden keine Ruhe geben, bis ich tot bin. Meine einzige Hoffnung ist, diesen Typen zu finden, den wir suchen, und nur Shanks kennt seinen Namen.«

»Sie sind wie Shanks?«

Amber nickte. »Und sie sind zu fünft. Bitte, Heather, ich will ihn nur nach dem Namen dieses Typs fragen.«

»Ich würde ja gern helfen«, sagte Heather. »Wirklich. Aber niemand redet mit Shanks. Niemand. Er wird jede sich bietende Gelegenheit zur Flucht ergreifen.«

»So weit würden wir es nie kommen lassen –«

»Es tut mir leid. Er hat bereits zu viele Menschen umgebracht. Ich konnte ihn in Gefangenschaft halten, weil ich niemandem verraten habe, dass er hier ist, und erst recht niemanden mit ihm *reden* ließ. Ihr müsst einen anderen Weg finden, um zu bekommen, was ihr braucht.«

»Es gibt keinen anderen Weg«, sagte Milo.

»Dann tut es mir leid. Glaubt mir. Aber wenn Shanks seine Freiheit wiedererlangt, ist er nicht hinter euch her, sondern hinter mir. Hinter Menschen aus dieser Stadt. Springton wird wieder zu seinen Jagdgründen werden.«

»Vielleicht können wir helfen«, meinte Amber. »Er ist in einem Puppenhaus gefangen – aber wie sicher ist das denn? Zwei der Puppenhäuser in ihrer Schule haben die Jungs ohne Weiteres kurz und klein geschlagen. Irgendwann wird man ihn entdecken.«

»Und ich vermute, ihr wisst etwas Besseres?«

»Wir holen das Puppenhaus hier weg«, sagte Milo. »Wir zerstören es, graben es ein, verbrennen es, was auch immer.«

»Zu riskant. Tut mir leid, aber ich werde meine Meinung nicht ändern. Meine Mom hat gemeint, ich sollte mit euch reden, und ich habe mit euch geredet. Hätte ich gewusst, dass ihr mit ihm sprechen wollt, hätte ich es nie getan. Ich kann euch nicht helfen und ich *werde* euch nicht helfen. Es tut mir leid, wirklich, aber ich muss euch bitten, die Bibliothek zu verlassen.«

Amber hatte keine Argumente mehr und so ging sie hinaus in den Sonnenschein. Milo und Glen folgten ihr auf den Fersen.

»Huh, ich hätte nicht gedacht, dass sie bei ihrem Nein bleibt. Ich hätte natürlich damit rechnen müssen, aber ich hab's nicht getan. Wir können sie nicht dazu *zwingen*, uns zu sagen, wo sie Shanks gefangen hält, oder? Ich bin … ich habe keine Ahnung, wie es weitergehen soll. Was machen wir jetzt?«

Glen zuckte mit den Schultern. »Wie wäre es, wenn wir bei ihr einbrechen?«

Amber runzelte die Stirn. »Ist das dein Ernst?«

»Selbstverständlich. Es geht um Leben oder Tod, richtig? Du musst mit diesem Typen sprechen, also durchsuchen wir ihre Wohnung, finden ihn und verschwinden wieder, bevor ihr Dad mit seiner Pistole hinter uns her ist. Wissen wir, wo sie wohnt?«

»Pine Street«, antwortete Milo.

»Na denn.« Glen klatschte in die Hände. »Dann ist das unser Plan. Richtig?«

Amber schaute Milo an.

»Klar«, sagte Milo. »Das ist unser Plan.«

Die Pine Street war eine typische Kleinstadtstraße: Staketenzäune, ordentlich gemähte Rasen und getrimmte Hecken und in keiner einzigen Auffahrt ein Ölfleck. Sie fanden das Medina-Haus ohne Probleme, fuhren daran vorbei und weiter bis zur Ecke. Amber und Glen gingen zu Fuß zurück, läuteten und warteten. Sie plauderten über nichts, taten dies aber laut und mit jeder Menge aufgesetzter Fröhlichkeit. Eine Nachbarin, die ihren Hund Gassi führte, schaute zu ihnen herüber. Sie lächelten höflich und läuteten noch einmal.

Die Tür ging auf und Milo ließ sie herein.

Während sie das Haus durchsuchten, bemühte Milo sich, das Fenster zuzukleben, das er eingeschlagen hatte. Er legte Geld auf den Tisch, damit der Schaden behoben werden konnte. Das Puppenhaus stand in keinem der Zimmer. Der Speicher war leer. Der Keller ebenfalls.

Sie gingen zum Charger zurück.

»Okay, mir fällt nichts mehr ein«, gab Glen zu.

»Es ist in der Bibliothek«, vermutete Amber. »Da ist es, richtig? So ein riesiger alter Kasten hat wahrscheinlich hundert Zimmer, die nicht genutzt werden. Und an den Türen sind riesige alte Schlösser, jede Wette.«

»Wenn das Puppenhaus nicht da ist, wo sie wohnt, ist es wahrscheinlich da, wo sie arbeitet.«

Glen auf dem Rücksitz klang brummig. »Das dauert ja ewig, bis wir den Kasten durchsucht haben.«

Milo ließ den Wagen an. »Dann werden wir es wohl in der Nacht machen müssen.«

21

Bei Dunkelheit war die Bibliothek zum Gruseln.

Die Bediensteten löschten die Lichter und schlossen ab. Heather Medina ging als Letzte. Als alles still war, kamen Amber und die beiden anderen aus der Toilette, wo sie sich versteckt hatten. Die hin und wieder vorbeiziehenden Scheinwerferstrahlen von der Straße waren die einzige Beleuchtung, als sie sich durch das Labyrinth aus Bücherregalen schlichen. Diese Lichter ließen Schatten tanzen und vom Boden bis zur Decke über die Wand flitzen und jedes Mal begann Ambers Herz, wild zu pochen.

Sie teilten sich auf und ihre Arbeit wurde entschieden leichter, als Glen im Postkorb im Büro ein Schlüsselbund fand. Abgesperrte Türen gingen auf und gaben den Blick frei auf Abstellräume, Bücherkisten und verstaubte Gipsbüsten. Sie fanden aufeinandergestapelte Schreibtische und einen Raum voller kaputter Stühle.

Endlich kamen sie am Ende eines dunklen, fensterlosen Flurs zu einer Tür, für die sie keinen Schlüssel hatten. Milo kniete sich hin und machte sich daran, das Schloss zu knacken. Es dauerte sehr viel länger, als Amber erwartet hatte.

Als die letzte Zuhaltung eingerastet war, drückte Milo die Klinke nach unten und die Tür ließ sich öffnen. Dahinter lag ein kleiner Raum mit nur einem Tisch in der Mitte und auf diesem Tisch stand ein Puppenhaus.

Amber trat ein. Sie befanden sich weit genug im Innern der Bibliothek, dass sie glaubte, gefahrlos das Licht anknipsen zu können. Die einzelne Glühbirne wurde langsam heller, doch Staub dämpfte das Licht.

Das Puppenhaus war wunderschön. Die Vorderseite ließ sich öffnen. Es hatte zwei Stockwerke und einen Dachboden. Als kleines Mädchen hatte Amber sich sehnlichst so etwas gewünscht. Wenn ihre Eltern ihren versteckten Hinweisen nur mehr Beachtung geschenkt hätten. Wenn ihre Eltern nur nicht vom ersten Tag ihrer Existenz an geplant hätten, sie zu töten.

Sie spähte durch die kleinen Fenster, sah Möbel. Betten und Kommoden. Ins untere Stockwerk führte eine Treppe. Dort gab es eine Diele und eine Küche.

»Siehst du etwas?«, flüsterte Glen neben ihr.

Etwas bewegte sich am Fenster und Amber zuckte zurück.

In diesem Moment, als sie da stand, ihre Nackenhaare prickelten und sämtliche Instinkte sie zum Weglaufen drängten, überlegte sie allen Ernstes, ob sie nicht ihre Eltern anrufen und sie bitten sollte, sich die Sache noch einmal zu überlegen und sie nach Hause kommen zu lassen. In diesem Moment war sie bereit, ihnen zu verzeihen, ihr Leben weiterzuleben, als sei nichts geschehen.

Der Moment verstrich.

Sie räusperte sich. »Hallo?« Sie ging wieder näher heran, doch es war dunkel da drin. »Sind Sie da? Hören Sie mich, Dacre Shanks?«

Keine Antwort. Zumindest keine, die sie hören konnte.

Glen hockte sich hin und schaute durch die Seitenfenster. »Vielleicht schläft er«, vermutete er. Dann klopfte er heftig aufs Dach. »He, aufwachen da drin!«

Milo griff nach Glens Handgelenk. »Bitte mach das nicht mit einem Serienmörder.«

Glen entzog ihm seine Hand. »Wie bitte? Er wohnt in einem Puppenhaus. Er ist so groß wie Däumelinchen, du liebe Zeit. Du glaubst doch nicht, dass er mir Angst machen kann?«

»Es geht nicht darum, ob er dir Angst macht oder nicht. Es geht ums Prinzip. Wenn irgend möglich, macht man sich einen Serienmörder nicht zum Feind. Das ist eine allgemein gültige Lebensregel.«

»Ich glaube nicht, dass sie auf Serienmörder zutrifft, die man in die Tasche stecken könnte.«

»Still.« Amber beugte sich näher zu dem großen Fenster im ersten Stock, das auf den Treppenabsatz ging. Dort stand jemand. Reglos. Jemand, der eben noch nicht dagestanden hatte.

»Hallo? Mr Shanks?«

Dann hörte sie es. Alle hörten sie es. Eine Männerstimme. Leise.

»Hallo«, kam es aus dem Puppenhaus.

Wenn eine Stimme kriechen kann, konnte diese es. Sie kroch über Ambers Gesicht zu ihren Ohren, schlüpfte hinein und grub sich zu ihrem Gehirn durch. Sie spürte ihre Beine, kalt und hektisch. »Ich bin ganz Ohr.«

Ihr Mund war trocken. Ihr Mund war entsetzlich trocken. »Mr Shanks, ich bin Amber. Ich muss …«

»Schön, dich kennenzulernen, Amber.«

Es verschlug ihr für einen Augenblick die Sprache. »Ja«, erwiderte sie schließlich und kam sich dabei dumm und kindisch vor. Und sie hatte Angst. Sie hatte eine Scheißangst. »Ich brauche Ihre Hilfe. Wir sind hergekommen …«

»Und wer sind deine Begleiter?«, fragte Dacre Shanks mit dieser Kribbelkrabbelstimme.

»Hm, das ist Milo und das Glen.«

»Hi«, sagte Glen. Selbst er klang, als hätte er Angst.

»Mr Shanks«, begann Amber noch einmal, »ich bin hier, weil man mir gesagt hat, dass Sie einen Mann kennen, der den Leuchtenden Dämon ausgetrickst hat – einen Deal mit ihm gemacht hat und dann abgehauen ist.«

Es entstand eine kurze Pause. »Ach, das«, kam dann die Stimme vom Fenster her. »Ich kenne den Mann tatsächlich. Ich habe ihn vor vielen Jahren getroffen. Interessanter Zeitgenosse.«

»Erinnern Sie sich zufällig an seinen Namen oder wissen Sie, wo ich ihn finden könnte?«

»Ich erinnere mich an seinen Namen und weiß auch, in welcher Stadt er geboren wurde. Würde dir das weiterhelfen?«

»Ja, sehr«, antwortete Amber.

Wieder war es für einen Augenblick still im Puppenhaus. »Wie schön«, sagte Shanks dann.

»Sind Sie wirklich so winzig?«, fragte Glen dazwischen. Seine Neugier war größer als seine Angst. »Kann ich Sie sehen?«

Milo legte Glen die Hand auf die Schulter, damit er den Mund hielt. Amber blickte finster vor sich hin. Sie war dankbar, dass Glen ihr die Gelegenheit gab, etwas mit Verachtung strafen zu können.

»Tut mir leid«, sagte sie. »Könnten Sie mir den Namen dieses Mannes nennen?«

»Entschuldige die Frage ... Amber, nicht wahr? Entschuldige die Frage, Amber, und entschuldige meine Unverfrorenheit, aber was genau liegt für mich drin?«

Sie runzelte die Stirn. »Wie bitte?«

»Was bekomme ich dafür, wenn ich dir sage, was du wissen willst?«

»Ich ... ich weiß nicht. Was wollen Sie denn? Freilassen können wir Sie nicht.«

»Warum nicht?«

»Weil Sie dann wieder Leute umbringen.«

»Ja und?«

»Und ich daran schuld wäre.«

»Und das würde dir etwas ausmachen?«

»Ja klar.«

»Du bist ein merkwürdiges Mädchen. Sag – was willst du von dem Mann, den du suchst?«

»Ich möchte einfach nur mit ihm reden«, antwortete Amber, wobei sie sich bewusst war, wie fadenscheinig das klang.

»Über den Leuchtenden Dämon?«

»Ja.«

Der Mann im Fenster veränderte seine Position etwas und fast wäre das Licht auf sein Gesicht gefallen. Er trug ein kurzärmeliges Hemd mit Krawatte. »Willst du einen Deal mit ihm machen? Oder hast du das bereits und willst ihn wieder rückgängig machen? Vielleicht kann ich dir helfen. Lass mich frei und ich lege beim Leuchtenden Dämon ein gutes Wort für dich ein.«

»Es tut mir leid, Mr Shanks, aber Sie kommen hier nicht raus.«

»Was hast du mir denn außerdem noch anzubieten? Ich bin in einem Puppenhaus gefangen. Was brauche ich deiner Ansicht nach wohl außer meiner Freiheit? Ein Haustier?«

»Wir könnten Ihnen ein schnittiges kleines Cabrio besorgen«, erwiderte Glen. »Und als Dreingabe vielleicht noch eine Barbie, falls Sie einsam sind.«

Amber wartete mit angehaltenem Atem auf Shanks' Antwort.

»Dein Freund ist sehr unhöflich«, sagte er schließlich.

»Es tut mir leid«, entschuldigte sie sich. »Und er ist nicht mein Freund. Sie haben vollkommen recht, Mr Shanks, ich habe Ihnen nichts anzubieten. Wir lassen Sie nicht frei. Sie haben unschuldige Menschen getötet und werden es wieder tun. Das kann ich nicht zulassen.«

»Dann befinden wir uns in einer Patt-Situation.«

»Ja, wahrscheinlich.« Sie biss sich auf die Lippe. »Warum sagen Sie mir nicht einfach, was ich wissen möchte? Sie kommen hier nicht raus. Das hier ist kein Handel. Wenn wir nichts zu verhandeln haben, können Sie aus dieser Situation keinen Vorteil für sich ziehen. Und wenn Sie nichts gewinnen können, haben Sie auch nichts zu verlieren, wenn Sie mir sagen, was ich wissen möchte, oder?«

Ein leises Kichern. »Ich sehe deine Logik. Ein cleverer Schachzug, junge Dame.«

»Danke.«

»Aber du irrst dich, wenn du glaubst, ich hätte nichts zu gewinnen. Ich sitze hier seit … Ich weiß schon gar nicht mehr, wie lange ich hier bin.«

»Einunddreißig Jahre«, sagte Glen.

»Tatsächlich? Meine Güte, einunddreißig Jahre. Das muss man sich mal vorstellen. Dann sitze ich also seit einunddreißig Jahren hier fest. Ich kann nicht verrückt werden und ich kann mich nicht umbringen, weil ich bereits tot bin. Dann hocke ich jetzt also seit einunddreißig Jahren hier und die stumpfsinnige Langeweile wird nur unterbrochen, wenn die Tür aufgeht und die kleine Heather Roosevelt ihren hübschen Kopf hereinstreckt und sich vergewissert, dass noch alles an Ort und Stelle ist. Aber sie ist ja gar keine Roosevelt mehr, oder? Sie hat geheiratet. Sie will mir nicht sagen, wen, aber ich habe den Ehering gesehen – solange er da war. Sie wird alt, nicht wahr? Jedes Mal, wenn ich sie sehe, gleicht sie weniger dem lästigen Teenager, der mich hier eingesperrt hat.

Aber hier sitze ich jetzt und langweile mich. Ich muss nicht essen und nicht schlafen. Ich werde nicht älter. Ich spüre jede einzelne Sekunde, die vergeht. Es sind zu viele, man kann sie nicht zählen, nicht Schritt halten. Ich habe in all den Jahren mit niemandem gesprochen. In letzter Zeit spreche ich mit mir selbst, einfach weil mir der Klang meiner Stimme gefällt – was du dir wahrscheinlich schon gedacht hast. Ich habe mit niemandem gesprochen und niemanden getroffen, bis ihr drei hier hereinmarschiert seid.

Dein Problem rührt, wie ich schon sagte, von der irrigen Annahme her, dass ich nichts zu gewinnen habe, wenn ich dir nicht sage, was du wissen willst. Tatsache ist jedoch, dass ich sehr wohl etwas zu gewinnen habe. Ich habe, bis ihr kamt, mit niemandem gesprochen. Ich hatte, bis ihr kamt, mit niemandem Kontakt. Aber weißt du, was ich sonst noch nicht getan habe? Ich habe niemandem wehgetan – bis ihr kamt. Du brauchst diese Information und du brauchst sie dringend, sonst wärst du nicht hier und würdest mit jemandem wie mir reden. Aber ich werde sie dir nicht geben, und zwar aus dem einfachen Grund, weil es mich glücklich macht, dich zu enttäuschen.«

»Wow. Du bist vielleicht ein Arsch«, sagte Glen.

»Wahrscheinlich bin ich das, Glen, ja«, gab Shanks zu. »Ich verschaffe mir Glücksmomente, wo ich nur kann – so kurz und unbedeutend sie auch sein mögen.«

Glen grinste höhnisch durchs Fenster. »Warum greife ich nicht einfach da rein und zerquetsche deinen Schädel?«

»Bitte tu's.«

»Glen«, warnte Amber.

Er trat einen Schritt zurück. »Was ist denn? Bin ich der Einzige hier, der sich der Tatsache bewusst ist, dass der große, schlimme, Furcht einflößende Mann, mit dem wir reden, gerade mal zehn Zentimeter groß ist? Bin ich der Einzige, der das lustig findet?«

»Wenn du reingreifst, öffnest du das Puppenhaus«, sagte Amber, »und er kann fliehen.«

»Wohin denn? In ein Mauseloch in der Fußleiste? Er ist dann ja immer noch nicht größer als zehn Zentimeter.«

»Bist du dir da sicher?«, fragte Milo. »Wir wissen nicht, wie diese Türenmagie funktioniert. Womöglich nimmt er seine normale Größe wieder an, sobald du das Puppenhaus öffnest.«

»Hör nicht auf sie, Glen«, sagte Shanks vom Fenster aus. »Greif hier rein und erteil mir eine Lektion.«

Glen machte einen Rückzieher. »Äh … nein. Lieber doch nicht.«

»Bist du ein Feigling, Glen?«

»Nur, wenn man mir droht.«

»Schade. Mein erster Eindruck von dir war, dass du etwas Dynamisches an dir hast, das den anderen fehlt. Aber dann hast du deine wahre Natur gezeigt und deine wahre Natur ist, wie ich leider sagen muss, eine niederschmetternde Enttäuschung.«

Glen zuckte mit den Schultern. »Du bist nicht der Erste, der das sagt.«

»Du bist ein Feigling und ein Dummkopf, genau wie der Rest deiner Landsleute.«

»Jetzt mach aber mal halblang«, sagte Glen. »Du beleidigst mir meine Landsleute nicht.«

»Was ist Irland denn anderes als ein Land voller Bastarde, Taugenichtse und Schnösel?«

»Oh, das ist ein bisschen heftig …«

»Betrunkene Hanswurste, die durch ihr erbärmliches Leben stolpern, gewalttätig, rüpelhaft und voller Selbstmitleid, eine Nation von undankbaren …«

Glen lachte. »Tut mir leid, Kumpel, du kannst sagen, was du willst, mich kümmert's nicht. Du bist gerade mal zehn Zentimeter groß. Mein Dödel ist größer als du. Und das war ein ziemlich offensichtlicher Versuch, mich zu provozieren. Was du aber noch nicht begriffen hast, ist, dass Irland das coolste Land der Welt ist, du Knallarsch.«

»Warum bist du dann in Amerika?«

Glen beugte sich zum Fenster hinunter und grinste hinein. »Weil Amerika die besten Monster hat.«

Einen Moment lang hörte man nichts, dann erstaunlicherweise Gelächter.

»Ich mag dich«, verkündete Shanks. »Ich mag euch alle drei. Und ich werde dir deine Frage beantworten, Amber – aber nur dir allein.«

»Wir gehen hier nicht raus«, sagte Milo.

»Das ist meine einzige Bedingung«, versicherte Shanks.

»Wieso?«, fragte Amber. »Wieso sagen Sie es nicht uns allen?«

Ein Feixen. »Weil ich durchtrieben bin. Weil ich andere gern auf die Palme bringe. Glen ist ein netter Spaßvogel, aber Milo ist offensichtlich dein Beschützer und als solcher nimmt er die Sache sehr viel ernster. Wenn ich deiner Bitte nachkomme, muss ich einen Weg finden, wie ich mein heimliches Bedürfnis zu quälen befriedigen kann. Deine Begleiter dazu zu bringen, dass sie den Raum verlassen, ist ein kleiner Triumph, aber wie bereits festgestellt wurde, bin ich ein kleiner Mann.«

Amber überlegte angestrengt und schaute dann Milo an. Er schnaubte und verließ den Raum. Glen folgte ihm.

Amber schloss die Tür und kam zum Puppenhaus zurück. »Ja?«

»Heather weiß nicht, dass ihr hier seid, oder?«, fragte Shanks.

»Was spielt das für eine Rolle?«

»Sie hat dieses Puppenhaus einunddreißig Jahre lang in diesem Raum stehen lassen. Mein Gefängnis hat viele Fenster, aber ich sehe nur Wände. Sie hat sogar die anderen Puppenhäuser in die örtliche Schule gebracht, damit ihr Anblick mich nicht trösten konnte.«

»Und wenn ich sie bitte, es an einem anderen Ort aufzustellen? In einem Zimmer mit Aussicht vielleicht? Wenn Sie mir den Namen des Mannes nennen, den ich suche, und mir sagen, wo er aufgewachsen ist, werde ich sie darum bitten. Darauf gebe ich Ihnen mein Wort.« Amber runzelte die Stirn. »Hallo? Mr Shanks? Sind Sie noch da?«

»Ein Zimmer mit Aussicht?«, fragte er noch leiser als zuvor. »Du bietest mir ein Zimmer mit Aussicht?«

»Was wollen Sie denn, Mr Shanks?«

»Meine Freiheit.«

»Ich habe Ihnen doch gesagt, dass ich Sie nicht freilasse.«

»Es gibt nicht nur eine Art der Freiheit, Amber.« Er stand da, die Hände vor der Brust gefaltet. Sein Gesicht lag immer noch im Dunkeln. »Ich nenne dir den Namen des Mannes, den du suchst. Ich sage dir, wo du ihn finden kannst.«

Amber runzelte erneut die Stirn. »Und im Gegenzug?«

Ein kurzes Zögern. »Im Gegenzug überlegst du dir eine Möglichkeit, mich zu töten.«

Damit hatte sie, ehrlich gesagt, nicht gerechnet. »Wie bitte?«

»Ich komme hier nie raus. Findest du nicht auch, dass das unnötig grausam ist? Ich weiß, dass ich schlimme Dinge getan habe, schreckliche Dinge, aber du verstehst doch bestimmt, dass niemand so etwas bis in alle Ewigkeit verdient hat, oder? Heather würde mich nur zu gern töten, wenn sie könnte.«

»Ich … ich bringe niemanden um.«

»Dann lass es deinen Beschützer machen. Er sieht so aus, als würde es ihm sogar Spaß machen.«

»Deshalb sind wir nicht hergekommen.«

»Aber du würdest der Welt einen Gefallen tun!«, sagte Shanks. »Was ist, wenn ich entkomme? Sollte ich jemals hier rauskommen, werde ich als Allererstes Heather Roosevelt töten. Danach töte ich ihre Eltern und dann alle ihre Freunde. Dann diese ganze Stadt. Also tu das Richtige, Amber. Überlege dir, wie du mich umbringen kannst. *Jetzt*, solange ich verletzlich bin.«

Sie schüttelte den Kopf. »Wir sind keine Mörder. Wir sind nicht wie Sie.«

»Bitte. Du würdest meinem Elend ein Ende bereiten.«

»Sie haben unschuldige Menschen getötet. Sie verdienen Ihr Elend.«

»Dann lege ich noch einen drauf!«, rief Shanks. »Ich nenne dir seinen Namen, seine Adresse und verrate dir sogar, wie du *heute Abend* noch zu ihm kommst.«

Ihr Herz schlug schneller. »Er wohnt hier in der Nähe?«

»Nein. Aber Entfernungen haben nichts zu bedeuten, wenn du meinen Schlüssel hast. Er hängt hinter dir an der Wand. Siehst du ihn?«

In der Wand war ein einziger Nagel und an diesem Nagel hing ein verschnörkelter Messingschlüssel. Amber holte ihn herunter und strich mit dem Finger über die kunstvolle Gravierung auf dem Halm. Der Schlüsselgriff war geformt wie ein Schloss.

»Heather hat ihn dorthin gehängt, um mich zu verhöhnen. Immer in Sichtweite, immer außer Reichweite. Aber dieser Schlüssel kann dich von einem Augenblick zum nächsten dorthin bringen, wo du hinmöchtest. Na, sind wir uns einig?«

Amber wandte sich wieder dem Puppenhaus zu. »Ich werde Sie nicht töten, Mr Shanks.«

»Dann bring Buxton dazu, dass er es tut. Er weiß vielleicht sogar, wie er es anstellen muss.«

»Buxton?«

»Gregory Buxton«, sagte Shanks. »Zum ersten Mal habe ich ihn in seiner Heimatstadt getroffen, ein langweiliger kleiner Ort namens Cascade Falls. Er ist der, nach dem du suchst, und dahin willst du gehen.«

»Woher weiß ich, dass Sie die Wahrheit sagen?«

»Sieh selbst! Steck den Schlüssel ins Schloss der Tür dort. Dreh ihn zweimal um und wiederhol dabei im Kopf seinen Namen und den Namen der Stadt.«

»Gregory Buxton«, sagte sie und wandte sich der Tür zu. »Cascade Falls.«

»Versuch's«, drängte Shanks. »Sag es immer wieder, dreh den Schlüssel um, öffne die Tür und geh durch. Mehr Beweise brauchst du nicht. Aber versprich mir, dass du tust, worum ich dich bitte, nachdem du mit ihm gesprochen hast.«

»Ich … ich werde mit Milo darüber reden.«

»Wir hatten eine Vereinbarung!«, rief Shanks hinter ihr.

Amber drehte sich nicht um. »Ich habe mich auf nichts eingelassen.« Sie steckte den Schlüssel ins Schloss und wiederholte im Kopf wieder und wieder Buxtons Namen und den Namen seiner Heimatstadt. Sie drehte den Schlüssel um und hörte, wie das Schloss zufiel. Sie drehte ihn noch einmal und die Zuhaltungen glitten in eine andere Position. Dann öffnete sie die Tür und trat hindurch. Im selben Moment wurde aus dem Flur eine kaum beleuchtete Diele mit ausladendem Treppenhaus und langen Schatten. Die Tür fiel hinter ihr mit einem solchen Knall ins Schloss, dass der Fußboden vibrierte. Sie wirbelte herum. Die Tür war jetzt weiß und hatte keine Klinke. Sie wummerte dagegen – dünnes Holz, das unter ihren Fäusten bebte.

Und dann drang Shanks' Stimme vom ersten Stock zu ihr herunter.

»Ich hab dir gesagt, dass ich durchtrieben bin.«

22

Amber torkelte zur Seite. Vom Nacken aus breitete sich in Windeseile eine entsetzliche Angst bis in ihre Fingerspitzen und Zehen aus. Sie rannte aus der Diele, sah jetzt, wie dünn die Wände waren. Alles nur Attrappen. Sie schlitterte in die Küche mit ihrem Tisch und den Stühlen, mit Herd und Kühlschrank. Ihr Fuß blieb an etwas hängen und sie stolperte. Fast wäre sie über ein Sofa gefallen. Die Zimmeraufteilung war verrückt. Sie ergab keinen Sinn. Eine Hälfte des Raums war eine Küche, die andere ein Wohnzimmer.

Sie hörte Dacre Shanks die Treppe herunterkommen.

»Ich habe geschwindelt«, rief er. »Ich habe dich ausgetrickst. Du kannst den Schlüssel zwar benutzen, aber nur ich kann bestimmen, wohin er führt. Ich gebe es zu, ich habe dich zum Narren gehalten. Zu meiner Verteidigung kann ich allerdings sagen, dass du ein leichtes Opfer warst.«

Amber lief leise in ein anderes Zimmer, eines mit deckenhohen Regalen. Auf den Regalbrettern standen lange Pappkartonstreifen, auf denen die Rücken unbekannter Bücher aufgemalt waren. Es war die Bibliothek und gleichzeitig ein Wirtschaftsraum mit einer Waschmaschine und einem Plastikkörbchen für den Hund.

Wieder blieb sie mit dem Fuß an etwas hängen. Durch den zweigeteilten Raum lief ein schnurgerader Spalt. Es dauerte noch einen Moment, bis ihr mit Adrenalin vollgepumptes Gehirn es begriff. Sie befand sich in einem Puppenhaus. Die Vorderseite war etwa in der Mitte durchgetrennt und ließ sich wie ungleiche Flügel öffnen. Man konnte sie aufschlagen wie Buchdeckel und sie gaben den Blick frei auf das Innere mit seiner Ansammlung von

Halbzimmern. Wenn es geschlossen war wie jetzt, ergab nichts einen Sinn. Alles war wie willkürlich zusammengefaltet.

»Amber?«, säuselte Shanks.

Sie duckte sich im Dunkeln hinter eine Waschmaschine. Ihre Hände zitterten.

»Das ist doch lächerlich«, fuhr er fort. Er war immer noch in der Diele. Wahrscheinlich versuchte er dahinterzukommen, in welche Richtung sie gelaufen war. »Ich tu dir nichts. Du bist die erste Person, mit der ich, seit ich hier bin, auf Augenhöhe reden kann. Komm raus. Los, komm. Du weißt, dass ich dich irgendwann finde.«

Sie kroch ein Stück nach vorn, spähte um ein Bücherregal herum und erhaschte einen Blick auf ihn, sah gerade noch das Messer in seiner Hand, bevor er wieder aus ihrem Gesichtsfeld verschwand. Er suchte zuerst auf der anderen Seite des Hauses nach ihr. Das verschaffte ihr einen Moment Zeit, gab ihr die Chance, nachzudenken, ihre Gedanken zu ordnen.

Wenn er sie da drüben nicht fand, würde er herüberkommen und sie hier in wenigen Sekunden entdecken. Sie musste weg hier. Nach oben. Oben standen ihre Chancen besser. Dort lagen diverse Schlafzimmer und das bedeutete mehr Möglichkeiten, sich zu verstecken. Sie hielt sich am Bücherregal fest, um sich auf ihre wie Espenlaub zitternden Beine zu ziehen. Dabei fiel ihr Blick auf ihre Hand und sie sah, wie weich und rosa sie war.

Fast hätte sie es vergessen.

Sie verwandelte sich. Sie spürte diesen Schmerz wieder, diese besondere Art von Schmerz, als die Kraft sie durchströmte, ihre Gliedmaßen länger wurden und ihr ganzer Körper seine Form veränderte. Sie trug jetzt wieder Hörner und hatte lange schlanke Finger mit schwarzen Nägeln. Sie rang ihre Angst nieder und richtete sich auf. Rasch schlich sie durch das Küchen-Wohnzimmer zurück, den Blick auf die Dunkelheit auf der anderen Seite der Diele gerichtet.

Sie gelangte zur Treppe. Aus ein paar Schritten Entfernung hatte das Geländer ausgesehen, als sei es kunstvoll verziert, doch als sie die Treppe hinaufging, spürte sie die Unebenheiten im Holz unter ihrer Hand. Aber die Stufen knarrten nicht, wofür sie dankbar war. Sie versank in Dunkelheit und tauchte wieder ins Licht ein, das durch das runde Fenster fiel und den Flur im zweiten Stock in höllische Rot- und feurige Orangetöne tauchte.

Amber trat an die Seite, ins Dunkel, kauerte sich hin und spähte durch die Lücken im hölzernen Geländer hinunter in die Diele. Sekunden verstrichen, dann kam Dacre Shanks in ihr Blickfeld. Er durchquerte die Diele, sie beobachtete ihn dabei und staunte, wie leicht der Jäger doch zur Beute werden konnte. Es kam nur auf die Perspektive an.

Rechts von ihr war eine halbe Wand mit einem Durchgang, der in ein Schlafzimmer mit einer dunklen Tapete führte – Blau oder ein ähnlicher Farbton. Vielleicht ein Grün. Direkt im Anschluss, im geschlossenen Flügel der Vorderseite, ein weiteres Schlafzimmer in einer helleren Farbe. Von hier aus war es schwer zu sagen, doch es war wahrscheinlich in Pink gehalten.

Links von ihr befand sich das große Schlafzimmer mit eigenem Badezimmer mit Whirlpool und Badewanne. Aber ohne Dusche. Es gab außerdem eine Toilettenschüssel und ein Waschbecken mit einem gerahmten, reflektierenden Stück Plastik, das einen Spiegel darstellen sollte.

Dacre Shanks schlenderte in die Diele zurück und hob den Kopf. Der Mann war hager, hatte dunkles, mit grauen Strähnen durchsetztes Haar und deutliche Geheimratsecken. Ob sich das Haar vor seinem Gesicht fürchtete und sich deshalb zurückgezogen hatte? Seine Nase war ungewöhnlich lang, er hatte einen schmalen Mund und Augen, die tief in den Höhlen lagen. »Bist du da oben, Amber? Hast du dich an mir vorbeigeschlichen? Du bist mir ja eine ganz Schlaue. Eine ganz Raffinierte. Aber weißt du, was du in erster Linie bist? Du bist witzig. Du bist eine ganz Witzige. Dann komm jetzt herunter, Amber. Du hast unser kleines Versteckspiel gewonnen. Ich gebe auf.«

Er hob kapitulierend die Hände und feixte.

»Ich warte«, sagte Amber.

Shanks drehte den Kopf in ihre Richtung. Da sie sich hingekauert hatte, konnte er sie nicht sehen. Sein Blick ging über sie hinweg.

»Was war das?«, rief er. »Ich habe dich leider nicht richtig verstanden. Das Alter, weißt du. Ich bin nicht mehr so jung wie …«

»Ich habe gesagt, ich warte.«

Nach einigem Suchen schaute Shanks genau in ihre Richtung und er schenkte ihr ein Lächeln. Sein Mund glich dabei einer klaffenden Wunde. »Du wartest auf mich?«

»Ich bin nicht wie die anderen, die Sie getötet haben«, sagte Amber. »Ich werde nicht schreiend davonlaufen.«

»Ohooh!« Shanks lachte. »Eine Kämpferin, wie? Heather war auch eine Kämpferin, als sie noch jung war.«

»Und sie hat Sie besiegt«, erwiderte Amber. »Jetzt werde ich Sie besiegen.«

»Falsch.« Zum ersten Mal zuckte ein ärgerlicher Ausdruck über Shanks' Gesicht. »Sie hat mich ausgetrickst. Sie hat mich nicht besiegt, sie hat mich ausgetrickst und mich dazu gebracht, dass ich mir das selbst angetan habe.«

»Dann sind Sie also nicht nur ein Schwächling«, meinte Amber, »sondern auch noch ein Idiot?«

Shanks machte ein Geräusch, das sie nicht identifizieren konnte, und kam die Treppe herauf. »Ich habe das sehr lange getan, Fräuleinchen. Ich habe alle möglichen Leute gejagt.«

Amber richtete sich auf, als er näher kam. »Jemanden wie mich haben Sie bestimmt noch nicht gejagt.«

Als er den Treppenabsatz erreicht hatte und auf sie zukam, trat sie aus der Dunkelheit, lächelte und zeigte dabei ihre Reißzähne.

Er blieb stehen und starrte sie an. Dann verengten sich seine Augen. »Du steckst voller Überraschungen, nicht wahr?« Er machte einen Schritt zur Seite, begann, sie zu umkreisen. Das Messer in der Hand. »Deshalb suchst du also Buxton. Du hast diese Macht und willst mehr. Seltsam, was Macht mit einem Menschen tut.«

»Nicht wahr?« Sie drehte sich mit, als er um sie herumging.

»Hat sie dich verändert, Amber? Vom Äußerlichen einmal abgesehen. Bist du jetzt ein anderer Mensch?«

»Total.«

Shanks lächelte. »Das glaube ich dir gern. Ich habe dich gesehen und dachte mir: leichte Beute. Und jetzt schau dich an. Plötzlich komme ich mir tatsächlich sehr dumm vor.«

»Wie haben Sie mich hier hereingebracht?«

Shanks' Kichern war trocken und freudlos. »Darüber mach dir mal keine Gedanken. Du kommst hier nie wieder raus.«

Er griff an. Zielte mit dem Messer auf Hüfthöhe und zog es dann nach oben. Amber wich nach hinten zurück. Sie konnte der Klinge, die an ihrem Hals vorbeipfiff, gerade noch ausweichen. Doch Shanks blieb in Bewegung. Im nächsten Moment war er bei ihr und drückte sie ans Geländer. Sie packte die Hand mit dem Messer, schloss die Finger um sein Handgelenk. Er war stärker als erwartet. Nicht so stark wie sie, aber fast. Er versetzte ihr einen Kopfstoß und der Schmerz in ihrer Nase breitete sich in Sekundenschnelle aus. Seine andere Hand lag auf ihrem Hals und er stieß sie nach hinten, über das Geländer. Sie ließ Krallen wachsen und riss ihm den Arm auf. Shanks brüllte und ließ sie los. Aus seinem Unterarm lief Blut, doch er ignorierte es und griff nach ihren Hörnern. Plötzlich trat er zurück und riss sie nach unten. Amber schrie auf. Sie fiel auf die Knie, er trat ihr gegen das Kinn und sie ging vollends zu Boden.

Shanks kniete sich auf ihren Hals. »Du bist zwar pure Kraft, hast aber keine Finesse, keinen Stil.«

»Amber!« Milos Stimme kam aus allen Richtungen gleichzeitig. »Amber, es kommt jemand. Wir müssen einen Alarm ausgelöst haben. Amber?«

Durch das Fenster hinter Shanks konnte sie hinausschauen in den Raum, den Milo eben betrat. Er war ein Riese.

»Amber?«, fragte er noch einmal.

Shanks lächelte auf sie herab. »Still jetzt. Verdirb uns die Überraschung nicht.« Er zerrte sie auf die Beine, hielt ihr das Messer an die Kehle und schob sie zum Fenster.

Glen kam ebenfalls in den Raum und schloss die Tür hinter sich. Dabei bemerkte er den Schlüssel im Schloss. »Wo ist sie?« Er spielte an dem Schlüssel herum, drehte ihn unabsichtlich um und sperrte die Tür ab.

»Meine Güte«, flüsterte Shanks. »Das wird ja noch einfacher, als ich dachte.«

Milo trat näher an das Puppenhaus heran und spähte durchs Fenster. »Shanks, ich würde gern mit Ihnen reden.«

Hinter ihm drehte Glen den Schlüssel in die andere Richtung und sperrte die Tür wieder auf.

Shanks stieß Amber weg und rannte zur Treppe.

Amber wankte. Ihr war immer noch schwindelig von dem Tritt gegen den Kopf. Sie schaute durch das Geländer nach unten und sah Shanks auf die Vordertür zulaufen. Kurz bevor er sie erreichte, verschwand er. Sie hob mit einem Ruck den Kopf und sah gerade noch, wie er in Glen hineinlief und ihn brutal von den Füßen hob. Er prallte zurück und stolperte auf Milo zu, als dieser sich umdrehte. In dem Moment, in dem die Tür hinter Shanks zufiel, versetzte er Milo einen gewaltigen, durch den Schwung der Drehung noch verstärkten Schlag. Milo krümmte sich und ging zu Boden. Shanks kam wieder auf die Füße, blickte sich um, schaute dann durchs Fenster des Puppenhauses und lächelte breit.

Amber stand auf. Neue Angst überkam sie.

Sie hörte Schritte, schnelle Schritte hinter der geschlossenen Tür.

»Kommt da raus!« Es war Heathers Stimme.

Ein Ausdruck reiner Freude trat auf Shanks' Gesicht, als er zur Tür lief.

»Heather, nein!«, schrie Amber. Sie wankte zum Fenster. »Nicht reinkommen!«

Heather hörte sie nicht. Sie stieß die Tür auf, rannte ins Zimmer und Shanks packte sie, stieß sie gegen die Wand und rammte ihr das Messer in den Bauch. Amber erstarrte.

Heather blickte in Shanks' Augen, ihr Mund stand offen, doch es kam kein Laut heraus.

»Ich hab's dir gesagt«, fauchte Shanks, als er das Messer über ihren Bauch zog. »Ich hab dir gesagt, ich bring dich um, du Miststück. Warum musst du dich auch in alles einmischen?«

Er drehte das Messer noch einmal um und Heather gab ein Geräusch von sich, etwas zwischen einem Seufzer und einem Würgen. Dann drangen etliche Explosionen an Ambers Ohr. Shanks schwankte, ließ Heather fallen und hastete aus der Tür. Einen Augenblick später trat Milo in ihr Blickfeld, die Pistole in der Hand.

Er half Glen auf die Füße und riss ihm dann die Jacke herunter. Er kniete sich neben Heather und presste die Jacke auf die Wunde. »Immer fest drücken«, sagte er. »Glen! Ruf den Notarzt!«

Heather griff nach seinem Arm. »Halten Sie Shanks auf«, flehte sie mit schwacher Stimme. »Halten Sie ihn auf.«

Milo zögerte, dann richtete er sich auf. »Bleib bei ihr, Glen. Sobald Hilfe kommt, suchst du Amber.«

Dann war er verschwunden.

23

Amber lief zum Geländer, sprang darüber und landete im Erdgeschoss. Durch den Aufprall vibrierten ihre Beine bis hinauf zu den Hüften, doch sie setzte wie Shanks zum Sprung auf die weiße Tür an … und prallte mit voller Wucht dagegen.

Sie wankte nach hinten und setzte sich unsanft auf den Allerwertesten. Sofort rappelte sie sich wieder auf und lief zum nächstgelegenen Fenster. Von dort sah sie Glens riesige Gestalt. Er presste seine Jacke auf Heathers Wunde und gab am Telefon die Adresse durch. Überall war Blut. Amber schaute an ihnen vorbei zur Tür. Der Messingschlüssel steckte noch.

»Glen!«, brüllte sie.

Glen schaute sich um. »Amber?«

»Glen!«

Er nahm Heathers Hände und legte sie auf seine Jacke. »Schön festhalten«, sagte er, lief zum Puppenhaus und schaute in die Fenster. »Amber! Bist du dadrin?«

Sie winkte, bis er auf sie aufmerksam wurde. Sein Gesicht füllte das ganze Fenster aus.

»Amber! Du bist wieder rot!«

Sie hörte auf zu winken. »Und ich bin hier drin gefangen.«

»Ja. Natürlich«, sagte er rasch. »Wie bekomme ich dich wieder auf deine normale Größe?«

»Die Tür. Du musst sie schließen und zusperren. Dann sperrst du sie wieder auf und öffnest sie. Geh aber nicht durch.«

Glen runzelte die Stirn. Seine Brauen waren dick und haarig. »Wozu?«

»Der Schlüssel! Es ist der Schlüssel, von dem Heather gesprochen hat. Der, mit dem Shanks zwischen verschiedenen Türen hin- und herwandern konnte.«

»Ohhh. Okay, cool. Hey, Amber. Wie sieht es aus, wenn jemand stirbt? Ich fürchte, Heather stirbt.«

»Die Tür, Glen!«

»Genau.« Er grinste. »Aber hör zu, wenn das hier nicht funktioniert, kannst du in meiner Tasche wohnen. Es macht mir nichts aus.«

»Die Tür!«, rief sie.

Glen lief zur Tür und stieg dabei über Heathers ausgestreckte Beine. Er sperrte ab, sperrte wieder auf, öffnete die Tür und Amber rannte los. Und kurz bevor sie in die Puppenhaustür krachte, war sie plötzlich draußen in dem Raum und stolperte in Glen hinein. Der kreischte und wirbelte herum, als die Tür hinter ihr zufiel.

»Amber!«, keuchte er.

Eine Welle der Erleichterung überrollte sie, doch dann hob Heather den Kopf, ihre Augen weiteten sich und sie schrie.

»Nein, nein, alles in Ordnung«, beruhigte Glen sie. »Das ist Amber! Sie gehört zu uns. Sie tut Ihnen nichts!«

Trotz ihrer schweren Verletzung kroch Heather von ihnen weg. Dabei hinterließ sie eine Blutspur auf dem Boden.

»Ist schon gut, Glen«, sagte Amber. »Ich gehe. Ich suche Shanks.«

»Dann komme ich mit.«

»Nein, du bleibst bei ihr.«

»Ich komme mit.« Er beharrte darauf. »Heather ist okay. Heather, Sie sind doch okay, oder? Der Notarzt kommt gleich und ich kann nichts für sie tun. Ich komme mit.«

»Okay«, murmelte Amber. Sie zog den Messingschlüssel aus dem Schloss und steckte ihn in ihre Tasche. Dann öffnete sie die Tür. Der Flur sah aus wie vorher auch.

»Falls du wieder verschwindest, rette ich dich«, versprach Glen neben ihr. Sie tätschelte seine Schulter und stieß ihn dann hinaus auf den Flur. Er stolperte und fiel der Länge nach hin, verschwand aber zum Glück nicht. Sie rannte los, sprang über ihn hinweg und lief weiter.

Er musste sich anstrengen, um mit ihr Schritt zu halten. »Ich bin dir nicht böse, weil du das getan hast«, rief er.

Amber ignorierte ihn.

Sie stürmte in dem Moment aus dem Haus, als Milo zum Charger zurückging. Die Hand mit der Pistole hielt er gesenkt.

»Amber! Wo zum Teufel warst du?«

»Das erzähle ich dir später. Irgendeine Spur von ihm?«

»Nein.« Milo öffnete die Wagentür. »Steig ein. Er ist wahrscheinlich auf dem Weg zum Spielzeugladen.«

»Nicht unbedingt«, erwiderte sie. »Er hat die anderen Puppenhäuser erwähnt – er könnte auch dorthin gehen. Du schaust im Spielzeugladen nach, ich in der Schule.«

»Wir teilen uns nicht auf«, widersprach Milo. »Es ist zu gefährlich.«

»Ich bin schuld, dass er draußen ist!«, rief sie. »Falls er noch jemanden verletzt, geht das auf mein Konto. Mir wird schon nichts passieren – ich bin schließlich ein verdammter Dämon. Los, geh!«

Milo zögerte noch, dann steckte er die Pistole in den Hosenbund und setzte sich hinters Steuer. Glen erreichte sie im Laufschritt, als der Charger davonbrauste.

»Komm«, drängte Amber.

Glen keuchte und schnaufte, als sie den Häuserblock entlang zur Schule rannten. Sie dagegen lief locker die Straße hinunter und machte einen weiten Bogen um jeden dunklen Hauseingang, während Glen vorbeiwankte, ohne einen Gedanken an die Gefahr zu verschwenden, die Shanks darstellte. An der Ecke blieben sie stehen und spähten über die Straße.

»Sieht nicht so aus, als sei er hier«, flüsterte Glen immer noch keuchend.

»Lass uns näher rangehen.«

Glen packte sie am Arm. Seine Hand reichte kaum um ihren Bizeps herum. »Vielleicht sollten wir auf Milo warten. Er hat die Pistole, richtig? Ich meine, du hast Klauen und du bist der Hammer, aber eine Pistole ist eine Pistole.«

»Wenn wir warten, tut er in der Zwischenzeit vielleicht jemandem etwas an.«

»Na und? Macht dir das wirklich was aus?«

Ihr Kopf flog zu ihm herum. »Was?«

Er hob die Hände. »Hey, tut mir leid. Ich hab nur ... Du hast mich nicht unbedingt gezwungen, bei Heather zu bleiben, oder?«

»Du hast gesagt, sie sei okay«, fauchte sie.

»Ja, schon, aber was weiß denn ich? Ich hab das nur gesagt, damit ich mitkommen konnte.«

Sie beugte sich näher zu ihm. »Natürlich macht es mir etwas aus, wenn Shanks Menschen etwas antut.«

»Okay. Ich dachte, vielleicht geht dir so was am Arsch vorbei. Mein Fehler.«

Amber hätte ihm am liebsten eine reingehauen, hätte ihre Wut und ihren Frust an seinem bescheuerten Gesicht abreagiert, doch in dem Moment wurde ein Alarm ausgelöst und sie wandte ihre Aufmerksamkeit wieder der Schule zu.

»Sieht so aus, als seien wir die Glücklichen.«

»Ich rufe Milo an.«

»Tu das. Ich werde – verdammt!«

Sie zog den Kopf ein, als ein Polizeiauto heranbrauste, auf den Bürgersteig fuhr und direkt am Fuß der Treppe hielt. »Wow, das ging aber fix«, staunte Glen.

Sie beobachteten, wie Sheriff Roosevelt ausstieg und Dacre Shanks die Treppe herunter auf ihn zuging.

Amber hörte über dem Lärm der Alarmanlage nicht, was Teddy sagte, doch Shanks ging weiter mit gesenktem Kopf auf ihn zu. Teddy wich zurück, die Hand auf dem Griff seiner Pistole im Holster.

Amber verließ ihre Deckung und stürmte auf die beiden zu, Glen dicht auf den Fersen.

Sie hatte die Straßenmitte erreicht, als Shanks nah genug bei Teddy war, dass dieser ihn erkannte. Teddy machte einen Satz nach hinten und griff nach seiner Pistole, doch Shanks war drei Schritte schneller und rammte dem Sheriff das Messer in den Hals.

Amber brüllte und Shanks drehte sich mit Teddys Waffe in der ausgestreckten Hand zu ihr um.

Sie blieb stehen, schwankte ein wenig. Glen lief in sie hinein.

Shanks lächelte sie an. »Wo ist euer Freund?«

Amber zog scharf die Luft ein, als Teddy langsam zu Boden sank.

Shanks' Lächeln wurde nur noch breiter. »Er ist der Gefährliche von euch. Das habe ich ihm angesehen. Tu mir einen Gefallen, ja? Ruf ihn. Sag ihm, er soll herkommen, aber ohne seine Pistole.«

»Er ist nicht da«, sagte Amber.

»Aber er kommt bald«, ergänzte Glen.

»Dann sollte ich auf ihn vorbereitet sein, nicht wahr? Ihr beide begleitet mich in die Schule, wenn ich bitten darf. Oh, und meine Liebe, wenn du so freundlich wärst und dich von diesem schönen rothäutigen Wesen zurückverwandeln würdest in das langweilige kleine Mädchen, das du in Wirklichkeit bist, wäre das einfach wunderbar.«

Sie wollte das nicht. Viel lieber wollte sie ihre Chance ergreifen und sich auf ihn stürzen. Vielleicht erschoss er sie ja nicht, vielleicht würde er es nicht tun. Vielleicht würde er nicht treffen. Aber sie würde ihn treffen. Sie würde sein Gesicht zerfetzen. Ihm die Augen auskratzen. Ihm mit den Zähnen die Kehle herausreißen.

Die Pistole in seiner Hand zitterte nicht. Amber schluckte ihre Wut und verwandelte sich zurück.

»So ist es doch besser, oder?«, fragte Shanks.

24

Die Alarmanlage hörte nicht auf zu heulen. Ihr Ton gellte durch die weitläufigen Flure der Highschool und floh durch die offene Tür nach draußen.

Glen saß auf dem Boden, eine Hand an die Heizung gefesselt. Amber lag auf den Knien, die Hände in Handschellen auf dem Rücken. Sie beobachtete, wie Shanks die Glasvitrine öffnete und mit einem langen Finger über die Kanten des Puppenhauses strich. Es war das letzte noch intakte Puppenhaus, in dem so viele seiner Opfer gewohnt hatten.

Er wandte ihr den Kopf zu und lächelte.

»Das ist mein Lebenswerk«, erklärte er. Seine Stimme war über dem Alarm kaum zu hören. »Das ist alles, was meiner Existenz Bedeutung verliehen hat. Worin liegt *deine* Bedeutung, Amber? Was ist *dein* Sinn und Zweck?«

Amber schwieg.

»Weißt du es überhaupt?«, fuhr Shanks fort. »Hast du irgendeine Ahnung? Wahrscheinlich nicht. Die haben nur wenige. Ich hatte auch keine Ahnung – als ich noch am Leben war. Ich musste sterben, um zu erkennen, weshalb ich leben musste. Der Leuchtende Dämon hat mir geholfen. Er hat mir mein neues Leben gegeben und den Schlüssel, der alles ungemein erleichtert hat. Hast du ihn übrigens? Hast du ihn mitgebracht?«

»Er will, dass Sie mir helfen«, sagte Amber.

»Bitte? Was war das?«

»Der Leuchtende Dämon«, sagte sie, lauter dieses Mal. »Er möchte, dass Sie mir helfen.«

Shanks lachte. »Das glaube ich nicht, Amber. Er spielt mit den Leuten, was sein gutes Recht ist als Höllenfürst. Aber an diesem Spiel ist er nicht interessiert. Er sähe es lieber, wenn wir allein herumwuseln, uns blind durch die Dunkelheit tasten. Wir können seine Neugier leider nur selten wecken.«

Sie schüttelte den Kopf. »Ich bin etwas Besonderes. Das hat er selbst gesagt. Falls Sie mir etwas antun, falls Sie mich oder meine Freunde verletzen, wird er ...«

Er schlug sie. Es war eine Ohrfeige mit der flachen Hand, aber sie kam so plötzlich und unvermutet, dass es sie umwarf. Die Welt neigte sich zur Seite und der Boden hob sich und krachte gegen ihren Schädel.

Sie lag auf der Seite, die Sirene im Ohr und den Geschmack von Blut im Mund. Dann zerrte Shanks sie wieder auf die Knie.

»Entschuldige«, sagte er. »Ich mag es nicht, wenn Leute mich anlügen. Ich hätte nicht die Beherrschung verlieren dürfen. Das war nicht nett. Aber lüg mich nicht noch einmal an, ja? Es bringt meine hässliche Seite zum Vorschein.«

»An dir ist doch jede Seite hässlich«, sagte Glen.

»Hältst du es wirklich für klug, den Mann mit der Pistole zu verhöhnen?«

»Glaubst du, ich habe Angst vor dir?«

»Ja«, antwortete Shanks. »Vor einer Viertelstunde hast du es selbst zugegeben.«

»Das war vor einer Viertelstunde. Jetzt ist jetzt. Weißt du, was ich glaube? Ich glaube, der Feigling bist du. Mit der Pistole und dem Messer bist du der große Held, aber nimmt man sie dir weg, bist du ein erbärmlicher Loser.«

Die Alarmanlage übertönte Shanks' Stimme fast, als er in gelangweiltem Ton erwiderte: »Dir ist klar, dass ich dich nicht brauche, ja? Ich brauche lediglich Amber. Du bist entbehrlich.«

Glen lachte. »Klar bin ich entbehrlich. Ich habe noch vier Tage zu leben. Ich bin praktisch schon so gut wie tot. In vier Tagen oder jetzt gleich – worin liegt der Unterschied? Erschieß mich oder nimm mir die Handschellen ab, damit wir das wie unter Männern regeln.«

Amber beobachtete sie und wartete auf ihre Chance.

»Ich glaube, ich erschieße dich«, meinte Shanks. »Das ist lustiger.« Er hob die Pistole.

Jetzt.

Ein kurzer Schmerz durchfuhr Amber, als sie ihre Dämonengestalt annahm. Sie warf sich auf ihn, rammte ihm die Schulter ins Kreuz. Eines ihrer Hörner schrammte über seinen Hals. Shanks ging zu Boden und sie fiel über ihn. Sie versuchte, die Handschellen zu sprengen, die ihre Hände auf dem Rücken fesselten – sie spürte, wie die Kettenglieder etwas nachgaben –, doch ihre Dämonenkräfte reichten nicht aus. Also kniete sie sich auf seine Hand, er ließ die Pistole los, sie drehte sich, rutschte zurück und es gelang ihr, die Waffe mit dem Fuß wegzuschubsen. Sie schlitterte über den gebohnerten Boden auf Glen zu. Er streckte die freie Hand danach aus, doch sie blieb kurz vor seinen gespreizten Fingern liegen.

Shanks stieß Amber von sich herunter. Sie kam auf die Knie, während er aufsprang. Er wollte sich auf die Pistole stürzen, doch sie warf sich gegen seine Beine. Er fiel zur Seite und landete in der gläsernen Vitrine. Fast wäre er auf das Puppenhaus gestürzt.

Mit Gebrüll schaufelte er sich heraus; er war mit Glassplittern übersät. Er packte Amber am Hals und schleuderte sie nach hinten, dann bückte er sich nach der Waffe. In seiner Wut endete sein ungeschickter Versuch, sie aufzuheben, nur damit, dass er sie ein paar Zentimeter weiterschob. Glen ergriff sie, zielte und schoss Shanks drei Mal mitten in die Brust.

Die Sirene verstummte.

Shanks richtete sich auf, ging noch einen Schritt und kippte dann hintenüber. Er landete in einem Bett aus Glasscherben und rührte sich nicht mehr.

Amber stand auf. Glen starrte auf die Pistole in seiner Hand. Die Luft trug ihnen in der plötzlichen Stille ein Heulen zu.

»Alles okay?«, fragte Glen dumpf.

Sie nickte. »Du hast es getan.«

»Ich hab's getan«, bestätigte Glen. »Ich habe Shanks getö…«

Shanks setzte sich so plötzlich auf, dass Amber einen Schrei ausstieß. Glen versuchte, noch einen Schuss abzufeuern, doch Shanks entriss ihm die Pistole und drückte ihm den Lauf in die Wange.

Amber erstarrte.

»Man kann nichts umbringen, was bereits tot ist«, fauchte Shanks. »Hat dir das noch keiner gesagt?«

»Ich wollte immer mal testen, ob die Theorie stimmt«, meldete sich Milo von der Tür her.

Shanks sprang auf, packte Amber und hielt ihr die Pistole an die Schläfe. Sie spürte, wie ihre Schuppen sich verhärteten, bezweifelte aber, dass sie eine Kugel abhalten konnten.

Langsam betrat Milo die Schule. Er hielt seine Pistole in beiden Händen, hatte den Kopf leicht auf eine Seite geneigt und visierte Shanks über die Zielvorrichtung an.

»Noch einen Schritt, und ich schieße«, warnte Shanks. »Amber sieht bestimmt nicht mehr so hübsch aus, wenn die Hälfte ihres Gesichts fehlt, oder?«

Milo senkte seine Waffe nicht und blieb auch nicht stehen. »Wir lassen Sie hier nicht raus.«

Shanks lachte. »Oh, Milo, ich glaube nicht, dass du diese Entscheidung triffst.«

»Wir beide sind nicht beim Du, Shanks. Lassen Sie sie gehen und ich puste Ihnen nicht den Schädel weg. Sie erinnern sich doch noch, wie sich das anfühlt, nicht wahr?«

Shanks verstärkte seinen Griff. »Und ob ich mich erinnere. Aber vielleicht hast du gesehen, dass der Letzte, der das getan hat, jetzt draußen auf dem Gehweg liegt und sein Leben mit all seinem Blut aus ihm herausfließt.«

Milo lächelte leise. »Ja, das habe ich gesehen.«

»Leg die Waffe weg. Du weißt, dass sie mir nicht schaden kann.«

»Das stimmt nicht ganz, nicht wahr? Sie kann Sie nicht töten, das nicht, aber schaden kann sie Ihnen schon. Vielleicht schaltet sie Sie sogar so lange aus, dass wir Amber die Handschellen abnehmen und sie Ihnen anlegen können.«

»Noch einen Schritt weiter«, warnte Shanks. Der kalte Stahl wurde fester gegen Ambers Kopf gedrückt. »Noch einen Schritt.«

Milo blieb stehen.

»Gutes Hundchen«, sagte Shanks. »Und jetzt wirf die Waffe herüber.«

»Geht leider nicht. Das verbietet mir meine Erziehung.«

»Wirf sie herüber oder dein alberner irischer Freund stirbt zuerst.«

»Glen ist nicht mein Freund«, entgegnete Milo. »Und in dem Moment, in dem die Pistole sich von Ambers Kopf wegbewegt, drücke ich ab. Ich muss Sie warnen, ich bin ein ziemlich guter Schütze.«

»Dann stirbt Amber als Erste.«

»Sie töten sie, ich drücke ab. Egal, was Sie tun, dieser Abzug wird betätigt.«

»Es sei denn, ich gebe auf«, meinte Shanks. »Doch auch dann steckst du mich in dieses Gefängnis zurück. Du glaubst, du hättest mir Alternativen gegeben, aber sie kommen alle auf dasselbe heraus. Der einzige Unterschied liegt darin, wie viele von euch ich vorher töte. Was glaubst du, Milo? Mit wem fange ich an? Mit dem unhöflichen jungen Iren oder mit dem rothäutigen Dämonenmädchen?«

Milo schwieg einen Moment, dann breitete er die Arme aus und nahm den Finger vom Abzug. »Sie haben gewonnen. Tun Sie keinem von beiden was. Ich lege meine Pistole weg.«

Er legte sie auf den Boden und richtete sich mit erhobenen Händen wieder auf.

Shanks schüttelte den Kopf. »Du enttäuschst mich. Ich dachte, es käme zu einem spektakulären Showdown.«

Milo grinste. »Wie in *High Noon*, meinen Sie?«

Shanks stieß Amber neben Glen auf die Knie, hielt die Waffe aber auf Milo gerichtet. »Etwas in der Richtung.«

Milo schien nicht sonderlich beeindruckt. Er war vollkommen gelassen, zuckte nur mit den Schultern. »Ah, ich hatte immer eine Schwäche für *The Wild Bunch*.«

»Ich auch«, sagte jemand hinter ihnen.

Als Shanks sich umdrehte, sah er ein Gewehr auf seine Brust gerichtet. Dann schoss Ella-May und es hob ihn von den Füßen.

Shanks landete auf dem Boden, die Hemdbrust in Fetzen. Er rollte herum wie eine Lumpenpuppe.

Milo steckte seine Pistole ins Holster und lief zu Amber. Den Schlüssel für die Handschellen hielt er in der Hand. Sie verwandelte sich zurück, doch Ella-May schaute sie überhaupt nicht an.

Shanks kicherte und stand auf.

Ella-May lud nach, spannte und schoss noch einmal. Und noch einmal. Jeder Schuss trieb ihn weiter zurück, zerfetzte seine Kleider, drang in sein Fleisch. Doch sobald er wieder aufstand, war sein Körper unversehrt.

Beim vierten Schuss flog er rückwärts durch die Tür. Ella-May folgte ihm nach draußen. Milo, Amber und Glen kamen nach.

Shanks stand auf und lächelte. »Du kannst schießen, sooft du willst«, sagte er, »töten kannst du mich nicht. Es wird nichts ändern. Schau dich an, Ella-May Roosevelt, du bist alt geworden.«

»Vielleicht ein paar graue Strähnen hier und da.«

»Du siehst aus wie sie. Wie deine Töchter. Die ich umgebracht habe. So wie ich deinen Mann umgebracht habe. Ganz so clever bist du doch nicht, Ella-May. Du hast sie vor all den Jahren zu mir geführt, als dein ganzes Leben noch vor dir lag … Und jetzt schau hin. Du bist alt, hast dein Leben gelebt und ich habe dir deine gesamte Familie genommen.«

»Du hast mir Christina genommen, aber mehr wirst du mir nicht nehmen.«

Shanks kniff die Augen zusammen und schaute die Straße hinunter, wo eine blutüberströmte Heather einem blutüberströmten Teddy auf die Rückbank des Polizeiwagens half.

»Die Roosevelts sind zäh«, meinte Ella-May und schoss Shanks in den Rücken.

Einen Moment flog er, den Rücken durchgedrückt und die Arme ausgebreitet. Dann bewirkte die Schwerkraft, dass er hart auf den Betonstufen aufschlug. Er prallte ab, drehte sich, kullerte hinunter, schlug schließlich einen Purzelbaum und landete auf dem Gehweg, den Kopf nach hinten gedreht.

Milo ging die Treppe hinunter und fesselte ihm in aller Ruhe die Hände auf dem Rücken. Shanks rührte sich nicht.

Ein Wagen fuhr heran und ein Mann mit einer schwarzen Tasche sprang heraus.

»Doktor«, begrüßte Ella-May ihn, »gut, dass Sie so schnell gekommen sind. Sie müssen nach meinem Mann und meiner Tochter schauen, während ich sie zum Waukesha Memorial Hospital fahre.«

Der Arzt ließ den Blick über die Szene gleiten. »Was zum Teufel ist passiert?«

»Heather hat eine Stichwunde im Unterleib«, erwiderte Ella-May. »Soweit ich es beurteilen kann, wurde kein lebenswichtiges Organ verletzt. Teddy hat einen Schnitt am Hals. Die Hauptschlagader wurde nicht getroffen. Beide haben eine Menge Blut verloren.«

Der Arzt blickte auf Shanks hinunter. »Was ist mit dem hier?«

»Er braucht Ihre Hilfe nicht.« Damit lief Ella-May die Treppe hinunter und half Heather auf den Beifahrersitz.

»Dad zuerst«, sagte Heather. Sie war leichenblass und schweißgebadet. »Sein Puls ist kaum noch tastbar.«

Der Arzt stellte keine weiteren Fragen. Er stieg hinten ein und

Ella-May setzte sich ans Steuer. Sie fuhr ein Stück zurück und drehte dann.

»Ich nehme an, ihr seid weg, bis ich zurückkomme«, rief sie durchs offene Fenster.

»Bestimmt«, erwiderte Amber.

»Gut.« Ella-May gab Gas; die Rücklichter des Polizeiwagens leuchteten hell auf.

Milo schaute ihr nach. »Ich habe sie und Heather auf dem Weg hierher getroffen«, erzählte er. »Ich hab mir gedacht, wenn sie nur halb so tough ist wie ihre Tochter, wäre es vielleicht keine schlechte Idee, ihr das Gewehr zu geben.«

Shanks stöhnte. Seine Knochen knackten und seine Halswirbel renkten sich wieder ein.

Milo zerrte ihn auf die Füße. »Schön, dass Sie wieder bei uns sind.«

Auf den Straßen von Springton war nichts los. Das überraschte Amber nicht, nicht nach den Geschichten, die sie gehört hatte. Am nächsten Tag würden die Bewohner über die Schüsse und die Sirene und das ganze Blut diskutieren und ihre Theorien dazu zu den Legenden und Mythen legen, die sie bereits angehäuft hatten. Sie fragte sich, welchen Reim sich Walter S. Bryant darauf machen würde.

»Was machen wir mit ihm?«, fragte Glen. Er hielt einen respektvollen Abstand zu Shanks, den Milo zum Gehen zwang.

»Wir nehmen ihn mit«, antwortete Milo.

Shanks rang sich ein Lachen ab. »Ist das eine Einladung, mich deiner zusammengewürfelten Mannschaft anzuschließen? Ich bin dabei, aber nur, wenn ich der Anführer sein kann.«

Milo ignorierte ihn. »Das ist das Sicherste«, sagte er zu Amber, als sie sich dem Charger näherten. »Wir können ihn nicht hierlassen, nicht nach allem, was passiert ist.«

»Wir könnten ihn zerschnippeln«, schlug Glen vor. »Ich meine, *du* könntest ihn zerschnippeln. Ihn vielleicht begraben?«

»Das wäre eine Möglichkeit«, erwiderte Milo. »Allerdings bestünde dann immer das Risiko, dass ihn jemand versehentlich ausbuddelt.«

»Ich habe tatsächlich die Tendenz zurückzukommen, wenn man es am wenigsten erwartet«, meldete sich Shanks kichernd.

Sie blieben am Heck des Chargers stehen und Milo drehte Shanks so, dass er mit dem Rücken zum Wagen stand. Amber sah, dass sämtliche Taschen aus dem Kofferraum jetzt in einem Haufen auf dem Boden danebenlagen.

Der Kofferraum ging leise auf; rotes Licht strömte heraus.

»Wir nehmen ihn also mit«, sagte Milo. »Einige Wochen wird es etwas unbequem werden, aber der Wagen verdaut ihn mit der Zeit.«

»Was?« Shanks' Unterkiefer klappte herunter, dann stieß Milo ihn nach hinten.

Genau da spielten Ambers Augen ihr einen Streich. Einen verrückten Moment lang sah es aus, als würde Shanks in den Kofferraum gesaugt. Der Kofferraum *umhüllte* ihn. Dann schloss sich der Deckel wie ein gigantischer schwarzer Kiefer. Shanks trat und schlug um sich und brüllte von drinnen heraus. Doch schließlich ließ der Radau nach, als brächte der Charger ihn langsam zum Schweigen.

Amber blinzelte. »Wow.«

Glen runzelte die Stirn. »Hast du das gesehen? Hab ich das gesehen? Was zum Teufel war das?«

Amber schaute Milo an. »War das dein Ernst? Dass der Wagen ihn verdaut?«

Milo strich liebevoll mit der Hand über den Charger. »Sie ist ein Biest«, erwiderte er.

25

Sie fuhren aus Springton hinaus und parkten hinter einer Reklametafel. Milo holte die Landkarten heraus, während Amber Shanks' Messingschlüssel betrachtete.

»Könnten wir den benutzen?«, fragte Glen, der jetzt die Rückbank mit ihren Taschen teilte. »Er hat Shanks überallhin gebracht, egal wohin er wollte. Richtig? Können wir ihn benutzen?«

»Er hat gesagt, dass nur er bestimmen kann, wohin er führt«, antwortete Amber. Sie versuchte, die winzige Schrift auf dem Halm zu entziffern, gab es dann aber auf. »Ich bezweifle, dass er uns helfen will.« Sie warf den Schlüssel ins Handschuhfach, holte das Tablet heraus und begann, auf dem Display herumzuwischen.

Glen ließ ein paar Sekunden verstreichen, bevor er sich wieder meldete. »Ich will ja nicht jammern, aber es ist mir wirklich unangenehm, mit einem Serienmörder im Kofferraum herumzufahren. Kann er an mich herankommen? Was trennt mich von ihm? Dieser Sitz hier? Der Bezug und Schaumstoff? Was ist, wenn er sein Messer noch hat? Hat er sein Messer noch? Wir haben es ihm nicht abgenommen, oder? Womöglich bohrt er sich in diesem Augenblick zu mir durch.«

»Du hast nichts zu befürchten«, erwiderte Milo. »Der Wagen kümmert sich um ihn.«

»Und das ist noch so ein Punkt, mit dem ich nicht klarkomme«, fuhr Glen fort, doch Amber unterbrach ihn.

»Cascade Falls«, sagte sie, den Blick auf die Liste auf dem Display gerichtet. »Es gibt eins in Virginia, eines in Michigan …« Sie runzelte die Stirn. »Nein, Augenblick, das sind Wasserfälle. Glaube ich zumindest. Aber vielleicht sind es ja Wasserfälle *und* Städte. Von welchem hat Shanks wohl gesprochen, was glaubt ihr?«

»Ich hab's.« Milo breitete die Karte auf dem Lenkrad aus. »Cascade Falls in Oregon.«

»Woher weißt du, dass Gregory Buxton dort aufgewachsen ist?«

»Es fühlt sich richtig an.«

Sie hob eine Augenbraue. »Und *darauf* verlassen wir uns?«

»Du bist auf den schwarzen Straßen, Amber. Du musst lernen, deinem Instinkt zu vertrauen.«

»Wenn du dir sicher bist ...« Einen Augenblick später hatte sie Bilder von einer verschlafenen Kleinstadt an einem See hochgeladen. »Die Stadt Cascade Falls. Keine zehntausend Einwohner. Wie lange brauchen wir bis dorthin?«

»Keine Ahnung«, antwortete Milo. Er faltete die Karte zusammen. »Zweitausend Meilen ... Vier Tage vielleicht. Irgendwann am Samstag sind wir dort.«

Amber rückte die Armbänder an ihrem Handgelenk zurecht und warf dabei einen verstohlenen Blick auf die Narben. Noch 406 Stunden. Minus vier Tage, blieben noch ...

Vor lauter Konzentration verzog sie das Gesicht.

»Was ist?«, fragte Milo.

»Nichts«, murmelte sie. »Ich rechne.«

Dreihundertundzehn Stunden. Das waren ... dreizehn Tage. Ungefähr. Knapp zwei Wochen. Amber nickte. Dabei war sie sich völlig bewusst, dass ihr die Zeit davonlief, und sie war sich genauso bewusst, dass sie nichts dagegen tun konnte. »Okay, dann machen wir uns besser auf den Weg. Es sei denn, du willst hier irgendwo übernachten.«

Sie war insgeheim froh, als Milo den Kopf schüttelte. »Zu aufgedreht nach dem ganzen Drama. Ich fahre durch bis morgen früh. Dann stellen wir uns für ein paar Stunden irgendwohin. Ist das okay für euch?«

»Cool.«

»Bis wir in Oregon sind, bin ich tot«, sagte Glen leise vom Rücksitz.

Sie drehte sich um, doch sein Gesicht lag im Dunkeln. »Hm, hör zu, Glen …«

»Vielleicht sollte ich für meine letzten paar Tage irgendwohin gehen, wo man richtig Spaß haben kann, und ihr fahrt ohne mich weiter.« Sie sah die Andeutung eines traurigen Lächelns. »Du warst in Disney World, Amber – glaubst du, das ist ein guter Ort zum Sterben?«

»Ich … hab nie wirklich darüber nachgedacht.«

»Vielleicht auf einer der Achterbahnen«, fuhr Glen fort. »Oder auf diesem anderen Ding. Was ist das Allerblödeste?«

»*It's a Small World.*«

»Genau. Geh lebendig rein, komm tot raus. Das wär doch was, oder? Ich frage mich, wie viele Leute jedes Jahr in Vergnügungsparks sterben.«

»Keine Ahnung«, erwiderte Amber. »Aber ich weiß, dass die Chance, dass sich jemand in Disney World in Orlando verletzt, ungefähr bei eins zu neun Millionen oder so liegt.«

»Wow. Das ist nicht schlecht. Dann wäre es die absolute Ausnahme, wenn jemand auf *It's a Small World* sterben würde?«

»Hm, ja … Man fährt sehr langsam und es passiert nicht sonderlich viel. Aber bist du sicher, dass du dort deine letzten Tage verbringen willst? Es ist ein bisschen …«

»… geschmacklos?«, schlug Milo vor.

»Das wollte ich nicht sagen. Ich habe nur überlegt, ob es nicht besser für dich wäre, Zeit mit deiner Familie zu verbringen.«

»Meine Familie hasst mich«, erwiderte Glen. »Weshalb wollte ich wohl unbedingt hierherkommen, was glaubst du?«

»Ich bin sicher, dass sie dich nicht *hassen*«, sagte Amber.

»Vielleicht doch«, sagte Milo.

Amber ignorierte ihn. »Meine Eltern wollen mich *umbringen*. Ich bin sicher, dass deine Eltern nicht annähernd so schlimm sind.«

»Na ja, vielleicht nicht«, meinte Glen und dann lachte er und Amber lachte mit. Dann fiel ihnen ein, worüber sie lachten, und sie hörten beide auf.

»Ihr seid zwei rechte Idioten«, kommentierte Milo und fuhr los.

Ein paar Stunden lang fuhren sie auf der Schnellstraße und wechselten dann auf Landstraßen. Sie kamen durch Sigourney, dann Delta und vorbei an einem Wegweiser zu einer Stadt mit dem Namen What Cheer. Felder und Strommasten zogen fast hypnotisch an ihnen vorbei. Irgendwann begann Amber, sich die auf den Schildern angegebenen Einwohnerzahlen zu merken, und testete ihre minimalen mathematischen Fähigkeiten, indem sie sie im Kopf zusammenzählte – 2.059, 328, 646 … In Sichtweite von Knoxville wollte sie Milo eigentlich sagen, dass sie in der letzten Stunde an 15.568 Leuten vorbeigefahren waren, tat es dann aber doch nicht. Es war einfach nicht interessant genug.

Sie frühstückten im *Downtown Diner* und legten sich dann im Auto, so gut es ging, hin. Die Erschöpfung ließ Amber tief und traumlos schlafen. Selbst ihr Unterbewusstsein war zu müde für einen Auftritt.

Beim Aufwachen öffnete sie erst mal mühsam ein Auge. Milo saß reglos hinter dem Steuer und schaute durch die Windschutzscheibe nach draußen. Er blinzelte nicht. Sein Gesicht war schlaff. Schlief er etwa mit offenen Augen, so wie ein Hai? Sie bewegte sich und der leere Gesichtsausdruck war von einer Sekunde zur anderen wie weggewischt. Er nickte ihr zu und ließ den Wagen an. Glen setzte sich auf der Rückbank mit einem Ruck auf.

»Was ist?« Er blinzelte. »Oh. Sorry. Dann geht es also weiter.« Als weder Amber noch Milo in irgendeiner Form reagierten, nickte er. »Wieder ein paar Stunden näher an meinem Tod.«

»Glen …«

»Nein, Amber. Nein. Versuche nicht, mich zu trösten. Ich bin über den Trost hinaus. Du kannst nichts tun und nichts sagen, um das Gewicht, das auf meiner Seele lastet, tragen zu helfen. Es ist schwer. Es ist so schwer. Wie viel wiegt ein Leben? Kannst du mir das sagen? Nein, ich glaube nicht. Aber ich danke dir für dein Bemühen, Amber, und ich meine das wirklich ernst. Doch heute wirst du kein Lächeln auf meinem Gesicht sehen.«

Amber hatte ein schlechtes Gewissen, weil sie ihm eigentlich sagen wollte, er solle die Klappe halten.

»Du stirbst nicht«, sagte Milo.

»Der Tod tippt mir in diesem Moment auf die Schulter.«

»Niemand tippt dir irgendwohin. Du wirst nicht sterben, da wir an dieser Bar *Zur dunklen Treppe* anhalten und du das Todeszeichen an diese Abigail, wer immer das ist, weitergeben und uns dann in Ruhe lassen kannst.«

Amber runzelte die Stirn. »Du weißt, wo sie ist?«

Glen streckte seinen Kopf nach vorn. »Du weißt, wo die *Dunkle Treppe* ist? Du hast es die ganze Zeit gewusst und mir nichts gesagt?«

Milo fuhr los. »Ich war mir nicht sicher, aber wie sich herausgestellt hat, liegt sie auf unserer Strecke.«

»Wo genau?«, fragte Amber.

»Salt Lake City«, antwortete Milo. »Es ist eine Bar für Leute … na ja, Leute wie uns, nehme ich an. Leute, die auf schwarzen Straßen unterwegs sind.«

»Warte, warte, *warte*«, rief Glen. »Hättest du es mir gesagt, wenn sie *nicht* in derselben Richtung gelegen hätte, in die ihr *zufällig* fahrt? Oder hättest du mich sterben lassen?«

»Ich hätte es dir gesagt.«

Glen starrte ihn an. »Du hättest mich sterben lassen!«

»Ich hätte es dir gesagt«, wiederholte Milo. »Ich konnte es dir nicht vorher sagen, da Ambers Eltern dich womöglich gefunden hätten, wenn du allein losgezogen wärst.«

»Ich habe keine vier Tage mehr zu leben, Milo! Was wäre gewesen, wenn Shanks uns gesagt hätte, dass Gregory Buxton im Osten wohnt und nicht im Westen? Was dann?«

»Dann hätte ich nach einem Greyhound für dich geschaut.«

Glen blickte Amber an. »Nach einem Hund?«

»Einem Bus.«

Er wandte sich wieder Milo zu. »Und was wäre gewesen, wenn dieser Greyhound einen Platten bekommen hätte? Oder in einen Unfall verwickelt worden wäre? Oder ich mich aus irgendeinem Grund verspätet hätte? Ich verirre mich *sehr* schnell, das kann ich euch sagen! Wenn du mir gleich zu Anfang gesagt hättest, wo die *Dunkle Treppe* ist, hätte ich das Todeszeichen schon weitergegeben und würde jetzt nicht sterben! Gib's zu! Es ist dir egal, ob ich lebe oder sterbe, stimmt's?«

Milo überlegte ein paar Sekunden. »Eigentlich nicht«, antwortete er dann.

Glen brachte den Mund nicht mehr zu.

Zehn Minuten fuhren sie schweigend, doch Amber musste die Frage stellen. Sie musste einfach.

»Das bringt unseren Zeitplan doch nicht allzu sehr durcheinander, oder?«

»Oooh!«, rief Glen und Amber zuckte zusammen. »Oh, es tut mir *schrecklich* leid, wenn mein nahes Ende deinen Zeitplan durcheinanderbringt, Amber! Es tut mir leid, wenn mein *unmittelbar bevorstehendes Ableben* dir ungelegen kommt. Ich sag euch was: Ihr lasst mich hier raus, ich rolle mich am Straßenrand zusammen und sterbe still und leise, ohne *irgendjemandem zu viele Umstände zu machen*!«

Milo wartete, bis er fertig war, dann antwortete er auf Ambers Frage: »Voraussichtlich nicht.«

»Habt ihr es immer noch *davon*?«, rief Glen.

»Salt Lake City ist doch diese seltsame Stadt, nicht wahr?«, fragte Amber. »Wo die Amish das Sagen haben oder so.«

»Sie wurde von Mormonen gegründet«, erklärte Milo. »Und ja, sie sind ziemlich streng, was das Alkoholverbot betrifft. Außerdem sind sie der Weltlichkeit im Allgemeinen nicht besonders wohlgesonnen, aber wir werden schön brav sein und keinen Alkohol trinken, ja? Außerdem ist die *Dunkle Treppe* nicht gerade typisch für Salt Lake City. Aber im Grunde ist diese Bar für nirgendwo typisch.«

»Kennst du sie gut?«

Milo schüttelte den Kopf. »Ich war zwei Mal dort, jedes Mal nicht länger als eine halbe Stunde. Da springen eine Menge Kinder herum. Ich erinnere mich, dass mir das als merkwürdig aufgefallen ist. Wir übernachten heute irgendwo in Nebraska und sind dann morgen Nachmittag oder so in Salt Lake City. Von dort aus sind es noch einmal achthundert Meilen zu Buxtons Heimatstadt. Heute ist Dienstag – es reicht immer noch, dass wir bis Samstag in Cascade Falls sind.«

Amber nickte. »Okay.«

»Ihr würdet es nicht mal merken, wenn ich hier hinten sterben würde, jede Wette«, murmelte Glen, doch sie ignorierten ihn.

Sie fuhren auf flachen Straßen durch flache Landschaften. Hier und da ein paar Bäume, aber kümmerliche Dinger und einsam dazu. Telegrafenmasten reihten sich über grüne und braune Felder aneinander und erstreckten sich bis in endlose Ferne. Auf den Schienen ein Zug, die Waggons in der Farbe von Rost und Wein und mit Namen und Slogans in unleserlichen Graffiti auf den Seiten.

Sie hielten an einer Amoco-Tankstelle außerhalb einer Stadt mit dem Namen McCook und Glen und Amber gingen auf die Toilette und besorgten Sandwiches, während Milo im Charger wartete. Es war kurz nach zwei und es war warm. Benzingeruch lag in der Luft.

»Was weißt du über Milo?«, fragte Glen, als sie an der Kasse warteten, um das Essen zu bezahlen. Der alte Mann vor ihnen mühte sich ab, seine Geldbörse aus der Tasche seiner ausgeleierten Hose zu ziehen.

Amber zuckte mit den Schultern. »Ich weiß, dass ich ihm einen

Haufen Geld dafür bezahle, damit er mich dorthin bringt, wo ich hinmuss.«

»Dann weißt du nichts über ihn?«

Sie seufzte. »Nein, Glen, ich weiß nichts.«

Der alte Mann hatte seine Geldbörse zur Hälfte herausgezogen, doch dann blieb sie an der Ecke der Tasche hängen. Amber beobachtete das Gezerre, das dann folgte, mit einem Interesse, das sie selbst überraschte.

»Erinnerst du dich noch an die Geschichte, die ich dir erzählt habe?«, fragte Glen. »Von dem Highway-Gespenst?«

»Darüber möchte ich nicht reden.«

Er nickte zufrieden. »Dann hast du denselben Verdacht.«

»Ich habe überhaupt keinen Verdacht.«

»Milo ist das Gespenst.«

»Glen, lass gut sein, ja? Ich mein's ernst. Wir fahren jetzt schon stundenlang, mir tut alles weh und ich hab schlechte Laune.«

»Er ist ein Serienmörder, Amber.«

»Mach dich nicht lächerlich.«

Der alte Mann wandte sich langsam um und blickte sie stirnrunzelnd an. Amber schenkte ihm ein freundliches Lächeln und wartete, bis er sich wieder umdrehte.

»Was ist daran lächerlich?«, fragte Glen leise. »Er benutzt ein Auto statt eines Messers, aber deshalb ist er trotzdem ein Serienmörder. Und das ist kein gewöhnliches Auto. Das weißt du genau. Es ist …« Er beugte sich näher zu ihr und senkte seine Stimme zu einem Flüstern. »Es ist besessen.«

»Glen, du klingst im Moment so was von bescheuert.«

»Du hast gesehen, was es getan hat. Es hat Shanks geschluckt. Das war nicht meine Fantasie, die mit mir durchgegangen ist, auch wenn ich mir das noch so sehr einzureden versuche. Es hat ihn geschluckt. Es ist besessen.«

Der alte Mann war endlich fertig und sie traten an die Kasse. »Kommt noch Benzin dazu?«, fragte die Kassiererin gelangweilt.

»Nö«, antwortete Amber und bezahlte.

Sie gingen nach draußen und blickten über den Platz zum Charger hinüber. »Wir stehen an einer Tankstelle und er tankt nicht«, sagte Glen. »Wie oft musste er den Tank schon füllen? Zwei Mal? Drei Mal? Wir sind diese ewig lange Strecke gefahren und er musste drei Mal tanken? Weißt du, wie viel Benzin ein solcher Wagen braucht?«

»Dann ist dieser Wagen eben sparsam im Verbrauch. Na und?«

»Fragst du dich nicht auch, womit er sonst noch läuft? Milo hat gesagt, er würde Shanks verdauen. Wie viele andere Leute hat er schon verdaut? Und schau, wie sauber er ist. Er ist immer sauber und ich habe noch nicht ein Mal gesehen, dass er ihn gewaschen hat. Es ist, als würde er sich selbst reinigen. Und was soll das eigentlich, dass er nur acht Stunden pro Tag mit ihm fahren kann?«

»Im *Durchschnitt*«, sagte Amber. »Er ist schon länger gefahren.«

»Aber was soll das? Weshalb diese Regel? Warum acht Stunden? Hat das was mit Verkehrssicherheit zu tun? Oder vielleicht damit, dass er seinem Wagen nicht zu viel zumuten will, damit er nicht *müde* wird?«

Sie wandte sich ihm zu. »Okay, Glen, ich spiele dein Spiel mit. Was hat es zu bedeuten? Hm? Worauf läuft das alles hinaus?«

Er antwortete erst nach kurzem Zögern. »Ich glaube, der Charger ist lebendig.«

»Oh mein Gott …«

»Schau mich nicht so an. Er ist nicht einfach nur ein Wagen, oder? Er ist mehr. Und du weißt das. Du hast auch für Milo ein Sandwich gekauft, richtig? Jede Wette, dass er es nicht isst.«

»Und was beweist das? Dass er keinen Hunger hat?«

»Er isst nicht, wenn er fährt. Ich glaube, er schläft auch nicht im Wagen. Hat er heute Morgen geschlafen? Hast du ihn schlafen sehen? Ich nicht.«

Sie rieb sich die Augen. »Ich hab selbst geschlafen. Ich hab überhaupt nicht viel gesehen.«

»Zur Toilette gehen, was ist damit? Wir mussten pinkeln – warum Milo nicht?«

»Ich rede ganz bestimmt nicht über die Pinkelgewohnheiten anderer Leute, du Blödmann.«

»Wir haben ihn gebeten anzuhalten, damit *wir* pinkeln konnten, und das schon mindestens zwanzig Mal.«

»Du hast ein Problem mit deiner Blase.«

»Ich pinkle, du pinkelst, er pinkelt nicht. Hast du ihn jemals pinkeln sehen?«

»Nein, Glen, ich habe Milo noch nicht pinkeln sehen. Was zum Henker soll das überhaupt?«

»Ich glaube, der Charger versorgt ihn mit allem Nötigen. Ich glaube, er nimmt seine … also, du weißt schon … seine Ausscheidungen …«

»Igitt.«

»… und verwertet sie, und solange er am Steuer sitzt, funktioniert sein Körper nicht so, wie unsere Körper das tun.«

»Das ist ekelhaft. Und bescheuert.«

»Er hat gesagt, der Charger würde Shanks verdauen. Das heißt, ein Teil von ihm ist lebendig.«

»Das war doch nur bildlich gesprochen, du Idiot!«

»Bist du sicher? Er ist das Gespenst, Amber. Er ist ein Serienmörder und er ist an den Charger gebunden. Vielleicht macht er es nicht mehr, vielleicht ist er geläutert, was weiß ich. Aber du hast gesagt, er hat den Wagen nach zwölf Jahren zum ersten Mal wieder aus der Garage geholt. Was, wenn es eine Art Sucht ist? Er hat sich die ganze Zeit von ihm ferngehalten und brauchte nicht zu töten. Doch jetzt fährt er ihn wieder. Wie lang wird es wohl dauern, bevor es ihn überkommt? Wie lang, bevor er zum Highway-Gespenst wird?«

»Diese Unterhaltung ist total bekloppt und sie endet genau jetzt.«

Sie ging über den Platz. Die Hitze des schwarzen Asphalts drang selbst durch ihre Schuhsohlen. Glen blieb an ihrer Seite. »Der Wagen hat Shanks verschluckt. Er ist lebendig. Weißt du, was ich glaube? Ich glaube, er stellt das Radio nicht an, weil er Angst vor dem hat, was das Auto *sagen* könnte.«

Sie drehte sich mit einem Ruck zu ihm um. »Wenn dir unser Verkehrsmittel nicht behagt, brauchst du nicht mitzukommen. Niemand verlangt das von dir.«

Glen schaute ihr in die Augen. »Ich lass dich nicht allein mit ihm.«

»Er tut mir nichts.«

»Du kennst ihn nicht.«

»Du auch nicht«, erwiderte sie und marschierte zum Charger.

Sie stieg ein und schloss mit einem Rums die Tür. Einen Augenblick später stieg sie wieder aus und hielt die Tür auf, damit Glen nach hinten kriechen konnte. Dann setzte sie sich wieder und zog die Tür zum zweiten Mal mit einem Rums zu.

»Alles in Ordnung?«, fragte Milo.

»Alles gut«, antwortete Amber. »Hier ist dein Sandwich.«

Er nahm es. »Danke. Ich esse es später.«

Er drehte den Zündschlüssel um und der Motor heulte auf. Der Charger rollte sacht über den Schotter zur Straße, wo gerade ein Sattelzug vorbeidonnerte. Milo schaute ihm nach. Während er abgelenkt war, streckte Amber die Hand nach dem Radio aus.

Ihre Finger schwebten über dem Einschaltknopf. Ein Mal drehen. Ein Mal drehen und im Wagen wäre Musik zu hören oder statisches Rauschen oder jemand, der sich über etwas beschwerte, oder Werbung oder eine Predigt … oder eine Stimme. Eine Stimme, wie sie noch keine gehört hatte. Die Stimme des Wagens. Die dunkle Stimme des dunklen Wagens.

Sie ließ die Hand sinken und der Charger bog auf die Straße ein und sie fuhren weiter.

26

Sie erreichten Salt Lake City am nächsten Tag. Glen starrte hinaus auf die schneebemützten Berge, die sich wie der Hintergrund eines irren Science-Fiction-Films hinter den funkelnden Gebäuden erhoben.

»Die sind ja gigantisch«, flüsterte er. »Sind das die Rockies?«

»Ja«, antwortete Amber sarkastisch, »weil jeder Gebirgszug in Amerika die Rockies sind.«

»Sie sind tatsächlich ein Teil der Rockies«, erklärte Milo, worauf Amber ihn finster ansah. »Das dort ist der Wasatch Range.«

»So was haben wir in Irland nicht. Klar, wir haben ein paar wunderschöne Berge wie den Sugar Loaf, die MacGillycuddy's Reeks und den Giant's Causeway im Norden, aber … aber das ist weniger ein Berg, eher ein … Felsbrocken. Ist der Grand Canyon hier irgendwo in der Nähe?«

Amber war ziemlich sicher, dass sie das wusste. »Nein«, sagte sie mit einer leichten Unsicherheit in der Stimme.

Milo nickte ihr zu und sie entspannte sich.

Glen verlor ziemlich schnell das Interesse an den Bergen und konzentrierte sich stattdessen auf die Straßen. »So merkwürdig sieht es hier gar nicht aus«, stellte er fest, »einmal abgesehen von den erstaunlich geraden Straßen. Was, hast du gesagt, sind sie? Scientologen?«

»Mormonen«, antwortete Milo.

»Welche glauben an Außerirdische?«

»Scientologen«, erwiderte Amber.

»Dann wäre ich gern Scientologe gewesen. Aber das hat doch

was mit Wissenschaft zu tun und wissenschaftliches Arbeiten war nie meine Stärke. Eines muss man den Mormonen allerdings lassen – sie lieben ihre geraden Straßen, stimmt's? Ich bezweifle, dass Scientologen so gerade Straßen wie diese hätten bauen können, wo sie doch an Außerirdische und all das glauben. Ihre wären alle kurvig.«

Amber runzelte die Stirn. »Warum?«

»Na ja, weil sie die ganze Zeit in den Himmel geschaut hätten. Oder vielleicht würden sie versuchen, ihre Städte um Außerirdischensymbole herumzubauen, um Getreidekreise zum Beispiel. Das wäre cool. Aber gerade wären sie nicht und von einem Ort zum nächsten zu kommen wäre die Hölle, wenn alle Straßen kreisförmig wären. Ich glaube, die Mormonen haben es richtig gemacht. Gerade Linien. So macht man das. Wer sind die Leute mit den Bärten?«

»Muslime?«

»Nein, Bärte und so komische Hüte und sie bauen Scheunen und so was.«

»Die Amischen«, sagte Amber.

»Und wo haben sie das Sagen?«

»Nirgendwo. Ich meine, sie haben ihre Siedlungen, aber sie bauen keine Städte oder so.«

»Wenn sie Städte bauen würden, wären sie wahrscheinlich bekannter.«

»Stimmt. Ich werde sie bei Gelegenheit darauf hinweisen.«

Wenige Minuten später hielten sie gegenüber einer heruntergekommenen Bar mit einem verblichenen Schild, auf dem eine Treppe abgebildet war. Sie überquerten die Straße und Milo öffnete die Tür. In der Bar war es so still wie leer. Allem Anschein nach war hier seit Jahren niemand mehr gewesen.

Da Milo nichts sagte, hielt auch Amber den Mund und ausnahmsweise schwafelte auch Glen nicht irgendwelches dummes Zeug. Sie kamen zu einer Treppe und gingen hinunter.

Es dauerte nicht lang und sie sanken langsam in zunehmende Düsternis. Immer noch keine Musik und keine Stimmen, kein Gläserklirren und kein Gelächter. Sie stiegen weiter hinunter und weiter, und gerade als Amber dachte, es könnte unmöglich noch weiter hinuntergehen, waren die Stufen plötzlich nicht mehr aus Holz, sondern aus Stein, und es ging doch noch weiter hinunter.

Es war kalt hier unten und stockdunkel. Auch die Wand, an der Amber gelegentlich entlangstreifte, war jetzt aus Stein wie die Stufen, kalt und hart und feucht. Und dann war auf einmal keine Wand mehr da, und als Amber danach tastete, streckte sie die Hand zu weit aus und hätte fast das Gleichgewicht verloren. Glen packte sie und zog sie von der Stufenkante zurück.

Sie blieben alle drei stehen.

»Wir sollten zurückgehen«, drängte Amber. Ihre Stimme klang dünn und schien aus weiter Ferne zu kommen. Es war, als stünden sie in einer riesigen Höhle.

»Nur noch ein kleines Stück«, sagte Milo. »Leg deine Hand auf meine Schulter.«

Sie tat es, und Glen legte seine Hand auf ihre Schulter und so stiegen sie weiter hinunter.

Nach und nach wurde es wieder etwas heller. Dann eine Farbe im Dämmerlicht. Rot. Ein diffuses Rot. Sie hörte Musik. Und Stimmen.

Neben sich spürte sie wieder eine Wand. Sie war in einem dunklen Gelbton gestrichen, fast golden, und sie hielt die Kälte ab. Sie strich mit den Fingern über alte Plakate für alte Sänger und alte Bands. Ihre Nägel fuhren über die Knicke und Risse.

Die Treppenstufen waren wieder aus Holz, glatt getreten von vielen Füßen. Die Musik spielte schnell – Klavier- und Trompetenmusik wie die, zu der in den 1930ern und 1940ern getanzt worden war. Die Decke war so niedrig, dass Milo und Glen den Kopf einziehen mussten. Amber nicht. Sie behielt den Kopf oben und die Augen offen, als sich die Bar plötzlich vor ihnen auftat.

Sie war gesteckt voll. Leute tranken und rauchten und redeten, tanzten und sangen. Der Tresen nahm die Mitte des Raums ein, das pulsierende Herzstück des Ganzen.

»Ich darf hier gar nicht sein«, sagte Amber. »Ich bin zu jung.«

Glen wirkte nervös. »Ich glaube, ich auch. He, nein, sieh mal – da sind ja Kinder, wie Milo gesagt hat.«

Amber zählte vielleicht ein halbes Dutzend Kinder zwischen den Erwachsenen.

»Dürfen die Leute rauchen, wenn Kinder im Raum sind?«, fragte Glen. »Ich weiß nicht, ob sie das tun sollten. Sie sollten überhaupt nicht rauchen. Verstoßen sie nicht gegen das Gesetz?«

»Bleibt hinter mir und haltet den Mund«, sagte Milo und ging voraus zum Tresen. Der Mann dahinter war groß und kräftig und sein Bart reichte vom Schlüsselbein bis fast unter die Augen. Er hatte die Ärmel seines weißen Hemdes aufgekrempelt und man sah seine seltsam unbehaarten Arme. »Hey«, grüßte Milo.

Der Dicke schaute Milo an, dann Glen, dann Amber, obwohl sie sich zu verstecken versuchte. Doch statt sie hinauszuschicken oder nach ihrem Ausweis zu fragen, sagte er nur: »Dann also drei Bier. Nehmt Platz.«

Glen strahlte und ging sofort zu einem freien Tisch. Milo schaute Amber an und zuckte mit den Schultern, worauf sie ihm zu einem Tisch nahe der hinteren Wand folgte. Glen runzelte die Stirn und kam nach.

»Was hat mit meinem Tisch nicht gestimmt?«, wollte er wissen. Milo antwortete nicht.

Die Bardame kam mit ihren Getränken auf einem Tablett herüber. Amber war ziemlich sicher, dass sie nicht mehr Bardamen hießen, doch ihr wollte beim besten Willen nicht einfallen, wie sie jetzt genannt wurden. Außerdem passte *Bardame* zu diesem Ort.

»Bitte schön«, sagte die Bardame und stellte die Getränke ab.

Milo legte einen Geldschein aufs Tablett. »Danke. Ich frage mich, ob Sie uns helfen können. Unser Reisegefährte …«

»Freund«, korrigierte Glen.

»… sucht jemanden. Abigail. Wenn Sie sie uns zeigen können, ist der Rest Ihr Trinkgeld.«

Die Barfrau lächelte. »Ich muss sie Ihnen nicht zeigen, Sir. Abigail hat Sie bereits entdeckt.«

Amber runzelte die Stirn. »Ach ja?«

Die Barfrau entfernte sich und aus der Menge tauchte ein kleines blondes Mädchen in einem hübschen Kleid auf.

»Hallo.«

»Hi.« Amber zwang sich zu einem Lächeln, das reichlich verwirrt ausfiel. »Wie heißt du denn?«

»Ich bin Abigail«, antwortete das Mädchen lächelnd. »Mir gehört die Bar.«

Glen wurde blass. »*Du* bist Abigail?«

Milo runzelte die Stirn. »Dir *gehört* die Bar?«

»Genau.« Sie kicherte. »Wenn die Leute das hören, schauen sie alle gleich komisch aus der Wäsche.« Sie schenkte Amber noch einmal ein Lächeln. »Übrigens, deine Hörner sind *wunderschön.*«

In Amber stieg Panik auf und sie hob unwillkürlich die Hände an den Kopf. Keine Hörner. Alles war normal.

Abigail schaute Milo an, schaute ihn an mit Augen, die mehr sahen, als zu sehen war, und lächelte erneut. Amber fragte sich, was sie wohl sah.

Zuletzt wandte sich Abigail Glen zu. »Du trägst das Todeszeichen.«

»Äh …«

»Du willst mich töten, nicht wahr?«

Glen schluckte schwer. »Nein?«

Abigail nickte. »Das dachte ich mir.«

»Es tut mir leid«, entschuldigte sich Glen. »Ich wusste nicht, dass du ein … ein Kind bist. Jetzt komme ich mir schlecht vor, und zwar richtig schlecht. Man hat mir gesagt, du hättest Leute umgebracht. Oh, Mann. Was mache ich denn jetzt?«

»Ich kann dir helfen, wenn du willst«, bot Abigail an.

Glen strahlte wieder. »Du kannst es entfernen?«

»Oh ja«, antwortete das kleine Mädchen. »Es ist ganz einfach.«

Sie neigte den Kopf und die Leute um sie herum sprangen herbei, drückten Glens Kopf brutal auf den Tisch und hielten Amber ein Messer an den Hals. Sie erstarrte.

Auch Milo hatte ein Messer an der Kehle. »Er ist wirklich nicht unser Freund«, sagte er.

Sie packten Glens Arm und legten ihn flach auf den Tisch. Ein dicker Mann mit einem Metzgerbeil trat hinzu. »Nein!«, schrie Glen. »Nein, bitte nicht!«

Abigail kicherte. »Stell dich nicht so an. Er schneidet dir nur die Hand ab. Es ist ja nicht so, als würdest du deinen ganzen Arm verlieren!«

Die kalte Klinge wurde fester an Ambers Hals gedrückt, als wüsste ihr Besitzer, wie gern sie ihre Dämonengestalt angenommen hätte.

»Bitte tu das nicht.« Glen versuchte, vernünftig zu klingen. »Ich wusste es nicht. Ich wusste nicht, dass du Abigail bist. Hätte ich gewusst, dass du ein kleines Mädchen bist, hätte ich Nein gesagt.« Der Dicke tippte ein paarmal mit dem Beil auf Glens Arm, um die Stelle zu testen, und hob es hoch über seinen Kopf.

Glen gab jeden Versuch, vernünftig zu erscheinen, auf und begann wieder zu schreien. »Oh Gott, bitte tu's nicht bitte hack mir nicht die Hand ab ich brauche sie ich wusste es nicht ich wusste es nicht der alte Mann hat es mir nicht gesagt!«

Abigail hob einen Finger und der Mann mit dem Hackebeil hielt inne.

Sie beugte sich näher zu Glen. »Welcher alte Mann?«

Glen keuchte. »Der … der alte Mann, der das Todeszeichen an mich weitergegeben hat. Er hat nur gesagt, dass es für jemanden sei, der es verdient hätte zu sterben. Er hat gesagt, du hättest Leute umgebracht. Einen ganzen Haufen Leute.«

Abigail schürzte die Lippen. »Hast du ihn nach seinem Namen gefragt?«

»Nein.«

Abigail zuckte mit den Schultern. »Schade.« Sie schaute den Dicken mit dem Metzgermesser an und wollte gerade einen Befehl erteilen, als Glen fortfuhr: »Aber er hatte graues Haar! Und er war klein! Und ein Spanier! Und er hatte einen langen grauen Bart!«

Abigail lachte. »*Lautaro Soto* hat dich gebeten, mich umzubringen? Wie süß! Er ist allerdings kein Spanier, sondern Mexikaner. Das heißt, er *war* Mexikaner. Jetzt ist er tot, richtig?«

Glen nickte. »Direkt nachdem er das Todeszeichen an mich weitergegeben hatte, ist er gestorben.«

»Er war schon immer hinterhältig«, sagte Abigail. »He, Leute, ihr könnt ihn loslassen.«

Abigails Leute ließen Glen los. Der Typ mit dem Hackebeil schien enttäuscht. Das Messer wurde von Ambers Kehle genommen, und als geschähe so etwas jeden Tag, nahmen die Leute ihre vorherige Beschäftigung wieder auf.

»Hackst du mir immer noch die Hand ab?«, fragte Glen kleinlaut.

Abigail lachte wieder. »Nein, du Hosenscheißer! Jetzt ist alles anders. Dahinter stecken nicht meine Feinde, sondern Lautaro, einer meiner ältesten, besten, erst kürzlich von uns gegangenen Freunde.«

»Dann … dann lässt du mich gehen?«

»Selbstverständlich. Solange du das Todeszeichen an jemand anders weitergibst.«

Glen runzelte die Stirn. »Aber … aber ich dachte, es funktioniert nur bei dir.«

»Nö, es funktioniert bei jedem.«

»Dann hätte ich es zu jeder beliebigen Zeit einfach an irgendjemanden weitergeben können?«, fragte Glen. Er wurde immer lauter. »Warum hat mir das niemand gesagt? Warum hat der Alte mir das nicht gesagt?«

»Wahrscheinlich wollte Lautaro nicht, dass du es an irgendjemanden x-Beliebigen von der Straße verschwendest. Aber ich möchte, dass du es an einen Typen weitergibst, der es wirklich verdient hat. Er heißt Ralphie. Er ist ein totaler Fiesling, Glen, glaub mir. Er und sein Bruder. Ralphie und Ossie. Sie sind solche Fieslinge! Drogendealer dazu, und man weiß von ihnen, dass sie jemanden für Geld umgebracht haben. Sie haben auch hier mitgemischt, garantiert – sie haben alles getan, was Lautaro ihnen gesagt hat. Aber sieh zu, dass du Ralphie tötest. Er ist der Clevere von den beiden.« Sie hielt kurz inne. »Obwohl das, zugegebenermaßen, nicht viel aussagt.«

»Warum wollten sie dich umbringen?«, fragte Amber.

Abigail zuckte mit den Schultern. »Warum will jemand jemanden umbringen? Es ist einfach ein Gedanke, der einem so in den Sinn kommt, oder? Etwas passiert und der Gedanke ist da. Sie haben mal für mich gearbeitet, vor vielen Jahren. Dann haben sie was Dummes getan und ich habe Dinge gesagt, die ich bereut habe, doch da war es schon zu spät. Sie haben Gott gefunden – wahrscheinlich war er zwischen den Sofakissen, dort verliere ich ständig Dinge – und haben sich mit Lautaro zusammengetan. Er war Prediger und schon seit Jahren hinter mir her. Er war überzeugt, ich sei die Ausgeburt des Teufels, was einfach gemein ist. Lautaro hat beide Augen zugedrückt, wenn Ralphie und Ossie mit Drogen gedealt und Leute umgebracht haben. Was mich betrifft, war er aber immer noch der Meinung, er kämpfe den guten Kampf. Zusammen müssen sie wohl zu dem Schluss gekommen sein, dass es eine super Idee sei, mich umzubringen.«

»Und wie ist der Alte nach Irland gekommen?«, wollte Glen wissen.

»Willst du meine wohlbegründete Vermutung hören?«, fragte Abigail. »Sie haben herausgefunden, dass sie mich nur mit dem

Todeszeichen töten können. Aber so ein Todeszeichen zu machen ist etwas anderes, als in eine Schachtel Cornflakes zu greifen und das billige Plastikspielzeug herauszufischen. Das ist mit richtiger, echter Arbeit verbunden. Lautaro muss in Irland jemanden mit dem nötigen Know-how gekannt haben, also geht er rüber, sie machen das Todeszeichen und Lautaro will es mit zurücknehmen nach Amerika. Aber er ist ein alter Mann und alte Männer sind gebrechlich und das Todeszeichen kann dich aufzehren und auslaugen, wenn du alt und gebrechlich bist.« Sie zuckte mit den Schultern. »Sie haben sich verkalkuliert. So was passiert. Aber kurz bevor er stirbt, findet er einen gesunden jungen Mann wie dich, Glen. Er kann dich dazu bringen, dass du das Zeichen über den großen Teich beförderst und mich damit umbringst. *Mich!*«

Abigails Ton war sehr kalt und ihre Stimme sehr leise geworden.

Dann war das vergnügte Lächeln wieder da. »Aber schau uns an! Wir nehmen den Plan dieser Fieslinge, kehren ihn um und wenden ihn auf sie an! Die werden nicht schlecht staunen, wenn du vor ihrer Tür stehst, Glen. Was meinst du? Kannst du dir ihre Gesichter vorstellen?«

»Ich … ich weiß nicht, ob ich das kann«, stammelte Glen.

»Allein nicht«, meldete sich Milo. »Aber mit unserer Hilfe schaffst du es. Dafür sorgen wir schon.«

Glen blinzelte. »Du … du würdest das für mich tun?«

»Selbstverständlich.«

Ein Lächeln breitete sich auf Glens Gesicht aus, verschwand aber gleich wieder. »Du würdest es tun, weil du willst, dass ich euch in Ruhe lasse, stimmt's?«

»Selbstverständlich.«

Mit finsterer Miene drehte sich Glen wieder zu Abigail um. »Ich glaube nicht, dass ich es kann. Ich kann niemanden töten. Ich dachte, ich könnte es, ich dachte, ich könnte es einfach an dich weitergeben, aber … ich kann es nicht. Vor ein paar Tagen habe ich auf jemanden geschossen – auf einen bösen Menschen. Einen

Augenblick lang dachte ich, ich hätte ihn umgebracht. Es war schrecklich. Er war ein Serienmörder, aber es war trotzdem ein schreckliches Gefühl. Es tut mir leid. Ich habe einfach nicht das Zeug dazu. Aber es gibt doch hier jede Menge Leute, die für dich arbeiten, richtig? Ich kann das Todeszeichen an sie weitergeben und sie töten dann deinen Freund für dich.«

Abigail schüttelte den Kopf. »Das Todeszeichen kann nur noch ein einziges Mal weitergegeben werden. Lautaro Soto hat es an dich weitergegeben. An wen immer du es als Nächstes weitergibst, er oder sie wird sterben. Keine Hintertürchen. Keine Ausnahmen. Und wie es aussieht, hast du nicht mehr allzu viel Zeit, Glen.«

Glen schaute auf seine Handfläche. Der schwarze Faden strudelte schneller. »Ich weiß.«

»Aber du hast Glück, Ralphie und Ossie wohnen ganz in der Nähe. Hast du nicht ein Glück?«

Glen schloss die Hand schnell wieder und stand auf. »Wir müssen los! Jetzt sofort.«

»Setz dich«, sagte Abigail. »Ich weiß nicht, wo sie sich so früh am Abend herumtreiben. Aber ich weiß, wo sie heute Nacht sind.«

»So lang können wir nicht warten«, entgegnete Glen.

»Natürlich könnt ihr. Ihr bleibt hier und ich komme zurück, sobald ich mehr weiß. In der Bar hier ist viel los und ich bin eine sehr beschäftigte Lady. Viel Spaß.«

Sie lächelte alle noch einmal an, nahm die Füße mit Schwung vom Stuhl, hüpfte herunter und ging davon.

Nach kurzem Zögern setzte Glen sich wieder und Milo beugte sich zu ihm. »Du hast das Todeszeichen *freiwillig* angenommen?«

»Hab ich das? Oh ja, richtig. Also, der alte Herr hat vielleicht etwas gesagt von … hm, wie war das noch mal? *Um das Todeszeichen an eine andere Person weitergeben zu können, muss diese andere Person es freiwillig übernehmen.* Oder so ähnlich.«

Amber blickte Glen finster an. »Du hast mir erzählt, du seist *angegriffen* worden.«

Glen machte ein beleidigtes Gesicht. »Bin ich ja auch!«

»Du hast gesagt, du seist von einer *Kreatur* angegriffen worden.«

Glen nickte. »Oder von einer kreaturähnlichen Person, ja.«

»Wie bitte? Was? Was ist bitte schön eine kreaturähnliche Person?«

»Das ist ein … also, eine Person, die aussieht wie eine Kreatur. Ist doch logisch. Wie eine, ihr wisst schon … wie ein alter Mann.«

»Du hast *Kreatur* gesagt.«

»*Gemeint* habe ich alter Mann.«

»Und du hast das Zeichen freiwillig angenommen?«, fragte Milo noch einmal.

»Ich wusste doch nicht, was es war!«, verteidigte Glen sich. »Dieser alte Herr taucht aus der Dunkelheit auf und greift mich an …«

»Greift dich an?«

»… oder spricht mich an, wie auch immer. Und er sagt, dass er bald sterben wird und ob ich dieses Todeszeichen zu der Person bringen könnte, für die es gedacht war. Eine schreckliche Person namens Abigail, die in dieser Bar in Amerika untergetaucht sei … Was hätte ich denn sagen sollen? Nein?«

»Ja«, erwiderte Amber. »Du hättest Nein sagen sollen.«

»*Jetzt* würde ich Nein sagen. *Jetzt* würde ich ganz sicher Nein sagen. *Jetzt* kenne ich alle Einzelheiten. Aber damals kannte ich sie nicht. Und er erschien so harmlos und … er erinnerte mich ein wenig an meinen Großvater.«

»Ach du liebe Güte.«

»Was? Als ich klein war, war mein Großvater sehr wichtig für mich.«

»Und nur weil er dich ein wenig an deinen früh verstorbenen Großvater …«

»Oh nein, Großvater ist nicht tot. Er wohnt nur in Cork.«

Amber blickte ihn finster an. »Er hat dir gesagt, du sollst jemanden in Amerika umbringen, und du hast Ja gesagt.«

»Mein Großvater?«

»*Soto.*«

Glen überlegte. »Ja, wahrscheinlich habe ich Ja gesagt. Aber ich war noch nie in Amerika und wollte da immer mal hin. Das schien eine super Gelegenheit zu sein.«

»Du«, sagte Milo, »bist unvorstellbar dumm.«

Glen sackte auf seinem Stuhl zusammen. »Wenn du meinst.«

Amber erhob sich und Glens Unterkiefer klappte herunter.

»Du lässt mich im Stich?«

»Ich gehe zur Toilette.«

»Oh. Hm. Nur zu.«

Seufzend verließ sie den Tisch. Sie fand die Toilette, die erfreulicherweise sauber war, und kam auf dem Rückweg an der Tanzfläche vorbei. Abigail, flankiert von zwei stämmigen Mitarbeitern, zeigte gerade auf eine Frau, die offenbar jeden Augenkontakt unbedingt zu vermeiden versuchte. Die Mitarbeiter stellten sich rechts und links neben die Frau und sagten ein paar Worte. Sie schüttelte steif den Kopf. Die Leute, mit denen sie sich unterhalten hatte, ihre Freunde, nahmen ihre Getränke und entfernten sich. Sie schaute ihnen mit flehenden Blicken nach.

Die Mitarbeiter fassten die Frau fest an den Ellenbogen und führten sie zu einem Hinterzimmer. Sie schoben sie mit sanfter Gewalt durch die offene Tür, worauf sie sich sofort wieder umdrehte, zu fliehen versuchte, etwas sagen wollte, doch sie weinte zu sehr, um es herauszubekommen.

Die anderen Kinder kamen zu Abigail. Ihre Art zu lächeln schickte Amber kalte Schauer den Rücken hinunter. Sie waren sechs, sechs hübsche Kinder, die jetzt zu dem Hinterzimmer gingen. Die Mitarbeiter traten beiseite. Die Frau machte einen Schritt nach hinten, hob die Hände, um die Kinder auf Abstand zu halten. Ihre Beine knickten ein. Sie war inzwischen vollkommen hysterisch. Die kleinen Jungs zogen schmale Messer aus der Hosentasche und die kleinen Mädchen zogen schmale Messer aus ihren

Handtäschchen. Sie gingen in den Raum und die Frau begann zu schreien und die Tür schloss sich.

Amber lief zurück zu ihrem Tisch. »Die Kids sind Mörder«, zischte sie und unterbrach damit das Gespräch zwischen Glen und Milo. »Die Kids«, wiederholte sie. »Die Kinder. Abigail. Ich habe gerade beobachtet, wie sie eine Frau mit Messern in den Händen bedroht haben.«

Glen runzelte die Stirn. »Im Ernst?«

»Ja, Glen, im Ernst.«

»Sie sind tatsächlich Mörder? Echte Killer?« In dem Moment, in dem er es aussprach, setzte Panik ein. »Wir müssen hier raus. Wir müssen weg hier. Nicht wahr? Wer geht zuerst? Sie dürfen nicht merken, dass wir gehen.«

»Wir gehen nirgendwohin«, entgegnete Milo.

»Hast du nicht gehört, was sie gesagt hat?«

»Wir warten auf Abigails Anweisungen. Das ist ihre Bar, und was sie hier tut, ist ihre Privatangelegenheit. Mit uns hat das nichts zu tun.«

»Du scheinst nicht allzu überrascht«, sagte Amber zu Milo. »Was die Killer-Kids betrifft.«

»Natürlich nicht. Ich habe sie sofort erkannt, als ich sie gesehen habe.«

»Du kennst sie?«

»Ich habe über sie gelesen. Sie ist Abigail Gateling. Hat ihre gesamte Familie umgebracht, als sie acht Jahre alt war. Sie wurde in eine Irrenanstalt gesteckt, während die Behörden überlegten, was sie mit ihr machen sollten. Sie floh aus der Anstalt und klopfte an die erste Tür, zu der sie kam. Man fand sie am nächsten Morgen, über und über mit Blut besudelt.«

Glen zog scharf die Luft ein. »Und sie läuft frei herum?«

»Sie ist tot«, antwortete Milo. »Das alles ist 1932 passiert.«

Amber starrte ihn an. Glen begann zu weinen. Irgendwie verhunzte das den Augenblick.

27

Der Charger wartete auf sie, als sie aus der Bar kamen. Es war Nacht geworden.

Milo holte eine der Landkarten aus dem Handschuhfach und legte ihre Route nach Abigails Anweisungen fest. Als er fertig war, faltete er die Karte zufrieden zusammen und gab sie Amber. Dann fuhr er los.

Glen saß auf der Rückbank und sagte nicht viel. Falls alles nach Plan lief, war er das Todeszeichen bis zum Ende der Nacht los. Falls alles nach Plan lief, musste heute Nacht jemand an seiner Stelle sterben.

Je weiter sie sich von der Stadt entfernten, desto größer wurden die Flächen. Häuser hatten Platz zum Atmen und sie atmeten tief durch. Durstige Rasen wurden zu Gras- und Buschland. Die Landschaft explodierte nach außen, bäumte sich zu Bergen auf, die sich dunkel gegen den Abendhimmel abzeichneten. Die Straßen wurden zu breiten staubigen Pfaden.

Sie fuhren eine weitere halbe Stunde, bis sie sämtliche Spuren von Zivilisation hinter sich gelassen hatten. Milo hielt am Wegrand an. Er ließ den Motor laufen, während er eine Landkarte öffnete.

»Haben wir uns verirrt?«, fragte Glen.

»Nein«, antwortete Milo. »Ich schaue nur nach, wie es weitergeht. Sie sollten hier irgendwo sein, ich sehe nur nicht …«

Hinter ihnen leuchteten Scheinwerfer auf und etwas rammte sie. Glen schrie auf und Amber auch. Milo warf die Karte zu ihr hinüber, und während das zerknitterte Papier ihr noch die Sicht nahm, heulte der Charger schon auf und machte einen Satz nach vorn. Das Licht von hinten blendete und Amber hörte nur das Röhren von Motoren. Milo riss das Lenkrad herum, der Wagen drehte sich und etwas donnerte vorbei und kappte den Seitenspiegel auf der Fahrerseite.

Der Charger drehte sich ein Mal um die eigene Achse, bevor er zum Stehen kam. Er zitterte vor zurückgehaltener Kraft. Amber schob die Karte vor sich in den Fußraum und erst jetzt hörte sie Glens Flüche. Auf der staubigen Straße vor ihnen wendete ein dunkler Pick-up und fing sie mit seinen vielen Scheinwerfern ein. Amber kniff die Augen zusammen.

»Sicherheitsgurte anlegen«, befahl Milo leise.

Amber wusste, dass sie bereits angeschnallt war, prüfte es aber trotzdem noch einmal. »Hinten gibt es keine Sicherheitsgurte«, rief Glen. Er war schon wieder in Panik. »Warum gibt es hier keine Sicherheitsgurte?«

»Leg dich auf den Boden«, befahl Milo.

Glen rutschte wimmernd nach unten und zog die Taschen auf sich.

Der Pick-up schoss nach vorn und Milo legte den Rückwärtsgang ein. Amber hielt sich fest. Durch die Windschutzscheibe sah man nichts als die Lichter des Pick-ups. Milo fuhr mit einer Hand am Lenkrad. Er schaute über die Schulter nach hinten und hatte die andere auf Ambers Rückenlehne gelegt.

Er bremste unvermittelt, riss das Lenkrad herum und der Charger drehte sich erneut. Amber wurde gegen die Tür gepresst, doch der Pick-up streifte sie und der ganze Wagen schleuderte zur Seite. Milos Hand lag auf dem Schalthebel und sein Fuß drückte aufs Gas. Der Charger spuckte Dreck und Staub und war wieder unter Kontrolle und wieder auf der Straße, der Pick-up direkt hinter ihm.

»Wer zum Teufel ist das?«, kreischte Glen unter all den Taschen hervor.

Amber stützte sich mit einer Hand am Armaturenbrett ab, rutschte zurück auf ihren Platz und presste sich an die Rückenlehne. Hätte sie nach hinten geschaut, wäre sie geblendet worden, deshalb hielt sie den Blick auf die Straße vor ihr gerichtet. Der unbefestigte Weg war bei dieser Geschwindigkeit von der Landschaft, die er durchschnitt, kaum zu unterscheiden. Der Pick-up rammte sie, der Charger machte einen Satz und Milo mühte sich ab, um ihn unter Kontrolle zu halten. Sie wurden erneut gerammt und Milo zischte leise, als das Heck des Wagens wegzurutschen begann. Jetzt rumste der Pick-up gegen Ambers Seite. Sie schrie, doch ihr Schrei war über dem Röhren der Motoren und dem Kreischen von sich verbiegendem Metall kaum zu hören.

Der Charger drehte sich zum dritten Mal und kam zitternd zum Stehen. Der Motor ging aus.

In der plötzlichen Stille konnte Amber Dacre Shanks im Kofferraum schreien hören. Doch seine Schreie wurden nach und nach leiser.

Der Pick-up beschrieb eine Schleife. Aus irgendeinem Grund wirkte das so lässig, so spielerisch, dass in Amber die Wut hochstieg.

Milo drehte den Zündschlüssel um. Der Charger röchelte.

»Oh Gott«, stöhnte Glen.

Der Pick-up hielt wieder auf sie zu, wurde immer schneller.

Der Charger brachte erneut nur ein rasselndes Keuchen hervor.

Amber zog am Türgriff, doch die Tür verriegelte automatisch und schloss sie ein.

Sie drehte sich rasch zu Milo um, der den Zündschlüssel zum dritten Mal umdrehte. Der Charger röhrte, seine Scheinwerfer leuchteten in einem teuflischen, höllischen Rot.

Eine Sekunde vor dem Aufprall schoss er los und wendete unter einer Kies- und Sandfontäne. Jetzt rasten sie hinter dem Pick-up her, holten auf und krachten in seine Rücklichter. Der Pick-up kippelte, wäre fast gegen den einzigen Baum weit und breit geprallt, und Milo gab wieder Gas. Der Charger überholte rechts und der Pick-up schleuderte in ihn hinein. Milo antwortete auf dieselbe Art und Weise. Die beiden Wagen krachten über eine Viertelmeile oder mehr immer wieder gegeneinander. Dann setzte sich der Pick-up an die Spitze, als der Weg zwischen zwei Hügeln schmaler wurde.

Milo beherrschte den Charger, als sei er ein Teil von ihm. In der Dunkelheit und den kurzen Lichtblitzen dazwischen war es schlecht zu erkennen, doch er schien fast zu lächeln. Seine Haut wirkte dunkler, als nähmen seine Hände die Farbe des Lenkrads auf und verteilten sie im Körper. Sein Kinn schien kantiger. Die Rücklichter des Pick-ups spiegelten sich irgendwie in seinen Augen und ließen sie rot glühen. Und waren das Hörner, die da zwischen seinen Haaren wuchsen?

Der Pick-up versuchte, sich davonzumachen, und der Charger rammte ihn noch einmal. Milos Lächeln wurde breiter, und als er den Mund öffnete, strahlte rotes Licht zwischen seinen weißen Zähnen.

Etwas Helles beschrieb am Himmel einen Bogen. Amber wollte noch eine Warnung brüllen, doch es war zu spät. Die Helligkeit explodierte auf der Kühlerhaube und Flammen loderten über die Windschutzscheibe.

Milo drehte am Lenkrad und dann war da ein neues Geräusch, ein Knattern, rasch hintereinander wie bei einem Feuerwerk. Es dauerte einen Moment, bis Amber begriff, dass auf sie geschossen wurde. Die Kugeln schlugen in die Seite des Wagens ein, die Heckscheibe zersprang und Milo ächzte und drehte sich in seinem Sitz um. Der Charger krachte gegen irgendetwas. Prallte ab und dann war das Geräusch der Reifen auf der Straße nicht mehr zu hören und sie fielen. Amber schrie und Glen schrie. Sie waren nichts weiter als ein Feuerball, der in die Dunkelheit fiel …

… und dann knirschend auf dem Abhang landete. Milo kurbelte am Lenkrad und manövrierte sie mithilfe von Bremse und

Gaspedal im Slalom um die Bäume und Felsbrocken auf dem Hügel herum.

Das Gelände wurde flacher und der Charger grub sich in Gebüsch und Erde und rollte dann auf einer schmalen Straße aus. Die letzten Flammen auf der Kühlerhaube erloschen.

Milo wandte Amber das Gesicht zu. Das rote Licht in seinen Augen verblasste, als was auch immer ihn von innen her erleuchtet hatte, langsam erlosch. Sie starrte ihn an. Ohne ein Wort zu sagen.

»Alles in Ordnung, Glen?«, fragte er barsch.

»Nein«, kam die Antwort, als Glen sich langsam nach oben arbeitete. »Ist es vorbei? Was ist passiert?«

»Wir wurden in einen Hinterhalt gelockt.«

»Sie wussten, dass wir kommen?«, fragte er und spähte hinaus. »Sind wir jetzt in Sicherheit?«

Milo stieg aus, ohne ihm zu antworten. Amber entriegelte die Tür, musste sich aber zurücklehnen und dagegentreten, damit sie aufging.

Der Charger war ein einziger Schrotthaufen. Die Kühlerhaube, auf der der Molotowcocktail explodiert war, war völlig verbeult und hatte Blasen geworfen. Beide Türen waren fürchterlich eingedrückt und der Rahmen auf der Beifahrerseite hatte einen Knick. Die Rückscheibe wies zwei Einschusslöcher auf. Die Fahrerseite jede Menge mehr.

»Tut mir leid wegen deinem Wagen«, sagte Amber düster.

Milo ging um ihn herum. Er hinkte. Das linke Hosenbein seiner Jeans war mit etwas Dunklem getränkt.

»Du hast eine Kugel abbekommen«, stellte Amber fest. Dann noch einmal, lauter: »Oh mein Gott, du hast eine Kugel abbekommen!«

»Nur ein Kratzer«, erwiderte Milo. »Bis morgen früh ist alles wieder okay.«

Sie lief zu ihm. »Du hast eine Kugel abbekommen, Milo! Schau doch, das ganze Blut! Du hinterlässt blutige Fußabdrücke!«

»Bis morgen früh ist alles wieder okay«, wiederholte er, löste ihre Hand von seinem Arm und setzte sich wieder hinters Lenkrad.

Amber wäre stur draußen stehen geblieben, doch das Adrenalin verflüchtigte sich und jetzt spürte sie die Kälte. Sie stieg ein.

»Was machen wir jetzt?«, fragte Glen.

»Hol die Decken raus«, antwortete Milo. »Wir übernachten hier.«

»Und was ist, wenn sie uns finden? Sie haben Maschinengewehre.«

»Der Wagen bewegt sich keinen Meter mehr und wir auch nicht. Wenn sie uns finden, finden sie uns eben.«

»Und du erwartest, dass wir *schlafen*?«

»Ihr macht, was ihr wollt«, sagte Milo. »Aber ich bin müde und will die Augen zumachen.«

Und zum ersten Mal, seit Amber ihn kannte, tat Milo hinter dem Lenkrad seines Wagens genau das.

Während der Zeit, die sie brauchte, um einschlafen zu können, gab es Momente, in denen sie glaubte, der Tod hätte Milo geholt, ohne dass sie es gemerkt hätte. Und jedes Mal zuckte sie zusammen und Eiseskälte breitete sich von ihrem Herzen aus, bis sie schwache Atemgeräusche hörte.

Sehr schwache.

28

Als sie erwachte, war es hell und die Morgensonne gab ihr Bestes, um die Kälte zu vertreiben, die die Nacht gebracht hatte. Milo ging draußen im Kreis herum. Er trug neue Jeans und hinkte kaum noch.

Immer noch in die Decke eingewickelt, zog Amber am Türgriff. Die Tür ließ sich problemlos öffnen. Sie stieg aus und reckte sich.

»Was macht dein Bein?«, fragte sie.

Milo blieb stehen. »Gut«, versicherte er ihr. »Es war nur ein Kratzer, wie ich gesagt habe.«

Er sah normal aus. Normale Augen, normaler Mund, normale Haut. Keine Hörner. Aber er log, und so, wie er sie anschaute, wollte er, dass sie ihn darauf ansprach. Sie tat es nicht. Er hatte ein Recht auf seine Geheimnisse. Das hatte er sich verdient.

Sie drehte sich um und wollte wieder einsteigen, trat jedoch überrascht einen Schritt zurück. »Himmel!«

Die Kühlerhaube des Chargers war makellos. Die Dellen waren verschwunden. Keine Einschusslöcher und keine Kratzer mehr. Er strahlte in der Morgensonne, kein Stäubchen auf seiner prachtvollen Schwärze.

»Sieht so aus, als sei der Schaden doch nicht so schlimm gewesen«, meinte Milo.

Amber gab ein undefinierbares Geräusch von sich. Glen setzte sich auf der Rückbank auf und gähnte. Milo stieg ein, steckte den Zündschlüssel ins Schloss und drehte ihn um.

Der Charger erwachte sofort mit einem tiefen, gesunden Grollen zum Leben.

Es dauerte eine halbe Stunde, bis sie wieder auf der Straße waren, auf der sie hergekommen waren. Eine Viertelstunde später hielten sie auf der Kuppe eines staubigen Hügels an. Unter ihnen stand ein baufälliges Haus, das aussah, als sei es in mehreren Abschnitten von höchst unterschiedlichen Bauherren erbaut worden, die alle nur eines gemein hatten: eine massive Sehstörung. Davor parkte ein völlig verbeulter Pick-up.

»Das sind sie«, stellte Glen überflüssigerweise fest.

Milo und Amber schauten sich an und Milo fuhr langsam weiter. Dann kuppelte er aus und schaltete den Motor aus. Sie rollten den nicht besonders steilen Hügel hinunter; zu hören war nur das Knirschen der Räder auf Erde. Unten angekommen, lenkte Milo den Charger hinter den Pick-up und stellte ihn dort ab.

Er stieg mit seiner Pistole in der Hand aus, und als er sein Holster am Gürtel befestigte, verließen auch Amber und Glen den Wagen. Amber hatte noch das Geräusch des Maschinengewehrs im Ohr und duckte sich. Glen duckte sich noch tiefer.

Rasch schlichen sie zum Haus. Milo spähte einige Augenblicke durchs Fenster, ging dann entspannt zur Tür und machte sich bereit, sie einzutreten. Doch irgendetwas in seiner Miene veränderte sich. Er beugte sich stattdessen vor und versuchte es am Türknauf. Dieser ließ sich drehen und die Tür ging auf. Milo zuckte mit den Schultern, richtete sich auf, steckte seine Pistole ins Holster und ging hinein, Amber und Glen dicht hinter ihm.

Das Wohnzimmer war praktisch unbewohnbar. Auf einer Kiste stand ein altes Fernsehgerät, in die Ecke gedrängt von einer dreckigen Couch und einem versifften Lehnstuhl.

Sie gingen direkt durch zur Küche, wo zwei Männer am Tisch saßen und Müsli aßen. Vermutlich Ralphie und Ossie. Die Brüder blickten sie stirnrunzelnd an, als könnten sie sich keinen Reim auf ihr Erscheinen machen. Der Löffel in der Hand des kräftigeren der beiden Männer blieb auf halbem Weg zu seinem Mund stehen. Der Mann war groß und stämmig, sein lockiges Haar war kurz geschnitten und er war komplett angezogen in Jeans und einem T-Shirt voller Ölflecken. Der Arm des kleineren steckte im Cornflakes-Karton. Er trug Bart und einen dämlichen Irokesenschnitt und hatte lediglich verwaschene Boxershorts an.

Milo nickte ihnen zu. »Hallo, Jungs.«

Der Kleinere blickte sie alle der Reihe nach an, ohne etwas zu begreifen.

»Ihr seid die Leute von gestern Abend«, sagte der stämmige.

»Genau die sind wir«, bestätigte Milo. »Du bist Ralphie, richtig? Man hat uns gesagt, du seist der Klügere.« Er wandte sich an den Kleineren, der immer noch dumm aus der Wäsche schaute. »Und das heißt, du bist Ossie. Also, wer von euch saß im Pick-up und wer hatte das Gewehr?«

»Ich weiß überhaupt nicht, wovon du redest«, erwiderte Ralphie und steckte seinen Löffel wieder in die Schüssel.

»Der Pick-up draußen spricht eine andere Sprache.«

»Der gehört uns nicht. Du kannst uns nichts beweisen.«

»Dann ist es ja gut, dass wir keine Polizisten sind, was? Soll ich euch sagen, was ich glaube? Ich glaube, du hattest das Gewehr und den Molotowcocktail. Ich glaube, Ossie ist der Fahrer der Familie. Hab ich recht, Ossie?«

Ossie blickte seinen Bruder finster an. »Ich hab dir gesagt, wir hätten sie kaltmachen sollen.«

»Ich dachte ja, sie wären tot«, erwiderte Ralphie.

»Wer hat euch den Tipp gegeben?«, fragte Milo. »Für mich spielt es keine Rolle, aber ich bin sicher, Abigail wüsste gern, wer sie betrogen hat.«

»Abigail ist der Teufel«, sagte Ossie.

»Sie sieht aus wie ein kleines Mädchen.«

»Das Aussehen täuscht!«, erwiderte Ossie und erhob sich. Milo legte die Hand auf den Griff seiner Pistole. »Ich muss dich bitten, wieder Platz zu nehmen, Ossie.«

»Sie sieht aus wie ein kleines Mädchen, ist aber keins!«, schrie

Ossie. »Sie ist der Teufel und wir sind die Einzigen, die sich zu sagen trauen, wie es ist!«

»Du kannst dich auch im Sitzen trauen, meinst du nicht?«

»Du machst mir keine Angst. Ich hab das Gesicht des Bösen mit meinen eigenen Augen gesehen und es war dieses kleine Mädchen. ›Und es ward gestürzt der große Drache, die alte Schlange, die da heißt Teufel und Satan, der … der …‹« Ossie schaute Ralphie Hilfe suchend an.

»Äh«, sagte Ralphie, »›der die ganze Welt …‹«

»›… der die ganze Welt verführt!‹«, vollendete Ossie den Satz. »›Er ward geworfen … er ward …‹«

Wieder schaute er Ralphie an, der die Stirn runzelte, den Blick senkte und sich zu erinnern versuchte.

Milo seufzte. »›Er ward geworfen auf die Erde und seine Engel wurden mit ihm dahin geworfen.‹ Ihr solltet eure Bibelkenntnisse mal wieder auffrischen. Im Übrigen habt ihr einmal eng mit Abigail zusammengearbeitet, nicht wahr?«

Ralphies Augen verengten sich. »Wir waren verloren, ja. Aber dann wurde uns der rechte Pfad gewiesen.«

»Von dem alten Mann, richtig? Lautaro Soto? Ist das der rechte Pfad, von dem ihr sprecht? Der es euch erlaubt hat, weiter mit Drogen zu dealen und Leute für Geld umzubringen?«

Ralphie hatte dazu nichts zu sagen, weshalb Ossie für ihn antwortete.

»Sie ist trotzdem der Teufel.«

»Sei's drum. Wir sind hergekommen, um Ralphie etwas zu übergeben, und sobald das getan ist, fahren wir weg und begegnen euch hoffentlich nie wieder. Klingt das gut?«

Die Brüder wechselten einen argwöhnischen Blick. »Was habt ihr dabei?«, fragte Ralphie.

Glen räusperte sich und trat vor. »Ich bin derjenige, der es hat. Der alte Mann, also, er hat es mir gegeben und jetzt gebe ich es dir wohl zurück.« Er hob die Hand und sie sahen das Todeszeichen.

Ralphie sprang auf.

»Ich bin wirklich nicht glücklich mit der Anzahl der Leute, die im Moment stehen«, bemerkte Milo.

Ralphie wies mit dem Finger auf Glen. »Das ist für sie! Das übergibst du Abigail! Wie bist du überhaupt dazu gekommen? Lautaro sollte doch …«

»Lautaro ist tot«, mischte Amber sich ein. »Wir haben begriffen, dass ihr jemanden umbringen wolltet, den ihr für böse haltet. Ich glaube euch, wenn ihr sagt, dass Abigail es ist. Aber ihr beide seid kein bisschen besser.«

Ossie schüttelte den Kopf. »Wir machen euch tot, aber wir verdammen eure unsterblichen Seelen nicht.«

»Tot ist tot«, sagte Milo. »Ralphie, du stellst dich jetzt dorthin und lässt Glen seine Hand auf dich legen.«

»Du rührst mein' Bruder niemals nich' an«, zischte Ossie mit zusammengebissenen Zähnen.

Glen versuchte ein Lächeln. »Hör zu, ich will niemandem etwas tun und du darfst das auch wirklich nicht persönlich nehmen, aber wenn ich es nicht an dich weitergebe, bringt es mich um.«

»Dann stirb«, sagte Ralphie.

»Also, das ist jetzt echt nicht fair, oder? Ich habe mit alldem überhaupt nichts zu tun. Jetzt benehmen wir uns mal alle wie Erwachsene und tun, was getan werden muss«, sagte Glen und machte einen Schritt auf Ralphie zu.

Was als Nächstes geschah, geschah viel zu schnell und gleichzeitig viel zu langsam. Gerade noch hatte Ossie dagestanden, angespannt und voller Wut, und im nächsten Moment hielt er das größte Jagdmesser in der Hand, das Amber je gesehen hatte. Noch bevor sie sich fragen konnte, wo zum Teufel er es versteckt hatte, setzte er schon zum Sprung auf sie an. Inzwischen hatte Milo seine Pistole gezogen und drückte zwei Mal ab. Die Schüsse hallten in Ambers Ohren wider und Ossie zuckte, als zwei kleine Löcher in seiner Brust erschienen, ganz dicht nebeneinander. Noch während er unelegant zu Boden ging – und hier fiel Amber auf, dass er nicht einmal die Chance gehabt hatte, seinen Sprung zu vollenden –, stürmte Ralphie ins Schlafzimmer.

Glen rannte mit Gebrüll hinter ihm her und die Zeit lief wieder normal. Dann kam Glen unter noch lauterem Gebrüll wieder aus dem Schlafzimmer zurück. Das Knattern des Maschinengewehrs erfüllte das Haus. Kugeln durchlöcherten die Wände und Holzsplitter flogen herum. Milo ging in Deckung, Glen ging in Deckung und Amber duckte sich und stolperte und im nächsten Moment war ihre Haut rot und sie hatte wieder Hörner.

Ralphie trat neben ihr aus der Schlafzimmertür. Er schoss die ganze Zeit wild um sich, brüllte und fluchte und bemerkte nicht, wie sie sich neben ihm aufrichtete. Sie entriss ihm die Waffe, packte ihn am Hals und hob ihn von den Füßen. Da hing Ralphie einen Moment lang, gurgelte und schlug um sich, bis ihm schließlich klar wurde, wer und was ihn da im Griff hatte. Dann schwang Amber ihn über ihren Kopf und ließ ihn einen Salto schlagen. Er landete auf dem Boden und sie hob den Fuß, um seinen Kopf zu einer blutigen Masse zu zertreten.

»Amber!« Glen wankte in ihr Blickfeld. »Amber, aufhören! Was machst du denn da?«

Glens dummes Gesicht ließ einen Teil der Wut aus ihr herausfließen. Sie zuckte zusammen, erschrocken über ihre grenzenlose Gewaltbereitschaft wie auch über die Plötzlichkeit, mit der sie sie überkommen hatte.

Sie warf das Maschinengewehr ins Schlafzimmer. »Vergiss es.«

Glen lächelte sie an wie ein liebeskranker Idiot. Sie wies mit einem Krallenfinger auf den Mann auf dem Boden, der nach Luft rang. »Machst du jetzt das, weshalb wir hergekommen sind?«

»Oh ja.« Glen kauerte sich hin. »Tut mir wirklich leid.« Er presste seine Hand auf Ralphies Arm.

Die Schwärze schlüpfte unter Ralphies Haut und verteilte sich rasch über seinen ganzen Arm.

Glen richtete sich auf, betrachtete prüfend seine Hand und lächelte erleichtert. »Es ist weg«, stellte er fest. »Mit mir ist wieder alles in Ordnung. Hast du gehört, Amber? Ich werde leben!«

»Freude über Freude«, murmelte sie.

Ralphies Atmung, die bereits sehr mühsam war, wurde zu einem Röcheln.

»Alles in Ordnung mit dir?«, fragte Milo Amber.

Sie schaute ihn stirnrunzelnd an. »Warum sollte nicht alles in Ordnung sein mit mir?«

Er zuckte mit den Schultern. »Du hast dich noch nicht wieder zurückverwandelt.«

»Na und? Was spricht dagegen, dass ich noch eine Weile so bleibe?«

»Genau!«, sagte Glen. »Sie braucht sich wegen nichts zu schämen. Schau sie doch an! Sie ist wunderschön. Sie ist der Hammer!«

»Genau, Milo, ich bin der Hammer.« Sie ging an Glen vorbei zur Tür. »Es ist, wie wenn man ein Paar neue Schuhe einläuft. Man muss der Sache die Zeit lassen, die sie braucht.«

»Äh-hem …«, stammelte Glen. »Das jetzt tut mir *wirklich* leid.«

Sie drehte sich um. Glen stand reglos da, Ralphie hinter ihm. Er hielt ihm dieses große Jagdmesser an den Hals und schwitzte schlimm.

»Sachte«, sagte Milo.

Ralphie schob Glen um sie herum zur Tür.

»Das war nichts Persönliches«, fuhr Milo fort. »Das weißt du, nicht wahr? Dein Bruder hat uns angegriffen. Ich musste ihn erledigen. Mit böser Absicht hatte das nichts zu tun.«

Amber widerstand dem Drang, zu Ralphie zu laufen und ihm das Gesicht zu zerfetzen. Sie war bis zum Anschlag voller böser Absicht.

»Waffe weg«, befahl Ralphie mit erstickter Stimme. Dunkle Tattoo-Linien zuckten unter seiner Haut.

»Geht nicht«, erwiderte Milo.

Ralphie blieb mit dem Rücken zur Tür stehen und spuckte einen Mundvoll schwarzen Schleim aus. »Ich bring ihn um.«

»Dann erschieße ich dich.«

Ralphie blinzelte ein paarmal. Eine schwarze Flüssigkeit lief ihm aus den Augenwinkeln. Er sagte etwas Unverständliches und versuchte es erneut: »Schlüssel.«

Milo zögerte und zog dann seine Wagenschlüssel aus der Tasche. Er warf sie Ralphie zu, und als dieser die Hand ausstreckte, um sie zu fangen, wand Glen sich aus seinem Griff. Im nächsten Moment richtete Milo die Pistole auf Ralphie, doch Glen stolperte auf ihn zu und Ralphie lief aus dem Haus.

»Du hast mich gerettet!«, rief Glen erstaunt. »Wir sind wirklich Freunde!«

Milo ignorierte ihn und ging zur Tür. Draußen begann der Charger zu röhren.

Amber rannte los, war noch vor Milo aus der Tür und sah, wie Ralphie den Charger den staubigen Hügel hinauflenkte. Milo schlenderte hinter ihr aus dem Haus; er wirkte entschieden zu gelassen, steckte seine Pistole ins Holster und stieg den Hügel hinauf, als die Staubwolken sich legten.

Sie ging neben ihm her. »Es scheint dir nicht allzu viel auszumachen.« Glen zockelte hinter ihnen drein und untersuchte sich nach Verletzungen.

»Warum sollte es mir viel ausmachen?«, fragte Milo.

Sie blickte ihn finster an. »Er hat deinen Wagen.«

»Falsch. Mein Wagen hat *ihn*.«

Sie marschierten weiter den Abhang hinauf. Amber betrachtete ihren Schatten auf der Erde, stellte fest, wie cool ihre Hörner aussahen, und passte sich seinem gemächlichen Schritt an – obwohl jede Faser ihres Körpers lospreschen und laufen, springen und kämpfen wollte. Sie wollte Gesichter zerfetzen, in Kehlen beißen und Herzen herausreißen. Sie wollte aufreißen und zerfetzen, enthaupten und Bäuche aufschlitzen. Sie wollte Gewalt. Sie wollte töten.

Sie erreichten die Hügelkuppe. Der Charger stand mit laufendem Motor einige Meter vor ihnen, ein Rad auf einem kleinen Erdhügel.

Als sie näher herangingen, flog die Tür auf und grauer Rauch quoll heraus. Ralphie warf sich fürchterlich hustend aus dem Wagen und robbte auf den Ellenbogen weg.

»Das Auspuffrohr hat es in sich«, erklärte Milo. »Wenn du nicht aufpasst, linkt es dich.«

Sobald Ralphie sich weit genug von dem Wagen, der ihn fast umgebracht hätte, entfernt hatte, hievte er sich auf Hände und Knie. Er hustete immer noch und von seinen geschwollenen Lippen tropfte schwarzer Speichel. Er spuckte aus. In dem ganzen dunklen Schleim blitzte mindestens ein Zahn. Als der Husten vorbei war, stand er schwankend auf und zog das Jagdmesser aus dem Gürtel. Er sah krank aus.

»Wenn du willst, kann ich dich jetzt erschießen«, bot Milo ihm an. »Deinem Elend ein Ende machen.«

Ralphie lachte gurgelnd und zeigte mit dem Messer auf Amber. Mehr als Grunzlaute brachte er nicht mehr heraus. Sie wusste, was er wollte, und tat ihm den Gefallen. Sollte er doch die Chance haben, einen Dämon zu töten, bevor er starb. Hatte das nicht irgendwie etwas Bewundernswertes? Als sie auf ihn zuging, hörte sie Milo seufzen.

»Äh, können wir das zulassen?«, fragte Glen.

»Sie ist kein Kind mehr«, antwortete Milo. »Sie ist bescheuert, aber kein Kind mehr. Sie kann machen, was zum Teufel sie will.«

Ralphie grinste sie an. Seine Lippen waren so geschwollen, dass man fürchten musste, sie könnten gleich platzen.

Obwohl ihm die Schwärze aus dem Mund tropfte, hielt Ralphie das Messer wie ein Profi. Amber war ganz aufgeregt. Sie hatte keine Ahnung vom Kämpfen, doch ein Mann, der ohnehin sterben würde, gab ihr die Chance, sich zu beweisen. Sie hatte nichts zu verlieren.

Er machte einen Satz auf sie zu und sie sprang nach hinten. Er griff erneut an und sie wich zur Seite hin aus. Er war unsicher auf den Beinen und wäre fast gestürzt, doch nachdem er eine Lunge voll schwarzer Tinte ausgehustet hatte, war er bereit weiterzumachen.

Sie ging dicht an ihn heran und er holte aus. Die Klinge schlitterte über die Schuppen, die plötzlich ihren Unterarm bedeckten, und sie versetzte ihm einen Schlag. Es steckte keine Kraft dahinter, doch ihre Faust traf seine weiche Seite und es tat trotzdem weh. An der Stelle, an der die Haut aufgeplatzt war, färbte sich sein T-Shirt schwarz. Er verfaulte von innen heraus.

Wieder machte er einen Satz auf sie zu, doch sie wich aus und er stach ins Leere. Er strauchelte und fiel auf die Knie. Hustete. Spuckte aus. Stand wieder auf. Griff erneut an. Wiederholte das Ganze.

Er war erledigt. Es war vorbei, bevor es richtig angefangen hatte. Welche Enttäuschung.

Mühsam richtete er sich auf. Amber lief auf ihn zu und sprang. Kraftvolle Muskeln katapultierten sie schneller als erwartet in die Luft und zu ihm hin. Als Ralphie sich umdrehte, traf ihn ihr Knie in die Brust und sie gingen zu Boden. Er lag unten, Amber oben. Das Messer schlitterte scheppernd irgendwo gegen einen Stein.

Ralphie hatte die Augen weit aufgerissen und blinzelte. Er versuchte, durch den offenen Mund Luft zu bekommen. Amber kniete auf ihm. Nein, nicht auf ihm. *In* ihm. Sie nahm das Knie aus dem Loch in seiner Brust und stand auf. Rinnsale von Blut und Tinte und verfaulte Innereien verliefen zwischen ihnen wie Spuckebahnen. Sie spürte, wie die Feuchtigkeit durch ihre Jeans drang.

Ohne es zu wollen, nahm sie wieder ihre normale Gestalt an. Die eisige Erkenntnis dessen, was sie getan hatte, überkam sie. Milo und Glen standen jetzt neben ihr. Die Schwärze drang durch Ralphies Haut, tropfte aus seinen Poren. Sie schwächte sein Fleisch, ließ es breiig werden. Seine Arme und Beine verloren ihre Form, als hätten sich die Knochen aufgelöst. Sein eingedrückter Brustkorb fiel vollends in sich zusammen. Es stank. Nach Exkrementen und verfaulendem Fleisch. Dann brach auch sein Gesicht ein. Ein paar Minuten später waren von Ralphie McGarry nur noch seine klatschnassen, schwarz verfärbten Kleider übrig.

29

Kurz vor Mittag waren sie wieder in der Bar *Zur dunklen Treppe*. Außer Abigail war niemand da. Sie saß auf dem Tresen und schlenkerte mit den Beinen. Amber hatte auf der ganzen Fahrt kein Wort gesprochen. Aber sie hatte ihre Jeans gewechselt.

»Alles erledigt«, sagte Milo.

»Ich hab keinen Augenblick an dir gezweifelt«, erwiderte Abigail. »Gab es irgendwelche Probleme?«

Milo überlegte einen Moment. »Du hast ihnen einen Tipp gegeben.«

Abigails große Augen wurden noch größer. »Ich?«

»Du hast uns direkt in einen Hinterhalt geführt.«

Sie kicherte. »Du hast mich ertappt! Du durchschaust mich! Ich dachte einfach, hey, wäre es nicht lustig, wenn Ralphie und Ossie Milo Sebastian und seinen Kumpels zuvorkommen würden?«

»Ich kann mich nicht erinnern, dass ich dir meinen Namen genannt habe.«

»Ich kann mich nicht erinnern, dass das nötig gewesen wäre.« Abigail lächelte. »Ich bin ein großer Fan deiner Arbeit. Hoffentlich bedeutet das jetzt nicht, dass wir keine Freunde sind. Ich glaube, wir könnten alle super Freunde sein. Glaubt ihr das nicht auch?«

Milo erwiderte nichts darauf. Er drehte sich wortlos um und ging zur Treppe. Glen zögerte, verneigte sich dann vor Abigail und folgte ihm.

Doch Amber blieb. »Wie hieß er mit Nachnamen?«, fragte sie. »Ralphie?«

Abigail schaute sie mit ihren großen blauen Augen an. »McGarry. Warum? Du möchtest gern wissen, wie deine Opfer heißen?«

Amber überlief es kalt. »Er ist nicht mein … Ich muss nur wissen …«

»Oh, ich hab mir nichts dabei gedacht«, erwiderte Abigail vergnügt. »Werden wir Freundinnen, Amber? Ich hoffe es sehr. Nach allem, was ich gehört habe, sind dir nicht mehr sehr viele Freunde geblieben.«

»Was … was hast du gehört?«

»Ach, Süße, ich weiß alles. Ich weiß alles über deine fiesen, fiesen Eltern. Ich weiß, dass sie dich suchen. Ich weiß, dass sie schon halb in Toledo waren – ausgerechnet Toledo –, bis ihnen dämmerte, dass sie angelogen wurden. An Orten wie diesen und von Typen wie uns sind sie nicht besonders gern gesehen, aber es gibt Leute, die ihnen etwas schuldig sind, und Leute, die Angst vor ihnen haben. Sie sind dir auf den Fersen, Amber.«

»Wirst du ihnen sagen, dass ich hier war?«

»Das muss ich nicht«, antwortete Abigail traurig. »Jemand anders wird es ihnen sagen. Das ist unvermeidlich. Sie halten bereits Ausschau nach eurem Wagen. Ein schwarzer Dodge Charger. Ein solcher Wagen bleibt im Gedächtnis.«

»Kannst du mir helfen?«

Abigail lächelte spitzbübisch. »Wie helfen?«

»Könntest du … könntest du sie aufhalten?«

»Du meinst … umbringen? Du willst, dass ich deine Eltern und ihre Freunde umbringe? Aber … aber ich bin doch nur ein kleines Mädchen. Was kann ich denn gegen solche großen, schrecklichen Monster ausrichten?«

»Ich will sie nicht töten, das nicht, es ist nur … ich möchte …«

»Monster aufzuhalten ist nicht mein Ding, tut mir leid. Aber ich will dir einen Gefallen tun. Wenn sie fragen, wohin ihr gegangen seid, werde ich so tun, als wüsste ich es nicht.«

Amber runzelte die Stirn. »Aber du weißt es doch wirklich nicht.«

Wieder dieses Lächeln. »Ach, Amber, ich weiß alles.«

Amber verließ die *Dunkle Treppe*. Milo und Glen warteten draußen. »Sie sagt, meine Eltern seien uns auf den Fersen und sie kennen den Wagen.«

Milo nickte. »Das war zu erwarten. Dann komm jetzt. Keine Umwege mehr.«

Glen kaute auf seiner Lippe herum. »Dann trennen sich unsere Wege hier also?«

Milo sagte »Tschüs« und ging zum Charger.

»Tschüs?«, echote Glen. »*Tschüs?* Mehr bekomme ich nicht zu hören, nach allem, was wir durchgemacht haben?«

»Genau«, erwiderte Milo.

Glen wandte sich an Amber. »Was ist, wenn es kein Tschüs gibt? Was wäre, wenn ich gar nicht gehen müsste?«

»Aber du musst. Du hast das Todeszeichen nicht mehr. Du kannst nach Hause gehen.«

»Ich habe kein Zuhause. »Mein Vater ist tot. Alle anderen hassen mich.«

»Dann entdecke Amerika.«

»Das will ich ja. Mit dir.«

»Glen …«

»Jetzt warte doch mal, Amber, ja? Okay, wir geraten schon mal aneinander, alle drei, aber gerade deshalb sind wir doch so ein super Team. Jeder trägt sein Teil dazu bei. Du bist der Kopf. Milo ist der starke Arm. Und ich? Ich bin das Herz.«

»Bist du nicht.«

»Dann eben die Seele.«

»Du bist auch nicht die Seele.«

Er runzelte die Stirn. »Was bin ich dann? Ich bin alles, was ihr wollt.«

»Du kannst der Blinddarm sein«, sagte Milo.

»Dann bin ich der Blinddarm!«

»Der Blinddarm ist ein komplett nutzloser Teil des Dickdarms.«

»Egal!«, rief Glen. »Ich bin die Nase. Ich bin die Nase in diesem Team! Aber ich trage mein Teil dazu bei, das könnt ihr nicht leugnen. Ich habe euch gegen Shanks geholfen, stimmt's?«

»Gewissermaßen«, gab Amber zu. »Aber Milo und ich, wir *müssen* diese Straße weitergehen. Du nicht. Du kannst aufhören.«

»Ich will nicht aufhören. Ich will helfen. Bitte, Amber, ich habe noch nie irgendwo dazugehört. Lass mich dazugehören.«

Sie blickte Milo über die Schulter hinweg an.

»Schau nicht zu ihm hin«, flehte Glen. »Er schüttelt nur den Kopf. Wahrscheinlich schüttelt er in diesem Moment den Kopf, nicht wahr?«

Sie ließ einen Augenblick verstreichen. »Er schüttelt ihn nicht *nicht*.«

»Ich weiß, dass du den Kopf schüttelst, Milo!«

»Ich will, dass du es weißt«, erwiderte Milo. Er klang gelangweilt.

»Amber, bitte«, begann Glen erneut. »Wir haben etwas, nicht wahr?«

»Bitte?«

»Du und ich. Zwischen uns gibt es eine Verbindung. Du spürst es doch auch, ich weiß, dass du es spürst. Vor allem … vor allem wenn du dich verwandelst. Vor allem wenn du spitz wirst.«

»Nenn es nicht so.«

»Du kannst mich nicht im Stich lassen. Hast du schon mal daran gedacht, dass es vielleicht Schicksal war, als wir uns begegnet sind? Das Schicksal hat uns zusammengebracht, Amber. Das Universum hat beschlossen, dass von diesem Moment an jeder von uns ein Teil vom Leben des anderen sein soll.«

»Warum hasst das Universum mich so?«

»Amber, bitte lass mich dir bei deiner Quest helfen. Lass mich dir helfen, deinen Eltern immer einen Schritt voraus zu sein. Falls dir irgendetwas passieren würde, Amber, irgendetwas, das ich hätte verhindern können – ich könnte nicht damit leben.«

»Jetzt weißt du, wie es uns geht«, meinte Milo.

Glen ignorierte ihn. »Du brauchst alle Hilfe, die du kriegen kannst. Versuch, das nicht zu leugnen. Ich weiß gar nicht, weshalb du dir Milos Meinung überhaupt anhörst. Du *bezahlst* ihn schließlich dafür, dass er hier ist. Aber ich? Ich bin ohne Bezahlung hier. Ich bin hier, weil du mir etwas bedeutest. Wir sind eine gut geölte Maschine, und weißt du, wofür wir gebaut wurden? Um zu verhindern, dass du aufgegessen wirst. Das ist es. Das ist unser Sinn und Zweck. Das ist mein Sinn und Zweck. Nimm mir nicht meinen Sinn und Zweck, Amber. Tu das nicht.«

Sie seufzte. »Okay.«

Seine Augen weiteten sich. »Wirklich?«

»Klar.«

»Danke! Du wirst es nicht bereuen!«

»Hoffentlich nicht.«

»Was hat dich dazu gebracht, deine Meinung zu ändern? Das mit dem Team? Oder das mit der gut geölten Maschine?«

»In erster Linie dein pathetischer Ton.«

»Das genügt mir völlig!«

»Aber nenn es nicht Quest.«

»Auf keinen Fall.« Er drehte sich um. »Hast du gehört, Milo? Ich komme mit!«

Milo ignorierte ihn und stieg in den Wagen.

30

Sie verließen Salt Lake City und fuhren über ein ausgedehntes Nichts. Wo unbefestigte Wege von der Straße abzweigten, standen Briefkästen. Die Wege führten oftmals zu nicht viel mehr als den verrosteten Leichen von Propangastanks und landwirtschaftlichen Maschinen. Sie kamen an einem dreistöckigen Haus vorbei, das sich über die in seinem Umkreis verstreuten Mobilheime erhob, und an einem Bauhof, der zu einem Autofriedhof geworden war.

Sie fuhren, bis die flache Landschaft ein paar Hügel hervorbrachte. Das gefiel Amber besser. Ein strukturloser Horizont hatte etwas so unendlich Leeres, so als könnten sie immer weiterfahren und er würde einfach wegbrechen. Es gab Momente, da erschien die Erde flach und es war, als rasten sie direkt auf die Kante zu. Hügel waren gut. Selbst der kleinste und flachste Hügel versperrte die Aussicht auf was immer hinter der nächsten Kurve lag und ließ ein gewisses Maß an Hoffnung zu. Im Nichtwissen lag eine Art Trost.

In einer Raststätte außerhalb von Boise in Idaho aß Amber ein gegrilltes Sandwich mit Schinken und Käse und dazu Fritten. Sie ertrug Glens Geschwafel darüber, dass in Amerika alles mit Fritten serviert wurde – selbst wenn man sie nicht bestellt hatte. Danach fuhren sie noch einmal zwei Stunden und kamen schließlich zu einem kleinen Motel in Baker City, das nur noch zwei freie Zimmer hatte. Milo beschloss, die Nacht im Wagen zu verbringen, und ließ sich nicht davon abbringen, und vor sieben am nächsten Morgen waren sie bereits wieder auf der Straße.

Am Samstag kurz nach Mittag pirschten sie sich an ihr Ziel heran. Zunächst erhoben sich zu beiden Seiten nur Bäume, meist Douglasfichten und Rotzedern. Das Tal wurde tiefer und ein rundes Schild in einem Blumenbeet am Straßenrand informierte sie, dass sie Cascade Falls erreicht hatten und die Stadt 9.243 Einwohner hatte. Ein kleineres Schild daneben verkündete, dass sie zu den *Tree Cities USA* zählte. Das erste Gebäude auf der rechten Seite war ein nett aussehendes Restaurant mit Bar; das erste links ein Waschsalon. Sie fuhren an einem Laden für Futtermittel und Haustierbedarf vorbei, einem Gebrauchtwagenhändler, einem Drogeriemarkt sowie dem Heimatmuseum von Cascade Falls und kamen zu einem stattlichen alten Hotel, das groß und stolz aufragte und sich über die Stadt erhob.

»Hier bleiben wir heute Nacht«, entschied Amber.

Milo nickte. Sein Gesicht war von Müdigkeit gezeichnet, auch wenn seine Augen glänzten. Sie stellten den Charger auf dem Parkplatz vor dem Gebäude ab und stiegen aus. Amber und Glen schüttelten die Steifheit aus ihren Gliedern. Milo hatte das nicht nötig.

Sie gingen durch einen steinernen Bogen ins Foyer. Jede Menge dunkles Holz und alte Gemälde und ein Strauß frischer Blumen auf dem Tresen. Die Frau dahinter lächelte. »Willkommen im Varga Hotel. Ich bin Ingrid. Haben Sie reserviert?«

»Nein«, antwortete Milo. »Geht es trotzdem in Ordnung? Haben Sie vielleicht noch drei Zimmer für uns?«

»Sie könnten Glück haben.« Immer noch lächelnd schaute Ingrid in dem alten Computer nach, der vor ihr stand. »Sie haben Glück. Wir haben tatsächlich noch drei freie Zimmer. Wie lange benötigen Sie die?«

»Zunächst einmal für eine Nacht«, antwortete Amber. »Vielleicht auch noch morgen Nacht, aber hoffentlich nicht.«

Ingrid nickte. »Sehr schön. Aber bitte lasst es uns so bald wie möglich wissen, damit wir sie auch sicher für euch reservieren können, falls ein plötzlicher Ansturm von Gästen kommt. Füllt bitte diese Formulare aus.« Sie schob jedem eine Karte zu und gab ihnen Kugelschreiber dazu. »Wart ihr schon einmal in Cascade Falls?«

»Das ist das erste Mal.«

»Oh, ich bin sicher, ihr werdet begeistert sein«, rief Ingrid, während sie schrieben und falsche Angaben machten. »Wir sind eine überraschend bunte Gemeinde. Ich weiß, dass die Stadt total spießig aussieht, aber wir haben so viele unterschiedliche Kulturen und Menschen – es ist eine echt amerikanische Stadt, das hat meine Großmutter immer gesagt. Ich bin hier geboren, müsst ihr wissen.«

Milo tat interessiert. »Tatsächlich?«

»Geboren und aufgewachsen«, fuhr Ingrid fort. »Mit zwanzig bin ich weggezogen, habe geheiratet und in Boston eine Familie gegründet. Es hat mir dort eigentlich ganz gut gefallen, doch dann kam ich für ein Wochenende zurück, um meine Eltern zu besuchen, und stellte fest, dass ich nie mehr weggehen wollte. Ich ließ meinen Mann, meine Kinder und alle meine Habseligkeiten in Boston. Ich brauchte sie nicht. Nichts von alledem brauchte ich. Alles, was ich brauchte, hatte ich hier. Es ist eine wunderbare Stadt. Die Leute sind so liebenswürdig. Warten Sie, bis Sie Mr Varga kennenlernen. Ihm gehört das Hotel. Sie werden ihn lieben. Alle lieben ihn.«

Sie hatte beim Reden glasige Augen bekommen, und ihr Lächeln war inzwischen so breit, dass Amber fürchtete, ihre Haut könnte reißen.

»Eigentlich suchen wir jemanden.« Ambers Stimme holte Ingrid aus ihrer Benommenheit, in der sie zu versinken drohte. »Gregory Buxton. Kennen Sie ihn?«

Ingrid blinzelte, überlegte einen Moment und schüttelte dann den Kopf. »Nein, tut mir leid. Aber ich kenne eine Althea Buxton. Eine nette alte Dame. Vielleicht ist sie mit ihm verwandt?«

»Vielleicht«, meinte Milo. »Wohnt sie hier irgendwo?«

»Drüben in der Bleeker Street. Meine Mom und sie waren befreundet. Bis sie so schrecklich religiös wurde. Aber vielleicht war sie ja schon immer religiös. Althea, meine ich, nicht meine Mom. Meine Mom sieht man in keiner Kirche. Sie hatte nie Zeit für organisierte Religion. Das sei alles ein großer Schwindel, hat sie gesagt. Allerdings ist sie jede Woche zu Wahrsagern gegangen, denen sie fast ihre gesamte Erwerbsunfähigkeitsrente in den Rachen geschoben hat, und wenn irgendwas ein Schwindel ist, dann sind es diese Schlitzohren. Sie ist vor zwei Jahren verstorben. Meine Mom, nicht Althea.«

»Das tut mir leid«, sagte Milo.

»Danke. Sie ging zu früh von uns, das haben alle gesagt. Am Samstag nach ihrem Tod hat eine der Wahrsagerinnen, die sie regelmäßig aufgesucht hat, angerufen und gefragt, warum sie ihre Verabredung nicht eingehalten hat. Ich habe ihr gesagt, du kannst keine besonders gute Wahrsagerin sein, wenn du es nicht vorhergesehen hast. Und wissen Sie, was sie getan hat? Sie hat mir einen Rabatt angeboten. Ich hab ihr gesagt, sie soll zum Teufel gehen, und hab aufgelegt.«

»Nichts als Aasgeier«, kommentierte Milo.

Ingrid nickte. »Genau das habe ich auch gesagt. Ich habe Mr Varga davon erzählt und exakt dasselbe Wort benutzt. Ich habe gesagt, sie ist ein Aasgeier. Mr Varga hat mir zugestimmt. Er ist ein sehr kluger Mann, er war schon überall auf der Welt, nicht nur in Boston wie ich. Er weiß so einiges.«

Inzwischen hatten sie alle ihre Anmeldekarten wieder zu ihr hingeschoben. Sie nahm sie und legte sie sorgfältig in ein schmales Holzkästchen. Dann holte sie drei Schlüssel von dem Brett hinter sich und gab sie ihnen.

»Ihr schlaft alle im zweiten Stock. Abendessen gibt es von sieben bis zehn, aber falls ihr vorhabt, um acht im Speisesaal zu sein, könnte es sein, dass Mr Varga persönlich an euren Tisch kommt.«

»Das wäre wundervoll«, sagte Milo und lächelte.

Sie brachten ihre Taschen in ihre Zimmer – das von Amber hatte ein Himmelbett und eine massive Kommode mit einem riesigen Spiegel – und stiegen wieder in den Charger.

Die Bleeker Street war eine hübsche Straße in einem hübschen Viertel. Etwas oberhalb einer Kirche fanden sie das Haus, auf dessen Briefkasten der Name »Buxton« stand, und klopften an die Tür.

Eine ältere Farbige öffnete. Sie trug einen Morgenmantel und Hausschuhe und ein Kreuz um den Hals.

Amber lächelt. »Althea Buxton?«

»Wer seid ihr?«

»Mrs Buxton, ich bin …«

»Was wollt ihr?«

»Wir hoffen, Sie …«

»Worum geht es? Wer hat euch geschickt?«

»Hm, uns hat niemand geschickt.«

»Ich bitte euch nicht herein.«

»Das ist völlig in Ordnung«, versicherte Amber. »Wir suchen eigentlich auch Ihren Sohn. Ist er da?«

»Mein Sohn ist tot.«

Amber runzelte die Stirn. »Wir suchen *Gregory* Buxton.«

»Ich weiß, wer mein Sohn ist«, blaffte Althea. »Ich hatte nur einen und der ist vor zehn Jahren oder mehr gestorben. Er lebt nicht mehr und damit hat sich's. Ich kann euch nicht helfen.«

Sie trat zurück und schloss mit Nachdruck die Tür. Mit dem Geräusch sank Ambers Mut.

»Das war's dann«, stellte sie düster fest. »Es ist vorbei. Er ist tot. Ich habe dem Leuchtenden Dämon nichts anzubieten. Meine Eltern werden mich so lange suchen, bis sie … bis sie …«

Milo ging zum Wagen zurück. »Er ist nicht tot.«

Amber schaute auf. »Was?« Sie lief ihm nach. Glen folgte. »Woher weißt du, dass er nicht tot ist?«

»Der Leuchtende Dämon hätte es gewusst.« Milo stützte sich auf die Kühlerhaube. »Die alte Dame hat Angst.«

»Vor uns?«

Milo schaute zum Haus zurück. »Vor irgendjemandem.«

Sie stellten den Wagen auf dem Hof hinter dem Hotel ab und Amber nahm Milos Tablet mit auf ihr Zimmer, um sich über das kostenlose WLAN ins Forum von *In The Dark Places* einzuloggen. Die bloße Vorstellung, dass sie plötzlich Zeit für sich plus Internetzugang hatte, erfüllte sie mit einem solchen Gefühl von Wärme, dass es ihr Tränen in die Augen trieb. Aber sie weigerte sich zu weinen – wegen etwas so Lächerlichem zu weinen wie der Möglichkeit, im Internet zu chatten, würde die Dinge irgendwie herabsetzen, deretwegen sie wirklich weinen musste. Was ziemlich viele waren. Und schreckliche. Aber gegen die eine Träne im Auge hatte sie nichts. Die zählte nicht.

Sie überflog die User, die gerade chatteten, und ihre Stimmung hob sich, als sie bekannte Namen las. In dieser Welt kannte sie sich aus. Zu dieser Gemeinde gehörte sie. Hier war sie kein Monster. Keine Mörderin.

Sie schüttelte den Kopf, als genügte die Bewegung, um die Erinnerung aus ihrem Gedächtnis zu vertreiben. Ralphie McGarry wäre ohnehin gestorben. Dafür hatte Glen gesorgt. Sie hatte die Sache nur beschleunigt, mehr nicht. Sie hatte das Richtige getan. Man konnte ihr keine Vorwürfe machen deshalb. Nicht einmal die kurze Freude konnte man ihr vorwerfen, die sie beim Töten empfunden hatte.

»Ich nicht«, sagte sie laut. »Das war nicht ich.«

Sie verdrängte die Argumente, die hinter ihren Worten brodelten, und konzentrierte sich stattdessen auf den Bildschirm.

Die dunkle Prinzessin hat geschrieben …

Hi BPB

Balthasars Partybegleitung hat geschrieben …
Hallo, Fremde! Lange nichts von dir gehört.
Warum antwortest du nicht auf meine Mails?

Die dunkle Prinzessin hat geschrieben …
War echt viel los. Sorry. Familienkram.

Balthasars Partybegleitung hat geschrieben …
Probleme?

Die dunkle Prinzessin hat geschrieben …
Kann man so sagen.

Balthasars Partybegleitung hat geschrieben …
Genau deshalb kommen wir hierher. Um den Elterneinheiten und ihrem Wahnsinn zu entfliehen. Hey, schon gehört, dass die gesamte Besetzung zum Contest zugelassen wurde?
Das gab's noch NIE!

Die dunkle Prinzessin hat geschrieben …
Werde wahrscheinlich nicht gehen. Planänderung.

Balthasars Partybegleitung hat geschrieben …
Im Ernst? Willst du drüber reden?«

Die dunkle Prinzessin hat geschrieben …
Bei dieser Sache kann mir keiner helfen.
Wow, klingt echt dramatisch! Aber mir geht's gut.
Alles ist total chaotisch, doch ich schließe neue Freundschaften.
Gewissermaßen.

Balthasars Partybegleitung hat geschrieben …
Online oder IRL?

Die dunkle Prinzessin hat geschrieben …
Real life. Seltsam, ich weiß.

Balthasars Partybegleitung hat geschrieben …
Très seltsam.

Die dunkle Prinzessin hat geschrieben …
Geht grade alles drunter und drüber. Kann nicht mailen.
Gibt Gründe. Passieren ziemlich unheimliche Dinge.

Balthasars Partybegleitung hat geschrieben …
Klingt schlimm.

Die dunkle Prinzessin hat geschrieben …
Ist es auch. Wollte dich nicht beunruhigen.

Balthasars Partybegleitung hat geschrieben …
Ich war nicht beunruhigt. JETZT bin ich's.

Sith0Dude hat geschrieben …
OMG! Laurie hat Stryker getötet!
Was zum TEUFEL?????

Balthasars Partybegleitung hat geschrieben …
Privat-Chat, Sith0Dude.
(BTW Spoilerwarnung – schon mal gehört?)

Sith0Dude hat geschrieben …
Ihr solltet euch Privat-Chats in öffentlichen Foren verkneifen.
Woher soll ich's denn wissen?

(Am Anfang des Threads ist eine Spoilerwarnung.)

Die dunkle Prinzessin hat geschrieben …
Verzieh dich, Sith0Dude.

Sith0Dude hat geschrieben …
Ihr seid voll die Ärsche.

Balthasars Partybegleitung hat geschrieben …
Du klingst merkwürdig, Prinzessin.
Zum Sorgenmachen merkwürdig.

Die dunkle Prinzessin hat geschrieben …
Tut mir leid. Wollte mich nur mal wieder einloggen,
mit dir reden, wieder ein bisschen Normalität finden.

Balthasars Partybegleitung hat geschrieben …
Bin ich hilfreich?

Die dunkle Prinzessin hat geschrieben …
Immer.

Balthasars Partybegleitung hat geschrieben …
Wäre jetzt gern bei dir. Warum ist Australien so weit weg?
Würde einfach gern in einen Flieger nach Florida steigen.

Die dunkle Prinzessin hat geschrieben …
Bin nicht mehr in Florida.

Balthasars Partybegleitung hat geschrieben …
Auf einer Reise?

Die dunkle Prinzessin hat geschrieben …
Genau.

Balthasars Partybegleitung hat geschrieben …
Wohin?

Amber zögerte. Es war praktisch undenkbar, dass ihre Eltern diese Foren checkten. Sie wussten nicht, dass sie hier chattete, kannten ihren Usernamen nicht … aber dennoch. Dennoch hatte sie eine solche Angst vor ihnen, dass sie das Risiko nicht eingehen wollte.

Die dunkle Prinzessin hat geschrieben …
Nicht weit. Verdammt, muss raus.

Balthasars Partybegleitung hat geschrieben …
Hab ich was Falsches gesagt?

Die dunkle Prinzessin hat geschrieben …
Natürlich nicht. Ist aber schon spät.
Brauche meinen Schlaf. Muss früh raus morgen.

Balthasars Partybegleitung hat geschrieben …
Pass auf dich auf, ja? Und melde dich regelmäßig.
Ich mach mir Sorgen!

Die dunkle Prinzessin hat geschrieben …
Sorry! TTYL

Balthasars Partybegleitung hat geschrieben …
Peace.

Amber loggte sich aus, schaltete das Tablet aus und ließ es aufs Bett fallen. Stück für Stück nahmen sie ihr auch noch den letzten Anschein von Normalität, verwehrten ihr sämtliche Verbindungen zu ihrem alten Leben. Sie wusste nicht einmal mehr, wer sie war. Alles, worauf sich ihre Persönlichkeit gestützt hatte, war eine

Lüge, und je genauer sie hinschaute, desto schneller zerbröckelte sie unter ihrem Blick.

Wenn sie keine geliebte Tochter und kein Einzelkind war, wer war sie dann? Noch vor zehn Tagen war Amber Lamont ein guter Mensch gewesen. Jetzt war sie jemand, der einem anderen einen Finger abgebissen hatte. Jetzt war sie jemand mit einer Jeans, die nass war vom schwarzen Blut eines Mannes, dessen Brustkorb sie eingedrückt hatte.

Sie wusste nicht mehr, wer sie war.

31

Als Amber zum Abendessen nach unten kam, war für sie an einem großen, langen Tisch neben Glen und gegenüber von Milo gedeckt. Ein weiterer Gast saß mit am Tisch, eine attraktive, dunkelhaarige Frau in den Dreißigern.

»Gesellschaft!«, rief die Frau, ganz offensichtlich erfreut. »Ich hatte seit ewigen Zeiten keine Gesellschaft mehr beim Essen! Bleibt ihr länger?«

»Wahrscheinlich nicht«, antwortete Amber. »Wir sind auf einem Familientrip mit dem Auto. Das ist mein Cousin Glen, das mein Dad Milo und ich bin Amber.«

»Freut mich sehr, euch kennenzulernen. Ich bin Veronica. Kommt ihr von weit her?«

»Wir sind schon ein paar Tage unterwegs«, antwortete Milo. »Und Sie?«

Veronica schenkte ihnen allen ein bezauberndes Lächeln. »Ich wohne hier. Nicht im Hotel, aber in Cascade Falls. Das heißt, ich habe hier gewohnt. Ich dachte, ich hätte ein Haus gekauft, aber der Kauf kam im letzten Moment nicht zustande und mein altes Haus habe ich schon verkauft und so bin ich jetzt obdachlos. Obdachlos in einem wunderschönen Hotel, aber eben … obdachlos.«

»Weshalb wollen Sie wegziehen?«, fragte Amber. »Es ist doch so schön hier.«

»Ja«, bestätigte Veronica, »das ist es wirklich. Aber manchmal muss man einfach …«, sie ließ die Finger flattern, »… gehen.«

»Mir sind einige leere Geschäfte aufgefallen«, sagte Milo. »Hat das etwas damit zu tun?«

Veronica zuckte mit den Schultern. »Vielleicht. Einige meiner Freunde sind in letzter Zeit weggezogen, andere stehen kurz vor dem Umzug … Aber es gibt nicht den einen Grund. Es lässt sich hier immer noch wunderbar leben. Wir haben einfach … Ich weiß auch nicht. Wir wollen etwas Neues. Und woher kommen Sie?«

»Georgia«, antwortete Milo. »Meine Frau und ich haben uns getrennt und das ist unsere Vater-Tochter-Zeit.«

»Vater, Tochter und Cousin«, warf Glen rasch ein.

»Wie schön«, meinte Veronica. »Und Ihre Frau hat zugestimmt, dass Sie Amber dafür aus der Schule nehmen?«

Milo zögerte nur einen Moment zu lang, weshalb Amber einsprang: »Wenn er sagt, sie haben sich getrennt, will er damit sagen, dass Mom letztes Jahr gestorben ist. Alle ihre Lieblingsplätze zu besuchen ist unsere Art, uns von ihr zu verabschieden.«

»Oh nein. Oh, das tut mir so leid.«

»Danke«, erwiderte Milo und warf Amber einen Blick zu.

»Ich komme aus Irland«, sagte Glen.

Veronica nickte und lächelte und kommentierte es nicht.

Glen wirkte verwirrt. Er öffnete den Mund, um weiterzureden – wahrscheinlich wollte er wiederholen, was er gerade gesagt hatte, in der Hoffnung auf eine andere Reaktion –, als die Tür aufging und ein Mann hereinkam. Groß, mit breiten Schultern und schmalen Hüften, was der graue taillierte Mantel, den er trug, noch betonte – eng anliegend in der Mitte und dann weit fallend bis zum Boden. Seine Hose war schwarz, seine Beine waren lang, seine Arme waren lang, sogar seine Finger waren lang. Er sah gut aus, hatte den Teint eines Mannes, der die meiste Zeit im Haus verbrachte, und er trug das schwarze Haar aus der hohen Stirn gekämmt, was seinen spitzen Haaransatz sichtbar machte. Er hatte eine lange Nase, Wangenknochen wie Messerschnitte und dunkle, blitzende Augen unter dichten Brauen.

»Miss Cartwright«, grüßte er lächelnd. Er hatte einen fremdländischen Akzent, den Amber nicht zuordnen konnte. »Es ist mir wie immer eine Freude, Sie zu sehen. Und unsere neuen Gäste – ich entschuldige mich in aller Form, dass ich Sie nicht sofort bei Ihrer Ankunft begrüßt habe. Mein Name ist Johann Varga, ich bin der Besitzer dieses Hotels. Ich gehe davon aus, dass Sie bis jetzt einen angenehmen Aufenthalt hatten?«

»Oh ja«, antwortete Milo. »Vielen Dank.«

»Haben Sie eine lange Reise hinter sich?«, erkundigte sich Varga.

»Es erscheint einem nicht so.« Milos Freundlichkeit klang echt. »Wir sind erst seit ein paar Stunden hier, doch selbst wir merken, dass eine Stadt wie Cascade Falls einen Menschen tatsächlich verjüngt, und zwar an Körper und Seele.«

»Nicht wahr? Es ist ein ausgesprochen friedlicher Ort. Wir sind alle zu Recht stolz darauf.«

»Das können Sie auch«, erwiderte Milo lächelnd.

Varga bedankte sich mit einem Nicken. »Leider habe ich noch etwas zu erledigen. Ich hoffe, wir sprechen uns alle wieder. Für heute wünsche ich eine gute Nacht.«

Amber stimmte in den höflichen Antwort-Chor ein und Varga verließ den Raum und zog die Tür hinter sich zu.

»Ein wunderbarer Mensch«, sagte Veronica. »Er tut viel für die Stadt. Ohne ihn wäre sie nicht das, was sie heute ist, und er verlangt nie eine Gegenleistung. Manchmal frage ich mich, wie es wohl ist, so selbstlos zu sein …«

»Ich arbeite auch gern ehrenamtlich«, meldete sich Glen.

Veronica löste ihren Blick von Milo und lächelte, als würde es sie wirklich interessieren. »Welche Art von Arbeit?«

Glen zuckte mit den Schultern. »Das ist unterschiedlich. Meist helfe ich in Obdachlosenunterkünften und Tierheimen. Krebsforschung. Solche Sachen.«

»Dann gibt es keine spezielle Wohlfahrtseinrichtung, die dir besonders am Herzen liegt?«

Glen veränderte seine Sitzhaltung. »Na ja, ich meine, also, schon. In der Hauptsache, also die Wohlfahrtseinrichtung, für die ich in der Hauptsache arbeite, kümmert sich um Ölteppiche. Sie wissen schon, wenn Sie die ganzen Leute in Regenkleidung sehen, die Möwen und andere Tiere säubern? Das bin ich. Tiere habe ich schon immer geliebt, und in Dublin wohne ich nicht weit vom Meer entfernt, und so ist das ziemlich praktisch.«

»Gibt es viele Ölkatastrophen in Dublin?«

»Hm, also, nicht wirklich, nein. Aber ich bin immer da, falls ein Wal strandet oder so.«

»Oh? Was tust du, wenn das passiert?«

»Na ja, ich … ich schiebe ihn zurück ins Meer.«

Veronica nickte und wartete auf weitere Informationen. Als klar war, dass Glen nichts mehr hinzuzufügen hatte, wandte sie sich wieder an Milo, und Glen runzelte die Stirn und sank ein wenig tiefer in seinen Sessel.

Nach dem Abendessen duschte Amber im Bad am Ende des Flurs. Es war eine altmodische Angelegenheit, und obwohl ihr prinzipiell Hotelzimmer mit eigenem Bad sehr viel lieber waren, war es immer noch besser als die Nasszellen in einigen der Motels, in denen sie bisher die Nacht verbringen mussten. Sie trocknete sich ab, zog ihren Pyjama an, bündelte ihre Kleider und legte ihre Schuhe obendrauf. Der Teppich unter ihren bloßen Füßen fühlte sich weich an, als sie zu ihrem Zimmer ging. Sie bog um die Ecke und hörte Stimmen. Milo und Veronica kamen ihr entgegen. Sie waren auf dem Weg in Milos Zimmer. Sie sahen sie und blieben stehen. Amber blinzelte.

Schließlich sagte sie: »Ich war gerade unter der Dusche.«

Milo nickte. »Gut.«

»Wie war das Wasser?«, erkundigte sich Veronica.

»Heiß.«

Milo nickte wieder, als sei das eine wichtige Information, die er abspeichern musste. »Okay, wir sehen uns dann morgen früh.«

»Genau. Gute Nacht.«

Veronica schenkte ihr ein bezauberndes Lächeln, dann verschwanden beide in Milos Zimmer.

Sie ging in ihr eigenes Zimmer, sperrte die Tür ab und legte ihre Kleider auf den Stuhl. Dann blieb sie mit gerunzelter Stirn mitten im Zimmer stehen.

Sie musste zugeben, dass es seltsam war, Milo und Veronica so … zusammen zu sehen. Sie war richtiggehend überrascht, wahrscheinlich, weil sie Milo mit Dingen wie Gefahr und Furcht in Zusammenhang brachte und bis zu einem vielleicht schon beängstigenden Grad auch mit Tod. Es war ihr nie in den Sinn gekommen, dass er hinter all seiner coolen Wachsamkeit normale Gefühle haben könnte. In gewisser Weise war sie sogar enttäuscht. Sie hätte gedacht, dass jemand wie Veronica, so unleugbar sexy sie auch war, keinerlei Wirkung auf ihn hatte. Amber hatte erwartet, dass er über diesen Dingen stand.

Sie lachte über ihre eigene Spießigkeit. Er war erwachsen und konnte tun und lassen, was er wollte. Es ging sie nichts an.

Sie ging zu ihrem Bett und schlüpfte unter die Decke. Die Laken waren gestärkt und sie lächelte. Es ging doch nichts über ein frisch gemachtes Bett. Das Kissen war kühl und sie ließ sich hineinfallen. Nicht zu weich, nicht zu fest. Genau richtig! Sie blickte zur Decke. Gebrochenes Weiß ohne Risse.

Ihr Lächeln erlosch.

Wie es wohl Dacre Shanks ging, der im Kofferraum des Chargers verdaut wurde? Was für eine Art Bestie war der Charger? Und was war mit Heather Medina und ihrem Vater? Was würden sie tun, falls sie Gregory Buxtons Mutter nicht dazu bringen konnten, ihnen zu helfen?

Und ihre Eltern …?

Als ihr die Tränen kamen, wischte sie die ab und schaltete das Licht aus. Sie döste ein, wachte wieder auf und veränderte alle paar Minuten ihre Lage. Schließlich rollte sie sich wieder auf den Rücken und lauschte auf die Geräusche des Hotels. Es knarrte leise.

Ächzte. Türen wurden geöffnet und geschlossen. Sie hörte gedämpfte Schritte. Gedämpfte Stimmen. Eine gedimmte Welt hinter diesen vier Wänden, eine Welt, in der es nicht um sie ging, eine Welt, die sich nicht um ihre Ängste oder Probleme kümmerte. Eine Welt, die ihr Dahinscheiden nicht betrauern, es aber auch nicht feiern würde. Eine gleichgültige Welt. Eine, die sich nicht um sie kümmerte. Eine Welt, die sie auf einen winzigen Fleck reduzierte.

Amber setzte sich auf. »Das ist vielleicht deprimierend«, murmelte sie.

Sie knipste das Licht an, stand auf und ging zum Fenster. Sie zog die Vorhänge zurück, öffnete es, beugte sich hinaus und atmete die frische Nachtluft ein. Es war kühl und das gefiel ihr. Sie fröstelte sogar. Sie erlaubte sich ein Lächeln und genoss das Gefühl.

Unter ihr bewegte sich etwas – ein Fenster wurde geöffnet. Amber beobachtete leicht amüsiert, wie jemand sich ebenfalls hinausbeugte, um wie sie die Nachtluft zu genießen. Sie sah lediglich den Kopf des Gastes. Vielleicht war das etwas, das die Leute hier einfach tun mussten – über die Stadt blicken und Betrachtungen über das Leben anstellen.

Wieder wurde ein Fenster geöffnet und wieder schaute jemand heraus. Dann noch eines und noch ein Kopf eines Gastes. Amber unterdrückte ein Kichern. Sie musste an Ausschnitte einer alten Spielshow denken, die sie gesehen hatte. »Hollywood Squares« hieß sie. Sie widerstand der Versuchung, auf sich aufmerksam zu machen und die anderen an dem Spaß teilhaben zu lassen. Doch ihr Lächeln erlosch, als sie sah, wie die Gäste aus den Fenstern kletterten, einen Moment kopfunter an der Wand hingen und sich dann in die Dunkelheit fallen ließen.

Etwas flog links an ihr vorbei – jemand hatte sich aus einem Fenster über ihr fallen lassen. Sie drehte den Kopf, schaute nach oben und direkt in das Gesicht von Varga. Er klebte an der Mauer, sein Mantel bauschte sich über ihm auf und seine wilden Augen bohrten sich in ihre. Dann ließ er los und fiel auf sie zu.

32

Amber schrie auf und zog rasch den Kopf zurück und Varga fiel an ihrem Fenster vorbei.

Sie schloss es rasch, wich zurück, verließ dann das Zimmer und lief zu dem von Milo. Panisch hämmerte sie mit der Faust gegen die Tür. »Milo, mach auf! Milo!«

Glen kam aus seinem Zimmer. »Amber? Was ist los?«

»Wir müssen verschwinden. Varga … ich weiß nicht, was er ist. Aber es gibt noch mehr von seiner Sorte und wir müssen hier raus, bevor sie … irgendwas machen.«

Glen nickte. »So richtig Hand und Fuß hat das, was du sagst, nicht gerade.«

Amber ignorierte ihn und drehte am Knauf von Milos Tür. Zu ihrer Überraschung ließ sie sich öffnen und sie lief ins Zimmer. Es war leer. Das Bett war unberührt.

Amber raufte sich die Haare. »Hast du ihn gesehen?«

»Wen soll ich gesehen haben?«

»Milo! Wen denn sonst! Hast du ihn gesehen?«

»Seit dem Abendessen? Nein. Du?«

»Ich hab gesehen, wie er hier reinging. Mit ihr.«

»Mit wem ihr?«

»Mit der Frau. Veronica.«

Glen reagierte bestürzt. »Sie ist mit Milo abgehauen? Mann! Und dabei hat sie mir doch den ganzen Abend schöne Augen gemacht.«

»Sie hat dich kaum angeschaut.«

»So was nennt man kokett.«

Amber lief an ihm vorbei und zurück zu ihrem Zimmer. Glen wollte hinter ihr hineinschlüpfen, doch sie schob ihn hinaus.

»Ich zieh mich an. Warte hier. Sag Bescheid, wenn du jemanden siehst.«

Sie warf die Tür zu, zog rasch ihren Pyjama aus und schlüpfte in ihre Kleider. Als sie fertig war, verließ sie ihr Zimmer wieder und lief die Treppe hinunter.

»Kannst du mir bitte sagen, was hier los ist?«, fragte Glen direkt hinter ihr.

Amber legte einen Finger auf die Lippen. Er schaute sie finster an, hielt aber den Mund.

Sie schlichen durchs Hotel, und erst da fiel ihr auf, wie still es plötzlich war, als hielte es den Atem an. Der Platz am Empfangstresen war leer. Sie drehte sich zu Glen um, doch der hatte keinerlei Gespür für ihre Ängstlichkeit.

»Kann ich jetzt etwas sagen?«, fragte er.

Sie zischte und boxte ihn. Er machte wieder ein finsteres Gesicht und rieb sich den Arm.

Sie ging voraus zur Rückseite des Hotels. Endlich merkte auch Glen, wie unnatürlich ruhig es war.

»Wo sind denn die ganzen Gäste?«, fragte er leise.

Amber antwortete nicht.

Sie erreichten die schmale Tür, die zum Parkplatz im Hof führte. Die wenigen, nicht eben hellen Lampen brachten kaum Licht in die Dunkelheit, doch Amber hatte keine andere Wahl. Sie zählte bis drei und rannte aus dem Hotel. Zum Glück wurde sie nicht angesprungen. Sie lief zur Hecke und blieb dort stehen. Ihre Füße traten eine Fontäne kleiner Steinchen los. Glen wäre fast in sie hineingelaufen.

»Huch! Sorry«, entschuldigte er sich. »Was ist los? Warum … He, wo ist der Wagen?«

»Er ist weg«, antwortete Amber leise.

Glen ging zur Mitte des Hofes, als wäre dort der Aussichtspunkt, von dem aus er den fehlenden Charger sehen könnte. »Wo ist er? Wohin ist er gefahren? Glaubst du, er hat Veronica dabei? Wir sollten für die Zukunft eine Regel aufstellen. Die *Ich hab sie zuerst gesehen*-Regel. Eigentlich wäre ich derjenige gewesen, aber ich bin zu sehr Gentleman, um jemanden schon so früh anzumachen.«

Ein Flattern von oben.

Amber schaute hinauf. Die Lampen auf dem Hof machten aus der Dunkelheit darüber eine undurchdringliche Decke aus sternenloser Schwärze.

Sie drehte den Kopf, folgte dem Flattern von rechts nach links. Dann noch eines von vorn nach hinten. Noch mehr Geflatter, das immer näher kam, dann aufstieg und verschwand.

Kein Flattern von Federn oder Flügeln, sondern von Kleidern.

»Glen«, flüsterte Amber.

Glen stand da, die Hände in die Hüften gestemmt. »Milo wusste, dass sie mir gefällt. Es war ganz offensichtlich. Vielleicht ist das ja was Irisches, aber Männer tun das einander nicht an. Das ist uncool.«

»Glen.«

»Wenn er zurückkommt, werden wir uns mal unterhalten müssen. Von Mann zu Mann.«

»Glen, geh rein«, sagte Amber tonlos.

Ein Kichern von oben.

Glen schaute sich um. »Hast du das gehört?«

»Geh rein, Glen.«

Stirnrunzelnd beobachtete er, wie sie rückwärts zur Tür ging. Die Dunkelheit um sie herum war lebendig. Auf beiden Seiten ein schreckliches Flüstern, schadenfroh und spöttisch, und von oben dieses Geflatter. Ständig dieses Geflatter.

Amber ging rückwärts ins Hotel zurück und hielt die Tür für Glen auf. Er folgte ihr stirnrunzelnd und blickte sich ständig um. Die Dunkelheit über ihm kräuselte sich. Sie sah Gestalten hin und her fliegen. Das Flüstern wurde lauter. Immer lauter. Dann hörte sie Gelächter – grausames, boshaftes Gelächter. Glen schaute sich nicht mehr um, sondern heftete den Blick auf Amber. Er hatte panische Angst. Sein Gesicht zitterte, als unterdrückte er einen Schrei, als wollte er gleich losstürmen.

Rechts und links von ihm traten Gestalten aus der Dunkelheit. Ein alter Mann mit weißem Haar. Eine Frau mittleren Alters mit einer Perlenkette um den Hals. Ein junger Mann mit Akne. Immer mehr. Und alle hatten dasselbe Lächeln.

Dann kam Bewegung in die Dunkelheit, etwas griff von oben herunter und Amber packte Glen und riss ihn ins Haus, schlug die Tür zu und lehnte sich mit dem Rücken dagegen.

Sofort war alles still.

Nur Glen nicht.

»Oooh mein Gott! Heiliger Strohsack! Willst du mal meinen Arm sehen? Alles voller Gänsehaut! Was zum Teufel war das denn? Das war vielleicht gruselig. So richtig pfui Spinne!«

Er rieb sich den Arm und den Nacken und lachte. »Das Haus hier macht was mit einem, wie?«

Amber starrte ihn an. »Hast du sie nicht gesehen?«

»Wen?«

»Die Leute.«

»Wo?«

»Da draußen! Wir waren umzingelt!«

»Hm, wir waren allein da draußen, Amber …«

»Sie wollten dich schnappen!«

»Wer?«

»Die Leute! Du hast sie doch gehört!«

»Das war der Wind. Es war alles gruselig und gespenstisch und unheimlich und so … der Wind.«

»Das waren Stimmen. Das waren Leute, die geflüstert und gelacht haben.«

»Es hat sich tatsächlich angehört wie Gelächter.«

»Und die herumfliegenden Leute?«

»Fliegende was?«

»Sie wollten dich schnappen!«

Glen legte ihr beide Hände auf die Schultern und sagte in einem aufreizend beruhigenden Tonfall: »Wir stehen unter Schock, Amber. Das Hotel ist leer, Milo ist verschwunden und wir haben nicht die leiseste Ahnung, was hier abgeht, aber wir müssen versuchen, ruhig zu bleiben. Wenn wir zulassen, dass unsere Fantasie mit uns durchgeht, werden wir …«

»Verpiss dich«, sagte Amber und ging an ihm vorbei.

Glen folgte ihr. »Ich hab's doch nur gut gemeint. Wohin gehst du?«

»In mein Zimmer. Ich verbarrikadiere die Tür und warte bis morgen früh.«

»Ja, eine gute Mütze voll Schlaf ist wahrscheinlich das Beste.«

»Halt die Klappe, Glen.«

Sie ging die Treppe hinauf.

»Hey, ich hab verstanden«, sagte er. »Du hast Angst. Ich verstehe das, echt. Vielleicht hast du weniger Panik, wenn du dich, du weißt schon, in dein anderes Ich verwandelst. Dann kannst du dich vielleicht beruhigen.«

»Ruhig zu werden ist keine gute Idee, wenn man in Gefahr ist. Wir müssen unsere Angst spüren und auf der Hut sein.«

»Du hast recht. Und ich glaube dir. Ich glaube dir, dass wir in Gefahr sind. Deshalb sollten wir in dein Zimmer gehen und die Tür verbarrikadieren. Dann solltest du dich in dein anderes Ich verwandeln und wir warten bis zum Morgen.«

Amber blickte ihn finster an. »Wir?«

»Ich bin auch in Gefahr, richtig?«

Sie seufzte. »Stimmt.«

»Na denn«, meinte er und betrat ihr Zimmer.

Amber biss die Zähne zusammen, folgte ihm und sperrte die Tür ab.

»Ich übernehme die erste Wache, wenn du willst«, erbot sich

Glen und trat ans offene Fenster. »Du kannst dich ab jetzt jederzeit verwandeln.«

Amber spürte, wie sie blass wurde. »Ich hab's zugemacht, bevor ich gegangen bin«, flüsterte sie.

Glen legte die Hände auf den Sims. »Hey, man kann von hier aus Altheas Haus sehen.«

Dann wurde er weggerissen.

Amber schrie und hatte rote Haut, noch bevor sie wusste, was geschehen war. Sie rannte zum Fenster, schaute hinaus, sah nichts, hörte aber Gelächter. Sie schloss das Fenster erneut, vergewisserte sich, dass es auch richtig zu war, und zog die Vorhänge zu. Sie schob die Kommode vor die Tür. Schließlich zerrte sie das Bettzeug in eine Ecke und setzte sich auf den Boden, die Decke bis unters Kinn gezogen.

Etwas strich über ihre Tür. Fingernägel.

Jemand flüsterte durchs Schlüsselloch.

Amber wartete auf den Morgen.

33

Sie schlief nicht.

Sie war müde und ihre Augen wollten sich schließen, doch sie schlief nicht. Schließlich war Glen weggerissen worden, Milo war verschwunden und da draußen waren alle diese … *Leute*. Und sie verwandelte sich auch nicht zurück. Sie behielt ihre Hörner und Reißzähne und Krallen und sie waren ihr genauso ein Trost wie ein Gewehr für einen Soldaten.

Eine halbe Stunde bevor es dämmerte, war es mit der Stille im Hotel vorbei. Amber hörte Schritte. Im Zimmer unter ihrem wurde ein Fenster geschlossen. Sie kamen zurück.

Als die Morgendämmerung die Dunkelheit durchbrach, ließen die Vorhänge ein paar fahle Strahlen der frühen Morgensonne herein. Nach und nach sickerten die Geräusche der Normalität durch die Bodenbretter. Türen wurden geöffnet und wieder geschlossen. Gäste wünschten sich einen guten Morgen.

Sie wartete bis um sieben, bis die Sonne vollends aufgegangen war und der Tag richtig begonnen hatte. Dann stand sie auf und zog die Vorhänge zurück. Cascade Falls lag taufrisch vor ihr.

Sie schob die Kommode wieder an ihren Platz und sperrte die Tür auf. Als niemand hereinstürmte, atmete sie tief durch und spürte, wie ihre Hörner verschwanden.

Auf dem Flur bemühte sie sich, sich so leise wie möglich zu bewegen. Sie schlich zu Milos Zimmer, wollte nach dem Knauf greifen, doch die Tür ging auf, noch bevor sie ihn berührt hatte.

Amber stieß einen spitzen Schrei aus und Milo sprang nach hinten.

»Herr im Himmel«, keuchte er und blickte sie finster an.

Sie drängte sich an ihm vorbei in sein Zimmer.

»Wo warst du?«, fragte sie leise.

Er blickte auf die offene Tür, dann auf sie, dann schloss er die Tür. »Bitte?«

»Heute Nacht. Du warst verschwunden. Mit dem Wagen.«

Er nickte. »Veronica wollte eine Spritztour machen. Sie ist vorher noch nie in einem Charger gefahren. Warum fragst du?«

»Sie haben Glen geholt.«

»Wer?«

»Varga. Varga und die anderen haben Glen geholt.«

»Ich bin mir nicht sicher, ob ich dich richtig verstehe.«

»Sie sind in der Nacht herumgeflogen und er stand am Fenster und sie haben ihn dort weggerissen.«

Milo schaute sie an.

Sie blickte finster zurück. »Sag ja nicht, ich hätte mir das alles nur eingebildet.«

»Daran habe ich nicht einmal gedacht«, murmelte er. Er ging zum Bett, zog seine Tasche darunter hervor und holte seine Pistole und das Holster aus einer Seitentasche. Er knipste das Holster an seinen Gürtel und schob es nach hinten, dann zog er sein Jackett darüber.

Er ging über den Flur hinüber zu Glens Zimmer. Amber folgte. Einen Augenblick lang lauschte er an der Tür, dann drückte er sie auf. Glens leises Schnarchen begrüßte sie als Erstes. Milo zog die Vorhänge auf, Glen erwachte, drehte sich um und schaute sie verschlafen an.

»Was macht ihr in meinem Zimmer?«, fragte er mit belegter Stimme.

»Was ist *passiert*?«, wollte Amber wissen.

»Bitte?«

»Heute Nacht«, half Milo ihm auf die Sprünge. »Amber, fang ganz von vorne an.«

»Ich konnte nicht schlafen«, begann sie, »also habe ich das Fenster geöffnet. Ich sah Varga und noch sechs oder sieben andere, die an der Wand hinuntergeklettert sind. Keine Seile, keine Haken. Sie klebten an der Mauer. Dann … dann ließen sie los und *flogen.*«

Glen runzelte die Stirn. »Sie flogen?«

»Ja«, blaffte sie, ignorierte ihn dann und wandte sich wieder Milo zu. »Dann wollte ich dich holen, aber du warst weg. Glen kam aus seinem Zimmer und wir sind nach draußen gegangen, um nach dem Wagen zu schauen.«

»Der war auch weg«, bemerkte Glen wenig hilfreich.

»Aber außer uns waren noch andere Leute draußen«, fuhr Amber fort, »und ich habe gehört, wie sie über uns herumgeflogen sind. Sie haben Glen fast gekriegt. Wir konnten uns gerade noch ins Haus retten und sind auf mein Zimmer gegangen … Ich hatte das Fenster geschlossen, bevor ich hinausging, aber es stand offen. Glen ging hinüber und wurde hinausgezogen.«

Glen runzelte die Stirn. »Tatsächlich?«

Sie wirbelte herum. »Du bist aus dem Fenster gezogen worden, Glen.«

Er verarbeitete die Information. »Oh«, sagte er, »das ist also passiert.«

Amber hätte ihm am liebsten den Kopf abgerissen. »*Was?*«

»Ich bin auf der Erde vor dem Hotel aufgewacht«, erzählte Glen. »Ich muss hinausgefallen sein.«

»Du bist nicht gefallen. Du wurdest gezogen! Wenn du gefallen wärst, hättest du dir sämtliche Knochen gebrochen!«

Er schüttelte den Kopf. »Nicht unbedingt. Wenn mein Körper auf dem Weg nach unten vollkommen schlaff gewesen wäre, hätte ich gute Chancen gehabt.«

»Halt die Klappe, Glen! Wie ist es möglich, dass du dich nicht erinnerst?«

»Ich muss einen Blackout gehabt haben. Ich erinnere mich an alles, was du gesagt hast, bis auf die Dinge, die ich nicht gesehen habe. Und ich erinnere mich, dass ich in deinem Zimmer war und dann draußen aufgewacht bin. Ich ging wieder rein, hab an deine Tür geklopft, aber du hast geschlafen …«

»Ich habe nicht geschlafen.«

»Dann hast du mich eben nicht gehört. Jedenfalls bin ich wieder ins Bett.«

»Und falls du das warst, hast du nicht geklopft, sondern an meiner Tür gekratzt.«

Glen zog die Stirn noch mehr in Falten. »Warum sollte ich so etwas tun?«

»Du hast Varga gesehen, Amber. Richtig?«, fragte Milo. »Du bist ganz sicher, dass er es war?«

»Hundertpro.«

»Dann werden wir jetzt ein Wörtchen mit unserem liebenswürdigen Gastgeber reden.«

Sie nickte. »Genau. Gut. Jawohl.«

»Ich habe eine Frage«, meldete sich Glen. »In was für einer Welt leben wir, wenn ein Mann zwischen einen anderen Mann und die Frau tritt, mit der diesen offensichtlich ungeheuer viel verbindet und die eine starke körperliche Anziehungskraft auf ihn ausübt?«

»Sprichst du von Veronica?«, fragte Milo. Er klang echt verwirrt.

»Ja, Milo, ja, von ihr rede ich.«

»Sie mag dich nicht, Glen.«

»Das ist eine Lüge.«

»Sie hat gesagt, du erinnerst sie an ein erschrockenes Erdmännchen.«

Glen überlegte einen Moment, bevor er antwortete: »Das ergibt sehr wenig Sinn.«

»Steh auf und zieh dich an«, sagte Amber und verließ das Zimmer. »Und bring deine Tasche mit nach unten. Wir bleiben nicht noch eine Nacht hier.«

Glen brummte irgendetwas, doch als er angezogen war, folgte er Amber nach unten.

»Guten Morgen!«, grüßte Ingrid strahlend, als sie sie sah. Ihr Blick ging zu ihren Taschen. »Ihr fahrt schon wieder? Habt ihr gut geschlafen?«

Glen schlenderte zu ihr hinüber. »Einige besser als die anderen.«

Ingrid wirkte besorgt. »Oh, das tut mir für einige von euch leid. Kann ich irgendetwas tun, damit ihr noch ein Weilchen bleibt?«

»Ich weiß nicht. Haben Sie eine jüngere Schwester?«, fragte Glen.

Milo trat rasch vor ihn. »Könnten wir bitte mit Mr Varga sprechen?«

Ingrid lächelte wieder. »Tut mir leid, Mr Varga ist heute geschäftlich unterwegs. Wir erwarten ihn heute Abend zurück, wenn Ihnen das hilft?«

»Sicher«, antwortete Milo. »Dann reden wir heute Abend mit ihm.«

»Wunderbar. Kann ich Ihnen sonst noch irgendwie behilflich sein?«

Milo gab ihr seinen Schlüssel. »Nein danke.«

Auch Amber und Glen legten ihre Schlüssel auf den Tresen und gingen wortlos hinaus zum Charger. Sie stiegen ein.

»Ich mag diese Stadt nicht«, sagte Amber. »Wir verschwinden hier, sobald wir wissen, wo Gregory Buxton sich aufhält.«

Glen nickte. »Dann befragen wir seine Mum. Zwingen sie, uns zu sagen, wo er ist.«

Sie drehte sich zu ihm um. »Was?«

Er blinzelte. »Wir … wir befragen seine Mum nicht?«

»Sie ist um die hundert!«

»Sie ist religiös«, sagte Milo und ließ den Wagen an. »Heute ist Sonntag. Sie geht höchstwahrscheinlich in die Kirche. Das heißt, sie ist außer Haus.«

»Wir brechen ein!«, rief Glen. »Wir sind gut im Einbrechen. Obwohl wir rein technisch gesehen nicht in die Bücherei von Springton eingebrochen sind. Wir haben uns einfach in der Toilette versteckt. Aber das Ergebnis war dasselbe.«

»Klappe halten«, sagte Milo ruhig. »Ich breche ein und durchsuche ihre Sachen. Es muss sich eine Postkarte finden lassen oder ein Brief oder ein Adressbuch oder so etwas.«

»Und was machen wir?«, fragte Glen.

»Wir folgen ihr«, sagte Amber. »Sehen zu, dass sie nicht früher nach Hause geht. Falls sie es tun will, halten wir sie auf.«

»Wie?«

»Du hast doch gesagt, ältere Frauen fänden dich unwiderstehlich, oder?«

Glen wurde blass. »Ich soll sie … verführen?«

Amber zuckte mit den Schultern. »Nur wenn es sein muss.«

Sie parkten ein paar Straßen von Althea Buxtons Haus entfernt und gingen dann zu Fuß weiter. Als sie zum dritten Mal durch Altheas Straße schlenderten, sahen sie sie aus dem Haus kommen. Milo verschwand und Amber und Glen folgten ihr die fünf Minuten zur Kirche.

Kurz bevor Amber das Gotteshaus betrat, fragte sie sich, ob sie wohl in Flammen aufgehen würde, sobald sie einen Fuß hineinsetzte.

Zum Glück geschah nichts.

Sie setzten sich in eine Bank ziemlich weit hinten, von wo aus sie Althea im Auge behalten konnten. Wann war sie zum letzten Mal in einer Kirche gewesen? War sie überhaupt jemals in einer gewesen? Ihre Eltern hatten nichts mit Kirche am Hut gehabt – Überraschung! – und ihre Schule war ziemlich weltlich. Vielleicht hatte sie Kirchen nur in Filmen und im Fernsehen von innen gesehen. Sie blickte hinauf zu Jesus am Kreuz, stellte fest, dass er intensiv trainiert haben musste, um solche Bauchmuskeln zu bekommen, und dachte zum ersten Mal übers Beten nach.

War Gott die Antwort? Bis vor Kurzem hatte es keinen Anlass gegeben, darüber nachzudenken. Doch nachdem sie jetzt mit der unleugbaren Existenz von Dämonen und Teufeln konfrontiert worden war – als Beweis brauchte sie nur in den Spiegel zu schauen –, sollte sie jetzt vielleicht damit anfangen.

Würde es helfen, wenn sie sich hinkniete und betete? Einen Moment lang erwog sie den Gedanken, für ihre Eltern zu beten, darum zu bitten, dass sie zur Vernunft kamen. Doch sie schob den Gedanken rasch wieder von sich. Genauso gut konnte sie sich eine glückliche Kindheit voller Zuwendung wünschen.

»Mir geht es nicht gut«, flüsterte Glen. »Ich glaube, ich habe innere Verletzungen.«

Ob ein Priester sie von ihren Sünden freisprechen konnte? Amber fragte sich, wie dieser Priester wohl mit ihren Hörnern umgehen würde. Wie würde er reagieren, wenn sie in einen Beichtstuhl treten würde und ihm die Wahrheit erzählte, die ganze Wahrheit, und sich ihm in ihrer ganzen rothäutigen Pracht zeigte? Würde er vom Glauben abfallen oder gestärkt daraus hervorgehen? Hätte er eine Antwort für sie oder würde er sie aus diesem heiligen Ort vertreiben, sie verfluchen und vor seinem Herrn verdammen?

War sie vor seinem Herrn bereits verdammt?

Jesus blickte auf sie herab mit seinem Waschbrettbauch und dem knappen Lendenschurz und verriet so gut wie nichts. Ein ganz Raffinierter, dieser Jesus.

»Meine Freunde«, begann der Priester. Er war jung und selbst von ihrem Platz weit hinten sah Amber die dunklen Ringe unter seinen Augen. Er brauchte Schlaf. Sie konnte ihm nachfühlen.

»Wir leben in beunruhigenden Zeiten«, fuhr er fort. »Wir schalten die Nachrichten ein und sehen, wie überall auf der Welt die Zivilisation zusammenbricht. Krieg und Verbrechen und Terrorismus und Hass. Armut. Ungerechtigkeit. Wo wir auch hinschauen, Warnzeichen des Bösen. Es macht sich breit. Es setzt sich fest. Aber ihr fragt: Weshalb muss ich die Nachrichten einschalten, um Zeichen des Bösen zu sehen? Warum muss ich eine Zeitung aufschlagen oder online gehen? Hat die Saat des Bösen nicht schon hier in unserer Stadt Wurzeln geschlagen?

Ein Murmeln ging durch die Kirchgänger und Amber setzte sich ein wenig aufrechter hin.

»Ich habe Gott an meiner Seite«, sagte der Priester. »Er ist mein Hirte. Er leitet mich. Er beschützt mich. Und dennoch habe ich Angst. Ich beginne zu zweifeln. Doch nicht an Gott. Er ist so stark wie eh und je. Nein, meine Freunde, ich beginne, an mir zu zweifeln. Denn mein Fleisch ist schwach. Und mein Herz ist schwach. Vor zwei Wochen haben wir unseren wunderbaren Freund Pfarrer Taylor begraben und plötzlich stehe ich allein hier oben. Ich merke, dass mir seine tröstende Gegenwart fehlt. Mir fehlen seine Worte, sein Ratschlag. Doch am allermeisten fehlt mir sein Mut.«

Der Priester blickte kurz zur Seite und Amber sah erst jetzt das große Foto auf einer Staffelei. Es zeigte einen lächelnden weißhaarigen alten Mann.

»Er wusste es«, fuhr der Priester fort. »Er spürte es. Ich habe es geleugnet. Und jetzt ist es zu spät.«

»Der Mann auf dem Foto«, flüsterte Amber Glen zu.

»Was ist mit ihm?«

»Ich habe ihn gesehen. Gestern Nacht habe ich ihn vor dem Hotel gesehen.«

Und dann begann jemand zu singen. Mit leiser, unaufgeregter Stimme.

»Down in the Willow garden, where me and my love did meet.«

Unruhe breitete sich aus.

»As we sat a-courtin', my love fell off to sleep.«

Der Mann, der sang, hatte den Kopf gesenkt.

»I had a bottle of Burgundy wine. My love, she did not know.
So I poisoned that dear little girl, on the banks below.«

Die Leute rechts und links rückten von ihm ab. Er sang weiter. Und dann kam eine Frauenstimme dazu.

»I drew a sabre through her, it was a bloody knife.«

Eine dritte Stimme fiel ein, mehr Leute rückten ab und der Gesang wurde ein wenig kräftiger.

»I threw her in the river, which was a dreadful sign.«

Ein weiterer Mann stimmte in das Lied ein, sang mit gesenktem Kopf, und ein fünfter und ein sechster. Jetzt standen Leute auf, aus ihrem Schieben wurde ein Stoßen in dem Bemühen, Abstand zu schaffen. Mit den Stimmen breitete sich Panik aus. Eine siebte und achte Person sangen mit. Der Priester wich mit entsetzter Miene zurück, einige Leute weinten und rannten zum Ausgang.

Althea wurde von hinten gestoßen und fiel auf die Knie.

Amber sprang auf, stürzte sich in die wogende Menge und wäre selbst fast umgeworfen worden. Doch sie schaffte es zu Althea, fasste sie am Arm und zog sie auf die Beine. Und dann war Glen vor ihnen und bahnte ihnen einen Weg zur Tür.

»My race is run, beneath the sun. The scaffold waits for me.«

Amber blickte zurück, sah jetzt zehn oder zwölf Leute stehen. Sie hielten den Kopf immer noch gesenkt und sangen immer noch.

»For I did murder that dear little girl,
whose Name was Rose Conelly.«

Und in dem Moment, in dem Althea ohnmächtig wurde und mit ihrem ganzen Gewicht in Ambers Arme sackte, traten sie hinaus in die Sonne.

34

Halb schleiften und halb trugen Amber und Glen Althea den Hügel hinauf zu ihrem Haus.

Sie war, obwohl nicht besonders groß, recht schwer, weshalb das Vorankommen langsam und mühselig war. Althea kam zweimal kurz zu sich, murmelte irgendetwas und verlor erneut das Bewusstsein. Die Kette mit dem Kreuz daran baumelte unter ihrem Kinn. Sie erreichten das Haus und Amber klopfte und rief Milos Namen. Wenige Augenblicke später ging die Tür auf und er ließ sie herein. Auf dem Weg in den ersten Stock erzählten sie, was passiert war, und legten Althea dann vorsichtig aufs Bett. Urplötzlich hörte das Gemurmel auf und sie schlief tief und fest.

Milo und Glen schauten sich kurz an und verließen dann das Zimmer. Amber runzelte die Stirn, bis sie begriff, was von ihr erwartet wurde: Sie sollte sich darum kümmern, die alte Dame auszuziehen.

Zehn Minuten später folgte sie ihnen ins Wohnzimmer. »Wenn das nächste Mal ein alter Mensch ins Bett gebracht werden muss, ist einer von euch dran«, sagte sie.

Das Wohnzimmer war einfach eingerichtet mit einem niedrig hängenden Kronleuchter aus unechtem Kristallglas und einer Tapete, die noch nicht einmal zum Zeitpunkt ihrer Herstellung modern gewesen war. Auf dem Teppichboden lagen Läufer und die Vorhänge waren schwer und alt. Vor dem kalten Kamin standen ein Sofa und ein Sessel. Der Sessel war einem Monstrum von Fernseher zugewandt, der die alte Dame erschlagen hätte, wenn er auf sie gefallen wäre. Neben dem Fenster stand ein kleines rundes

Tischchen mit einer Tischdecke und darauf gerahmte Fotos wie Soldaten bei einer Parade. Über dem Kaminsims hing ein Jesusbild.

»Ich war in der Kirche«, sagte Glen. Er stand am Fenster und spähte durch die Jalousien nach draußen. »Das war *nicht* vorgesehen. Das war gespenstisch. Es war *mehr* als gespenstisch. Es war … es war *sehr* gespenstisch.«

Milo blätterte in einem Adressbuch, hielt aber lang genug inne, um Amber einen Blick zuzuwerfen. »Glaubst du, es hat irgendetwas mit dem zu tun, was du gestern Nacht gesehen hast?«

»Wahrscheinlich. Der Priester hat davon geredet, dass die Saat des Bösen hier bereits Wurzeln geschlagen hätte. Ich bin mir ziemlich sicher, dass das ein paar der Samen waren, von denen er gesprochen hat. Hast du etwas gefunden?«

»Noch nicht. Aber vielleicht ist Althea nach dieser Sache ja eher bereit, mit uns zu reden.«

»Es wäre wahrscheinlich besser, wenn einer von uns bei ihr wäre, wenn sie aufwacht«, meinte Glen. »Nur damit sie nicht zu Tode erschrickt. Ich übernehme die erste Wache.«

»Warte«, sagte Amber. »Du glaubst wirklich, es beruhigt sie, wenn sie aufwacht und einen fremden Iren in ihrem Zimmer sieht?«

Glen runzelte die Stirn. »Warum denn nicht?«

Amber machte sich nicht die Mühe zu antworten. Sie ging wortlos wieder nach oben, setzte sich in einen Sessel und schaute Althea beim Schlafen zu. Nach ein paar Minuten schloss sie die Augen. Nur für einen Moment. Nur um sich auszuruhen.

Als Amber aufwachte, war das Sonnenlicht rötlich gefärbt, wie Badewasser, in das Blut getropft ist. Sie gähnte und setzte sich aufrechter hin. Mitten im Gähnen erstarrte sie. Das Bett war leer.

Erschrocken lief sie nach unten. Althea saß mit Glen im Wohnzimmer.

Glen lächelte breit. »Amber! Endlich bist du wach.«

»Ich wollte dich nicht wecken«, sagte Althea. »Du hast so erschöpft ausgesehen, da dachte ich mir, lass das arme Ding schlafen.«

»Oh, danke. Hoffentlich habe ich Sie nicht erschreckt oder so.«

Althea lächelte wehmütig. »Um mich zu erschrecken, braucht es mehr als ein junges Mädchen, das kann ich dir versichern.«

Milo kam herein, in der Hand eine Porzellantasse voll dampfendem Tee. Er reichte sie ihr. »Hier, Althea.«

Sie nahm ihm die Tasse ab und nippte daran. »Sie sind ein richtiger Heiliger.«

»Nicht zu stark dieses Mal?«

Althea kicherte. »Nein, mein Lieber. Er ist perfekt, danke.«

Milo setzte sich in den Sessel und schaute Amber an. »Althea hat uns gerade erzählt, wer die Leute in der Kirche waren. Einige davon waren in letzter Zeit krank.«

»Das ist richtig«, bestätigte Althea. »Ich weiß, dass Tom Prendergast seit Montag nicht bei der Arbeit war und Rachel Faulkner ist gestern *und* vorgestern nicht zu ihrer Schicht im Café erschienen. Nicht einmal krankgemeldet hat sie sich. Ich bin ja keine, die etwas auf Klatsch gibt, aber der junge Stevens hat sich die ganze Woche nicht wohlgefühlt. Es heißt, er hätte eine *Infektion*.«

Sie nickte dabei, als wüsste Amber schon, welche Art von Infektion sie meinte.

»Glauben Sie, dass alle dasselbe hatten?«, fragte Amber.

Althea nahm noch einen Schluck Tee. »Mit Sicherheit behaupten kann ich es natürlich nicht. Aber es sieht doch so aus, oder? Sie haben alle über Schwäche geklagt, und jedem, der sie gesehen hat, ist aufgefallen, wie blass sie waren. Dann waren da auch …«

Sie beendete den Satz nicht.

Milo versuchte, sie zum Weiterreden zu bringen, indem er fragte: »Dann waren da auch noch die was?«

Doch Althea lächelte nur. »Nichts, mein Lieber. Besorgte Leute, das ist alles.«

»Sie haben vorhin etwas von merkwürdigen Todesfällen gesagt«, meldete sich Glen.

»Gütiger Himmel, nein.« Altheas kleine Augen glitzerten. »Das ist nur schlüpfriges Gerede, an dem ich mich nicht beteilige. Aber wir haben ein sehr merkwürdiges Jahr hinter uns, ein sehr beunruhigendes Jahr. Leute sind unter mysteriösen Umständen gestorben und andere haben behauptet, sie Tage oder Wochen später auf der Straße gesehen zu haben. Aber immer nachts. Immer nachts. Und angefangen hat alles mit dieser armen Familie.«

»Erzählen Sie uns davon«, bat Glen. »Bitte.«

Altheas Zunge kam zwischen ihren Lippen hervor, als sie über die Bitte nachdachte, und verschwand dann wieder. Sie stellte ihre Tasse und Untertasse auf den Couchtisch und beugte sich auf dem Sofa vor. Milo und Glen neigten sich zu ihr. Amber setzte sich auf die Sessellehne und tat dasselbe.

»Die Mastersons«, begann Althea. »Eine wunderbare Familie. Die Mutter Rechtsanwältin, der Vater Lehrer. Mathematik, glaube ich. Sie hatten zwei wunderbare Kinder. Der Junge war das Nesthäkchen. Ein Wunderkind, hieß es. Wenn man ihn an ein Klavier gesetzt hat, konnte er spielen wie Mozart. Gab man ihm eine Geige in die Hand, spielte er wie Vivaldi. Doch Rosalie, die Tochter, war diejenige, die einem im Gedächtnis blieb. Ich könnte mir denken, dass du dich auf den ersten Blick in sie verliebt hättest, Glen. Schön und freundlich, intelligent und witzig. Sie war die Blume von Cascade Falls. Sie hatte viele Möchtegernverehrer, und wie ich gehört habe, benahmen sie sich in ihrer Gesellschaft erstaunlich gesittet. Keinerlei Unangemessenheiten. Bis Caleb Tylk kam.

Caleb hatte eine Menge Probleme. Schlägereien. Dreimal vom Unterricht ausgeschlossen. Vandalismus. Aber wie jeder andere Junge in seinem Alter war auch er in Rosalie Masterson verliebt. Sie war höflich zu ihm, was Beweis genug für ihren guten Charakter ist, meint ihr nicht auch? Aber so war Rosalie eben. Viel zu gut für diese Welt.«

»Dann nehme ich an, dass etwas wirklich Schlimmes passiert ist«, sagte Amber.

Althea nickte ernst. Sie griff nach ihrer Tasse, nahm einen Schluck und stellte sie auf die Untertasse zurück. »Caleb Tylks Avancen waren ganz und gar und über die Maßen unangemessen. Er hielt ihre Freundlichkeit irrtümlicherweise für mehr und sie war gezwungen, ihn abzuweisen. Er hat es nicht gut verkraftet. Es hieß, er habe sich an dem alten Baum neben dem Varga Hotel aufgehängt.«

»Es hieß?«, echote Glen. »Man weiß es nicht mit Sicherheit?«

»Junger Freund, Sally-Ann Deaton behauptet steif und fest, dass sie ihn dort hängen sah. Aber bis die Polizei kam, war die Leiche verschwunden.«

»Was ist mit ihr passiert?«

»Das weiß niemand«, antwortete Althea. »Doch drei Nächte später hat der Tod dem Haus der Mastersons einen grausamen und blutigen Besuch abgestattet. Der Mutter wurde der Kopf abgeschnitten. Dem Vater das Herz herausgerissen. Dem Sohn, dem armen Jungen, hat man sämtliche Gliedmaßen ausgerissen. Und Rosalie wurde entführt.«

»Sie glauben, Caleb war es«, sagte Milo.

»Oh ja. Die Tür zu Rosalies Zimmer war eingetreten. An der Wand neben dem offenen Fenster stand in Rosalies eigenem Blut geschrieben: *Caleb Tylk liebt Rosalie Masterson.*«

Ihren Worten folgte Stille. Sie nahm die Tasse mit der Untertasse und trank noch einen Schluck.

»Seither ist alles schlimm geworden und es wird noch schlimmer. Leute sterben und stehen wieder auf. Ach, kommt schon, schaut mich nicht so an. Ihr wisst Bescheid. Ich sehe es euch an. Es geht etwas um … etwas Böses. Ihr spürt es doch auch. Er ist nicht von dieser Welt.«

»Er?«

»Varga. Es hat alles mit ihm zu tun.«

»Warum verlassen Sie die Stadt nicht?«, fragte Glen.

»Das hätte ich letzte Woche getan, wenn mein Wagen nicht den Geist aufgegeben hätte«, antwortete Althea glucksend. »Anfangs war ich dickköpfig. Ich habe mein ganzes Leben in Cascade Falls verbracht und ich war entschlossen, mich nicht von irgendwelchen unheiligen Wesen aus meinem Haus vertreiben zu lassen. Doch dann … habe ich meine Meinung geändert. Vampire können das bewirken.«

Glen blinzelte. »Vampire?«

»Ja natürlich. Was dachtest du denn, wovon wir reden?«

»Ich … keine Ahnung. Aber Vampire? Im Ernst?«

Althea nickte. »Deshalb trage ich immer ein Kruzifix bei mir und lasse nach Einbruch der Dunkelheit niemanden mehr in mein Haus. Die Leute, die heute in der Kirche gesungen haben, waren die menschlichen Untertanen der Vampire – Leute, die versklavt wurden, aber noch nicht ganz ausgesaugt. Ich weiß Bescheid, ihr glaubt mir besser.«

Auf Glens Gesicht breitete sich ein aufgeregtes Lächeln aus. »Reden wir hier im Ernst über Vampire im Stil von Dracula?«

»Selbstverständlich«, antwortete Althea. »Wenn du genau hingeschaut hättest, hättest du gesehen, dass sie alle zwei kleine, runde Löcher im Hals haben.

»Wow …«, sagte Glen.

Althea blickte ihn traurig an. »Genau wie du.«

35

Glens Lächeln erlosch. »Wie bitte?«

»Deine Bissspuren, mein Lieber«, antwortete Althea und tippte sich an den Kragen.

Glen runzelte die Stirn. Seine Hand ging zu seinem Hals. Seine Augen weiteten sich. »*Was?*«

Er sprang auf und drehte sich so, dass Amber und Milo die punktförmigen Wunden sehen konnten.

Auch Amber stand auf und wäre dabei fast gestolpert. »Oh, Mist.«

»Was bedeutet das? *Was bedeutet das?*«, heulte Glen. »Oh Gott, bin ich jetzt ein Vampir? Bedeutet das, dass ich ein Vampir bin?«

»Du bist kein Vampir«, beruhigte ihn Milo, »aber du hast das Zeichen.«

»Nicht schon wieder! Das kann nicht sein! Ich hatte schon mal ein Zeichen! Ich hatte das Todeszeichen! Ich kann nicht schon wieder ein Zeichen haben!«

»Was *bedeutet* es, wenn er das Zeichen hat?«, wollte Amber wissen.

»Es bedeutet, dass der Vampir, der Glen gebissen hat, ihn jederzeit wiederfinden kann.« Althea zuckte mit den Schultern. »Ich habe meine Hausaufgaben gemacht.«

»Ich habe das *Zeichen*«, flüsterte Glen.

»Kein Grund, so eine große Sache daraus zu machen«, erwiderte Milo, doch Glen war schon auf dem Weg zur Haustür.

»Ich muss eine Runde gehen«, sagte er. »Ich muss … ich muss *raus* hier!«

Dann war er weg und die Tür schwang hinter ihm zu.

»Was für ein dramatischer junger Mann«, meinte Althea.

Doch bevor die Tür ins Schloss gefallen war, kam Glen wieder hereingestürmt.

»Sie sind da!«, rief er, schlug die Tür hinter sich zu und lief zum Fenster.

Amber runzelte die Stirn. »Die Vampire?«

Glen drehte sich zu ihr um. In seiner Miene spiegelte sich echte Angst. »Deine *Eltern.*«

Bevor sie wusste, was sie tat, rannte sie zum Fenster und sah den Wagen ihrer Eltern gerade noch um die Ecke verschwinden.

»Haben sie dich gesehen?«, fragte Milo und zog Glen am Kragen hoch. »Sie kennen dein Gesicht. Haben sie dich gesehen?«

»Nein. Nein, haben sie nicht.«

Milo wandte sich an Althea. »Wie viele Wege führen aus der Stadt hinaus?«

»Leider nur zwei«, antwortete sie. »Die Straße nach Osten und die Brücke im Westen.«

»Sie werden beide bewachen. Jeweils zwei auf jeder Seite und zwei, die die Stadt durchkämmen. Wir müssen los.«

»Warte«, sagte Amber. Es war alles zu viel. Ging zu schnell. In die ganze Sache musste wieder Ruhe hineinkommen. Sie musste nachdenken können. »Sie … sie wissen nicht, weshalb wir hier sind, oder? Ich meine, sie sind uns vielleicht in diese Stadt gefolgt, aber mit Shanks haben sie eindeutig nicht gesprochen. Sie wissen nichts von Althea oder ihrem Sohn, und von den Vampiren wissen sie auch nichts. In ein paar Stunden wimmelt es in Cascade Falls wieder von diesen Dingern, richtig, Althea?«

Althea nickte. »Und es wird jede Nacht schlimmer.«

»Wer sagt's denn«, meinte Amber. »Dann sind sie beschäftigt. Wir müssen uns nur bis morgen früh bedeckt halten. Dann schleichen wir uns einfach an ihnen vorbei. Sie nehmen wir mit, Althea. Wir packen Ihre Taschen, während wir warten.«

»Das ist mal ein Plan«, lobte Milo. »Aber wenn sie uns bis hierher gefolgt sind, wissen sie, welchen Wagen wir fahren. Ich muss ihn verstecken.«

»Gleich vor der Brücke ist eine kleine Scheune«, sagte Althea. »Sie steht leer und ist nie abgeschlossen.«

»Dann auf zur Scheune«, sagte Milo. »Ich stelle den Wagen unter und komme zurück, sobald ich kann. Macht niemandem die Tür auf. Vampire können ein fremdes Heim nicht betreten, es sei denn, sie werden hereingebeten. Habe ich in diesem Punkt recht, Althea?«

»Ja, Sie haben recht, Milo.«

Milo wandte sich an Glen. »Was ist mit dir? Kann ich mich darauf verlassen, dass du nichts Dummes anstellst?«

»Ich bin ein Wesen der Nacht«, flüsterte Glen.

»Das muss dann wohl reichen«, meinte Milo und verließ rasch das Haus.

Amber sperrte die Tür hinter ihm ab.

Als Altheas Taschen gepackt im Flur standen, begleitete Amber die alte Dame nach oben, damit sie sich noch ein wenig ausruhen konnte. Sobald sie leise schnarchte, ging Amber wieder nach unten. Glen stand am Fenster und schaute hinaus.

»Hast du sie noch einmal gesehen? Glen? *Glen?*«

Er blickte sich erschrocken um. »Was? Sorry?«

»Meine Eltern. Hast du sie noch einmal gesehen?«

»Oh. Nein. Ich habe sie nicht mehr gesehen.«

Sie nickte und stellte sich neben ihn. Sein Blick ging wieder hinaus auf die Stadt hinter der Scheibe. Er wirkte müde. Ausgelaugt. Zuerst das Todeszeichen und jetzt das … Obwohl er ihr fürchterlich auf die Nerven ging, tat er ihr jetzt einfach nur leid.

»*Da*«, sagte er. »Hast du es gehört?«

Sie drückte ihre Sorgen wegen ihrer Eltern weg, schob sie ganz weit nach unten in ein dunkles, dunkles Loch und lauschte übertrieben angestrengt. »Hm, nein. Ich glaube nicht. Was soll ich denn gehört haben?«

Er runzelte die Stirn. »Nichts. Schon gut.«

»Wie fühlst du dich?«, fragte sie leise.

Er schaute sie nicht an. »Nur die Lebenden fühlen.«

»Ach ja?« Amber boxte ihm gegen die Schulter. »Fühlst du das?«

»Autsch!« Er rieb sich den Arm. »Wie kannst du mit so kleinen Händen nur so hart zuschlagen. Gütiger Himmel.«

Sie grinste ihn an. »Sei nicht so dramatisch.«

»Ich glaube, ich habe ein Recht darauf, dramatisch zu sein«, meinte er finster. »Ich bin derjenige, der gebissen wurde. Ich bin derjenige mit dem Vampirzeichen in meinem Fleisch.«

»In deinem Fleisch?«, wiederholte sie spöttisch.

Er schaute wieder aus dem Fenster. »Du weißt nicht, wie es für Leute wie mich ist.«

»Für wen, die Iren?«

»Die Verdammten. Die Todgeweihten. Die mit dem Vampirkuss auf den Lippen.«

»Der Vampir hat dich geküsst?«

»Es ist eine Metapher.«

»Wohl kaum.«

Seine Augen weiteten sich. »Da ist es wieder!«

Amber runzelte die Stirn. »Da ist was?«

»Ein Flüstern. Oder ein … kein Flüstern, ein Ruf. Aber er ist … er ist leise. Bist du sicher, dass du nichts hörst?«

»Ziemlich. Woher kommt es?«

»Von draußen.« Er biss sich auf die Lippe. »Würdest du mir etwas versprechen, Amber?«

»Kommt drauf an …«

»Du … du lässt mich doch nicht allein sterben, oder?«

Er schaute sie an und der ganze Schmerz, den er je empfunden hatte, stand in seinen Augen.

»Du stirbst nicht«, erwiderte sie. »Du bist gebissen worden. Das heißt, ein Vampir hat von deinem Blut getrunken. Aber du bist dadurch nicht zum Vampir geworden.«

»Ich weiß. Ich weiß das, aber … aber du würdest mich doch nicht allein sterben lassen, richtig? Wir sind Freunde, nicht wahr?«

»Ja. Wahrscheinlich. So was Ähnliches.«

»Gut. Selbst bei so was Ähnlichem wie Freunden lässt der eine den andern nicht allein sterben, nicht wahr?«

Sie seufzte und nahm seine Hand. »Nein, tut er nicht. Dir passiert nichts, Glen. Wir warten bis morgen, dann verschwinden wir von hier. Nichts einfacher als das.«

»Ja«, sagte Glen. »Ja. Sorry. So eine richtige Familie hatte ich bisher noch nie. Außer meinem Vater. Er war wie ich, weißt du? Empfindsam. Meine Mum hat ihn runtergemacht deshalb. Ihn lächerlich gemacht. Dann hat er seinen Job verloren und sie hat nichts anderes mehr getan, als ihn runterzumachen.«

»Wie ist er gestorben?«, fragte Amber leise.

Glen zögerte. »Allein.«

»Hast du noch Geschwister?«

»Einen Bruder. Er ist ein Idiot.«

»Ich hatte auch einen Bruder«, erzählte Amber. »Vor langer, langer Zeit. Und eine Schwester. Ich hab sie nicht gekannt. Ich wollte früher immer einen Bruder haben. Ein Bruder hätte jeden zusammengeschlagen, der mich ausgelacht oder mir Schimpfnamen nachgerufen hätte.«

»Mein Bruder war derjenige, der mich ausgelacht hat«, sagte Glen. »Er hat mich alles Mögliche geheißen.«

»Ich glaube, mein Bruder wäre nicht so gewesen. Ich glaube, er wäre nett gewesen. Dann willst du also nicht zurück nach Irland? Zu deiner Mom?«

Er lächelte traurig. »Sie will mich nicht haben. Hat mich wahrscheinlich nie gewollt. Ich war nicht unbedingt das glücklichste Kind, deshalb habe ich … so getan, als ob? Ich bin ihr oft ziemlich auf die Nerven gegangen. Warst du glücklich als Kind?«

»Ich dachte es«, antwortete Amber. »Ich wusste natürlich, dass meine Eltern anders sind. Sie haben mich nicht an der Hand genommen, sie haben nicht mit mir gespielt … Ich dachte, es läge an etwas, das ich getan hatte, vielleicht machte ich etwas falsch. Deshalb versuchte ich, so zu sein wie die anderen Kinder, aber das hat nicht funktioniert. Also habe ich versucht, zu sein wie meine Eltern, aber das hat auch nicht funktioniert … Erst jetzt habe ich begriffen, dass es ihnen nie aufgefallen ist. Alle meine kleinen Bemühungen, ihnen zu gefallen oder sie stolz zu machen, jedes Mal, wenn ich mein Verhalten geändert habe, um sie zu irgendeiner Reaktion zu bewegen – sie haben es einfach … nie bemerkt. Weil ich ihnen gleichgültig war.«

»Dann waren wir also beide traurige Kinder.«

»Wahrscheinlich. Je mehr ich darüber nachdenke, desto klarer sehe ich, wie mein Leben in Wirklichkeit war.«

»Unheimlich, oder?«

»Und wie.«

Sie lächelten sich an und sie drückte seine Hand und wollte loslassen, doch er hielt sie fest. Ihre Blicke trafen sich, seine Augen waren ganz glasig und er beugte sich vor.

»Versuch jetzt *nicht*, mich zu küssen, sonst passiert was.«

Er kam ins Straucheln. Ein Moment verstrich, dann drückte er ihren Arm und ließ ihn los.

Noch ein Moment verstrich.

»Das war jetzt vielleicht merkwürdig«, stellte Amber fest.

»Das wollte ich auch gerade sagen.«

»Es war merkwürdig und verstörend.«

Er nickte. »Es war ein unkluger Zug, stimmt.«

»Wolltest du mich wirklich küssen?«

»Offensichtlich.«

»Deine Augen waren so komisch.«

»Man hat mir gesagt, dass das passiert.«

»Ich dachte, du magst mich nur als Dämon.«

»Hältst du mich wirklich für so oberflächlich?«

»Ja.«

»Du könntest recht haben«, gab Glen zu. »Aber ist es nicht möglich, dass ich in den letzten paar Tagen als Mensch gereift bin? Nach meinen ganzen Zusammenstößen mit dem Tod und allem?«

»Wahrscheinlich.«

»Ich glaube schon. Ich begreife wahrscheinlich, dass das, was innen drin ist, zählt, wenn es um Schönheit geht. Oder vielleicht liegt Schönheit tatsächlich, du weißt schon, im Auge des Betrachters. Möglicherweise habe ich einen bedeutenden Schritt in Richtung … also hin zum Unterscheidenkönnen gemacht, was richtig gut ist und was nicht. Das ist ein großer Moment für mich. Aber ich wollte dich nicht in Verlegenheit bringen. Ich finde dich einfach echt fantastisch und ich dachte, jetzt wäre der richtige Moment. Aber ich habe einen Fehler gemacht. Es tut mir leid.«

»Pass auf, Glen. Ich möchte, dass du weißt …«

»Ich schätze deine Freundschaft auch sehr.«

»… dass ich mich in keinster Weise und überhaupt nicht im Geringsten zu dir hingezogen fühle.«

Er blinzelte. »Bitte?«

Sie verzog das Gesicht. »Ich hätte das sagen sollen. Das mit der Freundschaft schätzen und so. Verdammt. Kann ich meine Antwort zurücknehmen und noch einmal neu anfangen?«

»Du findest mich nicht süß?«

»Ich finde, du siehst ganz gut aus, klar. Aber das bedeutet nicht, dass ich mich zu dir hingezogen fühle.«

»Warum nicht?«

»Es ist einfach so.«

»Aber bist du sicher, dass das einen Sinn ergibt?«

Sie tätschelte seine Schulter. »Ich schaue nach Althea. Vielleicht ist sie jetzt ja bereit, über ihren Sohn zu reden. Wenn ich wiederkomme, können wir hoffentlich so tun, als sei das nie passiert.«

»Ja. Okay.«

Sie ging mit einem seltsamen Gefühl nach oben.

Althea saß im Bett. »Ist Milo schon zurück?«, fragte sie.

»Nein. Aber machen Sie sich um ihn keine Sorgen. Milo kann auf sich aufpassen. Wie geht es Ihnen?«

Althea lächelte. »Ich bin alt und muss mich oft ausruhen, aber abgesehen davon könnte es mir nicht besser gehen. Zumindest denke ich das gern.« Sie kicherte. »Das Alter hat die Tendenz, sich an einen heranzuschleichen, wenn man nicht hinschaut. Richtig hinterhältig ist es.« Sie lehnte sich zurück und faltete die Hände über dem Bauch. »Du wolltest etwas über Gregory erfahren, nicht wahr?«

»Ja, falls Sie über ihn reden wollen. Er lebt noch, nicht wahr?«

Althea lächelte traurig. »Soviel ich weiß. Ich weiß nicht, wo er ist, aber vielleicht kann ich euch helfen. Was wisst ihr bereits?«

»Wir wissen, dass er einen Deal mit dem Teufel gemacht hat.«

»Eine Menge Leute hätten schon Probleme damit, so etwas laut auszusprechen, aber ich glaube, du hast mehr vom wahren Gesicht der Welt gesehen, als dir lieb ist. Habe ich recht?«

»Ja.«

»Hab ich mir's doch gedacht. Gregory … Also. Ich verstehe, weshalb er getan hat, was er tat, aber deshalb wird es nicht recht. Nicht in den Augen unseres Herrn.«

»Weshalb hat er es denn getan?«

»Oh, es ging nicht um Gier oder Lust oder Macht, falls du das glaubst. Mein Sohn ist nicht perfekt, aber er ist ein guter Mensch. Es ging um meinen Enkel. Gregory ist den Deal aus Liebe eingegangen. Und Liebe ist die Waffe Gottes. Deshalb bete ich jeden Abend, dass er seinen Weg zum Herrn zurückfindet, und ich bete, dass der Herr ihn wieder aufnimmt. Ich schließe dich in meine Gebete ein, wenn du möchtest.«

»Danke.« Amber war seltsam gerührt. »Es wäre schön, wenn jemand für mich beten würde. Wie heißt Ihr Enkel denn?«

»Jacob«, antwortete Althea. »Er hatte Krebs, schon als kleiner

Junge. Mit zehn war sein Zuhause ein Krankenhausbett. Er hatte überall Schläuche stecken, durch die einen ging Flüssigkeit in ihn hinein, durch andere floss welche aus ihm heraus. Dann konnte er nicht mehr selbstständig atmen und dann nicht mehr sehen ... Die Wissenschaft ist an ihm gescheitert. Sie hat ihr Bestes getan, war dem Job aber nicht gewachsen. Ich habe gebetet, jeden Tag habe ich gebetet, aber anscheinend war es Gottes Plan, den kleinen Jungen sterben zu lassen und seine Seele zu sich in den Himmel zu holen. Ein guter Plan, nehme ich an, im großen Zusammenhang gesehen, obwohl ich um nichts in der Welt verstanden habe, weshalb Gott ihn so viele Schmerzen hat erdulden lassen. Das habe ich wirklich nicht begriffen, weshalb man einen kleinen Jungen foltert, der niemals jemandem etwas getan hat. Falls Gott es für notwendig fand zu foltern, warum dann nicht diejenigen, die gerade noch so in den Himmel hineinrutschen? Wenn er sie hätte leiden lassen, hätten sie sich vielleicht als würdig erwiesen für ein Leben nach dem Tod. Aber so viel Krebs in einen so kleinen Jungen zu stecken, also ... Es erschien mir einfach nur grausam.

Aber der Teufel, der Teufel hat keine Zeit für Gottes Pläne. Der Teufel und dieser Leuchtende Dämon sind da, um die Dinge aufzumischen. Gregory ist diesen Deal eingegangen und ich bin froh darüber, denn der arme Jacob hat nicht verdient, was Gott ihm angetan hat. Ich bin froh, dass mein Sohn getan hat, was er tat, obwohl er sich dadurch selbst verdammt hat.«

»Was wollte der Leuchtende Dämon als Gegenleistung?«

»Seelen«, antwortete Althea. »Worum geht es ihm denn sonst? Nur um Seelen, Seelen und noch mehr Seelen – je unschuldiger, umso besser. Aber mein Sohn ist cleverer als der Leuchtende Dämon. Jacob wurde geheilt und Gregory verschwand, ohne einen einzigen Tropfen Blut vergießen zu müssen. Der Leuchtende Dämon weiß nicht einmal, wo er nach ihm suchen soll. Deshalb bezweifle ich, dass ihr ihn findet, wenn ich das so sagen darf.«

»Sie haben keine Ahnung, wo er ist?«

»Nein. Gregory hält es so wahrscheinlich für sicherer – sicherer für ihn und sicherer für mich.«

»Und was ist mit Ihrem Enkel?«

Althea schüttelte den Kopf. »Jacob weiß nichts. Das glaube ich zumindest.«

»Könnten wir mit ihm reden?«

»Ich habe leider keine Telefonnummer von ihm. Er wohnt in Cricket Hill, das liegt in Colorado. Burkitt Road, glaube ich. Ich kann mich aber auch täuschen.«

»Er hält keine Verbindung zu Ihnen?«

Althea lächelte. »Junge Leute haben ihr eigenes Leben, wie du weißt. Niemand muss sich dazu verpflichtet fühlen, mich anzurufen oder zu schreiben. Rufst du *deine* Großeltern an?«

»Ich, äh, ich hatte nie welche.«

Althea tätschelte ihre Hand. »Schade. Ich kann mir vorstellen, dass du eine gute Enkeltochter abgegeben hättest. Und wie steht es mit deinem Freund?«

»Glen? Nein, mit seiner Familie kann man auch nicht angeben.«

»Dann ist es ja gut, dass er dich und Milo hat, nicht wahr?«

»Ja, wahrscheinlich.«

Althea lächelte. »Jetzt geh. Gönne einer alten Frau ihre Ruhe.«

Amber verließ das Zimmer und schloss leise die Tür. Sie ging zur Toilette und machte sich dann in der Küche ein Sandwich. Sie machte auch eines für Glen und brachte es ihm. Das Wohnzimmer war leer.

»Glen?«, rief sie.

Sie suchte im ganzen Haus und geriet immer mehr in Panik. Schließlich stellte sie sich ans Fenster und blickte in die Richtung, in die Glen geschaut hatte, als er diese flüsternden Stimmen gehört hatte, die ihn riefen. In einer dunklen Gegend auf der anderen Seite der Stadt war ein einzelnes Haus erleuchtet.

Amber nahm ein schweres Kruzifix von Altheas Wand und trat hinaus in die Nacht.

36

Amber ging schnell und hielt sich im Dunkeln, das Kruzifix fest in der Hand. Auf den Straßen war es unnatürlich still, ganz Cascade Falls hielt bis zum Morgen den Atem an. Doch bis zum Morgen war es noch lang.

Sie hatte schon die halbe Stadt durchkreuzt, als sie das erste fahrende Auto in dieser Nacht sah. Sie duckte sich hinter einen Zaun, kroch ein Stück weiter und spähte durch das Laub einer gepflegten Hecke. Der Wagen fuhr langsam und so dicht an Amber vorbei, dass sie Grant und Kirsty deutlich erkennen konnte.

Ihr stockte der Atem.

Keine Dämonenhörner für die alten Freunde ihrer Eltern. Sie sahen vollkommen normal aus, wie sie da saßen und ihre Umgebung absuchten wie Habichte, die auf Beute lauern. Amber spürte den irrationalen Drang, aufzustehen und sich zu zeigen.

Sie widerstand.

Der Wagen fuhr weiter und Amber versuchte einzuordnen, was sie gesehen hatte. Sie stellte sich noch einmal ihre Gesichter vor, ruhig, aber erwartungsvoll. Geduldig, aber aufgekratzt. Sie wussten, dass sie ganz in der Nähe war und dass sie sich ihr weiter näherten. Der Drang aufzustehen verging rasch. Ersetzt wurde er durch einen so abgrundtiefen Hass, dass sie sich jetzt zurückhalten musste, um ihnen keine Flüche nachzubrüllen. Ihr Herz hämmerte in ihrer Brust und sie verwandelte sich, ohne es zu wollen. Dieses Mal spürte sie keine Schmerzen bei der Transformation.

Als der Wagen um die Ecke gebogen war, ging Amber weiter.

Immer noch in ihrer Dämonengestalt, überquerte sie rasch die Straße und glitt wieder in die Dunkelheit.

Sie erreichte das Varga Hotel, ohne noch jemandem zu begegnen, und ging daran vorbei. Vor ihrem geistigen Auge entstand das Bild von Vampiren, die über die Außenwände krochen wie Fliegen über Aas. Doch bis jetzt war noch nichts Ungewöhnliches oder Unnatürliches zu sehen. Im Schutz der Dunkelheit lief sie weiter zu dem einzigen erleuchteten Haus.

Amber ging um das Gebäude herum, wobei sie sich weiter im Dunkeln hielt, überquerte dann die Straße und kauerte sich hinter ein paar Büsche. Sie wartete, vergewisserte sich, dass niemand sie gesehen hatte, und spähte dann über die Straße zur Haustür. Sie stand offen wie ein hungriger Mund.

Etwas Schlimmes war passiert.

Sie biss sich auf die Lippe und spürte ihre spitzen Zähne. Falls Vampire im Haus waren, hatte sie das Kruzifix. Falls ihre Eltern drin waren, wäre das Kruzifix ihr keine verdammte Hilfe und sie würde direkt in den sicheren Tod marschieren.

Aber sie hatte keine Wahl. Glen war in diesem Haus, sie *wusste* es ganz einfach, und sie würde ihn nicht im Stich lassen.

Sie joggte gebückt über die Straße. Kurz vor der Tür richtete sie sich auf. Im letzten Moment nahm sie ihr normales Aussehen wieder an. Falls sie sich täuschte und alles in Ordnung war, wollte sie nicht, dass der Hausbesitzer ihretwegen einen Herzinfarkt bekam.

Amber stieg die zwei Stufen hinauf, stieß die Tür vollends auf und hielt das Kruzifix vor sich, als sie eintrat.

Die Diele war lang und schmal und die Tür am Ende hatte einen großen Einsatz aus Milchglas. Links von ihr führte eine Tür in ein Wohnzimmer, das sehr gepflegt war, allem Anschein nach aber selten benutzt wurde. Rechts ging es in ein ordentlich aufgeräumtes Arbeitszimmer mit Bücherregalen entlang der Wände. Sie ging an einem kleinen Tisch vorbei, auf dem ein Telefon mit runder Wählscheibe stand. So etwas hatte sie bisher nur auf Fotos gesehen. Links war außerdem noch ein Schlafzimmer, rechts ein Bad.

Im Haus brannten alle Lichter und es war still. Hinter der Milchglasscheibe bewegte sich nichts.

Amber blieb stehen und lauschte. Sie zählte bis zehn, und als sie immer noch nichts hörte, drehte sie am Knauf und drückte die Tür auf. Sie schwang zurück und gab den Blick frei auf ein zweites Wohnzimmer, dem man eindeutig ansah, dass darin auch gewohnt wurde. Der Fernseher in der Ecke, das Holz neben dem Kamin, die auf den diversen Möbeln verteilten Zeitschriften und Bücher – in diesem Raum verbrachte der Hausbesitzer den Großteil seiner Zeit.

Auch seine letzten Augenblicke hatte er hier verbracht.

Er lag zusammengekrümmt neben dem alten Sofa, den Kopf um hundertachtzig Grad nach hinten gedreht. Sein Tod war schnell eingetreten – zumindest sah es so aus. Kleine Gnadenerweise. Amber fragte sich, ob nach dieser Nacht noch jemand in der Stadt lebte, um darüber zu tratschen.

Dem Wohnzimmer schloss sich die Küche an. Leise ging Amber über den Teppichboden zur Tür und spähte hinein. Trauer und Entsetzen ballten sich in ihrer Brust zusammen und plumpsten wie ein schweres Gewicht in ihren Magen. Glen lag auf dem Tisch, Arme und Beine weit gespreizt. Er blinzelte. Dutzende kleiner Wunden bedeckten seinen Körper, immer zwei nebeneinander, und aus diesen Wunden tropfte das wenige Blut, das noch in ihm war. Er war so bleich. Er wirkte leer. Am Abgrund des Todes.

Sein flackernder Blick ging zu ihr. Er öffnete den Mund zu einem Stöhnen, doch lediglich ein Atemzug entwich. Ein Finger bewegte sich, mehr ging nicht.

Eine Vampirin kam aus einem Wirtschaftsraum in die Küche. Sie war mittleren Alters und so bleich wie Glen. Lächelnd entblößte sie ihre Fänge.

Amber ging rückwärts aus der Küche. Die Türen, die das Wohnzimmer mit zwei weiteren Schlafzimmern verband, waren jetzt offen. Dort standen Vampire und beobachteten sie mit hungrigen Blicken.

Langsam wich sie zu der Tür mit dem Milchglaseinsatz zurück. Sie folgten ihr. Es waren acht. Sie hielt das Kruzifix hoch. Auf den Gesichtern der Vampire spiegelte sich körperlicher Schmerz. Einer zuckte sogar zurück, als wollte er sich vor großer Hitze schützen. Alle fauchten vor Zorn.

Die Frau mittleren Alters war am mutigsten. Mit jedem Schritt vorwärts, den sie machte, wich Amber einen zurück. Die Frau hatte faszinierende Augen. Sie glühten. Amber konnte den Blick nicht abwenden.

»Leg das Kreuz weg«, befahl die Frau.

Ihre Stimme schmolz in Ambers Kopf. Die Worte klangen nach. Sie zupften an jeder Ecke ihres Verstandes und verbreiteten eine angenehme, betäubende Wärme.

Ambers Arm senkte sich.

»Leg es weg«, wiederholte die Frau. »Wir tun dir nichts.«

Amber wollte es tun. Wollte es unbedingt. Das Kruzifix hochzuhalten widerstrebte ihr. Sie wollte die Gefühle der Frau nicht verletzen. Aber die anderen Vampire mochte sie gar nicht. Sie machten ihr Angst. Besonders als sie näher kamen und ihr Lächeln immer breiter wurde. Noch ein paar Augenblicke, und einer wäre nah genug bei ihr, um ihren Arm nach unten zu drücken, ihr vielleicht sogar das Kruzifix aus der Hand zu schlagen.

Wäre das denn so schlimm? Vielleicht nicht. Vielleicht sollte sie es einfach zulassen.

Die Augen der Frau huschten kurz zu dem Kruzifix, das sich nach unten neigte, und Amber konnte wieder klar denken.

Sie fletschte die Zähne, die zu Fängen wurden. Ihre Haut färbte sich rot, ihre Muskeln wurden kräftiger, ihre Gliedmaßen länger und ihre Hörner wuchsen. Und jetzt wichen die Vampire zurück und ihre Augen wurden immer größer, als sie so vor ihnen stand, schön und schrecklich und fauchend.

Die Frau mittleren Alters starrte sie an. »Was bist du?«

Amber fauchte sie nur an und trat rückwärts auf den Flur. Ihre freie Hand umfasste den Griff und langsam schloss sie die Tür zwischen sich und den Vampiren. Den Flur entlang lief sie schneller. Schatten traten ins Licht hinter der Milchglasscheibe, ballten sich zusammen und bildeten eine kompakte Masse. Amber erreichte die Haustür und setzte einen Fuß auf die erste Stufe.

Die Milchglasscheibe zersprang und die Vampire stürmten hindurch. Amber wirbelte herum, sprang die Stufen hinunter und rannte los. Sie folgten ihr, eine keckernde, spuckende Masse aus Körpern. Sie kam zur Straße und eine Hand packte sie an der Schulter. Sie hielt das Kruzifix hinter sich und hörte einen Schrei. Die Hand löste sich und sie rannte weiter. Jetzt kamen sie aus der Luft, dunkle Schatten, die über den Nachthimmel zischten. Einer schoss im Tiefflug auf sie zu, sie duckte sich, kam ins Straucheln und konnte sich gerade noch fangen. Sie übersprang einen niederen Zaun und lief durch einen Garten. Über ihr flatterten plötzlich Kleider, und sie spürte eine Hand, die nach ihren Haaren griff und sie im Vorbeiflug fast erwischt hätte.

Sie lief zum Nachbarhaus, verlangsamte ihr Tempo nicht, als sie sich der Haustür näherte. Die Luft bewegte sich hinter ihr und sie wusste einfach, dass es die Frau mittleren Alters war, die mit der honigsüßen Stimme. Sie sprang, warf sich mit der Schulter gegen die Tür, diese zersplitterte und sie landete bäuchlings in der Diele. Rasch rappelte sie sich wieder auf. Die Tür war aus den Angeln gerissen, aber niemand folgte ihr. Ohne Einladung konnten sie nicht herein.

Sie drehte sich um, sah eine Gestalt auf der Treppe, sah etwas in der Dunkelheit aufblitzen und warf sich auf den Boden, als ein Schuss abgefeuert wurde. Dann war sie wieder auf den Beinen und entriss dem Mann das Gewehr.

»Was zum Teufel soll das?«, brüllte sie.

Der Besitzer, ein stämmiger Kerl von Mitte vierzig, hob sofort die Hände. Er hatte sich einen Bademantel locker über seine Boxershorts und das T-Shirt gebunden. »Bitte«, rief er. »Tu uns nichts! Geh einfach! Gütiger Himmel, bitte!«

»Ich tu Ihnen doch nichts«, blaffte sie.

Er musste sie erst jetzt in ihrer ganzen Pracht gesehen haben, denn die Gesichtszüge entgleisten ihm. »Oh Gott … du bist der Teufel …«

»Ich bin nicht der Teufel. Ich heiße Amber und ich tu niemandem weh.«

»Bitte«, schluchzte er, »verschone meine Familie.«

»Ich werde euch nichts tun«, wiederholte sie, lauter dieses Mal. »Sie wissen, was hier los ist, richtig? Sie wissen um den ganzen Irrsinn?«

Er nickte rasch. »Die … die Dinger. Die …«

»Sprechen Sie es ruhig aus.«

Er schluckte schwer. »Die Vampire.«

»Da haben wir's«, sagte Amber. »Cascade Falls ist von Vampiren eingenommen worden, ja? Sehe ich aus wie ein Vampir?«

»Du siehst aus wie der Teufel.«

»Aber eben nicht wie ein Vampir. Und ich werde Ihnen oder Ihrer Familie nichts tun. Hören Sie, die Vampire können Ihr Haus nicht betreten, solange Sie sie nicht hereinbitten, okay? Ihnen kann also nichts passieren!«

»Wirst du uns fressen?«

»Nein«, antwortete sie gereizt. »Ich werde Sie nicht fressen. Tun Sie einfach, was ich sage, und Sie bleiben am Leben. Haben Sie das verstanden?«

Er nickte langsam. Seine Gesichtszüge hatte er jetzt im Griff und er blickte zur Haustür, als sein Hirn wieder online ging.

Sie gab ihm sein Gewehr zurück. »Ich vertraue darauf, dass Sie mich nicht erschießen, okay?«

Er zögerte, dann nahm er die Waffe an sich. »Danke.«

»Ich verschwinde hier, sobald sich mir eine Gelegenheit bietet«, sagte sie. »Wenn ich kann, locke ich die Vampire von Ihnen und Ihrer Familie weg. Soll ich Ihnen einen Rat geben? Verlassen Sie die Stadt gleich morgen früh.«

»Ja.« Seine Stimme zitterte. »Ja.«

»Ich sehe jetzt mal nach, ob ich hinten rauskann. Wenn jemand sich der Tür auch nur nähert, drücken Sie ab. Verstanden?«

Er nickte und sie klopfte ihm auf die Schulter.

»Ihnen wird nichts passieren«, sagte sie. »Versprochen.«

Sie lief in die dunkle Küche, fand die Hintertür, in der der Schlüssel noch steckte. Sie öffnete sie, trat jedoch nicht über die Schwelle. Vorsichtig beugte sie sich hinaus und blickte nach oben. Keine Spur von ihnen.

Irgendwo im Haus hörte sie Stimmen. Sie wollte die Frau des Typs nicht erschrecken, hatte aber keine andere Wahl und ging zurück in die Diele. Er redete nicht mit seiner Frau. Er redete mit einer Vampirin, die direkt hinter der Tür wartete. Das Gewehr hing locker herunter. Von da, wo sie stand, sah Amber die glühenden Augen.

Der Hausbesitzer trat zur Seite. »Bitte«, sagte er schleppend, »komm herein.«

37

Im nächsten Moment war die Vampirin bei dem Mann und schlug die Zähne in seine Halsschlagader. Die anderen Vampire strömten ins Haus. Halb rannten und halb flogen sie die Treppe hinauf und kicherten vor Vorfreude.

Amber drehte sich um und rannte los.

Die Stadt war ein dunkles, verschwommenes Durcheinander. Sie sprang über Mauern und brach durch Gebüsch. Sie zertrampelte Blumen und rannte geduckt unter Bäumen durch. Sie rannte über Straßen und Rasen und Bürgersteige. Je länger sie rannte, desto schneller wurde sie. Sie sprang über die Kühlerhaube eines geparkten Wagens, ohne ihn zu berühren, und durchbrach einen Zaun, ohne es zu spüren.

Erst als sie Altheas Haus erreicht hatte, blickte sie sich um, ob sie ihr folgten. Sie folgten ihr nicht.

Amber verwandelte sich in ihre normale Gestalt zurück und wäre fast zusammengebrochen. Ihre Muskeln brannten und sie rang nach Atem. Altheas Tür ging auf und Milo kam herausgelaufen, nahm ihren Arm und zog sie hinein.

»Wo zum Teufel warst du?«, fragte er, als er die Tür hinter ihr schloss.

Veronica erhob sich vom Sofa, als sie Amber sah. Sie war blass, ihre Kleider waren schmutzig und ihr Knie blutete. Doch Amber kümmerte sich nicht um sie. »Glen«, sagte sie. »Sie haben Glen.«

Milo zögerte. Amber sank gegen seine Brust und er nahm sie in den Arm.

Sie weinte.

38

Amber schlief und träumte von toten Dingen.

Beim Erwachen schien die Sonne und sie hörte entfernte Stimmen irgendwo im Haus. Ruhige Stimmen. Leise. Sie stand auf und zog sich beim Fenster an. Von ihrem Aussichtspunkt auf dem Hügel hatte sie einen recht guten Blick über die Stadt. Von hier aus sah Cascade Falls friedlich aus, die Art von friedlich, wie man sie nur auf Friedhöfen findet.

Ein paar Straßen weiter fuhr ein Auto gemütlich dahin, verschwand immer wieder aus ihrem Blickfeld und tauchte dann erneut auf. Irgendwann blieb es verschwunden.

Sie kannte das Auto. Sie war während der letzten drei Jahre, seit ihre Eltern es gekauft hatten, oft genug darin gefahren.

In einem anderen Teil der Stadt bewegte sich ebenfalls etwas. Zwei Fußgänger. Sie kniff die Augen zusammen. Alastair erkannte sie sofort. Die zweite Person war im Moment von einem Baum verdeckt. Dann trat Imelda in ihr Blickfeld und Amber biss sich auf die Lippe, um nicht laut zu schluchzen.

Sie beobachtete, wie sie zu einem Haus gingen und sich verwandelten. Ihre rote Haut und die Hörner wirkten selbst aus dieser Entfernung beeindruckend. Alastair trat die Haustür ein und sie schlenderten hinein.

Amber stand stirnrunzelnd am Fenster.

Endlich bewegte sich wieder etwas. Alastair schleifte jemanden aus dem Haus. Er drehte sich um und warf den Mann auf den Rasen, und in dem Moment, in dem die Sonne auf ihn schien, ging er in Flammen auf. Seine Schreie hörte Amber nicht, aber sie sah Alastair lachen. Imelda ging, ohne hinzuschauen, an Alastair und dem brennenden Vampir vorbei zum nächsten Haus. Alastair folgte widerwillig.

Endlich rührte sich der brennende Vampir nicht mehr. Das Feuer verzehrte ihn. Es loderte so hell auf, dass Amber den Blick abwenden musste. Als die Flammen erloschen, war nichts mehr von dem Mann übrig.

Imelda trat die Tür des Nachbarhauses ein und betrat es als Erste.

Sie gingen von Tür zu Tür, töteten die Vampire in den Häusern, suchten nach Amber. Bei ihrem derzeitigen Tempo würden sie den Hügel erst am Nachmittag erreichen – aber sie waren auf dem Weg.

Gegen Mittag verließ Althea Cascade Falls. Sie luden ihre Sachen in Veronicas Wagen und Veronica setzte sich ans Steuer. Sie hatte am Abend zuvor nicht viel geredet. Amber wusste, dass sie vor Vampiren geflohen war, als Milo sie fand, aber mehr auch nicht. Doch ihr Blick war – gehetzt. Sie war eine völlig andere Person als die, die mit ihnen am Abendbrottisch gesessen hatte. Milo küsste sie und sie verabschiedeten sich. Althea winkte Amber zu, als sie rasch davonfuhren.

»Du hast sie gemocht, wie?«, fragte Amber.

Milo schaute sie nur schweigend an.

»Danke«, sagte sie.

Er zuckte mit den Schultern und ging wieder ins Haus. Amber folgte ihm.

Vom Fenster aus beobachteten sie, wie Alastair und Imelda weitere Vampire in die Sonne zerrten. Sie kamen näher.

Ambers Eltern fuhren am Haus vorbei. Amber wollte sich ducken, doch Milo packte sie und verhinderte es.

»Bewegung erregt Aufmerksamkeit«, sagte er.

Ihre Eltern fuhren vorbei, ohne sie zu bemerken.

Grant und Kirsty waren nirgends zu sehen.

»Wir müssen verschwinden«, sagte Milo. »Wenn wir jetzt fahren, haben wir ein paar Stunden Vorsprung. Vielleicht sogar einen vollen Tag. Amber? Was denkst du?«

»Wir lassen Glen im Stich?«, fragte sie leise.

»Wir können nichts mehr für ihn tun.«

»Wir wissen nicht, ob er tot ist.«

»Du hast gesagt, er sieht aus …«

»Ich weiß, was ich gesagt habe«, blaffte sie. »Aber ich weiß es nicht mit Sicherheit.«

Milo wartete ein paar Augenblicke, bis das Schweigen sich gesetzt hatte.

»Wir sind keine Vampirkiller«, sagte er dann.

»Ich habe nichts gesagt von …«

»Du willst sie ausschalten. Du willst Rache. Ich sehe es dir an.«

»Und dabei können wir denjenigen das Leben retten, die blöd genug sind, sich noch in der Stadt aufzuhalten.«

Er blickte ihr fest in die Augen. »Wofür hältst du uns? Wir sind nicht die Kavallerie. Das ist weder unser Job noch unsere Verantwortung.«

»Wir haben Shanks ausgeschaltet.«

»Weil wir keine andere Wahl hatten. Hier haben wir eine Wahl. Wir steigen ins Auto und verschwinden. Lass deine Eltern und ihre Freunde die Vampire töten. Hier können sie zur Abwechslung sogar mal was Gutes tun. Amber, du musst dir das gut überlegen. Wir brauchen zwei Tage bis Cricket Hill, wo Jacob Buxton wohnt, und wer weiß, wie weit wir danach noch fahren müssen, bis wir zu seinem Vater kommen.«

»Milo, meinetwegen wurde gestern Abend eine ganze Familie umgebracht.«

»Das war nicht deine Schuld.«

»Wie kann es nicht meine Schuld gewesen sein? Ich habe die Vampire direkt zu ihrem Haus geführt. Wir müssen etwas tun!

Wir haben Dacre Shanks ausgeschaltet. Wir können auch sie ausschalten.«

»Dacre Shanks war *ein* Typ. Wir wissen nicht, wie viele Vampire es hier gibt. Es könnten zwei Dutzend sein, hundert oder fast die ganze Stadt. Aber ein einziger von ihnen genügt, um uns beide ohne Weiteres zu töten.«

»Dann tun wir das, was Imelda tut«, meinte Amber. »Wir erledigen ihn tagsüber.«

»Erledigen wen?«

»Johann Varga. Er schläft bestimmt, richtig? Wir gehen in das Haus, in dem ich letzte Nacht war. Falls Glen nicht dort ist, gehen wir zum Hotel, suchen Vargas Sarg oder was immer und pfählen ihn. Es funktioniert, richtig? Wenn man sie pfählt?«

»Nach Altheas Theorie, ja«, gab Milo zu.

»Wir pfählen Varga, und falls Glen da ist, nehmen wir ihn mit. Wenn er tot ist, sehen wir zu, dass er irgendeine Art von Beerdigung bekommt. Wir lassen ihn hier nicht einfach im Stich, Milo. Ich hätte bei ihm bleiben sollen. Ich hätte ihn nicht aus den Augen lassen dürfen. In dem Moment, in dem er von diesen Stimmen geredet hat, hätte ich merken müssen, worum es sich handelt, und hätte ihn an einen Stuhl fesseln müssen oder so.«

»Du hast es nicht gewusst.«

»Ich hätte es aber wissen müssen. Und jetzt bin ich ihm was schuldig.«

Milo schaute sie an, seufzte und ging hinaus. Eine Minute später war er zurück, einen Hammer in der einen Hand und einen abgebrochenen Baseballschläger in der anderen. Das abgebrochene Ende des Schlägers war zugespitzt. »Das habe ich gestern Abend getan, während ich gewartet habe, bis die Luft rein ist. Das ist unser Pfahl.«

»Und es funktioniert?«

»Es sollte funktionieren. Um ganz sicher zu sein, machen wir einen Umweg über die Kirche und tauchen ihn in Weihwasser.

Den Hammer auch. Wir werden uns zu Fuß auf den Weg machen müssen und nur langsam vorankommen. Bist du ganz sicher, dass du das tun willst, Amber? Wir marschieren direkt ins Vampirnest, dorthin, wo deine Eltern früher oder später auftauchen. Das ist ungeheuer riskant und der reinste Irrsinn.«

»Ich weiß.«

»Du wirst deine Meinung nicht ändern?«

»Ich kann nicht, Milo.«

Er nickte. »Dann hol das Kruzifix. Wir werden es brauchen.«

Bis sie auf der anderen Seite der Stadt waren, neigte sich die Sonne schon gefährlich weit dem Horizont zu. Die Leiche des Hausbesitzers lag immer noch im Wohnzimmer, doch Glen war verschwunden. Amber hatte es gewusst. Sie durchsuchten rasch das Haus und gingen dann weiter zum Hotel. Amber erkannte nur ein einziges Auto auf dem Parkplatz. Das von Imelda. Sie betraten das Hotel durch die Hintertür. Es war niemand da, nicht einmal Ingrid am Empfang.

»Wo fangen wir an zu suchen?«, fragte Amber. Ihr Flüstern klang in der absoluten Stille seltsam laut.

»Im Keller«, antwortete Milo.

Sie fanden die schwere Tür, die nach unten führte. Es wurde viel zu schnell viel zu kalt, als sie die Steintreppe hinunterstiegen. Milo ging mit Pfahl und Hammer voraus, obwohl Amber hinter ihm ihre Dämonengestalt angenommen hatte. Die Luft da unten reichte schon aus, dass sie am liebsten schreiend davongelaufen wäre, ohne sich ein einziges Mal umzudrehen. Sie hatte das Gefühl, als lauere etwas Böses hinter den Weinregalen.

Sie kamen zu einer Tür. Milo legte die Hand auf den Griff und zog sie gleich wieder zurück. »Kalt«, flüsterte er. Er zog den Ärmel über die Hand und drückte den Griff herunter. Ein schwaches, flackerndes Licht beleuchtete eine weitere Treppe nach unten.

Angst erfasste Amber und begann, an ihr zu zerren. Sie ließ

Krallen wachsen und fletschte die Zähne, doch mutiger wurde sie dadurch nicht.

Der Raum unter dem Kellergeschoss war klein. Dennoch hatte die einzelne Glühbirne Mühe, die Dunkelheit zu vertreiben. Direkt unter der Glühbirne war ein vertrockneter Leichnam im Schneidersitz und mit gesenktem Kopf an den Boden gekettet. Er war in Lumpen gehüllt und hatte langes Haar. Der Anblick war erschütternd, doch er war nicht der Grund für Ambers Angst. Der lag anderswo.

Der Leichnam schaute auf und Amber sah Reißzähne.

Der Leichnam, der Vampir, schien nicht sonderlich überrascht, sie zu sehen, doch seine Augenbrauen hoben sich, als Amber ins Licht trat.

»Huch.« Seine Stimme brach. »Und was sollst jetzt du darstellen? Den Teufel? Ist der Teufel nach all der Zeit endlich gekommen, um mir einen Pfahl durchs Herz zu treiben?«

Milo näherte sich ihm vorsichtig. Amber blieb zurück.

»Hallo, Caleb«, grüßte Milo.

Caleb Tylk gelang ein schiefes Lächeln. »Du hast von mir gehört.«

»Wir haben gehört, was du mit der Familie Masterson gemacht hast.«

Calebs Lächeln versauerte. Seine Haut war so trocken wie Pergament und bei jeder Veränderung im Gesichtsausdruck lösten sich kleine Fetzen. »Und wer seid ihr?«, fragte er. »Weshalb kommt ihr zu mir?«

»Wir sind nicht deinetwegen gekommen«, antwortete Amber, »sondern wegen deinem Meister. Wo ist Varga?«

»Varga ist nicht mein Meister. Er hält mich jetzt seit zwei Jahren hier unten gefangen. Seit *zwei Jahren*. Er lässt mich nicht in einem Sarg schlafen, nicht mal auf dem Boden lässt er mich schlafen. Schaut euch doch um. Beton. Behandelt man so seinesgleichen?«

»Was hast du getan?«

Caleb lächelte. »Komm näher, damit ich dich sehen kann.«

Die Tatsache, dass sie in einem normalen Tonfall reden konnte, ließ Amber ruhiger werden und sie trat näher.

»Oh, du bist *wunderschön*. Noch ein wenig näher, bitte.«

»Lieber nicht.«

»Nur ein kleines Stück …«

Amber schenkte ihm ein strahlendes Lächeln und kam ein paar Schritte näher. Dann trat sie ihm mit dem rechten Fuß gegen die Brust und stieß ihn auf den Rücken. Sie ließ ihren Fuß, wo er war, und drückte ihn auf den Boden. »Was hast du getan«, fragte sie lächelnd, »dass Varga dich so ankettet?«

Caleb versuchte, ihren Fuß wegzuschieben, doch sie ignorierte seine kraftlosen Bemühungen.

»Ich habe sein Gesetz gebrochen«, antwortete er schließlich. »Ich habe sein heiliges Gesetz gebrochen. Aber was hat er denn erwartet? Dass ich aufwache und mein menschliches Leben wie durch Zauberhand einfach so hinter mir lassen kann? Er wusste es. Er muss es gewusst haben. Aber er ist zu alt. Er hat vergessen, wie es war.«

Amber verlagerte ihr Gewicht auf ihren rechten Fuß. Sie hörte eine von Calebs Rippen knacken. »Welches Gesetz hast du gebrochen?«

Er fauchte gegen die Schmerzen an. »Ich bin nicht weggegangen. Ich habe mich in der Stadt, in der wir gelebt haben, gestärkt.« Er legte eine Pause ein. »Obwohl, ich weiß nicht, es ging irgendwie auch darum, dass ich *liebestoll* war, was immer das bedeutet …«

»Du hast mehr Vampire erschaffen, als er kontrollieren konnte«, vermutete Milo.

»*Genau.* Bei ihm dreht sich alles um Kontrolle. Er muss alles und jeden kontrollieren. Aber ich lasse mich *nicht* kontrollieren.«

»Du hast eine ganze Familie abgeschlachtet.«

»Sie haben es verdient.«

Milo runzelte die Stirn. »Womit genau haben sie es verdient?«

»Ich habe sie durch die Stadt spazieren sehen, als seien sie zu gut für meinesgleichen. Die Eltern mochten mich nie. Ich war mal bei ihnen zu Hause und sie haben mich angesehen wie etwas, das sie ausgekotzt haben. Und dieses Mädchen, diese nervige Schlampe …«

Amber beschrieb mit ihrem Fuß einen Halbkreis. Caleb stöhnte.

»Was war mit Rosalie?«, fragte sie.

»Was mit ihr war?«, rief er aufgebracht. »Sie war die schlimmste von allen. Die schlimmste Scheinheilige in einer Familie von Scheinheiligen. Sie hätte sich jedem, der ein bisschen Geld hatte, hingegeben, aber in dem Moment, in dem sie merkt, dass ich ihr keine goldenen Ohrringe kaufe, ist Schluss. Ich bin draußen. Nicht ganz und gar, natürlich. Wo bliebe denn da der Spaß? Nein, nein, es bereitet ihr Vergnügen, mich zu necken, mir Dinge zu versprechen und so zu tun, als würde sie mich irgendwann belohnen, wenn ich ihr weiter wie ein Hündchen hinterherlaufe …«

»Also hast du sie umgebracht«, unterbrach ihn Amber.

»Ich hätte es tun sollen.«

»Du hast sie zum Vampir gemacht?«, vermutete Milo.

Calebs Lippen kräuselten sich. »Sie hätte mir gehören sollen. Ich habe sie für *mich* dazu gemacht. Nach all den Jahren, in denen sie sich über mich lustig gemacht hat, hinter meinem Rücken gelacht, mir etwas vorgegaukelt … Ich wollte ihr Meister sein bis zum Ende der Tage. Und wollt ihr wissen, weshalb? Das ist der wirklich lustige Teil. Weil ich sie, ganz egal, was sie mir angetan hat, immer noch liebte. Ist das nicht der Brüller? Selbst nach allem, was sie getan hat.«

»Nach allem, was *sie* getan hat?«, hakte Amber nach. Ihre Wut wurde immer größer.

Caleb merkte es nicht. »Aber nein. Varga hat sie gesehen und das war's dann. Er behauptete, es sei eine weitere Strafe für mich, aber er hat mich hier unten eingesperrt, weil er fürchtet, dass Rosalie mich ihm vorzieht. Ich höre sie manchmal, wenn sie zusammen sind. Er hat keine Ahnung. Sie benutzt ihn, so wie sie mich benutzt hat. Es ist erbärmlich, das ist es. Lasst mich frei. Löst meine Ketten und lasst mich wieder zu Kräften kommen, dann kümmere ich mich schon um Varga. Ich bringe ihn mit meinen eigenen Händen um, versteht ihr? Er hat Angst vor mir. Er hat Angst vor dem, wozu ich in der Lage bin.«

»Du bist ein erbärmlicher Loser, Caleb, und wirst die Ketten nie los«, sagte Amber.

Er blickte sie finster an. »Ich bring dich um.«

Sie rutschte mit ihrem Fuß zu seinem Hals hinauf und drückte. »Wo ist Varga?«

Er gurgelte und seine Augen loderten. Schließlich zeigte er auf die Wand neben Milo. Sie ließ ihren Fuß auf seinem Hals, während Milo die Mauer absuchte.

»Ich hab was gefunden«, verkündete er und einen Augenblick später schwang die Tür in der Wand auf.

Erneut überkam sie diese entsetzliche, eiskalte Angst und zerrte an ihr und erneut wäre sie am liebsten schreiend aus dem Keller gerannt.

»Herr im Himmel«, flüsterte sie.

»Genau«, sagte Milo. Mehr nicht.

Amber nahm den Fuß von Calebs Hals und folgte Milo in den Flur. Es wurde noch kälter. Selbst das Licht war kalt. Milo bog um eine Ecke und blieb stehen. Amber zögerte, dann ging auch sie um die Ecke.

Vor ihnen war eine Tür. Eine große, dicke Metalltür, wie man sie aus Banken kennt.

Amber bekam große Augen. »Echt jetzt?«

Milo untersuchte das Kästchen an der Wand neben der Tür. »Ein Zeitschloss«, erklärte er. »Es ist so eingestellt, dass die Tür aufgeht, wenn die Sonne untergeht.«

»Wie sollen wir ihn pfählen, wenn er in einer verdammten *Gruft* schläft?«

»Es scheint wirklich unfair.« Milo schaute sie an. »Was willst du machen?«

»Glen muss hier irgendwo im Hotel sein. Wir müssen ihn finden. Wenn er noch lebt, nehmen wir ihn mit. Und jedem Vampir, dem wir unterwegs begegnen, hämmerst du diesen Pfahl ins Herz.«

Er nickte. »Wird gemacht.«

39

Sie begannen mit der Suche im obersten Raum des Hotels. Amber stemmte sich mit der Schulter gegen die Tür. Nach drei Versuchen brach sie aus den Angeln. Der Raum war dunkel, die Fenster von innen vernagelt. Anstelle eines Bettes stand ein Sarg darin. Darum herum Blumen und gerahmte Fotos eines schönen blonden Mädchens. Rosalie Masterson. Sie musste es sein.

Auf Milos Nicken hin öffnete Amber den Sargdeckel. Rosalie lag darin, ihr Kopf ruhte auf einem Satinkissen. Ihre makellose Haut war blass. Ihre Lippen, voll und bogenförmig, waren rot. Ihre Brust hob sich nicht beim Atmen. An der Halsschlagader war kein Puls zu fühlen. Sie schien tot zu sein und sah doch ganz wunderbar und erstaunlich lebendig aus, als würde sie jeden Moment aufwachen und lächeln.

Milo drückte die Pfahlspitze auf ihr Herz. Sie zischte auf ihrer Haut und Rosalie runzelte in ihrem Todesschlaf die Stirn. Er hob den Hammer – und zögerte. Amber spürte den irrationalen Drang, einen Satz nach vorn zu machen und ihn von dem abzubringen, weswegen sie hergekommen waren, doch ihre Füße klebten am Boden und sie konnte nur zusehen, wie er den Hammer niedersausen ließ.

Als der Pfahl in Rosalies Brust drang, spritzte Blut heraus, ihre Lider flogen auf und sie schrie. Ihre Augen glühten voller Hass, obwohl die Verwirrung sie noch trübte. Sie versuchte, den Pfahl zu packen und herauszuziehen, doch Milo schlug noch einmal darauf und dieser Schlag brachte dann das Ende. Alle Anspannung wich aus Rosalies Körper, die Arme fielen seitlich herunter, ihre Beine kickten nicht länger in die Luft, ihre Haut warf Blasen und barst und der Geruch nach rascher Verwesung ließ Milo nach hinten wanken und Amber würgen. Als sie wieder hinschaute, war von dem schönen Mädchen nicht viel mehr als ein Skelett übrig, glitschig von ihrem eigenen Blut.

Milo zog den Pfahl heraus, sie verließen den Raum und betraten den nächsten. Von Raum zu Raum ging es nun und von Sarg zu Sarg. Aus einigen Vampiren wurden Skelette, aus anderen faulende Leichname und wieder andere zerfielen zu Staub. Aber sie alle starben mit demselben Entsetzen in den weit aufgerissenen Augen, mit demselben ungläubigen Ausdruck auf dem Gesicht.

Die Sonne versank hinter dem Horizont, und gerade als sie ihre Suche aufgeben wollten, bemerkte Amber eine schmale Tür in der östlichen Ecke des Hotels. Der Schlüssel steckte von außen. Milo drehte ihn um und stieß die Tür auf.

Auf dem Bett lag Glen. Er war leichenblass und hatte die Augen geschlossen.

»Ist er tot?«, fragte Amber leise.

Milo trat ans Bett und fühlte nach dem Puls. »Noch nicht. Er ist schwach, aber er lebt.«

Erleichterung explodierte mit solcher Gewalt in ihr, dass sie fast keuchte. Sie ging zu ihm und schüttelte ihn grob. Er murmelte etwas, wachte aber nicht auf.

»Wir müssen verschwinden, und zwar sofort«, drängte Milo. »Wir tragen ihn hinaus.«

»Ich mach das schon.« Amber hievte Glen in eine sitzende Position und bückte sich dann vorsichtig, um ihn mit ihren Hörnern nicht aufzuspießen. Als sie sich wieder aufrichtete, hatte sie sich Glen wie eine Stola über die Schultern drapiert.

»Du lächelst«, stellte Milo fest.

»Du nicht, aber tu nicht so, als hättest du dir keine Sorgen um ihn gemacht. Er ist dir ans Herz gewachsen, stimmt's?«

Milo hielt es nicht für nötig, darauf zu antworten. Er verließ das

Zimmer und Amber hörte Ingrid von der Rezeption her fragen: »Was … was machen Sie denn da?«

Milo betrachtete den Hammer und den Pfahl in seinen Händen und seine blutbesudelten Kleider, und bevor er etwas erwidern konnte, trat Amber zu ihm.

Ingrid fluchte, als sie die Hörner sah, und gab Fersengeld. Selbst mit Glen auf den Schultern holte Amber sie locker ein. Sie trat ihr gegen den Knöchel, Ingrid jaulte und ging zu Boden. Sie landete auf der Treppe, rollte sich ab, drehte sich um und stürzte erneut, bis sie schließlich unten in der Empfangshalle lag, alle viere von sich gestreckt. Vor Schmerzen weinend begann sie davonzukriechen. Ihr linkes Bein schien gebrochen zu sein.

Amber und Milo gingen zu ihr hinunter. Ingrid kroch am Empfangstresen vorbei.

»Sie sind nicht mal eine von ihnen«, sagte Amber. »Sie sind immer noch ganz Mensch. Wie konnten Sie das tun?«

Ingrid drehte sich auf den Rücken. »Der Meister bringt euch um!«, kreischte sie. »Der Meister benutzt euch zum …«

Amber trat ihr ins Gesicht, Ingrid rollte herum und hielt augenblicklich den Mund.

Dann spürte Amber, wie die Kälte ihr den Rücken heraufkroch und ihren Nacken kitzelte. Gleichzeitig mit Milo drehte sie sich um und sie sahen Varga in die Eingangshalle kommen. Mit wenigen schnellen Schritten war er bei Milo, schlug ihm den Pfahl aus der Hand und schleuderte ihn über den Tresen. Dann wandte er sich mit leuchtenden Augen Amber zu.

»Du hast das Blut meiner Kinder an dir.« Wut tanzte in seinen Augen. »Du hast das Blut meiner Rosalie an dir.«

Glen rutschte von Ambers Schultern und sackte, immer noch bewusstlos, auf dem Boden zusammen. Eine ganze Reihe sinnloser Worte stiegen in ihrer Kehle auf, verkeilten sich und wollten nicht herauskommen. Sie wollte sich entschuldigen, drohen, bitten und schreien; sie wollte Lärm machen und leise sein. Stattdessen konnte sie nichts weiter tun, als ihr Kruzifix hochzuhalten. Vargas Lippen spannten sich über seinen langen spitzen Zähnen.

»Nimm das herunter«, befahl er. Amber erkannte die Autorität in seiner Stimme und wollte unbedingt gehorchen. Doch ihr Verstand war noch klar genug, dass sie ihren zitternden Arm nicht senkte.

»Dies ist meine Stadt«, sagte Varga. »Ihr kommt hierher und tötet meine Kinder, meine *Rosalie*. Ihr schändet mein Haus und bringt *das* hier über meine Schwelle!« Spöttisch blickte er auf das Kruzifix in Ambers Hand. »Du hast mich in vielerlei Hinsicht beleidigt, du dummes Ding. Glaubst du wirklich, du kommst hier lebendig wieder heraus?«

»Sie haben meinen Freund angegriffen«, brachte Amber mit Mühe heraus.

»Ich habe ihm kein Haar gekrümmt«, erwiderte Varga. »Ich weiß wirklich nicht, wer das war. Wir sind zu viele. Wir sind am besten, wenn wir nur wenige sind.«

»Dann … dann haben wir Ihnen ja einen Gefallen getan. Wir …«

»Ihr habt meine Kinder getötet!«, brüllte Varga und Amber wich schwankend zurück.

»Die in diesem Hotel gehörten mir«, fuhr er nun wieder mit ruhiger Stimme fort. »Die da draußen sind … aufsässige Dinger, die gar nicht existieren dürften. Das Werk des Jungen. Aber darum sind sie nicht weniger meine Kinder.«

Amber war so fixiert auf Varga, dass sie gar nicht bemerkte, dass Milo auf ihn zurannte. Varga merkte es jedoch, wirbelte herum und wich dem Pfahl aus, der auf seinen Rücken zielte.

»Lauf!«, rief Milo.

Sie tat es. Sie hätte es nie geglaubt, aber sie tat es. Sie rannte und ließ Milo mit Varga allein. Doch kaum war sie aus der Empfangshalle, löste sich die Angst auf. Sie blieb stehen und blickte zurück. Was zum Teufel tat sie da?

Sie drehte sich um und sah, wie Milo in die Wand krachte. Er rutschte daran hinunter und blieb zusammengekrümmt liegen. Pfahl und Hammer landeten nicht weit entfernt polternd auf dem Boden.

Und dann eine vertraute Stimme: »Ich hasse Vampire.«

Wieder stieg Angst in ihr hoch, doch dieses Mal fürchtete sie sich nicht vor dem Terror, der aus Vargas sämtlichen Poren strömte – diese Angst war ihrem eigenen Herzen sehr viel näher. Die Stimme ihres Vaters. Nicht einmal ihre Dämonengestalt konnte verhindern, dass diese Angst sich in ihr breitmachte. Jetzt wollte sie wirklich davonlaufen. Einfach laufen und immer weiterlaufen.

Sie zwang sich, um die Ecke zu spähen.

Bill und Betty führten den Einzug der Dämonen in die Eingangshalle an – groß und prächtig mit ihrer roten Haut und den Hörnern. Alastair war der größte – er musste sich bücken, damit seine Hörner den steinernen Bogen nicht streiften. Der breitschultrigste war jedoch Grant, sein Jackett spannte über der Brust. Kirstys rotes Haar war dunkler geworden und hatte sich dem Rot ihrer Haut angepasst. Imelda kam als letzte. Sie blickte mit zusammengekniffenen Augen auf Varga.

»Noch mehr Bastarde«, sagte Varga voller Abscheu. »Ihr seid hier nicht willkommen.«

Bill lächelte. »Im Gegensatz zu dir brauchen wir keine Einladung, um hereinzukommen. Das war schon immer das Problem eurer speziellen Rasse – ihr seid einfach zu höflich.«

»Ah«, meinte Varga, »du glaubst, du seist meinesgleichen schon einmal begegnet?«

»Und ob.«

»Nein. Denn wenn dem so wäre, würdet ihr jetzt Fersengeld geben. Aber mit euch habe ich nichts am Hut. Geht, und ich will euch eure Verfehlungen gegenüber meiner Familie verzeihen.«

»Familie?«, echote Kirsty. »Oh, du meinst alle diese hässlichen kleinen Vampis, die wir den ganzen Tag in die Sonne gezerrt haben? Diese Familie? Das ist aber eine große Familie. Du musst ganz schön herumkommen.«

Varga beobachtete sie schweigend, als sie ihn langsam und lässig umringten.

»Wir verschwinden«, versprach Betty. »Wir verlassen in einer Sekunde dein Haus, vorausgesetzt, du sagst uns, was wir wissen wollen. Wir suchen ein Mädchen namens Amber. Sie müsste in einem schwarzen Wagen gekommen sein. Kennst du sie?«

»Ich habe das Mädchen gesehen.«

»Tatsächlich? Das ist ja wunderbar. Wo ist sie?«

Amber bereitete sich auf einen schnellen Abgang vor, doch Varga lächelte und sagte nichts.

Die Dämonen erhoben ihre Kreuze und Varga zischte.

Bill trat näher. »Wo ist sie?«

Varga wollte zurückweichen, doch der Kreis war zu eng. Seine Haut begann zu qualmen. »Ich werde persönlich alle töten, die das Blut meiner Familie vergossen haben«, drohte er mit schmerzerfüllter Stimme. »Das Mädchen. Ihren Begleiter. Und jeden Einzelnen von euch.«

Alastair lachte. »Das würde ich zu gern sehen, du Blutsauger.«

Varga sagte etwas, das Amber nicht verstand, wandte sich Alastair zu und blickte ihm in die Augen. Alastair schwankte leicht und ließ die Hand ein kleines Stück sinken.

Mehr brauchte Varga nicht.

Unwahrscheinlich schnell, geradezu lächerlich schnell stürzte er sich auf Alastair und drängte ihn rückwärts aus dem Kreis. Dann warf er ihn von sich, als wäre er ein Katzenbaby, und schleuderte ihn mit solcher Kraft in Grant und Imelda, dass alle drei zu Boden gingen. Kirsty griff an, das Kruzifix vor der Brust, und Varga wurde zu einem Mann aus Rauch, der zerstob, als das Kreuz durch ihn hindurchfuhr.

Kirsty wirbelte herum. In ihren Augen stand plötzlich Angst, und schwarze Schuppen erschienen auf ihrer Haut, als der Rauch hinter ihr waberte und sich zusammenballte. Vargas Hand mit den langen Fingern schloss sich um ihren Nacken und er knallte sie Kopf voraus gegen die Wand.

Er drehte sich um, als Bill und Betty mit ihren Kruzifixen vor der Brust näher zusammenrückten.

»Ihr Vampire und eure Zaubertricks«, sagte Betty. »Der Rauch, die Fledermäuse, die Hypnose … Du bist wie ein schlechter Varieté-Zauberer. Du gehörst mit einem Zylinder auf dem Kopf und mit einer gelangweilten Assistentin auf eine schäbige Bühne. Stattdessen bist du hier und belästigst anständige Leute wie uns.«

»Wo ist unsere Tochter?«, wollte Bill wissen.

»Du stirbst als Erster«, erwiderte Varga. »Deine Kameradin wird zuschauen und um dich weinen, und erst wenn der Schmerz ihr Herz ausfüllt, werde ich ihr Leben beenden.«

»Du langweilst mich«, sagte Bill.

»Und ich habe einen Namen«, sagte Betty.

»Ihr seid nichts als Insekten für mich«, sagte Varga.

»Wie unhöflich«, sagte Betty. Im selben Moment sah Amber, dass Betty in ihrer freien Hand eine Wasserflasche hielt. Sie schüttete etwas Wasser auf Varga und es zischte wie Säure auf seinem Gesicht.

Er wich zurück, keuchte vor Schmerz, und im nächsten Moment war Bill bei ihm. Schwarze Schuppen bedeckten die Faust, die das Kruzifix hielt. Bill holte damit aus und verpasste dem Vampir einen solchen Schlag, dass er über den am Boden liegenden Glen stolperte. Bill rannte zu ihm, schlug ihn erneut, und jetzt war auch Betty zur Stelle und presste Varga ihr Kruzifix an die Schläfe. Sie arbeiteten als Team, stellten sich abwechselnd den wütenden Angriffen des Vampirs, sodass dieser sich auf keinen richtig konzentrieren konnte, und drängten ihn immer weiter zurück. Betty spritzte ihm das restliche Wasser aus der Flasche direkt ins Gesicht und Varga heulte, die Hände über den Augen. Bills Finger wurden zu Klauen, die auf Vargas Hals zielten.

Der Schwinger hätte ihm wahrscheinlich den Kopf abgerissen, hätte er sich nicht vorher in Rauch verwandelt.

Der Rauch verdichtete sich hinter ihnen wieder. Vargas Haut war von den Schäden des Weihwassers bereits wieder geheilt. In seinen Augen loderte blanker Hass.

Er packte Bill und sprang blitzschnell nach oben. Bill schlug mit dem Hinterkopf an die Decke und krachte wieder herunter, während Varga oben blieb. Betty stellte sich sofort über ihren Mann. Zum ersten Mal strahlte ihr Gesicht nicht mehr die gewohnt ruhige Gelassenheit aus. Sie hatte den Arm mit dem Kruzifix erhoben und Amber erkannte mit Übelkeit erregender Gewissheit, dass ihre Mutter ihr gegenüber nie diesen Beschützerinstinkt an den Tag gelegt hatte.

Varga huschte über die Decke und aus Ambers Gesichtsfeld, doch anhand der Art, wie Betty das Kruzifix hielt, konnte sie seinen Bewegungen folgen. Als Betty das Kreuz senkte, wusste Amber, dass Varga sich zurück auf den Boden hatte fallen lassen. Doch als Betty das Kreuz noch einmal ein kleines Stück senkte, konnte sie sich nicht vorstellen, was gerade geschah, bis sie das Knurren hörte.

Sie schob sich zentimeterweise vorwärts und suchte nach der Quelle des Geräuschs. Was immer der Hund war und wo immer er herkam, er war groß und hatte Betty so erschreckt, dass sie fast einen Schritt zurückgewichen wäre. Doch zurückweichen hieße, ihren Mann im Stich zu lassen, und dazu war Betty nicht bereit.

Amber schob sich noch ein kleines Stück vorwärts, bis sie das Tier sehen konnte. Sie hatte sich geirrt. Es war kein Hund. Es war ein Wolf. Riesig und grau kam er langsam auf Betty zu. Er knurrte, die Nackenhaare waren aufgestellt und er bleckte die Reißzähne.

Er bellte einmal kurz und Amber zuckte bei dem Geräusch zusammen. Sie sah, wie ihre Mutter schluckte, das Kruzifix fester umfasste, und wie der Wolf plötzlich sprang. Er löste sich in Rauch auf, bevor er das Kruzifix berührte. Hände griffen aus dem Rauch heraus und schlugen Betty das Kreuz aus der Hand. Sie wirbelte herum, doch der Rauch war zu Varga geworden, er packte sie und warf sie gegen die Wand.

Sie wankte zurück und ließ sich Krallen wachsen, doch Varga war so schnell, dass sie gegen ihn nichts ausrichten konnten. Er versetzte ihr lässig einen Schlag in die Rippen. Sie keuchte und er packte sie am Hals. Betty umklammerte sein Handgelenk, als er fester zudrückte. Sie sank auf die Knie, da sie keine Luft mehr bekam.

Wenn Varga Betty tötete, würde er die anderen genauso schnell umbringen. Er würde Milo und Glen töten und dann wäre Amber dran. Sie hätte keine Chance, ihn aufzuhalten. Die einzige Chance, die sie vielleicht hatte, war, jetzt wegzulaufen, solange er sich auf etwas anderes konzentrierte. Ihre Eltern würden sterben. Milo und Glen würden sterben, aber sie käme davon. Sie wäre *frei*.

Es ergab alles einen Sinn. Es war logisch. Zu schaffen. Doch Logik steckte nicht dahinter, als sie vorwärtsschlich und den Hammer und den Pfahl aufhob. Es war keine Logik, die im Innersten ihres Seins loderte. Es war Zorn. Es war Wut.

Er tat ihrer *Mom* weh.

40

»Spürst du das?«, fragte Varga Betty leise. »Spürst du, wie deine Wirbelsäule knackt? Gleich bricht sie. Wie fühlt sich das an, verglichen mit dem Verbrennen im Sonnenlicht, was glaubst du? Wie fühlt sich das an, verglichen mit dem Tod, dem du meine Familie ausgeliefert hast? Hm?« Er beugte sich näher zu ihr. »Wenn ich dir den Kopf abreiße, kleiner Dämon, nagle ich ihn mir an die Wand.«

Amber griff an, Varga hörte sie und wirbelte herum. Zu spät. Er konnte nicht mehr verhindern, dass der Pfahl in seine Brust drang. Er knallte mit dem Rücken gegen die Wand und Amber schwang den Hammer, aber er packte das Handgelenk der Hand, die den Pfahl hielt. Er bewegte sich kaum. Er lächelte sie an und zeigte seine Zähne.

Sie lächelte zurück und zeigte ihre.

Sie donnerte ihm den Hammer ins Gesicht. Er zischte vor Schmerz und ließ ihre Hand los. Auf seiner Haut zeichnete sich ein Kreis ab, der Blasen warf, als hätte sie ihn mit einem Bügeleisen getroffen. Dann hämmerte sie den Pfahl durch seinen Brustkorb.

Varga erstarrte, seine Augen weiteten sich und er öffnete den Mund. Aber es floss kein Blut.

Sie schlug erneut mit dem Hammer zu und aus seiner Überraschung wurde Wut. Er schloss beide Hände um den Pfahl, konnte jedoch nicht verhindern, dass sie ihn immer tiefer hineintrieb. Dann traf sie den Pfahl mit solcher Wucht, dass der Hammerkopf davonflog. Sie ließ den Stiel fallen und bearbeitete den Pfahl mit den Fäusten. Varga schrie und krümmte sich, sie schlug noch einmal darauf und eine schwarze Blutfontäne spritzte aus der Wunde, traf sie mitten ins Gesicht und trieb sie nach hinten. Das Blut war in ihren Augen, drang in ihren Mund, in die Nase, floss auf den Boden, sie rutschte aus, fiel hin, spuckte und hustete und rieb sich die Augen. Sie war voller Blut, es war überall und klebte ihr die Haare an den Kopf.

Dann verlor die Fontäne an Kraft, spritzte nicht mehr so weit, Amber blinzelte hektisch, schaute auf und sah, dass die letzten Reste von Vargas Blut, das schwarz und dick wie Teer war, langsam aus der Wunde tropften. Er war jetzt nur noch eine leere Hülle, eine ausgetrocknete Schale, aschgrau.

Er fiel auf die Knie, sie brachen unter seinem Gewicht und sein ganzer Körper zerbröselte. Sein Anzug hing schlaff an ihm wie ein Segel bei plötzlicher Windstille. Sein Schädel wackelte, da die Wirbelsäule ihn nicht mehr tragen konnte, und als er auf den Boden fiel, explodierte er zu Staub und kleinen Bröckchen.

»Amber.«

Die Stimme, der Ton veranlassten sie dazu, sich augenblicklich zurückzuverwandeln. Sie drehte sich um und sah, wie ihre Mutter – mit dem Gesicht ihrer Mutter – schwankend auf die Füße kam. Sie hielt sich die Seite, als seien ihre Rippen gebrochen. Oder Schlimmeres.

»Du hast mich gerettet«, sagte Betty matt. »Nach allem, was passiert ist, hast du mich gerettet.«

Amber stand da, voller Blut, und ihr fiel nichts ein, was sie hätte sagen können.

»Wir haben einen Fehler gemacht«, fuhr Betty fort und stützte sich auf den Tresen. »Das haben wir. Wir haben einen riesengroßen Fehler gemacht. Aber jetzt sind wir hier.«

»Ich weiß, was ihr wollt«, sagte Amber.

Betty schüttelte den Kopf. »Nicht mehr. Was immer du gehört hast, die Situation hat sich geändert. Wir haben sie geändert. Gib uns eine Chance, Liebes. Lass uns alles erklären.«

»Ihr lügt doch nur wieder.«

»Das ist vorbei.« In Bettys Blick lag eine solche Überzeugung, dass Amber ihr glaubte. »Es ist alles vorbei. Wir machen das jetzt schon so lang, Baby, und wir sind es leid. Wir wollen etwas anderes.«

»Wie viele meiner Geschwister habt ihr umgebracht?«

Es war seltsam, doch zu sehen, wie verletzt ihre Mutter wirkte, war fast genug, um Amber zu ihr laufen zu lassen.

»Wir sind schlechte Menschen«, antwortete Betty schließlich. »Aber wir versuchen, anders zu sein. Bitte, Amber, komm zurück zu uns. Wir können noch einmal von vorn anfangen. Als Familie.«

Betty machte einen Schritt auf sie zu und ihre Knie knickten ein, doch bevor sie stürzte, war Amber bei ihr und half ihr, zum Tresen zurückzuhumpeln.

»Danke.« Betty biss die Zähne zusammen vor Schmerz. »Oh, Liebes, du hast ja keine Ahnung, was wir durchgemacht haben. Wir dachten, wir hätten dich verloren.«

»Kannst du stehen?«

Betty gelang ein leises Lachen. »Immer so fürsorglich, wie? Von deinem Vater hast du das nicht, das kann ich dir sagen. Von mir leider auch nicht.«

Amber merkte plötzlich, wie verletzlich sie war, doch Betty ließ sie los, sobald sie ihr Gleichgewicht wiedergefunden hatte und allein stehen konnte. Etwas von Vargas Blut war auf das Top ihrer Mutter gelangt. Es war ein teures Top, doch Betty schien den Fleck gar nicht zu bemerken.

»Weißt du, an wen du mich immer erinnert hast?«, fuhr Betty fort. »An meine Mutter. Deine Großmutter. Ich habe dir nie von ihr erzählt, nicht wahr?«

»Du hast mir nie irgendetwas erzählt.«

»Damit ist ab heute Schluss. Von jetzt an gibt es keine Geheimnisse mehr zwischen uns. Abgemacht?«

»Betty, du kannst doch nicht einfach …«

»Mom.«

Amber runzelte die Stirn. »Was?«

»Ich glaube, ich fände es schön, wenn du mich von jetzt an Mom nennen würdest. Könntest du das machen?«

»Ich … ich weiß nicht.«

Betty schüttelte den Kopf. »Ich verlange zu viel auf einmal, nicht wahr? Es tut mir leid, Liebes. Ein Schritt nach dem anderen, so werden wir wieder eine Familie.«

»Betty … Mom … ich weiß nicht, ob ich dir glauben kann.«

In Bettys Augen glitzerten plötzlich Tränen. »Richtig. Natürlich. Ich meine … selbstverständlich. Wir haben dir eine Menge zugemutet und müssen … wir müssen dein Vertrauen zurückgewinnen. Das verstehe ich. Wirklich. Aber du musst es auch aus unserer Perspektive sehen, Amber. Du bist unsere Tochter und wir lieben dich über alles. Deinc Sicherheit und dein Wohlergehen liegen uns vor allem anderen am Herzen. Du musst uns nicht verzeihen, Liebes, noch nicht, aber diese Familie wird nicht mehr getrennt. Wir lieben dich, Kleines.«

Amber kamen die Tränen und ihre Mutter zog sie in ihre Arme. Sie drückte sie an sich und Amber schluchzte, und als das Schluchzen aufhörte, schloss Amber einfach für ein paar Sekunden die Augen.

Nur für ein paar. Mehr brauchte es im Moment nicht.

»Geht nach Hause«, sagte sie und trat ein Stück zurück. Sie hatte einen Blutschmierer auf Bettys Kinn hinterlassen. »Ich muss noch etwas erledigen. Wenn das getan ist, komme ich nach und wir können als Familie weitermachen.«

»Wo immer du hingehst, wir kommen mit«, bestimmte Betty. »Wir weichen nicht mehr von deiner Seite.«

»Es dauert nur ein paar Tage. Ich habe etwas angefangen und muss es zu Ende bringen. Aber ich sehe dich zu Hause, Mom. Dich und Dad.«

Amber küsste sie auf die Wange und wollte gehen.

Betty ließ ihr Handgelenk nicht los. »Was musst du erledigen?«

»Einfach etwas.«

Betty verstärkte ihren Griff.

»Du tust mir weh, Mom.«

»Familien bleiben zusammen.«

»Bitte lass mich los, Mom.«

»Wir fragen deinen Vater, was sagst du dazu?«

In dem Moment drückte Milo Betty den Lauf seiner Pistole an die Schläfe und verlangte leise: »Loslassen.«

Bettys Augen weiteten sich etwas. Amber sagte nichts. Betty ließ sie los.

Die Pistole immer direkt auf Bettys Kopf gerichtet, stellte Milo sich neben Amber.

»Und wer sind jetzt *Sie*?«, wollte Betty wissen.

»Ich glaube, Sie wissen, wer ich bin. Ich glaube, Sie haben über meinen Wagen bereits eine Halterabfrage gemacht.«

Betty brachte ein halbes Lächeln zustande. »Das haben wir tatsächlich, Mr Sebastian. Aber wir haben ausgesprochen wenig über Sie herausgefunden. Sind Sie nicht ein bisschen zu alt, um sich mit sechzehnjährigen Mädchen abzugeben?«

»Und Sie sind plötzlich eine besorgte Mutter? Erwarten Sie wirklich, dass wir Ihnen das abnehmen?«

»Dann sind Sie also derjenige, der unsere Tochter gegen uns aufbringt.«

»Nein, das waren Sie, als sie gehört hat, wie Sie ihren Tod geplant haben.«

Betty straffte die Schultern. Ihre Rippen schienen ihr kaum noch Probleme zu bereiten. »Amber, Männer wie ihn kenne ich schon mein ganzes Leben lang. Er bringt nur Ärger. Du kannst ihm kein Wort glauben. Er kennt die Tatsachen nicht. Er kennt uns nicht.«

»Ich … ich vertraue ihm«, sagte Amber.

»Das kannst du nicht. Er hat dich die ganze Zeit angelogen.

Er unterzieht dich einer Gehirnwäsche, merkst du das nicht? Er bringt dich gegen uns auf.« Sie richtete ihren Blick auf Milo. »Das ist Kidnapping. Was Sie getan haben, ist Kidnapping.«

»Amber hat Ihnen heute Abend das Leben gerettet«, erwidert Milo. »Ich an Ihrer Stelle würde mir das merken.«

»Sie haben nichts zu sagen. Sie haben uns gar nichts zu sagen. Amber, ich verbiete dir, mit diesem Mann irgendwohin zu gehen.«

Milo hob Glen vom Boden auf, legte ihn sich über die Schulter und ging zur Tür. Amber zögerte, dann folgte sie ihm.

»Amber!«, rief Betty streng und machte ein paar Schritte in ihre Richtung. »Du bleibst hier, Amber!«

Amber schüttelte den Kopf. »Ich muss –«

»Du bleibst bei deiner Familie!«

Amber verwandelte sich, spürte, wie Kraft und Stärke sie durchströmten, und fauchte. »Du hast Glück, dass ich dir nicht den Kopf abreiße, *Mom*. Denkst du wirklich, dass ich dir auch nur ein Wort glaube? Wirklich?«

Betty erwiderte ihren finsteren Blick. »Das ist deine Chance. Deine einzige Chance. Wenn du jetzt gehst, holen wir dich uns, und ich persönlich werde dein Herz essen, Fräuleinchen.«

Amber ging rückwärts aus der Tür. »Ich liebe euch auch«, rief sie und rannte los.

41

Sie fuhren fünfzehn Stunden lang. Jede gefahrene Meile nahm sich ein wenig mehr von Milo. Er war erschöpft. Er wirkte hagerer. Amber sagte nichts. Glen schlief. Zwischendurch wurde seine Atmung so flach, dass sie fürchtete, er würde sterben. Auch dazu sagte sie nichts. Sie wollte nur so weit wie möglich von Cascade Falls weg. Sie hielten in diesen fünfzehn Stunden viermal an. Sie hatte sich das Gesicht waschen und ihre Kleider wechseln können, ihre Sonnenbrille suchen und zweimal pinkeln, und das war's auch schon. Keine Zeit für mehr. Keine Zeit zu vergeuden.

Als sie den Death-Valley-Nationalpark erreichten, war es früher Nachmittag und die Sonne Nevadas brannte erbarmungslos vom Himmel. Der Asphalt erstreckte sich weiter, als Amber sehen konnte, und gerader, als sie es für möglich hielt. Die Hitze stieg in mächtigen, nebeligen Schwaden auf. Sie flirrten und flimmerten, doch im Charger war es kühl. Die Klimaanlage war nie eingeschaltet, doch im Charger war es immer kühl.

»Wie weit ist es noch bis Colorado?«, fragte sie.

»Wir fahren nicht nach Colorado«, antwortete Milo.

Amber runzelte die Stirn. »Was?«

»Deine Eltern gehen davon aus, dass wir unser nächstes Ziel, wo immer es liegt, auf direktem Weg ansteuern, jetzt, da wir wissen, dass sie dicht hinter uns sind. Aber wir kurven ein wenig herum. *Sie* sind in Eile, wir nicht. Sollen sie uns doch überholen. Wir haben keine Deadline.«

Amber schwieg dazu. Sie fuhren und sie saß da. Ihr Körper war in Ruhe, doch ihre Gedanken überschlugen sich. In ihrem Kopf tobte ein Streit. Bis jetzt hatte es so ausgesehen, als sei das eine kleine Geheimnis, das sie vor Milo hatte, keine große Sache. Sie hatte vorgehabt, es ihm zu erzählen, sobald alles vorüber war, und erwartet, dass er vielleicht eine Augenbraue hob oder in gelinder Verzweiflung den Kopf schüttelte. Doch die Ereignisse der letzten paar Tage hatten ihre Sinne geschärft. Sie wusste jetzt, dass winzige Kleinigkeiten weitreichende Konsequenzen haben konnten. Sie musste einsehen, dass sie sich den Luxus von Geheimnissen nicht leisten konnte.

»Was wäre, wenn es doch eine Deadline gäbe?«, fragte sie leise.

»Bitte?«

Sie nahm ihre Sonnenbrille ab. Er behielt seine auf. »Du hast gesagt, meine Eltern seien in Eile, nicht wir. Du hast gesagt, wir hätten keine Deadline. Aber was wäre, wenn wir doch eine hätten?«

Milo schaute sie an. »Gibt es etwas, das du mir nicht erzählt hast, Amber?«

Sie wandte den Blick ab. »Ich … Es klingt jetzt doof, aber ich wollte nicht, dass du denkst, ich wäre blöd.«

Der Charger wurde langsamer. »Wovon sprichst du?«

»Ich hatte dich gerade erst kennengelernt«, sagte Amber. »Ich kannte dich nicht. Ich kannte Edgar nicht. Du hast mir alle diese Anweisungen gegeben, was ich nicht tun dürfte, wenn ich mit dem Leuchtenden Dämon reden würde, und ich habe sie befolgt. Ich habe alle befolgt. Aber dann hat er angefangen, von einer Deadline zu sprechen …«

Milo bremste so abrupt, dass sie aufschrie und Glen von der Rückbank in den Fußraum rutschte.

Als Milo sprach, war seine Stimme kaum lauter als ein Flüstern. »In was hast du eingewilligt?«

Sie zögerte, dann nahm sie ihre Armbänder ab und zeigte ihm ihr Handgelenk.

Er runzelte die Stirn. »Eine Zahl?«

»Ein Countdown.«

»Was zum Teufel …?«, rief er. In der Enge des Chargers klang es wie ein Schrei. »Warum hast du mir das nicht gesagt? Warum zum Teufel hast du mir das nicht gesagt?«

»Es tut mir leid. Ich dachte …«

»Warum erfahre ich das erst jetzt? Du hast das seit Miami und du erzählst es mir erst jetzt? *Warum?* Du wolltest nicht, dass ich dich für blöd halte?« Irgendwas ging hinter seiner Sonnenbrille vor sich; es war, als glühten seine Augen. »Gut gemacht, Amber, denn jetzt *weiß* ich, dass du blöd bist.«

Plötzlich war ihr der Wagen zu klein. Zu eng. Die kühle Luft kniff sie ins Gesicht und kroch ihr in den Kragen.

Amber stieß die Tür auf und sprang hinaus in die Hitze. Sie hielt die Arme an den Seiten durchgedrückt, ging steifbeinig über aufgerissenen, trockenen Boden und kickte Steinchen vor sich her. Sie dachte wieder an ihre Eltern und ging schneller, doch die Gedanken hielten Schritt. Sie begann zu laufen, Tränen verschleierten ihren Blick. Als sie außer Atem war, nahm sie ihre Dämonengestalt an und lief weiter. Als Dämonin konnte sie ewig laufen. Als Dämonin brauchte sie keine Angst zu haben, dass sie anfing zu weinen.

Aus heiterem Himmel schüttelte sie ein gewaltiger Schluchzer. Amber stolperte, fiel auf Hände und Knie. Tränen tropften auf den Boden und der Boden saugte sie durstig auf. Nicht einmal ihre Dämonengestalt konnte sie vor ihren Gefühlen schützen.

Sie versuchte aufzustehen, schaffte es aber nicht. Also ging sie in die Hocke. Ihr Blick fixierte einen Fleck am Boden. Es dauerte eine ganze Weile, bis sie begriff, dass sie ihren Schatten betrachtete. So kompakt, wie er war, glichen ihre Hörner Micky-Maus-Ohren, nur dünner, spitzer. Wäre Micky Maus der Schatten eines Dämons, würde er genau so aussehen.

Walter S. Bryant, der Junge aus Springton, hätte Disney World gern einmal besucht. Sie fragte sich, ob er wohl jemals hinkäme. Seine Chancen standen ganz gut, fand sie. Springton stand wenigstens noch. Wie lange gab es Cascade Falls wohl noch, jetzt da die Vampire es vollends aussaugen konnten? Sie fragte sich, ob die Stadt von den Toten auferstehen würde, doch sie glaubte es nicht. Was immer aus ihr wurde, sie wäre nicht mehr Cascade Falls, genauso wenig wie dieser Schatten, den sie warf, Amber war.

Sie verwandelte sich zurück und begann sofort zu schwitzen. Die Sonne brannte ihr auf den Kopf. Falls sie hierblieb, würde die Sonne mit der Zeit jeden Zentimeter von ihr braten, dessen war sie sicher. Sie braten, bis nichts mehr von ihr übrig war. Ihr sämtliche Flüssigkeit entziehen. Vielleicht würde sie am Ende aussehen wie Varga, kurz bevor er zerbröselte. Sie hatte immer noch sein Blut an sich. Es klebte in ihrem Haar. Sie brauchte eine richtige Dusche, bevor sie frei von ihm war. Und eine Mundspülung! Sie schmeckte das Blut immer noch.

Sie stand auf und blickte die Straße zurück. Sie war ein großes Stück gerannt. Ihre Augen waren wieder trocken und sie ging zum Charger zurück. Milo stieg aus, als sie herankam, und blickte sie über das Autodach hinweg an. Er nahm seine Sonnenbrille ab, musste gegen das gleißende Licht anblinzeln. Seine Augen wirkten müde, ansonsten aber völlig normal.

»Tut mir leid«, sagte er.

»Nein, du hast recht. Es war dumm von mir.«

»Du darfst dumm sein. Du bist in einer Ausnahmesituation. Es gibt nicht die eine richtige Art und Weise, mit den Dingen umzugehen.«

»Ich hätte es dir trotzdem sagen sollen.«

»Wie lange hast du noch?«

Sie blickte auf ihr Handgelenk. »Zweihundertundvierzig Stunden.«

»Zehn Tage«, sagte Milo. »Es sind vielleicht fünfzehn Stunden Fahrt bis Colorado. Falls Jacob Buxton uns genau sagen kann, wo sein Vater ist, haben wir kein Problem.«

»Ist mit dir alles in Ordnung?«, fragte sie.

»Was meinst du?«

»Du siehst schlecht aus. Krank. Und deine Augen …«

»Mir geht's gut«, versicherte er ihr.

»Wir haben die Acht-Stunden-Fahrzeit-pro-Tag-Regel längst überschritten. Lass mich fahren.«

Er schüttelte den Kopf. »Ich kann weiterfahren. Ich bin nicht müde. Vergiss nicht, es sind acht Stunden pro Tag *im Durchschnitt*. Ein bisschen mehr sind okay für mich.«

»Wir fahren schon doppelt so lang.«

»Es ist okay, Amber. Außerdem haben wir einen Zeitplan zu erfüllen. Und jetzt steig ein.«

Sie zögerte, doch er saß bereits am Steuer. Sie glitt auf den Beifahrersitz und schnallte sich an und der Charger fraß die endlos lange Straße. Der Asphalt verschwand unter seinen Rädern.

42

Als sie auf der Ringautobahn waren und gut vorankamen, wachte Glen auf. Amber klopfte ihm mit dem Kruzifix auf den Kopf, nur um sich zu vergewissern, dass er noch ein Mensch war.

»Autsch«, sagte er.

Sie betrachtete ihn eingehend, setzte sich dann wieder richtig hin und schnallte sich erneut an. »Keine Verbrennungen oder Narben. Du bist kein Vampir.«

Sie schaute Milo an, doch der blickte stur geradeaus. So wie schon die letzten paar Stunden.

Glen setzte sich mühsam auf. Er war erstaunlich blass und jede Bewegung war langsam und apathisch. Als er aufrecht saß, fragte er: »Wo sind wir?«

»Nevada«, antwortete Amber. »Wie fühlst du dich?«

Glen leckte sich über die Lippen und bewegte die Zunge ein paarmal im Mund hin und her. Als er wieder sprach, war seine Stimme klarer. »Entsetzlich. Wirklich, wirklich schlecht. Sollte ich nicht im Krankenhaus sein? Ich habe das Gefühl, ich sollte in irgendeinem Krankenhaus sein.«

»Mit dir ist alles in Ordnung«, beruhigte Amber ihn. »Du hast nur etwas Blut verloren.«

»Oh. Oh ja.«

»Woran erinnerst du dich?«

»Hm … da sind nur Bruchstücke. Ich weiß noch, dass ich in Altheas Haus war. Jemand hat nach mir gerufen und ich bin hinausgegangen …«

»Ist dir das nicht komisch vorgekommen?«, fragte Amber.

»Bitte?«

»Dass jemand von der anderen Seite der Stadt nach dir ruft. Findest du das nicht merkwürdig?«

Er runzelte die Stirn. »Ich habe nicht wirklich darüber nachgedacht, wenn ich ehrlich sein soll. Ich bin einfach … gegangen. Bin direkt in ein Haus marschiert, und da waren jede Menge Leute und haben einfach nur gewartet. Sie haben mich ausgelacht. Dann sind sie …«

Die Falten auf seiner Stirn gruben sich tiefer ein. Nachdem er einen Moment lang ins Leere geschaut hatte, schüttelte er den Kopf und blickte auf. »Und du bist sicher, dass ich nicht zu einem von ihnen werde?«

»Wenn Althea recht hat, nicht. Erst wenn dich ein Vampirbiss getötet hat, wirst du selbst zum Vampir. Du bist nicht tot, richtig? Also bist du auch keiner von ihnen. Aber wenn du willst, schmeiße ich noch einmal das Kreuz nach dir.«

Er hob mühsam eine Hand. »Nein, nein, schon gut, danke. Wie sind wir entkommen?«

»Wir waren in der Unterzahl«, berichtete sie. »Dann bist du hereingerannt und hast uns gerettet.«

Seine Augen weiteten sich. »Das habe ich getan?«

»Nein. Du hast die ganze Zeit geschlafen. Milo und ich haben uns rausgehauen.«

Glen seufzte. »Dann war ich also nutzlos wie immer, ja?«

Es machte keinen Spaß, ihn aufzuziehen, so traurig, wie er aussah. »Du bist nicht nutzlos«, widersprach sie. »Sie hatten dich gerade gebissen. Das hätte jedem von uns passieren können.«

»Klar, nur dass es mir passiert ist.« Er fuhr sich mit der Hand übers Gesicht. »Können wir irgendwo anhalten und etwas essen? Ich bin am Verhungern.«

»Wir haben dir ein paar Nüsse besorgt.« Amber reichte ihm eine kleine Tüte nach hinten.

Er starrte sie an. »Nüsse? Im Ernst?«

Amber schaute Hilfe suchend zu Milo, doch seine Miene war starr und er blickte stur geradeaus.

Sie schenkte Glen ein Lächeln. »Dein Körper muss Blut produzieren. Nüsse sind gut dafür. Beim nächsten Stopp kannst du Obst und Fleisch und Milch haben und was du sonst noch brauchst.«

Glen war eindeutig nicht überzeugt. Er versuchte, die Tüte zu öffnen, bis Amber sie ihm aus der Hand nahm, öffnete und zurückgab.

»Danke«, murmelte er und begann zu essen. Nachdem er einen Augenblick gekaut hatte, schaute er auf. »Nevada ist, wo Las Vegas ist, richtig? Kommen wir irgendwie in die Nähe?«

»Wir *sind* in Las Vegas, du Spaten.«

Glen wurde sofort munterer. Er blickte sich um, sah jedoch nichts als Autobahn. »Hm … Wo ist es?«

Sie zeigte mit dem Finger. »Diese Richtung.«

Beide blickten hinaus auf die Betonmauer zwischen den Fahrbahnen.

»Ich seh nicht viel hinter der … du weißt schon, Mauer«, sagte Glen.

»Ich auch nicht.«

»Bekommen wir den Strip zu sehen?«

»Nein.«

»Die Hotels? Die Casinos?«

»Wahrscheinlich nicht.«

»Fahren wir … fahren wir einfach nur um die Stadt herum?«

»Ja.«

»Und wir sehen überhaupt nichts von ihr selbst?«

»Ja.«

»Also doch?«

»Nein, ich meine, ja, wir sehen nichts.«

»Nachdem ich all die Jahre nur von Las Vegas gehört, es im Kino und im Fernsehen gesehen habe, bin ich endlich da und …

und alles, was ich sehe, ist eine Mauer?« Tränen traten ihm in die Augen.

Amber runzelte die Stirn. »Weinst du?«

»Ob ich weine?« Glen schluchzte laut. »Herr im Himmel, ja. Warum weine ich eigentlich? So traurig bin ich gar nicht.« Er wischte sich Tränen von den Wangen, als seien es lästige Insekten. »Es ist nur, weil ich Las Vegas wirklich gern gesehen hätte.«

»Du hast eine Menge Blut verloren«, sagte Amber. »Du bist sehr emotional.«

»Offensichtlich.«

»Ich werde mich jetzt umdrehen und so tun, als würdest du nicht weinen, weil ich nicht weiß, wie ich damit umgehen soll.«

Er nickte, während er weiterweinte. »Klingt fair.«

Sie drehte sich um und blickte durch die Windschutzscheibe, und nach ein paar Minuten hörte Glen auf zu weinen und schlief ein.

Sie fuhren weiter nach Utah. Amber hatte jetzt endgültig genug von Milos immer schlechter werdender Verfassung. Seine Haut wurde mit jeder Meile grauer. Energisch verlangte sie, dass er anhielt, und er gab widerwillig nach. Sie verbrachten die Nacht in einem Super 8 in Green River und Amber schlief wie eine Tote. Am nächsten Morgen hatte Glen ein wenig Farbe in den Wangen, Milo war wieder der Alte und der Charger glänzte. Als Amber einstieg, hatte sie plötzlich das Gefühl, dass er auf sie gewartet hatte.

Sie schaute auf ihr Brandzeichen, versuchte nicht mehr, es zu verbergen. Noch 221 Stunden.

Kurz nach zwei Uhr nachmittags erreichten sie Cricket Hill in Colorado. Es dauerte noch einmal eine Stunde, bis sie die Burkitt Road gefunden hatten. Sie führte sie in die baumbestandenen Hügel der Stadt, wo der Weg immer schmaler wurde, je weiter sie hineinfuhren. Aus der Straße wurde ein Pfad und der Pfad verlor sich, sodass sie aussteigen und zu Fuß weitergehen mussten. Ein leichter Regen fiel, doch die Bäume schützten sie weitestgehend, und Glen klagte nicht, obwohl er ganz offensichtlich noch sehr schwach war.

»Gregory Buxton klingt nicht wie die Art Mann, die ich erwartet habe«, sagte Amber in die Stille hinein.

Milo schaute sie an. »Und das heißt?«

»Das heißt, dass er ein guter Mensch ist. Jedenfalls nach Altheas Worten. Er hat diesen Deal gemacht, um seinen Sohn zu retten, und er hat niemandem was getan. Er ist nicht wie Dacre Shanks oder … meine Eltern. Wie können wir ihn dem Leuchtenden Dämon ausliefern, nachdem wir das alles wissen?«

Milos Schritte waren entschieden zu groß. »Ihn auszuliefern ist deine einzige Chance zu überleben.«

Sie lief neben ihm her; Glen hatte größte Mühe, Schritt zu halten. »Es muss noch etwas anderes geben. Es muss einfach.«

»Was jetzt? Willst du umkehren?«

»Nein. Ich will ihn finden. Er hat es geschafft, den Leuchtenden Dämon übers Ohr zu hauen und bis jetzt am Leben zu bleiben. Er klingt wie jemand, der mir helfen kann.«

»Falls Jacob uns verrät, wo er ist.«

»Was machen wir, wenn er uns nicht helfen will?«, fragte Amber.

»Zuerst müssen wir ihn mal finden. Was immer danach geschieht, geschieht danach.«

Sie folgten dem Pfad zu einer Blockhütte. Früher einmal mochte sie stabil gewesen sein, stolz und stark. Sie hatte auf dieser Lichtung gestanden und sich vor allen Bäumen ringsherum mit ihrer Widerstandsfähigkeit gebrüstet. Doch Zeit und Umstände hatten sie zermürbt. Jetzt hing sie durch wie ein in sich zusammengesunkener alter Mann. Das Fenster rechts neben der schmalen Tür hing schief in den Angeln und zwischen den halb verfaulten Brettern auf der Veranda wuchs Unkraut. Davor stand ein verbeultes Motorrad mit platten Reifen.

Amber und Glen stiegen über eine gekrümmte Linie aus moosbedeckten, halb unter Laub begrabenen Steinen und folgten Milo zur Tür. Die Veranda knarrte gefährlich unter ihrem Gewicht. Die Tür ging auf, noch bevor Milo klopfen konnte.

»Was wollt ihr?«, fragte Jacob Buxton. Er war um die vierzig, hager und nicht viel größer als Amber und hätte eine Rasur gebraucht. Und Schlaf. Er sah schrecklich aus. Seine Augen waren blutunterlaufen und seine dunkle Haut war direkt unter dem Kiefer gereizt. Unbewusst kratzte er sich mit schmutzigen Fingernägeln an der Stelle.

»Ich heiße Milo Sebastian und das sind Amber und Glen«, stellte Milo sie vor. »Sie sind Jacob, richtig?«

»Was immer Sie verkaufen, ich habe kein Interesse«, erwiderte Jacob. »Tun Sie sich einen Gefallen und verschwinden Sie.«

Er wollte die Tür schließen.

»Wir suchen Ihren Vater«, sagte Amber.

Jacob hielt inne, überlegte einen Moment und sagte dann: »Viel Glück dabei.«

»Ich stecke in Schwierigkeiten.«

»Erst recht, wenn du nicht verschwindest«, erwiderte er. Eine Drohung, die nicht nach Drohung klang.

»Bitte. Ihr Vater ist der Einzige, der mir helfen kann.«

Über Jacobs Gesicht huschte ein Ausdruck, der bei jedem anderen als Heiterkeit hätte missverstanden werden können. »Du erwartest, dass er dir hilft? Du bist ihm offenbar noch nicht begegnet.«

»Nein, aber man hat uns von ihm erzählt.«

Er ließ die Tür ein wenig weiter aufschwingen, damit er sich träge an den Rahmen lehnen konnte. »Glaub mir, was man sich so erzählt, entspricht dem Mann nicht einmal annähernd.«

»Können Sie uns sagen, wo er sich aufhält?«, fragte Milo.

Jacob schaute sie beide an. »Ist das euer Ernst?«

Amber runzelte die Stirn. »Sie reden, als gingen Sie davon aus, dass wir etwas wissen, von dem ich glaube, dass wir es nicht wissen.«

»Nun, dann will ich euch aufklären. Ich weiß nicht, wo mein Vater ist. Deshalb bin ich hier. Das ist so was wie der ganze Sinn und Zweck.«

»Könnte ich vielleicht Ihre Toilette benutzen?«, fragte Glen.

»Nein«, antwortete Jacob.

»Mr Buxton«, begann Milo erneut, »wir sind sehr weit gefahren, um mit Ihnen zu reden. Wenn Sie uns einfach die Wahrheit sagen könnten, verschwinden wir und belästigen Sie nicht mehr. Diese Steine, über die wir gestiegen sind – ich vermute, sie führen um ihr gesamtes Grundstück herum, ja? Wozu brauchen Sie einen Schutzkreis?«

Jacob schaute zuerst ihn forschend an, dann Amber. Sie versuchte, so kompetent auszusehen wie Milo.

»Das Mädchen weiß nicht, wovon Sie reden.«

»Sie ist neu«, erklärte Milo.

»Ich lerne noch«, sagte Amber. »Und ich weiß mehr als Glen.«

»Ich weiß praktisch überhaupt nichts«, meldete Glen sich vergnügt.

Amber wandte sich an Milo. »Meinst du mit Schutzkreis so etwas wie der andere? In dem ich gestanden habe? Dann ist es was Okkultes, richtig?« Sie richtete ihre Aufmerksamkeit wieder auf Jacob. »Wozu dient er? Was hält er ab?«

»Die Hexe«, antwortete Jacob.

Amber vergewisserte sich mit einem kurzen Blick, dass Milo nicht grinste. Kein Grinsen, also kein Witz. Sie wandte sich wieder an Jacob.

»Es gibt Hexen hier?«

»Ja.«

»Und weshalb ist eine hinter Ihnen her?«

Jacob ging nicht auf die Frage ein. »Wer hat euch von mir erzählt?«

»Ihre Großmutter.«

»Dann lebt sie also noch?«

»Das wussten Sie nicht?«

»Wir haben uns verkracht. Sie hat die Tendenz, die unangenehmen Wahrheiten unseres kleinen Familiendramas zu ignorieren. Eine wunderbare Frau, aber eigensinnig bis zum Gehtnichtmehr.« Plötzlich kniff Jacob die Augen zusammen, als hätte er in den Bäumen hinter ihnen etwas entdeckt. Amber drehte sich um, sah jedoch nichts als Wald.

Jacob wandte ihnen seine Aufmerksamkeit wieder zu. »Ihr wollt wissen, wo mein Vater ist? Ich weiß es nicht. Es tut mir leid, aber so ist es nun mal. Ich weiß nicht, wo er ist, und ihr könnt mich mit nichts dazu *zwingen*, es zu wissen.« Er schaute Milo an. »Das hatten Sie doch vor, nicht wahr? Tut mir leid, mein Freund. Sie sehen aus, als könnten Sie ganz schön was austeilen, aber ich habe die Information, nach der Sie suchen, einfach nicht. Das ist eine Sackgasse. Sie können genauso gut wieder dahin zurückgehen, woher Sie gekommen sind, bevor sie auf euch aufmerksam wird.«

»Die Hexe«, vermutete Milo.

Jacob nickte.

»Wir gehen nirgendwohin.«

»Ich meine es ernst«, sagte Jacob. »Wenn sie euch sieht, habt ihr sie am Hals.«

»Dann bitten Sie uns besser ins Haus.«

Jacob seufzte. »Lasst mich in Ruhe. Genießt euren Spaziergang zurück.«

Er schloss die Tür.

Amber wollte etwas fragen, doch Milo hob die Hand. Sie schloss den Mund wieder und schaute sich um. Ob Jacob eine Hexe meinte wie die im *Zauberer von Oz* oder eher wie die in diesem Buch von Roald Dahl? Es hätte ihr gefallen, wenn es eine gewesen wäre wie in *Harry Potter*, aber sie bezweifelte es.

Die Hüttentür ging wieder auf und Jacob stand da, eindeutig stinksauer.

»Kommt rein. Schnell«, drängte er.

43

Die Hütte war voller Bücher, Zeitschriften und zugebundener Müllsäcke. Dennoch war sie, bis zu einem gewissen Grad, sauber und ordentlich, auch wenn definitiv ein gewisser Geruch in der Luft lag.

»Die Hexe hält Sie hier gefangen?«, fragte Amber. »Was passiert, wenn Sie versuchen wegzugehen?«

»Sie jagt mich zurück«, antwortete Jacob und schloss die Tür hinter ihnen. »Sie will mich nicht töten, nur quälen. Es hat ein paar Jahre gedauert, bis ich das begriffen habe. Es macht die Sache nicht besser.«

»Die Toilette?«, fragte Glen.

Jacob seufzte und wies auf eine Tür. Glen lächelte dankbar und verschwand dahinter.

»Wie lange sind Sie schon hier?«, fragte Milo.

»Wie lang ich hier wohne? Zehn Jahre«, erwiderte Jacob. »Wie lang ich in der Hütte hier gefangen bin? Sieben Monate. Bitte bleiben Sie vom Fenster weg.« Er runzelte die Stirn. »Ich kann mich nicht mehr erinnern, wann ich das letzte Mal Besuch hatte. Das will etwas heißen, nicht wahr? Wenn ich mich daran nicht mehr erinnern kann. Ich weiß auch gar nicht, was jetzt von mir erwartet wird. Entschuldigt man sich immer noch für die Unordnung? Wahrscheinlich. In diesem Fall, entschuldigen Sie bitte den Zustand. Mein Müll wird nicht mehr abgeholt. Ich versuche, möglichst alles zu recyceln, aber am liebsten würde ich das ganze Zeug nach draußen bringen und verbrennen. Doch wie jeder Pfadfinder bin ich mir der Gefahren von offenen Feuern in Waldgebieten voll und ganz bewusst. Und jetzt sagt ihr mir, wer ihr seid, oder ich erschlage euch alle mit einer Axt.«

Ambers Miene hatte sich wohl seltsam verändert, denn Jacob lächelte ihr zu. »Nicht wirklich. Die Axt steht hinter dem Haus und ich habe noch niemanden damit umgebracht. Aber ich bin schrecklich neugierig, wer zum Teufel ihr seid und was ihr von meinem Vater wollt.«

»Wir wollen einfach nur mit ihm reden«, antwortete Amber. »Ihre Großmutter hat uns gesagt, dass Sie uns vielleicht helfen könnten.«

Jacob kratzte sich am Nacken. »Was hat sie noch gesagt?«

»Sie hat uns erzählt, dass Sie als Kind Krebs hatten. Ihr Vater hat mit dem Leuchtenden Dämon einen Pakt geschlossen, damit Sie gesund wurden, doch als Ihr Vater seinen Teil der Abmachung einlösen sollte, hat er das Weite gesucht und der Leuchtende Dämon konnte ihn bis heute nicht finden.«

Jacob nickte. »Hat sie euch auch erzählt, was mein Vater als Gegenleistung für mein Leben tun musste?«

»Sie sagte, er hätte ihm Seelen beschaffen müssen. Hat es aber nie getan, weil er ja abgehauen ist.«

Jacob schaute Milo an. »Sie sind ein Mann von Welt. Glauben Sie das?«

Milo zögerte. »Einiges davon klingt, als könnte es wahr sein.«

»Und welcher Teil klingt falsch?«

»Die Behauptung, dass er nie jemandem etwas antun musste. Das zu glauben, fällt mir schwer.«

»Das liegt daran, dass es nicht stimmt«, erwiderte Jacob. »Als ich krank war, hat meine Großmutter fast jeden Abend an meinem Bett gebetet. Sie saß nicht bei mir, um zu reden oder zu plaudern. Sie brachte mir keine Comics oder Trauben oder *Werd schnell wieder gesund*-Karten … Es war, als sei sie nicht einmal meinetwegen da. Sie war da, um mit Gott zu reden. Sie betete so lang und so intensiv, dass sie mir mit ihrem Gemurmel, den gefalteten Händen und den Tränen in den Augen richtig Angst machte. Sie war einfach so … inbrünstig. Nachdem sie gegangen war, lag ich jeden Abend da, angeschlossen an all die Maschinen, und hatte panische Angst, dass in der Stille, wenn ich allein war … Gott antworten würde. Und nur ich könnte es hören.

Althea mag sich mit einem Teil dessen, was mein Vater tat, arrangiert haben, aber nicht mit allem – nicht mit den Teilen, die das Bild, das sie von ihrem Sohn hatte, infrage stellten. Sie war bereit zu akzeptieren, dass das, was er tat, notwendig war, aber es funktionierte für sie nur, wenn er ein Heiliger blieb. Alles andere hätte alles kaputt gemacht.«

»Dann ist Ihr Vater also kein Heiliger.« Darin hatte Amber Erfahrung.

»Seine Absicht war gut«, verteidigte ihn Jacob. »Ich lag im Sterben. Er war bereit, alles zu tun, um mich zu retten. *Alles.* Und das tat er. Wäre er diesen Pakt nicht eingegangen, wäre ich mit elf Jahren gestorben.«

»Wo wurde der Handel gemacht?«, fragte Milo.

»In meinem Zimmer im Krankenhaus. Mein Vater und der Leuchtende Dämon standen an meinem Bett. Alles war hell. Es gab keine Schatten. Null. Zuerst dachte ich, er sei Gott. Ich dachte, er hätte meine Großmutter vielleicht erhört und sei gekommen, um mich zu heilen. Doch dann redeten sie über ihren Vertrag und darüber, was mein Vater tun müsste. Ziemlich bald hat sich der Dämon nicht mehr angehört wie Gott. Aber mein Dad hat sich auch nicht mehr so angehört wie der, für den ich ihn gehalten habe. Er redete mit diesem Dämon und handelte die Bedingungen aus, als wüsste er genau Bescheid. Eines kann ich von meinem Vater sagen: Er ist ein kluger Kopf und er liest gern. Wenn ihn ein Thema interessiert, liest er so viel darüber, dass er zum Experten wird – oder zumindest so nah drankommt, wie es irgend möglich ist. Und so hat er mit dem Leuchtenden Dämon gesprochen – wie ein Experte. Ich wusste es zu der Zeit nicht – wie denn auch? –, aber er hat ein Schlupfloch in die Übereinkunft eingebaut, das nicht einmal der Leuchtende Dämon bemerkt hat.«

Amber drehte sich um, als Glen zurückkam. »Ich glaube, ich habe Ihre Toilette geschrottet«, bekannte er.

Amber schloss die Augen.

»Die Spülung ist etwas kompliziert«, sagte Jacob. »Warte, bis das Wasser aufhört zu gurgeln, und versuch's dann noch einmal.«

Glen antwortete auf Ambers finsteren Blick mit einem hilflosen Achselzucken und verschwand wieder.

Jacob ging in die Küche – ein schlichter Raum mit einem Herd und einem Tisch – und setzte Wasser auf, während er weiterredete. »Falls ihr mich fragen wollt, was für ein Schlupfloch es war, könnt ihr das gleich wieder vergessen. Ich weiß es nicht. Doch nachdem mein Vater und der Leuchtende Dämon sich per Handschlag einig geworden waren, beugte sich der Leuchtende Dämon zu mir herunter und seine Finger – ich erinnere mich, dass er sehr, sehr lange Finger hatte – bohrten sich in meinen Bauch. Die Haut wurde nicht verletzt oder so, sie gingen einfach durch und es tat weh. Es tat höllisch weh. Mein Dad hatte mir die Hand auf den Mund gelegt, damit ich nicht schrie – wir wollten schließlich die Krankenschwestern nicht auf den Plan rufen –, aber ich habe um mich geschlagen und getreten, und als ich die Augen wieder öffnete, hielt der Leuchtende Dämon diesen grauen Klumpen Matsch und Gewebe in der Hand. Es war mein Krebs. Der Schmerz war weg. Die Krankheit war weg. Er hat alles weggenommen. Ich schaute meinen Dad an, und für einen Moment, einen klitzekleinen Moment sah ich, was der Dämon mit ihm gemacht hatte. Seine Haut war grau – dasselbe Grau wie mein Krebs –, aber sie war fest und seine Augen glänzten. Er hatte Reißzähne und diese beiden gewaltigen Flügel, wie riesige Fledermausflügel, die aus seinen Schulterblättern wuchsen. Ich habe dieses … dieses *geflügelte Ungeheuer* nur ganz kurz gesehen, dann war er wieder der Alte. Aber ich werde das Bild nie vergessen. Nie.«

»Flügel?«, hakte Amber nach. »Keine Hörner?«

»Knubbel«, sagte Jacob. »Mein Dad hatte volles Haar, aber in diesem Moment war er kahl. Er hatte diese kurzen Knubbel rund um seinen Kopf, wie eine Krone. Man könnte sie wahrscheinlich Hörner nennen. Kleine Hörner. Aber große Flügel.«

»Wie viele Seelen musste er beibringen?«, fragte Milo.

»Drei pro Jahr«, antwortete Jacob und goss vier Tassen Kaffee auf. »Die ersten drei Jahre hat er sie auch abgeliefert. Das ist der Teil, den Althea gern vergisst. Doch dann fingen die Ausreden an. Der Leuchtende Dämon schickte seinen Stellvertreter aus und Dad hat ihm hoch und heilig versichert, dass er alles nachliefern würde. Er machte ihm weis, wie schwierig es für ihn sei, sich drei Mal im Jahr hinauszuschleichen und eine Seele zu erwischen, doch ich habe ihn dabei beobachtet, wie er sich alle *vierzehn Tage* hinausschlich. In der ganzen Nachbarschaft verschwanden Leute. Die Polizei ist sogar gekommen und hat mit ihm geredet. Es wurde so schlimm, dass wir umziehen mussten. Er musste mir nicht sagen, was los war. Ich wusste es. Er sammelte sehr viel mehr Seelen als vereinbart, lieferte aber keine einzige mehr bei dem Leuchtenden Dämon ab. Offenbar hatte er bei seinen Nachforschungen eine Möglichkeit gefunden, selbst Kraft aus diesen Seelen zu schöpfen. Er sorgte dafür, dass er immer stärker wurde.«

»Er wollte die ganze Zeit verschwinden«, vermutete Milo.

Glen kam zu ihnen in die Küche. »Entschuldigung«, sagte er lächelnd, »haben Sie zufällig eine Saugglocke?«

Jacob blickte ihn stirnrunzelnd an, holte dann eine aus dem Schrank unter der Spüle und gab sie ihm.

»Haben Sie das vielleicht auch noch eine Nummer größer?«, fragte Glen.

»Nein.«

»Dann tut's das auch«, erwiderte Glen und ging wieder hinaus.

Jacob machte kurz ein besorgtes Gesicht, dann gab er Milo und Amber einen Kaffee. Amber mochte Kaffee nicht.

»Als ich siebzehn war«, erzählte Jacob weiter, »rief mich mein Dad ins Wohnzimmer. Er sagte, ich solle mich setzen, und verkündete mir dann, dass er untertauchen würde. Der Stellvertreter hätte ihm deutlich zu verstehen gegeben, dass er seine eigene Seele verwirkt hätte, wenn er die fehlenden nicht beibringen könne. Er meinte, wenn er mir verraten würde, wohin er ginge, wüsste der Leuchtende Dämon das und würde es aus mir herausfoltern. Ich sei aus der Sache raus, meinte er. Dieser Teil war offensichtlich gelogen.« Er lehnte sich an den Herd und nippte an seinem Kaffee.

»Mein Dad ist also verschwunden und Althea hat mich ein paar Jahre bei sich aufgenommen, bis ich einen Job fand und für mich selbst sorgen konnte. Gelegentlich kam eine Postkarte, aber das war's dann auch. Irgendwann tauchte der Stellvertreter bei mir auf, doch trotz seiner massiven Drohungen kam der Krebs nie zurück.«

»Der Leuchtende Dämon muss eine Stinkwut gehabt haben«, sagte Amber.

Jacob zuckte mit den Schultern. »Glücklich war er nicht, nein. Aber er wusste, dass ich nicht wusste, wo mein Dad war. Das ist das Seltsame an Dämonen – und ich meine echte Dämonen –, sie lassen sich nicht von ihrem eigentlichen Ziel abbringen. Er hätte mich tausendmal umbringen lassen können, nur um seinem eigenen Ärger Luft zu machen, aber er konzentrierte sich auf sein Hauptziel. Ich glaube, mein Dad wusste das. Ich hoffe, er wusste es.

Jedenfalls hat der Stellvertreter vor fünfzehn Jahren an meine Tür geklopft und gemeint, das sei sein letzter Besuch. Er hätte Besseres mit seiner Zeit anzufangen, als zu versuchen, einen Betrüger ausfindig zu machen. Ich war so dumm, das für eine gute Nachricht zu halten.

Einige Wochen später hatte ich plötzlich das Gefühl, beobachtet zu werden. Und ich wurde dieses Gefühl nicht wieder los. Ich war sicher, dass jemand – etwas – mich verfolgte. Irgendwann sah ich sie dann auch aus dem Augenwinkel. Die Hexe. Es begann damit, dass Dinge plötzlich kaputtgingen. Nichts Großartiges. Dann tötete sie den Hund meines Nachbarn. Danach tötete sie meinen Nachbarn. Ich zog um. Dreimal musste ich umziehen und die Polizei wurde misstrauisch, genau wie bei meinem Vater. Die Hexe hat mich immer wiedergefunden. Sie lässt sich durch nichts aufhalten. Ich kaufte diese Hütte, wo ich keine Nachbarn habe, und verlegte den Schutzkreis, damit sie nicht hereinkann. Ein paar Tricks hatte ich von meinem alten Herrn gelernt. Früher bin ich noch jede Woche in die Stadt gefahren, um Lebensmittel und was man sonst noch braucht einzukaufen. Aber das wurde zu gefährlich, sodass ich mir jetzt alles bringen lasse.«

»Das geht jetzt schon seit fünfzehn Jahren?«, unterbrach ihn Amber. »Und der Leuchtende Dämon hofft, dass Sie eines Morgens aufwachen und – was? Beschließen, dass es Ihnen jetzt reicht? Dass Sie ihm verraten, wo Ihr Dad ist?«

»Ich *weiß* nicht, wo er ist. Das habe ich doch schon gesagt. Der Leuchtende Dämon weiß das auch. Er hat die Hexe nicht geschickt, damit sie mich zum Reden bringt. Sie soll mich *quälen* – und dadurch meinen Dad dazu bringen, dass er mir zu Hilfe eilt. Was bis jetzt ganz offensichtlich nicht passiert ist.«

»Gibt es jemanden, der es wissen *könnte*?«, fragte Milo.

»Niemanden, den ich kenne. Was wollt ihr überhaupt von ihm?«

»Meine Eltern haben ebenfalls einen Deal mit dem Leuchtenden Dämon gemacht, der auch etwas mit mir zu tun hat«, antwortete Amber. »Ich versuche, da rauszukommen, und hatte gehofft, Ihr Dad könnte mir dabei helfen.«

Jacob seufzte. »Ich glaube dir. Und es tut mir leid, dass ich dir nicht sagen kann, was du wissen willst.«

»Hätten Sie es dem Leuchtenden Dämon verraten, wenn Sie wüssten, wo er ist?«, fragte Milo.

Jacob zögerte kurz, dann lächelte er grimmig. »Wahrscheinlich nicht.«

»Das dachte ich mir.«

Glen kam herein. Sie schauten ihn an.

»Die Toilette ist wieder in Ordnung«, verkündete er.

Milo seufzte und reichte Jacob die Hand. »Danke, dass Sie mit uns geredet haben.«

Jacob schüttelte Milo die Hand, dann Amber. »Tut mir leid, dass ich euch nicht weiterhelfen konnte.«

»Trotzdem danke«, erwiderte sie.

Glen streckte ihm die Hand hin. Jacob ergriff sie nicht, nickte ihm nur zu. »War nett, dich kennenzulernen.«

Er brachte sie zur Tür, öffnete sie und sie gingen hinaus. Der leichte Regen hatte aufgehört, aber der Himmel war immer noch bedeckt. »Viel Glück«, sagte Jacob. »Das meine ich ernst.«

Er schloss die Tür und sie gingen zum Wagen.

»Ich hab seine Toilette geschrottet«, gestand Glen, sobald sie wieder auf dem Pfad waren.

Amber ignorierte ihn und wandte sich an Milo. »Glaubst du ihm, wenn er behauptet, er wüsste nicht, wo sein Dad ist?«

Milo seufzte. »Ja. Ich wünschte, ich würde ihm nicht glauben.«

»Und was machen wir jetzt?«

»Ich … ich weiß es nicht.«

»Wir können nicht einfach aufhören. Nach allem, was war, können wir nicht einfach aufhören. Es muss eine Möglichkeit geben herauszufinden, wo Jacobs Dad ist. Was hältst du von der Sache mit dem *geflügelten Ungeheuer*?«

Glen runzelte die Stirn. »Geflügeltes Ungeheuer? Es gibt ein geflügeltes Ungeheuer?«

»Ich bin sicher, irgendjemand hat ihn herumfliegen sehen und es in einem dieser schrägen Foren gepostet«, fuhr Amber fort. »Das Internet würde so was aufsaugen.«

»Ihr habt über geflügelte Ungeheuer gesprochen? Im Ernst?«

»Du nimmst an, dass Buxton immer noch Seelen sammelt?«, fragte Milo.

»Hm. Ja. Ich meine, warum sollte er aufhören?«

»Vielleicht weil er keine unschuldigen Menschen mehr umbringen will.«

»He, Leute, geht nicht so schnell«, bat Glen. »Ich bin immer noch geschwächt.«

»Oder es gefällt ihm«, meinte Amber. »Er hat weiß ich wie viele Menschen umgebracht, damit er stark genug wurde, um untertauchen zu können. Ich kann mir nicht vorstellen, dass er bereit ist, darauf zu verzichten. Du? Ich würde sagen, er will immer *noch* stärker werden.«

»Wahrscheinlich hast du recht«, gab Milo zu. »Vor allem wenn er davon ausgehen muss, dass der Leuchtende Dämon jeden Augenblick auftauchen kann …«

Amber schnippte mit den Fingern. »Genau das glaube ich. Ich glaube, er hat nicht aufgehört zu töten. Vielleicht nicht alle vierzehn Tage, wie Jacob sagte, aber ich wette, er tut es noch ziemlich oft.«

»Könnt ihr bitte langsamer gehen?«, sagte Glen hinter ihnen. »Wenn Jacob merkt, was ich mit seiner Toilette gemacht habe, kommt er hinter mir her, und ich bin zu schwach, um mich zu verteidigen. Außerdem weiß ich nicht, wie.«

Amber ignorierte ihn. »Wahrscheinlich steht doch nichts darüber im Netz. Und wenn, ist es irgendwo im hintersten Winkel versteckt und wir würden es nie finden.«

»Wir vielleicht nicht«, sagte Milo, »aber jemand, der mit so was seinen Lebensunterhalt verdient … Vielleicht.«

Er holte sein Handy heraus, wählte eine Nummer und wartete, bis der Anruf entgegengenommen wurde.

»Edgar, alter Kumpel«, grüßte er lächelnd. »Sieht so aus, als müssten wir deine Dienste noch einmal in Anspruch nehmen.« Sein Lächeln verrutschte etwas. »Ich weiß jetzt nicht, was du … Oh, du meinst den *Schießpulverbeutel*. Ja, könnte sein, dass wir den versehentlich mitgenommen haben …«

Amber grinste, überließ es Milo, die Sache zu erklären, und ging weiter zum Wagen. Schon wenige Augenblicke später waren Milo und Glen weit hinter ihr. Noch ein paar Sekunden, und sie sah den Charger.

Dann ein Geräusch irgendwo auf ihrer linken Seite. Das Knacken eines Zweigs.

Amber blieb stehen. Ihr Blick huschte von Baum zu Baum. Nichts. Nichts, das sich versteckte, lauerte, sich anschlich … Nichts, das auf sie wartete.

Aber dennoch …

Sie wich ein paar Schritte vom Weg ab. Dürre Zweige knackten unter ihren Füßen. Ihre Nackenhaare stellten sich auf.

Sie wurde beobachtet.

Jemand hatte sie im Blick, dessen war sie sicher, und dieser Jemand hatte böse Absichten. Hier draußen war etwas, das ihr übelwollte, und mit jedem Schritt kam sie ihm näher, was immer es war.

Aber da war nichts. Obwohl es bereits dunkel wurde, sah sie immer noch genug, um das zu wissen. Sie machte noch einen Schritt. Ihr Ur-Sein, das Instinkten folgende Echsengehirn, hätte ihrem Körper in dem Moment befohlen, sich umzudrehen und wegzurennen, so groß war die Angst, die sie plötzlich befiel. Doch sie setzte sich darüber hinweg. Natürlich setzte sie sich darüber hinweg. Da war nichts. Nichts außer Bäumen.

Knack.

Bei dem Geräusch, ein knackender Zweig direkt vor ihr, wurden ihre Hände zu Klauen, doch sie wehrte sich gegen die Verwandlung. Ihre Dämonenseite war zu selbstbewusst, sich ihrer selbst zu sicher. Sich jetzt darauf zu verlassen, wäre ein Fehler. Sie bekam sich wieder unter Kontrolle, und ihre Haut, die schon angefangen hatte, sich rot zu verfärben, nahm wieder ihren normalen Ton an. Ein Ast war zerbrochen. Mehr nicht. Nichts Besonderes. Sie ging auf einen Baum zu und blickte ihn mit finsterer Miene herausfordernd an. Versuch noch ein Mal, mich zu erschrecken!

Es war lediglich ein blöder Baum mit blöden Ästen und Knoten im Stamm, die aussahen wie ein schreiendes Gesicht, und große dunkle Augenhöhlen.

Die Augen öffneten sich.

Amber fluchte, wich zurück und vertrat sich dabei den Knöchel. Zweige knackten wie Knochen, als der Baum sich reckte. Mit jeder heftigen Bewegung wurde ein anderer Körperteil sichtbar: ein Kopf, ein Arm. Eine Hand. Ein Bein. Es war kein Baum, sondern ein *Etwas*, ein Etwas mit rauer Haut und Knoten, mit Rinde und herunterlaufendem Pflanzensaft und mit Haar wie Zweige und Blätter. Ein Etwas, das da stand und wartete, aufrecht und groß, sich aber vornüberneigte, als es sich in Bewegung setzte. Sein verkrüppeltes Rückgrat bog sich dankbar und seine langen Gliedmaßen versuchten, nach Amber zu greifen, als diese hektisch zurückwich. Der Mund blieb offen stehen wie in einem eingefrorenen Schrei und ein Laut wie Zähneklappern kam heraus.

Die Hexe.

Sie machte einen Satz auf Amber zu und diese fiel auf den Rücken und rollte sich verzweifelt ab. Als sie aufschaute, war sie allein.

Sie stand auf und ging nach Hause, sagte ihren Eltern Gute Nacht und legte sich schlafen. Im Traum war sie immer noch im Wald. Sie ging wie benommen hinter der Hexe her. Als sie aufwachte, ging sie zur Schule und saß im Unterricht. Ihre Gedanken wanderten zurück in den Wald, durch den sie immer noch ging. Irgendwie kam es ihr so echt vor. Nach der Schule arbeitete sie ihre Schicht im Firebird, ging dann nach Hause und gleich ins Bett. Sie träumte von den ausgebrannten Überresten eines alten Hauses mitten im Wald und dass sie in den Keller hinuntergeführt wurde.

Im Traum legte sie sich schlafen. Im Schlaf träumte sie.

Und am Morgen erwachte sie.

44

Der Keller war aus Naturstein und kalt, der Boden gestampfte Erde. Durch die Ritzen in der Holzdecke und durch das schmale Fenster hoch oben in der Wand auf der Ostseite drang Morgenlicht. Das Fenster hatte keine Scheibe, aber Metallstäbe, genau wie die schmiedeeiserne Tür, die zu einem Korridor führte. Alles war wie in einer Gefängniszelle. Amber setzte sich auf.

Fünf Frauen schauten sie an.

Sie waren schmutzig. Die Kleider verblichene Lumpen. Das lange Haar verfilzt. Sie sahen wild aus, brutal und gefährlich, aber sie saßen um sie herum, als warteten sie auf einen Bus.

»Hab keine Angst«, sagte eine von ihnen. Eine andere lachte schnaubend.

»Okay«, begann die erste erneut. »Hab Angst. Aber nicht vor uns. Wir tun dir nichts.« Sie war ungefähr Anfang vierzig, aber ihr Haar war bereits grau. Offenbar kam man hier unten nicht so einfach an gutes Haarfärbemittel. »Ich bin Deborah. Du kannst mich Deb nennen. Das sind Juliana, Honor, Faith und Iseul. Wie heißt du?«

Amber lehnte sich mit dem Rücken an die Wand und zog die Beine an. »Amber«, sagte sie. »Wo sind wir?«

»An einem Ort, wo uns niemand findet«, antwortete Juliana. Sie war diejenige, die gelacht hatte. Sie schien ein wenig jünger zu sein als Deb, hatte blondes Haar, das einmal lockig gewesen sein musste, jetzt war es nur noch verfilzt. Ihre Gesichtszüge waren hart, jedoch nicht unfreundlich. »Hast du irgendetwas dabei? Ein Telefon oder etwas Ähnliches?«

Amber schüttelte den Kopf.

Honor, ein Mädchen Anfang zwanzig mit makelloser schwarzer Haut und einer blitzenden Zahnspange im Mund, beugte sich vor. »Weiß jemand, wo du bist? War jemand bei dir, als sie dich geschnappt hat?«

»Ich weiß nicht, wie weit ich in den Wald hineingegangen bin, aber ich habe Freunde, die nach mir suchen werden.«

»Sie werden uns nicht finden«, sagte Juliana. Sie stand auf, trat an die vergitterte Tür und lehnte sich daran. »Glaubst du, nach uns hat man nicht gesucht? Iseul da drüben ist die Nichte eines der reichsten Männer im Staat – glaubst du nicht auch, dass er Suchhunde und Helikopter eingesetzt hat, um sie zu finden?«

»Meine Freunde sind anders«, sagte Amber. »Sie sind auf Sachen wie diese hier spezialisiert. Zumindest einer.«

»Ich würde mir keine allzu großen Hoffnungen machen«, meinte Deb. Ihre Stimme war plötzlich wie tot. »Ich glaube, auf diese Sache ist *niemand* spezialisiert.«

Amber hielt ihren Blick fest. »Was meinst du? Hexen?«

Die anderen Frauen runzelten die Stirn.

»Hexen?«, fragte Honor.

Iseul, eine Koreanerin, warf einen Zweig in die Mitte des Raums. »Das Ding, das mich hierhergebracht hat, war keine Hexe. Es war ein Baummonster.«

»Und was ist ein Baummonster?«, fragte Amber.

»Dich hat es doch auch erwischt, oder?«, antwortete Juliana. »Sieht aus wie ein Baum, bis es seine Augen öffnet? Den richtigen Ausdruck dafür kennen wir nicht, aber es ist ein Baummonster.«

»Es ist eine Hexe«, erklärte Amber, »die nur aussieht wie ein Baummonster.«

»Woher willst du das wissen?«, fragte Deb.

»Weil sie eine ist. Sie ist hinter einem Typen her, der hier in diesem Wald lebt. Jacob Buxton.«

»Gretchen hatte recht!«, rief Faith, die fünfte Frau, und sprang auf. »Sie hat es gesagt! Er war die einzige Person, mit der wir in der Woche, bevor wir hier aufgewacht sind, alle Kontakt hatten! Gretchen wusste, dass er etwas damit zu tun hat!«

»Wer ist Gretchen?«, fragte Amber.

Deb zögerte. »Sie war mit uns hier unten. Dann hat man sie weggebracht, und seither haben wir sie nicht mehr gesehen. Es waren auch noch andere hier. Wir sind als Einzige noch übrig geblieben, bis du gekommen bist.«

An ihren Gesichtern konnte Amber ablesen, dass keine von ihnen irgendwelche Hoffnung hatte, Gretchen lebendig wiederzusehen.

»Jacob ist nicht dafür verantwortlich«, versicherte ihnen Amber.

»So ein Quatsch!«, rief Faith. »Glaubst du, wir haben nicht über jede nur mögliche Kleinigkeit gesprochen, die uns verbinden könnte? Sowohl Honor als auch ich haben Jacob Buxton Sachen geliefert. Juliana war an seiner Hütte, um mit ihm über die Kommunalwahlen zu sprechen. Iseul hat vor ihrem Laden mit ihm geredet. Und Deb ist zweimal mit ihm ausgegangen. Du lieber Himmel! Wir alle haben mit ihm gesprochen und ein paar Tage später sind wir hier gelandet!«

»Jacob war nicht das Einzige, was uns verband«, wandte Deb ein. Sie klang, als hätten sie diese Unterhaltung schon hundert Mal geführt. »Es gab noch sechs andere Leute und acht Orte … Wir leben in einer kleinen Stadt, Faith.«

Faith wies mit dem Finger auf Amber. »Aber gerade hat sie gesagt, dass Jacob Buxton etwas damit zu tun hat!«

»Er hat etwas damit zu tun«, gab Amber ihr recht, »aber er ist nicht verantwortlich. Wahrscheinlich weiß er nicht einmal, dass ihr vermisst werdet. Wie lang seid ihr schon hier?«

»Gretchen war die Erste«, antwortete Deb. »Sie kam ein paar Wochen vor mir. Wir haben jetzt April, richtig? Dann bin ich seit zehn Monaten hier. Fast elf.«

»Und ich seit vier«, sagte Honor. »Ich war die Neue, bis du kamst.«

»Wie kommt's, dass du dich mit Hexen auskennst?«, wollte Juliana wissen.

»Die Hexe wurde von jemandem geschickt – von wem, spielt keine Rolle –, um Jacob das Leben zur Hölle zu machen. Er ist nur in der Hütte sicher vor ihr.«

»Aber warum hat sie sich uns gegriffen?«, fragte Honor.

»Ich weiß es nicht«, gab Amber zu.

»Und wer bist du?«

»Ich musste mit Jacob reden. Bis gestern kannte ich ihn gar nicht. Aber ist das wichtig? Das Einzige, was im Moment eine Rolle spielt, ist, wie wir hier rauskommen.«

»Die Wände hier sind in den Fels gehauen«, erklärte Honor. »Wir können keinen Tunnel graben, wenn du das fragen wolltest.«

»Und die Schalfrauen lassen uns immer nur einzeln raus, um zur Toilette zu gehen«, ergänzte Iseul.

Juliana grinste von der Tür her. »Ich finde es grandios, dass du es immer noch Toilette nennst.«

Iseul grinste ebenfalls. »Ich bin eine zivilisierte Lady, was soll ich sonst sagen? *Loch im Boden* hat nicht ganz dieselbe Grandezza.«

»Wer sind die Schalfrauen?«, fragte Amber.

»Sie arbeiten für das Baummonster«, antwortete Juliana. »Oder für die Hexe. Egal. Ihre Gesichter haben wir nie gesehen. Sie reden nie. Sie bringen uns Wild, das wir selbst abbalgen und kochen müssen.«

»Wie viele sind es?«

»Mindestens fünf.«

»Habt ihr schon mal versucht, sie zu überwältigen?«

»Ja.« Juliana verzog das Gesicht bei der schmerzlichen Erinnerung. »Ich würde nicht dazu raten. Vielleicht wenn wir uns alle gleichzeitig auf eine stürzen würden … Aber sie kommen nie allein. Diese Chance hatten wir nie.«

»Macht euch mal keine Gedanken«, sagte Amber. »Jetzt habt ihr ja mich.«

Die Metallteile in Honors Mund blitzten beim Lächeln. »Ich mag die Kleine schon jetzt. Sie ist witzig.«

Amber stand auf, kämpfte gegen ein Schwindelgefühl, das so schnell verging, wie es gekommen war.

»Du bist ein paar Minuten benebelt«, sagte Deb. »Das ging uns allen so.«

»Was hat sie mit mir gemacht?«

»Das Monster hat einen Stachel«, erklärte Faith. »Du bist vergiftet worden. Aber die Wirkung vergeht schnell, keine Bange. So hat es uns alle geschnappt.«

»Und warum lässt sie uns am Leben?«

»Ah«, sagte Iseul. »Sind wir wieder bei diesem vergnüglichen Thema, ja?«

»Wir wissen es nicht«, beantwortete Deb die Frage. »Warum hat es Gretchen geholt? Warum die anderen? Warum nicht uns? Warum bringt es uns nicht einfach um und fertig? Warum lässt es uns nicht gehen? Wenn wir erst mal wüssten, weshalb wir überhaupt hier sind, könnten wir vielleicht auf die eine oder andere Antwort kommen.«

»Schalfrau«, warnte Juliana und trat ein paar Schritte vom Tor zurück. Wer noch gesessen hatte, stand auf.

Die Schalfrau schlurfte aus der Dunkelheit des Korridors und Amber war jetzt klar, wie es zu dem Namen gekommen war. Ihre Kleider schienen ausnahmslos aus Schals zu bestehen, versifft, schmutzig und zerfetzt, aus verschiedenen Materialien, in unterschiedlichen Längen und zusammengehalten mit Zwirn. Ihre Hände waren in langen, weiten Ärmeln verborgen und das Gesicht verdeckte ein Fetzen Stoff. Eine Bewegung aus den Handgelenken, und zwei magere Kaninchen wurden zwischen den Stäben durchgeworfen.

Juliana hob sie auf, betrachtete sie kurz und rief der Schalfrau, die bereits wieder davonschlurfte, nach: »Das sind Kaninchen. Ich habe ausdrücklich um Ente gebeten!«

»Stimmt!«, bestätigte Iseul. »Ich erinnere mich!«

Die Schalfrau erwiderte nichts darauf und drehte sich auch nicht um.

Juliana hielt Amber die Kaninchen hin. »Kerkertradition – der Neuankömmling macht Frühstück.«

Ambers Augen weiteten sich. »Uh …«

»War ein Witz«, sagte Deb.

»Oh, Gott sei Dank.«

»Ihr verderbt mir auch jeden Spaß«, grummelte Juliana.

Amber schaute zu, wie die Frauen dem Kaninchen das Fell über die Ohren zogen und es über einem Feuer kochten. Sie setzten sich im Kreis auf den Boden und aßen, teilten sich Becher mit Regenwasser, das in einem Eimer gesammelt wurde, der unter einem kleinen Loch in der Decke stand. Das Kaninchen war zäh. Amber bemühte sich nach Kräften, beim Knorpel nicht zu würgen. Ihr kam der Gedanke, dass ihre Dämonenzähne kein Problem mit dieser Mahlzeit hätten, doch sie hielt es für besser, sich vor diesen Frauen nicht zu verwandeln – zumindest solange es nicht unbedingt nötig war.

»Erzähl uns ein bisschen von dir«, bat Deb. »Woher kommst du?«

»Florida.«

»Und warum weißt du so viel?«

Amber biss auf etwas Hartes. Sie zog einen Knochen aus den Zähnen und schluckte den Rest. »Mein Freund und ich suchen nach Jacob Buxtons Vater. Mein Freund ist der Experte für Hexen und so.«

»Und wie kommt ein Mädchen aus Florida dazu?«, wollte Juliana wissen.

»Ich, also, ich bin in Schwierigkeiten. Ein paar Leute sind hinter mir her.«

»Hexen?«

»Nein. Nein, bei denen handelt es sich um … etwas anderes.

Aber sie sind hinter mir her und deshalb sind wir nach Colorado gekommen.«

»In was für Schwierigkeiten steckst du denn?«, fragte Deb.

»In ganz üblen.«

Deb schaute sie an, zuckte mit den Schultern und drang nicht weiter in sie. Amber hatte das Gefühl, als stünde ihr das eigentliche Verhör noch bevor.

»Ich muss zur Toilette«, verkündete sie.

»Du meinst das Loch im Boden«, sagte Honor. »Bist du sicher? Du bist da nämlich allein mit den Schalfrauen. Sie tun dir nichts, wenn du keine Dummheiten machst, aber auf jemanden, der gerade erst gekommen ist, wirken sie ziemlich gruselig.«

»Ich muss aber wirklich.«

»Wenn ein Mädchen mal muss, muss es«, meinte Deb, stand auf und ging zum Tor. Sie trank den letzten Schluck Wasser und schlug mit ihrer Blechtasse gegen die Stäbe. »Pinkelpause!«, brüllte sie. »Die Natur ruft!«

Sie blieb noch einen Moment stehen und schaute den Korridor hinunter, dann wandte sie sich an Amber. »Sie kommen. Zu zweit. Eine wird vor dir hergehen, die andere hinter dir. Sie bringen dich auf direktem Weg zu unserem luxuriösen Loch im Boden, und wenn du fertig bist, bringen sie dich sofort wieder zurück. Darf ich dir einen Rat geben? Versuch nicht zu fliehen. Sie warten nur darauf, vor allem bei einer Neuen.«

Amber stand auf und nickte. »Danke.«

Zwei Schalfrauen kamen angeschlurft. Die Gefangenen gingen wortlos zur gegenüberliegenden Wand und legten die Stirn an den Fels. Das Tor quietschte entsetzlich und die Schalfrauen winkten Amber heraus. Die Angst rumorte in ihrem Bauch, als sie hinausschlüpfte und das Tor hinter ihr geschlossen und abgesperrt wurde.

Die Schalfrauen rochen nach Laub und Erde. Schweigend gingen sie den Korridor hinunter, eine vor, die andere hinter Amber.

Sie versuchte, einen Blick auf ihre Gesichter zu erhaschen, doch sie hatten ihre Kapuzen zu tief heruntergezogen. Die Dunkelheit war mit schmalen Streifen Tageslicht durchsetzt. Die Holzdecke war geschwärzt von dem Feuer, das den Rest des Hauses vernichtet hatte.

Sie kamen am Abzweig zu einem anderen Gang vorbei, bevor Amber zu einer kleinen Kammer gebracht wurde. Als sie durch die Tür traten, stellte sie erschrocken fest, dass das Loch im Boden tatsächlich nichts anderes als ein Loch im Boden war.

Die Schalfrauen standen in der Tür und warteten.

Amber verharrte neben dem Loch. »Hm, würde es euch etwas ausmachen, euch umzudrehen?«

Die Schalfrauen rührten sich nicht.

Amber wurde rot, als sie sich in Position brachte. Sie brauchte eine halbe Minute, um sich so weit zu entspannen, dass sie pinkeln konnte. Als sie fertig war, richtete sie sich vorsichtig auf, um nicht ins Loch zu fallen, und zog ihre Jeans hoch. Die Schalfrauen traten beiseite und eskortierten sie so, wie sie gekommen waren, auch wieder zurück: eine vor ihr und eine hinter ihr.

Als sie an dem Abzweig vorbeikamen, blieb Amber stehen. »Was ist dahinten?«

Keine der Schalfrauen antwortete.

Sie bemühte sich, freundlich zu bleiben. »Hallo? Könnt ihr reden? Ich glaube, ich sollte dort entlanggehen. Habt ihr etwas dagegen?«

Sie versuchte, aus ihrer kleinen Prozession herauszutreten, doch die Schalfrau hinter ihr blockierte den Abzweig mit einem Arm, während die andere sich umdrehte.

»Bitte«, flehte Amber. »Ich bin erst sechzehn. Ich bin noch ein Kind. Alle anderen sind schon erwachsene Frauen. Könnt ihr mich nicht gehen lassen? Bitte? Ich werd's auch niemandem erzählen, versprochen.«

Die Schalfrauen antworteten nicht.

Amber lächelte. »Ich hab's wirklich im Guten versucht«, sagte sie, verwandelte sich und spürte, wie die Kraft sie durchströmte.

Sie wollten sie packen, doch Amber stieß sie von sich und rannte den zweiten Gang hinunter bis in einen weiteren Raum. Der Gestank traf sie wie ein Faustschlag und sie wankte zurück.

Der Raum war voller gehäuteter Körper. Dazwischen waren auch Tierkadaver, verfault und verrottet, doch die menschlichen Überreste waren es, die sie zum Schreien brachten. Sie hingen an krummen, verrosteten Nägeln von den hölzernen Deckenbalken. Die Eingeweide und Organe, das Fleisch und die Knochen waren nur noch schwarze Haufen auf der Erde, schon vor langer Zeit angefressen von Ratten und Maden und angepickt von Vögeln. Offenbar war die Hexe nur an den Häuten interessiert.

Es gab keine andere Tür in dem Raum. Keinen Ausweg.

Als sie sich umdrehte, griffen die Schalfrauen an. Sie holte aus, ihre Klauen gruben sich in die Brust der ersten. Voller Panik riss sie die Schals weg und fauchte in das Gesicht darunter. Sie war auf ein menschliches Gesicht gefasst, sie war auf das Gesicht eines Ungeheuers gefasst, sie war auf jede Art von Gesicht gefasst – wäre da nur eines gewesen. Doch anstelle eines Gesichts, anstelle von Fleisch und Blut sah sie eine Kugel aus eng verwobenen Zweigen und Stöckchen, die unter ihren Händen zuckten.

Es gab einen Ruck in Ambers Kopf und für einen langen, verzweifelten Moment verkeilten sich ihre Gedanken. Dann schlang die zweite Schalfrau ihren Arm um ihren Hals und zog sie nach hinten.

Amber packte den Arm, spürte durch den Stoff jedoch nur noch mehr Stöckchen. Das Stöckchending vor ihr streckte die Hand aus, die Zweige wurden länger und schoben sich um Ambers Körper herum, kratzten und schnitten in ihre Haut und legten sich fest um ihre Rippen. Das Atmen fiel schwer. Aufrecht stehen zu bleiben fiel schwer. Ihre schwarzen Schuppen versuchten sie zu schützen, als dünne Äste sich um ihren Kopf wanden wie Ranken und sie zwangen, die Augen zu schließen. Kleine Zweige flochten sich in ihr Haar und wickelten sich um ihre Hörner. Sie konnte ihre Arme nicht mehr bewegen, ihre Klauen waren nutzlos. Sie wollte schreien, bekam jedoch kaum noch Luft. Sie wollte aufgeben, wollte, dass es vorbei war, doch sie hatte keine Stimme mehr und niemanden, der sie hörte. Sie würde sterben. Sie würden sie umbringen.

Sie kämpfte gegen ihre Angst an, kämpfte gegen die panische Welle, die jeden vernünftigen Gedanken wegzuspülen drohte. Ein Bild schoss durch ihren Kopf, das einer chinesischen Fingerfalle, in der man umso schneller gefangen ist, je heftiger man versucht, sich zu befreien. Sie konzentrierte sich auf eine Sache. Eine einzige Sache.

Und verwandelte sich zurück.

Der Druck der Äste um ihre Mitte wurde stärker, doch überall sonst wurde er schwächer und sie holte tief Luft. Amber widerstand dem Drang zu kämpfen, ließ stattdessen ihren ganzen Körper schlaff werden und nach und nach wurde der Druck weniger.

Die Zweige lösten sich von ihrem Gesicht und sie öffnete die Augen – gerade rechtzeitig, um zu sehen, wie die Hexe den Raum betrat.

45

Die Hexe näherte sich wie eine neugierige Katze, den Kopf auf eine Seite geneigt. Obwohl ihr Rückgrat gekrümmt war, überragte sie Amber. Ihr verfilztes Haar berührte fast die niedrige Decke. In ihren Augen lag etwas, eine Art Intelligenz, als sie Amber untersuchte und ihre langen schmalen Finger stupsten und stocherten. Die Zweige der Schalfrauen bewegten sich fast unmerklich und machten den Weg frei für die stochernden Finger. Es wurde kein Wort gesprochen und es gab keine erkennbare Art der Kommunikation zwischen ihnen. Die Schalfrauen bewegten sich unabhängig von der Hexe und doch mit ihr, als seien alle Teil ein und desselben Körpers.

Die Hexe beugte sich näher zu Amber, strich suchend mit den Fingern durch ihr Haar, und Amber merkte, dass sie nach den Hörnern tastete, die eben noch da waren.

Da ihre Neugier noch längst nicht befriedigt war, kratzte und stocherte die Hexe immer tiefer und fester. Amber biss die Zähne zusammen gegen den Schmerz.

Dann hörte sie eine Stimme näher kommen. Sie gehörte einer der Frauen aus dem Keller.

»Wohin bringt ihr mich? Bitte, bitte, lasst mich zurückgehen zu den anderen. Oh Gott, bitte …«

Faith wurde von zwei weiteren Schalfrauen in den Raum geschleift. Sie sah die Hexe und versteifte sich, konnte jedoch nicht verhindern, dass die Schalfrauen sie an Ambers Seite zerrten. Schließlich verstummte sie.

Mit ihren rauen Händen drehte die Hexe Ambers Kopf zuerst

in die eine, dann in die andere Richtung. Finger mit schmutzigen Nägeln bogen ihre Kiefer auseinander und Amber musste an sich halten, um nicht draufzubeißen. Fast hätte sie sich übergeben, als die Hexe ihren Mund untersuchte. Urplötzlich wandte sich die Hexe Faith zu, stellte dieselben Untersuchungen an und kam dann zurück zu Amber, betastete ihre Brust und den Bauch.

»Was tut sie?«, wisperte Faith.

»Sie untersucht uns«, antwortete Amber.

Die Hexe hob mit einem Ruck den Kopf und Amber hielt den Mund.

Über Faiths Wangen kullerten Tränen, doch ihre leise Stimme war erstaunlich fest. »Vater unser im Himmel, geheiligt werde dein Name …«

Die Hexe ließ Amber in Ruhe und wandte sich wieder Faith zu, begann, an ihrem Körper herumzudrücken und zu stochern, wie sie es bei Amber getan hatte, doch Faith hörte nicht auf zu beten.

»Dein Reich komme. Dein Wille geschehe, wie im Himmel, so auf Erden. Unser tägliches Brot gib uns heute, und vergib uns unsere Schuld, wie auch wir vergeben unseren …«

Ganz plötzlich hörte die Hexe auf und trat zurück. Einen verrückten Moment lang dachte Amber, das Gebet würde funktionieren. Doch dann wusste sie Bescheid. Die Hexe hatte ihre Entscheidung getroffen.

Baumwurzeln schossen aus dem Boden zu Faiths Füßen, bohrten sich durch ihre zerrissenen Jeans in ihre Beine. Faith schrie, hätte sich fast von den Schalfrauen losgerissen, doch diese umklammerten sie und die Wurzeln arbeiteten sich weiter vor. Amber fluchte, schrie, versuchte zuerst zu helfen und sich dann loszureißen, doch es blieb ihr nichts anderes übrig, als zuzuschauen. Äste wölbten sich unter Faiths Haut, Zweige durchstießen sie. Blut spritzte und klaffende Wunden taten sich auf, aus denen ihre dampfenden Innereien fielen. Dann brachen die Schreie ab, Faith stieß einen letzten Würgelaut aus und starb.

Ihr Kinn fiel auf ihre Brust, doch sie fiel nicht um und hörte nicht auf, sich zu bewegen. Die Wurzeln füllten sie weiter aus und verdrängten die Organe und Knochen und die fleischigen Bestandteile ihres Körpers, die alle auf dem Boden landeten. Die Haut am Nacken wölbte sich nach außen und einen Moment später hob sie den Kopf.

Amber konnte den Blick nicht abwenden.

Das Ding, das einmal Faith war, machte einen Schritt, löste sich von den Wurzeln, die es an den Boden gefesselt hatten. Den anderen Fuß zog es nach. Er funktionierte nicht richtig.

Die Hexe betrachtete das Faith-Ding, inspizierte ihr Werk. Dabei bewegte sich ihr Kiefer, als führte sie Selbstgespräche. Dann bewegte sich auch der Kiefer des Faith-Dings, eine perfekte Spiegelung dessen, was die Hexe tat. Worte kamen jedoch keine aus den Mündern. Zu hören war nur eine Reihe von Lauten – ein hohles Rauschen und ein leises Knarren.

Die Hexe drehte den Kopf in Ambers Richtung und das Faith-Ding imitierte die Bewegung haargenau. Die Hexe hob den linken Arm und ihre neue Marionette tat dasselbe.

Doch bei der Bewegung riss die Haut des Faith-Dings unter der Achsel. Der Riss ging in einen anderen über und es entstand ein großes Loch, aus dem spitze Zweige ragten. Das Faith-Ding versuchte, sich zusammenzuhalten, doch jetzt erschienen überall Risse, und jeder Riss führte zu zwei weiteren, und innerhalb von Sekunden brach es auseinander. Die Stöcke fielen auf den Boden.

Die Hexe blickte auf ihre missglückte Marionette hinab, dann zerrten die Schalfrauen Amber rückwärts hinaus. Sie wehrte sich nicht, als sie in den Keller zurückgebracht wurde. Sie warfen sie hinein und schlossen hinter ihr die Tür.

Die anderen Frauen liefen zu ihr.

»Was ist passiert?«, fragte Deb. »Hast du Faith gesehen? Sie kamen hier rein und nahmen sie mit und dann haben wir Schreie gehört.«

»Sie … sie ist tot«, sagte Amber. »Es tut mir leid.«

Es gab kein Keuchen, keine Szenen und keine Tränen. Die Frauen standen einfach nur da, die Realität legte sich auf ihre Schultern, fast zu schwer, um ihr standzuhalten.

»Was ist passiert?«, fragte Deb erneut.

»Sie hat uns untersucht«, berichtete Amber tonlos. »Die Hexe. Sie hat uns beide untersucht und sich dann entschieden.«

»Was hat sie mit Faith gemacht?« Juliana wollte es genau wissen.

»Sie mit Ästen gefüllt«, antwortete Amber. »Mit Wurzeln, Ästen und Zweigen. Ganz gefüllt. Ich war in einem Raum, der voll war von diesem … diesem Zeug.«

»Gretchen?«, fragte Deb.

»Ich weiß es nicht. Wahrscheinlich. Sie macht das schon eine ganze Weile. Experimentiert. Versucht, es hinzubekommen.«

»Ich kapiere das nicht«, sagte Honor. »Sie hat sie mit Ästen gefüllt? Was muss ich mir darunter vorstellen?«

»Die Äste sind lebendig«, erzählte Amber. »Die Hexe kontrolliert sie oder sie sind ein Teil von ihr. Was auch immer. Die Schalfrauen sind keine Frauen, keine Menschen. Sie bestehen nur aus Stöckchen. Sie sind alle Erweiterungen von ihr, glaube ich. Als sie mit Faith fertig war, war nur noch ihre Haut da, ihr Gesicht und ihre Haut, gefüllt mit Zweigen. Und sie tat, was immer die Hexe tat.«

»Aber das ist doch krank«, meinte Iseul.

Amber nickte. »Ich glaube, sie will – also, die Hexe –, ich glaube, sie will … sein wie wir.«

»Warum?«

»Ich weiß es nicht.«

»Warum hat sie dich am Leben gelassen und nicht Faith?«

Amber zögerte.

Juliana fasste sie am Arm. »Was verheimlichst du uns?«

»Juliana«, mahnte Deb.

»Nein!«, rief Juliana. »Sie verheimlicht etwas. Schau sie doch an. Sie leugnet es nicht einmal.«

Amber schüttelte den Kopf. »Ich weiß nicht, warum …«

»Lügnerin!«

Die Kraft des Wortes trieb Amber einen Schritt zurück. Die anderen schauten sie an.

»Warum hat die Hexe dich verschont?«, wollte Iseul wissen.

»Ich weiß es nicht. Ich schwör's.«

»Faith war *monatelang* bei uns«, sagte Honor. Sie hatte Tränen in den Augen, doch ihre Stimme war fest. »Dann kommst du herein und plötzlich wird Faith getötet? Warum? Sind wir die Nächsten? Bin ich die Nächste?«

»Warum hat das Ding dich am Leben gelassen?«, fragte Juliana. »Arbeitest du mit ihm zusammen? Ja? Antworte mir!«

Amber schaute sie an, sah die wilde Entschlossenheit in ihrem Blick und wusste, dass sie sich nicht herausreden konnte.

»Ich möchte, dass ihr euch beruhigt«, sagte sie.

»Beantworte einfach die Frage!«, rief Juliana.

Amber hob die Hände. »Das werde ich. Gleich. Aber ich bitte euch, beruhigt euch. Ich bin hier gefangen, genau wie ihr. Mein Leben ist in Gefahr, genau wie eures. Wir sitzen im selben Boot. Ich werde euch nichts tun.«

»Uns etwas tun?«, fragte Deb. »Was meinst du?«

Amber nahm ihre Dämonengestalt an und der Kellerraum explodierte in Schreien und Rufen und Flüchen.

»Ich tu euch nichts«, wiederholte Amber, als sie alle hektisch zurückwichen.

»Bleib uns vom Leib!«, kreischte Juliana.

»Das tu ich ja!« Amber trat rückwärts an die gegenüberliegende Wand. »Schaut her! Ich bleibe auf Abstand. Ich werde euch nichts tun!«

Sie starrten sie an und sie bemühte sich, nicht bedrohlich zu wirken. Sie versuchte zu lächeln.

»Schaut euch ihre Zähne an!«, wimmerte Iseul. Amber hörte sofort auf zu lächeln.

»Wer bist du?«, fragte Deb.

»Ich hab's euch doch gesagt, ich heiße Amber.«

»Du bist ein Teufel!«, sagte Honor.

»Nein, bin ich nicht. Das hat nichts zu bedeuten. Die Hörner, die Haut, sie verändern meine Persönlichkeit nicht. Nicht wirklich. Innen drin bin ich immer noch dieselbe. Ich bin immer noch ein guter Mensch. Ich schwör's!«

»Du arbeitest mit der Hexe zusammen. Deshalb weißt du auch so viel über sie.«

Amber schüttelte den Kopf. »Nein, tu ich nicht. Und der einzige Grund, weshalb ich so viel weiß, ist – na ja, weil ich während der letzten vierzehn Tage lauter solche Sachen gemacht habe.«

Deb runzelte die Stirn. »Du bist seit zwei Wochen ein Teufel?«

»Bitte hört auf, mich Teufel zu nennen. Wie ich so geworden bin, ist eine lange Geschichte, aber bis vor zwei Wochen dachte ich noch, ich sei völlig normal, und wusste überhaupt nicht, dass es solche Dinge gibt. Jetzt ist es nun mal so und ich muss damit fertigwerden. Und das gelingt mir ganz gut, finde ich. Ich bin nicht böse und auch kein Teufel und ich will niemandem etwas tun, außer vielleicht der Hexe für das, was sie Faith angetan hat und was sie uns antut und … und ich weiß nicht, was ich sonst noch sagen soll.«

Sie starrten sie an.

»Dann bist du also kein Teufel?«, fragte Juliana.

»Nein. Meine Eltern sind allerdings so was wie Dämonen und ich habe es von ihnen geerbt und jetzt wollen sie mich umbringen.«

Ein paar Augenblicke vergingen.

»Krass«, sagte Honor.

»Ja, das ist es«, erwiderte Amber. »Hört mir zu: Ich sitze in der Scheiße. Ich weiß, das alles ist verrückt, es ist furchterregend und es ist ausgesprochen schwer, jemandem zu glauben, der rote Haut und Hörner hat, aber ich tu niemandem etwas. Wirklich nicht.«

Deb machte als Erste wieder einen Schritt auf sie zu. »Aber aus diesem Grund hat die Hexe dich am Leben gelassen und Faith nicht?«

»Ich glaube, ja«, erwiderte Amber. »Wenn ich so bin wie jetzt, bin ich größer, stärker ... Meine Haut ist vielleicht sogar fest genug, um heil zu bleiben, wenn sie in mich fährt. Ich wäre ein besserer ... Trägerkörper, vielleicht.«

»Wenn sie doch in dich fahren will, warum hat sie es dann nicht getan?«, wollte Iseul wissen.

Amber entspannte sich etwas. »Wie gesagt, sie hat experimentiert. Es ist nicht gut gelaufen bisher.«

»Aber in dir hat sie jetzt ja vielleicht den Trägerkörper gefunden, auf den sie gewartet hat.«

»Ja«, meinte Amber, »jetzt ist sie bereit, die Erfahrungen aus allen ihren Experimenten umzusetzen.«

»Und was passiert mit uns?«, fragte Honor. »Glaubst du, sie lässt uns gehen?«

»Hey«, sagte Deb. »Hey, lasst uns überlegen, wie wir Amber helfen können, ja? Bevor wir hier in allzu lauten Jubel ausbrechen.«

Amber runzelte die Stirn. »Ihr wollt mir helfen?«

»Wenn wir können.«

»Danke. Ich danke euch von Herzen. Aber ich weiß nicht, ob ihr irgendetwas für mich tun könnt. Die Hexe allein ist schon mächtig, aber zusammen mit diesen Schalfrauen kann *niemand* viel gegen sie ausrichten.«

»Aber was tut sie dann?«, fragte Juliana. »Okay, sie nimmt Ambers Haut, nimmt ihr Gesicht – und dann? Dann sieht sie aus wie ein Teufel – nichts für ungut, Amber – und wo kann sie jetzt hingehen? Was zum Kuckuck will sie?«

»Oh mein Gott!« Honor lief auf Amber zu. »Wenn du so bist, und wieder nichts für ungut, ja, du siehst böse aus und alles, aber du bist auch ... ich meine, du bist schön. Sie ist schön, stimmt's, Leute?«

Die anderen Frauen nickten.

»Vielleicht hat die Hexe dich deshalb am Leben gelassen und nicht Faith«, fuhr Honor fort. »Nicht nur, weil du größer und stärker und ein besserer Trägerkörper bist, sondern auch weil du besser aussiehst.«

»Hm«, machte Amber. »Okay … obwohl ich nicht wirklich weiß, worauf du hinauswillst …«

»Was wir nie verstanden haben, war, was das alles mit Jacob Buxton zu tun hat. Du hast gesagt, die Hexe wurde geschickt, um ihm das Leben zur Hölle zu machen, richtig? Aber nichts von alldem hat irgendwelche Auswirkungen auf ihn, nicht im *Geringsten*. Amber, wie lang macht die Hexe das schon?«

»Dass sie Leute tötet? Keine Ahnung. Aber sie quält ihn seit fünfzehn Jahren.«

»Seit fünfzehn Jahren«, wiederholte Honor, »macht dieses hässliche alte Baummonster-Hexending Jacob Buxton das Leben zur Hölle. Fünfzehn Jahre, und es hört nicht auf. Sie geht nie weg, macht nie Urlaub, geht nicht nach Hause zu ihrem Hexenmann und ihren kleinen Hexenkindern. Sie ist eine Singlefrau in einem Job, der ihr alles abverlangt, und sie tut nichts weiter – *nichts weiter* –, als diesen einen Mann zu bewachen. Mein Bruder war in der Armee in einem Scharfschützenteam. Sie mussten tagelang an ein und demselben Platz ausharren und ihre Zielpersonen beobachten. Er sagte, je länger sie sie beobachteten, desto schwieriger wurde es abzudrücken. Weil sie ihre Zielpersonen kannten, entwickelten sie fast so etwas wie Zuneigung zu ihnen …«

»Heilige Scheiße!«, keuchte Deb. »Sie liebt ihn.«

Honor schnippte mit den Fingern. »Genau! Er versteckt sich in dieser Hütte und hat kaum Kontakt zu anderen Leuten, richtig? Aber jede Frau, die etwas mit ihm zu tun hatte, egal wie kurz, wird verschleppt und in einen Kerker geworfen.«

»Sie ist eifersüchtig«, sagte Amber. »Sie will ihre Rivalinnen aus dem Weg räumen, und jetzt will sie das Aussehen von einer von uns annehmen, damit sie mit Jacob zusammen sein kann.«

»B I N G und O«, sagte Honor.

Juliana schaute sie an, als hätten sie alle miteinander den Verstand verloren. »Im Ernst? Das Baummonster ist verliebt? Ist das unsere Theorie?«

»Sie ist gut«, fand Iseul.

»Es ist ein Baummonster? Was weiß so etwas schon von Liebe?«

»Mehr als etliche andere Leute«, antwortete Amber.

»Okay, okay«, fasste Deb zusammen, »dann haben wir jetzt also ein mögliches Motiv. Wenn wir ein Verbrechen aufdecken wollten, wäre das ein wichtiger Moment für uns alle. Aber er verändert gar nichts. Die liebestolle Hexe wird wahrscheinlich immer noch in Amber fahren und dann den Rest von uns töten. Zu wissen, dass sie eine zartere Seite hat, hilft uns nicht im Geringsten.«

»Wow«, sagte Honor. »Ich weiß auch, dass wir in einem Kerker leben und so und dass wir alle in Gefahr sind, aber du siehst ja wohl wirklich schwarz.«

46

Amber schlief auf einem Bett aus Laub und es war genauso unbequem, wie sie es erwartet hatte.

Sie wachte auf, als am Morgen die Tür geöffnet wurde. Zwei Schalfrauen standen im Eingang, zwei weitere dahinter. Ihre Absicht war offensichtlich.

Amber erhob sich langsam. Die anderen Frauen stellten sich neben sie. Es war eine berührende Demonstration der Solidarität, aber sie konnten ihr nicht helfen. Sie konnten nicht verhindern, was gleich passieren würde.

»Verwandle dich nicht«, sagte Deb. »Wenn sie deine rote Haut will, bleib, wie du bist.«

Amber nickte und ging hinaus. Die Tür schloss sich knarrend hinter ihr. Die Schalfrauen brachten sie wieder in den Raum mit all den Kadavern, wo die Hexe wartete.

Ein langer knotiger Finger drückte fest gegen Ambers Schulter, drückte noch einmal und bohrte sich in ihre Brust, aber Amber verwandelte sich nicht. Die Hexe musste ihre Entschlossenheit gespürt haben, denn sie betrachtete sie von Neuem. Einen Augenblick später ließen die Schalfrauen sie los und die Hexe schlug sie.

Die Kraft hinter dem Schlag rüttelte Ambers Gehirn durch und sie wankte, ging aber nicht zu Boden. Sie hielt sich mit einer Hand die brennende Wange, schaute zu der Hexe auf und sagte: »Ich werde mich nicht verwandeln.«

Die Hexe schlug sie erneut, dieses Mal in den Bauch, und Amber krümmte sich. Sie keuchte und stöhnte und fiel auf die Knie.

Nach ein paar panischen Momenten holte sie tief Luft und die Schalfrauen zerrten sie auf die Füße.

Die Hexe nahm sie nicht allzu hart ran. Sie wollte schließlich ihren Trägerkörper nicht beschädigen.

»Du kannst machen, was du willst«, keuchte Amber, »ich verwandle mich nicht.«

Die Hexe beobachtete sie. Amber gefiel das gar nicht. Fast konnte sie das Räderwerk sehen, das hinter diesen Augen arbeitete.

Sie hörte Protestschreie und Flüche und das Herz rutschte ihr in die Kniekehlen. Die Schalfrauen brachten zuerst Juliana herein, dann Deb, dann Honor und schließlich Iseul. Trotz ihrer Gegenwehr wurden die Gefangenen an der Wand entlang aufgereiht.

»Was will sie?«, fragte Honor und versuchte, sich aus dem Griff einer Schalfrau zu befreien. »Sie übt nicht an mir. Das lass ich nicht zu. Auf gar keinen Fall.«

Amber ließ die Schultern hängen. »Sie will nicht üben.«

Zu Julianas Füßen brachen Wurzeln aus der gestampften Erde und legten sich um ihre Schuhe. Juliana schrie und trat nach ihnen, doch Amber wusste nur zu gut, was gleich passieren würde.

»Okay!«, rief sie. »Okay. Aufhören! Hast du gehört? Aufhören.«

Die Hexe beobachtete sie noch einen Moment, dann zogen die Wurzeln sich zurück.

»Sie kommen frei«, verlangte Amber. »Du lässt sie sofort gehen. Das ist der Deal. Lass sie gehen, tu ihnen nichts und verfolge sie nicht, dann verwandle ich mich. Du kannst … du kannst meine Haut benutzen.«

Die Hexe überdachte den Vorschlag einen Augenblick und zeigte dann mit dem Finger auf sie. Amber zögerte, dann nahm sie ihre Dämonengestalt an. Sofort ließen die Schalfrauen ihre Gefangenen los.

Die Frauen blickten sich unsicher an, als erwarteten sie, dass sie sofort wieder festgehalten würden, sobald sie glaubten, sie seien frei. Iseul war die erste, die in Richtung Gang ging. Keine der Schalfrauen hielt sie auf. Die Hexe schaute sich nicht einmal um.

Iseul rannte los. Deb und die anderen schoben sich schrittweise hinaus.

»Hier oben!«, brüllte Iseul. »Der Ausgang ist hier oben! Folgt meiner Stimme.«

Honor zögerte. Sie blickte Amber an, blickte die Hexe an und eilte hinaus. Juliana ging als Nächste.

»Danke«, sagte Deb zu Amber, bevor sie den anderen folgte.

Amber erwartete, Schreie oder Rufe zu hören, die anzeigten, dass sie erneut gefangen genommen wurden. Als sie nichts hörte, wandte sie sich der Hexe zu. »Sieht so aus, als hätten wir einen Deal.«

Die Hexe trat vor und streckte die Hand nach ihr aus.

Amber umfasste ihr Handgelenk. Schwarze Schuppen überzogen ihre Haut. »Es tut mir leid, aber du hast doch nicht erwartet, dass ich mich kampflos ergebe, oder?«

Sie zog die Hexe mit einem Ruck zu sich her und schlug ihr ins Gesicht. Die Hexe heulte, ein unirdischer Laut, bei dem Ambers Knochen bebten, und dann gingen sie zusammen zu Boden. Wurzeln schossen aus der Erde und wollten Amber festhalten, doch sie war schon wieder auf den Beinen und in Bewegung. In die Hexe verhakt, krachte sie in die Wand.

In das Haar der Hexe kam Leben und Amber schloss die Augen vor Dutzenden von spitzen Spänen, die über ihre Schuppen ratschten. Sie tastete sich von den Schultern der Hexe hinauf zu ihrem Hals und konnte beide Hände darumlegen, als sie durch den Raum torkelten. Sie drückte zu, dann ließ sie Krallen wachsen und grub sich in den Körper der Hexe. Eine erkennbare Wirkung war nicht wahrzunehmen.

Inzwischen hatten sich Schalfrauen an sie gehängt und versuchten, sie wegzuziehen. Amber öffnete die Augen und suchte ein Ziel. Als sie eines gefunden hatte, holte sie zu einem Schlag aus.

Die Schals rissen mittendurch und die Zweige darunter lösten sich voneinander. Sie fielen polternd auf den Boden, die Stofffetzen folgten. Doch noch während das geschah, erhob sich auf der gegenüberliegenden Seite des Raums eine weitere Gestalt. Sie versuchte nicht einmal, auszusehen wie ein Mensch. Die Astfrau trat zu den Schalfrauen und bog Ambers Arme auf den Rücken. Sie zwangen sie auf die Knie und sie schaute auf, als die Hexe in ihr Blickfeld trat.

Aus Ambers Fauchen wurde ein wütendes, herausforderndes Gebrüll.

Die Hexe drehte den Kopf und durch das Gewirr aus Haaren sah Amber einen bestimmten Ausdruck über ihr Gesicht huschen.

Angst.

Sekunden bevor Amber das flackernde Licht sah, roch sie es.

Rauch!

Es brannte, und das Feuer breitete sich rasch aus. Die Schalfrauen lockerten ihren Griff, da die Hexe abgelenkt war.

Amber hörte Rufe. Die Frauen. Zunächst dachte Amber, es läge Panik in den erhobenen Stimmen. Dann begriff sie, dass es Provokation war.

»Komm und hole uns!«, hörte sie Deb rufen. »Komm und hole uns, Monsterhexe!«

Amber riss sich los und die Schalfrauen und das Astding fielen auf den Boden und waren nichts als ein Haufen Zweige. Sie warf sich auf die Hexe, sie stürzten, knallten gegen einen Tisch und rollten sich ab. Amber ignorierte die langen Gliedmaßen der Hexe und hielt sie eng umschlungen. Etwas knackte, die Hexe kreischte und bäumte sich auf. Amber konnte sie nicht länger festhalten. Sie fiel hin und schaffte es gerade noch, auf die Knie zu kommen, bevor die Hexe hinter ihr war. Hände packten sie. Die Welt neigte sich zur Seite und verschwamm vor ihren Augen. Amber krachte in die gegenüberliegende Wand und rutschte daran hinunter.

Die Decke brannte.

Ein Balken fiel herunter und die Hexe machte einen Satz nach hinten. Amber setzte sich auf, sah ihre Panik und ein seltsames Siegergefühl überkam sie. Dann fiel ihr ein, dass sie ja auch hier war, und das Gefühl verging.

Die Hexe rannte hinaus.

Amber rappelte sich auf und folgte ihr, rannte mitten hinein in dicke Rauchschwaden, die in der Lunge und in den Augen brannten. Blind tastete sie nach den Wänden, ließ sich von ihnen leiten, stolperte über Wurzeln und schlug sich die Hörner an. Sie spürte kühle Luft an ihrer Haut und wankte darauf zu, wurde von einem Hustenanfall geschüttelt und krümmte sich. Mühsam richtete sie sich wieder auf, zwang sich, ihre Konzentration auf die kühle Luft zu richten, und stieß plötzlich gegen eine Treppe. Auf Händen und Knien kroch sie hinauf, spürte wieder Hände auf sich, die sie nach oben zerrten, und gelangte an die frische Luft und ans Licht.

Die Hände ließen sie los und sie hörte Deb und Honor. Hustend rollte sie sich zusammen und drückte die Knöchel in die tränenden Augen. Dann blickte sie auf und blinzelte in die Sonne. Juliana schaute sie an.

»Amber? Alles in Ordnung?«

Sie nickte, hustete und nickte wieder.

»Leute!«, brüllte Iseul. »Da sind Leute!«

Amber schaute in die angegebene Richtung und sah eine dunkle Gestalt durch die Bäume kommen.

»Amber!«, rief Milo.

Sie zwang sich zum Aufstehen, wischte sich noch einmal über die Augen, versuchte zu antworten, hustete stattdessen und begnügte sich mit einem Winken. Milo rannte los, eine Axt in beiden Händen. Vor ihm bewegte sich etwas.

Deb brüllte eine Warnung, als Amber sich wegen eines Hustenanfalls wieder krümmte und die Hexe aus der Deckung kam. Milo ging zu Boden, die Axt fiel ihm aus den Händen und die Hexe hob ihn hoch und schleuderte ihn gegen einen Baum. Der Aufprall war entsetzlich, er drehte sich in der Luft und landete dann auf dem Boden. Die Hexe wollte ihm den Rest geben, doch Glen und Jacob waren bereits bei ihm und halfen ihm auf die Füße.

Die Hexe erstarrte, als sie Jacob sah.

Amber holte Luft, befreite sich aus Julianas Griff, rappelte sich auf und rannte los. Im Laufen hob sie die Axt auf, sprang auf einen Baumstumpf und stieß sich ab. Sie holte aus, die Axt drang tief in den Hals der Hexe und blieb dort stecken. Amber landete mit leeren Händen und geriet ins Straucheln. Die Hexe kreischte, bog den Rücken durch und wand sich. Gelbes Blut spritzte aus der Wunde wie Pflanzensaft. Sie fand den Griff der Axt, riss sie aus ihrem Hals und ließ sie fallen, doch ihr Kopf rollte auf eine Seite und sie taumelte, als hätte sie ihren Gleichgewichtssinn verloren.

Amber lief zurück, um die Axt aufzuheben, aber die Hexe holte in ihrer Verzweiflung aus, erwischte sie mit ihrem langen Arm und Amber kullerte über den Boden. Sie schaute auf und sah gerade noch, wie die Hexe Jacob schnappte und davonrannte.

Amber griff nach der Axt und nahm die Verfolgung auf. Die Hexe war zwischen den Bäumen kaum zu erkennen, aber Jacobs Kleider blitzten immer mal wieder durch, und so konnte sie ihnen folgen. Ihre Lunge brannte von dem eingeatmeten Rauch.

Sie stolperte über einen Stamm, knallte mit den Hörnern gegen einen Ast und stürzte. Fluchend stand sie wieder auf, lief zu der Stelle, an der sie Jacob zuletzt gesehen hatte, lief weiter und rief immer wieder seinen Namen.

Dann drosselte sie ihr Tempo. Die Hexe kniete auf dem Boden, die Arme ausgestreckt wie im Gebet. Ihr Kopf war zur Seite gedreht und gelbes Blut sickerte langsam aus der Wunde. Jacob stand knapp außerhalb ihrer Reichweite und blickte auf sie herab.

»Sie ist tot«, sagte er. Seine Stimme klang seltsam dumpf. »Sie rannte, wurde immer schwächer und stolperte. Dann hat sie mich abgesetzt … und ist einfach irgendwie … auf die Knie gesunken.«

Er schaute auf, sah Amber an.

»Milo hat mir gesagt, dass du ein Dämon bist. Du siehst vollkommen anders aus als mein Vater.«

Amber verwandelte sich zurück und Jacob wandte sich erneut der Hexe zu.

»Sie war fast *behutsam*«, sagte er. Und klang überrascht.

47

Drei Minuten. So lange gab Milo ihr, um sich zu verabschieden. Die Hexe hatte jeden Vorsprung, den sie vor Ambers Eltern gehabt hatten, zunichtegemacht. Ihr Brandzeichen zeigte noch 168 Stunden an. Noch mehr Zeit zu verlieren, konnten sie sich nicht leisten. Amber wusste das. Sie war derselben Meinung. Dennoch merkte sie, als sie zum Wagen gedrängt wurde, dass sie nicht gehen wollte. Die Frauen, die in diesem Kerker gefangen waren, hatten sie in ihre Gruppe aufgenommen, selbst nachdem sie sich geoutet hatte. Sie hatten sie akzeptiert. Sie hatte dazugehört. Sie waren da unten eine Familie gewesen, hatten Bande geknüpft, die nie mehr reißen würden, und fast wäre Amber ein Teil davon geworden. Jetzt standen sie vor Jacobs Hütte und schauten ihr nach, ihre Fragen nicht beantwortet, Ambers Fragen nicht gestellt.

Dann saß sie im Charger und musste sie zurücklassen.

»Alles in Ordnung mit dir?«, fragte Milo, als sie Cricket Hill verließen.

»Ich wäre gern noch eine Weile geblieben«, antwortete Amber.

Er nickte. »Aber du verstehst, weshalb wir so schnell verschwinden mussten, ja?«

»Meine Eltern.«

»Zum einen die und zum anderen wollen wir weit weg sein, wenn diese Frauen nach Hause zurückkehren. Die Polizei wird Nachforschungen anstellen ohne Ende. Wir können es uns nicht leisten, noch mehr Zeit zu verlieren als ohnehin schon.«

»Sie blickte aus dem Fenster. »Ja. Ich weiß. Wohin fahren wir?«

»New York!«, antwortete Glen ganz aufgeregt von der Rückbank.

Milo seufzte. »Edgar hat nicht lang gebraucht, um herauszufinden, wann und wo einmal ein geflügeltes Ungeheuer erwähnt wurde. Insgesamt hat er elf gefunden, alle auf obskuren Webseiten in einem sogenannten Dunklen Netz. Eine Sichtung in Louisville, zwei in Baltimore und der Rest in New York.«

»Und dort ist Gregory Buxton?«

»Wir glauben es«, antwortete Glen und nickte ernst.

Ein ärgerlicher Ausdruck huschte über Milos Gesicht. Er hatte eine ganze Nacht mit Glen verbringen müssen, ohne Amber als Puffer, was ihm eindeutig zugesetzt hatte. »Edgar wartet in Brooklyn auf uns«, berichtete er. »Er wird vor uns dort sein, sich schon mal ein bisschen umhören und hoffentlich Genaueres wissen, bis wir eintreffen.«

»Okay«, erwiderte Amber. »Gut.«

»Hast du sonst noch was auf dem Herzen?«

Sie schaute ihn an. »Seit wann bist du so erpicht aufs Reden?«

»Er hat sich Sorgen um dich gemacht«, verriet Glen.

Amber hob eine Augenbraue. »Echt?«

»Weshalb überrascht dich das?«, fragte Milo. »Ich schaue einen Moment weg und du bist verschwunden. Ich wusste nicht, ob du dich verlaufen hast, ob die Hexe dich geschnappt hat oder deine Eltern uns schneller als erwartet gefunden haben.«

»Wir haben die ganze Nacht nach dir gesucht«, erzählte Glen. »Das heißt, Milo hat nach dir gesucht. Ich wollte auch, aber bevor ich nicht wieder ganz genesen bin, bin ich eher hinderlich als hilfreich. Das hat zumindest Milo gesagt.«

Amber verkniff sich ein Lächeln. »Wie habt ihr das Haus der Hexe gefunden?«

Die Straße wurde mehrspurig und Milo trat das Gaspedal durch. »Ich wusste, dass wir in der richtigen Gegend waren, als keine Vögel mehr sangen, aber wir hätten noch tagelang herumirren können, wenn Glen nicht den Rauch des Feuers gesehen hätte, das die Frauen gelegt haben.«

»Das war doch nichts«, wehrte Glen verschämt ab. »Ihr müsst mich nicht gleich einen Helden nennen, nur weil ich ein bisschen Rauch gesehen habe.«

»Niemand nennt dich einen Helden«, sagte Milo.

»Nein? Wirklich nicht? Aber ich habe den Rauch gesehen!«

Amber lehnte sich zurück und ließ Glen weiterbrabbeln, bis ihn seine Kräfte verließen und er einschlief. Es war seltsam – wenn er nicht redete, schien ein wesentliches Element zu fehlen. Am liebsten hätte sie ihn wieder geweckt und in Gang gesetzt wie ein Spielzeug zum Aufziehen, entschied sich dann aber doch dagegen. Er hatte genauso viel durchgemacht wie sie und so ließ sie ihn schlafen.

Sie hielten an einer Raststätte, um etwas zu essen zu holen. Amber und Milo stiegen aus. Den leise schnarchenden Glen ließen sie im Wagen sitzen. Als sie über den Platz zum Wagen zurückgingen, sagte Milo: »Eine der Frauen hat erzählt, du seist dabei gewesen, als die Hexe jemanden getötet hat. Faith – hieß sie so?«

Amber nickte.

»Es tut mir leid, dass du das mit ansehen musstest.«

»Mir auch.«

»Wir können darüber reden, wenn du willst.«

Der Charger stand vor ihnen und wartete auf ihre Geschichte. Sie stellte sich vor, dass er ihr Bekenntnis aufnahm wie Kraftstoff, und ging langsamer.

»Ich hab sie umgebracht.«

Milo runzelte die Stirn. »Faith?«

»Die Hexe. Ich hab sie getötet, so wie ich Varga getötet habe.«

»Sie waren Monster.«

Sie schaute ihn an. »Trotzdem waren sie lebendige Wesen. Fast lebendig zumindest. Gerade noch konnten sie denken, sich zwischen verschiedenen Möglichkeiten entscheiden, Dinge tun, und im nächsten Moment … konnten sie es nicht mehr. Weil ich sie getötet habe.«

»Sie hatten beide jede Menge unschuldiger Menschen getötet. Du hast verhindert, dass es noch mehr wurden.«

»Ich habe ihr Leben beendet.«

»Das hast du, ja. Und damit musst du leben. Aber besser, du beendest ihres als sie deines.«

»Hast du schon Menschen getötet?«

Milo antwortete eine ganze Weile nicht.

»Sorry«, entschuldigte sich Amber, »ich wollte nicht –«

»Bei meiner frühesten Erinnerung geht es um Mord«, begann er schließlich.

Sie schaute ihn an. Schweigend.

»Ich bin eines Morgens in einem Motel aufgewacht und hatte keine Ahnung, wer ich war. Ich wusste meinen Namen nicht, wusste nicht, woher ich kam … Mein Leben war ein unbeschriebenes Blatt. Meine einzige Erinnerung waren blitzlichthafte Bilder davon, wie ich in diesem Wagen saß und nachts herumgefahren bin. Die einzigen Gesichter, an die ich mich erinnerte, waren die der Leute, die ich getötet hatte.«

»Glen hatte recht«, sagte Amber leise. »Du warst das Highway-Gespenst.«

»So haben sie mich in einigen Zeitungen genannt, ja. Ich wusste es nicht, zumindest nicht an diesem Morgen in diesem Motelzimmer. Ich erinnerte mich an alles auf dieser Welt, nur nicht, wo mein Platz darin war. Aber ich ging nach draußen und sah den Charger auf mich warten. Ich hätte wahrscheinlich davonlaufen können. Ihn zurücklassen. Aber ich hatte entsetzliche Angst. Ich war allein und wusste nicht, wo ich war. Ich wusste nicht, was geschehen war, weshalb ich mich nicht mehr erinnern konnte … Aber ich wusste selbst damals schon, dass der Wagen ein Teil von mir war. Dass ich nur vollständig bin, wenn ich hinter dem Lenkrad sitze.

Ich muss eine ganze Stunde dagestanden und ihn nur angeschaut haben, vielleicht noch länger. Dann wusste ich wieder, was ich war. Ich war ein Killer. Mehr noch, ich war ein Monster. Ich erinnerte mich an Teile eines Deals – ganz vage, von vor vielen Jahren –, und ich erinnerte mich an den Dämon, der mit mir gesprochen hatte … Was er gesagt hatte, wusste ich allerdings nicht mehr. Ich erinnerte mich auch nicht mehr an die Bedingungen des Handels oder weshalb ich den Dämon überhaupt gerufen hatte.«

»Heißt du überhaupt Milo?«, unterbrach Amber ihn. »Bist du überhaupt aus Kentucky?«

Er schenkte ihr ein kleines Lächeln. »Laut dem Ausweis in meiner Brieftasche, ja. Aber soweit ich weiß, handelt es sich um eine falsche Identität. Weshalb ich eine brauchte, weiß ich nicht. Aber es war die einzige, die ich hatte, deshalb habe ich sie beibehalten.«

»Was hast du getan? Bist du in den Charger gestiegen?«

»Ja. Während der ersten paar Stunden war es auch okay. Ich bin einfach gefahren. Ich befand mich außerhalb von Miami und habe mich auf den Weg in ein Krankenhaus gemacht. Ich konnte mich an absolut gar nichts erinnern, aber die Straßen kannte ich, oh ja. Ich erinnerte mich, wo alles war. Doch je länger ich fuhr, desto weiter driftete ich ab. Anfangs merkte ich gar nicht, wie ruhig ich wurde, wie zufrieden. Und dann wusste ich plötzlich – einfach so –«, er schnippte mit den Fingern, »– dass ich wieder das Bewusstsein verlieren würde, wenn ich nicht sofort ausstieg. Und das tat ich dann auch.

Ich habe den Charger abgestellt und bin mit dem Bus ins Krankenhaus gefahren. Sie konnten kein Kopftrauma feststellen. Ich ging zu Seelenklempnern, zu Hypnotiseuren … Hypnose hat übrigens geholfen. Langsam erinnerte ich mich wieder an Dinge, aber alles nur aus meiner Zeit im Wagen, wie ich über die schwarzen Straßen gefahren bin und meine Opfer ausgewählt habe … Nichts über mich. Nichts über mein Leben vor dem allem. Ich habe mich mit Edgar in Verbindung gesetzt, um mehr über den Deal herauszufinden oder wenigstens zu erfahren, mit welchem Dämon ich ihn abgeschlossen hatte. Es hat nicht funktioniert. Nach und nach musste ich akzeptieren, dass mein altes Leben ausgelöscht worden war und ich es nie mehr zurückbekommen würde.«

»Du erinnerst dich immer noch an gar nichts?«

Er schüttelte den Kopf.

»Jacob sagte, der Leuchtende Dämon hätte Stellvertreter ausgeschickt, als sein Dad ihm keine Seelen mehr brachte. Kam so einer jemals zu dir?«

»Nein. Ich hätte mich sogar darüber gefreut. Endlich hätte ich ein paar Antworten bekommen.«

Glen erwachte im Charger. Amber sah, wie er sich, noch halb im Schlaf, verwirrt umschaute. Er entdeckte sie und winkte.

»Das war vor zwölf Jahren«, erzählte Milo weiter. »Ich bin alle paar Monate zu der Garage gegangen, habe die Plane abgenommen und … sie nur angeschaut. Aber ich habe sie nicht berührt. Bin nicht eingestiegen.«

»Bis ich dich dazu gezwungen habe.«

Er blickte sie stirnrunzelnd an, als sei ihm gerade wieder eingefallen, dass sie da war. »Du hast mich zu gar nichts gezwungen.«

»Du hast den Wagen gebraucht, um mich über die schwarzen Straßen zu fahren.«

»Das war meine Entscheidung«, erwiderte Milo. »Außerdem ist genug Zeit vergangen. Ich spüre nicht mehr dasselbe Verlangen wie damals. Vorher hätte ich mit dem Charger nicht umgehen können. Es hätte die Gefahr bestanden, dass ich sofort wieder in meine alten Gewohnheiten zurückfalle.«

»Und jetzt besteht die Gefahr nicht mehr?«

»Natürlich nicht. Es überkommt mich nicht mehr so wie früher.«

»Manchmal schon.«

»Was?«

»Wenn du zu lang gefahren bist, wirst du irgendwie … Du wirst seltsam. Du siehst schmaler aus.«

Milo zuckte mit den Schultern. »Es kann schon anstrengend sein, sicher. Aber ich hab's im Griff.«

»Man löst sich nicht aus einer Abhängigkeit, indem man sie wieder aufnimmt.«

»Ich hab's im Griff, okay? Vertrau mir.«

»Dann … dann ist er tatsächlich lebendig? Der Wagen?«

»In gewisser Weise.«

»Kann er uns hören? Versteht er uns?«

»Selbstverständlich.«

Sie blickte zum Charger hinüber und ihr fiel auf, wie konzentriert er wirkte, wie eine Katze kurz vor dem Sprung.

Milo lächelte. »Sie wird dir nichts tun.«

»Woher weißt du das?«

»Weil ich es einfach weiß, wenn sie jemanden nicht mag.«

»Der Charger redet mit dir?«

»Sozusagen. Entspann dich, Amber, okay? Jetzt ist alles anders. Ich bin älter und stärker. Jetzt habe *ich* die Kontrolle, nicht der Charger. Solange du in diesem Wagen sitzt, hast du nichts zu befürchten, okay? Alle anderen da draußen schon. *Sie* sollten sich Gedanken machen.«

48

Sie übernachteten in Kansas und waren am nächsten Morgen um acht schon wieder unterwegs. Amber beobachtete, wie die Landschaft sich veränderte; die Ebene brachte Hügel hervor, je weiter sie nach Osten fuhren. Sie durchquerten Missouri und Illinois und waren um fünf am Nachmittag wieder in Indiana. Laut Milo sollten sie am nächsten Tag New York erreichen.

Sie fanden ein Motel, das aussah wie ein halbes Dutzend andere, in denen sie schon übernachtet hatten, L-förmig und mit Zimmern, die direkt auf den Parkplatz gingen. Ambers Zimmer war in der oberen Hälfte des L, Glens in der Mitte und Milos näher an der Ecke.

Sie aßen in einem Schnellrestaurant in der Nähe und gingen dann auf ihre Zimmer. Amber nahm das Tablet mit und stellte mithilfe des Routenplaners fest, dass noch zwölf Stunden Fahrt vor ihnen lagen. Sie hoffte von ganzem Herzen, dass dann Schluss war. Mehr ertrug sie einfach nicht.

Um sieben war ihr so langweilig, dass sie sich zu einem Spaziergang aufmachte. Sie wusste nicht, in welchem Kaff sie waren, aber es war ziemlich groß. Vielleicht durfte es sich sogar Stadt nennen. Sie aß bei McDonald's etwas, obwohl sie keinen Hunger hatte. Essen war ein guter Zeitvertreib.

Als sie fertig war, warf sie die Reste in die Tonne, stellte ihr Tablett auf den Stapel, verließ das Restaurant und wäre fast mit einem hübschen blonden Mädchen zusammengestoßen, das auf dem Bürgersteig vorbeiging. Sie lächelten sich an und vollführten diesen merkwürdigen Tanz, bei dem eine um die andere herumgeht. Das Mädchen setzte seinen Weg fort. Amber wollte in dieselbe Richtung, wartete aber noch einen Moment, damit auch ganz klar war, dass sie dem Mädchen nicht folgte, und ging dann hinter ihr her.

Weiter vorn stand ein Typ in einem grottenhässlichen Anzug und schlürfte einen Smoothie. Er beobachtete, wie das blonde Mädchen näher kam, stellte dann seinen Smoothie auf einen Mülleimer und klatschte anerkennend in die Hände.

»So füllt man ein T-Shirt aus«, sagte er grinsend und ging neben ihr her. »Hey, Baby, wie geht's denn so?«

Das Mädchen antwortete nicht, ging einfach weiter.

Amber blieb ein paar Schritte hinter den beiden.

»Du siehst wahnsinnig gut aus, Prinzessin. Wo geht's denn hin?«

»Ich hab's eilig, tut mir leid«, sagte das Mädchen.

»Wo musst du denn so dringend hin? Warum bleibst du nicht 'ne Weile und redest mit mir?«

Sie schüttelte den Kopf, ging schneller.

Er beschleunigte ebenfalls. »Ich bin ein netter Kerl, ich bin okay. Da kannst du jeden fragen.« Als sie nicht antwortete, war es mit seiner guten Laune vorbei. »Ich bin einfach nur freundlich. Kann man heutzutage nicht mehr freundlich sein? Ich hab dir ein Kompliment gemacht. Du könntest dich zumindest bedanken.«

Die Worte kamen aus Ambers Mund, bevor sie wusste, was sie sagte. »Lass sie in Ruhe.«

Der Typ schwenkte mit gerunzelter Stirn herum, während das Mädchen die Gelegenheit ergriff und im Eilschritt davonging.

Er betrachtete Amber von oben bis unten und war nicht beeindruckt. »Was hast du gesagt?«

Amber blickte zu ihm auf und versuchte, das Zittern aus ihrer Stimme herauszuhalten. »Sie hat nicht um das Kompliment gebeten. Du hast es ihr gemacht, aber sie hat dich nicht dazu aufgefordert und es auch nicht gewollt. Sie sollte sich nicht für etwas bedanken müssen, das sie gar nicht braucht.«

Der Typ starrte sie an, dann lachte er. »Wovon zum Teufel redest du? Was hat das mit dir zu tun? Wir haben uns einfach nur unterhalten.« Er drehte sich um, als erwartete er, dass das blonde Mädchen noch da sei. »Oh, Mann …«

Er wandte sich wieder an Amber. »Was hast du gesagt?«

»Nichts«, erwiderte Amber und ging an ihm vorbei.

Er folgte ihr. »Bist du eifersüchtig oder was? Ich wette, dir hat noch niemand aus heiterem Himmel ein Kompliment gemacht, oder? Nein. Und weißt du auch, warum? Weil du *potthässlich* bist. Du bist pott-hässlich.«

»Okay.«

Er blieb stehen, zufrieden, dass er das letzte Wort hatte. »Das nächste Mal kümmerst du dich um deine eigenen gottverdammten Angelegenheiten, du gottverdammter Troll.«

Troll. Das war's. Das war das Wort, das der Typ im Firebird gebraucht hatte. *Troll.* Wie hatte er noch mal geheißen? Brian? Ben? *Brandon.*

Amber drehte sich um. Der Typ wollte schon weggehen, doch als er sah, dass Amber ihn anschaute, stellte er sich in Positur.

»Haben wir ein Problem?«

»Ich hab's kapiert«, sagte sie. »Ich bin klein. Ich könnte gut ein paar Pfund abnehmen. Ich bin nicht so hübsch wie einige andere Mädchen.«

»Und du siehst aus wie ein Troll.«

Leute gingen an ihnen vorbei, doch mehr als einen flüchtigen Blick hatte keiner für sie.

»Na und?«, fragte Amber. »Was, wenn ich tatsächlich aussehe wie ein Troll? Ich persönlich bin nicht der Meinung, aber nehmen wir mal an, ich sähe so aus – was dann? Was hat das mit dir zu tun?«

»Hey, du hast damit angefangen«, rief der Typ.

»Stimmt.« Sie nickte. »Ich hab damit angefangen, als du angefangen hast, das Mädchen zu belästigen.«

»Ich hab ihr Komplimente gemacht!«, erwiderte er. Schrie fast.

»Sie wollte deine Aufmerksamkeit nicht.«

Der Typ machte einen großen Schritt auf sie zu. »Also, das ist dann aber ihre Sache, oder? Ich mache einem Mädchen Komplimente, nichts anderes. Wenn sie es in den falschen Hals bekommt, ist das nicht mein Problem.«

Amber blickte ruhig zu ihm auf. »Aber du hast Augen im Kopf, richtig? Du hast doch gesehen, wie schnell sie gegangen ist, oder? Du hast gesehen, wie unbehaglich sie sich gefühlt hat. Selbst wenn du nett sein wolltest, warum hast du nicht aufgehört, als du gemerkt hast, wie ihr mulmig wurde?«

»Dann darf ein Mann einer Frau also keine Komplimente mehr machen, willst du das damit sagen? Ich sag's immer: Mit Leuten wie dir kann man einfach nicht reden.«

Er trat einen Schritt zurück. Für ihn war die Sache erledigt, doch sie wollte ihn nicht so schnell von der Angel lassen. Konnte es einfach nicht.

Sie packte mit beiden Fäusten seine Hemdbrust und drängte ihn zurück. Zuerst stolperte er, da er zu überrascht war, um zu reagieren, dann lachte er. Belustigt ließ er sich in eine schmale Gasse schieben. Dort stemmte er die Füße in den Boden und drehte sich um. Amber musste loslassen, fiel über sein Bein und landete auf den Knien. Der Boden war kalt und feucht.

Er wandte sich ihr wieder zu. »Ich bin mir nicht ganz sicher, was zum Teufel das werden soll«, sagte er, »aber es hat so ausgesehen, als wolltest du mir etwas tun. Was *saukomisch* ist.«

Amber stand auf und erwiderte seinen Blick. »Ich dachte mir nur, ich geb dir, was du willst.«

»Ohhhh, du meinst mit *dir*? Keine Chance, Kleine. Ich mag sie gern groß und mit viel Herz, wenn du weißt, was ich meine.«

»Ich weiß es«, erwiderte sie und verwandelte sich in einen großen, rothäutigen Dämon mit viel Herz. »Und wie gefalle ich dir jetzt?«

Seine Augen weiteten sich, der Unterkiefer klappte herunter, doch bevor er schreien konnte, hob sie ihn von den Füßen und schleuderte ihn tiefer in die Gasse hinein. Er rollte durch eine Pfütze, rappelte sich wieder auf und sie stieß ihn nach hinten.

»Bin ich dir jetzt hübsch genug?« Sie lächelte und zeigte ihm ihre Reißzähne. »Bin ich jetzt sexy genug?«

Sie holte aus und versetzte ihm einen Schlag mit dem Handrücken. Er drehte sich um seine eigene Achse. »Das wollte ich schon immer machen, wusstest du das?«

»Hau ab!«, kreischte er.

Er versuchte, an ihr vorbeizulaufen, aber sie erwischte ihn, natürlich erwischte sie ihn, und donnerte seinen Kopf gegen eine Reihe schmutziger Rohre, die an der Wand herunterliefen. Er wankte und fiel, doch seine Arme gehorchten ihm noch und er robbte ein Stück weg.

Sie hob ihn am Knöchel vom Boden hoch und schwang ihn gegen die Wand. Ein ekliges Knirschen war zu hören und er landete schwer. »Was ist los?«, fragte sie. »Sind dir alle Komplimente ausgegangen?«

Sie schloss die Hand um seinen Hals und richtete sich auf, zog ihn mit nach oben. Sie ließ ihn mit einer Leichtigkeit über dem Boden baumeln, die sie entzückte.

»Keine Bange, ich töte dich nicht. Ich lass dich gehen. Aber du wirst das nie mehr vergessen, oder? Und du wirst, wann immer du ein hübsches Mädchen die Straße hinuntergehen siehst – oder selbst ein nicht so hübsches Mädchen –, dich fragen: Ist sie ein Dämon? Denn soll ich dir was verraten? Es gibt noch jede Menge von meiner Sorte. Tausende, aber du wirst nie wissen, wer was ist, bevor es zu spät ist.«

»Ich … es tut mir leid«, gurgelte er.

»Schhhh. Es ist gleich vorbei. Ich will dir nur noch was mitgeben.« An ihrer freien Hand wuchsen Krallen. »Ich will dir das Wort *Troll* in die Stirn ritzen.«

Er trat und schlug um sich, doch sie ignorierte ihn und ihr Lächeln wurde breiter, als die Krallenspitze seine Haut berührte. Sie drückte nach unten und er schrie. Und der Schrei durchstieß ihre Ruhe, als sei ihr selbst die Haut aufgeritzt worden.

Erschrocken ließ Amber ihn los. Er rollte sich zu einer Kugel zusammen, beide Hände an die Stirn gepresst. Es floss Blut.

Sie schaute auf ihre Hand und beobachtete, wie die Krallen sich einzogen, ihre Haut wieder ihre normale Farbe annahm und sie wieder Amber wurde, das Mädchen, der Mensch, nicht der Dämon, und ihre Gedanken wieder ihre eigenen waren. Sie wollte nur noch eines: sich übergeben.

Sie tat es nicht, sondern schluckte schwer und trat zurück. Mit gesenktem Kopf eilte sie aus der Gasse und halb im Laufschritt zurück zum Motel.

Amber saß auf der Bettkante. Ein paar Minuten später merkte sie, dass sie zitterte. Sie duschte, zog ihre Pyjamahose und ein T-Shirt an und setzte sich wieder aufs Bett.

»Was zum Teufel …?«, flüsterte sie dem leeren Zimmer zu.

Sie schaltete den kleinen Fernseher ein, um sich auf andere Gedanken zu bringen, und zappte durch die Kanäle. Sie überging einen *Two and a Half Men*-Marathon und landete bei einer alten TV-Show, in der ein Mann mit Anzug, Krawatte und Maske gegen einen Werwolf kämpfte. Die Show war nicht besonders gut, aber immer noch besser als *Two and a Half Men*. Sie schaute sie sich an, bis ihr langweilig wurde, dann zappte sie weiter und erwischte gerade noch das Ende einer Wiederholung von *Dark Places – Gefährliche Erinnerung*.

Ihr Lächeln erlosch, noch bevor es richtig da war. Als sie diese Folge zum ersten Mal gesehen hatte, war sie zu Hause gewesen, bei ihren Eltern. Es war die, in der Balthazar in einer menschenleeren Stadt von drei Jägern verfolgt wurde. Bill war in dem Augenblick ins Zimmer gekommen, als sie erklärten, wie sie ihn aufgespürt hatten. Sie erinnerte sich in aller Klarheit an das Gesicht ihres Vaters, den es drängte, ihr zu sagen, wie lächerlich diese Erklärung war.

Sie musste ihm hoch anrechnen, dass er seine Meinung für sich behielt. Andererseits tat er das eigentlich immer. Sie versuchte, sich zu erinnern, wann er sich kritisch zu einer ihrer Lieblingssendungen oder einem Lieblingsbuch geäußert hatte, doch ihr fiel nichts ein. In mancherlei Hinsicht war er tatsächlich ein guter Vater gewesen.

Amber schaltete den Fernseher aus. Es war fast elf Uhr und dunkel. Sie sollte schlafen oder es zumindest versuchen. Stattdessen holte sie das Tablet und loggte sich ins *Dark Places*-Forum ein. Keiner, den sie mochte, chattete, weshalb sie die Unterhaltungen und Gifs nur überflog. Sie blickte in Balthazars eisblaue Augen und spürte wieder etwas von dieser tröstlichen Vertrautheit von früher. Sie wurde ganz rührselig und lachte über sich selbst, aber es war ein humorloses Lachen. Sie legte das Tablet aufs Bett, trat ans Fenster und lehnte die Stirn an die Scheibe. Sie beobachtete einen Mann, der von einem der Zimmer in Richtung Straße ging.

Bill hatte natürlich recht gehabt. Seine skeptische Miene war völlig berechtigt. Die Art und Weise, wie die Jäger Balthazar nachgestellt hatten, war wirklich bescheuert. Sie war nur dankbar, dass ihre Eltern ihr keinen Positionsanzeiger implantiert hatten. Sie konnten sie nur aufspüren, wenn sie nach dem Charger suchten – doch in ganz Amerika ein bestimmtes Auto zu finden, war ein so gut wie aussichtsloses Unterfangen, selbst bei ihren Möglichkeiten. Der Wagen stellte dennoch ein – wenn auch sehr unwahrscheinliches – Risiko dar. Aber sie selbst war praktisch nicht existent. Amber hatte keine E-Mails verschickt und nichts gepostet, das man zu ihr zurückverfolgen konnte, Milo benutzte keine Kreditkarten und Glen hatte nicht mal welche.

Der Mann ging durch einen dunklen Fleck und sie wartete darauf, dass er auf der anderen Seite wieder auftauchte. Als er nicht kam, schaute sie genauer hin und versuchte, ihn in dem fahlen Licht auszumachen. Die Scheinwerfer eines Busses glitten über die Stelle. Sie war leer. Unwillkürlich blickte sie nach oben, als sei der Typ ein Vampir, der sich in die Luft erhoben hatte und davongeflogen war, anstatt sich nach rechts oder links gewandt zu haben oder in irgendeiner Gasse verschwunden zu sein, die sie nicht sah. So weit war es mit ihr gekommen – sie dachte an das Übernatürliche, wo sie an das ganz Normale hätte denken sollen. In dieser Richtung lag der Wahnsinn.

Nach Ansicht von Althea Buxton gab es nur eine einzige Möglichkeit, sie mit einiger Wahrscheinlichkeit aufzuspüren: Einer der Vampire, der Glen gebissen hatte, beschloss, ihn zu verfolgen. Doch warum um alles in der Welt sollte er das tun? Warum ausgerechnet Glen? Was war so wichtig an ihm? Ihr fiel, auch wenn sie ihre Fantasie sehr anstrengte, nur ein Grund ein: Ihre Eltern hatten mitbekommen, dass er gebissen worden war. Dann wäre es ein kluger Schachzug, den Vampir, der es getan hatte, entweder zu zwingen oder sonst wie dazu zu bringen, dass er sie zu ihm führte – und somit zu ihr. Das wäre ein kluger Schachzug. Das wäre der hinterhältige Zug, der ihnen wahrscheinlich einfallen würde und mit dem keiner rechnete.

Amber trat vom Fenster zurück, als ihr langsam am ganzen Körper kalt wurde. Ihr war übel, sie fühlte sich schwach und wollte sich nicht bewegen, dennoch ging sie zu ihrer Tasche und holte das Kruzifix heraus. Ihre Hände zitterten.

Sie öffnete die Tür und ging hinaus. Der Parkplatz war halb besetzt und ruhig, beleuchtet wurde er von einer Straßenlampe, die aus einer halbherzig angelegten Blumenrabatte entlang des Gehwegs wuchs. Auf der Straße dahinter fuhren Autos vorbei, aber nicht viele. Die Nacht war dunkel und still. Sie hütete ein Geheimnis.

Auf bloßen Füßen ging Amber an Fenster und Tür, Fenster und Tür, Fenster und Tür vorbei.

Sie litt unter Verfolgungswahn. Was sonst? Sie überließ ihrer Fantasie das Feld. Das war normal. Sie würde an Glens Tür klopfen, er würde öffnen und sie würde ihm das Kruzifix in die Hand drücken. Am nächsten Morgen würde er behaupten, sie sei geschlafwandelt und fände ihn einfach unwiderstehlich. Sie würde ihn ignorieren, sie würden weiterfahren und das war's dann.

Amber kam zu seinem Zimmer. Die Tür stand offen. Sie trat ein.

Im Zimmer war es dunkel. Glen lag in seinen Boxershorts auf dem Bett. Aus seinem Hals tropfte noch Blut. Seine Augen waren offen, doch sein Blick war leer.

Amber ließ das Kruzifix fallen und schlug die Hände vor den Mund, als ihre Knie einknickten und sie gegen die Wand sackte. Ein Wimmern kam über ihre Lippen und sie presste sie rasch zusammen, damit es nicht zum Schrei wurde.

Er hatte geglaubt, er sei ihnen entkommen. Sie alle hatten das geglaubt. Doch Glen war in dieser ersten Nacht in Cascade Falls getötet worden – es hatte nur so lange gedauert, bis es manifest wurde.

Sie ließ sich auf Hände und Knie nieder. Das Atmen fiel schwer. Sie musste hier raus. Zu Milo. Musste in den Wagen und verschwinden. Der Vampir hatte sie gefunden, und wenn der Vampir hier war …

Sie blickte auf. Von da, wo sie war, konnte sie durch die offene Tür über den Parkplatz schauen, wo ihre Eltern und deren Freunde standen.

49

Amber presste eine Hand auf ihren Mund, damit sie nicht laut schrie. Ihr Vater kam aus dem Büro des Managers und sagte etwas zu den anderen. Grant und Kirsty gingen in die Richtung von Milos Zimmer. Sicher war sich Amber nicht, aber es sah so aus, als hätten sie Pistolen bei sich.

Ihre Eltern und Imelda gingen nach links, zu Ambers Zimmer. Alastair blieb zurück und hielt Ausschau. Amber ließ die Tür zu Glens Zimmer offen stehen – sie wollte nicht, dass irgendetwas auf sie aufmerksam machte – und zwang sich aufzustehen. Sie wankte zum Fenster. Wenn ihre Eltern feststellten, dass ihr Zimmer leer war, würden sie sofort hierherkommen. Imelda würde wahrscheinlich versuchen, sie abzulenken, aber mehr als ein paar Augenblicke Zeit blieben ihr nicht.

Alastair ging zum Charger und strich bewundernd mit der Hand über die Karosserie. Amber sah, wie der Kofferraum aufklappte und rotes Licht herausströmte. Alastair runzelte die Stirn und trat näher.

Dacre Shanks stürzte sich auf ihn.

Sie gingen zu Boden, es wurde geschrien und geflucht, und Amber wich vom Fenster zurück. Fast wäre sie über das Bett mit Glens Leiche gestolpert. Sie erhaschte einen Blick auf sich im Spiegel, als ihre Haut sich rot färbte und ihr Hörner wuchsen. Sie mochte stark und erbarmungslos aussehen, selbst in ihrer Pyjamahose und dem knappen T-Shirt, aber sie fühlte sich nicht so. Da draußen auf dem Parkplatz gab es gerade keine Gnade. Nur den sicheren Tod. Der Gedanke, dass sie sich dem Kampf stellen sollte, verflüchtigte sich so schnell, als sei er nie aufgetaucht. Was nur eine Vorgehensweise offenließ.

Sie lief ins Bad, schloss die Tür und sperrte sie dann auch noch ab. Sie trat an die Wand, als ihr Krallen wuchsen. Der erste Schlag war erbärmlich – er kratzte kaum am Putz. Aber der zweite riss etwas von dem lächerlich leichten Holz ab. Sie holte erneut aus, trat mit dem bloßen Fuß gegen die Wand und war auf der anderen Seite. Noch ein paar Schläge, um die Konstruktion weiter zu schwächen, dann trat sie drei Schritte zurück.

Sie hörte Schüsse. Grant und Kirsty hatten Milo gefunden.

Sie warf sich mit der Schulter gegen die Wand und gelangte in einem Schauer aus Holzsplittern und billigem Putz ins Bad auf der anderen Seite. Sie schwankte etwas, konnte sich aber aufrecht halten, riss die Tür zum Nachbarzimmer auf und lief hinein. Der Gast, ein erschrockener Mann mit einem beängstigenden Bart, war schon auf den Beinen. Er hielt sich ein Kissen vor die Brust. Sie versetzte ihm auf dem Weg nach draußen einen Schlag mit dem Handrücken. Er flog in die Ecke und blieb bewusstlos liegen. Was nur gut für ihn war. Ihre Eltern brachten höchstwahrscheinlich jeden Zeugen um, der ihnen begegnete.

Gerade, als sie das Zimmer verlassen wollte, hörte sie irgendwo hinter sich die Stimme ihres Vaters.

Sie rannte hinaus. Grelles Neonlicht beleuchtete den kleinen Swimmingpool, in dem tote Käfer und Zigarettenkippen schwammen. Sie sprang über ein Geländer. Auf der Straße weiter vorn wendete mit quietschenden Reifen gerade ein Polizeiwagen, dessen Sirene plötzlich anfing zu heulen. Die Polizisten hatten die Schüsse gehört und kamen zurück, um zu sehen, was los war. Einen verrückten Moment lang dachte Amber, sie könnten ihr helfen, aber das konnten sie natürlich nicht. Niemand konnte ihr helfen.

Sie hielt sich im Dunkeln, lief links vom Motel auf der Böschung neben dem Geländer entlang. Als das Polizeiauto scharf bremste, blickte sie zurück. Betty stand mitten auf der Straße im Scheinwerferlicht, vollkommen gelassen. Die Polizisten stiegen aus und brüllten, sie solle die Hände hochnehmen. Bill landete auf dem Wagendach und riss den ersten Polizisten von den Füßen. Der zweite begann, etwas zu rufen. Dann warf sich ein Schatten auf Amber und sie kullerte, verheddert in fremde Arme und Beine, die Böschung hinunter. Aus den Augenwinkeln sah sie ein Messer aufblitzen.

Sie landete auf dem Boden – kalter, harter Zement – und Dacre Shanks wand sich auf ihr. Sie packte sein Handgelenk und hielt das Messer so von sich weg. Er zischte sie an und versuchte, ihr mit der anderen Hand durch ihre Schuppen hindurch die Haut aufzuritzen. Er war schmaler geworden. Seine Wangen waren eingefallen, die Haut blass. Der Charger hatte ihn ausgelaugt und man sah es ihm an. Er sah krank aus, nach einer Art von Krankheit, von der man sich nicht mehr erholt.

Amber rollte herum, schob ihn von sich herunter, ließ sein Handgelenk los und stieß ihn mit dem Fuß von sich weg. Er stand auf, fuchtelte mit dem Messer herum. Sie blieb außerhalb seiner Reichweite, Krallen an den Fingern und die Reißzähne gebleckt.

Etwas in seinen Augen sagte ihr, dass er wahnsinnig war. Die logisch denkende Seite von Shanks' Gehirn hatte irgendwann in diesem Kofferraum die Funktion eingestellt und jetzt war nur noch das übrig.

Er griff an und das Messer rutschte an den Schuppen ab, die sich um ihre Rippen gebildet hatten. Sie versetzte ihm einen Schlag, der ihn von den Füßen hob und seine morschen Knochen brach. Er kippte keuchend zur Seite und sie ließ ihre Faust in seinen Unterarm krachen. Seine Faust öffnete sich, das Messer fiel heraus, er wankte mit Schlagseite nach hinten und hielt sich die Hand. Sie warf einen Blick hinter sich und vergewisserte sich, dass sie außer Sichtweite ihrer Eltern war. Als sie sich Shanks wieder zuwandte, griff er erneut an.

Sie holte aus und ihre Krallen gruben Rillen in seine Wange. Er wankte an ihr vorbei, die Hände am Gesicht. Seine Unterlippe hing auf sein Kinn herunter. Er stöhnte Worte, die sie nicht verstand, und versuchte, sie zu erwischen. Doch Amber packte ihn, hob ihn erneut von den Füßen und knallte ihn gegen die Wand des Nachbargebäudes. Sein Kopf kollidierte mit einem ekligen Geräusch mit Beton. Dann ließ sie los und er sackte auf den Boden.

Er versuchte wegzukriechen, doch sein Körper war am Ende. Er löste sich vor ihren Augen auf, und das in einer Wahnsinnsgeschwindigkeit. Seine Arme falteten sich unter ihm zusammen, als seien sie aus Gummi, er knallte mit dem Gesicht auf den Boden und sein Kiefer brach. Er verdrehte die Augen nach oben, sodass er sie anschaute, als sein Körper einbrach. Sein Haar mitsamt der Kopfhaut rutschte von seinem Schädel und aus allen Poren sickerten Blut und Galle und ein Dutzend weitere widerliche Flüssigkeiten. Seine Augen wurden matt, schmolzen und tropften aus den Höhlen, während sein Gesicht sich vom Schädel schälte wie die Haut von einer Traube. Seine Kleider falteten sich flach zusammen, vollgesogen mit allem Flüssigen, das von Dacre Shanks übrig war.

»Was für ein Abgang«, sagte Alastair hinter ihr.

Sie wirbelte herum. In seiner Dämonengestalt war Alastair über zwei Meter groß. Sein Hemd spannte sich über der breiten Brust. Sein Bart war länger und spitz. Dahinter lächelte er. »Ich weiß nicht, wer er war oder weshalb er in diesem Kofferraum eingesperrt war, aber Tod durch Wegschmelzen? Das ist mal was anderes.«

Ihr Mund war trocken. Ausgeschlossen, dass sie schneller war als er. Hoffnung, ihn zu überwältigen, hatte sie ebenfalls keine.

»Du hast uns eine ganz schöne Verfolgungsjagd abverlangt, Fräuleinchen«, fuhr er fort. »Ich muss zugeben – das habe ich dir nicht zugetraut. Wirklich nicht. Du hast mich überrascht. Du hast mich verdammt noch mal beeindruckt. Doch jetzt hat alles ein Ende. Leider.«

Sie hatte nur eine Chance – sie musste ihn jetzt angreifen, wenn er es am wenigsten erwartete. Ihn angreifen, auf den Rücken legen und loslaufen. Rennen wie der Teufel. Und dann verstecken.

»Alastair«, sagte sie, »bitte tu mir nichts.«

Er lächelte, machte einen Schritt auf sie zu, wollte noch etwas sagen, doch sie raste in ihn hinein. Er ächzte und sie zielte auf seine Augen. Als er ihre Handgelenke packte, versuchte sie, ihm das Knie in die Eier zu donnern, doch er drehte sich etwas, ihr Knie traf seine Hüfte und ein einfacher Stoß ließ sie Purzelbäume schlagen.

»Es dauert eine Weile, bis man sich daran gewöhnt hat, nicht wahr?«, fragte er. »An die Kräfte, meine ich. Aber es dauert noch länger, bis man wieder aufhört, sich darauf zu verlassen.«

Sie rannte erneut auf ihn zu, er riss ein Metallrohr von der Wand, holte aus und traf ihren Kiefer. Der Schlag rüttelte ihr Gehirn durch, und als sie wieder online war, lag sie mit dem Gesicht nach unten auf dem Boden.

»Verstehst du, was ich meine?«, fragte er. Er stand über ihr. »Du hast diese ganze Kraft und denkst dir, hey, ich brauche nur ein paarmal richtig zuzuschlagen. Hab ich recht? Und dann läufst du, bevor du dich versiehst, in ein Metallrohr und die Lichter gehen aus.«

Amber hievte sich auf Hände und Knie.

»Ich glaube, es wäre ein netter Zug, dir zu sagen, dass du mir von allen unseren Kindern, die wir getötet haben, die Liebste warst. Aber das wäre eine Lüge.« Er trat ihr mit Wucht ins Kreuz und sie knallte mit dem Gesicht auf den Boden. »Aber du bist ein süßes Mädchen, das lässt sich nicht leugnen, und ich hoffe, du hast das Gefühl, ein gutes Leben gehabt zu haben.«

»Da bin ich mir sicher«, sagte Imelda und kam zu ihnen herüber.

Alastair feixte, packte Amber am Kragen und zog sie hoch. »Schau, was ich gefunden habe.«

»Ist sie nicht wunderschön?« Imelda trat näher. »Rot steht dir, Süße.«

Sie hob das Metallrohr auf. »Das hast du ihr über den Kopf gezogen?«

»Hab ich«, antwortete Alastair.

»Und sie ist immer noch bei Bewusstsein?«

»Sieht so aus, als sei unsere kleine Amber ein ganz schön zäher Brocken.«

»Das ist sie tatsächlich«, bestätigte Imelda und donnerte Alastair das Rohr ins Gesicht.

Amber fiel hin, als Alastair nach hinten wankte. Imelda schlug noch dreimal zu – ein Mal, damit er zu Boden ging, und noch zweimal, damit er auch dort blieb. Dann lief sie zu Amber und half ihr auf die Füße.

»Wir müssen weg hier«, sagte sie und sie rannten los.

Sie liefen ein paar Straßen weiter und verwandelten sich zurück, hielten sich aber dennoch im Dunkeln, bis sie zu einem kleinen Park gelangten. Im Gras ließ es sich für Amber mit ihren bloßen Füßen besser laufen als auf den Bürgersteigen. Sie hielten auf eine Baumgruppe in der Mitte zu.

»Milo. Wo ist Milo?«, fragte Amber. »Ich habe Schüsse gehört.«

Imelda zögerte. »Ich auch.«

»Glaubst du … glaubst du, sie haben ihn erwischt?«

»Ich weiß es nicht, Liebes. Wir dürfen im Moment nicht an Milo denken.«

»Was? Wir können ihn doch nicht im Stich lassen. Glen ist tot, aber Milo kann noch leben.«

»Sie wollen *dich*, Amber, nicht Milo. Das Beste, was wir tun können, ist, dich so weit wie möglich hier wegzubringen.«

»Du kommst mit?«

»Na ja, ich kann schlecht hierbleiben, nachdem ich meinen Ex-Mann zusammengeschlagen habe. Oder was meinst du?« Imelda blickte hinter sich. Sie zog scharf die Luft ein, zerrte Amber zwischen die Bäume und kauerte sich hin. »Sie sind hinter uns«, flüsterte sie.

»Dann nichts wie weg.«

Imelda biss sich auf die Lippe.

»Imelda, wir müssen weg.«

»Sie sind schneller als wir. Wir würden es nie schaffen.«

»Dann verstecken wir uns«, drängte Amber. »Wir bleiben hier und sind mucksmäuschenstill.«

»Sie finden uns.«

»Was machen wir dann? Kämpfen?«

Imelda spähte hinaus und ein leiser, panischer Seufzer entschlüpfte ihr. Endlich schaute sie Amber direkt an. »Du wirst laufen müssen.«

Amber runzelte die Stirn. »Du hast gesagt, du kommst mit.«

»Ich weiß, Liebes, und es tut mir leid, aber ich halte sie auf, okay? Du siehst zu, dass du so weit wie möglich …«

»Nein«, widersprach Amber. »Nein. Ich lasse dich nicht zurück. Ich musste schon Glen zurücklassen und mache das nicht noch einmal. Du musst mitkommen.«

Imelda fasste Amber an den Schultern. »Amber, bitte. Auf dieser Welt bist nur du mir noch wichtig. Deine Sicherheit ist das Einzige, was noch eine Rolle spielt. Ich habe schreckliche, entsetzliche, unverzeihliche Dinge in meinem Leben getan, Dinge, vor denen ich nicht davonlaufen kann. All die schlimmen Sachen haben mich jetzt eingeholt. Heute Abend bezahle ich für alles Böse, das ich getan habe. Nein, nein, das ist für mich in Ordnung. Verstehst du? Für mich ist es in Ordnung. Ich habe es verdient. Ich … glaube, ich brauche es sogar. Aber bitte, ich flehe dich an, lass das Letzte, was ich tue, etwas Gutes sein. Lass mich dir zur Flucht verhelfen.«

»Aber ich will nicht, dass du stirbst.«

»Ich liebe dich, Amber. Ich liebe dich, Süße. Du musst leben. Du musst diejenige sein, die lebt. Für meine eigenen Kinder konnte ich es nicht tun. Für dich kann ich es tun. Dazu sind Eltern da. Das bedeutet Elternschaft. Wenn du älter bist, wirst du es verstehen. Wenn du eigene Kinder hast. Nur du bist wichtig. Nur du solltest wichtig sein. Du nimmst unseren Platz ein. Du machst weiter. Du musst weitermachen, Amber.«

Dann hörten sie ein vertrautes Röhren und der Charger hielt mit quietschenden Bremsen vor ihnen auf der Straße. Die Beifahrertür ging auf und Milo zog den Sitz nach vorn.

»Los!«, brüllte er.

Amber schaute Imelda an und Imelda grinste. »Ich würde natürlich auch gern weitermachen.«

Sie rannten los.

Amber warf einen Blick über die Schulter. Die anderen hatten die Verfolgung aufgenommen, Bill weit vorneweg. Er lief so schnell, dass er sie innerhalb von Sekunden eingeholt haben würde.

Milo ließ den Motor aufheulen, als würde sie das dazu bewegen, schneller zu laufen.

Als sie nur noch einen Steinwurf vom Charger entfernt waren, hörte Amber einen Schuss. Imelda stöhnte, kam aus dem Tritt und schwankte. Amber wollte anhalten, doch Imelda schob sie weiter.

»Lauf!«, blaffte sie. Dann stürzte sie.

Amber lief. Milo schob den Sitz zurück und sie sprang in den Wagen. Hinter ihr warf Imelda sich auf Bill, als dieser an ihr vorbeisprinten wollte. Fauchend und um sich schnappend rollten sie über den Boden. Der Charger schoss davon, als Milo Gas gab, doch Amber drehte sich auf ihrem Sitz um, als die anderen sich auf Imelda stürzten und mit Zähnen und Klauen auf sie losgingen.

»Kehr um«, sagte Amber. »Wir müssen umkehren!«

»Sie bringen uns um«, erwiderte Milo.

»Ich bezahle dich. Ich gebe dir alles, was ich habe!«

»Ich kann nicht. Es tut mir leid.«

Sie wandte sich ihm zu, wollte sich mit ihm anlegen, ihn anschreien, und erst da merkte sie, wie blass er war, wie sehr er schwitzte. Er lenkte mit der linken Hand und presste die rechte in seine Seite. Blut färbte sein T-Shirt dunkel.

Der Kopf fiel ihm auf die Brust, die Hand rutschte vom Lenkrad und der Charger kam von der Straße ab. Amber griff hinüber, versuchte, ihren Kurs zu korrigieren, und schrie Milo an, er solle aufwachen.

Der Charger fuhr gegen einen Laternenmast und Amber knallte mit dem Kopf aufs Armaturenbrett.

50

Die plötzliche Stille war so unnatürlich, dass sie Amber davor bewahrte, ohnmächtig zu werden.

Sie öffnete die Augen, setzte sich auf und schaute sich um. Ein paar Sekunden. Sie hatte nur ein paar Sekunden verloren.

In der Ferne heulten Sirenen.

Sie stieg aus dem Wagen, vergewisserte sich, dass ihre Eltern nirgends zu sehen waren, griff wieder hinein und zerrte Milo auf den Beifahrersitz. Sie versuchte, nicht daran zu denken, wie viel Blut er verlor. Nachdem sie ihn angeschnallt hatte, lief sie um den Wagen herum zur Fahrerseite. Als sie die Hand nach dem Türgriff ausstreckte, hatte sie plötzlich Angst, der Charger könnte sie nicht reinlassen, doch die Tür ließ sich öffnen und sie stieg ein.

Ihre Hörner stießen am Wagendach an und sie verwandelte sich widerwillig zurück, damit sie mehr Platz hatte.

Sie stellte den Sitz auf ihre Größe ein, schnallte sich an und legte den Rückwärtsgang ein. Pfeilgerade schossen sie auf die Straße zurück, sie zog scharf die Luft ein, riss das Lenkrad herum, schaltete und schaffte es schließlich, geradeaus zu fahren. Das war etwas anderes als der Wagen in der Fahrschule. Das war ein Ungetüm, ein schweres metallenes Monster, und sie war sich voll und ganz bewusst, dass es jeden Augenblick ausbrechen und sie die Kontrolle darüber verlieren konnte. Sie bremste an einem Stoppschild, blinkte und bog in eine breitere Straße ein, auf der mehr Verkehr war.

»Bitte lass mich keinen Unfall bauen, bitte lass mich keinen Unfall bauen«, murmelte sie, wobei sie sich nicht ganz sicher war, ob das Gebet an Gott gerichtet war, an den Teufel oder an den Charger selbst.

Eine Stunde später hielt sie am Straßenrand, griff in ihre Tasche auf dem Rücksitz und zerrte ein paar Kleider heraus. Sie zog Socken und Schuhe an und wickelte sich in eine Jacke. Die Temperatur im Wagen war gesunken. Sie legte eine Decke über Milo und fuhr weiter.

Bis Dayton, Ohio, brauchte sie noch einmal eineinhalb Stunden. Sie hielt sich nicht an die kleineren Straßen wie Milo, sondern blieb auf der I-70 und fuhr immer nach Osten. Ihre Eltern hatten inzwischen sicher ihr Motelzimmer durchsucht und das Tablet und die Anfrage im Routenplaner gefunden. Sie wussten, wohin sie wollte, somit war nichts gewonnen, wenn sie sich an Schleichwege hielt. Durchbrettern bis New York, lautete die Devise.

Während der Fahrt schaute sie immer wieder zu Milo hinüber. Er saß zusammengekauert da, blass, schwitzend und bewusstlos. Bewusstlos, aber nicht tot. Das war okay für Amber. Sie vertraute darauf, dass der Wagen ihn heilte.

Als sie Dayton hinter sich gelassen hatte, fuhr sie schneller, war in einer Stunde in Columbus, fuhr noch ein bisschen schneller und musste dann eine Tankstelle anfahren, weil die Benzinanzeige schon fast auf null stand. Das bereitete ihr etwas Sorge, aber sie füllte den Tank sorgfältig, andächtig, fast so, als sei es eine Bluttransfusion. Dann waren sie wieder auf der Straße und schafften es noch vor Sonnenaufgang bis Pittsburgh. Der morgendliche Verkehr führte zu den ersten Staus.

Um acht kam Milo zu sich.

Amber verließ die Autobahn, fuhr durch ein paar stille Straßen, bis sie zu einem Parkplatz hinter einer heruntergekommenen Sporthalle kam. Sie half Milo aus dem Charger und er stand da mit seinen bloßen Füßen und richtete sich langsam auf. Sein Blut hatte den Beifahrersitz durchnässt.

»Wie geht es dir?«, fragte sie.

»Schlecht«, murmelte er. »Aber es ging mir schon schlechter.« Er betastete das Einschussloch in seinem ruinierten T-Shirt und zuckte bei jeder Berührung zusammen. »In ein oder zwei Tagen bin ich wieder okay. Vielleicht sogar in ein paar Stunden.« Er runzelte die Stirn und blickte sich um. »Wo sind wir?«

»Irgendwo in Pennsylvania«, antwortete sie. »Vor ungefähr einer Stunde sind wir an Pittsburgh vorbeigefahren. Kann auch schon länger her sein.«

»Du bist die ganze Nacht gefahren?«

»Ich hätte ohnehin nicht schlafen können.«

»Das kann ich mir vorstellen. Okay, das ist gut. Wir sollten dann in fünf Stunden in New York sein. Ich fahre jetzt.«

»Du bist zu schwach.«

»Geht schon. Jetzt bist du dran mit Ausruhen. Tu mir einen Gefallen – greif mal da rein und hol meine Tasche raus, ja? Und schnapp dir auch deine.«

Amber reichte ihm seine Tasche. Seine Stiefel lagen auf dem Rücksitz. Sie ging neben ihm her, als er zur Sporthalle humpelte, und beobachtete, wie er den Hausmeister bestach. Milo ging zur Umkleide der Männer und sie zu der für Frauen. Sie duschte, putzte ihre Zähne und zog die zu lange Jeans an. Sie krempelte sie hoch, zog ein frisches T-Shirt und eine Jacke an, ging nach draußen und wartete beim Wagen. Ein paar Minuten später kam Milo. Er bewegte sich jetzt lockerer, trug Jeans und ein Jackett über einem dunklen karierten Hemd.

»Glen ist tot«, sagte Amber, als er den Wagen erreichte. Sie sprudelte es geradezu heraus.

Milo zögerte. »Ja«, sagte er dann, »ich hab's mir gedacht.«

»Es war ein Vampir. Über ihn haben sie uns gefunden.«

Er nickte und sie schaute weg.

»Glaubst du, sie konnte entkommen?«, fragte Amber. »Imelda, meine ich. Es wäre doch möglich, dass sie fliehen konnte, ja?«

Milo stellte seine Tasche in den Kofferraum. »Das hat sie nicht überlebt, Amber.«

Sie blickte ihn finster an. »Wir hätten zurückgehen und ihr helfen sollen.«

»Dann wären wir jetzt beide tot und mein Tod wäre sehr viel schneller gewesen als deiner. Schlüssel?«

Sie gab sie ihm. »Shanks ist auch tot. Der Charger hat ihn rausgelassen.«

»Ich weiß. Wenn das nicht gewesen wäre, hätte ich geschlafen, als die Freunde deiner Eltern meine Tür eingetreten haben. Steig ein, Amber, wir können es uns nicht leisten, noch mehr Zeit zu verlieren.«

Sie öffnete die Beifahrertür. Auf dem Sitz war kein Blut mehr. Der Wagen hatte alles aufgesaugt. Absorbiert.

Sie stieg ein. Milo setzte sich vorsichtig hinters Lenkrad.

Dann fuhren sie nach New York. Der Wagen war irgendwie leer ohne Glen.

Amber fühlte sich ebenfalls leer.

Sie wachte auf, als ein gelbes Taxi einen Fahrradboten anhupte, der ihm den Stinkefinger zeigte. Sie setzte sich aufrechter hin, wischte sich den Speichel vom Kinn und beobachtete, wie die Backsteinhäuser in einem Rhythmus vorbeitickten, den sie nur im Kopf hören konnte. Bunte Glasfenster reflektierten die Nachmittagssonne und sie checkte die Narben an ihrem Handgelenk: noch 122 Stunden. Fünf Tage.

Sie gähnte.

»Du hast schlecht geträumt«, sagte Milo.

»Tatsächlich? Ich kann mich nicht erinnern.« Dampfwolken strömten aus orangefarbenen und weißen Rohren. Sie überragten die Leute, die daran vorbeigingen, um das Doppelte. Das war das New York, wie man es aus Filmen kannte – nicht die glänzenden Hochhäuser Manhattans, sondern Baugerüste und Bürgersteige mit Rissen, Bioläden und Cafés, schokoladenfarbene Backsteine und Mörtel. Das war Brooklyn.

»Warst du schon mal in New York?«, fragte Milo.

»Zweimal«, antwortete Amber. »Als ich acht war und dann noch mal mit zwölf. Wir waren alle zusammen dort. Imelda ist mit mir auf das Empire State Building gegangen, wir haben die Freiheitsstatue gesehen und den *König der Löwen* am Broadway. Was meine Eltern und die anderen gemacht haben, weiß ich nicht. Huch.«

»Was ist?«

»Bevor das alles angefangen hat, glaubte ich, Imelda mag mich nicht besonders. Dabei war sie die Einzige, die jemals etwas mit mir unternommen hat.«

Milo schaute sie an. »Wenn sie noch lebt und es irgendwie möglich ist, holen wir sie zurück.«

Sie fanden einen Parkplatz – was nicht eben einfach war – und gingen ein paar Blocks zu einer Pizzeria im Park-Slope-Viertel. Edgar Spurrier grinste, als er sie sah. Die Hälfte des Pizzabelags rutschte herunter und tropfte auf seine Krawatte.

»Oh, verdammt«, stöhnte er, als er es bemerkte. Während er sich mit Servietten abtupfte, glitten Amber und Milo zu ihm in die Nische.

»Ihr zwei wart ja ganz schön rührig.« Edgar legte die Servietten neben sich auf den Tisch. »Oh, ich habe viel von euch und euren Abenteuern gehört.«

Amber runzelte die Stirn. »Von wem?«

»Von Leuten, die Bescheid wissen. Klatsch und Tratsch. Der schwarze Charger und das Dämonenmädchen. Mit dieser Partnerschaft habt ihr euch einen ganz schönen Ruf erworben – und ich hab mich zurückgelehnt und in seinem Abglanz gesonnt.« Sein Lächeln erlosch. »Und ihr habt meinen Schießpulverbeutel geklaut.«

»Ich wollte mich dafür entschuldigen«, sagte Milo.

»Ach ja? Wirklich?«

»Ich dachte, wir könnten ihn vielleicht dringender brauchen als du.«

»Und dass du mich fragen könntest, ist dir nicht in den Sinn gekommen? Du hast nicht geglaubt, dass ich dir meinen Schießpulverbeutel, für den ich eine ganze Stange Geld bezahlt habe, gern geliehen hätte, aus reiner Herzensgüte?«

»Nein, nicht wirklich.«

»Na ja, wahrscheinlich hast du recht.« Edgar schob sich den Rest der Pizzaschnitte in den Mund. Kauend fragte er: »Habt ihr ihn noch? Ihr habt ihn doch nicht verloren, oder?«

»Wir haben ihn noch.«

»Gut.« Er kaute weiter und schluckte. »Amber, wie sieht es mit deinen Eltern aus?«

»Sie wollen mich immer noch umbringen, falls du das meinst.«

»Dann haben sie ihre Meinung in dem Punkt also nicht geändert, wie? Verdammt schade. Meine Eltern wollten mich auch umbringen, als ich so alt war wie du, aber aus ganz anderen Gründen.«

»Bist du bei der Suche nach Gregory Buxton weitergekommen?«, fragte sie. Bevor Edgar antworten konnte, kam eine Kellnerin an ihren Tisch. Sie bestellten ein paar Pizzen und die Kellnerin ging wieder und nahm Edgars zusammengeknüllte Servietten mit.

Edgar beugte sich vor. »Ich habe die Suche eingeengt«, berichtete er. »Ich weiß jetzt nicht nur, in welchem Viertel, ich weiß auch, in welchem Wohnblock er wohnt, und bin mir sogar ziemlich sicher, welches sein Apartment ist. Buxton lebt unter falschem Namen – den ich natürlich auch herausgefunden habe. Wir brauchen nur noch zu warten, bis er nach Hause kommt.«

»Ich bin beeindruckt«, sagte Milo.

Edgar zuckte mit den Schultern. »Ich mache einfach meine Arbeit. Es ist keine große Sache. Du könntest es natürlich nicht und niemand sonst, den du kennst, hätte es geschafft, aber ich hab's geschafft, weil ich ich bin und einfach wahnsinnig clever.«

»Und unerträglich.«

»Das geht Hand in Hand mit Genialität, mein Freund. Ich komme übrigens mit.«

»Ah, Edgar, ich weiß nicht …«

Edgar ließ sein Stück Pizza auf den Teller fallen. »Ihr lasst mich nicht außen vor. Ihr jagt ein geflügeltes Ungeheuer. *Ein geflügeltes Ungeheuer*, du lieber Himmel! Wie viele Leute können das von sich behaupten?«

»Wahrscheinlich nicht sehr viele.«

»*Genau.* Fast mein gesamtes Erwachsenenleben hindurch habe ich mich mit diesem Zeug beschäftigt. Klar, ich habe Verschiedenes ausprobiert, was Praktisches, immer mal wieder, aber alles ohne Erfolg. Doch das hier? Die Jagd auf ein geflügeltes Ungeheuer? Ich würde endlich mal etwas *tun*, anstatt immer nur darüber zu lesen. In Amerikas dunklen Ecken lauern eine Menge Schrecken, von denen niemand etwas weiß. Ich will endlich anfangen, sie aufzuspüren.«

»Das hast du einstudiert«, behauptete Milo.

»Hab ich nicht. Es ist mir gerade eben eingefallen. Komm schon, Milo – habe ich dich je um etwas gebeten?«

Milo seufzte. »Nein.«

»Und Amber, bist du mir was schuldig für all meine Hilfe?«

»Wahrscheinlich.«

»Dann ist es abgemacht«, sagte er und grinste noch breiter.

»Du bist ein ausgesprochen seltsamer Mensch«, stellte Amber fest.

»Ich weiß«, sagte Edgar. »Und ich finde es toll.«

51

Das Haus, in dem Gregory Buxton wohnte, war gleich neben dem East River. Die anderen Häuser in der Straße waren aus rötlichem Backstein, aber seines war braun, ein dreckiges Braun. Die Mauer zum Fluss hin war mit rostigem Gestänge eingerüstet, auf einer Seite gab es eine Autovermietung und auf der anderen die Zuckerraffinerie Kent.

Nur dass die Autovermietung gerade komplett autolos war und die Zuckerraffinerie aus eingeebnetem Brachland mit einem Stacheldrahtzaun darum herum bestand.

Milo parkte an der Ecke am Straßenrand. Die Nacht brach herein und in New York gingen die Lichter an. Es war, als öffnete ein riesiges Ungeheuer seine zahllosen Augen. Sie überquerten die Straße und nahmen die Treppe zum obersten Stock. Sie klopften an Buxtons Tür, und als niemand öffnete, gingen sie ein Stück den Flur hinunter und warteten. Eine knappe Stunde später kam ein ungefähr sechzigjähriger Farbiger die Treppe herauf, ging direkt zu Buxtons Tür und steckte den Schlüssel ins Schloss. Sie traten hinter ihn.

»Gregory Buxton?«, fragte Milo.

Der Mann erstarrte. Einen Moment lang dachte Amber, er könnte versuchen wegzulaufen, doch er überraschte sie, indem er sich umdrehte. Er war groß und kräftig, mit breiten Schultern und dicken Unterarmen. Das weiße Haar war kurz geschoren und er hatte tiefe Falten im Gesicht. Trotz der Spuren des Alters war noch zu erkennen, dass er einmal gut ausgesehen hatte. Seine Lippen waren im Lauf der Jahre zu einer gelassen wirkenden, geraden

Linie geworden. Seine Augen blickten zwar misstrauisch, aber nicht unfreundlich.

»So hat mich seit vielen Jahren niemand mehr genannt«, sagte er. »Kommt rein.«

Er wandte sich wieder seiner Tür zu, öffnete sie und betrat die Wohnung. Die Tür schwang halb zu und verbarg ihn vor ihren Augen.

Milo zog seine Pistole. Sie bewegten sich schnell, aber vorsichtig. Milo öffnete die Tür ganz und Amber sah, wie Buxton sich zu seinem Kühlschrank hinunterbeugte.

»Ich habe kein Bier im Haus, tut mir leid«, entschuldigte er sich. »Früher habe ich getrunken, habe dann aber beschlossen, dass es sich nicht lohnt. Aber ich kann Saft und Limo anbieten, falls euch das anmacht.«

Er richtete sich auf, sah Milos Pistole, zeigte jedoch keinerlei Reaktion, als sie hereinkamen. Das Apartment war trostlos, aber sauber und gut in Schuss.

»Ich hätte gern einen Saft«, sagte Amber. Er schenkte ihr ein Glas ein und ließ es auf dem Tisch stehen. Dann sank er in seinen Sessel, genoss die Bequemlichkeit einen Moment mit geschlossenen Augen und schaute dann auf. »Und jetzt würde mich interessieren, wer ihr seid.«

Amber trat vor. »Ich bin Amber Lamont. Das ist Milo und das Edgar Spurrier. Sie helfen mir.«

»Helfen dir wobei, Amber?«

»Meine Eltern und vier Freunde haben einen Deal mit dem Leuchtenden Dämon gemacht.«

»Aha. Sie sind die Kinderfresser, ja? Ich habe von ihnen gehört. Pech für dich.«

»Der Leuchtende Dämon sagte, er würde die Bedingungen dieses Deals ändern, damit ich weiterleben kann … wenn ich ihm etwas gebe, das er haben will.«

»Mich.«

»Ja.«

»Und deshalb seid ihr hier? Um zu fragen, ob ich freiwillig mitkomme?«

»Ich bin ziemlich sicher, dass Sie das nicht tun werden.«

»Und ich bin ziemlich sicher, dass du recht hast. Wie habt ihr mich eigentlich gefunden?«

»Wir brauchten nur zu wissen, wonach wir suchen müssen, und das hat Ihr Sohn uns gesagt.«

Zum ersten Mal zeigte Buxton Interesse. »Ihr habt mit Jacob gesprochen?«

»Mehr als das«, erwiderte Milo. »Amber hat sein Hexenproblem für ihn gelöst.«

»Im Ernst? Das Ding hat ihn fast um den Verstand gebracht. Wie geht es ihm? Alles okay?«

»Alles gut«, antwortete Amber. »Und bei Ihrer Mutter auch.«

»Ihr seid wirklich herumgekommen. Ich versuche, von Zeit zu Zeit nach ihnen zu sehen, aber von hier aus kann ich nicht viel tun. Ich schulde euch wohl meinen Dank.«

Milo zuckte mit den Schultern.

»Wie haben Sie das geschafft?«, wollte Edgar wissen. »Über eine so lange Zeit unsichtbar zu bleiben?«

»Ich habe meine Hausaufgaben gemacht«, antwortete Buxton. »Ich kenne alle Tricks, weiß, welche Symbole man einritzen und welche Wörter man aufsagen muss. Es schränkt allerdings ein, das gebe ich zu. Ich bin nicht so frei, wie ich es gern wäre. Bei jedem Schritt muss ich an die möglichen Folgen denken. Ich muss ständig aufpassen, dass ich nicht aus den Schatten heraustrete. Ein falscher Schritt, nur einer, und der Leuchtende Dämon könnte sich an mich hängen und ließe mich dann nie mehr los. Ich war ihm die ganze Zeit immer einen Schritt voraus, weil ich mit Geduld und Cleverness vorgegangen bin. Ein wirklich gutes Leben ist das nicht, aber ich möchte wetten, dass es besser ist als der Tod.«

»Sie haben nicht aufgehört zu töten«, sagte Amber.

Buxton blickte sie scharf an. »Nein, junge Frau, das habe ich wohl nicht. Ich hatte nicht vor, jemanden zu töten, zumindest nicht zu Anfang. Ich dachte mir, ich bringe ihn dazu, dass er Jacob heilt, dann nehme ich meinen Sohn und verschwinde. Aber ich musste sicher sein, dass Jacob für immer geheilt war, was bedeutete, dass er alle diese Tests über sich ergehen lassen musste. Und plötzlich war ich sehr viel länger dabei, als ursprünglich geplant. Also habe ich ihm Seelen gebracht, genau so, wie ich es versprochen hatte.

Irgendwann kam ich zu dem Schluss, dass Jacob ohne mich besser dran wäre. Der typische Ausspruch eines Vaters, der seiner Unterhaltspflicht nicht nachkommt, wie? Ja, ich bin mir dessen bewusst, aber es ist deshalb nicht weniger wahr. Also hab ich mich davongemacht. Alle meine Tricks haben funktioniert und der Leuchtende Dämon hat mich nie gefunden. Aber damit meine Tricks funktionierten, brauchte ich eine gewisse Menge … ihr würdet es wahrscheinlich *Mojo* nennen. Und mein Mojo bekam ich nur, wenn ich weiter Seelen sammelte. Aber anstatt sie dem mürrischen alten Stellvertreter des Leuchtenden Dämons zu geben, behielt ich sie für mich selbst. Je mehr ich behielt, desto stärker wurde ich, und je stärker ich wurde, desto mehr Seelen griff ich mir.«

»Dann müssen Sie jetzt ziemlich stark sein«, meinte Amber.

Buxton nickte ihr kurz zu. »Stark genug. Ich versuche, nur die Bösen zu holen. Kriminelle, Gangster, korrupte Beamte, solche Leute … Ihre Seelen sind nicht so wirkstark wie die Unschuldiger, aber sie tun es auch. Ab und zu ist mir ein kleines Versehen passiert – ich behaupte nicht, dass ich eine Art Heiliger bin –, aber es geht mir gut.«

Amber schaute ihn an, wie er da in seinem Sessel saß, als plauderte er mit seinen Kumpels. »Wie können Sie so ruhig sein?«, fragte sie.

»Warum sollte ich es nicht sein?«

»Weil wir zu Ihnen gekommen sind und Ihnen gesagt haben, dass wir Sie dem Leuchtenden Dämon übergeben wollen. Ich an Ihrer Stelle wäre wütend.«

»Und was würde das bringen?«, fragte Buxton. »Noch habt ihr mich ihm ja nicht übergeben. Und ihr habt dem Leuchtenden Dämon auch noch nicht gesagt, wo ich bin, sonst wäre er nämlich schon hier. Ich gehe davon aus, dass ich noch ein bisschen Zeit habe.«

»Und wenn wir sagen würden, wir rufen ihn jetzt gleich, wie würden Sie sich dann fühlen?«, fragte Edgar.

Buxton zuckte mit den Schultern. »Ihr werdet wohl versuchen müssen, ihn herbeizurufen, um es herauszufinden.«

Milo zog wieder seine Pistole aus dem Holster und legte sie auf seine Knie. »Du willst uns umbringen«, stellte er fest.

»Stimmt.«

Edgar wurde blass. »Aber wir sind zu dritt. Und wir haben eine Pistole.«

»Ich schaffe das.«

Milo lächelte leise. »Ich bin ziemlich schnell und ziemlich gut.«

»Das müssen Sie auch sein.«

»Wenn wir Sie nicht übergeben, haben Sie dann irgendeine Möglichkeit, mir zu helfen?« Amber redete schnell, bevor die Situation eskalierte. »Wenn Sie alle Tricks kennen, haben wir etwas übersehen?«

Buxton schaute von Milo zu ihr. »Nach dem, was ich von deiner Situation weiß, hast du zwei Möglichkeiten. Du kannst entweder weiter davonlaufen und hoffen, dass sie nach zehn oder zwölf Jahren die Jagd nach dir einstellen, oder du jagst sie. Ich persönlich würde sie jagen und töten, bevor sie mich töten.«

»Ich will niemanden töten.«

»Du hast diese Hexe getötet, oder?«

»Ja, schon, aber …«

»Diese Hexe war für dich kein Lebewesen? Klar, sie mochte anders gewesen sein als du und ich, aber sie hatte ein Herz, das schlug. Sie hat geatmet. Sie hatte ein Leben und du hast es beendet. Du hast schon getötet, Amber.«

»Das weiß ich«, erwiderte sie ein wenig zu laut. »Ich weiß es.«

Buxton zuckte mit den Schultern. »Dann ist es doch sicher keine große Sache, noch ein paar mehr zu töten.«

»Was ist, wenn sie sich versteckt?«, fragte Milo. »Sie waren für den Leuchtenden Dämon die ganze Zeit unsichtbar – kann Amber das auch?«

»Selbstverständlich. Dazu bräuchte es nicht einmal viel *Mojo*. Du müsstest dir nur eine Kleinstadt aussuchen, irgendetwas Abgelegenes, fernab von der Demon Road, und dich integrieren. Müsstest den Rest deines Lebens in diesem kleinen, abgelegenen Ort verbringen, dürftest dich nie bei irgendetwas hervortun, nie ein Zeichen setzen, nie Aufsehen erregen, nie Scherereien machen ... Glaubst du, du kannst das, Amber? Glaubst du, du kannst ein Leben in hundertprozentiger Durchschnittlichkeit leben?«

Sie zögerte.

Buxton lächelte. »Natürlich kannst du das nicht wollen. Selbst wenn du der langweiligste Mensch auf unserem Planeten wärst – niemand will ein Leben, das nur aus Mittelmäßigkeit besteht.«

»Ich will nur, dass meine Eltern aufhören, mich zu suchen.«

»Dann töte sie.«

»Das kann ich nicht.«

»Dann gewinnen sie.«

»Gibt es denn gar nichts sonst, das ich tun kann?«

Buxton seufzte. »Du könntest nach Desolation Hill gehen.«

»Wo ist das?«

»Alaska. Ich weiß nicht, warum und weshalb, aber das ist der einzige Ort, an dem du für den Leuchtenden Dämon und alle, die er dir hinterhergeschickt hat, unsichtbar bist. Als ich mich aus dem Staub gemacht habe, dachte ich, ich könnte mich dort ein paar Monate, vielleicht sogar ein paar Jahre verstecken – aber ich habe es nur eine Woche ausgehalten. Ich würde nicht zu dieser Reise raten.«

»Ich hatte wirklich gehofft, Ihnen würde etwas einfallen, wie Sie mir helfen könnten, Mr Buxton.«

»Ja, das habe ich verstanden. Aber da mein Rat lautet, töte deine Eltern und ihre Freunde bei der erstbesten Gelegenheit, glaube ich nicht, dass du mich besonders schätzt. Wir befinden uns deshalb in einer misslichen Situation.«

»Äh, und die wäre?«, fragte Edgar.

»Mr Spurrier, nicht wahr? Mr Spurrier, was Milo und Amber in den letzten paar Minuten völlig unabhängig voneinander beschlossen haben, ist, mich dem Leuchtenden Dämon zu überstellen. Milo ist es ziemlich gleichgültig, was mit mir passiert, und Amber hat sich überlegt, dass ich schon jede Menge Leute umgebracht und es vielleicht verdient habe, für meine Sünden zu büßen. Dabei muss man ihr zugutehalten, dass ihr die Entscheidung nicht leichtfiel. Stimmt doch, Amber?«

»Ich … Mr Buxton, es tut mir leid.«

Buxton tat ihre Entschuldigung mit einer Handbewegung ab. »Unsinn. Und du magst sogar recht haben. Das Argument, dass ich in meinem Leben mehr Schlechtes als Gutes …«

Ohne Vorwarnung kickte er den Couchtisch gegen Milos Bein, sodass die Pistole von seinen Knien fiel. Milos Hand schoss nach vorn und er fing die Waffe auf, bevor sie den Boden berührte, doch Buxton war jetzt auf den Beinen und versetzte Milo einen Tritt gegen die Brust, der ihn nach hinten fallen ließ und seinen Stuhl umwarf. In den drei Sekunden, die Amber brauchte, um ihre Hörner wachsen zu lassen, schleuderte Buxton sie in Edgar, und beide kippten über die Rückenlehne der Couch.

Milo zielte mit der Waffe auf ihn, doch Buxton kickte sie ihm aus der Hand. Er packte ihn hinten am Jackett und warf ihn gegen die Wand.

Amber rannte mit ausgestreckten Krallen auf ihn zu. Er wich ihrem Schlag aus und trat ihr die Füße weg. Dann griff er sich den Stuhl, auf dem Milo gesessen hatte, und zerschmetterte ihn auf ihrer Schulter. Amber ging zu Boden und kämpfte gegen die Bewusstlosigkeit.

Sie hörte Buxton ächzen und sah, wie Milo ihn nach hinten drängte. Sie stießen eine Stehlampe um, krachten in den Küchentisch und schoben ihn zur Seite. Buxton schlug zu, Milo blockte ab, machte einen Schritt auf ihn zu und antwortete mit einem Kopfstoß, dem ein Ellenbogenstüber auf den Nasenrücken folgte. Es spritzte Blut. Buxton machte einen unsicheren Schritt. Milo trat ihm gegen das Knie und drehte ihn herum, konnte einen Würgegriff ansetzen. Doch Buxton drängte ihn nach hinten und stieß Milo gegen die Wand. Milo ließ nicht los. Buxtons Gesicht färbte sich dunkelrot.

Vor seinen Füßen lag Milos Pistole. Amber fluchte, versuchte aufzustehen, doch ihre Beine zitterten noch zu sehr. Sie schwankte und stürzte, als Buxton auf die Knie fiel. Er versuchte nicht länger, den Würgegriff zu lösen, sondern griff nach der Pistole. Er hob sie auf, doch anstatt über die Schulter auf Milo zu zielen, zielte er direkt auf Amber. Auf ihrer Haut wuchsen schwarze Schuppen, doch sie bezweifelte, dass sie ihr bei einem Schuss aus dieser Entfernung etwas nützen würden.

Milo ließ sofort los und trat zurück und Buxton holte ein paar Mal tief Luft.

»Ist es vorbei?«, fragte Edgar aus seiner Deckung hinter der Couch. »Haben wir gewonnen?« Er spähte hervor. »Oh, Mist.«

Die Schuppen zogen sich ein wenig zurück, als Amber langsam aufstand. Buxton stand ebenfalls auf und stellte sich so, dass er alle drei im Schussfeld hatte. Er wischte sich Blut von der Nase.

»So ein Pech«, sagte er. »Fast hättet ihr mich gehabt.«

Er ging rückwärts zur Tür, öffnete sie, blickte alle drei noch einmal an und rannte los.

Amber zögerte. Sie schaute Milo an, er schaute sie an, dann sprinteten sie gleichzeitig zur Tür.

»Er hat doch die Pistole!«, rief Edgar ihnen nach.

Sie rannten auf den Flur und sahen gerade noch, wie Buxton die Treppe hinauflief. Sie hinterher. Auf halbem Weg ließ Buxton die Pistole fallen. Milo hob sie in vollem Lauf auf.

Amber war vor Milo an der Tür zum Dach und rannte hinaus. Buxton lief auf den Rand zu. Milo feuerte einen Warnschuss in den Nachthimmel ab, doch Buxton machte keine Anstalten, stehen zu bleiben. Amber legte noch einen Zahn zu. Buxton konnte nirgendwohin laufen.

Aber er hatte überhaupt nicht die Absicht zu laufen.

Plötzlich verwandelte er sich. Aus dem großen breitschultrigen Mann wurde ein noch größerer, noch breitschultrigerer Dämon. Flügel, gewaltige Flügel rissen seinen Hemdrücken auf. Seine dunkle Haut wurde grau. Er erreichte den Rand des Daches, breitete die Flügel aus und erhob sich in die Luft. Amber blieb stehen und beobachtete das Schauspiel mit offenem Mund. Buxton drehte sich und blickte auf sie herab. Sein graues Gesicht sah aus wie aus Granit gemeißelt. Auf dem Kopf war ihm eine Krone aus kleinen Hörnern gewachsen, genau wie Jacob es beschrieben hatte.

Milo kam angelaufen und feuerte noch einmal zwei Schüsse ab, als Buxtons Flügel sich zusammenfalteten und er in die Tiefe stürzte. Kurz bevor er außer Sichtweite war, öffneten sich die Flügel wieder, er ging in den Sturzflug über und verschwand in der Dunkelheit.

»Was machen wir jetzt?«, fragte Edgar.

»Wir nehmen die Verfolgung auf«, antwortete Amber.

Sie lief zum Rand des Daches und sprang.

52

Edgar stieß einen Schrei aus und Milo rief ihren Namen. Danach hatte Amber nur noch vorbeirauschende Luft in den Ohren. Sie krachte in die Feuerleiter der Autovermietung auf der anderen Seite der Gasse. Ihre starken Finger krallten sich um das schmiedeeiserne Geländer. Sie drehte sich um, ging in die Hocke und katapultierte sich zurück auf die gegenüberliegende Seite. Bevor sie ein Stück weiter unten auftraf, schlug sie einen Salto, rollte sich zu einer Kugel zusammen, berührte mit den Füßen die Backsteinmauer und schnellte zur Feuertreppe zurück. So ging's hinunter. Festhalten am Geländer auf der einen Seite, abstoßen auf der anderen, bis sie in der Gasse landete. Jemand fluchte in der Dunkelheit, eine in ihren Schlafsack eingemummelte Obdachlose. Amber sprang über sie hinweg und rannte zur Straße. Ein Auto fuhr vorbei, bemerkte sie nicht, und Amber lief aus der Gasse, den Blick zum Himmel gerichtet.

Da.

Sie nahm die Verfolgung auf, verwandelte sich zurück, wenn sie Leuten begegnete, und wurde wieder zum Dämon, sobald die Luft rein war. Sie lief über Straßen, Gassen und Parkplätze, rempelte Gassigeher an und Pärchen auf ihrem Nachtspaziergang. Buxton hatte sie immer im Blick.

Dann plötzlich nicht mehr. Klar, das musste so kommen. Sie hatte es gewusst, hatte gewusst, dass es nicht so weitergehen konnte. Dennoch stachelte es ihre Wut an, ließ sie noch schneller laufen, noch entschlossener nach ihm suchen.

Sie erhaschte Blicke auf ihn, die sie in verschiedene Richtungen stürmen ließen. Je länger sie rannte, desto weniger war sie bereit, sich zurückzuverwandeln. Als ganz normale Amber wurde sie langsamer, kam außer Puste, schnaufte, prustete und keuchte. Doch als Dämon war sie gnadenlos, ihre Muskeln waren stark und sie wurde nicht müde.

Sollten sich die New Yorker doch über sie wundern. Sollten sie sich doch fragen, ob es lediglich ein weiterer verrückter New Yorker war, der zu irgendeiner Kostümparty ging, oder ein echter Dämon, der da durch ihre Straßen lief. Es kümmerte sie nicht. Das Einzige, was zählte, war, Buxton aufzuspüren und ihm seine verdammten Flügel auszureißen.

Von hinten näherten sich Lichter, ihr Schatten wurde länger und sie wirbelte herum, als der Charger bremste. Edgar saß bereits auf der Rückbank. Sie sprang hinein und Milo fuhr los. Amber musste den Kopf einziehen, damit ihre Hörner nicht an der Wagendecke anstießen.

»Du bist für alle sichtbar so herumgerannt«, schimpfte Milo, als sie um eine Ecke bogen und der Charger leicht hinten ausbrach. »Was zum Teufel hast du dir dabei gedacht?«

»Ich denke, wenn wir ihn entkommen lassen, bin ich tot«, antwortete sie. »Das denke ich.«

»Milo streckte den Kopf aus dem Fenster. »Man hat dich gesehen.«

»Lieber gesehen werden als tot sein.«

»Festhalten«, befahl Milo.

Er kurbelte am Lenkrad und sie drehten sich um hundertachtzig Grad. Der Sicherheitsgurt schnitt in Ambers Schulter. Sie sah Buxtons dunkle Silhouette, obwohl sie über den Straßenlaternen kaum zu erkennen war. Der Charger nahm die Verfolgung auf.

»Ich würde diesen Moment gern nutzen, um mich zu entschuldigen«, meldete sich Edgar von hinten. »Ich weiß, dass ich da oben nicht besonders nützlich war. Gewalt war nie mein Ding.«

Amber verlor Buxton aus den Augen.

»Ist schon gut, Edgar«, erwiderte Milo zwischen zusammengebissenen Zähnen.

»Ich möchte euch nur versichern«, fuhr Edgar fort, »dass ich, sollten wir uns noch einmal in einer ähnlichen Situation wiederfinden, mein Bestes tun würde, um euch beizustehen.«

Dieses Mal antwortete weder Amber noch Milo. Sie konzentrierten sich ganz darauf, Buxton wieder zu sichten.

Edgar ließ sich nicht beirren. »Es ist einfach so, dass ich nie der athletische Typ war. Selbst in der Highschool gehörte ich immer zu denen, die auf der langsameren Seite von schnell waren. Bücher und Fernsehen waren mir lieber, als auszugehen und irgendwas zu unternehmen. Daran waren meine Eltern schuld, ganz ehrlich. Sie haben mich nur selten ermuntert, und wenn, taten sie es lustlos und, wie mir schien, unaufrichtig.«

Amber wies mit dem Finger. »Da!«

Milo wendete und wäre fast mit einem gelben Taxi zusammengestoßen, das aus der Gegenrichtung kam. Amber ließ Buxton nicht aus den Augen. Sein Flügelschlag wurde langsamer. Er wurde müde. Dann verschwand er.

Amber runzelte die Stirn. »Wo ist er hin?«

»Er ist gelandet«, sagte Milo. Er ließ den Motor aufheulen. »Ich verfolge ihn zu Fuß. Edgar, du fährst. Immer um den Block herum. Sieh zu, dass er nicht entkommt.«

»Äh, du willst, dass ich diesen Wagen fahre?«, fragte Edgar.

»Sie wird dir nichts tun«, antwortete Milo. »Sie mag Amber.«

»Was hält sie von mir?«, fragte Edgar.

»Das willst du nicht wissen.«

Edgar machte ein bestürztes Gesicht. »Abgelehnt von einem Auto. Ein neuer Tiefpunkt.«

»Ich komme mit«, sagte Amber, als Milo seinen Sicherheitsgurt löste.

»Du bleibst bei Edgar.«

»Nein, ich komme mit …«

»Du kannst so nicht herumrennen«, sagte Milo. »Bleib in dem verdammten Wagen, und ich treibe Buxton in eure Richtung.«

Amber blickte ihn finster an, doch Milo drehte bereits am Lenkrad. Er bremste, sprang aus dem Auto und lief mit der Pistole in der Hand zwischen zwei Gebäuden hindurch. Sie zwang sich, sitzen zu bleiben.

Der Plan war gut. Trotz ihres Zorns, trotz ihrer plötzlichen kalten Wut musste sie einsehen, dass es ein guter Plan war.

Edgar ächzte, als er vom Rücksitz kletterte und sich hinters Lenkrad klemmte. »Na dann«, sagte er. »Es geht los.«

Der Charger bewegte sich langsam vom Straßenrand weg und nahm kaum Geschwindigkeit auf.

»Schneller!«, blaffte Amber.

»Einen Wagen zu fahren ist, wie ein Pferd zu reiten«, erklärte Edgar geduldig. »Man muss es erst nach und nach kennenlernen, sein Temperament …«

Amber fauchte ihn an. »Schneller!«

Edgar schluckte schwer und trat aufs Gaspedal.

Sie fuhren gerade am Ende des Blocks um die Ecke, als Edgar nach oben schaute, scharf die Luft ausstieß, das Lenkrad herumriss und in die entgegengesetzte Richtung fuhr.

Ambers Hörner stießen heftig gegen den Autohimmel. »Was zum Teufel soll das, Edgar?«

Sie rasten die Straße entlang. Edgar schaute mehr aus dem Fenster als auf die Straße vor ihnen. »Buxton«, keuchte er. »Er hat Milo.«

»Er hat was?«

Sie bogen in eine befahrenere Straße ein.

»Hast du es nicht gesehen? Er trägt ihn. Sieht so aus, als sei Milo bewusstlos. Oh Gott, du glaubst doch nicht, dass Buxton ihn fallen lässt?«

Amber ignorierte die Frage. »Wo sind sie? Ich sehe sie nicht.«

»Direkt vor uns.« Edgar schlängelte sich durch den Verkehr.

»Siehst du sie? Direkt … oh, Mist. Wo sind sie? Sie waren direkt vor uns, sie waren – *aha!*«

Er riss erneut das Lenkrad herum und Ambers Hörner schabten wieder über den Autohimmel. »Vorwarnen wäre nicht schlecht«, knurrte sie. Ihr Zorn wuchs.

»Sorry. Sie sind hier auf meiner Seite. Siehst du sie?«

»Ich glaube dir.«

Edgars Fahrweise erregte eine Menge Aufmerksamkeit. Hupkonzerte ertönten, wenn sie überholten, und Edgar rief jedem Fahrer eine Entschuldigung zu.

»Hör auf damit«, sagte Amber.

»Zu fahren?«

»Dich zu entschuldigen.«

»Oh. Sorry. Aber das ist ganz schön aufregend, findest du nicht? Ich meine natürlich nur, wenn er Milo nicht fallen lässt. Dann ist es aufregend. Wenn er Milo fallen lässt, ist es tragisch und schrecklich, aber im Moment ist es aufregend. Spürst du es? Spürst du, wie aufregend es ist?«

Amber hätte ihn am liebsten umgebracht. »Ich spüre es.«

»Schau mich an«, fuhr Edgar fort, »ich fahre einen Dämonenwagen, jage ein geflügeltes Ungeheuer … Gefahr auf allen Seiten. Aber gebe ich Fersengeld und fliehe? Lässt mein Mut mich im Stich? Tut er nicht.«

»Redest du immer noch?«

»Ich rede, wenn ich nervös bin. Wenn ich Dämonen jage, auch, nehme ich an. Es ist das erste Mal, dass ich einen Dämon jage, und da ich rede, gehe ich davon aus, dass ich wohl rede, wenn ich Dämonen jage. Ha! Das sind meine Dämonenjagdhosen. Ich trage sie jetzt immer, wenn ich Dämonen jage.«

Sie wollte ihm den Hals umdrehen, tat es aber nicht. Wenn sie ihm den Hals umdrehte, baute er womöglich einen Unfall.

»Dieser Wagen ist einfach umwerfend, nicht wahr?«, fragte er. »Die Leute reden darüber, wie Motoren brummen – dieser tut es tatsächlich, was? Du hörst es doch auch, oder? Das Brummen. Diese Kraft. Dieser Wagen lebt. Hey, ich frage mich, ob es auf mich abfärbt, weil … äh …«

»Weil Milo das Highway-Gespenst ist und der Wagen besessen ist?«

»Oh, oh, dann hat er es dir also gesagt. Cool. Ja, ich frage mich, ob ich jetzt plötzlich auch ganz besessen werde und so.«

»Ich bezweifle es.«

»Wahrscheinlich hast du recht.« Den Blick durch das offene Fenster immer auf Buxton und Milo gerichtet, schlitterte Edgar um eine Kurve. Hier war wieder weniger Verkehr. Dafür mehr aufgegebene Geschäfte und Kunstgalerien. Verdammt viele Kunstgalerien. Sie fuhren in Richtung Hafen. »Aber es hätte natürlich was. Diese Art von Kraft zu spüren. Wie ist es, Amber, wenn ich fragen darf? Wie ist es, wenn du so bist, in dieser Gestalt?«

Sie gab es auf, den Himmel nach Buxton abzusuchen. »Ich bin besser. Stärker. Schneller.«

»Wunderschön.«

Sie blickte ihn finster an.

»Sorry«, murmelte er. Einen Augenblick später fuhr er langsamer.

Amber spannte sämtliche Muskeln an. »Was ist?«

»Sie landen.« Er bog wieder um eine Ecke. Hier fuhren überhaupt keine Autos mehr. Auch keine Fußgänger waren unterwegs. Mit Brettern vernagelte Geschäfte und Lagerhallen. Er schaltete die Scheinwerfer aus und sie fuhren langsam durch ein offenes Tor.

Sie kamen an Frachtcontainern vorbei, aufeinandergestapelt wie Wohnblocks, und gewaltigen Kränen, die über provisorischen Büros aufragten. Edgar fuhr so dicht an einem Berg kaputter Rohre vorbei, dass ihre schartigen Enden fast die Karosserie des Chargers zerkratzt hätten. Langsam schlichen sie an allem vorbei zu der Lagerhalle auf der Ostseite des Hofs. Edgar schaltete den

Motor aus und schaute Amber nervös an. Seufzend stieg sie aus. Sie roch das Meer.

Hinter den hohen Mauern des Hofs ratterte und summte New York. Innerhalb der Mauern war es still.

»Ich glaube, sie sind da drin«, flüsterte Edgar, den Blick auf die Lagerhalle vor ihnen gerichtet.

Amber nickte und ging zur Tür.

»Ich würde mich besser fühlen, wenn ich eine Waffe hätte«, wisperte Edgar neben ihr. »Ich sollte mir eine Waffe besorgen. Vielleicht gibt es in der Nähe ein Waffengeschäft, das noch offen hat.«

»Besorg dir eine Waffe oder besorg dir keine, mir ist es gleich. Ich gehe jedenfalls hinein.«

Edgar drückte die Brust heraus. »Und ich komme mit.« Er schaute sich um und hob ein verrostetes Brecheisen auf. »Und ich komme bewaffnet mit.«

Amber zuckte mit den Schultern. Es war ihr wirklich egal.

Mit Edgar auf den Fersen trat sie durch die Tür. Von einem kleinen Flur aus führten Treppen nach oben. Sie ging darum herum und direkt auf die Tür am anderen Ende zu. Sie knarrte leise, als sie sie öffnete. Dahinter war die eigentliche Lagerhalle. Sie war leer, bis auf einen Motorblock mittendrin.

»Hier sind sie nicht«, flüsterte sie.

Edgar nickte. »Vielleicht oben. Vielleicht auf dem Dach. Ich kann nicht aufs Dach. Ich habe Höhen…«

Er beendete seinen Satz nicht.

Sie folgte seinem Blick auf den Motorblock. Das Licht einer Straßenlaterne schien durch die hohen Fenster und wurde von etwas Glänzendem zwischen all dem Rost reflektiert. Sie ging näher heran. Waren das Handschellen?

Sie drehte sich um, Edgar holte mit dem Brecheisen aus und donnerte es ihr an den Kopf.

53

Die Welt kippte zur Seite.

Amber merkte – irgendwie –, dass sie weggeschleift wurde. Sie war kurz davor, bewusstlos zu werden, doch anstatt unterzugehen, anstatt in den Tiefen der Ohnmacht zu versinken, gelang es ihr zu schwimmen, den Kopf oben zu halten. An ihrem Handgelenk spürte sie etwas Kaltes. Metall. Dann flatterten ihre Augenlider und sie sah Edgar davongehen. Sie legte sich auf den Rücken und schaute hinauf in lange Stäbe aus Helligkeit. Sie wollte ausruhen. Wach zu bleiben war so mühsam. Und es tat weh. Ihr Kopf tat weh, wo Edgar … wo er … Was hatte er getan?

Ihr ein verdammtes Brecheisen über den Kopf gezogen. Das hatte er.

Amber runzelte die Stirn. Der Schmerz ließ bereits nach. Langsam konnte sie wieder klar denken. Die Stäbe aus Helligkeit über ihr wurden zu Neonröhren an der Decke der Lagerhalle. Die Kälte an ihrem Handgelenk stellte sich als Handfessel heraus. Sie hörte ein seltsames Zischen und wartete darauf, dass ihr Gehirn in die Gänge kam.

Sie fuhr mit der Zunge über ihre Reißzähne und biss zu. Der Schmerz schärfte ihr Bewusstsein weiter. Dann setzte sie sich auf. Langsam.

Edgar hatte sie an den Motorblock gefesselt. Natürlich. Sie wusste nicht, wie viel so ein Motorblock wog, aber sicher verdammt viel mehr, als sie heben konnte, selbst in ihrer derzeitigen Gestalt.

Sie schaute zu ihm hinüber. Das Zischen kam von dem feinen

schwarzen Pulver, das er aus dem Schießpulverbeutel schüttelte. Edgar ging seitwärts. Er war kurz davor, den großen Kreis, den er um sie gezogen hatte, zu schließen.

»Du arbeitest für meine Eltern«, stellte Amber fest.

Er schaute auf, gerade lang genug, um zu lächeln und den Kopf zu schütteln. Dann machte er sich wieder an die Arbeit. »Nö. Mir ist klar, weshalb du das denkst, aber ich kenne deine Eltern überhaupt nicht. Und ich glaube, ich will sie auch gar nicht kennenlernen. Was sind das für Leute, die ihre eigenen Kinder verspeisen? Es gibt schon sehr kranke und verdrehte Menschen auf dieser Welt, findest du nicht auch?«

Er machte noch ein paar Schritte zur Seite. Der Kreis war fast geschlossen.

»Und was tust du da?«, fragte sie und stand auf.

»Warte noch einen Moment«, erwiderte er zerstreut. »Ich muss das ganz genau … So. Fertig.«

Der Kreis war geschlossen. Er richtete sich auf und hielt sich den Rücken. »Ich bin auch nicht mehr so jung, wie ich mal war«, feixte er und verschloss den Beutel. »Amber, ich hoffe wirklich, du verstehst, dass nichts von alledem persönlich gemeint ist. Es ist nicht so, dass ich dich nicht mag. Im Gegenteil, ich mag dich. Ich finde, du bist eine kluge und interessante Person. Das durchzumachen, was du durchmachst, und dabei noch so positiv und freundlich zu bleiben – das ist eine seltene Gabe, die du da hast, Amber. Schätze sie. Wirklich.«

»Was tust du da? Wozu soll der Kreis gut sein?«

»Komm schon, du bist nicht dumm. Du weißt, wozu er gut ist.«

»Du willst den Leuchtenden Dämon herbeirufen?«

»Endlich sind wir auf derselben Wellenlänge.«

»Aber wir wollten das ohnehin tun.«

»Es geht hier nicht um dich, Amber. Es ging nie um dich. Trotz allem bist du immer noch lediglich ein Teenager. Du glaubst, die Welt dreht sich um dich. Da muss ich dich leider enttäuschen,

Kleine. Es geht hier um mich. Ich habe schon früher versucht, den Leuchtenden Dämon herbeizurufen, aber ich fürchte, ich bin einfach nicht interessant genug für jemanden wie ihn. Doch dieses Mal glaube ich, dass er kommt. Ich glaube, er ist bereit, mit mir zu verhandeln, wenn er sieht, was ich ihm als Blutopfer anzubieten habe.« Er trat über den Kreis und kam auf sie zu. »Im Grunde ist es eine Schande. Wenn ich mir dich so anschaue, zögere selbst ich. Dich zu töten ist, als würde ich etwas auf der Liste der bedrohten Arten töten, einen Tiger oder Leoparden oder so.« Er kam noch ein Stück näher. Du bist wirklich wunderschön.«

Amber machte einen Satz auf ihn zu. Die Handschellen stoppten sie, aber Edgar zuckte dennoch zurück. Dann lachte er.

»Schau dir diese Reißzähne an!«, sagte er. »Und dieses Fauchen. Du bist wirklich ein furchterregendes Mädchen, wenn ich das so sagen darf. Aber auch schön. Unbestreitbar schön. Was ist das für ein Gefühl zu wissen, dass die Monsterversion von dir die schönere ist? Diese Haut. Diese Hörner …« Er schürzte die Lippen. »Ich frage mich, wie viel ich für sie bekommen …«

»Edgar, bitte …«

»Er tat ihre Worte mit einer Handbewegung ab. »Gib dir keine Mühe, Amber. Das ist ein Traum von mir, seit ich von unserem strahlend hellen Freund gehört habe. Ich sehe Leute wie dich, Leute wie Milo und Buxton, und frage mich – warum nicht ich? Was stimmt nicht mit mir, dass ich nicht teilhaben kann an dieser wundervollen, unheiligen Kraft? Ich verlange nicht einmal etwas, das ist ja das Komische. Ich bitte ihn um gar nichts – alles, was ich will, ist diese Kraft, um ein paar Seelen für ihn einsammeln zu können.«

»Du wirst mich umbringen?«

Edgar nickte. »Blutopfer. Der Name sagt es schon.«

»Und du glaubst, er will noch mit dir reden, nachdem du einen seiner Dämonen umgebracht hast?«

Edgar lachte. »Oha, dann *bist* du jetzt also einer seiner Dämonen, ja? Der Sinneswandel kam aber verdammt schnell.«

»Edgar, überleg doch mal. Ich habe Fehler gemacht während der letzten beiden Wochen und Menschen sind gestorben. Ich habe getötet …«

Edgar lachte. »Es ist wirklich rührend zu sehen, wie besorgt du um mein Gewissen bist, aber du bist nicht das erste Mädchen, das ich getötet habe. Ach du meine Güte, hast du das angenommen? Das tut mir leid. Nein, nein, nein. Ich töte jetzt schon seit langer Zeit wunderhübsche junge Frauen. Einige in Situationen wie dieser, als Blutopfer. Einige, weil sie es verdient haben. Und einige, weil mir einfach danach war. Amerikas Monster tragen nicht alle Hörner, musst du wissen. Einige sind ganz gewöhnliche Leute. Wie ich.«

»Milo wird dich finden.«

»Um Milo kümmere ich mich schon.«

»Er bringt dich um«, sagte Amber zwischen zusammengebissenen Zähnen.

»Ich habe seinen Wagen. Halte Milo eine gewisse Zeit von seinem Wagen fern und was bleibt von ihm? Er ist nur noch ein Mann. Aber ich? Ich bin dann ein Dämon.«

Er zog ein Messer aus seiner Tasche.

Sie zwang ein höhnisches Grinsen auf ihr Gesicht. »Du glaubst nicht, dass er in diesem Moment auf dem Weg hierher ist?«

»Er versucht, Buxton zu finden. Außerdem weiß er nicht, wo wir sind.«

»Er ist das Highway-Gespenst«, sagte sie. »Er ist mit diesem Wagen verbunden. Er ist ein Teil von ihm. Er findet ihn, wo immer er ist.«

Zum ersten Mal sah sie Zweifel in Edgars Augen aufflackern.

»Du bringst mich um«, fuhr sie fort, »und es funktioniert. Du kommst ins Schloss des Leuchtenden Dämons und er gibt dir, was du willst. Und weißt du, was dann passiert? Du kommst hierher zurück und Milo erwartet dich. Und er gibt dir nicht mal einen Augenblick Zeit, um deine brandneuen dämonischen Kräfte auszuprobieren. Er schießt dir einfach direkt zwischen die Augen. Glaubst du wirklich, du hast eine Chance? Glaubst du wirklich, er trifft nicht?«

Edgar schwieg.

»Er ist ein guter Schütze und du hast einen verdammt großen Kopf.«

Edgar steckte das Messer wieder ein. »Dann stelle ich den Wagen einfach ein Stück weiter die Straße hinunter. Du bleibst schön hier, ja?«

Sie behielt das höhnische Grinsen bei, als sie ihm nachschaute, doch sobald er draußen war, verwandelte sie sich zurück. Die Handfessel saß am Gelenk noch genauso eng, aber ihre Hände, diese kleinen Hände …

Sie biss die Zähne zusammen gegen den Schmerz und begann, ihre Hand herauszuziehen. Einen Augenblick lang fühlte es sich so an, als würden ihre Knochen brechen oder als würde sie sich selbst die gesamte Haut abziehen, doch dann bewegte sich ihre Hand und sie biss sich auf die Lippe, um nicht laut zu schreien. Es funktionierte. Es würde funktionieren.

Scheinwerferlicht glitt über die Wand, doch das Motorengeräusch, das sie hörte, war nicht vom Charger. Blitzartig kam ihr der Gedanke, dass Milo sie gefunden hatte, dass alles, was sie über ihn gesagt hatte, stimmte und er seinen Wagen tatsächlich überall wiederfand.

Sie verdoppelte ihre Anstrengung, sich zu befreien. Es durfte doch nicht sein, dass er sie rettete. Er würde ihr das sonst ewig unter die Nase reiben.

Sie zog scharf die Luft ein, als sie ihre Hand herauszog, und verwandelte sich augenblicklich, damit sie den Schmerz nicht mehr spürte. Dann hob sie Edgars Brecheisen auf und rannte zur Tür, und im selben Moment rief ihr Vater ihren Namen.

54

Amber warf sich auf den Boden und kroch in Deckung.

»Wir wissen, dass du hier bist, Amber!«, rief Bill. »Wir wissen, dass du uns hörst!«

Sie wagte einen kurzen Blick. Zwei Wagen, die Motoren ausgeschaltet, die Scheinwerfer aber immer noch an. Bill und Betty traten in ihrer Dämonengestalt ins gleißende Licht.

»Komm raus, Liebes!«, rief Bill. Sein langer Schatten tanzte über den Hof. »Wir machen es schnell und schmerzlos, versprochen!«

Amber drehte sich so, dass sie den Charger sehen konnte. Sie erhaschte einen Blick auf Edgar, der sich in der Dunkelheit dahinter versteckte.

»Ich bin's, Amber«, meldete sich Betty. Sie faltete die Hände und legte sie auf ihr Herz. »Deine Mommy. Wir wollten dir keine Angst einjagen. Wirklich nicht. Und alles, was passiert ist, tut uns schrecklich leid – aber du weißt, weshalb wir es tun mussten, nicht wahr? Du verstehst es. Ich weiß, dass du es verstehst.«

»Komm raus, Liebes!« Bill legte den Arm um seine Frau und sie lehnte den Kopf an seine Schulter. Er küsste sie auf ihr Horn. »Du wirst absolut nichts spüren und dann ist alles vorbei.«

Amber ging rückwärts zur Treppe und stieg hinauf. Selbst von dort oben verstand sie noch jedes Wort.

»Der Leuchtende Dämon ist schuld«, sagte Betty. »Der Deal, den wir mit ihm gemacht haben, die Dinge, die wir tun mussten, um unseren Teil der Vereinbarung zu erfüllen … Wir wollten das alles nicht, Amber. Glaub mir.«

Amber kam in einen großen, leeren Raum, in dem es nach

Sägespänen roch. Auf beiden Seiten waren Fenster und sie trat ans nächstgelegene und spähte hinaus. Im Dämmerlicht hinter den Scheinwerferkegeln sah sie Alastair und die anderen, doch es war zu dunkel, um jemanden deutlich zu erkennen.

»Wir wollten dich nicht erschrecken«, fuhr Betty fort, »oder dich jagen. Wir wollten dich nicht dazu zwingen, dich mit … mit den Leuten einzulassen, mit denen du dich eingelassen hast. Wir wollten nur, dass unser Baby in seinem kurzen Leben glücklich ist. Sich geliebt fühlt. Das ist alles so entsetzlich schiefgelaufen.« Betty drehte sich um und vergrub den Kopf an Bills Schulter.

Er tätschelte ihren Rücken. »Es ist gut, Liebes. Amber versteht das. Amber, du verstehst das doch, oder? Komm jetzt sofort raus. Wir haben dir das Leben geschenkt und können es dir auch wieder nehmen. Es gehört dir nicht.«

»Bitte, Baby«, schluchzte Betty, »mach es mir nicht noch schwerer.«

In Amber kochte die Wut hoch, als sie sah, wie ihre Eltern sich traurig anschauten.

Das nimmt euch keiner ab, hätte sie am liebsten geschrien. *Das glaubt euch keiner. Warum macht ihr euch überhaupt die Mühe, so zu tun, als ob?*

Aber sie schwieg.

Bill drehte sich ein Stück zur Seite, gab ein Zeichen mit dem Finger und die anderen kamen aus der Dunkelheit.

Amber zuckte zusammen, als Imelda ins Licht gestoßen wurde.

Ihr waren die Hände auf dem Rücken gefesselt und sie hatte einen Knebel im Mund. Ihre Kleider waren zerrissen und selbst von da, wo Amber kauerte, sah sie die Blutflecken. Das Schlimmste war, dass die Spitze eines ihrer Hörner fehlte.

Bill schleifte sie durch den Schmutz. Sie kamen zu dem Berg aus kaputten Rohren und er hielt ihren Kopf so, dass ihr Gesicht nur Zentimeter von einem schartigen Metallstück entfernt war. »Wenn du nicht sofort rauskommst, töten wir deine liebe Tante

Imelda. Sie hat uns doch tatsächlich alle an der Nase herumgeführt. Ich dachte wirklich, sie hätte dich vom Augenblick deiner Geburt an gehasst. Das dachten wir alle. Aber wir konnten nicht in ihr böses, verräterisches Herz schauen.«

»Hat Imelda es verdient zu sterben?«, fragte Betty. Sie ging mit ausgebreiteten Armen herum, als fragte sie die gesamte Werft. »Ja, das hat sie. Aber hat sie es verdient, heute Nacht zu sterben? Hat sie es verdient, an deiner Stelle zu sterben, unter unvorstellbaren Schmerzen? Das kannst nur du beantworten. Was sagst du dazu?«

»Wir zählen von zehn herunter«, rief Bill. »Neun. Acht.«

Amber konnte es nicht zulassen. Sie konnte es einfach nicht. Imelda war der einzige Mensch auf der ganzen Welt, der sie liebte. Sie hatte schon einmal befürchtet, sie hätte sie verloren – sie noch einmal zu verlieren, ertrug sie nicht.

Amber lief die Treppe hinunter. Sie sahen sie nicht auf sich zulaufen, bis sie das Brecheisen fallen ließ und ins Licht trat. Bill hörte bei drei auf zu zählen.

»Hier bin ich«, sagte Amber.

»Da schau her«, bemerkte Kirsty, »du machst ja richtig was her.«

»Ich hab dir doch gesagt, sie ist schön«, erwiderte Betty.

»Meine Tochter«, sagte Bill. »Wer hätte das gedacht.«

»Lass sie los«, verlangte Amber. »Lasst Imelda gehen, und ihr bekommt mich dafür.«

Bill lächelte, zog Imelda auf die Füße und führte sie zurück zu den anderen. Aus der Nähe sah Amber deutlich, was sie mit ihr gemacht hatten.

Alastair trat vor. »Moment. Bill, Betty … ich mache euch einen Vorschlag. Wir müssen Amber nicht töten. Hast du gehört, Amber? Du musst nicht sterben. Du hast mich in Indiana schwer beeindruckt. Du bist stark. Richtiggehend wild. Man muss dich einfach bewundern. Du bist wie wir.«

»Oooooh«, rief Grant, »jetzt verstehe ich. Du Hund, du!« Er lachte.

Alastair wandte sich an Bill und Betty. »Mit eurer Erlaubnis.«

Ambers Eltern schauten sich an.

»Mir gefällt das nicht«, sagte Bill.

»Welche anderen Möglichkeiten haben wir?«, fragte Betty. »Amber, Liebes, könntest du dir das vorstellen? Dich mit uns zusammenzutun?«

Amber runzelte die Stirn. »Was?«

»Imelda ist eine Verräterin. Wir können ihr nicht mehr trauen. Sie ist draußen. Das heißt, wir sechs sind jetzt nur noch fünf.«

»Es sei denn, du bist mit von der Partie«, meinte Alastair. »Im Moment müsstest du noch gar nichts tun. Grant und Kirsty sind bereits in die Bresche gesprungen.«

Kirsty tätschelte strahlend ihren Bauch. »Wir freuen uns wahnsinnig.«

»Und in siebzehn Jahren«, fuhr Alastair fort, »wäre ich mit Imelda dran gewesen. Aber wenn Imelda nicht mehr ist ... brauche ich eine neue Partnerin.«

»Mir behagt das ganz und gar nicht«, murmelte Bill.

»Warum nicht?«, fragte Alastair. »Sie ist stark, sie ist schön, sie ist beeindruckend. In siebzehn Jahren ist sie dreiunddreißig – ein gutes Alter, um eine Familie zu gründen.«

»Nein«, meldete sich Amber. Erstaunlicherweise war sie nach allem, was geschehen war, *schockiert*. »Schlicht und ergreifend *Nein*. Nein dazu, mich mit euch zusammenzutun, Nein dazu, Teil dieses ... dieses kranken *Mordkarussells* zu sein, und definitiv Nein dazu, *deine* Partnerin zu werden.«

Alastair hob die Hände. »Ich behaupte ja nicht, dass es uns anfangs nicht sonderbar vorkommen wird, aber du wirst dich an die Vorstellung gewöhnen, wenn du dich einfach mal darauf einlässt.«

»Fick dich. Lieber lass ich mich von dir fressen.«

»Überleg es dir genau, Süße«, sagte Betty. »Es könnte das Beste sein. Wäre es nicht nett, wieder eine Familie zu sein?«

»Eine Familie?«, echote Amber. »Mit dir und Bill? Nach dem,

was ihr getan habt? Was ihr zu tun versucht habt? Wir sind keine Familie mehr, Betty – wir waren nie eine. Ihr seid durch einen gar nicht komischen kosmischen Witz meine Eltern, aber eine Familie sind wir nicht.«

»Sie hat ihre Entscheidung getroffen«, erklärte Bill. »Wir töten sie und wir verspeisen sie wie geplant.«

»Warte, Bill«, bat Betty, »gib ihre eine Chance, es noch einmal zu überdenken.«

»Sie wird ihre Meinung nicht ändern«, entgegnete Bill ärgerlich. »Hast du es je erlebt, dass sie ihre Meinung geändert hat, wenn sie in einer solchen Stimmung war? Lieber würde sie sterben, als zugeben, dass sie unrecht hat. Lieber würde sie sterben, nur um uns zu ärgern. Du weißt doch, wie stur und dickköpfig sie ist, Betty.«

»Komm schon, Bill«, versuchte Alastair es erneut.

»Komm mir nicht mit *Komm schon*. In vielerlei Hinsicht ist das alles deine Schuld. Du hast es nicht geschafft, Imelda auf Dauer glücklich zu machen, und jetzt …«

Alastair wollte sich auf Bill stürzen, doch Grant und Betty hielten ihn zurück.

»Jedes Paar gibt aufeinander acht«, sagte Bill. »Glaubst du, ich hätte Betty so weit ausscheren lassen? Glaubst du, ich hätte es nicht gemerkt, wenn ihre Einstellung sich ändert? Glaubst du, sie hätte eine Veränderung an *mir* nicht bemerkt? Hat Grant Kirsty an den Abgrund wanken lassen? War Kirsty so unaufmerksam, dass Grant sich mit seinen Zweifeln alleingelassen fühlte? Wir unterstützen einander, Alastair. Das war unser Deal, unser *ureigener*, als alles angefangen hat. Dass einer der Fels des anderen ist. Wir sind dieser Idee treu geblieben. Du nicht.«

Alastair schüttelte die Hände, die ihn hielten, ab. »Du gibst mir dafür nicht die Schuld. Du und Betty, ihr wart schon verheiratet, bevor wir überhaupt mit dem Leuchtenden Dämon gesprochen haben. Grant und Kirsty waren verliebt. Aber ich? Ich kannte Imelda kaum, und doch war sie plötzlich Teil unserer Gruppe, und mir hat man gesagt, hey, das ist die Frau, mit der du den Rest deines Lebens verbringen musst. Das ist von jetzt an deine Partnerin. Andere wird es nicht geben. Ich habe sie nie geliebt.«

»Sie hat dich auch nie geliebt«, warf Kirsty ein.

Alastair blickte sie finster an. »Mir doch egal. Verstehst du? Ich pfeife drauf. Ich musste das alles mit ihr an meiner Seite mitmachen und ihr anderen wart zu beschäftigt miteinander, um zu merken, dass Imelda das schwache Glied in der Kette war. Doch jetzt haben wir die Chance, dieses Glied durch jemand Stärkeres zu ersetzen.«

»Ihrer Miene nach zu urteilen, glaube ich nicht, dass meine Tochter dich liebt«, meinte Betty.

»Das kommt schon noch.«

»Bei Imelda war es nicht so, warum sollte es bei Amber so sein?«

»Was ist unsere Alternative? Beide töten? Wir wissen nicht, wie sich das auf die Verteilung der Kräfte unter uns auswirken würde.«

»Ihr bringt Imelda nicht um«, sagte Amber, »und den anderen Kram könnt ihr glatt vergessen. Bill hat recht. Ich werde meine Meinung nicht ändern. Lasst Imelda gehen, dann könnt ihr mich haben.«

»Wir könnten dich auch so haben«, meinte Kirsty. »Glaubst du wirklich, du bist schneller als wir alle?«

»Nein. Aber ich würde bis zum letzten Atemzug gegen euch kämpfen. Falls ihr Imelda gehen lasst, wehre ich mich nicht, wenn ihr mir versprecht, dass es nicht wehtut.«

Die Dämonen schauten sich an und Bill warf einen Blick auf Imelda.

»Du hast sie gehört. Geh. Wenn ich dir einen guten Rat geben darf: Hör nicht auf zu laufen.«

Sie traten zur Seite und gaben den Weg nach draußen frei. Imelda blickte hinaus, dann zurück zu Amber. Sie hatte Tränen in den Augen.

»Geh«, sagte Amber. »Du hast mich oft genug gerettet. Jetzt ist es an der Zeit, dass ich dich rette.«

Imelda schluchzte hinter ihrem Knebel und verwandelte sich zurück. Amber empfand plötzlich eine Welle der Zuneigung für diese Frau, den einzigen Menschen, der ihr je echte, wahre Liebe entgegengebracht hatte, und ihr brach das Herz, als Imelda sich abwandte.

Doch im letzten Moment wirbelte Imelda herum, sprintete los, rannte jedoch nicht zum Ausgang, sondern auf den Berg aus kaputten Rohren und spitzen Stahlstangen zu. Sie lief direkt hinein. Amber schrie ihren Namen, als Imelda abrupt zum Stehen kam, ihr aufgespießter Körper schlaff wurde und der Kopf nach vorn fiel.

Die Dämonen blickten schockiert auf die Szene.

Amber wich mit Tränen in den Augen zurück.

Alastair streckte langsam die Hand aus, als könne er nicht glauben, was Imelda getan hatte. Er zog ihren Körper von den Rohren und legte ihn behutsam auf den Boden. Dann kniete er sich hin und die anderen taten dasselbe. Einen Augenblick lang dachte Amber, sie seien tatsächlich traurig über den Vorfall.

Dann stöhnte Imelda leise und Amber schlug die Hand vor den Mund, als die Dämonen begannen, Imelda die Kleider vom Leib zu reißen. Mit Klauen und Zähnen rissen und rupften sie Stücke aus ihrem Fleisch. Das Blut floss in Strömen bei ihrem Gelage.

Ein Klagelaut entwich Amber, als Imelda den Kopf in ihre Richtung drehte, die Augen noch immer offen, als könnte sie Amber in ihrem Versteck in der Dunkelheit sehen.

Sie verspeisten sie bei lebendigem Leib. Erst als Bill ihr das Herz herausriss, starb sie.

55

Amber beobachtete aus der Dunkelheit, wie sie sich den Bauch vollschlugen.

Als sie fertig waren, warfen sie das, was von Imelda noch übrig war, in den Schmutz und wankten hinaus. Es dauerte ein paar Sekunden, bis Amber begriff, dass sie betrunken waren. Bill und Betty lagen auf der Kühlerhaube ihres Wagens und Grant und Kirsty tanzten durch das gelbe Licht, kicherten und sangen und versuchten, sich nicht gegenseitig auf die Füße zu treten. Alastair stolperte um sie herum und murmelte vor sich hin. Er wollte sich an einem der Wagen abstützen, verlor jedoch das Gleichgewicht und ging langsam und unbeholfen zu Boden. Er blieb einfach liegen, rollte sich zusammen und schlief ein.

Betrunkene Dämonen, rote Haut gesprenkelt mit rotem Blut.

Die Scheinwerfer eines Wagens näherten sich. Runde Scheinwerfer, dicht beieinander, viel dichter als bei einem modernen Wagen. Amber kroch ein Stück zur Seite, um das herankommende Auto besser im Blick zu haben. Sie wusste nicht, um welche Marke es sich handelte, aber es war ein alter Wagen – aus den 1930ern oder 1940ern, mit langer Schnauze und Trittbrettern, auf die sich die Gangster stellten, nachdem sie eine Bank ausgeraubt hatten.

Ihre Eltern waren wieder auf den Beinen, kratzten sich angetrocknetes Blut vom Mund und strichen ihre Kleider glatt. Grant versetzte Alastair einen Tritt, er wachte auf, sah den Wagen und rappelte sich hoch.

Der Wagen hielt und der Motor wurde ausgeschaltet. Ein glatzköpfiger alter Mann stieg aus.

Er war klein, vornübergebeugt und trug eine wollene Strickjacke über Hemd und Krawatte. Er griff nach hinten in den Wagen und holte eine große schwarze Tasche heraus, in der Art, wie Ärzte sie früher hatten. Als Nächstes holte er einen Klapptisch aus dem Wagen und trug beides in den hellen Lichtkreis, wo die Dämonen warteten. Er gab Bill den Tisch, und sobald dieser ihn aufgebaut hatte, stellte er die Tasche darauf.

Er zog ein paar ordentlich aufgerollte Binden heraus und nacheinander sechs kleine Becher, die er auf dem Tisch aufreihte. Bill stellte sich vor den ersten Becher, Betty trat neben ihn. Nur vor dem letzten Becher stand niemand.

Der alte Mann gab jedem ein Skalpell mit langer Klinge. Eines blieb übrig.

Bill zog sein Jackett aus und rollte den Hemdärmel hoch. Er ritzte sich mit der Klinge seine rote Haut auf und hielt dann seinen Unterarm über den Becher. Das Blut floss in einem gleichmäßigen Strom hinein. Die anderen taten dasselbe.

Als die Becher voll waren, verschlossen sie sie mit hölzernen Stöpseln und wickelten die Binden um ihre Wunden.

Der alte Mann betrachtete die Becher. Sein Blick blieb missbilligend am sechsten hängen.

»Es tut uns schrecklich leid«, entschuldigte sich Bill, »aber Imelda, sie … sie hat uns verraten.«

»Es waren sechs Becher abgemacht«, sagte der alte Mann.

»Sie können mehr von meinem Blut haben«, bot Bill ihm an, doch über das Gesicht des alten Mannes huschte ein so angeekelter Ausdruck, dass Bill einen Schritt zurückwich.

»Ihr Blut verliert bereits seine Kraft«, sagte der Alte. »Die Vertragsbedingungen waren außerordentlich konkret.«

Betty lächelte ihr Eine-Million-Watt-Lächeln. »Wir füllen den sechsten, ich verspreche es Ihnen. Wir suchen unsere Tochter. Sie ist hier, ganz in der Nähe. Wir stärken uns noch einmal und geben Ihnen dann genügend Blut für weitere sechs Becher.«

Seltsamerweise schmerzten ihre Worte immer noch. Amber hätte gelacht, wäre ihr nicht so sehr nach Weinen zumute gewesen.

»Ich habe kein Interesse an weiteren sechs«, erwiderte der alte Mann. »Ich verlange nur so viel, um diesen leeren Becher zu füllen, wie im Vertrag festgelegt.«

»Wir wissen es«, sagte Bill leise, »und entschuldigen uns auch vielmals für die Unannehmlichkeiten. Wenn Sie hier warten wollen, suchen wir sie. Wir finden sie sicher schnell.«

Der alte Mann seufzte und sie werteten diesen Seufzer als Zustimmung.

Amber duckte sich, als sie ausschwärmten, um nach ihr zu suchen. Sie wurden schnell wieder nüchtern, gingen jedoch an ihrem Versteck vorbei, ohne auch nur einen Blick nach unten zu werfen. Sie verließ es, beschrieb einen Bogen und kam hinter dem Wagen des alten Mannes heraus. Sie spähte zu ihm und seinen Bechern hinüber. Sie konnte sich zu ihm schleichen, ihm ihr Blut anbieten, dicht an den Tisch herantreten und dann sämtliche Flaschen zerschlagen. Er würde mit leeren Händen zum Leuchtenden Dämon zurückkehren und der Leuchtende Dämon wäre so wütend, dass er ihre Eltern zermalmen und ihr Problem für sie lösen würde.

Es war ein verdammt guter Plan. Es war auch der einzige verdammte Plan, den sie hatte.

Der alte Mann wandte sich in ihre Richtung. Ausgeschlossen. Er konnte sie nicht sehen. Er konnte sie unmöglich …

Er blickte ihr in die Augen. Sagte nichts.

Sie verharrte gebückt, wo sie war. »Ich heiße Amber«, begann sie leise. »Ich … ich bin diejenige, nach der sie suchen.«

»Ich habe dir nichts zu sagen, Kind.«

»Aber ich bin hier, um … ich meine, ich würde gern Blut spenden. Sie müssen den Becher doch füllen, nicht wahr? Egal wie schnell ich renne, meine Leute werden mich finden, mich fangen und … und töten.«

»Dein Schicksal interessiert mich nicht.«

Amber richtete sich auf. Sie rechnete sich aus, dass sie den Tisch mit sechs, vielleicht auch sieben Schritten erreichen konnte. »Das verstehe ich«, erwiderte sie. »Selbstverständlich. Aber da mein Blut ohnehin genommen wird, dachte ich mir, ich gebe es freiwillig. Vielleicht kann ich so Imeldas Platz in der Gruppe einnehmen. Vielleicht lassen sie mich dann am Leben.«

Der alte Mann hatte irritierende Augen. Ihr gefiel nicht, wie er sie anschaute. »Vielleicht. Aber ich bin lediglich der Stellvertreter des Leuchtenden Dämons – ich kann nicht für ihn sprechen.«

Amber nickte. »Mir genügt das.«

Sie trat vor, doch der Stellvertreter hielt eine runzlige Hand hoch.

»Du kannst herkommen, wenn du dich gestärkt hast.«

Er war ein gebrechlicher alter Mann. Ein Stoß und er würde umfallen. Doch er hatte etwas an sich, diese Augen hatten etwas an sich, das sie daran hinderte, etwas zu unternehmen. Er drehte sich um, wandte ihr den Rücken zu, doch das ließ sie nur noch länger zögern. Er hatte sie durchschaut und jetzt schickte er sie weg. Ihre einzige Chance war, ihn jetzt sofort anzugreifen oder wegzulaufen.

Sie drehte sich um und lief los. Rannte an einem Fertigbaubüro vorbei und war schon fast am Tor, als sie jemand aus der Dunkelheit heraus angriff. Eine Faust traf ihren Brustkorb und sie flog durch eine Tür. Sie fiel rückwärts über einen Schreibtisch, stieß einen Stuhl um und hörte, wie ein schwerer alter Computer auf den Boden krachte.

Alastair kam hinter ihr herein.

»Es hätte nicht so kommen müssen«, sagte er. »Du hättest bei uns mitmachen können.«

Sie stand auf. Das Büro hatte nur eine Tür und davor stand Alastair.

»Hättest du Ja gesagt«, fuhr er fort, »hätte ich dich nicht zu töten brauchen. Hättest du mitgemacht, hätte dein Blut vor lauter Kraft, dieser unwahrscheinlichen Kraft, geblubbert und gekocht und der Stellvertreter wäre mit sechs vollen Bechern zu seinem Meister zurückgekehrt.«

Ein Teil von Amber wollte ihn bitten, ihn zu überzeugen versuchen, auf die Knie fallen und ihn anflehen – aber er hatte immer noch Imeldas Blut auf dem Gesicht, in seinem Bart. Und das machte sie wütend.

Und wie wütend sie das machte!

»Und ich hätte nichts weiter zu tun brauchen, als in siebzehn Jahren mit dir Sex zu haben?«, fragte sie. »Ich glaube, es wäre mir lieber, du bringst mich um.«

Alastair kam kopfschüttelnd näher. »Mich zu reizen ist keine gute Idee, Amber.«

»Warum? Willst du versuchen, mich *mehr* als zu töten? Himmel, kein Wunder, dass Imelda dich sitzen gelassen hat.«

»Pass bloß auf …«

»Von einem richtigen Mann hast du ja wohl nicht viel, oder?«

Alastair brüllte und holte aus und Amber duckte sich unter dem Schwinger weg. Sie riss ihm mit ihren Klauen die Seite auf und er bellte los, versuchte, sie zu packen, aber sie wich aus.

»Du kleines Luder«, fauchte er.

»Imelda hat mir von dir erzählt.« Sie wich zurück. »Du weißt ja, wie gern wir Frauen tratschen. Sie hat mir alles haarklein erzählt und es war wenig schmeichelhaft. Überhaupt gab es nicht besonders viel Schmeichelhaftes über dich zu erzählen.«

»Ich reiß dir den Kopf ab«, drohte Alastair und kam hinter ihr her.

»Hast du wirklich gedacht, ich würde Ja sagen?«, fragte Amber. »Im normalen Leben mache ich vielleicht nicht viel her, aber schau mich jetzt an. Ich bin schön. Meine eigene Mutter fällt im Vergleich mit mir ab, nicht wahr? Ich frage mich, wie sie sich dabei fühlt. Wie fühlst *du* dich dabei, Alastair?«

»Red nur weiter. Es ändert überhaupt nichts.«

»Sinn und Zweck meiner Rede ist, dass ich viel zu gut für dich bin. Selbst wenn ich eurem Club hätte beitreten wollen, glaubst du wirklich, ich hätte mich für dich entschieden? Grant dagegen … Er sieht gut aus, und nach dem, was ich gehört habe, wäre er auch keine Enttäuschung …«

Alastair blieb stehen. Er lächelte kühl. »Glaubst du, ich bin von vorgestern? Glaubst du, ich weiß nicht, was du tust?«

»Natürlich weißt du, was ich tue. Ich provoziere dich.«

»Es wird nicht funktionieren.«

»Es funktioniert doch jetzt schon, du Nullchecker. Und weißt du auch, warum? Weil wir beide wissen, dass alles, was ich sage, zu hundert Prozent stimmt, du erbärmlicher Wicht.«

Er griff so schnell an, dass sie nicht ausweichen konnte. Mit einer Hand packte er sie, mit der anderen schlug er zu. Ihre Schuppen dämpften den Schmerz nicht. Sie taumelte gegen einen anderen Schreibtisch, fiel darüber und landete ungeschickt. Sie versuchte aufzustehen und er half ihr mit einem Tritt in die Rippen dabei. Plötzlich bekam sie keine Luft mehr. Er packte sie an ihrer Jacke und zerrte sie auf die Füße, wo sie doch nur eines wollte: sich zusammenrollen. Er schlug noch einmal zu und noch einmal, und als sie zu kontern versuchte, lachte er und stieß sie mit dem Gesicht voraus gegen die Wand.

Zwei Leute gingen am Fenster vorbei. Sie wollte rufen, doch es kam nur ein verzweifeltes Keuchen heraus und weder Milo noch der Dämon, der Gregory Buxton war, hörte sie.

Alastairs Hand schloss sich um ihren Nacken und drückte sie weiter an die Wand, während er hinausspähte. »Wer war das?«, flüsterte er ihr ins Ohr. »Deinen Freund, den Typen aus dem Wagen, habe ich erkannt, aber wer war der andere mit den Flügeln?«

Sie hatte nicht genügend Luft zum Antworten.

»Es spielt keine Rolle«, fuhr Alastair fort. »Wir töten sie beide. Weißt du, wie stark wir jetzt gerade sind? Aber warum frage ich überhaupt? Natürlich weißt du es nicht. Direkt nachdem wir jemanden verspeist haben, sind wir am stärksten. Wenn deine

Freunde kämpfen wollen, reißen wir ihnen ihre verdammten Flügel aus. Vor allem, nachdem wir dich gefressen haben.«

Er schleifte sie in Richtung Tür.

»Warum teilen?«, ächzte sie.

Er blieb stehen und drehte ihren Kopf so, dass er sie anschauen konnte. »Was war das?«

Sie bekam ein wenig Luft in ihre Lunge. »Warum teilen? Warum isst du mich nicht einfach … allein?«

»Weil das bei uns nicht so läuft.«

Sie konnte nur flach atmen, aber es genügte.

»Würdest du dann nicht noch stärker werden?«, fragte sie. »Funktioniert es so? Je mehr man isst … desto stärker wird man?«

»Ja, genau so funktioniert es.«

»Und willst du nicht … der Stärkste sein?«

»Ich teile dich mit den anderen, weil wir das immer so machen.«

Er zerrte sie weiter.

»Bist du sicher, dass du keine Angst hast?«

Er zog sie näher zu sich heran und verstärkte den Griff um ihren Nacken. »Was hast du gesagt?«

Sie hatte ihre Atmung wieder unter Kontrolle und blickte zu ihm auf. »Ich habe mich nur gefragt, ob du vielleicht Angst davor hast, was die anderen tun würden, wenn sie herausbekämen, dass du mich allein gegessen hast.«

»Das hat nichts mit Angsthaben zu tun. Es hat nur damit etwas zu tun, *wie das bei uns läuft*. Und wir teilen die …«

»Hoffentlich tust du das nicht, weil du Angst vor meinem Dad hast.«

Er knallte ihr Gesicht auf einen Schreibtisch und hinter ihren Augen explodierte der Schmerz. Sie rutschte auf den Boden. »Du wirst langsam durchschaubar, Amber. Du bist längst nicht so hinterhältig, wie du anscheinend glaubst. Und willst du diesen Weg wirklich gehen? Mich so reizen, dass ich dich hier und jetzt umbringe? Ich glaube nicht, dass du dir das richtig überlegt hast.«

»Vielleicht nicht«, murmelte sie.

Er packte sie bei den Hörnern und zerrte sie auf die Beine. »Sei ein braves Mädchen und halt die Klappe. Vielleicht töten wir dich dann, bevor wir dich verspeisen.«

Er stieß sie vor sich her und sie schwankte ein wenig. Sie knallte mit der Hüfte gegen einen Schreibtisch. Fast wären ihre Knie eingeknickt.

»Wenn ich dich bewusstlos schlagen und tragen muss, tu ich das«, sagte Alastair. »Geh weiter.«

»Ich sehe doppelt«, klagte sie. »Du hast mich zu fest geschlagen.«

Er lachte. »Vielleicht liegt es daran, dass wir hier kein Spiel spielen. Wenn du glaubst, ich habe dich zu fest geschlagen, wirst du dann auch denken, wir haben dich zu viel umgebracht? Geh weiter und hör auf zu jammern.«

Sie ließ sich auf den Boden fallen.

Er blickte auf sie hinunter. »Was soll denn das? Steh auf.«

»Zwing mich.«

Er versetzte ihr einen Tritt, sie schrie und rollte über den Boden.

»Stehst du jetzt auf?«

Sie setzte sich auf, rieb sich den Rücken, aber mehr auch nicht. »Verpiss dich.«

Er nahm ihren Arm, doch sie schlüpfte aus ihrer Jacke. Seufzend warf er die Jacke zur Seite, dann packte er sie wieder an den Hörnern und wollte sie zur Tür schleifen. Sie hielt sich an einer Schreibtischkante fest.

»Herr im Himmel«, murmelte Alastair. »Ein bisschen Würde, wenn ich bitten darf.«

»Ich will nicht sterben.«

»Das ist mir scheißegal.« Er riss sie an den Hörnern, kauerte sich hin und fuchtelte mit dem Finger vor ihrem Gesicht herum. »Ich prügle dich ins Koma, du dummes Gör, und dann verspeisen wir dich. Hast du das verstanden? Hast du mich gehört?«

Sie wimmerte.

Er ließ ihre Hörner los, drohte ihr aber weiter mit dem Finger. »Wenn du mir weiter Schwierigkeiten machst, schwöre ich dir, dass ich …«

Sie biss seinen Finger ab.

Alastair quiekte und wich zurück. Er hielt seine Hand. Amber spuckte den Finger aus. Mit gebleckten Zähnen machte er einen Satz auf sie zu, packte sie und warf sie gegen die Wand. Sie donnerte ihm die Faust auf die verletzte Hand und er zuckte zurück. Dann schlug sie die Zähne in seinen Hals.

Heißes Blut sprudelte in ihren Mund. Sie schluckte es instinktiv, auch dann noch, als Alastair nach hinten wankte. Amber hatte sich festgebissen. Er versuchte verzweifelt, sie loszuwerden, wurde jedoch mit jedem Moment schwächer. Dann fiel er auf die Knie, Amber verlor das Gleichgewicht und er landete auf dem Rücken. Mit einem Ruck drehte Amber den Kopf zur Seite und hatte plötzlich einen Brocken Fleisch im Mund.

Sie schluckte auch den.

Ein kleiner Teil von ihr fuhr entsetzt zusammen, doch sie ignorierte ihn. Der Geschmack war zu gut. Der Geschmack war fantastisch. Berauschend. Sie riss noch einen Brocken heraus. Die gurgelnden Geräusche, die Alastair von sich gab, hörte sie nur mit halbem Ohr. Sie kaute und schluckte und holte sich mehr. Der Geschmack war besser als alles, was ihr je untergekommen war. Das Blut war aufgeladen mit Energie, mit roher Kraft. Sie aß das Fleisch und trank das Blut und es machte sie satt, und je mehr sie aß und je mehr sie trank, desto weniger hörte sie von diesem kleinen Teil von ihr, diesem nervigen menschlichen Teil, der voller Angst, Abscheu und Entsetzen schrie.

Alastair war tot. Amber scherte sich nicht darum. Sie riss sein Hemd auf und aß weiter.

Das taten Dämonen so.

56

Es erschien ihr nicht mehr ganz so schlimm.

Die ganze Dämonengeschichte war unheimlich, sicher, aber verdammt – was konnte sie denn dafür? Und dass ihre Eltern sie umbringen wollten, war … einfach nur komisch. Aber es *war*. Es war das Unseligste, das ihr je hatte passieren können. Wahrscheinlich. Sie wusste es nicht. Wenn sie ehrlich sein wollte, war es im Moment schwer, irgendetwas ernst zu nehmen.

Lachte sie? Möglich, dass sie gelacht hatte. Sie war sich ziemlich sicher, dass ihr Lachen Milo und den großen grauen Typen mit den Flügeln auf sie aufmerksam gemacht hatte, denn sie kamen herein und sahen sie blutbesudelt auf dem Boden liegen.

»Ups«, sagte sie.

Milo machte ein sehr, sehr merkwürdiges Gesicht. Halb entsetzt und halb besorgt. Es war komisch und sie kicherte. Jawohl, definitiv ein Kichern.

»Was ist passiert?«, fragte Milo.

Sie hörte auf zu kichern und runzelte die Stirn. »Was glaubst du denn, was passiert ist? Wonach sieht es denn aus? Ich hatte plötzlich Kohldampf.«

»Wer ist das?« Er blickte auf die verstreut herumliegenden Reste.

»Das ist Alastair. *War* Alastair. Ist Alastair? Es *war* Alastair und er wird es wieder sein, wenn ich kacke.«

Das war komisch und sie musste lachen.

»Alles in Ordnung?«, erkundigte sich Milo.

Amber bemühte sich, ihr Gekicher zu unterdrücken. Sie befand sich schließlich immer noch in außergewöhnlich großer Gefahr.

»Mit geht's super«, antwortete sie in einem sehr lauten Flüsterton. »Alles bestens. Ich dachte, du wärst tot. Oder Edgar hat mir jedenfalls gesagt, du seist tot. Hey, hast du gewusst, dass er ein ganz hinterfurziger Typ ist? Er wollte mich umbringen.«

Milos Augen weiteten sich erschrocken. »Edgar?«

»Jawoll. Wollte mich dem Leuchtgesicht als Blutopfer darbringen. Hey, was ist eigentlich mit dir los? Wie kommt's, dass du mit dem grässlichen grauen Flügelmonster einen auf Kumpel machst?«

»Du kannst mich einfach Gregory nennen«, sagte Buxton.

Amber schüttelte den Kopf. »Das ist ein bescheuerter Name für ein Flügelmonster. Von jetzt an heißt du … Steve.«

»Ich ziehe Gregory vor.«

»Phillip, und das ist mein letztes Angebot.«

Milo trat näher. »Bist du betrunken?«

Sie rappelte sich auf. »High von Leben, mein dunkler und geheimnisvoller Freund. Dämonen zu verspeisen macht einen offensichtlich hackedicht, deshalb … Wer weiß? Aber ich muss dich warnen. Kann sein, dass ich in nächster Zeit keine schweren Maschinen bedienen darf.«

»Wir müssen dich hier wegbringen.«

»Nein, nein, nein, Milo«, widersprach sie. Die Worte purzelten genüsslich aus ihrem Mund. »Nein, nein, nein. *Nein.* Ich habe nämlich einen Plan und er ist so genial wie clever. Hast du zufällig einen alten Mann draußen gesehen?«

»Wir haben ihn gesehen«, antwortete Buxton. »Es ist der Stellvertreter des Leuchtenden Dämons.«

Amber nickte. »*Sehr gut*, Phil. Kann ich dich Phil nennen?«

»Ich heiße immer noch Gregory.«

»Der alte Herr ist tatsächlich der Stellvertreter des Leuchtgesichts. Er ist gekommen, um ihre Opfergaben einzusammeln, ihr Blut. Im Moment hat er fünf volle Becher.« Sie lauschte ihrer Stimme. Sie gefiel ihr. Ihr gefiel der Klang. Ihr ganzes Leben hatte sie diese Stimme unterdrückt. Sich fast an ihrem eigenen Willen verschluckt, doch dieses Gefühl, dieses unglaubliche Gefühl, zu reden und *gehört* zu werden, verschaffte ihr den Eindruck, als bräche sich ihr richtiges Ich, ihr *wahres* Ich Bahn.

Es war wie noch einmal geboren werden.

Sie runzelte die Stirn und wandte sich wieder an Milo und Buxton. »Wo war ich? Sorry, hab den Faden verloren. Da sind die Worte, die ich sage, und die Worte, die ich denke, und sie sind nicht dieselben. Gar nicht so einfach, alles dazulassen, wo es hingehört. Wo war ich stehen geblieben?«

Milo zögerte. »Becher voller Blut?«

Sie schnippte mit den Fingern. »Genau! Danke. Er hat fünf volle Becher. Einen braucht er noch. Mein Plan, so clever wie genial, sieht folgendermaßen aus: Ich biete ihm an, dass *ich* den letzten Becher fülle. Sobald ich nah genug dran bin – KRACH, BUMM!«

Milo wirkte unsicher. »Du explodierst?«

»Was? Nein. Ich zerschlage die anderen Becher.«

»Oh.«

»Ich dachte auch, sie explodiert«, sagte Buxton.

»Wie kommt's, dass ihr beide Freunde seid?«, fragte Amber. »Wie ist das denn passiert?«

»Ich habe ihn eingeholt«, berichtete Milo, »und wir haben miteinander geredet. Er will uns helfen.«

Wieder runzelte Amber die Stirn. »Dann ist er gar nicht mit dir herumgeflogen? Das hat Edgar behauptet. Jetzt verstehe ich allerdings, warum nur Edgar euch immer wieder gesehen hat und ich nicht. Wahrscheinlich hat er mich auf irgendeine Weise hierherbringen müssen. Er ist ein ganz schön hinterhältiges Kerlchen, wie?« Sie zuckte mit den Schultern, dann grinste sie. »Dann seid ihr jetzt also Kumpel. Obergeil.«

Milo zuckte leicht zusammen. »Du hast, äh, etwas zwischen deinen Zähnen.«

»Wie peinlich.« Amber stocherte mit ihren Klauen zwischen den Zähnen herum. »Ist es weg? Ja?«

»Es ist weg«, antwortete Buxton, »und wir sollten auch weg sein.«

»Noch nicht. Ich zerschmettere erst noch diese Becher. Der Leuchtende Dämon wird so sauer sein auf meine Eltern und ihre dämlichen Freunde, dass kein Hahn nach meinem knackigen roten Hintern kräht. Also was ist, Phil? Bist du dabei?«

»Wenn du mich mit meinem richtigen Namen ansprichst, dann ja.«

»Cool. Wie heißt du noch mal richtig?«

»Gregory.«

Sie runzelte die Stirn. »Bist du sicher, dass es nicht Steve ist, Phil?«

»Ziemlich sicher.«

»Okay, es ist dein Name, du solltest es wissen. Wie sieht der Plan aus?«

»Zuerst holen wir den Charger«, sagte Milo. »Gregory kann uns nicht beide tragen, also brauchen wir einen schnellen Fluchtwagen.«

»Dann das gruselige Auto.« Amber nickte. »Wir holen den Charger, ich zerschmettere die Becher, wir fahren davon. Netter Plan. Guter Plan. Dann machen wir es so.« Sie streckte ihre Hand aus. »Hoho, Dämonentrupp!«

Buxton wirkte verunsichert.

»Das machen wir immer so, Gregory«, erklärte sie. »Es ist so ein Ding. Eine Tradition. Du kämpfst jetzt an unserer Seite, also musst du es auch sagen. Los.«

»Äh.« Buxton legte seine große graue Pranke auf ihre Hand. »Hoho, Dämonentrupp!«

Amber ließ ihren Arm sinken und lachte. »War nur ein Scherz. Wir sagen das nicht. Du hast ja keine Ahnung, wie bescheuert du eben geklungen hast.«

»Normalerweise ist sie sehr viel vernünftiger«, murmelte Milo.

Er ging als Erster hinaus, Amber folgte und Buxton bildete das Schlusslicht. Er sah so sonderbar aus mit seinen auf dem Rücken gefalteten Flügeln. Wie konnte er sich damit hinsetzen oder an etwas anlehnen? Sie fragte sich, ob ein Windstoß ihn schon mal erfasst hatte wie einen Drachen. Sie nahm sich vor, ihn zu fragen. Solche Dinge musste sie einfach wissen.

Auf dem Weg zum Charger machten sie einen großen Bogen um den Stellvertreter. Sie gingen, gedeckt von aufgestapelten Paletten und Kisten, und platschten durch Pfützen. Amber hätte allen Grund gehabt, sich zu beklagen, doch das hier war eine ernste Angelegenheit, weshalb sie ihre Ansicht für sich behielt. Voller Stolz darüber, dass sie manchmal so vernünftig und erwachsen sein konnte, lief sie in Milo hinein.

»Ups«, flüsterte sie, »entschuldige dich.«

Er erwiderte nichts darauf, was sie unhöflich fand. Sie schaute an ihm vorbei und sah ihre Mutter neben dem Charger stehen.

Kirsty war auch da und Grant und natürlich Bill, der einen Arm um Edgar gelegt hatte. Edgar stand stocksteif da, als fürchtete er, Bill könnte ihm bei der geringsten Bewegung den Kopf abreißen – womit er wahrscheinlich recht hatte, was Amber nach einigem Nachdenken zugeben musste. Doch als Amber ins Licht trat, lächelte Bill, ließ los und Edgar wieselte davon.

»Hallo, Süße«, sagte Bill. »Du hast Hausarrest.«

»Willst du uns deinen Freunden nicht vorstellen?«, fragte Betty. »Mr Buxton, bitte entschuldigen Sie die Manieren meiner Tochter. Ich dachte, wir hätten sie besser erzogen, wahrhaftig. Ihre Flügel finde ich übrigens wahnsinnig toll. Ich bin ein großer Fan von Flügeln. Kirsty, habe ich nicht immer gesagt, wie sehr ich Flügel liebe?«

»So lange ich denken kann«, bestätigte Kirsty.

»So lange Kirsty denken kann, habe ich immer gesagt, ich liebe ein anständiges Paar Flügel. Und Ihre sind ein gutes Paar, Mr Buxton.«

»Wartet mal, wartet«, bat Grant. »Einer von den dreien hier kocht eindeutig sein eigenes Süppchen, nicht wahr? Wir haben unsere wunderschöne Amber in prächtigem Rot und Mr Buxton in elegantem Grau … Mr Sebastian dagegen ist leider erschütternd farblos.«

»Komm schon, Milo«, sagte Bill. »Wir sind doch alle Freunde hier, nicht wahr? Schließlich sind Sie mit meiner Tochter davongefahren – das heißt doch, dass wir praktisch eine Familie sind. Und Ihr guter Freund Edgar hat uns alles über Sie erzählt. Also warum schließen Sie sich uns nicht an? Zeigen Sie Ihr wahres Gesicht.«

»Das wird nicht gut für Sie ausgehen«, entgegnete Milo.

Bills gute Laune war dahin. »Grant, tu mir einen Gefallen, ja? Jag ihm eine Kugel in den Kopf.«

Lächelnd griff Grant nach der Pistole in seinem Hosenbund, doch Milos Waffe flog ihm praktisch in die Hand, und plötzlich hallten Schüsse durch die Nacht und Amber stolperte zur Seite, Buxtons Arm um ihre Taille.

Sie fiel auf die Knie und Buxton war verschwunden. Sie spürte einen gewaltigen Windstoß und hörte Flügel schlagen. Noch mehr Schüsse und Geschrei, und gerade als Amber begriff, was eigentlich los war, tauchte Kirsty vor ihr auf.

»Du kleines Luder«, fauchte sie und rammte Amber ein Knie ins Gesicht.

Amber kippte nach hinten. Die Welt wurde zu einem verrückten Ort aus schrägen Horizonten und hellen Flecken, die hinter ihren Augen explodierten.

»Du elendes Weibsstück.« Kirsty trat Amber in die Seite, dass sie über den Boden kullerte. »Ich konnte dich nie ausstehen, wusstest du das? Du warst von allen diejenige, die am meisten genervt hat. Du warst die ganze Zeit so verdammt *mürrisch*. Hast dir nur diese lächerlichen Fernsehshows angeschaut, in denen die ganzen hübschen Leute lustlos herumhingen.«

Amber versuchte aufzustehen, doch Kirstys Faust traf sie wie ein Felsbrocken.

»Warum musstest du immer so mürrisch sein? Welchen Grund haben Teenager, mürrisch zu sein?« Kirsty zog sie am Hals auf die Beine. »Wieso hast du nicht gelernt, Spaß zu haben?«

Kirsty versetzte ihr einen Kopfstoß und Amber wankte nach hinten, bis sie stürzte.

Benommen sah sie, wie Buxton Bill gegen einen Frachtcontainer schleuderte und Betty ihn von hinten angriff. Er war größer als sie und wahrscheinlich stärker, aber sie waren zu zweit, und wenn sie als Team arbeiteten, waren sie tödliche Partner.

Kirsty riss an Ambers Haaren. Amber schrie auf und rappelte sich auf. Kirsty drehte ihren Kopf herum, bis Amber sah, wie Grant Milo mit den Fäusten bearbeitete.

»Soll ich dir ein Geheimnis verraten?«, fragte Grant, als Milo zu Boden ging. »Ich hasse euch Typen. Du weißt, wen ich meine, ja? Euch Auto-Typen. Ihr wirkt immer so verdammt selbstbewusst. Ihr fahrt einen coolen Wagen. Das ist alles, was ihr tut. Was hat das für einen Sinn?«

Er kickte Milo über den Boden.

»Wie nah musst du ihm sein, um in den vollen Genuss deines Deals zu kommen? Näher als so, hab ich recht?« Er schaute sich nach Kirsty um. »Hey, Liebes, wie nah müssen Auto-Typen herankommen?«

»Meiner letzten Info nach sind es gewöhnlich fünfzig Schritte«, antwortete Kirsty.

»Fünfzig Schritte«, wiederholte Grant. »Du bist jetzt wie viel? Sechzig Schritte weg? Ungefähr? So nah. So nah!«

Milo schleppte sich in Richtung Charger.

»Das ist die richtige Einstellung. Nur nicht unterkriegen lassen!« Grant stand auf Milos Bein. »Na ja, das Nur-nicht-unterkriegen-Lassen gilt natürlich nur, bis du stirbst, dann ergibt es keinen Sinn mehr. Hab ich recht?«

Kirsty lachte. Amber donnerte ihr den Ellenbogen in die Nase und löste sich aus ihrem Griff.

Während Kirsty ihre Wut hinausbrüllte, stolperte Amber ein paar Schritte vorwärts. Auf welchem Trip sie auch gerade war, die Wirkung ließ bereits nach, und seinen Reiz hatte er ohnehin bereits verloren. Sie schob echte Panik und wusste nicht, was sie tun sollte.

Sie hätte wegrennen sollen. Sie alle hätten wegrennen sollen, als sie die Möglichkeit dazu noch hatten.

Kirsty lief von hinten in sie hinein und Amber stürzte, konnte sich jedoch abrollen und war auf den Beinen, bevor Kirsty sie packen konnte. Sie wich den grapschenden Händen aus und rannte jetzt wirklich los, doch ihre Verfolgerin war direkt hinter ihr und klang sehr, sehr wütend.

Kirsty bekam sie an den Haaren zu fassen und riss daran, noch stärker als vorher. Ambers Kopf ruckte nach hinten und sie fiel auf ein Knie, sodass Kirsty sie packen und auf einen Palettenstapel werfen konnte, der sofort einstürzte. Eine Palette traf sie am Kopf. Die Welt drehte sich und wurde dunkel. Hände an ihrem Körper. Kirstys Stimme. Kirstys Gesicht, verschwommen, blutig und wütend. Schmerz breitete sich aus und Amber fiel gegen etwas. Der Charger. Ein Teil ihres Gehirns registrierte ganz kurz Überraschung, als er ein paar Zentimeter zurückrollte.

Ambers Blick wurde rechtzeitig wieder klar, um zu sehen, wie Kirsty näher kam. Sie stemmte sich gegen den Wagen, konnte eine Hand auf die Kühlerhaube legen und sich abstoßen. Sie hatte das verwirrende Gefühl, als hätte der Charger nur auf diesen Stoß gewartet. Er rollte in einem unnatürlich gleichmäßigen Tempo rückwärts.

Amber holte zu einem Schlag aus, dem Kirsty auswich, und bekam dafür ihre Krallen zu spüren. Sie schnitten durch ihre Kleider und durch ihre Haut, noch bevor ihre Schuppen sich bilden konnten. Sie maunzte wie eine verwundete Katze und Kirsty lachte.

Amber wich zurück und beobachtete den Charger, der lautlos über den ebenen Boden rollte. Kirsty runzelte die Stirn und drehte sich um, weil sie wissen wollte, was Ambers Aufmerksamkeit fesselte. Ihre Augen weiteten sich.

»Grant!«, brüllte sie. »Der Wagen!«

Grant schaute herüber und Milo richtete sich auf. Amber sah ihn, sah *Milo* zum ersten Mal.

Er sah fantastisch aus. Er war nicht größer und auch nicht kräftiger geworden, doch seine Haut hatte einen unwahrscheinlich tiefen Schwarzton angenommen, ein Schwarz, das das Licht darum herum aufsog, sodass seine Umrisse mit der Dunkelheit hinter ihm verschmolzen. Die Hörner auf seiner Stirn waren gebogen und spitz, acht bis zehn Zentimeter lang, und wenn er lächelte, kam aus seinem Mund dasselbe rote Licht, das auch aus seinen Augen leuchtete. Grant drehte sich um und Milo bohrte seine Krallen in seinen Bauch und hob ihn von den Füßen, während Kirsty den Namen ihres Mannes schrie.

57

Amber arbeitete sich durch ein kleines Kistenlabyrinth, weg vom Kampfgeschehen, kam zu dem Kran und versteckte sich hinter der Steuerkabine. Sie hob ihr blutgetränktes T-Shirt. Die Krallenspuren an ihrer Seite waren nicht allzu tief, aber der Schmerz ließ sie dennoch das Gesicht verziehen. Sie atmete tief durch und ging gebückt weiter. Als sie sich dem Stellvertreter näherte, richtete sie sich auf. Er blickte ihr entgegen. Die Kampfgeräusche von der anderen Seite der Container schienen ihn nicht zu beeindrucken.

»Du hast dich gestärkt«, stellte er fest.

»Das habe ich«, erwiderte sie.

Er betrachtete sie genau. »Du hast nicht mehr lange Zeit, bevor dein Blut für mich wertlos ist. Beeile dich.«

Amber trat an den Tisch zu den fünf Bechern mit Blut und dem einen leeren. Der Stellvertreter reichte ihr ein Skalpell.

»Sieht scharf aus«, sagte sie.

Er erwiderte nichts darauf.

»Muss ich mir in den Arm schneiden? Ich blute schon. Kann ich auch das Blut nehmen?«

»Du kannst.«

Sie nickte, hob den Becher an ihre Seite und blickte noch einmal auf. »Was macht er mit dem ganzen Blut? Der Leuchtende Dämon, meine ich. Trinkt er es? Badet er darin?«

Der Stellvertreter antwortete nicht.

Amber lächelte nervös. »Sie reden wohl nicht über die persönlichen Angewohnheiten Ihres Chefs, wie? Verständlich, nehme ich an.«

»Du vergeudest Zeit.«

Sie nickte. »Woher kommt Ihr Chef eigentlich? Aus der Hölle? War ich in der Hölle, als ich mit ihm gesprochen habe?«

»Fragen sind irrelevant.«

»Oh. Richtig. Ja. Okay.«

»Dein Blut.«

»Ja, mein Blut.«

Sie stellte den leeren Becher wieder hin und hob einen vollen auf.

Der Stellvertreter runzelte die Stirn. »Sei vorsichtig mit …«

»Bitte?«, fragte Amber und warf den Becher gegen den Berg aus Rohren, an dem Imelda sich aufgespießt hatte.

Blut spritzte aus dem explodierenden Glas und der Stellvertreter zog erschrocken die Luft ein. Er war wie gelähmt. Amber ließ ihre Hände zu Klauen werden und zerbrach zwei weitere Becher, bevor er in sie hineinrannte. Er war erstaunlich stark für sein Alter, doch sie erwischte noch einen der übrigen Becher, während er sich den letzten schnappte. Er hielt ihn dicht vor seine Brust und blickte sie mit zusammengekniffenen Augen an.

»Warum?«, fragte er.

Sie warf ihren Becher in die Luft und fing ihn mit einer Hand wieder auf. »Meine Eltern sind Monster. Dein Meister ist ein Dämon. Weshalb um alles in der Welt sollte ich dazugehören wollen?«

»Du hast keine Ahnung, was du getan hast«, sagte der alte Mann. »Du hast keine Ahnung, was das für dich bedeutet.«

Amber zuckte mit den Schultern. »Ich kann mir vorstellen, dass eine Menge Leute ausgesprochen sauer auf mich sein werden. Aber das kümmert mich nicht, weil Ihr Chef auch ausgesprochen sauer auf Sie sein wird. Sie haben schließlich nicht verhindert, dass das passiert ist. Sie waren dumm genug, mich so nah herankommen zu lassen. Wenn man es so sieht, ist alles Ihre Schuld.«

»Gib mir den Becher.«

Sie hob ihn hoch. »Wozu? Das Leuchtgesicht wird mit nur zwei Flaschen nicht glücklich sein. Es wäre praktisch eine Beleidigung, richtig? Also los – ich zerschmettere den hier und Sie zerschmettern Ihren. Wollen mal sehen, wer weiter werfen kann.«

»Mein Meister verlangt sechs Becher. Wenn deine Eltern und ihre Freunde dich verspeisen, werden wieder vier Becher gefüllt.«

»Huch, daran habe ich nicht gedacht.«

Sie holte aus, doch der Stellvertreter machte einen Satz und riss ihr die Flasche aus der Hand, den Bruchteil einer Sekunde, bevor er ihr seine Schulter in die Brust rammte. Amber hob es von den Füßen, sie stürzte und rollte ein Stück über den Boden. Der Stellvertreter stellte die beiden Becher behutsam wieder auf den Tisch.

»Sie sind ziemlich rüstig für Ihr Alter«, murmelte Amber.

»Du hast für viel Ärger gesorgt«, erwiderte er.

»Ja.« Sie stand auf. Der Wind vom Wasser her spielte mit ihrem Haar. »Und was wollen Sie jetzt machen, Alter?«

Der alte Mann schaute sie an und wuchs. Seine Arme und Beine wurden länger, rissen seine Kleider in Fetzen. Er ragte über ihr auf, über drei Meter groß und spindeldürr. Seine Haut wurde grau und glatt, fast gummiartig, wie die eines Hais. Seine Augen wurden trüb, seine Nase versank im Gesicht und sein Mund zog sich in die Breite, unwahrscheinlich weit, die Lippen wurden schwarz und öffneten sich und ließen einen zweiten Mund sehen, der lediglich ein Loch mit gebogenen Zähnen ringsherum war.

Es war kein Mensch mehr, es war ein Ding, eine Kreatur, und sie kreischte Amber an. Doch diese ging bereits rückwärts, als tausend verschiedene Albträume ihr Gedächtnis überfluteten. Sie wollte losrennen, rutschte jedoch auf Überresten von Imelda aus und dann war das Wesen über ihr.

Amber rammte ihm den linken Arm unters Kinn und versuchte, es so von sich wegzuhalten. Die Zähne seines zweiten Mauls bewegten sich wellenförmig, so gierig waren sie darauf, sich in Amber zu schlagen. Auf Ambers Haut bildeten sich schützende

Schuppen. Der Atem des Wesens war kalt und roch faulig, und es war stark, stärker als Amber. Egal wie kräftig sie dagegendrückte, es kam immer näher und mit einem letzten Ruck nahm es ihre Schulter zwischen seine Kiefer.

Amber schrie, als die Zähne ihre Haut durchstießen, als gäbe es ihre Schuppen überhaupt nicht. Hinter dem Schmerz, exquisit in seiner unwahrscheinlichen Reinheit, spürte sie, wie diese Zähne sich in ihr Fleisch bohrten. Sie ließ an ihrer freien Hand Krallen wachsen und versuchte, der Kreatur den Brustkorb aufzuschlitzen, konnte die gummiartige Haut jedoch nicht durchstoßen. Sie wankte, fiel, die Kreatur fiel auf sie. Blut floss über Ambers Arm, ihren Rücken und ihre Brust. Sie schrie, kratzte, harkte und hämmerte, doch das Wesen scherte sich nicht darum.

Sie zog die Knie an, stemmte die Füße gegen seinen Körper und versuchte, die Beine zu strecken. Die Kreatur war zu stark, ihr Griff zu fest.

»Aufhören!«, rief Amber. »Bitte!«

Der Schmerz erreichte neue Dimensionen, als die Kreatur ihre Lage veränderte. Amber drehte den Kopf zur Seite, suchte verzweifelt nach etwas, womit sie sie abwehren könnte. Imeldas Schuh lag direkt neben ihr, doch er hatte nicht einmal einen spitzen Absatz. Dahinter, nicht mehr als zehn Schritte entfernt, stand der Tisch.

Sie packte den Schuh, versuchte, den Schmerz zu ignorieren und zielte sorgfältig. Sie warf, doch der Schuh segelte über den Tisch weg, ohne auch nur einen der beiden Becher zu treffen.

Sie sah Imeldas zweiten Schuh. Ihre letzte Chance.

Sie streckte den Fuß danach aus und es gelang ihr, ihn zu sich herzuschubsen. Dann brachte sie ihren Absatz hinter den Schuh und zog ihn, indem sie das Bein immer weiter anwinkelte, über den Boden zu ihrer wartenden Hand. Dieses Mal machte sie sich gar nicht erst die Mühe zu zielen. Sie schleuderte den Schuh einfach weg. Er verfehlte zwar die Becher, traf aber den Tisch. Die Becher kippten über den Rand und zerbrachen.

Sie empfand sofortige Erleichterung, als das Wesen mit einem Ruck den Kopf hob und seine Wut hinauskreischte, als es sah, was Amber getan hatte.

Augenblicklich robbte sie weg, rappelte sich auf und machte einen Satz, damit es sie nicht wieder zu fassen bekam.

Sie presste die Hand auf ihre Schulter und warf sich zwischen die Paletten- und Kistenstapel. Schaute nicht hinter sich. Wollte es nicht und brauchte es nicht. Sie hörte es kommen. Es folgte ihr schlitternd und polternd, schrammte an Holz entlang und kreischte. Sie stellte sich vor, wie es mit diesen langen Armen und diesen zupackenden Händen nach ihr griff und sie zu diesem entsetzlichen Trichtermund hinzog. Noch einmal würde es sie nicht loslassen, das wusste sie. Wenn es das nächste Mal seine Zähne in sie schlug, war es das Ende.

Sie machte einen Satz nach links und zuckte vor Schmerz zusammen, als sie sich durch eine schmale Lücke zwischen Frachtcontainern zwängte, zu schmal, als dass das Wesen ihr folgen konnte. Es streckte den Arm nach ihr aus, hätte sie fast erwischt, doch sie lief weiter. Ihre Hörner schlugen an das Metall und verhinderten, dass sie den Kopf drehen konnte.

Sie kam auf der anderen Seite heraus, stolperte, wollte sich nur noch zu einer Kugel zusammenrollen und weinen, wollte, dass dieser Schmerz verging. Doch sie lief weiter, jetzt über eine offene Fläche, versuchte, Deckung zu finden, bevor die Kreatur sie fand.

Sie rannte direkt in eine Sackgasse, wirbelte herum, um einen anderen Weg zu suchen, und erstarrte.

Die Nacht war kalt. Die Nacht war eisig. Amber spürte plötzlich jedes einzelne Luftpartikel auf ihrer Haut. Sie spürte jede Haarsträhne, mit der der Wind spielte. Sie spürte jede Prellung und jede Wunde. Sie spürte alles in diesem Moment, in dieser kalten Nacht in New York, als die Kreatur sich näherte.

Amber wich zurück.

Ein Motor sprang an und sie blickte nach links, sah Milo in der

Steuerkabine des Krans. Sie hörte ein lautes Heulen hinter sich. Ein Frachtcontainer wurde vom Boden gehoben, sie wirbelte herum und rannte direkt darauf zu. Sie sprang, erwischte eine Kante mit ihrer unverletzten Hand und sah, als sie nach unten schaute, dass das Wesen zum Sprung ansetzte. Seine Fingerspitzen streiften ihr Bein, doch es bekam sie nicht zu fassen. Es schlug auf dem Boden auf, rappelte sich wieder hoch und kreischte seine Wut hinaus, als Amber sich auf das Dach des Containers hievte. Der Kran hob sie höher hinauf. Sie presste die Hand auf ihre Schulter; immer noch floss Blut zwischen ihren Fingern hindurch. Es ging höher hinauf und immer höher, die Brise vom Ozean her strich über sie weg, und sie schaute nach unten und sah, wie Kirsty Milo gegen einen Mast warf.

Sie legte sich auf den Rücken, verzog das Gesicht vor Schmerzen und blickte hinauf in den lichtverschmutzten Nachthimmel. Der Container schwankte, je höher sie hinaufstiegen. Die Brise wurde zu einem Wind, der immer stärker und kälter wurde, aber wenigstens war sie hier oben sicher.

Irgendwann ging es nicht mehr weiter hinauf. Amber drehte den Kopf nach links und sah die Freiheitsstatue. Sie sah Manhattan und über den Hudson nach Newark hinein. Sie sah Schleppboote auf dem Fluss, helle schwankende Lichter auf schwarzem Hintergrund. Was für ein Anblick.

Sie rollte sich auf den Bauch und robbte Zentimeter um Zentimeter zum Rand. Sie hatte noch nie unter Höhenangst gelitten, doch das hier war etwas anderes. Sie saß nicht angeschnallt in einer Achterbahn in Disney World. Sie war überhaupt nicht angeschnallt.

Sie blickte nach unten, weiter und noch weiter nach unten. Wow! Ein ganz schön weiter Weg. Mit einem Mal fühlte Amber sich sehr verletzlich und sehr leicht, als könnte eine dieser starken Windböen sie über den Rand stoßen. Sie sah, dass unten gekämpft wurde, da alle jedoch ständig zwischen Licht und Dunkelheit wechselten, konnte sie nicht genau sagen, wer es war. Sie suchte die Kreatur und runzelte die Stirn, als sie die nicht entdeckte. Dann nahm sie aus dem Augenwinkel eine Bewegung wahr – da war sie. Kletterte an dem Kran zu ihr herauf.

Kam, um sie fertigzumachen.

Amber kroch vom Rand weg, hievte sich auf Hände und Knie und steuerte das nächstbeste Stahlkabel an. Sie hielt sich daran fest und richtete sich auf, sah, wie das Wesen den höchsten Punkt des Krans erreichte und auf den Ausleger kletterte.

»Milo!«, schrie sie. »Gregory!«

Der Wind riss ihr die Worte aus dem Mund. Sie stand da, klammerte sich an das Kabel und beobachtete, wie die Kreatur näher kam. Sie konnte sich nicht verstecken, nicht fliehen, nicht entkommen und nicht kämpfen. Zumindest nicht gegen dieses *Ding*. Sie konnte nur sterben. Sie schaute nach unten. Sie konnte dies alles jetzt beenden. Einen Schritt über den Rand machen und fallen. Schrecklich, aber schmerzlos und unendlich viel besser als das, was sie erwartete, wenn sie blieb, wo sie war.

Schluchzend hob Amber einen Fuß, das heißt, sie versuchte es. Doch er wollte sich nicht heben lassen. Sie versuchte, sich nach vorn zu werfen, doch ihr Körper gehorchte ihr nicht. Ihre Beine wollten sich nicht bewegen und ihre Hände nicht loslassen.

»Bitte«, flehte sie sich an, aber ihr Körper hörte nicht auf sie. Er verweigerte ihr den Gehorsam. Er würde nicht leise in den Tod gehen, auch wenn sie das noch so sehr wollte. Er wollte kämpfen. Er wollte *überleben*.

Ihr Körper sirrte mit einer Energie ähnlich wie Elektrizität. Einer Energie, die sie lossprinten lassen konnte oder sich selbst blockieren wie eine verkantete Maschine, als sie dem Wesen entgegenblickte. Es war jetzt praktisch über ihr. Bald würde es sich fallen lassen und sie konnte nirgendwohin laufen. Es würde seine Zähne wieder in sie schlagen und sie töten. Dieses Mal würde sie nicht überleben. Es würde sie ohne allen Zweifel töten, etwas, das ihre

Eltern nicht geschafft hatten, das die Hexe nicht geschafft hatte und das die Vampire nicht geschafft hatten, das der Serienmörder nicht geschafft hatte und auch nicht dieser Typ im *Firebird*. Wie hieß er gleich noch mal? Der Typ, dem sie den Finger abgebissen hatte? Wie war sein gottverdammter Name?

Brandon. Genau, er hieß *Brandon*.

Die Kreatur ließ sich auf das Containerdach fallen, und während es um sein Gleichgewicht rang, ließ Amber das Stahlkabel los und rannte auf das Wesen zu. Sie sprang hoch, rammte ihm beide Füße in die Brust und stieß es über den Rand. Sie drehte sich, suchte nach irgendetwas, an dem sie sich festhalten konnte, doch die Kreatur erwischte mit einem ihrer Arme ihr Bein und dann fiel auch Amber.

Sie fielen beide.

Nach unten.

Drehten sich in wirbelnder Luft.

Dann stieß etwas mit ihr zusammen und plötzlich spürte sie starke Arme um sich und hörte das Schlagen gewaltiger Flügel. Sie sah, wie die Kreatur weit unter ihr auf dem Boden aufschlug und jämmerlich zerbarst. Blut spritzte auf und Körperteile flogen herum. Und für Amber ging es im Sturzflug nach unten.

Buxton ließ sie los und ihr Schwung trug sie mit wedelnden Armen und Beinen noch ein Stück durch die Luft. Sie landete hart, rollte über den Boden und blieb liegen. Der Schmerz war herrlich.

Sie lag einen Moment da, einen schönen, langen Moment. Dann hob sie den Kopf und sah ihre Eltern auf sich zukommen.

58

Amber lief in die Lagerhalle, rannte ein paar Stufen die Treppe hinauf, bis ihr einfiel, dass sie da oben ja in der Falle saß. Also sprang sie wieder herunter. Lief durch die Halle. Keine Möglichkeit, sich zu verstecken, außer hinter dem Motorblock.

Sie lief hin und entdeckte Edgar, der schon dort kauerte. Mit Tränen in den Augen blickte er zu ihr auf. Sie versetzte ihm einen Schlag und er fiel in sich zusammen. Sie hockte sich über ihn und lauschte auf die Schritte ihrer Eltern.

»Wir sind nicht wütend«, sagte Betty. »Nicht wahr, Bill?«

»Kein bisschen«, bestätigte Bill.

»Du hast dich bewiesen«, fuhr Ambers Mom fort. »Wir sind beeindruckt. Wirklich. Komm raus, Süße. Es gibt eine Menge zu bereden.«

Ambers Schulter blutete immer noch stark. Sie konnte nicht gegen sie kämpfen und fliehen konnte sie auch nicht. Sie waren stärker, schneller und besser. Sie hatte nur eine Möglichkeit. Hier und jetzt gab es nur eine Möglichkeit zu entkommen.

Sie steckte die Hand in ihre Tasche.

»Wir werden uns etwas überlegen müssen«, sagte Bill. »Der Leuchtende Dämon wird mit keinem von uns zufrieden sein – am wenigsten mit dir. Wir sind stärker, wenn wir zusammenhalten.«

Amber riss ein Streichholz aus dem Briefchen an, das sie in Edgars Wohnung in Miami hatte mitgehen lassen. Sie warf das Streichholz auf den Pulverkreis und richtete sich auf.

Ihre Eltern lächelten und Bill öffnete den Mund, um etwas zu sagen, doch Betty sah die Flammen, packte ihn und zog ihn mit sich in den Kreis, kurz bevor die Flammen sich trafen und blau färbten.

Und schon waren sie im Schloss des Leuchtenden Dämons mit seinen fünf Bogengängen, den obszönen Wandteppichen und den Buntglasfenstern.

Bill und Betty drehten sich verwirrt um. Bisher hatte ein Heraufbeschwören des Dämons bedeutet, dass dieser ihnen erschienen war. Amber machte sich nicht die Mühe, ihnen zu erklären, dass die Zeiten sich geändert hatten.

Ihr Atem kondensierte, als sie sich auf ihre neue Umgebung einstellte. Jetzt hörte sie die Schreie in der Ferne und sah im Dämmerlicht besser.

»Hallo, Fool«, grüßte sie.

Ihre Eltern standen nebeneinander und beobachteten, wie Fool aus der Dunkelheit auftauchte. Dünne Rinnsale aus Schweiß liefen über sein aschgraues Make-up, doch sein Glasscherbenlächeln war frisch wie eh und je. »Ich habe auf dich gewartet«, sagte er. »Hast du ihn? Ist er das?«

Er versuchte, einen Blick auf Edgar zu werfen, als dieser sich regte, doch Amber verstellte ihm die Sicht. »Zuerst gibst du mir, was ich will«, verlangte sie. Fool schüttelte den Kopf. »Die Anweisungen des Meisters waren eindeutig. Zuerst gibst du mir Gregory Buxton und *dann* gebe ich dir das hier.« Er zog ein kleines Fläschchen mit einer gelben Flüssigkeit aus seinen zusammengestückelten Kleidern.

Sie blickte darauf. »Und was ist mit dem Countdown?«

»Trink das und die Narben werden verschwinden.«

Sie überlegte einen Augenblick. »Nein, Fool«, sagte sie dann streng, als redete sie mit einem Kind oder einem Hund. »Ich traue dir nicht.«

»Wo sind wir?«, fragte Bill.

Fool schaute ihn an und wollte antworten, doch Amber kam ihm zuvor. »Vergiss die beiden«, blaffte sie. »Dein Meister verhandelt mit mir. Die zwei haben nichts zu bedeuten. Mit *mir* musst du reden. Ich traue dir nicht, Fool, deshalb werde ich dir Gregory Buxton auch erst aushändigen, *nachdem* du mir das Fläschchen gegeben hast.«

»Aber der Meister …«

»Der Leuchtende Dämon will Buxton«, unterbrach Amber ihn. »Und den kriegt er nur, wenn du tust, was ich sage.«

Fool fuhr sich mit der Zunge über die roten Lippen. »Gleichzeitig«, sagte er. »Jaja, gleichzeitig.«

Da sie es nicht länger hinauszögern konnte, packte Amber Edgar am Kragen und zerrte ihn auf die Beine. Er stöhnte und wäre fast wieder umgekippt. »Hier ist er. Das ist Gregory Buxton.«

Fool schaute Edgar an.

Und nickte eifrig.

Er hielt ihr die Hand mit dem Fläschchen hin. In der anderen hatte er ein metallenes Halsband an einer Kette.

Amber schubste Edgar aus dem Kreis und nahm Fool gleichzeitig das Fläschchen aus der Hand. Fool ließ das Halsband um Edgars Hals mit geübten Griffen zuschnappen.

Edgar richtete sich sofort auf. »Was? Was soll das?«

»Ja, was soll das?«, fragte auch Bill. »Du da, was hast du unserer Tochter gegeben? Was ist das?«

Fool kicherte. »Würze. Sie verwandelt ihr Blut in Gift.«

Bill griff nach dem Fläschchen, doch Amber wich zurück. Betty trat hinter sie.

»Gib es her«, verlangte Bill. »Gib es sofort her, Fräuleinchen.«

Amber fauchte. »Verpiss dich, *Dad*.«

Er machte einen Satz auf sie zu und sie hielt ihn mit einer Hand auf Abstand, während sie mit dem Daumen der anderen den Stöpsel aus der Flasche drückte. Ihre Mutter packte sie von hinten und versuchte, ihr die Flasche zu entreißen. Da Betty ihr Handgelenk festhielt, beugte Amber sich vor, nahm die Flasche zwischen die Zähne und warf den Kopf zurück. Die gelbe Flüssigkeit rann ihre Kehle hinunter. Es brannte. Sie erreichte ihren Magen und löste heiße, schmerzhafte Stiche aus. Ihre Eltern traten zurück, als sie auf die Knie fiel. Sie konnte nicht mehr klar sehen. Spürte ihre Finger und Zehen nicht mehr. Ihr Blut kochte in ihren Adern. Mit verschwommenem Blick beobachtete sie, wie die vernarbten Zahlen an ihrem Handgelenk verschwanden.

Und dann war plötzlich alles vorbei, einfach so. Sie keuchte, blinzelte und sah gerade noch, wie Fool wütend an Edgars Kette zog.

»Du *bist* Gregory Buxton! Ich weiß, dass du er bist! Du willst mich nur durcheinanderbringen!«

»Gregory Buxton ist ein fünfundsechzigjähriger Farbiger!«, rief Edgar. »Ich bin sechsundvierzig und weiß!«

Fool blickte ihn stirnrunzelnd an, dann weiteten sich seine Augen. »Für mich seht ihr alle gleich aus«, murmelte er.

In einem der Korridore leuchtete plötzlich ein rasch heller werdendes Licht. Ambers Eltern wandten sich augenblicklich ab und Edgar schlug die Hände vors Gesicht. Amber kniff die Augen zu, als schwere Schritte über den Steinboden polterten. Sie konnte die Vibration durch ihre Fußsohlen spüren.

»Du wagst es, *mich* zu betrügen?«, brüllte der Leuchtende Dämon. Seine Helligkeit blendete, selbst durch die geschlossenen Lider hindurch, und seine Stimme kam von oben. Er ragte über ihr auf, über ihnen allen. »Du kommst in mein Schloss und wagst es, *mich* zu betrügen?«

Ambers Beine zitterten und sie wollte wieder mal nichts lieber, als sich zu einer Kugel zusammenzurollen und zu weinen, doch sie zwang sich, aufrecht stehen zu bleiben.

Für einen langen Augenblick war alles still. Selbst die entfernten Schreie waren verstummt.

Dann fuhr der Leuchtende Dämon etwas leiser fort: »Schau mich an.«

Ein paar Sekunden lang rührte Amber sich nicht. Die Augen öffnete sie erst recht nicht.

Doch dann zog sich die Helligkeit zurück, und als sie nicht mehr schmerzte, traute sich Amber aufzuschauen. Einen Moment lang dachte sie, sie hätte ein Wesen von furchterregenden Proportionen und unmöglichen Anhängseln vor sich, doch als die Helligkeit noch weiter zurückging und sich ihre Augen nach einigem Blinzeln daran gewöhnt hatten, sah sie, dass die Gestalt von normaler Größe und nicht das monströse Ding war, das sie zu sehen glaubte. Der Leuchtende Dämon strahlte von innen in einem grellen Licht. Seine durchsichtige Haut war übersät mit Tattoos wie Archipele, schwarze Inseln in einem Meer aus feurigem Orange. Seine Miene war gelassen, er hatte schwarze Augen.

Edgar fiel auf ein Knie. »Oh, Lord Astaroth, Fürst der Hölle, den wir Sterblichen den Leuchtenden Dämon nennen, ich bitte dich nur, dass du mich erneuerst. Bisher war ich deiner Aufmerksamkeit nicht würdig, doch sieh her, ich habe dir eine Rarität gebracht, ein Mädchen von …«

Der Leuchtende Dämon schaute Edgar an wie etwas, in das er getreten war. »Du? Du hast mir gar nichts gebracht.«

»Aber … aber ich kann dir alles anbieten«, entgegnete Edgar und senkte den Kopf. »Ich biete dir meine Seele, Meister. Ich wollte in meinem bisherigen erbärmlichen Leben nur eines: die Macht, die du Sterblichen wie mir verliehen hast. Ich biete dir mein Fleisch, das du nach deinem Gutdünken erneuern kannst. Ich biete dir meine Seele zum Formen an, meinen Geist zum Verwirren, meine …«

»Du bietest mir nichts, das ich nicht schon besitze«, erwiderte der Leuchtende Dämon. »Du stehst außerhalb des Kreises, kleines Insekt. Du hast nichts, worum du mit mir feilschen könntest. Deine Seele gehört mir bereits.«

Fool kicherte und riss an der Kette. Edgar fiel hin.

»Nein!«, rief er. »Warte, so war es nicht gemeint! Ich will nur Macht! Bitte, nur …«

Noch ein Ruck und die letzten Worte Edgars gingen in einem

Gurgeln unter. Fool marschierte zum am nächsten gelegenen Bogengang und schleifte Edgar, der um sich trat und speichelte, hinter sich her. Edgar streckte die Hand nach Amber aus, doch sie stand nur da, auf ihrer Seite der blauen Flammen, und schaute ihm nach, bis er aus ihrem Blickfeld verschwand.

Amber wandte sich wieder dem Leuchtenden Dämon zu. Er betrachtete ihre Eltern, die den Blick immer noch gesenkt hatten.

»Schaut mich an«, befahl er, und dieses Mal gehorchten sie. »Zwei eurer Geschwister sind tot, genau wie mein Stellvertreter auf Erden. Und ich habe meinen Tribut nicht bekommen.«

»Wir … wir können es wiedergutmachen«, sagte Bill. »Wir können …«

»Ihr habt euren Teil unserer Abmachung nicht erfüllt«, unterbrach ihn der Leuchtende Dämon. »Ihr lauft besser gleich los.«

Bill und Betty fassten sich an den Händen.

Der Leuchtende Dämon wandte sich Amber zu. »Und jetzt zu dir. Du hast mich betrogen, du dummes, dummes Mädchen. Du glaubst, du hättest eine Chance, weil Buxton sich mir entzogen hat? Buxton hat sich zu einem Experten für arkane Künste entwickelt. Kannst du das auch von dir behaupten?«

Amber schluckte. »Nein. Aber ich habe ihn in nicht einmal drei Wochen gefunden, und du bist schon seit fünfzehn Jahren hinter ihm her. Mir scheint, dass du vielleicht ganz allgemein nicht besonders gut im Finden bist, du Vollpfosten.«

Der Leuchtende Dämon starrte sie an.

»Es ist mir egal, mit welcher Ausrede du daherkommst«, fuhr sie fort, während ein beträchtlicher Teil ihres Gehirns sie anschrie, doch verdammt noch mal das Maul zu halten. »Es ist mir egal, ob du ein anderes Verhältnis zur Zeit oder endlose Geduld hast oder sonst etwas. Fünfzehn Jahre sind fünfzehn Jahre. In dieser Zeit hättest du lernen können, wie man googelt, aber du versuchst weiter, ihn auf dem Dämonenradar zu finden. Echt, Mann! Du magst zwar leuchten, aber eine Leuchte bist du nicht gerade.«

»Du wirst mir für jedes unverschämte Wort büßen.«

»Bist du sicher, dass du so weit überhaupt zählen kannst, du dämlicher Haufen Scheißdreck? Verpiss dich. Ich hab keine Angst vor dir. Versuch, mich zu fangen. Hetze mir den nächsten Stellvertreter auf den Hals und ich töte ihn, wie ich den letzten getötet habe.«

Sie dachte, das würde ihn zum Explodieren bringen, doch er lächelte nur. Was schlimmer war.

»Amber«, sagte er, »du bist ein mutiges Mädchen. Du bist auf deine Art sogar ein cleveres Mädchen. Gleichzeitig bist du aber auch ein dummes Mädchen. Ich könnte deinen Eltern befehlen, dich aus diesem Kreis zu stoßen. Dann wärst du mein Spielzeug bis in alle Ewigkeit. Aber es gibt eine bestimmte Art und Weise, wie man Dinge tut. Deals macht. Verhandlungen führt. Schulden eintreibt. Rache übt. All das tue ich seit vielen, vielen Jahrhunderten. Technologie bedeutet mir gar nichts. Wenn ich dich haben will, bekomme ich dich. Dein Körper mag vergehen, doch deine Seele wird lichterloh brennen.

Aber du hast mich betrogen und beleidigt. Unverschämtheiten verzeihe ich nicht so leicht. Deine Eltern werden rennen, und das müssen sie auch.« Der Leuchtende Dämon lächelte erneut. »Aber du musst schneller rennen, denn hinter dir werden die Höllenhunde her sein.«

Die blauen Flammen zischten und erloschen und dann waren sie plötzlich wieder in der Lagerhalle.

59

Amber brauchte einen Moment, um sich auf ihre neue Umgebung einzustellen, um die Worte des Leuchtenden Dämons zu verdauen. Dann drehte sie sich um, Bill stürzte sich auf sie und Milo sagte: »Stopp!«

Bill erstarrte, obwohl sein Körper praktisch vibrierte vor zurückgehaltener Gewaltbereitschaft. Milo und Buxton standen vor Kirsty und Grant, die beide bewusstlos waren. Milo hatte sich wieder zurückverwandelt und seine Pistole direkt auf Grants Gesicht gerichtet.

»Wir bezahlen Ihnen zehnmal so viel, wie Imelda Ihnen bezahlt hat«, sagte Bill. »Gehen Sie einfach, Mr Sebastian. Sie bezahlen wir auch, Mr Buxton. Das ist eine Familienangelegenheit.«

»Ganz genau«, erwiderte Milo und rührte sich nicht.

Amber beobachtete, wie der Raum zwischen den beiden Männern sich auflud. Dann war Betty da, ihre Hand auf Bills Arm.

»Wir müssen los«, sagte sie, »jetzt gleich.«

»Vergesst eure Freunde nicht«, sagte Buxton.

Langsam näherte sich ihr Vater Grant und Betty ging zu Kirsty hinüber. Amber stand einfach nur da und wartete darauf, dass sie sie anschauten. Ihr Dad hievte Grant am Hemdkragen vom Boden hoch. Sie wurde ignoriert. Sie würden hinausgehen und weggehen und sie ignorieren.

»Entschuldigt euch!«, kreischte sie.

Alle schauten sie an.

»Bitte?«, fragte Bill.

Amber versuchte, ihre Stimme unter Kontrolle zu bekommen.

»Entschuldigt euch«, wiederholte sie. Sie würde nicht weinen. Nicht vor ihnen. Nie mehr. »Nach allem, was ihr getan habt, könntet ihr euch zumindest …«

»Du hast alles kaputt gemacht«, stieß ihre Mutter hervor.

Ihre Worte machten Amber sprachlos.

»Wir haben dir das Leben geschenkt«, sagte ihr Dad. »Sechzehn Jahre lang hat es dir an nichts gefehlt. Wir haben dich versorgt, dir Sicherheit gegeben, du durftest Freunde haben, zur Schule gehen … Das hätten wir nicht zu tun brauchen. Wir hätten dich auch auf dem Dachboden einsperren können. Aber wir erlaubten dir zu leben. Und so … so vergiltst du es uns.«

Ambers Kehle zog sich zu. »Ihr wolltet mich töten.«

»Dass es so endet, stand von Anfang an fest«, erwiderte Betty. »Wir wussten, dass du nur sechzehn Jahre hast, also beschlossen wir, dass du sie nach deinen Wünschen leben solltest. Wir haben dir erlaubt, glücklich zu sein, Amber.«

»Ihr glaubt … ihr glaubt, dass ich glücklich war?«

»Du kanntest es nicht besser. Wir waren gute Eltern.«

Bill nickte. »Wir waren sehr gute Eltern. Haben wir dich je angeschrien? Wir ließen dich dein Leben so leben, wie du es wolltest. Glaubst du, es ist unsere Schuld, dass du nie wirkliche Freunde gefunden hast? Machst du uns das zum Vorwurf? Nicht dass wir uns deshalb beklagen. Ein Gutes hat es, dass du sozial inkompetent warst – niemand wird sich wegen deines Verschwindens allzu heftig Gedanken machen. Wir waren wundervolle Eltern und haben nur versucht, dir ein schönes Leben zu bieten.«

Amber konnte es nicht fassen. Sie runzelte die Stirn. »Ihr glaubt, ihr hättet mir einen Gefallen getan?«

»Jede Minute«, sagte Betty, »jede Sekunde deiner sechzehn Jahre waren nur möglich, weil wir dich brauchten, um unsere Kräfte zu stärken. Das ist dein *Sinn und Zweck*, Amber. Das war *immer* dein Sinn und Zweck. Du warst zu nichts anderem bestimmt, so wie dein Bruder und deine Schwester zu nichts anderem bestimmt waren, als uns Kraft zu geben, uns am Leben zu erhalten. Hier geht es nicht um dich. Das ist nicht deine Geschichte, Amber – es ist unsere. Wir werden die Zügel nicht an die jüngere Generation übergeben – nicht, solange wir besser, schneller, klüger und stärker sind. Wir haben unsere Macht und unser Leben verdient, weil wir sie uns selbst erarbeitet haben. Du? Deine Generation? Ihr erwartet, dass euch alles serviert wird. Ihr musstet nie arbeiten, nie richtig für irgendetwas arbeiten. Also, was habt ihr verdient? Im Ernst: Was habt ihr verdient?«

»Eine Chance«, antwortete Amber.

»Die hast du vertan.« Bill lud sich Grant auf die Schulter. »Du hast für alle alles kaputt gemacht. Du bist schuld an Imeldas Tod. Du hast Alastair umgebracht. Jetzt müssen wir fliehen, und du … du machst dir keine Vorstellung, was auf dich wartet.«

Er ging hinaus.

Betty nahm Kirstys Hände. »Du hättest einfach zulassen sollen, dass wir dich umbringen.« Damit folgte sie ihrem Mann. Kirsty schleifte sie hinter sich her.

60

Es war der sechste Tag auf ihrem Weg nach Alaska. Sie übernachteten in einem *Bed & Breakfast* außerhalb von Edmonton, Kanada. Ambers Tasche stand neben der Tür. Sie schlief in Jeans und Socken. An diesem Abend hatte sie ihre erste richtige Mahlzeit seit Tagen gegessen und zum ersten Mal seit einer Woche hatte sie duschen können. Das waren Dinge, die sie langsam als Luxus betrachtete. Eine Nacht lang tief und fest zu schlafen war schon etwas so Extravagantes, dass sie es sich nicht leisten konnte, und was ein allgemeines Gefühl der Sicherheit betraf …

Beim leisesten Geräusch riss sie die Augen auf. Das Haus knarrte und ächzte um sie herum und sie verharrte so, an der Schwelle zum Schlaf, während die Stunden dahinschlichen. Sie fragte sich, ob Milo im Zimmer nebenan genauso schlecht schlief. Er war, seit sie aus New York geflohen waren, noch schweigsamer als sonst. Sie hätte gern geglaubt, er sei wütend auf sie, vielleicht weil sie ihn in diesen Schlamassel hineingezogen hatte. Aber sie wusste, dass dem nicht so war, und sie kannte die Wahrheit.

Er hatte Angst.

Die Höllenhunde waren hinter ihnen her und Milo hatte Angst.

Sie hörte eine Stimme, die ihren Namen rief, und hätte fast laut geschrien.

Sie rührte sich nicht. Setzte sich nicht auf. Sie spannte nur alle Muskeln an und lauschte. Vielleicht hatte sie sich vertan. Es hätte auch der Wind sein können oder die Leitungen oder ihre Fantasie. Amber lag da, eine Statue aus Nerven, angespannt wie Bogensehnen. Sie hörte auf zu atmen. Sie wartete.

Doch sie konnte die Augen nicht schließen. Sie konnte sich nicht erlauben zu glauben, es sei der Wind gewesen. Nicht, ohne nachgesehen zu haben.

Sie stieg aus dem Bett, stand in dem eiskalten Zimmer und hatte Gänsehaut an den bloßen Armen. Es waren nur sieben Schritte bis zum Fenster. Sie wünschte, sie hätte mehr gebraucht. Sie zog die Vorhänge auf.

Ihr Zimmer lag im zweiten Stock. Glen stand vor ihrem Fenster. Er stand auf Dunkelheit und auf sonst nichts. Er sah so blass aus. So traurig.

Mit zitternden Händen schloss Amber die Vorhänge wieder.

Fünf Minuten rührte sie sich nicht von der Stelle.

Als sie wieder hinausschaute, war er verschwunden. Der Halbmond kämpfte sich hinter ein paar Wolken hervor. Er tat sein Bestes, um ein silbernes Licht auf die Gebäude und Wohnungen um sie herum zu werfen. Die Menschen in diesen Wohnungen schliefen, ganze Familien in ihren warmen Betten. Am Morgen würden sie aufwachen, die Kinder würden zur Schule gehen und die Eltern zur Arbeit oder sie würden tun, was sie eben so taten, sie würden diskutieren und sich streiten, die Eltern würden nichts verstehen und die Kinder würden in ihre Zimmer stürmen und das Leben würde ganz normal weitergehen, so normal, wie es nur sein konnte. Aber »normal« war natürlich subjektiv. Und das Leben auch, fand Amber, wenn sie es sich recht überlegte.

Sie griff nach der Kordel, um die Vorhänge erneut zu schließen, und schaute dabei zufällig nach Osten, zu der langen dunklen Straße, die sie in die Stadt gebracht hatte. In der Ferne – in weiter, weiter Ferne sah sie winzige Lichter näher kommen. Fünf. Motorräder.

Amber packte ihre Turnschuhe, ihre Jacke und ihre Tasche. Sie hämmerte an Milos Tür und er kam voll angezogen im Eilschritt heraus.

Sie stiegen in den Charger und fuhren los.